ESTRELAS EM SUAS VEIAS

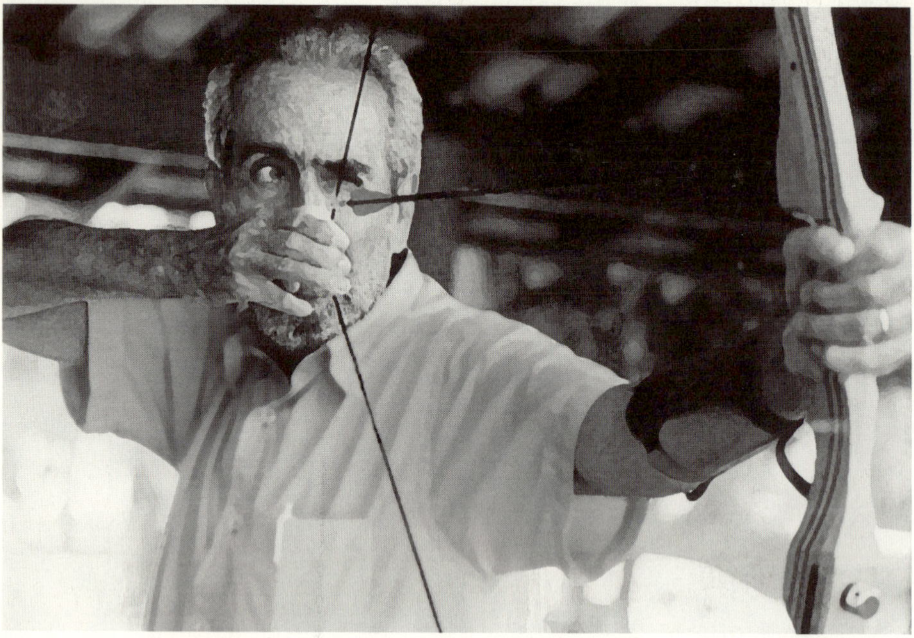

O Arqueiro

Geraldo Jordão Pereira (1938-2008) começou sua carreira aos 17 anos, quando foi trabalhar com seu pai, o célebre editor José Olympio, publicando obras marcantes como *O menino do dedo verde*, de Maurice Druon, e *Minha vida*, de Charles Chaplin.

Em 1976, fundou a Editora Salamandra com o propósito de formar uma nova geração de leitores e acabou criando um dos catálogos infantis mais premiados do Brasil. Em 1992, fugindo de sua linha editorial, lançou *Muitas vidas, muitos mestres*, de Brian Weiss, livro que deu origem à Editora Sextante.

Fã de histórias de suspense, Geraldo descobriu *O Código Da Vinci* antes mesmo de ele ser lançado nos Estados Unidos. A aposta em ficção, que não era o foco da Sextante, foi certeira: o título se transformou em um dos maiores fenômenos editoriais de todos os tempos.

Mas não foi só aos livros que se dedicou. Com seu desejo de ajudar o próximo, Geraldo desenvolveu diversos projetos sociais que se tornaram sua grande paixão.

Com a missão de publicar histórias empolgantes, tornar os livros cada vez mais acessíveis e despertar o amor pela leitura, a Editora Arqueiro é uma homenagem a esta figura extraordinária, capaz de enxergar mais além, mirar nas coisas verdadeiramente importantes e não perder o idealismo e a esperança diante dos desafios e contratempos da vida.

ESTRELAS
EM SUAS
VEIAS
LAURA SEBASTIAN
ARQUEIRO

Título original: *Stardust in Their Veins*

Publicado mediante acordo com Folio Literary Management, LLC e Agência Riff.

tradução: Raquel Zampil
preparo de originais: Natália Klussmann
revisão: Milena Vargas e Suelen Lopes
diagramação: Valéria Teixeira
adaptação de capa: Ana Paula Daudt Brandão
imagem de capa: Lillian Liu
impressão e acabamento: Lis Gráfica e Editora Ltda.

CIP-BRASIL. CATALOGAÇÃO NA PUBLICAÇÃO
SINDICATO NACIONAL DOS EDITORES DE LIVROS, RJ

S449e
Sebastian, Laura, 1990-
Estrelas em suas veias / Laura Sebastian ; [tradução Raquel Zampil]. - 1. ed. - São Paulo : Arqueiro, 2023.
432 p. ; 23 cm. (Castelos em Seus Ossos ; 2)

Tradução de: Stardust in their veins
Sequência de: Castelos em seus ossos
ISBN 978-65-5565-527-8

1. Ficção americana. I. Zampil, Raquel. II. Título. III. Série.

23-84187 CDD: 813
CDU: 82-3(73)

Gabriela Faray Ferreira Lopes - Bibliotecária - CRB-7/6643

Todos os direitos reservados, no Brasil, por
Editora Arqueiro Ltda.
Rua Funchal, 538 – conjuntos 52 e 54 – Vila Olímpia
04551-060 – São Paulo – SP
Tel.: (11) 3868-4492 – Fax: (11) 3862-5818
E-mail: atendimento@editoraarqueiro.com.br
www.editoraarqueiro.com.br

Para todas as garotas determinadas

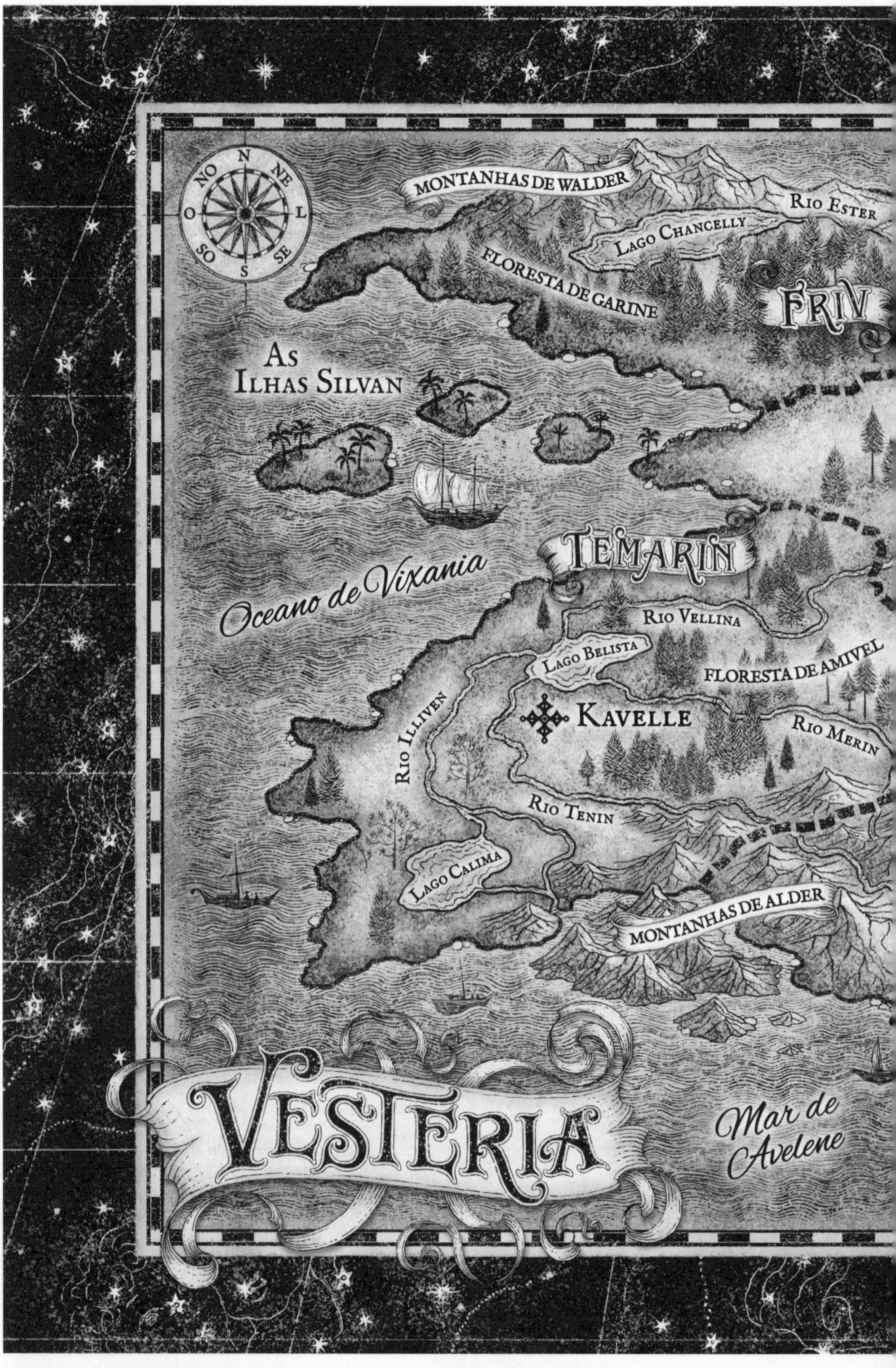
N
NE
L
SE
S
SO
O
NO
Montanhas de Walder
Rio Ester
Lago Chancelly
Floresta de Garine
Friv
As Ilhas Silvan
Temarin
Oceano de Vixania
Rio Vellina
Lago Belista
Floresta de Amivel
Kavelle
Rio Merin
Rio Illiven
Rio Tenin
Lago Calima
Montanhas de Alder
Vesteria
Mar de Avelene

MONTANHAS DE CRISK
MONTANHAS DE TACK
LAGO ESTER
LAGO NOTCH
RIO TACK
LAGO OLVEEN
RIO NOTCH
FLORESTA DE TREVAIL
RIO TENAL
ELDEVALE
BESSEMIA
LAGO DALCINE
LAGO ASTERIA
HAPANTOILE
Mar de Whistall
FLORESTA DE NEMARIA
RIO CARINO
FLORESTA DE KELLIAN
LAGO SULIMO
FLORESTA DE PUREEN
RIO AZINA
CELLARIA
VALLON
FLORESTA DE VULIA

As famílias reais de Vesteria

Bessemia

Casa de Soluné

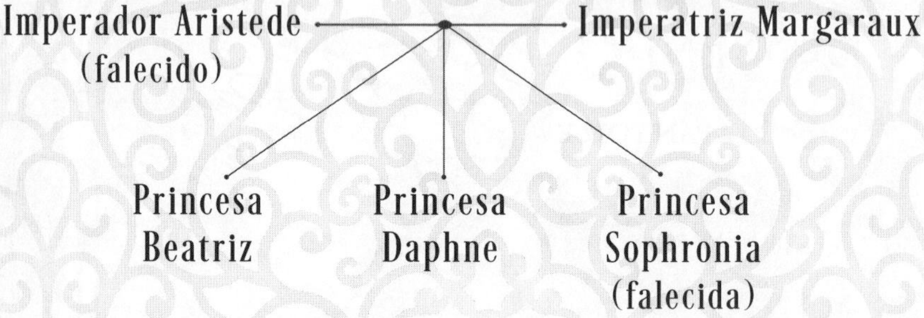

Friv

Casa de Deasún

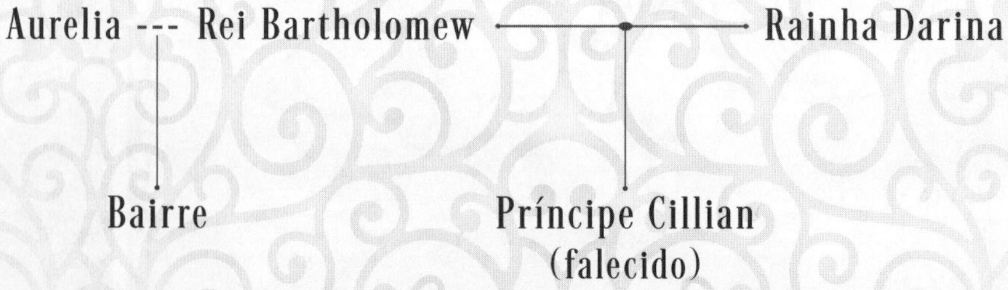

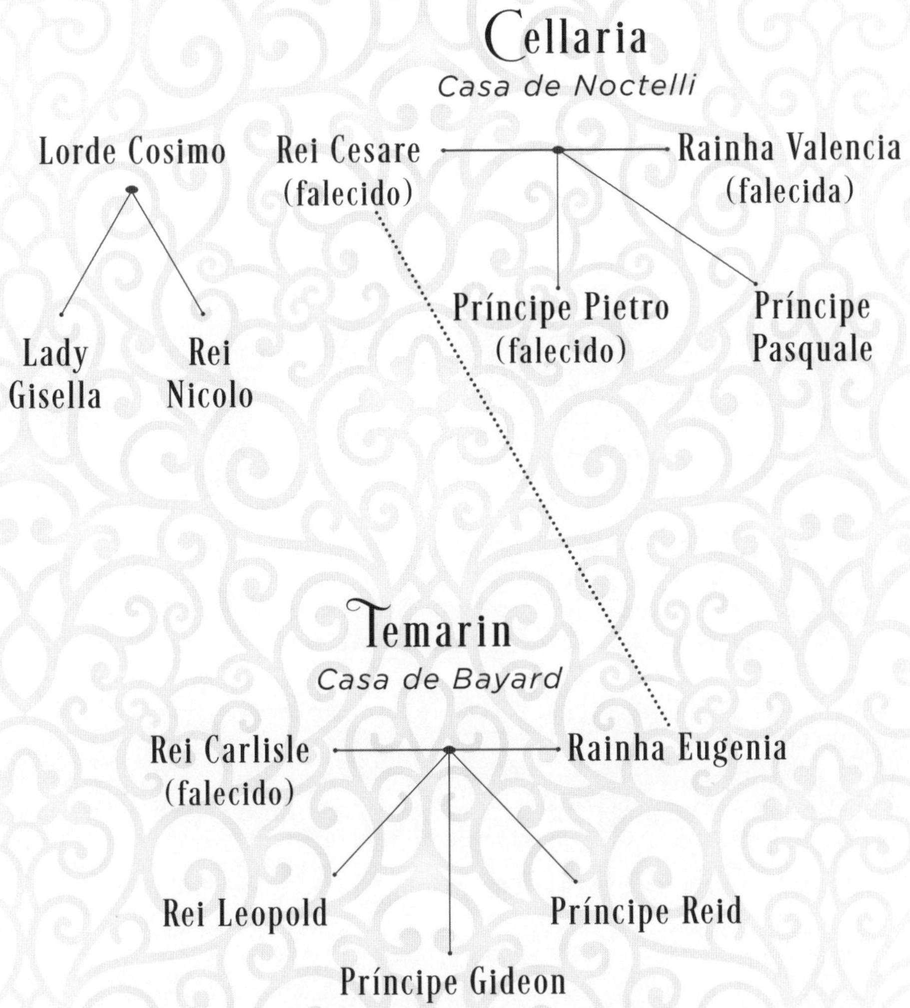
Cellaria
Casa de Noctelli
Lorde Cosimo
Lady Gisella
Rei Nicolo
Rei Cesare (falecido)
Rainha Valencia (falecida)
Príncipe Pietro (falecido)
Príncipe Pasquale
Temarin
Casa de Bayard
Rei Carlisle (falecido)
Rainha Eugenia
Rei Leopold
Príncipe Gideon
Príncipe Reid

Beatriz

Beatriz anda para lá e para cá em sua cela na Sororia cellariana, que fica aninhada nas montanhas de Alder. Só precisa dar dez passos para ir de uma parede a outra. Faz cinco dias que foi levada até ali, encerrada numa câmara exígua com apenas uma cama estreita, uma manta surrada e um jarro d'água sobre um pequeno banco de madeira. Cinco dias desde que ela ouviu a voz das irmãs em sua cabeça, tão clara como se as duas estivessem no cubículo ao lado. Cinco dias desde que ouviu Sophronia morrer.

Não. Não, ela não tem certeza disso. Há uma dezena de explicações para o que aconteceu, uma dezena de maneiras para Beatriz se convencer de que a irmã ainda está neste mundo, viva. Sempre que fecha os olhos, Beatriz vê Sophronia. No silêncio da cela, ouve a risada da irmã. Sempre que consegue dormir um pouco, seus pesadelos são assombrados pelas últimas palavras que ela pronunciou.

Estão aplaudindo a minha execução... Há muito mais em jogo do que imaginávamos. Ainda não entendo tudo, mas, por favor, tenham cuidado. Amo muito vocês duas. Eu as amo até as estrelas. E eu...

E isso fora tudo.

Beatriz não compreende a magia que possibilitou aquela comunicação – Daphne já havia feito isso uma vez para falar com ela. A magia também fora interrompida então, mas da segunda vez foi diferente, como se ela ainda pudesse sentir a presença de Daphne por mais alguns segundos, seu silêncio atordoado ecoando na mente de Beatriz.

Mas Sophronia não pode ter morrido. A ideia é inconcebível. Elas vieram ao mundo juntas: Beatriz, Daphne e depois Sophronia. Certamente nenhuma delas poderia partir sozinha.

Não importa quantas vezes diga isso a si mesma, Beatriz não acredita de fato. Afinal, ela *sentiu*, como se um coração tivesse sido arrancado de seu peito. Como se algo vital tivesse sido perdido.

O ruído da fechadura ecoa na cela, e Beatriz se vira na direção da porta, esperando ver uma das irmãs trazendo sua próxima refeição, mas quem entra é uma mulher mais velha, de mãos vazias.

– Madre Ellaria – diz Beatriz, a voz áspera depois dos últimos dias em silêncio.

Madre Ellaria é a irmã que recepcionou Beatriz, conduzindo-a à cela e entregando-lhe uma muda de roupa idêntica à sua. Dessas roupas, Beatriz só colocou o vestido cinza de lã. O véu da cabeça permanece ao pé da cama.

Em Bessemia, era uma grande honra para as Irmãs receberem seus véus. Havia cerimônias para isso, e Beatriz já fora a várias. Era uma celebração para homenagear a escolha da mulher em se dedicar às estrelas. Beatriz, porém, não escolheu nada, então o véu continua sem uso.

Madre Ellaria logo percebe isso: seus olhos se movem dos cabelos ruivos de Beatriz, trançados desordenadamente, para o véu sobre a cama. Ela franze a testa antes de olhar para a jovem mais uma vez.

– Você tem uma visita – diz, e a desaprovação permeia cada sílaba.

– Quem? – pergunta Beatriz, mas madre Ellaria não responde; simplesmente se vira e sai da cela, deixando Beatriz sem escolha a não ser segui-la pelo corredor escuro, a imaginação correndo solta.

Por um instante, Beatriz imagina que é Sophronia, que sua irmã viajou de Temarin para lhe assegurar que está viva. Porém, é mais provável que seja sua ex-amiga Gisella, vindo se vangloriar outra vez, ou o irmão gêmeo de Gisella, Nicolo, para verificar se alguns dias na Sororia a fizeram mudar de ideia sobre sua proposta.

Nesse caso, ele sairá desapontado. Por mais que odeie a Sororia, Beatriz prefere continuar aqui a voltar para o palácio cellariano enquanto Pasquale passa o resto da vida na Fraternia, do outro lado do rio Azina.

Seu peito se aperta ao pensar em Pasquale – deserdado e aprisionado porque ela o convenceu a confiar nas pessoas erradas.

Eles não perdem por esperar, disse Pasquale depois que a sentença por traição foi proferida. *E logo vão se arrepender por não terem nos matado quando tiveram a chance.*

Ela deixa as palavras ecoarem em sua mente e segue madre Ellaria pelo corredor mal iluminado, repassando na mente uma lista de todas as maneiras pelas quais poderia investir contra a frágil idosa e escapar... mas escapar para onde? As montanhas de Alder são um território traiçoeiro, mesmo para aqueles que estão preparados para escalá-las. Se Beatriz escapasse sozinha, com nada mais que um vestido e chinelos de algodão, não teria a menor chance de sobreviver à noite.

Sua mãe sempre as alertou para que fossem pacientes e, embora esse nunca tenha sido o forte de Beatriz, ela sabe que deve agir assim agora. Por isso, mantém as mãos ao lado do corpo e segue madre Ellaria, que dobra uma esquina no corredor, depois outra. Então, para diante de uma porta alta de madeira e dirige a Beatriz um olhar fulminante, como se tivesse captado o cheiro de algo podre. Embora saiba que a mulher não gosta dela, Beatriz não acredita que seja a causa desse olhar em particular.

– Em razão do... status do seu visitante, permiti o uso do meu gabinete para sua reunião, mas voltarei em dez minutos, nem um segundo a mais.

Beatriz assente, ainda mais certa de que é Gisella ou Nicolo quem está à sua espera – Nicolo, afinal, é o rei de Cellaria agora e, como Gisella é sua irmã, seu status também foi elevado, embora madre Ellaria provavelmente os desaprove tanto quanto desaprova Beatriz.

Ignorando esses pensamentos, ela se prepara e empurra a porta, abrindo-a e entrando. Imediatamente se detém, piscando, como se a figura à sua frente pudesse desaparecer.

No entanto, por mais que ela pisque, Nigellus continua ali. O empyrea de sua mãe está à vontade na cadeira de madre Ellaria e a observa por cima dos dedos unidos. A cela de Beatriz não tem janelas, e ela perdeu a noção das horas assim que chegou, mas agora pode ver que é noite, a lua cheia brilhando pela janela atrás de Nigellus, as estrelas cintilando com mais força e nitidez do que de costume.

É a primeira vez que ela as vê em cinco dias, a primeira vez que sente a luz delas dançando em sua pele. Beatriz sente-se tonta e cerra os punhos ao lado do corpo. *Magia*, pensa, embora ainda não consiga acreditar, apesar de já ter usado seu poder duas vezes, acidentalmente, para invocar as estrelas.

Nigellus nota os punhos cerrados, os nós dos dedos brancos, mas não diz nada. A porta se fecha, deixando-os a sós. Porém, por um momento, eles apenas se encaram, o silêncio se estendendo diante deles.

– Sophronia morreu, não foi? – pergunta Beatriz, quebrando o silêncio.

Nigellus não responde de imediato, mas, depois do que parece uma eternidade, confirma.

– A rainha Sophronia foi executada há cinco dias – diz ele, a voz firme e monótona. – Junto com a maior parte da nobreza temarinense. Sua mãe tinha exércitos esperando na fronteira e, em meio ao caos, eles tomaram a capital. Sem governante para se render, ela simplesmente tomou posse da cidade.

Beatriz afunda na cadeira diante da escrivaninha, a vida deixando-a por completo. Sophronia está morta. Ela deveria ter se preparado, deveria ter esperado por isso. A mãe não lhes dizia sempre que nunca fizessem uma pergunta cuja resposta não soubessem? Mas ouvir a confirmação de seu maior medo consome tudo que há nela. Agora, se sente apenas uma casca.

– Sophie está morta – ecoa ela, sem se importar com o resto. Sem se importar com a mãe ou seus exércitos ou a nova coroa que ela adicionou à sua coleção.

– É pura sorte que você e Daphne não estejam mortas também – comenta Nigellus, arrancando-a de seus pensamentos.

Ela ergue os olhos para ele, imaginando o que o homem faria caso se lançasse sobre a mesa e o esmurrasse. Mas, antes que possa fazer tal coisa, ele prossegue:

– Não se trata de coincidência, Beatriz. As rebeliões, as conspirações, os reis mortos... O caos.

– Claro que não – replica ela, erguendo o queixo. – Mamãe nos educou para criar o caos, para conspirar, para atiçar o fogo da rebelião.

– Ela criou vocês para morrer – corrige Nigellus.

O ar deixa os pulmões de Beatriz, mas, um momento depois, ela concorda.

– Sim, creio que sim – diz ela, porque faz sentido. – E deve estar muitíssimo decepcionada por ter tido sucesso apenas com uma das três.

– Sua mãe está fazendo um longo jogo – diz Nigellus, balançando a cabeça. – Ela esperou dezessete anos. Pode esperar um pouco mais.

Beatriz engole em seco.

– Por que está me contando isso? Para me insultar? Estou trancafiada neste lugar desgraçado. Já não é o suficiente?

Nigellus pesa com cuidado suas próximas palavras.

– Sabe como ainda estou vivo até hoje, Beatriz? – pergunta ele, mas não lhe dá chance de responder. – Não subestimo ninguém. Não é com você que vou começar.

Beatriz dá uma risada.

– Posso não estar morta, mas garanto que minha mãe me destruiu completamente.

Mesmo enquanto pronuncia essas palavras, Beatriz não acredita nelas. Prometeu a Pasquale que descobririam uma saída para aquela situação, e sabe que essa é a verdade. Mas é muito melhor que Nigellus – e por extensão a imperatriz – acredite que ela esteja irremediavelmente destruída.

Nigellus a surpreende ao balançar a cabeça, um sorriso irônico curvando seus lábios.

– Você não está destruída, Beatriz. Acho que nós dois sabemos disso. Está esperando para atacar, escolhendo seu momento. – Beatriz franze a boca, mas não nega. Ele prossegue: – Eu gostaria de ajudá-la.

Beatriz o observa por um momento. Não confia nele, nunca gostou dele, e há uma parte dela que ainda se sente como uma criança em sua presença, pequena e amedrontada. Mas se encontra presa em um buraco fundo e ele está lhe oferecendo uma corda. Não há nada a perder ao agarrá-la.

– Por quê? – pergunta ela.

Nigellus se inclina sobre a mesa, apoiando-se nos cotovelos.

– Nós temos os mesmos olhos, você sabe – diz ele. – Tenho certeza de que você ouviu os boatos em Bessemia, de que você e suas irmãs foram geradas por mim.

Se isso era um boato, nunca havia chegado aos ouvidos de Beatriz. Mas ele está certo – seus olhos são iguais aos dela, aos de Daphne, aos de Sophronia: prata pura e destilada. Tocados pelas estrelas, os olhos daqueles cujos pais recorreram à poeira estelar para concebê-los ou, em casos muito mais raros, quando um empyrea fez um pedido a uma estrela, derrubando-a do céu. Quando Beatriz foi enviada para Cellaria, a mãe lhe deu um colírio para esconder a cor de seus olhos, uma cor que a identificaria como herege em um país que considerava a magia das estrelas um sacrilégio. Ao ser enviada para a Sororia, não teve autorização para trazer nenhum pertence consigo, nem mesmo o colírio, então seus olhos voltaram à cor prata, mas ela supõe que, depois de usar a magia para tirar um homem da prisão, olhos tocados pelas estrelas são o menor de seus problemas.

Como se lesse sua mente, Nigellus assente.

– Fomos tocados pelas estrelas, você e eu. Sua mãe fez um pedido para conceber você e suas irmãs e eu derrubei estrelas para realizar o desejo dela. Presumo que minha própria mãe usou poeira estelar para me conceber, embora ela tenha morrido antes que eu pudesse lhe perguntar.

Sua mãe fez um pedido para conceber você. Beatriz tinha ouvido esse boato. Embora fazer pedidos utilizando poeira estelar fosse relativamente comum, quando realizados por empyreas criavam uma magia forte o suficiente para provocar milagres. Milagres como o que permitiu sua mãe engravidar de trigêmeas quando o pai, já na casa dos 70 anos, sabidamente nunca tivera um filho, legítimo ou não, mesmo com a ajuda de grandes quantidades de poeira estelar. Os pedidos de um empyrea às estrelas são raros, porque as estrelas são um recurso finito, mas Beatriz não se surpreende por sua mãe ter cruzado essa linha. Na verdade, é uma das menores transgressões que ela cometeu.

– E quem é tocado pelas estrelas – continua Nigellus, observando-a de perto – às vezes recebe um dom.

Beatriz mantém o rosto impassível, os pensamentos selados. Duas vezes ela já expressou um desejo às estrelas e nas duas vezes os desejos se tornaram realidade, deixando poeira estelar em seu rastro. Uma em cada dez mil pessoas é capaz de derrubar as estrelas com magia – Beatriz nunca pensou que seria uma delas, só que agora tem certeza de que é. Mas os dois estão em Cellaria, onde a feitiçaria é um crime passível de ser punido com a execução, e Nigellus já admitiu que a mãe a quer morta. Beatriz não está disposta a lhe entregar um punhal que pode ser usado contra ela.

– Se toda criança de olhos cor de prata fosse um empyrea, o mundo seria um lugar insano – argumenta Beatriz depois de um momento.

– Nem toda criança de olhos cor de prata recebe um dom – rebate ele, balançando a cabeça. – Na maior parte das vezes, o talento permanece adormecido, nunca é despertado, como é o caso das suas irmãs. Mas em você ele não está adormecido.

Quando a expressão de Beatriz não muda, ele ergue as sobrancelhas.

– Você já sabe quantas vezes fez isso? – diz ele, recostando-se na cadeira e avaliando-a.

– Duas – admite ela. – Ambas acidentalmente.

– É assim que começa – afirma ele. – A magia vem em rompantes, muitas vezes provocada por surtos extremos de emoção.

Beatriz pensa na primeira vez que apelou às estrelas, quando estava tão dominada pela saudade de casa que pensou que isso poderia destruí-la. E na segunda vez, quando o que mais queria no mundo era que Nicolo a beijasse. Por mais doloroso que seja admitir isso agora, à luz da traição dele, ela sabe que estava dominada pela emoção naquele momento. Como foi tola.

– Não importa quais talentos eu tenha ou não – diz ela, pondo-se de pé. – Eles suspeitam do que posso fazer, por isso sou mantida em um cubículo sem janelas a noite toda. A menos que você saiba como me tirar deste lugar...

– Eu sei – interrompe ele, inclinando a cabeça em sua direção. – Se concordar com minha oferta, você e eu sairemos daqui amanhã à noite. Você pode estar de volta a Bessemia em poucos dias.

Beatriz inclina a cabeça, observando-o, pensativa, enquanto avalia a oferta. Não é que seja ruim, mas ela suspeita que pode pressioná-lo ainda mais.

– Não.

Nigellus bufa.

– Você nem sabe o que eu quero – diz ele.

– Não importa. Não quero você e eu saindo daqui sozinhos. Se vai me tirar, precisa incluir Pasquale também.

Beatriz não sabe se já viu Nigellus surpreso, mas neste momento ele *está* surpreso.

– O príncipe cellariano? – questiona ele, franzindo a testa.

– Meu marido – corrige ela.

Embora o casamento nunca tenha sido consumado, e nunca vá ser, eles trocaram votos, tanto durante quanto depois da cerimônia. E são votos que Beatriz pretende cumprir.

– Ele está sendo mantido preso na Fraternia do outro lado do rio Azina, assim como eu estou aqui, sob uma acusação fraudulenta de traição – acrescenta ela.

Nigellus lhe dirige um olhar sábio.

– Pelo que ouvi, as acusações tinham mérito.

Beatriz cerra o maxilar, mas não nega. Eles haviam planejado derrubar o pai de Pasquale, o rei louco, isso era verdade. Traição pode até ser considerada uma descrição comedida – eles também haviam tido participação na fuga de outro traidor, e Beatriz era culpada de violar as leis religiosas de Cellaria com o uso de magia.

– Ainda assim. Se você conseguir tirar nós dois, então talvez a gente possa conversar sobre seus termos.

Nigellus faz uma breve pausa antes de assentir.

– Muito bem. Vou levar você e seu príncipe para um local seguro, fora de Cellaria.

Ela encara Nigellus, tentando avaliá-lo, mas é impossível. Não há como compreendê-lo, e ela seria uma tola se não esperasse que ele estivesse dois passos à sua frente, em um jogo cujas regras ela desconhece. Eles não estão do mesmo lado nem têm os mesmos objetivos.

Ela não deveria confiar nele. Mas não tem escolha.

– Fechado.

Daphne

Daphne vai se casar amanhã e há aproximadamente mil coisas que precisam ser feitas. O casamento já foi adiado para permitir que ela se recuperasse depois de ter levado um tiro na floresta próxima ao castelo, mas agora o ferimento está curado – com uma pequena ajuda da magia estelar da empyrea Aurelia – e todos estão ansiosos para ver Daphne e Bairre casados. Ninguém mais, talvez, do que a própria Daphne.

Ela escreveu para a mãe assim que retornou ao castelo, compartilhando as revelações de Bairre e Aurelia, embora não tenha chegado a contar os momentos em que ela, Beatriz e Sophronia passaram na cabeça uma da outra, ou a incômoda suspeita de que ela ouvira e sentira Sophronia morrer. Daphne sabe que isso não tem lógica e, desde que não expresse em palavras o que sentiu, não se tornará real.

Além do mais, há diagramas de assentos para finalizar, um vestido que precisa de uma prova final e tantos convidados enchendo o castelo, vindos de todas as partes de Friv, com quem Daphne precisa socializar. Ela não tem tempo para pensar na irmã possivelmente morta.

Ah, mas Sophronia surge furtivamente em seus pensamentos o tempo todo – o florista sugere adicionar margaridas, a flor favorita de Sophronia, ao seu buquê; um lorde das montanhas lhe conta uma história de fantasmas que teria aterrorizado a irmã; a camareira escolhe para Daphne um delicado colar de opala que foi presente de Sophronia no aniversário de 15 anos delas. Pelo menos uma dúzia de vezes por dia, Daphne se pega pensando na carta que redigiria para a irmã, mas então a lembrança de sua última conversa a detém bruscamente.

Ela não *sabe* que Sophronia está morta. Foi o que Bairre lhe disse quando a conexão com as irmãs foi interrompida e ela se viu de volta à casa de Aurelia. Ele fez de tudo para tranquilizá-la e Daphne fingiu que as tentativas funcionaram, mas, quando seu olhar encontrou o de Aurelia, soube que a mulher compreendia a verdade tão bem quanto ela.

O sangue de estrelas e majestade derramado. Sophronia, com o sangue de imperadores e estrelas em suas veias, estava morta, assim como as estrelas haviam previsto.

Mas Daphne não pode pensar nisso agora. Também não pode pensar que assassinos tentaram matá-la três vezes. E não pode pensar em Bairre, com seus muitos segredos, que agora conhece alguns dos dela e ainda a quer apesar deles. Ela não pode pensar em Beatriz, afundada em seus próprios reveses em Cellaria. Se pensar em qualquer uma dessas coisas, vai desmoronar, por isso se concentra no dia de amanhã, em finalmente realizar aquilo para que foi criada e a única coisa que pode controlar: casar-se com o príncipe herdeiro de Friv.

– Nunca vi uma noiva tão perturbada – diz Cliona.

A garota praticamente a obrigou a uma caminhada pelos jardins cobertos de neve do castelo de Eldevale. Daphne teria preferido ficar no interior do castelo, repassando cada detalhe planejado para a cerimônia e esperando ansiosamente que chegasse alguma notícia de Temarin, Cellaria ou Bessemia. É estranho saber que sua irmã está morta, mas ainda assim não poder chorar por ela.

– Nunca? – pergunta Daphne, olhando para Cliona com as sobrancelhas erguidas. – Acho que nunca vi uma noiva em outra condição.

Ela não consegue evitar olhar por cima do ombro, para onde seis guardas seguem cada movimento seu. Eram dois da última vez que elas caminharam nesse jardim, e antes disso não havia nenhum. No entanto, com o casamento tão próximo e alguém tão determinado a matar Daphne, o rei Bartholomew ordenou que sua segurança fosse reforçada.

Daphne sabe que deveria ser grata, mas a presença constante deles a irrita. Além disso, Cliona tem um motivo tão bom para querê-la morta quanto qualquer outro e, sem dúvida, ela poderia cravar um punhal entre as costelas de Daphne antes que qualquer um dos seis guardas conseguisse dar um passo, se é que se dariam a esse trabalho, pois Daphne apostaria que pelo menos metade deles trabalha para o pai de Cliona, lorde Panlington, o líder dos rebeldes.

Esse pensamento deveria alarmar Daphne, mas não é o que acontece. Afinal, os inimigos estão por toda parte e há algum conforto em saber exatamente quem é Cliona: a filha do chefe da rebelião, tão mortífera e manipuladora quanto a própria Daphne.

Talvez seja por isso que Daphne gosta dela.

Além disso, sabe que os rebeldes não a querem morta – pelo menos não por enquanto. Não quando eles têm o próprio Bairre do lado deles. Não quando pensam que também têm Daphne.

– Talvez a maioria das noivas se sinta mesmo ansiosa – admite Cliona. – Mas não doente... Você está pálida como um fantasma.

– A culpa é do clima de Friv – argumenta Daphne, voltando o olhar para o céu cinzento. Agora que o inverno chegou de vez, não há um só indício de azul. – Faz tanto tempo que não sinto o sol na minha pele que esqueci qual é a sensação.

Cliona ri, o som leve e alegre mesmo quando ela dá um aperto no braço de Daphne e baixa a voz:

– Bem, logo, logo você estará de volta a Bessemia, tenho certeza.

Daphne lhe dirige um olhar de esguelha; Cliona deveria saber que não é seguro falar assim na frente dos guardas. Na verdade, com certeza sabe disso – o que confirma a suspeita de Daphne de que pelo menos a maior parte dos guardas está do lado dela.

– Estou supondo, então – arrisca Daphne, imitando Cliona no tom e no volume da voz –, que não vai haver casamento amanhã, afinal.

Cliona sorri.

– Ah, quanto menos você souber sobre isso, melhor, princesa – replica ela. – Mas tente parecer um pouco mais com a noiva virtuosa que deveria ser, certo? Não deve ser muito difícil, considerando como a situação ficou agradável entre você e Bairre.

Daphne sente um rubor subir até suas bochechas, mas diz a si mesma que é apenas efeito do vento do inverno frívio. Não tem absolutamente nada a ver com a lembrança dos lábios de Bairre roçando os dela ou a maneira como ele diz seu nome, cheio de reverência e uma pontada de medo.

Nos últimos dias, não houve tempo para falar sobre o beijo, nem qualquer outra coisa, na verdade. Seus guardas costumam estar presentes e nenhum dos dois quer ter uma conversa dessas com plateia.

Ela fica surpresa por Cliona ter percebido algo diferente entre eles, e se pergunta, com um crescente horror, se ela e Bairre falaram sobre o assunto.

Afinal de contas, ele está trabalhando com os rebeldes. Bairre e Cliona provavelmente tiveram muitas conversas sobre ela. Com sorte, aquele beijo é a coisa mais incriminadora de suas conversas.

– Ah, não precisa me olhar com essa fúria – diz Cliona, revirando os olhos. – Basta sorrir um pouco. Prometo que isso não vai matá-la.

A boca de Daphne se retorce em um sorriso sardônico.

– Uma escolha de palavras questionável, Cliona. Considerando tudo.

Cliona dá de ombros.

– Ah, depois do que vi na floresta, tenho pena de qualquer um que tente matar você. Parece um passatempo perigoso.

– Me desculpe, mas refresque minha memória: qual de nós cortou a garganta de um homem? – pergunta Daphne.

– Só estou dizendo que a julguei mal, Daphne – responde Cliona. – Achei que você não duraria uma semana em Friv, mas aqui está você, se virando muito bem.

É quase um elogio, e deixa Daphne desconfortável.

– Bem, como você disse: logo, logo irei embora.

– Sim – concorda Cliona. – E acho que vou sentir sua falta.

Ela diz essas palavras em tom casual, mas uma rápida olhada confirma que está falando sério. Algo se aperta no peito de Daphne e ela se dá conta de que também vai sentir falta de Cliona. Nunca teve uma amiga antes, apenas irmãs.

Antes que Daphne possa responder, o chefe de sua guarda dá um grito e o restante dos homens saca a arma, a atenção focada em uma figura encapuzada que se aproxima. Daphne mal consegue distingui-la entre os corpos dos guardas que a cercam, mas a reconhece na mesma hora.

– É só o príncipe – afirma ela no momento em que Bairre puxa o capuz para trás, revelando os cabelos castanho-escuros longos e os traços bem-definidos.

Os guardas se separam e Bairre dá um passo em direção a Daphne, os olhos fixos nela enquanto dirige a Cliona um rápido aceno de cabeça.

– Daphne – diz ele, e algo na voz imediatamente mexe com seus nervos. – Chegou uma carta.

Ela sente um aperto no peito.

– De Temarin? – pergunta. – Sobre Sophronia?

Ela não vai conseguir ler. Parte dela sabe que a irmã está morta, mas ver isso escrito em uma letra elegante com complacência fingida? Não tem estômago para isso.

Bairre balança a cabeça, mas a ruga não some de sua testa.

– Da sua mãe – responde ele, e talvez isso devesse tranquilizá-la, mas, por seu jeito de falar, ela sabe que ele já leu a carta. E que é algo pior.

– Onde está? – ela se ouve perguntar.

– No seu quarto – diz ele, olhando os guardas. – Pensei que você gostaria de alguma privacidade.

Minha querida Daphne,

É com pesar no coração que devo lhe comunicar que nossa querida Sophronia foi executada por rebeldes em Temarin. Não tema, pois esta grave injustiça foi retribuída e eu já assumi o trono temarinense e cuidei para que cada pessoa responsável por esse ato hediondo fosse condenada à morte. Sei que isso lhe trará pouco consolo, mas fui informada de que o sofrimento dela foi leve e a morte, rápida.

Como mãe, não há tristeza maior do que enterrar um filho, embora saiba que o que você está sentindo agora certamente é bem similar. Sei que dependerei ainda mais de você e de Beatriz para me consolar.

Disseram-me que o rei Leopold conseguiu fugir do palácio antes que os rebeldes pudessem executá-lo junto com Sophronia, embora não haja sinal dele desde então. Se receber notícias dele, por favor, me avise, pois tenho certeza de que ele vai querer o trono de volta.

Sua mãe devotada,
Imperatriz Margaraux

Daphne lê as palavras três vezes, o tempo todo ciente de que Bairre e Cliona a observam. Na primeira vez, simplesmente absorve a mensagem – Sophronia morta, executada por rebeldes, Temarin sob o governo de Bessemia, os rebeldes que a mataram executados. Na segunda vez, procura um sinal de que a mensagem está codificada, mas não encontra nenhum. Na terceira leitura, se concentra no que a mãe diz nas entrelinhas.

Eu já assumi o trono temarinense.

Bem, esse sempre foi o plano, certo? Sem a menor dúvida, foi executado mais rápido do que Daphne pensou ser possível, e Sophronia deveria estar lá para receber os exércitos da mãe. O pensamento faz embrulhar o estômago de Daphne, mas ela o afasta para se concentrar na carta.

Sei que dependerei ainda mais de você e de Beatriz para me consolar.

Daphne tem certeza disso, embora duvide que "consolo" seja o termo adequado. Sem Sophronia, Daphne e Beatriz terão que se esforçar muito mais para ajudar nos planos da imperatriz. Daphne pensa em Beatriz – sob prisão domiciliar no palácio de Vallon, segundo as últimas notícias, em grande parte porque, como Sophronia, descumpriu as ordens da mãe. Se a imperatriz não sabia disso quando escreveu a carta, certamente sabe agora, logo um peso ainda maior repousa sobre os ombros de Daphne. Ela volta sua atenção para a parte sobre o rei Leopold.

Disseram-me que o rei Leopold conseguiu fugir do palácio antes que os rebeldes pudessem executá-lo junto com Sophronia, embora não haja sinal dele desde então.

Então Leopold escapou. Daphne o odeia por isso. Como ele pôde ter sobrevivido e sua irmã não? Sophronia o mencionou da última vez que se falaram, dizendo que seus amigos estavam a caminho – Leopold e Violie. Mas certamente eles procurariam Beatriz em vez dela, dadas as conexões da família de Leopold com a família real de Cellaria. Talvez ela devesse passar essa informação à mãe, mas não sabe como fazer isso sem revelar as palavras finais de Sophronia e o fato de que ela mesma as proferiu. A perspectiva de compartilhar esses momentos com qualquer pessoa faz Daphne sentir-se mal.

De uma coisa, porém, Daphne tem certeza: sua mãe não tem a menor intenção de devolver o trono a Leopold, por mais que finja o contrário. Ela também percebe que não há menção aos dois irmãos de Leopold. Se ele está morto, por direito o trono deve passar para um dos irmãos dele, mas Daphne sabe que a mãe não permitirá que isso aconteça.

Ela ergue os olhos da carta, dirigindo-os para Bairre e Cliona.

– Minha irmã morreu – anuncia.

Não é a primeira vez que diz essas palavras em voz alta. Ela as proferiu para Bairre e Aurelia assim que encerrou a conversa com Sophronia e

Beatriz, a voz entrecortada pelas lágrimas. Dessa vez, enuncia as palavras com calma, embora ainda sinta que elas ameacem estrangulá-la.

Bairre não se mostra surpreso, mas Cliona, sim. Sua testa se franze e ela dá um passo em direção a Daphne, como se fosse abraçá-la, detendo-se quando Daphne ergue a mão. Não quer ser tocada agora, não quer ser consolada. Se alguém a tocar, ela desmoronará. Então, se empertiga e amassa a carta em sua mão.

– Executada por rebeldes – acrescenta. Um toque de veneno perpassa suas palavras e Cliona dá um passo para trás, cambaleando.

Até então, Daphne desconhecia esse detalhe, que aprofunda ainda mais a ferida, porque aqui está ela, conspirando com rebeldes. Sabe que esse raciocínio não é lógico, que Cliona, Bairre e os outros rebeldes frívios nada têm a ver com a morte de Sophronia, mas a centelha de raiva lhe dá uma sensação boa. É a única coisa que faz isso, então se agarra a ela.

– Rebeldes temarinenses – observa Bairre, lógico como sempre, mas pela primeira vez Daphne despreza a lógica.

– Sophronia era ingênua – diz ela, aprumando os ombros. – Confiou em quem não devia.

Ela não sabe o quanto de verdade há nisso, mas, assim que enuncia as palavras em voz alta, acredita nelas. Faz sentido, é algo a que pode se segurar, a que pode atribuir a culpa. Sophronia confiava nas pessoas erradas, que estão mortas agora. Sua mãe estava certa: saber disso traz pouco consolo, mas pelo menos é algum consolo.

– Daphne – arrisca Bairre, a voz cautelosa.

– Sinto muito por sua perda – comenta Cliona. – Mas os radicais temarinenses eram tolos impulsivos que não tinham nenhum plano além de executar aqueles que viam como a elite. Você sabe que não é a mesma coisa – acrescenta ela, inclinando a cabeça. – Além disso, é um pouco tarde para recuar agora.

O lampejo de ternura se foi e Cliona está de volta ao seu jeito afiado de sempre. Daphne sente-se grata por isso.

– Acho que já passamos desse ponto – replica Daphne. – Mas, ainda assim, vocês precisam saber que eu não sou minha irmã.

Daphne sente as mãos tremerem, a garganta começar a apertar. Está prestes a desmoronar e se recusa a permitir que isso aconteça diante deles. A vergonha poderia simplesmente matá-la.

Cliona a observa por um momento e faz um breve aceno com a cabeça.

– Você deve querer tempo para viver o seu luto – conclui. – Bairre e eu transmitiremos a notícia ao rei e apresentaremos as desculpas para sua ausência no jantar.

Daphne assente, mas não confia em si mesma para falar. Se fizer isso, não tem certeza do que vai sair. Cliona deixa o quarto, porém Bairre se demora mais um pouco, os olhos fixos em Daphne.

– Eu estou bem – garante ela. – Não é uma surpresa, não é? Eu sabia que ela... eu sabia que ela havia partido.

Bairre balança a cabeça.

– Eu sabia que Cillian estava morrendo – afirma ele, e Daphne se lembra de quando se conheceram, poucos dias depois de ele ter perdido o irmão. – Fazia muito tempo que eu sabia disso. Mas não doeu menos quando ele realmente se foi.

Daphne pressiona os lábios. Parte dela quer diminuir a distância entre eles e se jogar nos braços de Bairre. Se fizesse isso, ele iria abraçá-la, confortá-la. Mas seria uma demonstração de fraqueza e ela não tolera esse pensamento.

– Obrigada – diz simplesmente. – Não creio que seu pai vá querer adiar mais uma vez o casamento, com todo o povo das montanhas aqui. Por favor, assegure a ele que estarei bem para seguir adiante amanhã.

Por um momento, Bairre parece querer dizer alguma coisa, mas pensa melhor. Ele a cumprimenta mais uma vez com um gesto de cabeça antes de sair pela mesma porta pela qual Cliona passou, fechando-a com firmeza.

Mesmo sozinha, Daphne não consegue chorar. Ela se deita na cama, olha para o teto e ouve as últimas palavras de Sophronia ecoarem sem parar em sua mente.

Eu as amo até as estrelas.

Violie

Durante o tempo em que trabalhou no palácio temarinense, Violie se acostumou a certo conforto, mesmo como criada: sua cama era sempre macia e grande o suficiente para ela se esticar com facilidade, suas roupas estavam sempre lavadas, ela tomava banho com frequência. Depois de cinco dias na floresta de Amivel, sabe que nunca mais deixará de valorizar esses pequenos luxos.

Ainda assim, está se saindo melhor do que o rei Leopold, que, Violie suspeita, nunca experimentou um momento do mais leve desconforto na vida.

Bem, isso não é justo, pondera consigo mesma. Tem certeza de que Leopold ficou bastante desconfortável quando Ansel o manteve prisioneiro durante o cerco ao palácio. Quando apareceu pela primeira vez do nada na caverna, nas profundezas da floresta de Amivel, onde Violie e Sophronia haviam concordado em se encontrar, seus pulsos estavam vermelhos e esfolados por terem ficado amarrados por tanto tempo. Violie usou uma tira de tecido de seu vestido e água limpa do rio Merin, que corria ali perto, para cuidar das lesões enquanto ele contava o que havia acontecido.

Sophronia mentiu para ela, mentiu para os dois. Ela nunca teve a intenção de salvar a si mesma, apenas Leopold. Violie nem conseguia ficar zangada com isso – afinal, também mentira para Sophronia mais vezes do que falara a verdade. Só queria que Sophronia tivesse sido egoísta pelo menos uma vez na vida, embora isso fosse o mesmo que desejar que as estrelas não brilhassem.

Violie observa Leopold dormindo sobre um fardo de feno perto dela, em um pequeno celeiro vazio, ao lado de uma casa de campo que parece abandonada – que um dia foi uma fazenda, ela supõe. Não há sinal de vida – nem animal, nem humana.

Pelo menos o celeiro permanece de pé e os poucos fardos de feno deixados ali proporcionam uma cama mais confortável do que qualquer outra que ambos tiveram nos últimos dias.

Sophronia estava tão apaixonada por Leopold..., pensa Violie, observando a expressão relaxada do rapaz – os cabelos cor de bronze desgrenhados e sujos como provavelmente nunca estiveram, as olheiras e a boca entreaberta –, que trocou a própria vida pela dele.

Não é justo Violie ressentir-se dele por esse motivo, mas ela se ressente mesmo assim. E agora ela carrega o peso de um rei inútil – nada menos que um rei inútil, cuja cabeça está a prêmio e que muitos prefeririam simplesmente matar a capturar pela recompensa.

Não pela primeira vez, Violie pensa em abandoná-lo. Poderia fugir antes que Leopold acordasse e ele nunca conseguiria encontrá-la, mesmo que se desse ao trabalho de procurar. Ela estaria livre dele, livre para voltar para sua mãe, livre de qualquer responsabilidade.

Me prometa que, aconteça o que acontecer, você cuidará de Leopold.

A voz de Sophronia volta à sua mente, extraindo uma promessa que Violie nunca pensou que teria que cumprir, não dessa forma. Ainda assim, ela prometeu.

Os olhos de Leopold estremecem, abrindo-se lentamente, a testa franzida, como acontece todas as manhãs, enquanto ele absorve o ambiente estranho. Então, eles a encontram e ela testemunha mais uma vez os últimos seis dias voltando-lhe à consciência. Violie observa seus olhos se arregalarem, a mandíbula se contrair, o coração se partir, como acontece todas as manhãs, quando ele recorda que Sophronia morreu.

Violie não precisa se lembrar disso. Em seus pesadelos, vê a cena se repetir várias vezes, observa Sophronia, pálida e maltrapilha depois de dias como prisioneira, ser conduzida pelos degraus até o cadafalso, observa o carrasco guiar sua cabeça até o bloco de madeira, molhado com o sangue de todos que vieram antes dela, assiste à lâmina de prata da guilhotina descer, separando a cabeça de Sophronia do corpo enquanto a multidão em torno de Violie e Leopold aplaude.

Sophronia nem gritou. Ela não chorou nem implorou por sua vida. Naquele momento, parecia estar a quilômetros de distância, e isso, Violie diz a si mesma, foi a única e diminuta bênção que as estrelas lhe deram.

Não, Violie nunca esquece, nem quando dorme.

– Vamos alcançar as montanhas de Alder hoje – diz ela, embora tenha certeza de que Leopold sabe disso.

Precisa dizer algo para preencher o silêncio constrangedor que os envolve com tanta frequência. Eles eram estranhos na semana anterior... Violie acha que ele nem a vira quando ela era a camareira de Sophronia. Agora, cada um deles é tudo o que o outro tem, os dois unidos pelo ato final de Sophronia.

Leopold assente, mas não fala, então Violie se sente compelida a continuar:

– Há uma rota comercial popular perto do mar. Teremos mais sorte avançando por lá do que tentando escalar as montanhas. Mas devíamos dar uma olhada na casa antes de partir. Acho que ninguém vem aqui há algum tempo, talvez haja alguma comida ou qualquer coisa que possamos vender...

Ela se interrompe diante da expressão horrorizada de Leopold.

– Você quer que eu roube meu próprio povo? – pergunta ele.

Violie cerra os dentes.

– Eles não são o seu povo; pelo menos, não agora – replica ela. – E, se você morrer nas montanhas de Alder, jamais voltará a governar Temarin.

– Eu não ligo, não posso simplesmente...

– Prometi a Sophronia que iria mantê-lo em segurança – diz ela. – Você vai permitir que o sacrifício dela seja desperdiçado só para honrar princípios que são, me perdoe dizer, totalmente inúteis a esta altura?

É um golpe baixo, mas cumpre seu propósito, e o maxilar de Leopold se contrai. Nos últimos dias, Violie aprendeu que mencionar Sophronia é uma maneira infalível de silenciá-lo, embora também a deixe um pouco desnorteada.

A vontade de se desculpar cresce nela, mas, antes que possa fazer isso, um som vindo do lado de fora do celeiro atrai a atenção deles: passos.

Violie se apressa em pegar o punhal que mantém sempre ao alcance da mão – desta vez, está cravado no fardo de feno ao lado de onde ela dormiu. Na ponta dos pés, vai até a porta do celeiro e ouve o murmúrio baixo de vozes falando em... cellariano?

Seu domínio do idioma não é tão bom quanto seu conhecimento de bessemiano ou temarino, mas ela reconhece a cadência das palavras.

Franze a testa, olhando para Leopold, que também deve ter ouvido, pois parece igualmente perplexo. Embora estejam perto das montanhas de

Alder, que servem como fronteira entre Temarin e Cellaria ao sul, não há muitos viajantes entre os países além dos mercadores, e eles estão longe de quaisquer estradas principais que os mercadores possam tomar.

Os passos e as vozes se aproximam, e Violie se cola à parede ao lado da porta, enquanto Leopold se agacha atrás de um fardo de feno, tendo nas mãos um pedaço grande de pau que vem usando como arma improvisada.

A porta se abre e dois homens entram, um de meia-idade e o outro mais ou menos da idade de Violie e Leopold. Os dois parecem exaustos, mas Violie observa que suas roupas, mesmo com a sujeira, são de boa qualidade.

Não importa quem são, pensa Violie. *Todos em Temarin estão à procura de Leopold, o rei fugitivo com a cabeça a prêmio. Se essas pessoas descobrirem quem ele é, os dois serão mortos.* Ela aperta o punhal com mais força e se prepara para atacar, mas a voz de Leopold a detém.

– Lorde Savelle? – pergunta, erguendo-se.

O homem mais velho se vira na direção de Leopold, piscando repetidas vezes, como se esperasse que ele desaparecesse diante de seus olhos.

– Majes... Majestade? – espanta-se. – Certamente isso não pode... Rei Leopold? – pergunta, como se o fato de pronunciar o nome em voz alta pudesse destruir a ilusão.

Leopold baixa o bastão e balança a cabeça como se tentasse organizar a mente.

– Sou eu – confirma ele. – Pensei que você estivesse em uma prisão cellariana, ou morto.

– E eu pensei que Vossa Majestade estivesse em seu palácio – diz lorde Savelle, olhando para Leopold com a testa franzida. – E bem mais limpo também.

– Pouco depois de recebermos a notícia de sua prisão, houve um golpe... Mal conseguimos escapar do palácio. Estamos a caminho de Cellaria para buscar refúgio com meu primo.

O homem mais jovem balança a cabeça.

– Pasquale e Beatriz foram presos por traição – informa ele. – Nós também conseguimos escapar.

– Estrelas do céu – pragueja Violie, olhando para Leopold, que pigarreia.

– Lorde Savelle, esta é...

– Não há necessidade de apresentações; já detectei o sotaque bessemiano – diz lorde Savelle, oferecendo a Violie uma tentativa de sorriso. – Rainha

Sophronia, suponho. Sua irmã salvou minha vida a um grande custo para si mesma, e sou eternamente grato.

Violie sente um aperto no peito. Sabe que ela e Sophronia são parecidas, sabe que essa é parte da razão pela qual a imperatriz a recrutou, mas agora esse conhecimento faz seu estômago se revirar.

– Parece que as mulheres dessa família têm isso em comum – observa ela com uma careta. – Infelizmente a rainha Sophronia não escapou do cerco ao palácio. Eu era a camareira dela. Meu nome é Violie.

– A rainha Sophronia também está presa? – indaga o homem mais jovem, as palavras em temarino carregadas com o sotaque cellariano.

Ele é bonito, tem um ar aristocrático; o tipo de homem cuja ternura e bondade ainda não foram destruídas.

Violie e Leopold trocam um olhar.

– Não... – Leopold consegue dizer. – Ela foi executada.

Desde que voltaram correndo para Kavelle depois de perceber que Sophronia mentira sobre seus planos, eles não falaram sobre esse assunto.

Os olhos de lorde Savelle e de seu companheiro se arregalam.

– Deve haver um engano – diz o lorde.

Violie engole em seco. Mais uma vez, vê a lâmina descer e a cabeça loura de Sophronia rolar para longe do corpo. Havia tanto sangue.

– Não há – responde ela antes de se virar para o rapaz. – Quem é você?

– Ambrose – diz ele. – Eu sou... Eu era... Pasquale e eu somos... amigos.

– Ele me ajudou a escapar de Cellaria – explica lorde Savelle. – A princesa Beatriz usou magia para me tirar da prisão, e eu encontrei Ambrose e o príncipe Pasquale no porto. Nosso barco estava quase fora do campo de visão quando vimos os guardas chegarem e prenderem o príncipe Pasquale.

Violie olha com intensidade para Leopold.

– Vamos precisar de outro plano, então – comenta ela.

– E nós também – replica lorde Savelle. – Estávamos indo ao seu encontro, embora suponha que agora você não tenha exércitos prestes a invadir Cellaria.

– Ele não – diz Violie. – Mas a imperatriz de Bessemia tem.

Lorde Savelle franze a testa, olhando de Leopold para Violie.

– O que a mãe da princesa Beatriz tem a ver com isso?

– É uma longa história – responde Violie. – E certamente um pouco de comida me faria bem antes de contá-la.

Ambrose ergue uma mochila.

- Compramos comida com o que restava de nosso dinheiro - anuncia ele. - Sirvam-se à vontade.

- Ah, não poderíamos... - começa Leopold, mas Violie está faminta demais para ser educada.

- Obrigada.

Durante um café da manhã de pão e queijo na cozinha da casa abandonada, Violie conta a eles tudo o que o bom senso lhe permite: como as princesas de Bessemia foram treinadas como espiãs para promover o objetivo de sua mãe de conquistar o continente, como a própria Violie foi recrutada dois anos atrás para espionar Sophronia, que a imperatriz via como fraca demais para levar a cabo sua parte do plano, como Sophronia *de fato* agiu contra os propósitos da mãe e como a imperatriz trabalhou em conjunto com a mãe de Leopold, a rainha Eugenia, para derrubar Leopold e Sophronia do trono e executá-los.

- Tentei ajudar Sophronia a escapar, mas ela insistiu em não ir embora sem Leopold - conta Violie, comendo o que resta do pão e do queijo. - O plano era que usasse um pedido que a mãe tinha dado a ela e às irmãs e se transportasse com Leopold para uma caverna longe do palácio, onde eu estaria à espera...

- No entanto, ela sabia o tempo todo que o pedido só seria forte o suficiente para salvar um de nós - acrescenta Leopold -, e ela o usou em mim antes que eu pudesse impedi-la.

- O pedido... ela estava usando uma pulseira com uma pedra semelhante a um diamante? - pergunta lorde Savelle.

Leopold e Violie confirmam.

- A princesa Beatriz usou o dela para me salvar.

- Portanto, não podemos contar com Cellaria para proteção - conclui Leopold. - Também não podemos ficar em Temarin, e Bessemia não é confiável. Talvez Friv? A irmã de Sophronia que está lá pode oferecer ajuda: Daphne.

Violie consegue se conter e não fazer uma careta, mas tudo o que sabe sobre a princesa Daphne lhe diz que seria improvável que ela agisse contra a imperatriz. No entanto, Leopold tem razão, é no improvável que se encontra a melhor chance de conseguir proteção. Mas Violie não está interessada em proteção.

– Vocês três devem ir para Friv – anuncia ela, pressionando o dedo na mesa de madeira para pegar até a última migalha. Afinal, quem sabe quando será a próxima refeição? – Vou seguir para Cellaria, para me encontrar com Beatriz.

Os três a encaram, chocados, mas para Violie esse plano é perfeito. Ao confiar Leopold aos cuidados de lorde Savelle, não terá mais que ser a babá dele, e metade de sua dívida com Sophronia estará saldada. Se eu puder resgatar Beatriz, pensa Violie, Sophronia as consideraria quites.

Lorde Savelle é o primeiro a quebrar o silêncio, pigarreando.

– Quando atracamos em Temarin, ouvimos um boato entre alguns marinheiros de que a princesa Beatriz e o príncipe Pasquale haviam sido enviados para uma Sororia e uma Fraternia nas montanhas de Alder – informa ele. – Esperávamos obter o apoio das forças temarinenses antes de tentar libertá-los. Tentar fazer isso sem um exército é... bem...

– Uma sentença de morte – conclui Leopold. – As montanhas de Alder por si só ceifam pelo menos uma dúzia de vidas por ano, e as Sororias e Fraternias cellarianas são praticamente prisões. Não dá para simplesmente entrar e sair de lá.

– Eu vou com você – diz Ambrose, pegando Violie de surpresa.

Quando ela encontra seu olhar firme, sabe imediatamente que não haverá como dissuadi-lo. Ela assente.

– Sem querer ofendê-lo, Ambrose, mas isso não é muito encorajador – comenta Leopold.

Ambrose dá de ombros.

– Eu teria dado meia-volta e retornado para buscá-los assim que ouvimos o boato, mas precisava deixar lorde Savelle em segurança, como disse que faria. Violie tem razão: vocês dois devem seguir para Friv. Nós vamos voltar para Cellaria.

– E fazer o quê? – pergunta Leopold.

Violie olha para Ambrose.

– Não sei, mas é uma viagem de alguns dias. Tempo suficiente para planejar no caminho.

Leopold fita Violie, a testa franzida. Depois de um momento, ele assente brevemente.

– Tudo bem, eu também vou.

Violie bufa.

– Você não pode estar falando sério – diz ela.

– Tanto quanto você – replica ele. – Você não é a única que tem uma dívida.

No fundo, Violie sabe que ele tem razão, que ela não é a única atormentada pela culpa e assombrada pela morte de Sophronia. Apesar de todos os muitos defeitos de Leopold, ele a amava.

– Você tem muitas dívidas – argumenta ela, deixando de lado qualquer simpatia que tenha por ele. – Mas não acha que seria melhor pagá-las em Friv?

Leopold mantém o olhar fixo em Violie, mas não revida como ela espera. Em vez disso, suspira.

– Não – responde ele. – Não acho. Sophronia queria que fôssemos a Cellaria para encontrar Beatriz e Pasquale. As atuais circunstâncias perigosas não a fariam mudar de ideia, nem tampouco a mim. – Ele se vira para lorde Savelle, que tem a testa franzida, pensativo. – Você consegue seguir para Friv por conta própria?

– Ninguém está me procurando. Se viajar sozinho, devo evitar ser notado, mas não há nada para mim em Friv. Tenho um primo distante nas ilhas Silvan... em Altia – acrescenta o lorde, citando uma das ilhas menores. – Vou esperar pelos acontecimentos de lá, e se algum de vocês precisar de ajuda ou abrigo, me procurem.

– Com que dinheiro? – pergunta Violie. – Pensei que tivesse dito que gastou seu último áster.

Lorde Savelle dirige a ela um meio sorriso.

– Não estou tão velho que não possa trabalhar em troca da passagem, minha querida – responde ele. – Vou esfregar o convés ou limpar peixe se for preciso.

– Aqui – diz Leopold, vasculhando os bolsos do casaco e tirando um alfinete, a joia que ele usava na noite do cerco.

É uma das poucas coisas que ainda tem, além do anel de sinete, das abotoaduras de diamante e da capa de veludo com fivela de rubi. Embora os itens valham o suficiente para mantê-los alimentados por um ano ou mais, vendê-los em Temarin é muito arriscado. Lorde Savelle está certo, porém – ninguém está procurando por ele e, depois de todos esses dias na estrada, ninguém vai suspeitar que seja da nobreza. Vão presumir que ele roubou a joia e, provavelmente, o elogiarão por isso.

Lorde Savelle pega o alfinete e o guarda no bolso.

– E vocês três? – pergunta ele.

– Se você pode trabalhar, nós também podemos – replica Leopold, dando de ombros.

– No caminho para cá, nós paramos em uma pousada no pé das montanhas – observa Ambrose. – Eles nos deixaram lavar pratos e limpar estábulos em troca do jantar e de uma cama.

– Por mim está ótimo – diz Leopold, e Violie não contém um muxoxo.

Ela duvida que Leopold sequer saiba o que significa limpar um estábulo. Ele não tem que ir nessa viagem. Só vai atrasá-los e, provavelmente, reclamar o tempo todo. Ela abre a boca para protestar de novo, mas a fecha com a mesma rapidez.

Prometeu a Sophronia que o manteria seguro. Não vai cumprir a promessa deixando-o por mais tempo em Temarin com lorde Savelle, não quando o país inteiro está à procura dele. Cellaria é o destino mais seguro.

– Não podemos perder tempo, então – diz ela, afastando-se da mesa e levantando-se. – A casa pode estar abandonada, mas não quero correr o risco de cruzar o caminho de mais ninguém. Duvido que seriam pessoas tão amigáveis quanto vocês dois.

Beatriz

De volta à cela, Beatriz senta-se de pernas cruzadas na cama, a saia do vestido cinza comprido espalhada à sua volta, os olhos fechados. Não havia muito tempo para repassar tudo que ela precisava saber sobre esse novo poder desperto dentro dela, mas Nigellus enfatizou a importância da concentração e da paciência – duas qualidades que nunca foram o forte dela.

No entanto, se Beatriz se mantiver completamente imóvel e de olhos fechados, sabe que há poucas chances de deixar passar o sinal de Nigellus. Em uma das mãos, segura o frasco de poeira estelar que ele lhe entregou antes de ir embora, o vidro aquecido por sua pele, uma vez que praticamente não o soltara durante o dia.

A qualquer momento, Nigellus vai dar o sinal. Quando isso acontecer, Beatriz precisa estar pronta.

A qualquer momento.

Beatriz abre os olhos apenas o suficiente para examinar a cela ao seu redor. E se ela deixou o sinal passar? Talvez fosse muito baixo para atravessar as paredes de pedra de sua cela. Talvez...

Antes que possa concluir o pensamento, um trovão ressoa alto e perto o bastante para que o jarro de água em sua mesa caia da borda e se espatife no chão de pedra.

Beatriz se põe de pé num salto, destampando o frasco de poeira estelar e salpicando-o sobre a mão, lembrando-se do desejo que Nigellus a fez decorar, palavra por palavra, para que não houvesse erro.

Desejos são traiçoeiros, ele disse, como se ela não tivesse usado poeira estelar com relativa frequência enquanto crescia. Beatriz sabe que a chave para um desejo bem-sucedido é a especificidade – a magia é como a água em um balde: se houver furos, ela se perderá através deles.

– Quero que um raio atinja minha cela e abra um buraco do tamanho do meu punho – pede ela, as palavras saindo em um jorro.

Assim que deixam seus lábios, outro trovão soa fora da cela e pedras se soltam da parede, caindo no chão em uma nuvem de poeira.

Beatriz corre para lá, o coração batendo forte. Nesse mesmo instante, ela ouve os gritos surpresos das irmãs da Sororia, e será apenas uma questão de tempo até que alguém venha ver como está. Ela espia pelo buraco na parede, fazendo um rápido inventário das constelações que pode ver: o Coração Solitário, a Asa do Corvo e a Lua Falsa. O Coração Solitário significa sacrifício, a Asa do Corvo significa morte – Beatriz não deseja atrair nenhuma dessas constelações nesta noite, nem em qualquer outra. A Lua Falsa significa dissimulação – será que pode ser moldada de forma a se ajustar ao seu propósito? Ela tem certeza de que as irmãs considerarão seu comportamento dissimulado.

Antes que possa tomar essa decisão, outra constelação surge no céu, vinda do norte, e Beatriz deixa escapar um suspiro de alívio – é o Cálice da Rainha, que sinaliza sorte. Ela consegue ver o contorno de um cálice, ligeiramente inclinado, como se seu conteúdo ameaçasse se derramar.

Beatriz com certeza precisa de toda a sorte com que puder contar. Ela distingue uma estrela no centro da constelação, o tipo discreto de brilho que desaparece se você tentar olhar diretamente para ele. O tipo cuja falta, Nigellus lhe garantiu, poucos notariam, embora, por ser uma estrela menor, signifique um desejo mais fraco.

Ela ficou surpresa que Nigellus lhe permitisse tirar uma estrela do céu intencionalmente – mesmo fora de Cellaria, isso é um sacrilégio, um ato reservado às maiores emergências. Nigellus, porém, destacou que estar trancada em uma Sororia em Cellaria, quando sua mãe está determinada a matá-la, classifica-se como uma emergência, e Beatriz não iria discordar dele. Uma parte dela, no entanto, suspeita que Nigellus poderia, talvez, libertá-la de forma menos sacrílega, com mais poeira estelar, quem sabe. Parte dela suspeita que isso também é um teste para ela.

Se for esse o caso, Beatriz só pode torcer para passar nele. As últimas vezes em que usou a magia das estrelas foram acidentais, momentos de intensa emoção. Com o tempo, Nigellus lhe garantiu, ela conseguiria controlar melhor seu poder, mas, por enquanto, será mais simples replicar os incidentes anteriores e canalizar suas emoções. Desta vez, a saudade e o desejo estão longe de seu coração. Agora, Beatriz recorre à raiva.

O sentimento se acende dentro dela em um instante, quente ao toque e facilmente atiçado. Pensa em Sophronia, executada a centenas de quilômetros de distância, indefesa; pensa em Gisella e Nicolo, em quem confiou apenas para ser traída ao lado de Pasquale; pensa em Daphne, que se recusou a ajudar Sophronia e a ela e deixou que se virassem sozinhas. A raiva vem com facilidade, mas não é suficiente. Beatriz sente isso; o poder apenas roça seus dedos, por mais que tente ampliá-lo.

Seu coração bate forte – não há tempo para meias medidas, não há tempo para moderação.

Beatriz mantém o olhar fixo na constelação e imagina o que vai acontecer quando reencontrar a mãe. Depois de dois meses em Cellaria, partes de Bessemia já se tornaram indistintas, mas ela vê o rosto da mãe com tanta clareza em sua mente que é como se estivesse ali, diante dela, perfeitamente penteada e empoada, com o sorriso presunçoso de sempre.

Será que sorriu assim quando planejou matar Sophronia? Quando tentou matar a própria Beatriz? Ela mantém as mãos fechadas com força ao lado do corpo enquanto se imagina confrontando a mãe, agora que sabe de tudo isso, e lançando todos aqueles pecados aos pés da imperatriz. A mãe não vai se importar, claro, Beatriz sabe disso, mas ela vai fazer com que se importe. E depois vai fazer com que se arrependa.

O poder a preenche, jorrando em seu peito um calor que lhe parece vagamente familiar, embora esta seja a primeira vez que reconhece a sensação como o que é de fato. Beatriz respira fundo.

Esvazie sua mente de tudo, exceto do seu desejo, orientou Nigellus, e é exatamente isso que tenta fazer. Ela se agarra ao pedido, segura-o com força e esquece todo o resto.

Quero que Nigellus, Pasquale e eu estejamos longe daqui, juntos, nas montanhas de Alder.

Ela repete o desejo várias vezes em sua mente, murmura-o. Fecha os olhos e vê as palavras. Elas estão gravadas a fogo em sua alma.

O ar gelado sopra sua pele e Beatriz abre os olhos mais uma vez, mas não está mais em sua cela na Sororia. Ela agora está ao ar livre, sob um céu estrelado, os pés descalços enterrados na neve recém-caída e o vestido de lã esvoaçando em torno de suas pernas.

Sente muito frio, mas está livre.

– Triz – chama uma voz atrás dela, e Beatriz se vira, uma risada borbulhando em sua garganta antes de braços a envolverem, apertando-a, os braços de Pasquale.

– Pas – diz ela, retribuindo o abraço. – Funcionou! Funcionou de verdade!

– O que... – começa Pas, mas, antes que ele possa dizer mais alguma coisa, outra voz o interrompe.

– Sim, muito bem – comenta Nigellus, segurando duas capas. – Mas terá sido um desperdício de estrela se vocês morrerem congelados. – Ele entrega a cada um deles um pesado manto forrado de pele antes de enfiar a mão em uma bolsa para tirar dois pares de botas que parecem do tamanho certo. – Agora, andem logo, temos uma jornada e tanto pela frente e eu explicarei tudo no caminho, príncipe Pasquale.

Pasquale veste a capa, mas seus olhos encontram os de Beatriz, a testa franzida, como lhe é tão característico. Beatriz se dá conta do quanto sentiu falta dele e de sua testa franzida.

– Quem...? – pergunta Pasquale.

– Nigellus – explica ela. – O empyrea da minha mãe.

Os olhos dele se arregalam. Beatriz não pode culpá-lo: a magia das estrelas é considerada ilegal em Cellaria, e é provável que ele nunca tenha visto um empyrea antes. Bem, exceto por ela, embora esse rótulo ainda não pareça lhe servir. E ela duvida que isso aconteça algum dia.

– Ele nos ajudou a escapar – diz Beatriz.

– Você confia nele? – pergunta Pasquale, e ela sabe que Nigellus está apenas fingindo não ouvir.

– Não – responde em tom claro. – Mas não temos muita escolha, não é?

Daphne

Desde que é capaz de se lembrar, Daphne imaginou seu casamento muitas vezes. Suas fantasias começaram como devaneios rudimentares, tornando-se mais sólidas assim que ela compareceu a alguns casamentos, e foram ganhando sombras e cores à medida que ela aprendia mais sobre Friv e seus costumes. Ela imaginava o vestido de noiva, que mudava com as tendências de cada estação. Imaginava uma cerimônia sob as estrelas, uma plateia de estranhos e um príncipe à sua espera no fim de um longo corredor. O rosto do príncipe também mudou ao longo do tempo, de um borrão irreconhecível e sem importância até assumir as feições do príncipe Cillian quando começaram a trocar retratos.

Por mais que pensasse no casamento, ela pensava igualmente em todas as coisas que viriam depois. Nos planos de sua mãe. Suas ordens. No eventual retorno a Bessemia, triunfante, tendo se mostrado digna de ser a próxima imperatriz de Vesteria. Daphne repassava todas as facetas de seu futuro, não só o casamento, mas agora, parada ali na extremidade do corredor na capela do castelo, com as estrelas brilhando através do teto de vidro, ela se sente totalmente despreparada.

Seu vestido não tem nada a ver com os exuberantes modelos bessemianos que ela admirava nas costureiras e gravuras de moda – o vestido de veludo verde-primavera é simples e sem adornos, exceto por um acabamento de arminho cinza na bainha e nas mangas, e ele abraça seu corpo sem as habituais camadas de anáguas e crinolinas. Os espectadores também não são estranhos, pelo menos não inteiramente. Ela vê o rei Bartholomew e o pai de Cliona ao lado dele. A própria Cliona está sentada na fileira atrás deles, Haimish ao seu lado, embora ela esteja cuidadosamente ignorando-o. Lá também está Rufus, amigo de Bairre, sentado com os cinco irmãos. Há ainda outros cortesãos, alguns que ela agora reconhece. De quem ela até passou a gostar.

E então há Bairre, à sua espera no fim do corredor, não um rosto indistinto, e certamente não o de Cillian. Quando seus olhos encontram os dela, ele sorri de leve e ela retribui o sorriso, apertando ainda mais o buquê de lírios e margaridas que carrega, à medida que avança um passo, depois outro.

Ela desvia o olhar de Bairre apenas por um instante, voltando-o novamente para Cliona, mas a mulher não revela nada, o que faz o estômago de Daphne revirar.

Em todas as suas fantasias sobre esta noite, ela sempre soube exatamente o que aconteceria. Desceria o corredor. O empyrea diria algumas palavras. Ela e seu príncipe trocariam votos. E então estaria feito.

Mas Daphne sabe que Cliona e os rebeldes têm algo planejado. Ela sabe que não sairá da capela casada. Só espera que consiga pelo menos sair.

Ah, quanto menos você souber sobre isso, melhor, princesa, disse Cliona quando Daphne perguntou sobre os planos dos rebeldes para o casamento, e, por mais que seja irritante ser mantida na ignorância, ela sabe que Cliona tem razão. Daphne e Bairre precisam estar acima de qualquer suspeita caso algo aconteça.

E algo vai acontecer.

Ou não?

Daphne alcança Bairre e ele toma a mão dela, mas ela quase não sente. Sua mente está a toda, e Daphne tem uma vaga consciência de que Fergal, o empyrea frívio, está começando a falar sobre as estrelas e suas bênçãos. A qualquer instante, algo vai acontecer. Os rebeldes invadirão a capela. Relâmpagos evocados pelas estrelas cairão do céu. Alguém vai começar um incêndio. A qualquer instante.

Mas, à medida que Fergal prossegue falando, nada acontece e um cantinho do coração de Daphne hesita.

E se não houver nada? E se os rebeldes mudaram de ideia e não quiserem mais impedir o casamento? E se tiverem se dado conta de que as cartas de Daphne em que o rei Bartholomew e a imperatriz Margaraux falam sobre unir Friv e Bessemia por meio de Daphne e Bairre eram falsificadas? E se...

Bairre a puxa em sua direção com tanta força que Daphne tem a sensação de que o osso de seu braço se deslocou, e ela se choca contra ele, lançando os dois no chão de pedra no momento em que uma explosão rasga a capela, fazendo seus ouvidos zumbirem e estilhaços choverem sobre os dois. Algo duro bate na parte de trás da cabeça dela e a dor percorre seu crânio enquanto sua visão se fragmenta.

– Daphne! – grita Bairre, e embora ela esteja esparramada sobre o peito dele, sua boca a um sopro do ouvido dela, ele parece falar a quilômetros de distância.

– Estou bem – diz ela, tentando se livrar da dor na cabeça para que possa avaliar o restante do corpo.

O ombro está sangrando e os ouvidos ainda estão zumbindo, mas pelo menos nada parece quebrado.

Daphne ergue o corpo para olhar o rosto dele. Um estilhaço fez um corte na têmpora de Bairre, mas, tirando isso, ele parece ileso, embora possa haver ferimentos não visíveis.

– E você?

– Tudo bem – assegura ele, estremecendo.

Daphne rola para longe dele, a cabeça latejando com a dor, mas se obriga a ignorar o que sente e observa o pandemônio na capela: convidados amontoados, roupas ensanguentadas e rasgadas, o teto estilhaçado, cacos de vidro e metal espalhados pelo chão. Seus olhos encontram o rei Bartholomew primeiro, e ele está a salvo, agachado ao lado de Rufus e de seus irmãos, examinando as crianças. Cliona e Haimish também parecem ilesos; Daphne deve admitir que estão fazendo um bom trabalho em se fingir de assustados. O mesmo acontece com o pai de Cliona, que corre pela capela verificando os feridos.

Daphne suspira. Estão todos bem, foi apenas uma tática para ganhar tempo...

Então ela vê a mão decepada de Fergal a centímetros de seu rosto, encharcada de sangue e identificável pelo anel de empyrea que ele usa no polegar direito.

O anel que ele *usava* no polegar direito, corrige-se Daphne, obrigando-se a olhar para cima. Ela vê uma perna, depois uma orelha e então, por fim, a cabeça dele.

A última coisa de que Daphne se lembra é de gritar.

Daphne acorda com a luz fraca que antecede o amanhecer filtrando-se pela janela e demora um instante para se lembrar do que aconteceu – sua suposta cerimônia de casamento, Bairre tirando-a do caminho pouco antes da explosão, como se soubesse o que iria acontecer, a dor em sua cabeça, o corpo de Fergal despedaçado.

Ela não conhecia Fergal muito bem e certamente não vai chorar por ele, mas ainda assim...

Na semana anterior, ela, Bairre e Cliona despacharam meia dúzia de pretensos assassinos e Daphne não sentiu nada.

Mas, quando fecha os olhos, ela vê aquela mão ensanguentada diante do rosto. Vê a cabeça decepada de Fergal com aqueles olhos prateados sem vida – tocados pelas estrelas, assim como os dela, assim como os de Bairre.

Ela estremece e se força a se sentar, notando que a dor na cabeça desapareceu. Toda a sua dor se foi. O teto de vidro se estilhaçou, fazendo chover cacos que cortaram sua pele, mas agora não há nem sequer um arranhão nela.

O quarto está vazio e leva apenas um segundo para Daphne perceber por que isso a perturba: nas duas últimas vezes em que acordou após ferimentos graves, Bairre estava ao seu lado.

O pavor se acumula na boca do estômago quando ela estende a mão para o puxador da campainha ao lado da cama, acionando-o bruscamente. Ela ouve a campainha longe no corredor e se obriga a manter a calma. Bairre estava bem, consciente e falando. Ele tinha que estar bem. Tinha que estar...

A porta do quarto se abre e, quando Bairre entra, Daphne se sente relaxar, aliviada. Um instante depois, esse alívio é substituído por fúria. Quando ele fecha a porta, certificando-se de que estão sozinhos, ela pega um dos travesseiros empilhados à sua volta e o atira na cabeça dele.

– Você sabia – sibila ela, tomando o cuidado de manter a voz baixa.

Bairre pega o travesseiro sem o menor esforço, mas não nega.

– Eu não podia te contar – argumenta ele. – Era para sua própria proteção. Quanto menos você soubesse...

– Sim, Cliona já veio com esse papo – interrompe Daphne. – Mas todos nós sabemos qual é a verdade: você não confia em mim.

Ela espera que ele negue, mas não é o que Bairre faz. Isso dói mais do que Daphne imaginava.

– Você tem segredos também, Daphne – observa ele e, por mais que odeie isso, ela não pode dizer que está errado. – Vai fingir que confia em mim?

Daphne cerra os dentes. Ela contou a Bairre partes do plano da mãe, mas também deixou muitas coisas de fora. Coisas que ela não pode contar, que não vai contar, porque, no fim das contas, sua lealdade não é com ele, é com a mãe e com Bessemia.

– Eu quase morri – diz ela, lutando para agarrar-se à raiva.

– Mas não morreu – replica ele. – Eu cuidei para que isso não acontecesse.

– Ah, devo te agradecer por isso? – provoca ela, ríspida. – Fergal morreu. Tem mais alguma vítima?

– Não – diz Bairre, sem o menor lampejo de culpa. – Tomamos cuidado ao posicionar a bomba. Houve alguns feridos, mas o novo empyrea já curou todos eles, inclusive você.

– Novo empyrea? Como encontraram um tão rápido? – pergunta Daphne, se esforçando para processar a informação. – Espera! Vocês queriam matar Fergal. Por quê?

Ela não sabe muito sobre Fergal, mas com base em seus estudos sobre Friv e nas informações fornecidas por espiões na corte frívia, tinha a impressão de que Fergal era totalmente desinteressante e nada dado a polêmicas. Daphne não imagina o que alguém teria a ganhar matando-o.

Antes que Bairre possa responder, a porta se abre novamente e a mãe de Bairre, Aurelia, entra no quarto, o anel de empyrea de Fergal em seu polegar direito e um sorriso alegre no rosto.

– Que bom vê-la acordada, princesa. Parece que essa prática de eu curar você está se tornando um hábito.

Daphne torna a olhar para Bairre e agora vê uma sombra de culpa em seu olhar. Ela percebe o que exatamente os rebeldes conseguiram: não apenas adiaram o casamento outra vez, como mataram o empyrea real e fizeram com que um deles assumisse um lugar de confiança ao lado do rei. Um rei com quem Aurelia já tem uma história e tanto.

Beatriz

A Hospedaria Bonina-Nobre fica no lado temarinense da fronteira, explicou Nigellus; no entanto, se eles cruzaram algum tipo de fronteira, Beatriz não notou. Talvez Nigellus tivesse dado mais informações, pois falou durante a maior parte da caminhada de uma hora, mas os dentes de Beatriz batiam com tanta força que o ruído mal a deixava ouvir o empyrea.

Pasquale mantém um braço em torno dos ombros dela, mas, quando enfim chegam às grandes portas de carvalho da hospedaria, Beatriz mal consegue sentir sua pele. Ela está vagamente ciente de Nigellus pedindo quartos e banhos quentes para eles, de Pasquale ajudando-a a subir a escada, de uma camareira estranha despindo-a e ajudando-a a entrar em uma água tão deliciosamente quente que o vapor se ergue de sua superfície coberta de espuma.

Beatriz deve ter adormecido em algum momento, porque a próxima coisa de que se dá conta é que está enterrada sob uma montanha de cobertores, em uma cama muito maior do que seu catre na Sororia, porém menor do que a cama que dividia com Pasquale no castelo. *Pas.*

Ela se senta, piscando no quarto escuro, mas está sozinha. Mexe os dedos das mãos e dos pés, aliviada ao descobrir que a caminhada pela neve não causou nenhum dano, embora uma parte dela se pergunte se a magia de Nigellus não teria ajudado com isso e se ela tem uma outra dívida com ele. Mas é melhor pensar no assunto em outro momento.

Beatriz se levanta, decidida a encontrar Pasquale, pois eles não conseguiram trocar mais do que algumas palavras enquanto caminhavam. Beatriz sabe que eles têm muito a conversar, mas quer, principalmente, ter certeza de que ele está em segurança.

Como se convocado pelos pensamentos dela, Pasquale abre a porta e seus olhos se encontram. Ele solta um longo suspiro.

– Achei que tinha sonhado tudo isso – comenta ele, escorando-se no batente da porta. – Eu estava na minha cela na Fraternia, catando as larvas do mingau, e então de repente eu me vi na neve, com você.

Pasquale não faz perguntas, mas Beatriz sabe que ele merece uma resposta. Depois de todos os segredos que compartilharam, deveria ser fácil, só que Pasquale nasceu e foi criado em Cellaria, cujos costumes são tudo que conhece. Ele lhe disse uma vez que não acreditava que a magia fosse um sacrilégio, como a maioria dos cellarianos, mas uma coisa é falar isso hipoteticamente, outra bem diferente é enfrentá-la cara a cara.

– Feche a porta – diz ela com a voz suave, sentando-se na cama.

Pasquale atende seu pedido e caminha até ela com passos hesitantes.

– Eu não sou idiota, Triz – começa ele antes que ela possa falar novamente. – Eu sabia que você estava escondendo alguma coisa... e presumi que tinha usado magia para ajudar lorde Savelle a escapar.

– Um pedido – conta ela, balançando a cabeça. – Minha mãe tinha me dado antes da minha partida, para uma emergência. Magia, sim, mas não minha. Não dessa vez, pelo menos.

Ele reflete sobre essas palavras.

– A poeira estelar no peitoril da nossa janela? – pergunta.

Beatriz lembra como foi ser arrastada até o rei Cesare, acusada de usar magia. Ela negou na ocasião, e acreditava nessa negação, embora agora saiba a verdade. Ela se lembra da jovem criada executada em seu lugar.

Ela assente com a cabeça.

– Aquela foi a primeira vez. E nem foi intencional. Demorou um pouco para eu perceber que tinha sido a responsável. Quando disse que não era eu, acreditava estar dizendo a verdade. Mas desta vez foi intencional.

Ela pensa na estrela à qual fez o pedido, aquela que derrubou do céu. Existe uma estrela a menos por causa dela. Algumas, aliás, se considerar as duas a que fez um pedido sem querer.

– Foi uma emergência – justifica ela, para ele e para si mesma. – Eu tive que fazer isso.

Beatriz se prepara para o julgamento de Pasquale, mas ele apenas assente.

– Estou feliz por você ter feito isso, Triz – diz ele antes de olhar para a porta fechada às suas costas, virando-se em seguida para ela. – E o empyrea? Nigellus? Ele é de confiança?

– Pelas estrelas! Não! – responde Beatriz, com desprezo. – Ele é o capacho da minha mãe desde antes de eu nascer e certamente não confio nele.

Ela narra os detalhes da morte de Sophronia e o que Nigellus lhe contou, que a imperatriz havia orquestrado a morte de Sophronia e tentado fazer com que Beatriz fosse morta também.

– Mas por que te resgatar, então? – indaga ele. – Se sua mãe quer você morta... – Pasquale se interrompe, franzindo a testa. – Talvez você estivesse mais segura na Sororia. Isso pode ser uma armadilha.

– Pensei nisso. Mas a morte de Sophronia foi pública, com uma grande plateia, e deu à minha mãe um ensejo para invadir Temarin. Me matar nas montanhas de Alder não satisfaria esse propósito. Pode ser esse o plano, mas eles ainda não o colocarão em prática e, se tentarem, estaremos preparados. – Ela faz uma pausa. – Ele quer me ensinar a controlar meu poder, e eu preciso aprender. Não existem empyreas aos montes por aí.

Pasquale aquiesce, mas ainda parece preocupado.

– Sinto muito por Sophronia – diz depois de um momento.

As palavras são gentis, mas Beatriz as sente como uma faca no peito. E faz um breve aceno com a cabeça.

– Ela não era idiota – afirma. – Minha mãe sempre disse isso, e Sophronia era inteligente. Foi a bondade. Ela era boa demais e foi isso que a matou.

Pasquale precisa ouvir o alerta em sua voz; ela espera que sim. Beatriz não sabe o que fará se o perder também.

Ela pigarreia.

– E temos outra preocupação: Nico e Gigi. Imagino que não ficarão muito felizes ao saber que fugimos.

Pasquale deixa escapar algo semelhante a uma risada.

– Eu daria qualquer coisa para ver a cara deles quando souberem – comenta ele.

Beatriz também sorri, mas ainda se sente vazia. Nem mesmo a ideia do rosto de Gisella vermelho de raiva ou dos olhos culpados de Nicolo é suficiente para enchê-la de alegria ou algo próximo disso.

O sorriso de Pasquale desaparece e ele desvia o olhar.

– Você não me perguntou como era a Fraternia.

– Ah – balbucia Beatriz, franzindo a testa. – Deduzi que fosse mais ou menos como a Sororia. Solitária. Entediante. Embora eu admita, por mais insossa que fosse a comida que me serviam, que nunca tive larvas no meu prato.

– As larvas eram o de menos – diz Pasquale, balançando a cabeça. Ele não entra em detalhes. Quando torna a falar, sua voz é suave: – Mas, nos momentos mais difíceis, eu pensava no que faria quando saísse. E a verdade é que não pensava em Nico, nem em Gigi, nem em vingança, não pensava em Cellaria nem em ser rei. Só pensava em Ambrose. – Ele faz uma pausa, ponderando suas próximas palavras. – Que seja Nico o rei... Nunca aspirei a esse dever, mesmo.

– Eles nos traíram, Pas – observa Beatriz, lutando para não alterar o tom de voz. – Eles nos baniram para as montanhas para morrer... Teriam mandado nos executar se pudessem.

– Não tenho certeza disso – replica Pasquale, a voz afável. – Se me lembro bem, Nico tentou convencê-la a se casar com ele.

O calor sobe ao rosto de Beatriz. Ela foi tão idiota em relação a Nicolo, e tanto ela quanto Pasquale pagaram por isso.

– E eu disse não – responde ela.

Pasquale a fita demoradamente.

– Nunca falamos sobre isso – diz ele. – Sobre o que exatamente havia entre vocês dois.

Beatriz não quer responder a essa pergunta. O que havia entre ela e Nicolo não tinha importância – nunca foi algo com futuro, mesmo antes de ele a trair. Ela sabe que Pasquale não acreditará se ela disser que não sente falta dele, ou mesmo de Gisella, então cobre seu coração partido com espinhos de raiva.

– As únicas coisas que existiam entre mim e Nico eram mentiras – diz ela, ríspida.

– Triz, não tenho o menor interesse em defendê-lo, mas as mentiras foram suas também – observa Pasquale.

Beatriz odeia que ele esteja certo.

– Minhas mentiras nunca puseram Nico em perigo – rebate ela.

– Não – concorda ele. – Só a mim.

Ela morde o lábio.

– O que isso quer dizer, então? Você quer simplesmente... perdoá-lo? Perdoar os dois?

Pasquale dá de ombros.

– Perdoar, não. Mas não quero desperdiçar minha vida buscando me vingar de pessoas que tomaram algo que eu não queria. Sinceramente, Triz? Se eu nunca mais pisar em Cellaria, morrerei feliz. Eu não quero voltar.

É uma decisão radical, embora Beatriz não se surpreenda ao ouvi-la. Pasquale nunca quis ser rei e, para ser franca, o papel não combina com ele. Mas se escolher se afastar de Cellaria e do trono, também se afastará da única coisa que realmente os une.

– Para onde você vai, então? – pergunta ela, tentando ignorar a aflição que se contorce em suas entranhas. – Sei que vai querer procurar Ambrose.

Ele reflete um pouco.

– Se eu soubesse onde ele está, iria agora mesmo – afirma Pasquale. – Mas não sei, e me conheço bem o bastante para reconhecer que não conseguiria sobreviver sozinho lá fora. – Ele hesita. – Além disso, Ambrose não precisa de mim agora. Você, sim.

Beatriz se irrita com isso; ela não precisa dele, não precisa de ninguém. A simples ideia de precisar de alguém é mortificante.

– Fui eu quem acabou de te salvar, caso você tenha esquecido – diz ela.

– Não esqueci. Mas nós prometemos cuidar um do outro, não foi? Isso vale para os dois. Se você vai para Bessemia, estarei lá com você. Aprenda a usar sua magia, descubra os planos de sua mãe. E, quando chegar a hora de agir, eu agirei com você.

Beatriz sente um aperto no peito e tudo que consegue fazer é dar um rápido aceno com a cabeça.

– Então vamos agir juntos – conclui ela.

Violie

Violie, Leopold e Ambrose levam mais um dia de viagem para chegar à hospedaria mencionada por Ambrose, mas nesse tempo Violie descobre mais a respeito de seu novo companheiro do que conseguiu descobrir sobre Leopold em quase uma semana juntos. E apostava que Leopold diria o mesmo sobre ela – eles passavam a maior parte do tempo em silêncio. Os dois não se gostam, nem confiam um no outro, então têm pouco a conversar.

Já Ambrose parece gostar deles logo de cara e confiar neles implicitamente – uma peculiaridade que Violie não consegue entender. Em apenas um dia, não apenas ouviu sobre a infância de Ambrose no interior de Cellaria, como também ficou sabendo os nomes de seus pais e de seus três cães e todos os detalhes de como Ambrose se sentiu quando o tio o nomeou seu herdeiro aos 12 anos e o levou para a corte, onde ele conheceu o príncipe Pasquale.

Violie suspeita que haja algo a mais entre os dois – está claro na maneira como Ambrose fala seu nome, o leve rubor que tinge suas bochechas, a forma como desvia o olhar. Ele não é muito bom em guardar segredos, Violie percebe, e se dá conta de que o inveja por sua falta de prática nisso.

Violie não teve opção além de ser uma boa mentirosa. Ela duvida que teria sobrevivido de outra forma.

Quando a chaminé da hospedaria desponta em meio às árvores, Violie relaxa os ombros, aliviada. Ela não liga para o número de estábulos que vai precisar limpar ou de pratos que vai ter que lavar – cortaria de bom grado o próprio braço se isso lhe valesse uma cama para dormir e a barriga cheia.

– É melhor darmos um nome a você – diz Ambrose a Leopold. – Tecnicamente, ainda estamos em Temarin. Precisamos nos certificar de que ninguém o reconheça.

Leopold franze a testa, pensativo.

– Eu poderia ser Levi – sugere. Violie estremece e ele lhe dirige um olhar de esguelha. – Qual o problema com Levi? É um nome parecido com o meu, assim eu consigo me lembrar dele com mais facilidade.

– Não tem problema nenhum com o nome – responde ela. – Mas, no segundo em que você abrir a boca, eles vão saber de seu berço nobre. Procure não falar.

A mandíbula de Leopold se contrai e ela sabe que, na semana anterior, Leopold não deixaria ninguém falar com ele dessa maneira, especialmente uma criada humilde. No entanto, após uma breve hesitação, ele assente com a cabeça.

– Tudo bem – consente. – Mas o seu sotaque bessemiano também vai chamar a atenção.

Violie sabe que o argumento faz sentido, embora seja boa com sotaques. Cansada como está, não quer correr esse risco.

– Tudo bem – ecoa ela. – Então Ambrose assumirá a liderança.

Ambrose parece desconfortável com essa ideia, mas mesmo assim aquiesce.

A Hospedaria Bonina-Nobre é pequena, mas bem-cuidada. Assim que Violie entra, uma onda de calor a atinge e ela percebe o quanto estava com frio depois de caminhar na neve o dia todo. Uma variedade de tapetes descoordenados cobre o piso, conduzindo até um salão cujas paredes são cobertas por alegres pinturas dos picos cobertos de neve. Em uma mesinha ao lado da porta há um vaso de barro com a flor que dá nome à hospedaria. Violie dá um passo em sua direção. Ela nunca tinha visto boninas-nobres frescas antes, apenas buquês secos trazidos pelos mercadores de Bessemia, mas sempre as amou. Flores brancas delicadas que parecem frágeis, mas podem sobreviver às nevascas mais violentas.

Uma mulher entra apressada com um sorriso alegre, vinda do corredor, limpando as mãos em um avental empoeirado. No entanto, quando seus olhos pousam em Ambrose, o sorriso desaparece e ela franze a testa.

– Não esperava vê-lo de volta tão cedo – diz ela, o sotaque predominantemente temarinense, mas com uma entonação cellariana nas vogais.

– Embora eu tenha avisado que não tinha nada de bom a ser encontrado em Temarin por esses dias.

Ambrose olha para Leopold e depois novamente para a mulher.

– As coisas pioraram, ao que parece. O rei Leopold foi deposto e Bessemia, invadida.

A mulher pondera essa informação.

– Bem, pelas histórias que tenho ouvido no último ano, talvez seja um progresso no que diz respeito ao rei Leopold.

Dessa vez, Violie olha para Leopold, mas, se o comentário sarcástico o afeta, ele não demonstra. Sua expressão permanece plácida.

– Vejo que trocou seu amigo anterior por dois novos – comenta a mulher, dirigindo o olhar a Violie e Leopold.

– Ele e eu nos separamos quando soubemos da notícia – informa Ambrose com cuidado. – Mas conheci Violie e Levi, e eles estão indo na mesma direção que eu. É mais seguro viajar em grupo, você sabe.

– É mais seguro simplesmente não viajar nesta época do ano – corrige a mulher e, pela maneira como franze a testa, Violie suspeita que ela está de fato preocupada com o bem-estar de Ambrose.

Ele deve ter percebido também, porque dá um sorriso suave.

– É o que você continua me falando, Mera – diz ele. – Alguma chance de podermos trabalhar em troca de quarto e comida por uma noite?

A mulher olha os três.

– Estou precisando de ajuda nos estábulos de novo – admite ela. – Além disso, será que algum de vocês sabe um pouco de confeitaria? Tenho uma hóspede que adora doces, e eu gostaria de mantê-la feliz.

Violie pisca. Ela ajudou Sophronia algumas vezes na cozinha, o suficiente para aprender o básico.

– Eu sei – diz Violie, invocando seu melhor sotaque temarinense.

Os olhos da mulher pousam nela.

– Só tem outro grupo hospedado aqui: uma jovem, um rapaz da idade aproximada de vocês e um homem... – Ela olha para trás, por cima do ombro, para garantir que ninguém esteja ouvindo antes de baixar a voz a um sussurro. – É o empyrea de Bessemia, acreditam?

O estômago de Violie se revira e, antes que ela possa pensar duas vezes, um nome escapa de seus lábios.

– Nigellus?

Os olhos da mulher se estreitam.

– Não existe nenhum outro empyrea em Bessemia, que eu saiba – diz ela.

Violie pode sentir o olhar de Leopold e a preocupação de Ambrose, mas se força a sorrir.

– Ouvi rumores. Imagino que todos tenham ouvido. Dizem que a própria imperatriz se consulta com ele – comenta ela.

A mulher mantém os olhos em Violie por mais um momento antes de fazer um gesto breve com a cabeça.

– Fique longe dele... aliás, todos vocês. Não é um tipo amigável e não quero que vocês o incomodem.

Violie assente rapidamente. A última coisa que ela precisa é ser vista por Nigellus – embora eles tenham se encontrado apenas uma vez, ela duvida que ele seja do tipo que esquece um rosto, e sem dúvida terá perguntas para ela.

No entanto, a própria Violie tem algumas perguntas sobre o que o empyrea real de Bessemia está fazendo tão perto de Cellaria, onde um simples olhar torto pode fazê-lo perder a cabeça.

Mera conduz os três a um pequeno quarto com uma mesinha onde há uma jarra simples e um catre estreito ao lado de um lavatório. Embora o quarto tenha decoração escassa, está aquecido, e isso é tudo que importa a Violie no momento.

– É o melhor que posso fazer – diz a mulher. – O empyrea e seus companheiros estão acomodados em meus outros três quartos...

– Está perfeito – responde Ambrose. – Obrigado, Mera. Diga que trabalho precisamos fazer.

– Hoje à noite, nada – replica ela. – Vocês não têm a menor utilidade para mim com fome e cansados. Discutiremos isso pela manhã. Desçam daqui a mais ou menos uma hora para jantar.

Quando ela sai e ficam apenas os três, Violie deixa escapar um longo suspiro.

– Nigellus me conhece – explica ela. – Ele não pode me ver.

Ambrose e Leopold se entreolham, mas assentem.

– Talvez ele me reconheça também – admite Leopold. – Já me viu em retratos, tenho certeza.

– Se Mera exigir algum trabalho que envolva o risco de ser visto, eu farei – garante Ambrose.

– Tenho que admitir que estou curiosa para saber o que ele está fazendo aqui – comenta Violie. – Ele é leal à imperatriz... Não consigo imaginar o que o traria a Cellaria além da princesa Beatriz.

Leopold reflete sobre as palavras dela, os olhos se arregalando.

– Se a imperatriz foi a responsável pela morte de Sophronia...

– Ele pode estar aqui para despachar Beatriz também – conclui Violie. – Mera mencionou companheiros mais ou menos da nossa idade. Sei que eu não era a única espiã da imperatriz. Talvez esteja com outros.

Ambrose empalidece.

– A verdadeira questão é: eles estão a caminho para eliminar Beatriz ou estão voltando para casa depois de terem cumprido a tarefa?

Daphne

Daphne passa todo o dia seguinte ao seu quase casamento na cama, descansando, embora diga a quem queira escutar que está perfeitamente bem, pois todas as pancadas e contusões foram curadas por Aurelia. Ninguém lhe dá ouvidos, insistindo que um pouco de descanso não vai matá-la. Daphne não tem tanta certeza – só o tédio faz a morte parecer atraente, embora ela consiga escrever e codificar uma carta para a mãe, atualizando-a sobre os últimos movimentos dos rebeldes e contando-lhe tudo que sabe sobre Aurelia, mãe biológica de Bairre e notória empyrea em Friv, que ajudou Bartholomew a tomar o trono e encerrar as guerras dos clãs. Ela pensa em contar à mãe sobre o talento de Aurelia para a profecia, incluindo a que fez sobre a morte de Sophronia – o sangue de estrelas e majestade derramado –, mas desiste. Essa informação não vai ajudar a imperatriz agora, e Daphne não quer escrever aquelas palavras, vê-las rabiscadas com tinta.

Na manhã seguinte, porém, quando Cliona pergunta a Daphne se ela gostaria de acompanhá-la nas compras na Wallfrost Street, Daphne pula da cama na mesma hora. Sua última ida a Wallfrost Street terminou com uma faca pressionando sua garganta, mas até mesmo isso é preferível a mais um dia neste quarto esquecido pelas estrelas.

E enquanto cavalgam lado a lado através do bosque que separa o castelo da cidade circundante, Eldevale, Cliona lhe diz que dessa vez não estão indo até lá apenas à procura de vestidos e joias.

– O rei Bartholomew quer passar a mensagem de que o ataque no casamento não o assusta, nem a você – diz Cliona.

Daphne dá uma olhada nos dez guardas que as ladeiam – a uma distância suficiente para lhes dar privacidade, mas próximos o bastante para mandar um recado.

– Os guardas extras podem minar essa mensagem – ressalta ela.

Cliona dá de ombros.

– Bem, ele quer parecer corajoso, não idiota – retruca. – Afinal, alguém detonou uma bomba no seu casamento.

– *Você* detonou uma bomba no meu casamento – sussurra Daphne.

– Não seja ridícula, eu não sei nada sobre explosivos – diz Cliona antes de fazer uma pausa. – Aquilo foi trabalho de Haimish. Além disso, você não era o alvo. Você nunca esteve em perigo.

Daphne revira os olhos. Ela acredita que Cliona está sendo sincera, mas isso não lhe traz muito conforto.

– Bombas são imprevisíveis – observa Daphne. – Se Bairre não tivesse me puxado um segundo antes da explosão, o que eu espero que ninguém tenha notado, não sei se estaríamos tendo esta conversa.

Cliona se irrita.

– Ninguém notou – diz ela. – A explosão foi uma distração suficiente.

– Serviu para muito mais do que isso – insiste Daphne. – Sua intenção era matar Fergal.

Ela observa Cliona com muito cuidado, mas nenhum traço de culpa cruza o rosto da jovem, que torna a dar de ombros.

– Um sacrifício infeliz. Mas precisávamos de uma oportunidade.

As palavras fazem o estômago de Daphne revirar, embora ela saiba que não deveriam. O jeito frio de Cliona descrever um assassinato que ajudou a planejar não é muito diferente de como Daphne faria. No entanto, quando fecha os olhos, Daphne ainda vê a cabeça de Fergal decepada. Aquilo era necessário? Se estivesse no lugar de Cliona, teria feito o mesmo?

Daphne sabe a resposta e isso a desconcerta mais do que tudo.

– Me diga uma coisa – diz ela, afastando o pensamento de sua mente. – Como foi exatamente que vocês convenceram o rei Bartholomew a nomear a antiga amante dele, mãe de Bairre, para o cargo de empyrea que acabou de ficar vago?

– Necessidade – responde Cliona. – Empyreas são uma raridade e Bartholomew não pode simplesmente esperar que outro apareça. Além disso, a origem de Bairre é um boato, e você é uma das seis pessoas que sabem que a verdade é outra.

Daphne faz uma conta rápida: se ela, Cliona, Bartholomew, Bairre e Aurelia sabem a verdade, então resta uma pessoa. Daphne tem quase certeza de que é o pai de Cliona.

– O que levanta a questão: por quê? – pergunta Daphne.

Cliona olha para ela, o canto da boca se erguendo num sorriso sarcástico.

– Da última vez que conversamos sobre isso, princesa, você disse que não confiava em mim. Então, por que, exatamente, eu devo confiar em você?

Ela finca os calcanhares nos flancos de seu cavalo e acelera o trote do animal, deixando Daphne para trás. Daphne murmura um impropério bessemiano e fita, furiosa, as costas de Cliona.

Daphne observa Cliona atentamente depois que elas desmontam e entregam os cavalos ao cavalariço antes de continuar a descer a Wallfrost Street a pé, entrando e saindo de lojas para olhar, e, mais do que isso, para serem vistas. Daphne está ciente dos habitantes da cidade observando, espiando pelas janelas e saindo à rua para cumprimentá-las. Alguns são ousados o bastante para chamar o nome dela e acenar. Daphne acena de volta, um sorriso fixo no rosto.

Durante todo o tempo, ela mantém Cliona sob sua vista. Na última vez que estiveram ali, Cliona usou o passeio como desculpa para se encontrar com a Sra. Nattermore, a costureira que também guardava armas e munição no seu depósito. Mas, se Cliona tem segundas intenções com relação ao passeio de hoje, Daphne nada descobre. Elas conversam sobre amenidades enquanto atravessam as lojas – Daphne garantindo a qualquer um que pergunte que ela e Bairre estão perfeitamente bem, que não estão assustados, mas ansiosos para remarcar o casamento o mais rápido possível.

Cliona é perdulária em relação ao seu dinheiro, comprando brincos de esmeralda, botas de veludo cinza e uma capa de arminho que, por si só, nada tem de notável.

Por fim, elas retornam ao castelo a tempo para o jantar.

No castelo, o jantar é um evento contido – o que não surpreende, supõe Daphne, dada a recente violência e a destruição da capela. No dia anterior, ela fez todas as refeições na cama, então é a primeira vez que vê os efeitos do atentado à corte e o punhado de famílias das montanhas que permanecem.

O tom é totalmente diferente do baile de seu noivado, quando a cerveja corria solta e os convidados falavam alto e faziam barulho. Em vez disso, o jantar lembra mais um funeral. As conversas estão reduzidas a murmúrios e poucas pessoas parecem estar bebendo.

Daphne está sentada com Rufus Cadringal à esquerda e Aurelia à direita, tendo Bairre diretamente à sua frente, embora absorto numa conversa com o pai de Cliona, lorde Panlington. Observando-os, Daphne se pergunta sobre o que, exatamente, estão conversando.

Ela olha para o rei Bartholomew, sentado do outro lado de Aurelia, na cabeceira da mesa. *Será que ele sente que uma espada pende sobre sua cabeça?*, ela se pergunta. *Será que ele sabe que a mulher que tirou do céu uma estrela para colocá-lo no trono é a mesma que pretende tomá-lo dele?*

Daphne ainda não consegue entender por que Aurelia se alinhou com os rebeldes. Ela lhe explicou que foi por causa das profecias reveladas pelas estrelas, que falavam de uma guerra por vir, mas não contou a Daphne exatamente o que disseram, além do sangue de estrelas e majestade derramado, e essa profecia se cumpriu quando Sophronia teve a cabeça cortada.

Ao pensar nisso, Daphne sente um espasmo no estômago e baixa os olhos para o prato, ainda pela metade.

– Você está bem? – pergunta Rufus Cadringal, a seu lado. – Parece um pouco pálida... – A voz dele some. – Não foi envenenada outra vez, foi?

Daphne se força a sorrir para Rufus, que parece genuinamente alarmado. Ela não pode culpá-lo; ele estava presente quando ela foi envenenada antes – e a irmã dele foi a responsável.

– Estou bem – ela o tranquiliza. E decide que a verdade é o caminho mais seguro. – Só estou pensando em minha irmã Sophronia.

Os olhos de Rufus se suavizam.

– Eu ainda não lhe apresentei minhas condolências, mas lamento muito sua perda – diz ele.

Daphne escutou frases semelhantes nos últimos dias, mais vezes do que é capaz de contar. Palavras educadas e superficiais, às quais ela responde com um educado e superficial *Obrigada.*

Mas não há nada de educado ou superficial nas palavras de Rufus. Daphne sente o peso delas, sente quando elas se enterram sob a sua pele. E odeia isso.

– Quando vim para cá, não planejava voltar a ver nenhuma das minhas irmãs – conta para ele, a verdade como ele a entende, embora não a verdade em que Daphne acredita. – Seguimos caminhos diferentes, em vidas separadas. De certo modo, Sophronia morreu para mim no segundo em que nossas carruagens deixaram a clareira em Bessemia.

– Mas vocês trocavam cartas – replica ele.

Daphne dá de ombros.

– Não é a mesma coisa. Eu me resignei ao fato de que nunca tornaria a ver seu sorriso nem ouvir sua risada. Não acho... – A voz dela falha. – Ainda não parece real. Não parece definitivo. E talvez nunca pareça.

Daphne pensa em Beatriz e um pensamento lhe ocorre de repente: Beatriz pode morrer também. Pode já estar morta. Daphne saberia se acontecesse? E se ela, de fato, nunca mais tornar a ver as irmãs?

De repente, ela se lembra da noite do aniversário de 16 anos das três, quando fugiram da própria festa e se esconderam no salão que compartilhavam, no andar de cima, dividindo uma garrafa de champanhe, discutindo qual delas seria a primeira a executar os planos da mãe e voltar para casa.

– Aos 17 – propôs Sophronia, erguendo a taça de champanhe.

Daphne lembra que riu.

– Ah, Soph, você já está bêbada? Estamos fazendo 16.

Sophronia apenas deu de ombros.

– Eu sei – rebateu ela. – Mas 16 é quando temos que dizer adeus. Aos 17 estaremos aqui novamente. Juntas.

Daphne leva a caneca de cerveja aos lábios para esconder a expressão causada pela lembrança, que a denuncia. Não que alguém vá estranhar que ela esteja triste, dado tudo que aconteceu nos últimos dias, mas Daphne sente que demonstrar isso é um sinal de fraqueza, e ela não quer mostrar suas vulnerabilidades, não quando está rodeada de lobos.

Então, afasta todos os pensamentos sobre Sophronia. *Foco*, pensa antes de se virar para Aurelia, que mal tocou na comida e na cerveja. Em vez disso, observa as pessoas em torno da mesa com seus olhos firmes, tocados pelas estrelas. Quando encontram os de Daphne, que são iguais, uma sobrancelha fina se arqueia.

– Um áster pelos seus pensamentos, princesa Daphne – diz ela.

– Acho que meus pensamentos vão lhe custar bem mais do que isso – retruca Daphne, fazendo Aurelia rir.

– É bom ver que, mesmo depois de tantas desgraças, você continua espirituosa – comenta ela.

O sorriso de Daphne é tenso.

– Aurelia, o que você achou da corte durante esses últimos dias? – pergunta. – Não parece um lugar onde você se sinta em casa, e eu sei até que ponto você tentou evitá-la.

Aurelia dá de ombros, tomando um pequeno gole de sua cerveja. Com esse gesto, os olhos de Daphne são atraídos para o anel de empyrea real que ela agora usa no polegar – o mesmo que Daphne viu na mão decepada de Fergal.

– Acho que você, de todas as pessoas, vai entender, princesa: precisamos ir aonde somos guiados – explica. – Tenho certeza de que, se você tivesse algum poder de decisão, também não teria escolhido vir para cá.

Daphne não pode discordar disso – muitas vezes invejou os destinos de suas irmãs. Cellaria, com o clima e as praias exuberantes, e Temarin, com sua pródiga capital metropolitana, pareciam de longe preferíveis à erma e deprimente Friv.

– Cumpri meu dever – afirma Daphne, embora na verdade talvez seja a mais afortunada das irmãs.

Em Friv, algumas pessoas devem querer vê-la morta, mas parecem muito menos capazes do que as dos outros países.

– Assim como eu – retruca Aurelia, com calma.

Mas o meu dever não incluía matar alguém, pensa Daphne, embora não tenha certeza de que isso seja verdade. Ela matou vários assassinos na floresta, ainda que tenha sido em legítima defesa. Sua mãe, porém, preparou-a para matar e, se escrevesse para ela amanhã dando-lhe instruções para tirar uma vida, Daphne assim o faria.

Mesmo que fosse Bairre?, pergunta uma voz em sua cabeça. *Mesmo que fosse Cliona?* A voz se parece com a de Sophronia.

Daphne não quer responder a essas perguntas, então as empurra para o fundo da mente. Não vai chegar a esse ponto, diz a si mesma.

Ela corre os olhos pela mesa, mas todos estão absortos em suas conversas. Seus olhos encontram brevemente os de Bairre, mas ele os desvia e retoma a conversa com lorde Panlington.

– Mas me diga – diz Daphne, voltando o olhar para Aurelia mais uma vez. – As estrelas falaram alguma coisa nova com você?

Daphne vê como um dos cantos da boca de Aurelia se curva para baixo, como seus olhos disparam pelo salão, sem buscar nada em particular.

– Não – responde ela, com cautela. – Nada de novo.

– Você não mente muito bem – constata Daphne.

A expressão de Aurelia se torna um olhar de raiva.

– Não é mentira. Eu não ouvi nada de novo.

– Mas ouviu alguma coisa – diz Daphne.

– Ouvi o mesmo de sempre, princesa – afirma Aurelia, sustentando o olhar de Daphne. – O sangue de estrelas e majestade derramado.

O estômago de Daphne se revira e, embora tenha comido pouco esta noite, tem a sensação de que vai passar mal.

– Essa foi Sophronia – comenta ela. – Essa profecia já se realizou.

– As estrelas parecem discordar – replica Aurelia.

No entanto, por mais despreocupadas que suas palavras possam soar, Daphne vê a tensão no maxilar da empyrea. Afinal, o próprio Bairre tem o sangue de estrelas e majestade correndo nas veias. Assim como Daphne. Assim como Beatriz, que, da última vez que Daphne falou com ela, estava em prisão domiciliar em Cellaria.

O sangue de estrelas e majestade derramado.

Até onde Daphne sabe, eles três são as únicas pessoas vivas que são, ao mesmo tempo, da realeza e tocadas pelas estrelas. Bairre, Beatriz e Daphne. Nenhum deles é uma opção possível para Daphne.

– As estrelas podem discordar de tudo que quiserem – responde Daphne. – Mas dessa vez estarão erradas.

Aurelia a observa por um longo momento.

– Bem – concede ela, por fim –, para tudo há uma primeira vez, suponho.

Beatriz

O salão comunal da hospedaria, onde são servidas as refeições, está deserto, exceto por Beatriz e Pasquale – fato pelo qual Beatriz sente-se grata. Ela e Nigellus não se falam desde que chegaram, e ela não tem certeza de quem, exatamente, ela deveria ser aqui. Uma princesa exilada? Uma empyrea em treinamento? Ninguém? Com Pasquale pelo menos não há necessidade de fingir ser alguém além de si mesma.

– Estou quase ansioso para conhecer sua mãe – diz Pasquale, dando uma mordida em sua torrada com manteiga. Ela provavelmente lhe lança um olhar horrorizado, porque ele bufa. Depois de uma pausa para mastigar, ele engole. – Não me entenda mal... Eu estou apavorado diante dessa perspectiva, mas depois de tudo que ouvi, vai ser interessante conhecê-la pessoalmente.

Beatriz dá uma gargalhada antes de tomar um longo gole de café.

– Interessante pode ser uma palavra para isso. Ela não vai mandar matá-lo, ainda precisa de você para tomar Cellaria, mas duvido que você se sinta particularmente bem-vindo no palácio.

Pasquale balança a cabeça.

– Certo. Como se em algum momento eu me sentisse particularmente bem-vindo no palácio cellariano. Na realidade, eu só tinha você e Ambrose e... – Ele se cala, e Beatriz sabe que estava prestes a mencionar Nicolo e Gisella. Seus primos estavam entre seus únicos aliados na corte, até que se voltaram contra ele.

– Bem, você ainda terá a mim – diz ela em tom alegre, terminando seu café.

A dona da hospedaria estava ocupada esta manhã, cuidando de suas inúmeras tarefas, mas deixou uma sineta sobre a mesa para o caso de Beatriz e Pasquale precisarem de alguma coisa. Beatriz estende a mão e a toca. Não quer incomodar a mulher, mas depois dos dias passados na Sororia, sente que poderia tomar cinco cafés da manhã completos e não ficar saciada.

– E você a mim – diz Pasquale com um sorriso torto. – Mas qual é exatamente o plano? A sensação é de que vamos entrar na cova dos leões.

– É mais ou menos isso – admite Beatriz com um suspiro. – Mas preciso saber exatamente o que ela está planejando, e nem mesmo Nigellus parece ter essas respostas. Não sou apenas eu em perigo, mas Daphne também, e mesmo que ela não acredite... – Beatriz se interrompe.

A atenção de Pasquale de repente está voltada para algo atrás dela e ele tem os olhos arregalados e o queixo caído, como se estivesse vendo um fantasma.

Beatriz se vira para ver o que ele está olhando e sente o ar deixar seus pulmões. Ali, parado na porta com um pano de prato em uma das mãos e um bule de café na outra, está Ambrose – o cabelo e a barba um pouco crescidos, mas vivo, inteiro.

Antes que Beatriz possa fazer um movimento, Pasquale salta de sua cadeira e ele e Ambrose se encontram no meio do salão. Eles apenas ficam abraçados, mas Beatriz tem a sensação de que está se intrometendo em algo particular e corre o olhar pelo ambiente até eles se afastarem. Ambrose pigarreia, suas bochechas vermelhas.

– Princesa Beatriz – cumprimenta ele, fazendo uma mesura profunda.

O olhar de Beatriz volta para ele e ela sorri.

– Já pedi que me chame de Triz, Ambrose – repreende ela, levantando-se e também lhe dando um abraço. – Que bom ver você... mas onde está lorde Savelle?

– A caminho das ilhas Silvan – explica Ambrose. – A salvo, da última vez que o vi, e tenho todos os motivos para acreditar que vai continuar assim. Temarin caiu...

– Eu sei – interrompe Beatriz, estremecendo ao pensar em Sophronia.

– ... mas o rei Leopold também está aqui – acrescenta Ambrose, baixando a voz, embora eles sejam os únicos no salão. – Nós nos encontramos no caminho e...

– Leopold? – perguntam Beatriz e Pasquale ao mesmo tempo.

– Onde? – indaga Beatriz.

– Nos estábulos – informa Ambrose, franzindo a testa. – Mas...

Beatriz não lhe dá chance de terminar antes de sair correndo e atravessar o corredor, sem se importar com o frio que queima sua pele quando sai ao ar livre. O rei Leopold está aqui – ele saberá exatamente o que aconteceu com a irmã dela. E, se está vivo, certamente existe uma chance de que...

Os pensamentos de Beatriz desaparecem quando ela se aproxima dos estábulos. O rei Leopold está do lado de fora, encostado na porta com um ancinho na mão. Ele parece muito diferente do último retrato que ela viu dele – mais velho, sim, porém mais embrutecido também, precisando de um banho e de um corte de cabelo. Mas não é isso que detém Beatriz.

Ele está concentrado, conversando com uma garota que está de costas para Beatriz, uma garota com o tom de louro igual ao dos cabelos de Sophronia. Ela tem a mesma altura, a mesma figura curvilínea. Pela primeira vez desde que pensou ter sentido a irmã morrer, a esperança se acende no coração de Beatriz.

– Sophie! – grita ela, acelerando o passo até estar correndo.

Sua irmã está viva e ali, e Beatriz abre os braços, pronta para apertar Sophronia com força e talvez nunca mais soltá-la e...

A garota se vira e Beatriz para bruscamente, os braços caindo ao lado do corpo e o peito se apertando mais uma vez. Aquela não é Sophronia. Existe certa semelhança, mas não é ela. Beatriz engole em seco.

– Eu... me desculpe – consegue dizer. – Pensei que você fosse...

Ela tem uma vaga consciência de que às suas costas Pasquale e Ambrose se aproximam e de que Leopold e a garota a fitam à medida que vão compreendendo.

– Princesa Beatriz – diz a garota com sotaque bessemiano.

Ela parece tão surpresa ao ver Beatriz quanto Beatriz estava antes de perceber seu equívoco.

– Quem é você? – pergunta a princesa, endurecendo a voz e se empertigando para parecer mais alta e esconder a vulnerabilidade que acaba de demonstrar.

– Essa é Violie – responde Ambrose atrás dela. – E, bem, presumo que você conheça Leopold, ou pelo menos saiba quem ele é.

Beatriz mal ouve suas palavras, mal sente Pasquale passar por ela para cumprimentar o primo com um abraço e um aperto de mão. Seus olhos permanecem em Violie, que parece ficar mais desconfortável a cada segundo.

– Eu já vi você antes – afirma Beatriz. – Você é de Bessemia?

Violie parece ainda mais desconfortável, mas faz que sim.

Fragmentos de memória se encaixam – essa não é a primeira vez que Beatriz pensa que essa garota se parece com Sophronia.

– Você estava no bordel – observa ela, meio para si mesma e meio para a garota. – Que fica perto do palácio... o Pétala Escarlate.

– Pétala Carmesim – corrige Violie baixinho. – Sim. Minha mãe era... é... uma das cortesãs que trabalham lá.

Beatriz visitou diversos bordéis como parte de seu treinamento, para aprender a flertar e seduzir, e embora tenha ido apenas uma vez ao Pétala Carmesim, a visita foi marcante porque sua mãe a acompanhou. A imperatriz não supervisionou a aula e Beatriz nunca soube por que ela escolheu ir justamente àquele bordel.

Mas não pode ser coincidência – nem a visita naquela época, nem o reaparecimento de Violie agora. Tampouco o fato de ter uma notável semelhança com sua irmã.

– Sua mãe me contratou – diz Violie bruscamente, antes que Beatriz possa ela mesma formar as palavras. – Fui colocada no palácio temarinense para espionar Sophronia.

Beatriz pensa na última carta que a irmã escreveu para ela, quando Sophronia confessou que tinha se rebelado contra a mãe, mas que a imperatriz estava um passo à frente dela e que enviara para Cellaria uma declaração de guerra que havia sido forjada. Alguém em Temarin teria que ter forjado aquele documento e o enviado.

Beatriz dá um passo na direção de Violie, depois outro. Então cerra o punho e esmurra com toda a força o rosto de Violie.

Violie

A princesa Beatriz sabe como desferir um soco. Violie cambaleia para trás, sua visão se fragmentando em estrelas e a dor explodindo em todo o rosto. Os braços de Leopold se estendem para ampará-la, mas Violie se desvencilha dele, a mão voando para o nariz, e ela estremece quando a dor se aguça ao mais leve contato.

– Acho que você quebrou meu nariz – diz ela, aturdida.

– E eu acho que você matou minha irmã – retruca Beatriz.

O garoto mantém os braços ao redor dos ombros de Beatriz, e Violie suspeita de que ele seja a única coisa que impede a princesa de esmurrá-la de novo. Príncipe Pasquale, ela supõe.

– Ela não matou sua irmã – interrompe Leopold.

Violie cospe na terra aos seus pés, percebendo que é mais sangue do que saliva. O gosto de cobre enche sua boca. Finalmente, ela volta a olhar para Beatriz.

– Não matei – concorda ela. – Mas ela está morta por minha causa.

Beatriz absorve as palavras como se Violie houvesse lhe desferido um soco, e então começa a tentar se soltar do príncipe Pasquale novamente.

– Se você me esmurrasse de novo, se sentiria melhor? – pergunta Violie, aproximando-se dela, embora seu corpo proteste.

– Talvez não – responde Beatriz, mordaz. – Mas gostaria de descobrir, com certeza.

Beatriz consegue se soltar de Pasquale e avança de novo sobre Violie, que, no entanto, se mantém firme.

– Vá em frente, então – instiga Violie, preparando-se.

Talvez isso faça com que Beatriz se sinta melhor, talvez faça Violie se sentir melhor também, talvez alivie até mesmo uma fração da culpa que vem ameaçando sufocá-la desde que a lâmina da guilhotina desceu sobre o pescoço de Sophronia.

Violie fecha os olhos e espera, mas o golpe não vem. Leopold se interpõe entre elas, empurrando Beatriz com gentileza, mas de maneira firme.

– Pare! – pede ele. – Se você está distribuindo justiça, guarde um pouco para mim também.

– Não pense que não vou fazer isso! – rosna Beatriz. – Ouvi dizer que você é um idiota covarde, mas como você está aí de pé, quando ela...

A voz de Beatriz falha e sua mão trêmula vai até a boca, como se ela pudesse manter a palavra dentro dela, como se não a dizer a impedisse de ser verdade.

Morta.

– Porque Sophronia queria que ele sobrevivesse – murmura Violie. – E ela me confiou a tarefa de garantir que isso aconteça.

Beatriz engole em seco e Violie observa o ímpeto de luta abandoná-la – ou quase. Permanece em seus olhos, enquanto ela olha de Violie para Leopold. Olhos prateados, Violie repara, como os de Sophronia. Como os dela própria, agora que o efeito do colírio que estava usando em Temarin desapareceu por completo. Leopold não notou a mudança, provavelmente porque a olha muito pouco.

– O que exatamente você está fazendo aqui? – pergunta Beatriz, ríspida.

Violie dá de ombros, esforçando-se para ignorar o nariz, que certamente está quebrado.

– Na verdade, vim resgatar você.

Beatriz bufa.

– Como pode ver, ninguém precisa de você aqui.

Violie não está totalmente convencida disso.

– Você está viajando com Nigellus? – pergunta ela.

Beatriz olha de relance para Pasquale, um lampejo de incerteza transparecendo antes que ela o afaste de vez.

– Estamos – responde, erguendo o queixo.

Violie nunca conseguiu ver a imperatriz Margaraux em Sophronia, por mais que a procurasse nela. A jovem era o oposto da mãe em todos os sentidos, para o bem ou para o mal. Beatriz, não. A maneira como olha para Violie agora faz com que ela se sinta de novo na presença da imperatriz, insignificante. Mas Sophronia amava suas irmãs, e Violie não pode permitir que as duas tenham o mesmo destino que ela.

– Você não devia confiar nele – observa Violie. – Nem na sua mãe.

Ao ouvir isso, Beatriz ri, mas o som é tão cortante que poderia até tirar sangue.

– Posso garantir a você que nunca na minha vida confiei na minha mãe – diz ela. – E não tenho intenção de começar agora. – Ela olha para Violie mais demoradamente. – Você sabe que ela é a responsável pela morte de Sophronia – completa.

Além de Violie, Leopold assente.

– Sophronia sabia também – observa ele. – Antes que ela... antes que fôssemos separados, um dos rebeldes contou a ela que estava trabalhando com a imperatriz, que tudo tinha sido orquestrado por ela muito antes do nosso casamento, inclusive a execução de Sophronia.

Por um instante, Beatriz parece prestes a passar mal, mas consegue assentir com a cabeça.

– Nigellus me contou o mesmo: que, se os planos dela em Cellaria tivessem dado certo, eu também estaria morta a esta altura.

– Nigellus te contou isso? – pergunta Violie, franzindo a testa. – Por que ele faria isso? Ele vem conspirando com ela.

– Com vocês, você quer dizer – corrige-a Beatriz, embora sua voz não esteja mais mesclada com fúria, e sim gélida. Violie percebe que sente falta da raiva. – Não sei a resposta para isso ainda, mas vou descobrir.

– Mas não pode confiar nele – insiste Violie.

Beatriz olha para Pasquale e os dois compartilham uma conversa silenciosa. São íntimos, isso está claro, mas não há nada de romântico entre eles, não como havia entre Sophronia e Leopold. A menos que Violie esteja enganada – e ela raramente está –, o coração de Pasquale pertence a Ambrose.

– No momento, preciso dele – explica Beatriz, e Violie percebe que ela escolhe as palavras com cuidado. – Mas isso não é a mesma coisa que confiar. – Ela faz uma pausa. – Como pode ver, não estamos precisando de resgate – acrescenta, olhando para Pasquale antes de se virar para Violie e Leopold. – Então, o que vão fazer agora?

Violie dá de ombros, observando Leopold, que parece igualmente indeciso.

– Vamos para Friv – responde ele. – Não sei se vou encontrar segurança em outro lugar.

– Não, não vai – concorda Beatriz. – Minha mãe quer você morto, e a permanência de Nicolo no trono de Cellaria é débil. Se puder se fortalecer executando você, ele não vai hesitar. Mas não tenho certeza se vai estar seguro com Daphne. Ela é uma criatura totalmente a serviço da minha mãe.

É impossível não perceber a amargura naquelas palavras. Porém, antes que Violie possa perguntar o que quer dizer com isso, Beatriz se vira para ela.

– E o que você vai fazer? – pergunta. – Seguir o rei Leopold até Friv?

Violie dá um meio sorriso.

– Parece que não tenho muita escolha – responde ela. – Fiz uma promessa a Sophie e pretendo cumpri-la. – Ela hesita, uma pergunta aflorando em seus lábios, uma pergunta que ela sabe que não tem o direito de fazer. – Tenho certeza de que sou um dos últimos da lista de pessoas a quem você faria um favor – diz ela, cautelosamente.

Beatriz ergue as sobrancelhas.

– Que ousadia presumir que você sequer está nessa lista – rebate ela, com frieza.

Violie ignora o insulto.

– Comecei a trabalhar para sua mãe porque ela prometeu curar a minha, que tem véxis. Nigellus usou a magia das estrelas para curá-la, só que sua mãe deixou claro que, se eu me colocasse contra ela... – Violie se cala, mas Beatriz entende muito bem o que ela quis dizer. – O nome da minha mãe é Avalise Blanchette. Ela ainda está no Pétala Carmesim, segundo as últimas notícias que tive.

– Se bem conheço minha mãe, serei vigiada – diz Beatriz, e apesar de tudo parece lamentar. – Ela não pode saber que nossos caminhos se cruzaram.

– Eu não serei vigiado – diz Ambrose, assentindo para Violie. – Vou procurá-la assim que puder. Tem alguma coisa que você gostaria que eu dissesse a ela?

Supondo que ela ainda esteja viva, é o que passa pela cabeça de Violie antes que possa evitar. Seu estômago se contrai ao pensar na mulher que a criou, que trançava seus cabelos todas as noites, que lhe ensinou a cantar, dançar e mentir. Ela não consegue imaginar viver em um mundo sem sua mãe, não consegue conceber a ideia de deixá-la morrer só. Vai enlouquecer se isso acontecer. Ela pigarreia.

– Diga apenas... que eu a amo. E que a verei de novo em breve.

Daphne

Mais tarde naquela noite, durante o jantar, Nigellus não fica muito satisfeito quando Beatriz lhe diz que Ambrose se juntará a eles em sua jornada pela manhã, embora também não esteja exatamente aborrecido. O empyrea parece engolir a história da aparição fortuita de Ambrose na hospedaria, mas não fica claro se ele de fato acredita ou não. Seus olhos vão de Beatriz para Pasquale, e então para Ambrose, antes de voltarem para Beatriz.

– Não creio que você possa ser dissuadida... – diz ele, em tom afável.

– Não – replica Beatriz. – E também vou precisar de outro frasco de poeira estelar e de 50 ásteres.

Nigellus fecha a cara, os cantos da boca se repuxando.

– Para quê? – pergunta ele.

Beatriz apenas sorri.

– Dívidas que Ambrose tem, não é? – responde ela, dirigindo um rápido olhar ao rapaz.

Por um instante, Ambrose parece confuso, mas então assente.

– Sim, é isso mesmo. Devo a Mera... hã... a dona da hospedaria.

– Cinquenta ásteres é muito dinheiro – observa Nigellus, sua voz tão inexpressiva que Beatriz não tem certeza no que, exatamente, ele está pensando. – Para não falar da poeira estelar... Há quanto tempo mesmo você está nesta hospedaria, Ambrose?

– Ele joga – diz Pasquale bruscamente. – Jogador compulsivo. Eu tentei fazê-lo parar, mas desde que nos separamos parece que se meteu em problemas outra vez.

Pasquale finge um suspiro pesado e, embora não seja um grande mentiroso, Beatriz tem que admitir que não é ruim. Certamente não tão ruim quanto costumava ser. O pensamento é um alívio, mas também a deixa triste.

– Isso não deve ser um problema muito grande – insiste Beatriz com Nigellus, oferecendo um sorriso. – Tenho certeza de que você tem esse valor e muito mais, mesmo que minha mãe não esteja financiando esta viagem em particular.

Nigellus estreita os olhos para ela segundos antes de balançar a cabeça.

– Muito bem, vou saldar suas dívidas com a hospedaria antes de partirmos amanhã.

– Não há necessidade disso – interrompe Beatriz, baixando a voz em seguida, embora sejam os únicos na sala pública. – Aparentemente, a dona da hospedaria não deveria estar jogando. Ela se sente muitíssimo constrangida com esse hábito. Pediu que eu lhe levasse o pagamento em particular esta noite, quando o marido e os filhos não estiverem por perto.

Nigellus olha para ela por um longo momento e agora Beatriz não tem dúvidas de que ele enxerga sua mentira. Essa não é uma mentira muito boa, afinal, mas, dadas as circunstâncias, é o melhor que ela pode fazer. No fim, porém, não importa se ele acredita ou não, contanto que lhe dê o dinheiro e a poeira estelar, e ela sabe que, pelo menos no momento, ele está altamente motivado a mantê-la ao seu lado.

Depois do que parece uma eternidade, ele enfia a mão no bolso interno da capa, retirando uma bolsa de veludo com cordão. Beatriz observa enquanto ele conta cinco moedas de prata de 10 ásteres.

– E a poeira estelar? – pergunta ela. – Você tem mais, não tem?

Na verdade, a substância não é estritamente necessária, mas ela se sente um pouco culpada pelo nariz quebrado de Violie.

Nigellus solta um suspiro cansado antes de enfiar a mão em outro bolso e extrair um pequeno frasco de vidro com o pó prateado e brilhante. Ele passa as moedas e o frasco para Beatriz, mas, quando ela estende a mão para pegá-los, ele põe a outra mão sobre a dela, prendendo-a.

– Considere isso um empréstimo, princesa – diz ele.

Beatriz não hesita.

– Tudo isso é um empréstimo, Nigellus – confirma ela. – Você me salvar, salvar Pasquale, nossa passagem de volta para Bessemia, você me treinar. É tudo um empréstimo. Nós dois sabemos disso. Acrescente à minha dívida.

Nigellus não responde, mas solta as mãos dela e deixa que Beatriz reúna as moedas e a poeira estelar, colocando-as no bolso do vestido antes de afastar a cadeira da mesa.

– Agora, se me dão licença, não estou me sentindo bem e gostaria de ter uma boa noite de sono antes de retomarmos nossa jornada para o norte.

Ao deixar a mesa, ela olha para Ambrose e Pasquale, que lhe dirigem um aceno quase imperceptível – eles sabem qual é o seu trabalho: manter Nigellus à mesa, não importa quais sejam os meios necessários, pelos próximos vinte minutos.

Violie atende a porta após a batida de Beatriz, e uma rápida olhada no pequeno quarto atrás dela confirma que está sozinha.

– Onde está Leopold? – pergunta Beatriz, passando por Violie e entrando no quarto sem esperar um convite.

– Ajudando com a louça – responde Violie, fechando a porta e encerrando-as em um silêncio desconfortável.

Seu nariz está disforme, com manchas escuras e azuladas, mas, se ela sente dor, esconde bem. Beatriz tem a sensação de que isso não é o pior pelo que a outra garota já passou.

– É um risco – continua Violie. – Mas Nigellus me conheceu pessoalmente, e Leopold ele só conhece por meio de ilustrações e pinturas. Achamos melhor eu ficar escondida.

– Tenho certeza de que seu nariz suscitaria algumas perguntas também – observa Beatriz, em tom afável.

Os olhos de Violie se estreitam.

– Veio para se divertir à minha custa? – pergunta, tocando o nariz com cuidado e se encolhendo. – Foi um bom soco, admito.

– Foi merecido – retruca Beatriz antes de enfiar a mão no bolso do vestido e retirar o frasco de poeira estelar e as moedas. – Para a sua viagem para o norte – explica, colocando as moedas na mão de Violie. – Vocês podem comprar a passagem para Friv no porto de Avelene.

Beatriz suspeita que, se tentasse dar o dinheiro a Leopold, o orgulho o obrigaria a recusar, mas Violie pega as moedas com facilidade.

– Obrigada – agradece, antes que seus olhos se voltem para o frasco de poeira estelar, embora não faça nenhum movimento para pegá-lo.

– Como eu disse, seu nariz vai atrair perguntas e chamar a atenção – indica Beatriz. – Você já usou poeira estelar antes?

Quando Violie balança a cabeça, Beatriz suspira.

– É importante formular o pedido do jeito certo, ou não funcionará. Vou te ajudar.

Violie encara Beatriz por mais um segundo, franzindo a testa.

– Por quê? – questiona.

Não é uma pergunta que Beatriz queira responder.

– Você tentou salvá-la – diz ela depois de um momento. Não é uma pergunta, mas Violie responde ainda assim.

– Tentei – replica, a voz rouca. – Ela não queria ser salva, não se isso significasse a morte de Leopold.

Beatriz morde o lábio inferior com tanta força que teme que acabe sangrando.

– Sophie era apaixonada por ele antes mesmo de se conhecerem, sabe? – diz ela antes de dar uma gargalhada. – Na verdade, tenho certeza de que sabe, sim. Foi um dos motivos pelos quais minha mãe enviou você.

Violie não nega.

– Ouvi dizer que ele era um idiota – continua Beatriz. – Que arrasou com Temarin.

– Arrasou mesmo – concorda Violie, hesitante. – Mas é um pouco mais complicado do que isso. A mãe dele era...

– Sim, eu sei – interrompe Beatriz. – Sophie me contou como Eugenia estava usando o trono de Leopold para arruinar o país. Achava que ela estava mancomunada com o rei Cesare, mas, na verdade, era com os primos de Pas. Ainda assim, Leopold não está isento de culpa, está?

Violie reflete sobre a pergunta por um momento.

– Não. Mas, de qualquer maneira, acredito que ele amava Sophie tanto quanto ela o amava. – Ela faz uma pausa. – Quando chegou à caverna em que deveríamos nos encontrar, sozinho, ele gritava o nome dela. Apesar do perigo, insistiu que voltássemos a Kavelle, determinado a salvá-la. Chegamos bem a tempo de ver a guilhotina descer.

Beatriz fecha os olhos com força. Respirar de repente se torna um ato muito penoso.

– Você viu, então... – diz ela, baixinho.

– Vi – confirma Violie.

Beatriz se força a abrir os olhos e fita a outra garota. Ela não quer fazer a pergunta seguinte, mas precisa ouvir a resposta.

– Eu ainda não consigo acreditar que ela morreu de verdade. Fico pensando que talvez seja um truque, que ela escapou, que executaram a garota errada acreditando que fosse Sophie. Não muito lógico, creio, mas eu não *vi*, então não posso deixar de pensar que talvez... – Ela faz uma pausa. – Mas você viu. Ela morreu mesmo? Não existe nenhum milagre a ser revelado?

– Não – confirma Violie, um arrepio percorrendo seu corpo. – Não, ela está... Eu a vi morrer. Não há dúvida quanto a isso.

Beatriz assente, apertando os lábios com força. Ela não vai chorar, não ali na frente dessa estranha, que é, segundo ela própria admitiu, parcialmente responsável pela morte de Sophronia.

Após um momento, Beatriz recupera a voz.

– Minha mãe sempre disse que Sophie era a mais fraca de nós, mas ela era a melhor – afirma, sua voz soando calma. – E eu não vou sossegar até minha mãe pagar pelo que fez.

Violie assente devagar com a cabeça.

– Estou com você – diz ela. – Leopold também estará. E, quando chegarmos a Friv e falarmos com Daphne...

Beatriz a interrompe com uma gargalhada severa.

– Eu já pedi ajuda a Daphne – conta ela. – E Sophie também. Mas Daphne é uma vaca implacável e leal à nossa mãe. Procurem abrigo com ela, que é a única esperança que vocês têm agora, mas, pelo bem das estrelas, não confiem nela. – Beatriz faz uma pausa, girando o frasco de poeira estelar nas mãos e pesando com muito cuidado suas próximas palavras. – Minha mãe te recrutou por um motivo – afirma ela. – Claramente você era boa em passar despercebida, em coletar informações. Você sabe codificar?

Violie assente com a cabeça.

– Tive as mesmas aulas que vocês, embora com versões truncadas – diz ela.

– Ótimo – anima-se Beatriz, franzindo os lábios enquanto abre o frasco de poeira estelar. Sem aviso, ela espalha o pó preto nas costas da mão. – Quero que o nariz de Violie não esteja mais quebrado. Tente não gritar.

– O qu... – começa Violie antes de se interromper com um arquejo agudo, suas mãos mais uma vez voando para o nariz enquanto ela solta uma série de imprecações em bessemiano e temarino.

Beatriz não fala nada, esperando que a mulher se controle. Depois de um momento, Violie fica quieta e as mãos se afastam do rosto, revelando um nariz que, embora ainda exiba manchas roxas, está perfeito outra vez.

– Amanhã deve ter voltado ao normal – explica Beatriz. – E agora você trabalha para mim. Quero que fique de olho na minha irmã. Quero saber tudo que ela está fazendo. Se puder interceptar cartas entre ela e minha mãe, melhor ainda.

Beatriz engole em seco, pensando na Daphne que ela conheceu a vida inteira, aquela que a deixava louca, mas que ela amava mesmo assim. Aquela que ela sempre acreditou, lá no fundo, que ficaria do seu lado até o fim. Aquela que não fez nada, deixando Sophronia morrer.

– Mas, quando chegar a hora, se ela vier a ser uma ameaça, você a deterá. Quaisquer que sejam os meios necessários – conclui ela, as palavras soando com frieza.

Os olhos de Violie se arregalam ligeiramente.

– Você quer que eu a mate? – pergunta. – Ela é sua irmã.

– É, sim – confirma Beatriz. – E eu a amo, mas não confio nela e não vou cometer o erro de subestimá-la. – Não é só a vida de Beatriz que está em jogo; é a de Pasquale e Leopold também, e a de Ambrose e Violie, por extensão, além de tantas outras. – Minha mãe fez de nós armas, você entende isso melhor do que a maioria. Não vou deixar que ela use Daphne para machucar nenhuma outra pessoa de quem eu gosto.

Daphne

Daphne dispara outra flecha, vendo-a com frustração crescente cravar-se na borda do alvo. Uma imprecação nada digna de uma princesa se insinua em sua boca, mas Daphne consegue reprimi-la. Afinal, ela tem uma plateia. Nesse momento, olha para trás, onde seis guardas estão de vigia, três observando-a, três de costas para ela, monitorando a floresta ao redor em busca de qualquer sinal de ameaça.

Ela entende por que estão ali – parte dela até sente-se grata por sua presença, depois dos últimos atentados contra sua vida –, mas Daphne sabe que seus olhos atentos são grande parte da razão por que ela está se saindo tão mal hoje. Ao contrário de Beatriz, ela não é desenvolta com uma plateia.

Erguendo o arco mais uma vez, Daphne se força a respirar fundo para se acalmar e tenta ignorar completamente os guardas. Eles não estão ali. Ela está sozinha, tendo o arco nas mãos e o alvo à sua frente. Nada mais existe. Nada...

Assim que ela dispara a flecha, um dos guardas grita e sua flecha passa longe do alvo.

– Estrelas do céu! – vocifera ela, voltando-se na direção do guarda, embora sua irritação desapareça assim que ela vê uma figura cavalgando.

Bairre, e parece inquieto.

Por um momento, Daphne pensa que ele talvez esteja vindo se juntar a ela. Já se passaram semanas desde que eles praticaram juntos e ela percebe que sente falta de sua companhia. Ser observada por ele nunca afetou sua mira. Mas, quando para o cavalo ao lado dela e dos guardas, ele não desmonta.

– Meu pai está solicitando sua presença – informa Bairre, com um olhar indecifrável que faz Daphne sentir um aperto no coração.

– Está tudo bem? – pergunta ela, sua mente já disparando pela miríade de coisas que podem ter dado errado desde que deixou o castelo apenas uma hora atrás.

– Tudo. – Ele se apressa em tranquilizá-la. – Está tudo bem. Mas temos um visitante.

– Um visitante? – ecoa Daphne, ainda mais perplexa.

Muitos dos clãs das montanhas partiram após o casamento fracassado, e ela não consegue imaginar por que teriam retornado tão cedo. Quanto aos visitantes do sul... bem... ninguém visita Friv.

– De Temarin – informa ele.

O ar deixa os pulmões de Daphne. Sophronia. Não pode ser. Sophronia está morta. Mas, por um brevíssimo instante, o coração de Daphne se enche de esperança. Bairre deve perceber, porque sua expressão se suaviza.

– Não – diz ele, balançando a cabeça. – Não, não... é outra pessoa.

O constrangimento arrasta as garras na pele de Daphne. Claro que não é Sophronia. Ela foi uma tola por esperar que fosse, e ainda mais tola por permitir que alguém visse sua esperança. Ela encerra sua decepção atrás de uma expressão fria e ergue o queixo.

– Quem é, então? – pergunta.

Bairre pigarreia, olhando em volta para os guardas, que apenas fingem não ouvir.

– A rainha Eugenia e os dois filhos – diz ele, baixando a voz até quase um murmúrio. – Vieram em busca de asilo político.

Daphne aperta o arco com mais força.

– Os filhos – repete ela. – Isso inclui o rei Leopold?

A rainha viúva de Temarin tem três filhos, e se o rei Leopold estivesse entre os dois que vieram, certamente Bairre o teria mencionado primeiro, mas ainda assim Daphne precisa perguntar. Precisa ter certeza.

– Não – informa Bairre. – Os dois mais novos... garotos, que parecem ter visto as estrelas escurecerem.

Ver as estrelas escurecerem é uma expressão frívia, cuja origem Daphne não compreende totalmente, mas ainda assim entende o significado. Parece adequado agora, descrevendo crianças que sobreviveram a um golpe.

Como sobreviveram ao golpe? E por que estão aqui, entre todos os lugares? Friv não tem fama de ser gentil com estrangeiros. Sem dúvida Eugenia teria mais sorte em sua terra natal, Cellaria.

Bem, só há uma forma de descobrir o que ela está fazendo ali. Daphne desliza o arco de volta para a aljava e dá um passo na direção de Bairre, estendendo a mão. Ele a segura com uma mão e o cotovelo com a outra, erguendo-a e sentando-a na sua frente. A sela não foi feita para cavalgar de lado, mas, com o braço de Bairre em torno da cintura dela, segurando-a com firmeza, será possível percorrer sem problemas o curto trajeto de volta ao castelo.

Quando Daphne e Bairre chegam ao castelo, ele a conduz pelo labirinto de corredores em que ela finalmente está começando a se orientar. Quando ele vira à esquerda, em vez da direita, que Daphne sabe que leva à sala do trono, seus passos vacilam. Bairre percebe, mas puxa levemente seu braço, incitando-a a segui-lo.

– É uma audiência privada – diz Daphne, observando que ele a conduz para a ala da família real. – Seu pai não quer que a corte saiba da chegada deles. Pelo menos por enquanto.

Bairre não responde, mas Daphne sabe que está certa. Faz sentido. Friv se orgulha de sua independência em relação ao restante do continente, e o rei Bartholomew está ciente de que muitos cidadãos de Friv já julgam que ele depende demais de outros países – Bessemia, em particular, por causa do noivado de Daphne com Bairre. Então, é claro que ele não quer que saibam que a rainha viúva de Temarin veio lhe pedir asilo.

Daphne arquiva essas informações, perguntando-se se lhe serão úteis.

Bairre a leva até a biblioteca, abrindo a porta e fazendo-a entrar.

A biblioteca é o cômodo favorito de Daphne no castelo – um espaço aconchegante com janelas do chão ao teto e sofás de estofamento macio agrupados em torno da maior das três lareiras. É também o lugar predileto do rei Bartholomew, e ela frequentemente o encontra lá de manhã cedo ou à noite, lendo um exemplar de poesia ou um romance – livros que a mãe de Daphne consideraria pouco práticos e com os quais não perderia tempo.

Agora Bartholomew está de pé ao lado da janela saliente, com as grossas cortinas de veludo fechadas, o que lança a sala em uma escuridão atenuada apenas pelas três lareiras acesas. O ambiente está aquecido, mas uma mulher se encontra sentada no sofá, cobertores de pele empilhados em seu colo, ladeada por dois meninos. A rainha Eugenia e seus filhos mais novos, deduz Daphne.

Ela busca em sua memória tudo o que sabe sobre a mulher. Eugenia nasceu princesa em Cellaria, a irmã mais nova do rei Cesare, e se casou com o rei Carlisle de Temarin aos 14 anos – união que pôs fim à Guerra Celestial entre os dois países e garantiu uma paz provisória. Ao que tudo indica, o casamento só foi consumado quando ela estava com 16 anos e o rei Carlisle, com 18, e mesmo depois disso ela e o rei nunca tiveram um relacionamento mais do que superficialmente educado. No entanto, superficialmente educado era muito mais gentil do que o restante da corte de Temarin fora com ela.

Mas Eugenia sobrevivera a isso e, quando o rei Carlisle morreu, deixando um príncipe Leopold de 15 anos para sucedê-lo, Eugenia governou no lugar do filho. Daphne lembrava-se de ouvir a imperatriz referindo-se a Eugenia como a pessoa mais poderosa de Temarin.

Era para Sophronia tê-la superado e exercido sua própria influência sobre Leopold, quando fosse necessário.

Então, por que, Daphne se pergunta, seus olhos percorrendo a rainha Eugenia de cima a baixo, Sophronia está morta e Eugenia está aqui, nem um pouco abatida? Bem, isso não é inteiramente verdade, ela observa, seus olhos encontrando um grande hematoma na têmpora esquerda da mulher.

Daphne não pode fazer perguntas por enquanto. Em vez disso, coloca um sorriso no rosto e caminha em direção à rainha Eugenia, estendendo as mãos para tomar as da mulher mais velha e apertando-as.

– Majestade – diz Daphne, fazendo uma reverência. – É um grande alívio ver que conseguiu sair de Temarin em segurança. A notícia da insurreição chegou a Friv e estávamos todos terrivelmente preocupados.

– Princesa Daphne – replica a rainha Eugenia, seus olhos examinando o rosto da jovem. – Você é a cópia de sua querida irmã, que as estrelas abençoem sua alma.

É mentira – a única semelhança visível entre Daphne e Sophronia são os olhos prateados. O cabelo de Daphne é preto, enquanto o de Sophronia era louro, suas feições são angulosas, enquanto as de Sophronia eram suaves, sua figura é esguia, ao passo que a de Sophronia era rechonchuda e curvilínea. Qualquer um que não as conhecesse pensaria que não eram parentes.

– Obrigada – diz Daphne, baixando os olhos, fingindo engolir as lágrimas. – E estes devem ser meus jovens concunhados – diz ela, olhando para os dois meninos que ladeiam a rainha, um com cerca de 14 anos, o outro por volta dos 12 anos. Gideon e Reid. Ambos a fitam de olhos arregalados, embora não falem nada. Daphne faz uma anotação mental para procurá-los mais tarde, sozinhos. As crianças, ela sabe, são ótimas fontes de informação, muitas vezes sem a menor ideia do que deve ser mantido em segredo.

Atrás dela, o rei Bartholomew pigarreia.

– A rainha Eugenia está pedindo asilo aqui em Friv – informa ele. – Ela acredita que, se voltar para Temarin, também será executada.

Igual a Sophronia, pensa Daphne, embora sinta-se grata porque o rei Bartholomew não diz isso em voz alta.

– Ah – comenta Daphne, franzindo a testa e olhando para Bartholomew. – Pelo que entendi, minha mãe assumiu o controle de Temarin, não? Ela me escreveu dizendo que passaria o governo para Leopold assim que ele fosse localizado. A senhora sabe onde ele está?

Ali está – um leve estreitamento das narinas que diz a Daphne que Eugenia esconde alguma coisa.

– Morto, eu temo – responde Eugenia, puxando os filhos para mais junto de si de uma forma que parece a Daphne mais encenação do que qualquer outra coisa. – E eu escrevi à sua mãe também... embora suas tropas tenham reprimido o pior da rebelião, ela acredita que nosso retorno ainda não é seguro. Sugeriu que viéssemos para Friv até que isso mude.

– Foi mesmo? – pergunta Daphne, lutando para esconder sua confusão. Decerto que a mãe teria mencionado isso...

– Na verdade, tenho uma carta dela – diz a rainha Eugenia, enfiando a mão no bolso do vestido e retirando um pedaço de pergaminho enrolado.

Ela a entrega à Daphne, que o desenrola e examina as palavras. São algumas linhas curtas, escritas na caligrafia de sua mãe, que a jovem reconheceria em qualquer lugar. A carta, porém, suscita mais perguntas do que respostas.

Prezada Eugenia,

Devemos proceder com cautela. Procure minha pombinha Daphne em Friv. Eu confio que ela lhe dará abrigo pelo tempo que precisar. E me informe assim que receber notícias do rei Leopold – vou manter seu trono aquecido até ter notícias dele.

Sua amiga,
Imperatriz Margaraux

Mesmo que Daphne não reconhecesse a caligrafia da mãe ou a mensagem indireta que a mãe lhe enviou, saberia que a carta é genuína. Sua mãe só se referia a Daphne, Beatriz e Sophronia como suas pombinhas na intimidade. Mas a carta não lhe diz o que, exatamente, ela deve fazer com Eugenia. É nisso que Daphne pensa enquanto lhe devolve a carta.

– Daphne – diz o rei Bartholomew às suas costas, a voz baixa e firme. – Uma palavrinha, por favor.

Daphne concorda com um aceno de cabeça e se afasta da rainha Eugenia, seguindo o rei Bartholomew até um canto tranquilo da biblioteca, fora do alcance dos ouvidos da rainha e dos príncipes. Bairre os segue, a ruga em sua testa mais profunda que o normal.

– Daphne – repete o rei Bartholomew. – Friv tem uma longa tradição de se abster dos conflitos do restante do continente, e por boas razões.

– Sim, claro – concorda Daphne, as engrenagens de sua mente girando. Ela pode não saber o que fazer com Eugenia, mas está claro que sua mãe deseja que a rainha fique no castelo. O que significa que ela precisa convencer o rei Bartholomew a dar sua permissão.

Rapidamente, ela analisa suas táticas e a probabilidade de funcionarem – há poucas razões estratégicas para Bartholomew ajudar Eugenia. Isso não vai beneficiar Friv nem ele; na verdade, muitas pessoas na corte se ressentiriam dessa atitude, e Bartholomew não pode se dar ao luxo de perder mais aliados para a rebelião. Eugenia tem pouco a oferecer e nada que contrabalance isso. Mas o rei Bartholomew é um homem bom, e essa é uma fraqueza que ela já explorou antes, com sucesso.

Assim, Daphne morde o lábio inferior, lançando um olhar por cima do ombro para a rainha Eugenia e os filhos.

– Me desculpe, Majestade, eu sei que é pedir muito, mas eu... Não posso deixar de pensar que minha irmã está me olhando das estrelas e que ela gostaria que eu ajudasse a impedir que Eugenia encontre o mesmo destino que ela e... – Ela se interrompe, engolindo em seco e voltando o olhar mais uma vez para o rei Bartholomew, que parece inquieto. – E Vossa Majestade a ouviu: seu filho provavelmente está morto. Entendo que não é uma situação ideal, mas não suporto a ideia de jogar uma mãe em luto aos lobos, quando poderíamos oferecer a ela e aos filhos que ainda lhe restam alguma proteção.

É cruel recorrer ao filho recém-falecido do rei Bartholomew, mas é uma crueldade que funciona. Daphne vê o lampejo de horror em seus olhos, o modo como ele olha para a rainha Eugenia com pena e empatia.

– É claro, eu não sonharia em fazer isso – diz ele rapidamente.

Bairre fita Daphne como se não a conhecesse, mas consegue desviar o olhar e se dirige ao pai.

– Não tenho certeza se essa é a melhor ideia... A última coisa que Friv precisa é se meter em uma guerra na qual não tem nada a ganhar – argumenta.

O rei Bartholomew balança a cabeça.

– É menos do que ideal, sem dúvida – diz ele com um suspiro. – Mas não consigo ver outra opção. Vamos manter a presença deles em sigilo. Ninguém precisa saber quem são. Podemos inventar uma história, contar às pessoas que ela é a viúva temarinense de algum senhor de terras nas montanhas.

– Ninguém vai acreditar nisso – retruca Bairre. – Não vai demorar para que descubram a verdade.

– A essa altura, com sorte já teremos uma ideia melhor do que fazer – diz o rei Bartholomew. – Mas eles vão ficar e ponto-final, Bairre.

Sem dar a Bairre a chance de responder, o rei Bartholomew retorna até a rainha Eugenia, oferecendo-lhe um sorriso e a proteção de Friv.

Daphne escapa da biblioteca para o corredor, Bairre em seu encalço. Ele pega a mão dela, mas ela se solta e continua andando, seus olhos se dirigindo para os guardas à espera para escoltá-la de volta ao quarto.

– Daphne – chama Bairre, os olhos examinando os guardas também.

Será que ele está avaliando os homens?, pergunta-se ela. Observando qual deles está do lado da rebelião... do *seu* lado?

– Agora não – replica ela rispidamente, e ele fica em silêncio.

Quando chegam ao quarto dela, Daphne não fica surpresa por ele a seguir, fechando a porta ao passar e ocultando-os dos olhares e ouvidos curiosos dos guardas.

– Você não deveria fazer isso – adverte ela, suspirando e tirando a capa, que pendura nas costas da poltrona perto da lareira. – A última coisa que precisamos é de fofocas por ficarmos sozinhos.

– Eu não me importo com fofocas – retruca ele, e Daphne solta uma risada.

– É claro que não – diz ela. – A fofoca me afetaria muito mais do que a você.

Ele não responde de imediato, mas Daphne vê o músculo em sua mandíbula saltar, e ela sabe que ele entende o que ela quer dizer.

– Devo ir, então? – pergunta ele.

– O estrago está feito, então você pode me acompanhar no chá – diz ela, sentando-se à pequena mesa de madeira onde uma criada serviu seu chá da tarde com bolos e biscoitos. Ela gesticula para que Bairre se sente. – Obviamente, se o casamento não tivesse sido interrompido, poderíamos ficar sozinhos quando quiséssemos.

Mesmo aos próprios ouvidos, as palavras de Daphne soam maliciosas e rudes, não do jeito que ela imagina que Beatriz as diria, olhando para Bairre piscando e com um sorriso conquistador, a voz quase um ronronar. No entanto, por mais que suas palavras sejam pouco sedutoras, o rosto de Bairre fica vermelho enquanto ele se senta na cadeira diante dela.

– Qual é exatamente o seu jogo, Daphne? – pergunta ele, servindo chá para ela e depois para si mesmo. – Na hora do jantar, todos no castelo já saberão quem é Eugenia e meu pai...

– Será ainda menos popular do que é agora – completa Daphne, tomando um gole de chá. – Eu me enganei ao acreditar que isso serviria muito bem aos objetivos da rebelião?

Ele balança a cabeça.

– Isso não é... há uma razão para não nos envolvermos nas disputas de outros países – explica ele. – Não estou inclinado a prejudicar Friv para provar que sua liderança é falha.

Não escapa a Daphne que é exatamente isso que sua mãe está fazendo, mas sua mãe não tem qualquer lealdade para com Friv, nem tampouco ela. Daphne não vai se esquecer disso – ela não pode.

– O que você teria feito, então? – pergunta. – Jogado aquela mulher com os filhos no frio, mandado todos de volta para Temarin, onde seriam mortos assim que cruzassem a fronteira, como minha irmã foi?

Bairre balança a cabeça.

– Existem outros lugares... ela tem família em Cellaria, e sua mãe ofereceu a *sua* hospitalidade, mas e quanto à dela própria?

Ambas são boas sugestões e fazem muito mais sentido do que Friv e, no entanto, Eugenia está aqui, por orientação de sua mãe. A imperatriz não é nenhuma tola, deve ter pensado em todas as opções, pesando-as com cuidado. Há uma razão para Eugenia estar em Friv.

– Eu não sei – admite ela. – Mas tenho certeza de que minha mãe não a teria enviado para mim se pensasse que havia uma opção melhor.

Bairre a encara demoradamente.

– Você não está contando a verdade – diz ele, por fim.

Daphne sustenta seu olhar.

– Nem você – replica ela, sua voz soando mais suave do que pretendia.

Um longo silêncio se estende entre eles enquanto tomam o chá. Daphne abre a boca várias vezes para dizer algo, mas as palavras não saem. Ela sente os segredos que jazem entre eles, criando um abismo que aumenta a cada vez que respiram.

Deixe assim, uma voz sussurra em sua mente e soa como a de sua mãe. *Mantenha distância. Use o afeto dele se puder, use-o, mas não deixe que ele use você.*

A mão de Bairre se estende por cima da mesa para pegar a de Daphne, e dessa vez ela não a retira. Em vez disso, entrelaça seus dedos nos dele e finge que aquele simples toque é suficiente para preencher o espaço entre os dois, para cruzar a montanha de segredos e mentiras que ambos erigiram.

Daphne não é Sophronia, ela sabe que não há final feliz, onde ela e Bairre se sentarão em tronos, um ao lado do outro, e governarão juntos – até porque o próprio Bairre não quer esse futuro. Ela sabe que não há lugar para ele no futuro que ela e sua mãe querem construir, e isso significa que também não há lugar para seus sentimentos. Daphne sabe que em algum momento – possivelmente em breve – ele não vai olhar para ela como olha agora, com ternura e adoração, ainda que com um pouco de frustração também. Logo, quando se der conta do que ela e a mãe de fato pretendem, ele não vai olhar para ela com nada além de ódio.

Daphne sabe disso, mas neste exato momento Bairre a olha como se fosse atear fogo às estrelas se ela pedisse, como se fosse capaz de fazer qualquer coisa por ela, exceto dizer a verdade, e de repente a verdade não importa tanto quanto deveria, para nenhum dos dois. Logo importará, mas logo não é agora.

Ela deixa o chá de lado e, ainda segurando a mão dele, levanta-se e caminha em sua direção. Sem dizer uma só palavra, Bairre empurra a cadeira para trás e puxa suavemente a mão dela, que se deixa ser conduzida para o colo dele, onde se senta, os braços envolvendo-lhe o pescoço enquanto ele a segura pela cintura, apertando-a com força contra si.

Daphne não tem certeza de qual deles inicia o beijo, mas isso também não tem importância, não de verdade. Ele a beija e ela o beija, e quando a língua dele traça a linha dos seus lábios, Daphne se entrega para ele, aprofundando o beijo. Ainda assim, não parece o suficiente. Mesmo quando as mãos dela se enroscam nos cabelos escuros dele, mesmo quando ele solta um gemido baixo que Daphne sente ecoar em sua garganta, não é o suficiente.

Daphne se aperta mais contra ele e sente as mãos dele procurarem a saia do vestido.

Uma batida na porta atravessa a névoa de sua mente e Daphne se força a se afastar. Ela tem a sensação de ter passado uma hora cavalgando, e Bairre parece igualmente sem fôlego, os olhos um tom de prata mais escuro do que o normal, fixos nos dela.

Sem dizer uma palavra, ela estende a mão para arrumar os cabelos dele, despenteados por ela, e ele inclina a cabeça, apoiando-a em sua mão.

A batida soa novamente e Daphne abaixa a mão, forçando-se a se levantar do colo dele e retornar ao seu lugar, Bairre parece relutante em soltá-la.

– Entre – diz Daphne, ao mesmo tempo surpresa e aliviada quando sua voz sai firme.

A porta se abre e um guarda enfia a cabeça no quarto, os olhos percorrendo o cômodo antes de pousar em Daphne e Bairre.

– Peço desculpas por interromper, Vossas Altezas, mas lorde Panlington enviou um mensageiro à procura do príncipe Bairre.

Bairre deixa escapar uma imprecação, pondo-se de pé.

– Eu fiquei de encontrá-lo para ir até a cidade – explica. – Sinto muito, Daphne, mas tenho que ir.

Lorde Panlington é o pai de Cliona e o líder da rebelião frívia – amigo mais próximo e maior inimigo do rei Bartholomew. O som de seu nome faz a realidade desabar sobre Daphne, um lembrete de para quem, exatamente, se volta a lealdade de Bairre. Afinal, ele escolheu lorde Panlington e a rebelião ao próprio pai; ela não é tola para pensar que ele um dia a escolherá. Ainda bem, lembra a si mesma.

– Está tudo bem – diz Daphne, obrigando-se a sorrir. – Preciso mesmo escrever uma carta para minha mãe.

Ela observa uma cortina descerrar atrás dos olhos dele, sente o abismo se abrir entre eles mais uma vez, novamente imenso.

– Vou deixar você escrever, então – diz ele, fazendo uma reverência rígida antes de sair sem dizer mais nada e fechando a porta com firmeza ao passar.

Violie

Violie e Leopold deixam a Hospedaria Bonina-Nobre quando os primeiros raios de sol surgem por trás do cume das montanhas, e antes de chegar o meio-dia Violie já sente falta da presença de Ambrose, ainda que apenas porque ele tinha um jeito de preencher os pesados silêncios que sempre se estendem entre os dois quando estão a sós.

De início, ela suspeitou que tivesse a ver com o fato de ela ser uma criada e ele, um rei deposto que muito provavelmente tinha pouca experiência em falar com criados mais do que o estritamente necessário. Agora, porém, ele próprio já havia atuado como criado, na hospedaria, e, embora a proprietária fosse inferior a ele em status, Leopold não teve qualquer problema em conversar com ela.

O que significa que o problema é com Violie e que provavelmente se trata de algo muito mais profundo do que a diferença de classes entre eles.

– Faz muito tempo desde a última vez que você viu seu primo? – pergunta Violie quando o sol já está alto e o silêncio se torna insuportável. Eles devem chegar ao porto ao anoitecer, se fizerem paradas mínimas para descansar.

Leopold fica em silêncio por um longo momento e ela pensa que ele vai ignorá-la, mas enfim ele solta um suspiro.

– Mais ou menos uma década – responde ele.

– É muito tempo – observa Violie, olhando-o de lado, mas a expressão dele nada revela.

– Sim – concorda ele, e o silêncio os envolve mais uma vez. Violie está a ponto de desistir por completo quando ele torna a falar. – O que aconteceu com o seu nariz?

A mão de Violie se dirige rapidamente para o órgão em questão. Ainda está sensível, mas não dói tanto quanto ontem, ou mesmo hoje de manhã.

Leopold não comentou nada sobre o nariz quando eles acordaram e ela supôs que, à maneira tipicamente masculina, ele não tinha notado nada de diferente, assim como não notou quando os olhos dela mudaram de azuis para o tom de prata tocado pelas estrelas no dia seguinte à chegada dele à caverna.

– A princesa Beatriz o curou com poeira estelar – explica ela. – Quando me deu os ásteres.

Pelo menos dos ásteres ele sabe, embora não por ter perguntado. Violie explicou o plano de comprar passagens em um barco com destino a Friv antes de deixarem a hospedaria.

– Gentileza dela, considerando-se que foi ela a responsável – diz ele, e Violie pensa ouvir um tom divertido colorir a voz dele.

– Eu não a culpo – replica Violie, dando de ombros, e, apesar de ser verdade, isso não significa que ela não teria tentado se esquivar se soubesse qual era o alvo de Beatriz ou conhecesse a força com que a princesa era capaz de bater. – Não me diga que você não pensou em fazer o mesmo quando eu lhe contei a verdade sobre estar a serviço da imperatriz.

Com isso, Leopold olha para ela de olhos arregalados.

– Eu jamais bateria numa dama – diz ele, horrorizado.

– Sorte sua eu não ser uma – observa ela. – Mas a verdade é que sou responsável pela morte de Sophronia. Eu sei disso, você sabe e agora a princesa Beatriz sabe. Tenho certeza de que a princesa Daphne também vai querer me socar quando nos encontrarmos.

Leopold fica mais uma vez em silêncio e Violie acha que a conversa chegou ao fim. Então se concentra no caminho à frente. Se estreitar os olhos para ver a distância, consegue distinguir o rio Iliven no horizonte, uma fita azul em contraste com as montanhas cinzentas.

– Não sei nada disso – diz Leopold, tão baixo que ela quase não o ouve. Confusa, ela o olha de lado. Ele pigarreia. – Não sei se é culpa sua. Não mais do que é minha, pelo menos. Se eu não tivesse sido um rei tão horrível, a rebelião nunca teria florescido como aconteceu; se eu não tivesse confiado em minha mãe, ela não teria conseguido trair Sophie e a mim de um modo tão devastador; se eu tivesse conseguido, de alguma forma, deter Sophie antes que ela... – A voz dele some e ele balança a cabeça. – A parte maior da culpa é minha, Violie.

Violie nada diz por um momento, mas, quando fala, sua voz é suave.

– Você não teria conseguido detê-la, Leopold – comenta ela, dando-se conta, tardiamente, que é a primeira vez que o chama assim. – Sophie sabia, quando arquitetamos nosso plano, que ia se sacrificar para salvar você. Não foi uma escolha de momento, e se existe uma coisa que aprendi sobre Sophie e suas irmãs é que, quando elas traçam um plano, nem as estrelas são capazes de se pôr no caminho delas.

Leopold reflete sobre isso por um momento.

– Se você tivesse se recusado a ajudar a imperatriz, no início ou quando ela mandou que forjasse a declaração de guerra, você imagina que ela teria simplesmente desistido?

É uma pergunta em que Violie nunca tinha pensado. Ela abre a boca, mas torna a fechá-la em seguida. Não tem uma resposta, ela percebe, embora aparentemente Leopold não esteja esperando uma.

– Se você era a arma secreta dela, eu apostaria que ela contava com outras. Sabemos que tinha minha mãe a seu lado. Quantos outros você acha que havia?

Mais uma vez Violie não responde, embora a pergunta faça eriçar os pelos de sua nuca. Leopold prossegue.

– Pelo que Sophie me contou antes de... bem, antes, a imperatriz vem planejando suas jogadas antes mesmo que elas fossem concebidas. São dezessete anos. Dezessete anos examinando tudo de todos os ângulos, planejando e arrumando as peças num tabuleiro de xadrez. Você acha que ela deixaria alguma coisa ao acaso? Inclusive você?

Violie engole em seco.

– Eu não tinha pensado nisso dessa maneira – admite ela.

– Você mesma disse: se Sophie e as irmãs traçam um plano, nem as estrelas são capazes de se pôr no caminho delas. Com quem exatamente você acha que elas aprenderam isso? – pergunta ele.

Pelo menos essa é uma pergunta que Violie sabe responder, embora suspeite que se trate de uma pergunta retórica. Estaria mentindo se dissesse que as palavras de Leopold não amenizaram sua culpa, ainda que apenas uma pequena fração dela, mas, ao mesmo tempo, a deixam ainda mais inquieta. Violie jamais imaginou que se opor à imperatriz fosse uma tarefa fácil, porém, à medida que se aproximam cada vez mais do porto, da princesa Daphne e de Friv, mais ela suspeita de que talvez seja uma tarefa impossível.

Violie e Leopold levam menos tempo que o previsto para chegar ao porto, em grande parte graças a um fazendeiro que encontram na estrada e que lhes oferece uma carona, junto com o trigo que está levando para vender a um navio mercante. Violie está pronta para pagar o homem, mas, como ele não pede dinheiro, fica quieta. A viagem até Friv não vai ser fácil e eles vão precisar de cada áster que Beatriz lhes deu.

Leopold deixa que Violie se encarregue de encontrar as passagens para Friv, pelo que ela se sente grata. Ela duvida que ele saiba alguma coisa sobre barganhar ou mesmo quanto vale um áster, e não precisa que seu sotaque da nobreza complique ainda mais as coisas.

Depois de perguntarem pelo porto, à procura de um barco frívio, o nome que todos indicam é o do capitão Lehigh, do *Astral*, um cargueiro que transporta várias mercadorias entre Cellaria, Temarin, Bessemia e Friv. Ela e Leopold encontram o capitão Lehigh em um dos pubs perto do porto, já mergulhado em vários litros de cerveja. Ele passou dos 50 anos, tem o rosto redondo e corado e uma espessa barba ruiva. Quando Violie lhe pergunta sobre passagens, ele estreita os olhos, dirigindo-os alternadamente a ela e Leopold.

– E o que os leva a Friv? – pergunta, com um sotaque frívio desgastado pelas viagens.

Violie dá de ombros.

– Família – responde, o que ela imagina estar bem próximo da verdade. Só não se trata da sua família. Tecnicamente a família é de Leopold, ela supõe, ainda que apenas pelos laços do casamento.

– Você não me parece frívia – observa o capitão Lehigh.

– Sou bessemiana – admite ela. – Meu marido é temarinense – acrescenta, indicando Leopold com a cabeça. – Mas não estamos dispostos a arriscar o pescoço nem o sustento permanecendo em um país que passa por esse tumulto. Minha irmã se casou com um fazendeiro frívio, perto do rio Ester – diz ela, lembrando-se dos mapas que foi forçada a estudar. – Parece um bom lugar para recomeçar.

O capitão Lehigh a observa por um longo momento, os olhos vidrados demais pela cerveja para serem chamados de perspicazes.

– São 15 ásteres – determina ele. – Cada um.

Beatriz deu a ela 50 ásteres, o que significa que eles teriam 20 para ir do porto frívio até o castelo. Viável, talvez, mas Violie não está disposta a correr riscos. Ela decide blefar.

– Deixa pra lá – diz, balançando a cabeça e se afastando da mesa. – Outro barco ofereceu para nos levar por 15 no total. Não é um barco tão bom quanto ouvi dizer que o *Astral* é, mas...

O capitão Lehigh agarra o pulso dela e Violie estaca. A seu lado, Leopold fica tenso.

– Vinte no total – diz ele. – É minha oferta final.

Violie puxa o braço que o capitão Lehigh segura – um feito mais fácil do que ela esperava. Ele a solta prontamente. Ela finge pensar por um momento antes de aquiescer.

– Fechado.

– O pagamento é agora – informa ele, estendendo a mão, com a palma voltada para cima.

O homem tem uma âncora tatuada na lateral do polegar, uma tradição, segundo Violie ouviu falar, para capitães que acreditam que isso impede o navio de afundar.

Violie enfia a mão no bolso do vestido, tirando dele uma única moeda de 10 ásteres e largando-a na mão dele.

– Dez agora, os outros 10 ásteres quando chegarmos a Friv em segurança.

O capitão Lehigh parece pronto para discutir, mas aparentemente pensa melhor.

– Partimos ao amanhecer. Se não estiverem no barco, partiremos sem vocês.

Sem esperar que Violie responda, ele faz sinal para a garçonete e pede outra bebida, dispensando-os.

Beatriz

Beatriz, Pasquale, Ambrose e Nigellus deixam a Hospedaria Bonina-Nobre com muito mais conforto do que quando chegaram, amontoados na carruagem particular de Nigellus com vários cobertores de pele e tijolos aquecidos junto aos pés para afastar o frio. A carruagem, o cocheiro e os dois cavalos brancos deixaram Nigellus na Sororia, nas montanhas, e pegaram as estradas longas e sinuosas para chegar à hospedaria em segurança poucas horas depois de Violie e Leopold terem partido. O cocheiro sugeriu que eles ficassem mais uma noite para que os cavalos pudessem descansar.

Quando o sol começa a aparecer acima das montanhas na manhã seguinte, porém, eles partem. Embora as primeiras horas da jornada passem com conversas cordiais – comentários sobre o intenso clima frio, elogios à cesta de café da manhã que a dona da hospedaria preparou para eles –, Beatriz percebe com alívio que Pasquale e Ambrose estão tomando o devido cuidado de não falar demais na frente de Nigellus.

O empyrea, por sua vez, não dá muita atenção a nenhum deles, mantendo o olhar prateado além da janela à medida que seguem pela estrada sinuosa ou folheando um exemplar gasto do *Almanaque astral* do ano passado.

Quando param para um almoço tardio em outra hospedaria, Nigellus os conduz até um salão público, acenando com a cabeça para o estalajadeiro que se aproxima: um homem de meia-idade, careca, mas com um bigode impressionante.

– Os cavalheiros vão jantar aqui, mas eu vou precisar de um ambiente privado para a senhorita e para mim... por uma hora apenas – diz ele normalmente.

Beatriz fica tensa, seu olhar dispara para Nigellus. Ele não mostrou nenhum interesse em deitar-se com ela, mas sem dúvida deve saber o que esse pedido dá a entender e o que o estalajadeiro vai pensar. De fato, o homem olha, desconfortável, de um para o outro.

– E isso é o que a senhorita deseja? – pergunta ele com cautela.

Nigellus franze o cenho e abre a boca, mas Beatriz é mais rápida, oferecendo um sorriso luminoso ao proprietário da hospedaria.

– Ah, sim – ela o tranquiliza, dando o braço para Nigellus. – Tenho fobia de multidões, sabe, e meu querido tio me mima.

O homem fica visivelmente aliviado e assente com a cabeça.

– Vou ver se temos um quarto sobrando para vocês, então – diz ele antes de sair apressado pelo salão. Assim que está fora do alcance de sua voz, Pasquale se vira para Beatriz e Nigellus.

– Aonde Beatriz vai, eu vou – anuncia ele ao empyrea, a voz saindo com mais força do que Beatriz esperaria.

Apesar de comovida por essa defesa, ela não tem medo de Nigellus. Se isso faz dela uma garota corajosa ou tola, Beatriz não sabe. Então, solta o braço de Nigellus e toca o de Pasquale.

– Está tudo bem – tranquiliza-o com um sorriso. – Nigellus e eu temos coisas a discutir.

Pasquale não parece totalmente apaziguado, a testa ainda franzida, embora ele faça que sim com a cabeça, olhando de volta para Nigellus.

– Se você a tocar...

– Posso lhe assegurar que não tenho o menor interesse em crianças – responde Nigellus, sua voz mais fria do que o tempo lá fora.

– Volto em uma hora – diz ela quando as rugas na testa de Pasquale se aprofundam. – Ande, aproveite o almoço com Ambrose.

O estalajadeiro conduz Beatriz e Nigellus a um pequeno quarto, de decoração frugal, onde se veem uma cama estreita e uma mesa redonda posta com duas cadeiras. Ele promete lhes trazer bebidas e o almoço o mais rápido possível, então sai, deixando os dois sozinhos.

– Esta vai ser minha primeira lição, presumo... – sugere Beatriz, andando pelo quarto como se o inspecionasse, apesar de haver pouco o que inspecionar. Porém, movimentar-se a acalma, como sempre.

– Sim – diz Nigellus, observando-a com olhos cautelosos. – *Você* não pensou que eu estivesse planejando seduzi-la, espero.

Beatriz ri.

– Não – ela o tranquiliza. – Você está familiarizado com o treinamento que recebi em Bessemia... eu sei quando sou desejada dessa maneira. Mas fico contente que o dono da hospedaria tenha se certificado de que eu não estava em perigo, e Pasquale...

Ela se interrompe, pensando no pai de Pasquale, o rei Cesare, que não fazia segredo de suas tentativas de se deitar com ela. A lembrança daquelas mãos em seu corpo a faz estremecer. O homem está morto agora, e Beatriz não lamentou sua morte nem por um só momento. O mundo está melhor sem ele.

Ela não diz nada disso em voz alta, mas os olhos de Nigellus analisam sua expressão.

– Não deve ser nenhuma surpresa para você que sua mãe tenha espiões na corte cellariana – diz ele depois de um momento. – Pelo que eles tinham a dizer, o príncipe Pasquale não era nem de perto tão... protetor.

Beatriz cerra os dentes, o insulto a Pasquale irritando-a profundamente.

– Eu não precisava que ele fosse – replica. – Era apenas o que eu tinha sido criada para fazer, afinal. – Ela diz para si mesma que é a verdade, mas falar sobre isso a incomoda. – Não percebi que você estava tão interessado em meus desafios e tribulações pessoais – acrescenta, forçando a voz a permanecer em um tom leve e despreocupado. – Você gostaria de analisar meu diário, ou podemos prosseguir para as lições?

Nigellus a encara com uma intensidade desconfortável antes que um canto de sua boca se erga de leve.

– Vamos, Beatriz... nós dois sabemos que sua mãe te ensinou a nunca registrar seus pensamentos em papel, onde qualquer um pode lê-los.

Ele leva a mão ao bolso de sua capa e tira o *Almanaque astral* que estava estudando na carruagem. Então, ergue-o para que ela possa ver a capa – couro azul-centáureo, com as letras em alto-relevo dourado.

– Você está familiarizada com isto? – pergunta ele.

Beatriz dá de ombros.

– Por alto – admite ela. – Daphne e Sophie sempre tiveram mais interesse em horóscopos do que eu, e nunca entendi o propósito de estudar horóscopos passados.

– Ah – diz Nigellus, sentando-se à mesa e gesticulando para que ela se acomode à sua frente, o que ela faz. – Mas é assim que encontramos os padrões. E uma vez que você entende os padrões do passado, pode identificá-los no futuro. Obviamente, essa seria uma lição mais instrutiva se tivéssemos o céu noturno para estudar, mas vamos ter que deixar isso para outro momento. Por ora... – Ele folheia as páginas, detendo-se em uma específica e passando o livro para ela. – O que você percebe aqui?

Beatriz pega o livro e o examina – não apenas a página, mas o livro em si, que está muito manuseado, apesar de ter apenas um ano. A página na qual ele abriu é de uma noite de verão, com uma lista de constelações que apareceram, a proximidade entre elas e interpretações do que isso poderia significar. Beatriz estreita os olhos.

– A Rosa Espinhosa é uma das minhas constelações do nascimento – diz ela, percebendo sua presença na lista. Ela e as irmãs nasceram sob a Rosa Espinhosa, o Falcão Faminto, o Coração Solitário, a Coroa de Chamas e as Três Irmãs. – Ela simboliza beleza, e aqui diz que apareceu ao lado do Cálice da Rainha de cabeça para baixo, o que sinalizaria infortúnio. A proximidade de ambas indicaria que essas coisas estão conectadas, não? – pergunta ela, erguendo os olhos para Nigellus, que a observa com muita atenção. – O que aconteceu nessa data?

As sobrancelhas de Nigellus se arqueiam.

– Você não se lembra? – pergunta ele.

Beatriz vasculha a memória. Meados do verão, ano passado. Ela ainda estava em Bessemia, passava todos os dias na companhia das irmãs, nada tinha visto do mundo para além dos palácios e as cidades reluzentes em torno deles. Os dias se misturavam em sua mente.

– Você quebrou seu nariz – diz Nigellus.

Beatriz pisca. Ela quebrou *mesmo* o nariz no verão anterior, durante um treino de combate corpo a corpo com Daphne. Não era a primeira vez que um treino desse tipo lhe causava um ferimento, e o próprio Nigellus a curou tão rapidamente com uma pitada de poeira estelar que o episódio não a afetou muito.

– Um infortúnio que afetou minha beleza, mesmo que por pouco tempo – observa Beatriz, cheia de ironia e devolvendo o livro a ele. – Admito que me sinto lisonjeada com o fato de as estrelas terem achado por bem marcar a ocasião.

Se Nigellus entende seu gracejo, não tem nenhum efeito sobre ele.

– Tenho certeza de que outros foram afetados também, de maneiras diferentes. E como você disse, é uma das suas constelações do nascimento, então você seria mais afetada por sua presença no céu.

– E é a das minhas irmãs também, mas não me lembro de elas terem sofrido acidentes semelhantes – diz Beatriz antes de fazer uma pausa. – Isso não é verdade. Daphne acordou com uma espinha do tamanho de uma cratera no queixo. E Sophie...

– Esse foi o dia em que chegou um retrato recente do rei Leopold. Sua irmã ficou bastante impressionada com ele, se você lembra.

Beatriz se lembrava. Sophronia passou praticamente o dia todo falando do assunto. Quando o sol se pôs, Beatriz pensou que, se escutasse mais uma palavra sobre o rosto bonito e os olhos gentis do príncipe, ela mesma destruiria o quadro com um punhal.

– E sua paixão veio a ser mesmo um infortúnio – conclui Beatriz, embora, enquanto fala, recorde as palavras de Violie. *De qualquer maneira, acredito que ele amava Sophie tanto quanto ela o amava.* Era difícil imaginar que sua irmã amava o rei infeliz... paixão, com certeza. Beatriz não era cega, e mesmo coberto por mais de uma semana de sujeira, ela admitia que Leopold era bonito. Mas amor era outra coisa, não era?

Mesmo contra a sua vontade, ela pensa em Nicolo. Aquilo não era amor. Ela não cometeu o erro de Sophronia, embora não possa deixar de pensar que isso se deveu mais à traição de Nicolo do que a qualquer controle de sua parte. Mais algumas semanas e talvez ela também pensasse que estava apaixonada por ele.

– Então, todas nós fomos afetadas de maneiras diferentes – observa Beatriz, afastando Nicolo do pensamento e concentrando-se em Nigellus. – Sem querer ofender a infeliz espinha de Daphne, mas ela realmente se compara a um nariz quebrado? E não acho que podemos culpar o aparecimento de algumas constelações pela morte de Sophronia... Isso foi obra da minha mãe.

– Tudo está conectado, Beatriz. Especialmente no que diz respeito às estrelas – afirma Nigellus, em tom suave. – Mas você não está errada. Você foi a mais afetada naquele dia, e por outras aparições da Rosa Espinhosa, e há uma razão para isso. Passaram quase duas horas desde o momento que você respirou pela primeira vez até a vez de Sophronia fazer o mesmo. Vocês são trigêmeas, seu nascimento se estendeu por algum tempo, então marquei cada constelação que apareceu no céu durante o trabalho de parto. A Rosa Espinhosa atingiu seu ponto máximo quando você respirou pela primeira vez. Ainda estava no céu quando suas irmãs nasceram, mas está mais forte em você.

Pode ser uma informação nova para Beatriz, mas não a surpreende. Ela sempre ouviu que a beleza é seu maior trunfo – principalmente de sua mãe. Está bem familiarizada com a rosa e seus espinhos.

– E minhas irmãs? – pergunta ela. – Que signos você diria que pertenciam mais a elas? – Assim que a pergunta deixa seus lábios, ela quase se arrepende de tê-la feito, mas suspeita que saiba a resposta.

– Eu gostaria de ouvir seus palpites – diz Nigellus, inclinando-se para trás.

Beatriz cerra os dentes.

– Tenho certeza de que não sei – replica, mas é mentira, e ele parece saber disso.

– Sua mãe achou por bem que você não recebesse as aulas que suas irmãs tiveram sobre leitura das estrelas – comenta ele. – Ela pensou que quanto mais você soubesse sobre o assunto, maior seria a probabilidade de dizer a coisa errada em Cellaria e acabar morta.

– Mas não é isso que ela quer? – pergunta Beatriz, outro comentário irônico que Nigellus deixa passar.

– Pelos fins certos, não por um deslize de blasfêmia em seu primeiro dia no palácio – replica ele. – Mas o ponto que destaco aqui é que você não tem educação formal em leitura das estrelas, então estou curioso para saber o que seu instinto lhe diz.

Beatriz revira os olhos.

– O Falcão Faminto tem muita semelhança com Daphne – começa ela. – Falando literalmente, suponho que haja algo um pouco de falcão nela. E é mais ambiciosa do que Sophie e eu.

Nigellus não concorda, mas também não a corrige.

– E Sophronia?

Beatriz engole em seco.

– Ela nasceu sob o Coração Solitário, não foi? – pergunta. – Que simboliza o sacrifício.

Agora Nigellus assente com a cabeça.

– As outras duas constelações, a Coroa de Chamas e as Três Irmãs, nunca estiveram diretamente no meio do céu, mas estavam presentes de qualquer forma – explica ele. – Mas, sim, você acertou.

Beatriz ri.

– Há muitas crianças feias nascidas sob a Rosa Espinhosa – diz ela. – Todo mundo sabe que as constelações do nascimento não devem ser interpretadas literalmente.

– Em circunstâncias normais, sim – concorda Nigellus. – Mas já estabelecemos que as circunstâncias de seu nascimento foram tudo, menos normais.

– Porque minha mãe fez um pedido para que fôssemos concebidas? – pergunta Beatriz.

– Porque não foi apenas um pedido – responde Nigellus. – Havia o pedido original para que ela engravidasse de trigêmeas... que eu fiz à Braços da Mãe. – A Braços da Mãe é uma constelação que se assemelha a um par de braços segurando um bebê aninhado. – Mas os pedidos maiores tiveram que ser feitos quando cada uma de vocês sorveu o ar pela primeira vez, para amarrar seus destinos ao destino dos países que um dia vocês chamariam de lar.

Beatriz pisca.

– Se um empyrea é capaz de conquistar países assim com tanta facilidade, como ninguém mais fez isso antes? – pergunta ela.

Nigellus balança a cabeça.

– É um empreendimento grande demais, mesmo quando se conta com pedidos às estrelas – diz ele. – Mas sua mãe não se fiou apenas nas estrelas para realizar seus desejos. Durante dezessete anos, ela planejou cuidadosamente e cuidou para que cada peça estivesse no lugar certo para seus planos. Os pedidos que fizemos no dia em que você e suas irmãs nasceram não são responsáveis por esses planos; foram feitos apenas para garantir a eles uma chance maior de sucesso.

Beatriz se cala por um momento processando essa informação.

– Mas não funcionou. Não para mim. Nem para Daphne, ao que parece.

– Porque os pedidos exigem sacrifício, e o seu sacrifício e o de Daphne ainda estão incompletos – afirma Nigellus. – Mas, como eu estava dizendo, sua mãe fez pedidos a estrelas diferentes para o nascimento de cada uma de vocês. Tive que tirar uma estrela de cada uma dessas constelações para realizar o pedido dela. Há um pedaço do Falcão Faminto dentro de Daphne, assim como havia um pedaço do Coração Solitário em Sophronia. Estrelas pequenas, do tipo que eu disse que você procurasse, porque poucos notariam sua falta, e aqueles que percebessem saberiam que é melhor não fazer perguntas.

– Então, de qual constelação você tirou minha estrela? – pergunta ela. – Da Rosa Espinhosa?

É uma revelação decepcionante. Embora a beleza de Beatriz seja a primeira coisa que alguém observa ao conhecê-la, ela acredita que possivelmente esse é seu traço menos interessante.

Nigellus se recosta na cadeira, cruzando as mãos no colo e examinando-a.

– Não – diz ele depois de um momento. – De uma outra constelação que atravessava o céu quando você nasceu, ainda que discretamente. Não está presente o suficiente para ser mencionada em seu zodíaco, sobretudo porque já havia desaparecido quando suas irmãs vieram na sequência.

Beatriz sente um aperto no peito.

– E que constelação era essa? – pergunta ela.

Nigellus sorri.

– O Cajado do Empyrea.

O Cajado do Empyrea, para a magia.

A boca de Beatriz de repente fica seca.

– Você planejou isso, então – diz ela bem devagar. – Você me planejou.

– Sim – afirma ele simplesmente.

– Por quê? – pergunta Beatriz.

Por um momento ele não responde.

– As estrelas não apenas concedem bênçãos e mudam o destino, Beatriz – responde ele por fim. – Elas exigem equilíbrio. Como empyrea, você entenderá isso, ouvirá essa exigência com tanta clareza quanto ouve minha voz agora. E você saberá como respondê-la. Quando as estrelas enviaram o Cajado do Empyrea para o alto durante o seu nascimento, entendi como a exigência que era.

A pele de Beatriz se arrepia. Ela quer rir do quanto ele soa melodramático, da própria ideia de as estrelas exigirem algo em relação a ela, mas sua boca ainda está seca. Ela demora um momento para conseguir falar e, quando o faz, é capaz de pronunciar apenas duas palavras.

– Por quê?

– Porque as estrelas exigem um mundo equilibrado. É por isso que os pedidos vêm com sacrifícios, por isso você se sente péssimo depois de derrubar estrelas. Há uma profecia antiga, de algum empyrea cujo nome há muito se perdeu: "Desequilibrar o mundo é escurecer as estrelas."

Beatriz repete as palavras baixinho, franzindo a testa.

– Isso não soa como uma profecia.

– Dado o número de vezes que as palavras foram traduzidas de um idioma para outro, não é de surpreender. Mas o significado permanece. As estrelas são boas para nós, mas exigem equilíbrio. Criar você e suas irmãs desequilibrou as estrelas... Eu deveria saber, então, que sua mãe estava pedindo demais, só que eu era jovem, tolo e excessivamente curioso. Mas quando as estrelas fizeram sua exigência, eu soube que tínhamos ido longe demais. Sua mãe estava criando armas para usar contra o mundo, então as estrelas exigiram uma arma própria.

– E supostamente essa arma sou eu? – pergunta Beatriz, sem se preocupar em mascarar o ceticismo em sua voz. Os olhos de Nigellus se estreitam.

– Essas lições serão muito mais rápidas se você não lutar contra tudo o que eu disser – adverte ele.

Beatriz quer discutir esse ponto, mas percebe que isso provaria que ele está certo.

– Tudo bem – concede ela. – Eu sou uma arma, criada pelas estrelas. Para fazer o quê? Destruir minha mãe? Tenho certeza de que, se as estrelas realmente quisessem detê-la, haveria maneiras mais fáceis de fazer isso dezessete anos atrás.

– Ah, mas você não está ouvindo, princesa – diz ele, balançando a cabeça. – As estrelas não estão do seu lado, nem do lado dela, nem do meu. As estrelas não são soldados na guerra de ninguém... Elas são o campo de batalha e preferem mantê-lo o mais equilibrado possível.

Daphne

Não é que Daphne quisesse envenenar a rainha Eugenia, mas não lhe restaram muitas alternativas. Durante o chá que havia providenciado para que desfrutassem juntas dois dias após a chegada de Eugenia, a rainha viúva ocultou muito mais do que revelou sobre suas provações em Temarin, e o pouco que revelou pareceu a Daphne apenas mentiras.

Um ponto em particular chamou sua atenção: ela sabe com certeza que Sophronia foi executada há nove dias e, no entanto, a rainha Eugenia afirma que passou a última semana no trajeto de Kavelle para Friv.

A viagem levava quatro dias de carruagem, mas, como o ritmo de Eugenia deve ter sido prejudicado pelo fato de que eles tinham que evitar chamar a atenção durante grande parte da viagem, uma semana é plausível.

Mas isso não explica os dois dias que ficam faltando.

E depois tem o ferimento de Eugenia. Ela tenta escondê-lo com cosméticos e com uma mecha dos cabelos castanho-escuros, mas, à luz brilhante da tarde que entra pelas janelas, Daphne consegue distinguir a feia escoriação na têmpora esquerda. A julgar pelo tamanho e formato do ferimento, Daphne diria que foi causado pela coronha de uma pistola.

Diante do esforço de Eugenia para esconder o ferimento, Daphne apostaria que ela não daria uma única resposta sincera sobre como o adquirira. Fazer a pergunta certamente não vai cativar a rainha viúva, e Daphne precisa se assegurar de que a mulher esteja do seu lado, pelo menos por enquanto.

Então, quando a rainha Eugenia se vira para pedir a um criado que traga mais bolinhos e biscoitos, Daphne estende a mão sobre a mesinha, deixando cair uma pitada de pó do seu anel no chá de Eugenia, antes de pegar o creme e servir um pouco em sua xícara.

Não é suficiente para lhe causar mal, nem mesmo levantar suspeitas. Uma dose tão pequena quanto a que Daphne lhe deu deve apenas deixá-la exausta, algo que provavelmente atribuirá a um cansaço duradouro advindo de sua árdua viagem para o norte.

Daphne retorna aos aposentos provisórios da rainha viúva e de seus filhos uma hora após o fim do chá, sob o pretexto de levar um livro de história frívia que ela mencionara de passagem apenas com esse propósito. Quando uma empregada lhe diz que Eugenia está cochilando, Daphne finge surpresa e decepção.

– Bem, posso deixar o livro aqui com você para quando ela acordar – diz antes de espiar ostensivamente a sala de estar por trás da criada, onde o príncipe Reid e o príncipe Gideon estão brincando com espadas de madeira. A criada já mudou os móveis de lugar a fim de abrir espaço para eles. – Os príncipes não ficariam mais felizes brincando lá fora? – pergunta Daphne, alto o bastante para atrair a atenção deles.

– Podemos? – pergunta Gideon, o mais velho.

Aos 14 anos, é alto e magro, um pouco desengonçado, com cabelos louros e sardas no nariz e nas bochechas. Reid, dois anos mais novo, se encontra ao seu lado, o cabelo um pouco mais escuro e a pele um tom mais pálida. Ambos se parecem com o irmão, o rei Leopold, ou pelo menos com os quadros e as ilustrações que Sophronia recebia de seu prometido.

– Sua mãe disse que vocês devem ficar aqui dentro – responde a criada, balançando a cabeça antes de tornar a se virar para Daphne. – Perdão, Alteza, mas eles ainda não estão acostumados ao clima daqui. Não seria nada bom se ficassem doentes.

– Ah, claro que não – diz Daphne, arregalando os olhos. – Foi um choque para mim também quando cheguei aqui, mas não é tão ruim quando se está vestido de acordo. Tenho certeza de que podemos encontrar algumas roupas antigas do príncipe Bairre e vesti-los adequadamente.

– Não sei... – responde a criada, franzindo o cenho.

– Por favor, não será incômodo algum. Eu ia mesmo sair para um passeio e tenho certeza de que você tem muitas malas para desfazer. – Ela desvia o olhar para Gideon e Reid. – Vocês já viram neve? Nevou um pouco na noite passada, o suficiente para uma guerra de bolas de neve.

Os olhos de Reid se arregalam até ficarem do tamanho de ásteres.

– Por favor, por favor, por favor, Genevieve – implora ele à criada. – Vamos nos comportar, não vamos, Gideon?

– Muito – promete Gideon, antes de olhar de novo para Daphne. – Bairre pode ir também?

Daphne estremece por dentro, embora não esteja totalmente surpresa. Claro que um menino da idade de Gideon iria admirar Bairre. E até pode ser útil tê-lo por perto, para deixar os meninos à vontade, de modo que eles se sintam confortáveis compartilhando informações, mas Daphne não o vê há dois dias, desde o chá que tomaram juntos, e teme o momento em que vai encontrá-lo de novo.

– Podemos perguntar a ele – sugere Daphne antes de olhar para trás, para Genevieve. – Os últimos dias foram difíceis para eles, não é verdade? Fugir da própria casa, perder o irmão. Precisam de um pouco de diversão, não acha?

A criada hesita, olhando por cima do ombro para a porta fechada que provavelmente leva ao quarto da rainha.

– Está certo – concorda ela, tornando a se virar. – Mas vocês dois devem fazer tudo que a princesa Daphne mandar e precisam voltar antes do jantar.

Daphne dirige à criada seu sorriso mais doce.

– Tenho certeza de que eles vão se comportar muito bem.

Bairre concorda em ajudá-la a mostrar aos jovens príncipes a área externa do palácio e encontra, escondidos no fundo de seu armário, botas e grossos casacos para eles. Ainda ficam um pouquinho grandes nos meninos, mas pelo menos vão ficar aquecidos.

– Prometi a eles uma guerra de bolas de neve – comenta Daphne, quando os quatro saem ao ar livre.

A neve parou de cair de manhã cedo, mas Daphne acordou com um manto espesso de neve fresca diante de sua janela. Enquanto sobem o morro na borda da floresta, vigiados por seis guardas que se mantêm a certa distância, Gideon e Reid estão deslumbrados com as pegadas que deixam para trás, Reid se alegrando especialmente em bater forte os pés a cada passo.

– Vocês nunca tinham visto neve? – pergunta Bairre, e os dois balançam a cabeça.

– Em Temarin não neva – diz Gideon.

– Ah, vocês vão adorar – garante Daphne. – Raramente nevava em Bessemia, mas, toda vez que isso acontecia, minhas irmãs e eu nos divertíamos muito atirando bolas de neve umas nas outras. Eu era sempre a melhor, é claro.

– É claro – ecoa Bairre, dirigindo-lhe um sorriso torto.

– Você e Sophie faziam guerra de bolas de neve? – pergunta Reid, enrugando o nariz. – Não consigo imaginar isso.

– Ah, sim – responde Daphne, sorrindo diante da lembrança de uma Sophronia mais nova, o rosto vermelho e o nariz escorrendo por causa do frio, segurando uma bola de neve nas mãos enluvadas, o olhar fixo em Daphne. – Sei que você acha que Sophie era boa demais para atirar bolas de neve em mim, mas ela era bem cruel quando queria.

Gideon parece cético em relação a isso, mas Reid solta um suspiro alto.

– Sinto falta dela – admite ele.

Daphne morde o lábio inferior.

– Eu também – diz ela, ciente de que Bairre a observa. Ela não vai desmoronar na frente dele de novo, já fez isso vezes demais. Então se concentra na tarefa. – Você deve sentir falta do seu irmão também – continua ela, olhando para os guardas atrás deles. Estão longe o suficiente para não escutar, e sua atenção não está voltada principalmente para Daphne, Bairre e os príncipes, mas à área em torno deles, esquadrinhando em busca de ameaças.

Reid faz que sim com a cabeça.

– Mamãe diz que ele está morto – conta ele.

– Não está, não – retruca Gideon, a voz aguda.

– Não? – pergunta Daphne, olhando para o príncipe mais velho. – Você teve notícias dele, então?

– Não – responde Gideon, franzindo a testa. – Eu apenas sei, só isso. Você soube que Sophie estava morta? Você sentiu a morte dela?

Daphne franze o cenho, abrindo a boca e tornando a fechá-la, enquanto tenta encontrar as palavras. Bairre é mais rápido do que ela.

– Eu senti quando meu irmão morreu – diz ele. – Cillian ficou doente por muito tempo, mas aquilo nunca me pareceu real. Até parecer.

Daphne olha para ele, pega de surpresa pelo desejo de estender a mão e segurar a dele. Em vez disso, porém, ela cerra o punho ao lado do corpo.

– Estão vendo? – diz Gideon, triunfante. – Eu saberia se Leopold estivesse morto. E ele não está.

Daphne não tem certeza de quanta fé deve colocar nos sentimentos, mas está bastante certa de que, se Leopold está vivo, a mãe e os irmãos dele não sabem.

– Deve ter sido muito apavorante – retoma ela após um momento. – Fugir de um palácio sitiado. Eu sei que ficaria aterrorizada. Vocês são muito corajosos.

Gideon e Reid trocam um olhar tão rápido que quase escapa a Daphne.

– Sim – confirma Gideon, erguendo o queixo. – Foi aterrorizante.

Ele não entra em detalhes. Talvez porque os acontecimentos da noite os tenham traumatizado, abalado demais para que falem do assunto, ou...

Daphne para na frente de Reid, curvando-se um pouquinho para ajeitar a gola do casaco dele. Então o fita nos olhos e lhe dirige um sorriso caloroso.

– A menos que vocês não estivessem no palácio naquela noite – sugere ela, em um tom descontraído. – Talvez vocês já estivessem longe do perigo àquela altura. Em algum outro lugar.

Reid franze a testa.

– Eu...

– Não, nós estávamos no palácio – interrompe Gideon. – Foi apavorante, como eu disse. Vamos fazer uma guerra de bolas de neve ou não?

Os olhos de Daphne esquadrinham o rosto de Reid um segundo a mais antes que ela se abaixe e meta a mão na neve sob seus pés. Forma uma bola com um punhado de neve e a atira, atingindo em cheio o ombro de Gideon e dando um sorriso.

– Acertei você! – exclama ela, mas Gideon e Reid já estão rindo e se abaixando para fazer suas bolas de neve.

Depois de meia hora atirando bolas de neve de lá para cá, Daphne e Bairre se rendem e os irmãos se voltam um contra o outro, adentrando a floresta, suas risadas fazendo eco. Cinco dos seis guardas permanecem com Daphne e Bairre, enquanto um segue os meninos.

– Fiquem por perto! – grita Daphne para eles.

Quando se vira novamente para Bairre, ele a observa.

– Acha que estão mentindo? – pergunta ele. – Sobre o sítio?

– Sei que estão – responde ela, recostando-se no tronco de um grande carvalho. – Eles não mentem bem. Reid teria admitido se estivesse sozinho comigo, mas Gideon pareceu... ter medo.

– Mas por que mentir? – pergunta Bairre. – Será que estão tentando proteger Leopold, onde quer que ele esteja?

Daphne balança a cabeça.

– Não. Acredito quando dizem que não tiveram notícias dele. Estão mentindo porque a mãe deles mandou. Não faço a mínima ideia do porquê. E, antes que você pergunte, sim, essa é a verdade sincera das estrelas.

Daphne não sabe se ele acredita nela, mas depois de um segundo ele assente com a cabeça de um jeito rápido e firme.

– Se ela é amiga da sua mãe, você não pode perguntar a ela? – replica ele, e embora sua voz soe bastante suave na superfície, essa não é uma pergunta despretensiosa.

– Não sei se elas são amigas, mas de fato se tornaram parentes quando Sophie se casou com Leopold – diz Daphne, e isso pelo menos é verdade. – A carta que ela apresentou ao chegar foi escrita por minha mãe e, em retrospectiva, suponho que as duas tenham algo em comum, ambas foram encarregadas de governar países que lhes eram hostis.

– Mas o domínio de sua mãe sobre Bessemia é forte – observa ele.

Daphne assente.

– Em minha memória, sempre foi, mas, quando eu era bebê, logo depois que meu pai morreu, muitos se recusaram a se curvar para uma mulher que nasceu filha de um alfaiate, muitos se acreditavam mais aptos ao trono.

– Mas sua mãe triunfou – ressalta ele. – Ela não acabou fugindo para uma terra estrangeira com você e suas irmãs a reboque.

Daphne nunca pensou nessa possibilidade, que em algum momento pode ter parecido algo provável. Como sua vida poderia ter sido diferente, se isso tivesse acontecido. Talvez não tivesse sido uma vida muito longa. Ao longe, ela ouve Gideon e Reid rindo enquanto brincam.

Ela afasta esse pensamento.

– Minha mãe sempre triunfa – diz com um sorriso. – Ela conquistou os aliados certos e tinha o empyrea, Nigellus, ao seu lado. Agora, todos que tentaram derrubá-la estão mortos, presos ou fizeram as devidas reparações, e os últimos dezesseis anos do reinado de minha mãe viram Bessemia prosperar.

– Talvez mais filhas de alfaiates devessem ser coroadas – comenta Bairre antes de olhá-la de esguelha. – Você sente falta dela – observa ele. – Claro que sim, isso não é nada surpreendente, mas, quando fala sobre ela, você se ilumina.

Daphne assente. Sempre soube que deixaria Bessemia, deixaria as irmãs e a mãe também. A imperatriz certamente nunca fez segredo disso. Ela criou as três filhas para deixá-la. Mas, sobretudo com a morte de Sophronia ainda sendo uma ferida aberta, Daphne não crê que haja nada neste mundo que ela não daria para se ver mais uma vez nos braços da mãe.

– Ela é uma mulher formidável – diz a Bairre. – Eu sempre quis ser igual a ela.

A mão de Bairre encontra a dela, entrelaçando seus dedos. Ele abre a boca para falar, mas, antes que consiga formar as palavras, um grito corta o ar, seguido de outro.

O gelo corre pelas veias de Daphne quando ela solta a mão de Bairre.

– Os príncipes – diz, indo atrás deles.

Bairre a alcança, assim como os guardas. Os olhos de Daphne vasculham a floresta ao redor, mas não há qualquer sinal dos garotos além de pegadas na neve recém-caída.

– Eles não podem ter ido longe – diz Bairre, embora pareça estar tentando convencer a si mesmo mais do que a Beatriz. – Estas florestas vêm sendo patrulhadas desde que...

Desde que fomos atacados por assassinos aqui, pensa Daphne. O pensamento não é muito reconfortante.

– Gideon! – chama ela. – Reid!

Mas apenas o silêncio responde ao seu grito. Ela e Bairre continuam a gritar os nomes dos príncipes enquanto seguem o rastro, mas não há resposta. As pegadas serpenteiam por entre as árvores, circulando e se cruzando em um labirinto, antes de terminar no meio de uma pequena clareira, onde jaz o corpo do guarda que os acompanhava, o sangue manchando de vermelho a neve debaixo dele. Mais dois guardas correm até o homem, mas Daphne sabe, só de olhar, que está morto.

– Cavalos – alerta Bairre, apontando as marcas dos cascos na neve. – Pelo menos cinco.

Daphne pragueja entre dentes, o coração martelando no peito. Os príncipes foram sequestrados.

Violie

Depois de apenas um dia a bordo do *Astral*, Violie não consegue se lembrar de como é não se sentir doente. Seu estômago protesta constantemente e, apesar do frio no ar, sua pele se encontra coberta por uma espessa camada de suor. Sair da cama estreita na pequena cabine que ela e Leopold dividem é um esforço que parece exigir o favor das estrelas, mas ficar na cama é puro sofrimento. Cada fibra de seu ser está exausta. No entanto, por mais que tente, ela não consegue dormir mais do que uma hora de cada vez. Um balde foi instalado permanentemente ao lado da cama, no qual ela esvazia o estômago com frequência, embora não consiga comer mais do que um ou dois bocados de pão velho.

Violie não está ciente de muito do que acontece além de seu próprio sofrimento, mas sabe que, de vez em quando, alguém passa em seu rosto um pano úmido e fresco. Alguém a obriga a tomar goles de água de um copo e a dar pequenas mordidas no pão. Alguém esvazia o balde de seu vômito.

Esse alguém, ela supõe, deve ser Leopold, mas, mesmo quando seus pensamentos começam a falhar, ela tem dificuldade em imaginar o rei de Temarin agindo como sua ama-seca.

Violie acorda ao amanhecer, só a luz fraca que entra pela única vigia da cabine serve como guia. Dois dias. Ela está neste barco há dois dias, mas parece uma eternidade. Ela leva um momento para identificar o cheiro que paira forte no ar.

– Gengibre – murmura, rolando para o lado.

Leopold está sentado no chão de madeira ao lado da cama, uma caneca de chá fumegante em suas mãos.

– Entre outras coisas – diz ele, olhando para a caneca. – A cozinheira preparou para você... Disse que é um remédio infalível para o enjoo. Consegue se sentar?

É uma luta, mas Violie consegue se erguer, apoiando-se no travesseiro macio. Leopold passa a caneca de chá para ela, mas os braços de Violie estão tão fracos que ela mal consegue segurá-la. Ele a ajuda a levá-la aos lábios e, embora esteja quente, ela consegue tomar três pequenos goles.

Violie quase engasga e tosse ao baixar a caneca, estremecendo.

– A cozinheira disse que, apesar de não ser a coisa mais saborosa, cumpre seu papel.

– A cura pode ser pior do que a doença – responde Violie, mas consegue levantar a caneca sozinha dessa vez e forçar outro gole. – Obrigada.

Leopold assente.

– O navio está avançando bem – informa ele. – O capitão Lehigh diz que as estrelas e o tempo estão do nosso lado. Devemos chegar ao porto de Glenacre amanhã, ao pôr do sol.

– Acho que meu estômago pode sobreviver a isso, mesmo que por pouco – diz ela. Sua intenção é que soe como uma piada, mas Leopold franze a testa.

– Você precisa de alguma coisa? Quer tentar comer mais um pouco de pão?

Só de pensar em comida, Violie tem vontade de vomitar, mas se limita a balançar a cabeça.

– Estou bem. Pelo menos estou sobrevivendo.

– A cozinheira também disse que ar fresco ajudaria – acrescenta Leopold. – Quando você terminar o chá, posso ajudá-la a ir até o convés principal.

Violie sacode a cabeça.

– Certamente a tripulação estará atarefada lá em cima.

Leopold ri.

– Acredite em mim: depois das festividades da noite passada, acho que a maioria deles vai dormir por mais uma hora pelo menos.

– Festividades? – pergunta Violie, tomando mais um gole.

– O aniversário do capitão Lehigh – explica ele. – Nem de longe você será a pessoa mais arrasada neste barco hoje.

Violie consegue dar um sorriso e toma outro gole de chá, seguido por outro. Está ajudando, ela percebe. Ainda não se sente bem, mas o estômago se acalmou significativamente. Ela se senta um pouco mais ereta e consegue esvaziar a xícara em alguns poucos goles.

– Ar fresco parece perfeito – diz a Leopold.

O convés do navio está praticamente deserto, embora Violie perceba um punhado de membros da tripulação espalhados, cumprindo suas várias funções para garantir que o *Astral* continue navegando enquanto todos os outros dormem. O céu limpo de nuvens está apenas começando a clarear, apesar de as estrelas ainda estarem visíveis, salpicadas pelo céu rosado como os diamantes que Violie costumava polir para Sophronia. Ela sabe, vagamente, o que os grupos de estrelas representam, mas nunca tem certeza absoluta ao tentar identificar as constelações.

– Essa é a Queda d'Água – diz Leopold quando Violie lhe pergunta, apontando um aglomerado de estrelas a leste. – Supõe-se que pareça uma cachoeira.

Violie estreita os olhos, mas não consegue distinguir a cachoeira. Porém, acredita nele. Tendo sido criado como príncipe, ele teve acesso aos melhores professores.

– Queda d'Água simbolizando... a inevitabilidade? – pergunta ela, franzindo a testa.

– Algo assim. Sempre ouvi que simbolizava o destino – responde Leopold, dando de ombros. – A água não pode fazer nada além de seguir o seu destino.

Eles param junto à amurada do navio e Violie apoia o corpo inteiro ali. Está de pé faz apenas um momento, mas tem a sensação de ter acabado de correr quilômetros.

– Está ajudando? – pergunta ele. – O ar fresco.

– Com a náusea, sim – diz ela. – Obrigada. Pelo chá e... bem... por tomar conta de mim.

– Não acho que fiz um bom trabalho – admite ele, apoiando-se na amurada ao lado dela. – Na verdade, eu nunca estive perto de alguém doente antes.

– Não é nenhuma surpresa, em se tratando de um rei ou príncipe herdeiro – observa ela. – O que aconteceria a Temarin se você tivesse ficado doente e morrido?

Ele a olha de esguelha.

– Teria ficado bem, eu imagino – diz ele.

Violie não tem certeza de como responder a isso. Ela sabe que deveria dizer a ele que não é verdade, mas não tem a energia para confortá-lo agora. Antes que ela possa dizer qualquer coisa, uma voz nova rompe o silêncio.

- Ei, Leopold!

Os cabelos da nuca de Violie se arrepiam – não porque ela reconheça a voz, mas justamente porque não a reconhece. Como nunca soube o que é temer o som de seu próprio nome, é claro que Leopold se vira na direção da voz sem hesitar.

Um homem está a poucos metros deles, vestido como um membro da tripulação, com calças de tecido grosseiro e uma túnica que é mais manchas de óleo do que linho limpo. Seu rosto está corado e a barba por fazer, e os olhos escuros e redondos estão fixos em Leopold. Na mão direita, ele segura uma pistola apontada diretamente para eles.

– Achei que tinha reconhecido você – diz o homem, dando um passo à frente. – Mas tenho certeza de que você não se lembra de mim.

– Acho que me confundiu com outra pessoa, senhor – responde Leopold, movendo-se para se colocar entre a arma e Violie.

Ela aprecia o gesto, não porque precisa de sua proteção, mas porque isso lhe dá cobertura para levar a mão embaixo da saia, até onde uma pequena faca está presa por uma faixa em sua coxa. Ela se move lentamente para não chamar atenção, esperando que Leopold possa pelo menos manter o homem falando por mais um momento.

O homem ri.

– Acha mesmo que eu esqueceria o rosto do garoto que expulsou minha família de casa? Posso garantir, *Vossa Majestade*, que sei exatamente quem você é.

Violie se apressa, os dedos lutando com a faixa. De repente, parece muito provável que o homem vá atirar em Leopold. Seu desejo de vingança pessoal pode superar a recompensa pela cabeça de Leopold. Ela corre os olhos pelo convés, mas não há ninguém por perto. A tripulação noturna deve ter se recolhido enquanto ela e Leopold conversavam, e a tripulação diurna ainda não subiu ao convés.

– Eu nunca expulsei... – começa Leopold, mas logo se detém. – Você morava naquela aldeia. Hebblesley.

– *Hevelsley* – sibila Violie.

Hevelsley era o nome da aldeia que Leopold mandara demolir para construir um novo pavilhão de caça. Violie se lembra disso porque o episódio aconteceu logo depois que ela chegou ao castelo, e os detalhes daquele desastre compuseram sua primeira carta codificada para a imperatriz Margaraux.

– Hevelsley – corrige Leopold. – Sinto muito, de verdade. Não há justificativa para aquilo. Disseram-me que poucas pessoas moravam lá e que todos haviam concordado em se mudar e foram indenizados pelo inconveniente, mas isso era mentira, não era? – pergunta ele.

Violie fica surpresa com a firmeza de sua voz, mesmo com uma arma apontada para ele. Ela não pensou que o rei mimado tinha aquela coragem. Seus dedos se fecham em torno da faca e ela se endireita. Violie tem apenas um arremesso – uma única chance para acertar o homem que aponta uma arma para eles. As chances são pequenas, ainda piores dado o quanto ela se sente mal. A faca parece incrivelmente pesada em sua mão, a força necessária para erguê-la é quase impossível.

– Mentira – diz o homem com um arquejo. Sua mão está trêmula, mas Violie não acha isso reconfortante. Ele está agindo com base nas emoções, que podem torná-lo errático. Não há nada de tranquilizador no seu comportamento imprevisível. – Não recebemos dinheiro. Minha família e todos os nossos vizinhos foram forçados a ir para as ruas, levados de carroça para Kavelle e largados lá à própria sorte. Aceitei este trabalho esquecido pelas estrelas porque foi o único que consegui, mas duvido que meus filhos sobrevivam o bastante para me ver voltar.

Violie aperta mais a faca em sua mão e se prepara. Ela avalia o arremesso que precisa fazer, observa o melhor lugar para atingir.

– Sinto muito – repete Leopold, e Violie sabe que é sincero.

Ela sabe que, se dependesse dele, simplesmente deixaria o homem atirar nele. Mas Violie fez a Sophronia a promessa de proteger Leopold e pretende manter sua palavra. Ainda que tenha que protegê-lo de si mesmo.

Ela arremessa a faca com toda a força que consegue reunir e tanto ela quanto Leopold veem a lâmina cravar-se na garganta do homem, que desaba no convés, a arma caindo com um estrondo que ecoa no silêncio, embora, felizmente, não dispare. A morte do homem é rápida e silenciosa, exatamente como Violie pretendeu.

Leopold se abaixa ao lado dele, um grito se alojando em sua garganta à medida que puxa a faca do pescoço do homem e usa as mãos para tentar estancar o sangue.

– Ele ia te matar, Leopold – diz Violie, a voz firme.

– Então, em vez disso, você o matou? – pergunta Leopold, olhando para ela por cima do ombro com horror.

Violie tenta não permitir que aquele olhar a incomode. É melhor, diz a si mesma, que ele entenda quem ela é e do que é capaz.

– Se eu tivesse atingido o braço dele, fazendo com que largasse a arma, o que teria acontecido? – pergunta ela, lutando para manter a voz calma.

A qualquer momento, a tripulação terminará o café da manhã e subirá ao convés.

Quando Leopold fala, sua voz é rouca.

– Ele teria dito ao capitão e a quem quisesse ouvir quem eu sou.

– Eles fariam de tudo para levá-lo de volta a Temarin a fim de receber a recompensa pela sua captura – completa Violie, balançando a cabeça. – Eu não podia deixar que eles fizessem isso. Só havia uma opção e eu a segui.

– Você o matou – repete Leopold, virando-se para o homem. – Ele tinha razão em estar com raiva de mim. Tinha razão em querer vingança. Você deveria ter... – Ele não continua.

– Deveria ter o quê? – pergunta Violie, porque precisa que ele perceba que não há uma boa resposta. Eles deixaram para trás a possibilidade do certo e do bom quando assistiram à execução de Sophronia. – Se você quer ser um mártir, fique à vontade para tentar, Leopold. Mas seu destino está ligado ao meu. Se você for pego, serei executada bem ao seu lado. Não estou disposta a me tornar mártir para aliviar sua culpa.

Ele não responde, mas o convés está tão silencioso que ela o ouve engolir em seco. Finalmente, ele se ergue e levanta o corpo do homem nos braços. Com uma expressão vazia, carrega-o até a amurada e o lança ao mar. Ambos escutam quando o corpo atinge a água com um barulho quase inaudível acima do som das ondas que se quebram contra o casco do navio.

Violie se vira para o convés, onde o homem deixou um rastro de sangue. Ela se agacha para pegar sua faca.

– Vamos precisar de um balde d'água, rápido – diz a Leopold. – De ressaca ou não, os marinheiros vão subir logo.

Leopold assente com a cabeça, o rosto ainda pálido, mas um pouco do choque já começa a abandoná-lo.

– E quando eles notarem a falta de um membro da tripulação? – pergunta ele.

Violie balança a cabeça.

– A explicação mais plausível será que ele bebeu muita cerveja e caiu no mar – responde ela. – Não vamos dar a eles motivo para procurar uma explicação menos plausível.

Ele faz que sim com a cabeça.

– Vi um balde e um esfregão na cozinha – diz a ela, começando a se afastar.

– Leopold – chama Violie, baixinho.

Ele a ouve e se vira, mas Violie percebe que não sabe o que dizer. Ela abre a boca, depois a fecha, antes de tentar novamente.

– Não foi... – começa, mas não pode dizer a ele que não foi sua culpa. Ele não era inocente; ele fez escolhas que arruinaram a vida do homem, conscientemente ou não. Mas foi Violie quem fez a escolha que acabou com ela.

– Foi necessário – completa ela, e isso, pelo menos, é verdade.

Beatriz

Beatriz não reconhece o momento em que a carruagem entra em Bessemia até que Nigellus lhe informa. Não há placas para indicar a fronteira, nenhuma mudança física no terreno, qualquer mudança no ar para recebê-la em casa. Sua casa. Ela acreditava que demoraria vários meses antes que pudesse retornar e sempre imaginou que a jornada seria cheia de triunfo e emoção, que ela voltaria a se reunir com as irmãs.

No entanto, nenhuma irmã está à sua espera em Bessemia, nem há triunfo em seu rastro. Sua única perspectiva é um reencontro com uma mãe que a quer morta e mais treinamento com um empyrea em quem ela não confia. E uma cama confortável, ela supõe. Isso, pelo menos, tem algum apelo.

– Não é seguro para Pasquale e Ambrose chegarem conosco – observa Beatriz quando entram na floresta de Nemaria, o mesmo lugar onde ela viu Sophronia e Daphne pela última vez. Ela se lembra de Sophronia, de como estava vestida com aquele vestido temarinense amarelo de babados e dentro daquela carruagem aberta, cercada por estranhos e parecendo apavorada. Beatriz fecha a cortina para bloquear a janela ao seu lado e se vira para Nigellus. – Certamente você pode providenciar acomodações seguras para eles. – Não é uma pergunta.

– Também não é seguro para você – observa Pasquale. – Sua mãe quer vê-la morta.

– Em solo cellariano, por mãos cellarianas – corrige Nigellus. Quando Beatriz, Pasquale e Ambrose se viram para fitá-lo, ele franze a testa. – Eu deixei de mencionar essa parte da magia?

– Deixou, sim – responde Beatriz.

Essa revelação a faz se sentir um pouco melhor, embora certamente isso não signifique que sua mãe não possa machucá-la. Ou acorrentá-la para devolvê-la a Nicolo, que agora não teria escolha senão matá-la.

– Também não terá nenhuma utilidade mandar matar o príncipe Pasquale em Bessemia – continua Nigellus, tão despreocupado com sua omissão que Beatriz acredita de fato que ele simplesmente esqueceu de mencionar o detalhe. – Ele é uma moeda de troca com o rei de Cellaria e ela o usará como tal.

Rei de Cellaria. Beatriz ainda não consegue ouvir essas palavras sem pensar no rei Cesare, e não em Nicolo. Tenta imaginar o garoto que ela beijou usando aquela coroa pesada e não consegue. Ela espera que a coroa o esmague sob seu peso.

– Isso também não me agrada muito – diz ela.

– Bem, nada disso me agrada – observa Pasquale com mais força do que Beatriz esperava. – Mas já que vocês insistem nesse plano esquecido pelas estrelas, não vou deixar que você embarque nele sozinha. – Seu olhar se dirige a Ambrose, cuja testa está franzida.

– Vocês dois são importantes demais para serem mortos – afirma Ambrose. – Eu, não.

Beatriz sabe que ele tem razão, tanto quanto sabe como será difícil para Pasquale escolhê-la em detrimento dele. No entanto, ela suspeita que era o que ele faria – afinal, Pasquale lhe fez uma promessa.

– Então, você será insignificante demais para ser notado – diz ela, olhando para Nigellus. – Ele pode ser um criado, o seu criado. Um lacaio, talvez, ou um camareiro.

Nigellus não diz nada por um momento, seus olhos pousados em Beatriz com uma intensidade desconfortável. Por fim, faz um aceno afirmativo com a cabeça e ela imagina que ele está acrescentando mentalmente outra dívida ao livro-razão à sua frente.

Hapantoile parece a mesma das lembranças de Beatriz, assim como o palácio no centro da cidade – as mesmas paredes de pedra branca reluzentes, os mesmos portões dourados incrustados com uma variedade de joias, as mesmas bandeiras azul-celeste tremulando nas torres. Deveria ser reconfortante ver que o lugar onde cresceu não mudou na sua ausência, mas Beatriz se sente desconcertada. Afinal, ela não é a pessoa que era quando deixou esse lugar.

Os portões se abrem e a carruagem adentra a capital. Só então Beatriz arqueja. Não por causa dos degraus de mármore que conduzem às portas principais do palácio, não por causa da multidão de nobres reunidos para recebê-la, mas por causa da figura solitária de pé no alto da escada, as mãos unidas diante do corpo e vestida da cabeça aos pés de preto – algo bastante cômico para Beatriz.

Imperatriz Margaraux. Seu rosto está coberto por um véu, mas Beatriz a reconheceria em qualquer lugar. Ela sabe que, por baixo da renda preta, os olhos da mãe têm o mesmo tom enganosamente caloroso de âmbar, que sua boca, pintada com o indefectível vermelho; deve estar franzida, como sempre acontece quando ela olha para Beatriz, como se ela fosse um problema sem solução.

Um lacaio abre a porta da carruagem e Nigellus desce, seguido por Pasquale, que lhe estende a mão. Beatriz lança um último olhar para Ambrose, que permanecerá na carruagem e fora de vista até que o veículo retorne à residência particular de Nigellus. Ela não conhece Ambrose tão bem assim, mas ele lhe oferece um sorrisinho tranquilizador e Beatriz sente-se grata por isso.

Ela aceita a mão de Pasquale e deixa que ele a ajude a descer da carruagem, suas sandálias de salto alto tocando a calçada, o único som audível. Ela ergue os olhos para a mãe, de pé uma dúzia de degraus acima dela, e faz uma profunda reverência. Ao seu lado, Pasquale e Nigellus também se curvam.

– Ah, minha criança – diz sua mãe, a voz alta o suficiente para todos reunidos ouvirem enquanto ela ergue a bainha do vestido para descer os degraus. – Ah, estou tão feliz por você estar bem.

Beatriz mal se levantou da mesura quando a imperatriz a envolve em um abraço, apertando-a com força. *Os soluços são um pouco demais*, pensa a jovem, mas ela tem o cuidado de abraçar a mãe num aperto semelhante, deixando lágrimas falsas brotarem em seus olhos ao enterrar o rosto no ombro dela. Afinal, trata-se de uma encenação, e se tem uma coisa que Beatriz sabe fazer é uma cena.

– Mamãe – diz ela, elevando a voz tanto quanto a imperatriz e acrescentando uma ponta de histeria. – Ah, eu tive tanto medo, tanto, tanto medo.

– Pronto, pronto, minha querida, agora você está em casa e em segurança comigo – conforta a mãe, afastando uma mecha rebelde de cabelo ruivo do rosto de Beatriz. Ela continua segurando o braço da filha e se volta para os cortesãos, que observam e sussurram. – Depois da trágica perda da minha querida Sophronia, sou grata por Nigellus ter conseguido trazer a princesa Beatriz e seu marido, o príncipe Pasquale, em segurança. – Ela pega a mão de Nigellus e a ergue, dando a deixa para a multidão aplaudir, embora as pessoas façam isso com indiferença, na melhor das hipóteses. Ainda assim, Beatriz deve admitir, é a saudação mais calorosa que ela já viu para Nigellus, e ele parece perturbado com isso.

– Venha, minha pombinha – diz a imperatriz, conduzindo Beatriz escada acima e não dando a Pasquale e Nigellus outra escolha além de segui-la. – Tenho certeza de que você teve uma jornada difícil, mas há muito a discutir.

Em questão de instantes, a imperatriz despojou Beatriz de sua única defesa, ordenando a um criado que levasse Pasquale para os seus aposentos para que ele pudesse descansar. Ela despacha Nigellus também, embora Beatriz não tenha certeza se deve ser grata por isso ou não – ele certamente não contava como uma defesa, mas era, no mínimo, um amortecedor.

Agora, quando a imperatriz a conduz para a sala do trono e fecha a porta, Beatriz se vê completamente sozinha com a mulher que matou sua irmã – a mulher que teria matado Beatriz, se seus planos não tivessem sido arruinados por um casal de gêmeos conspiradores de olho no trono.

– Então você fracassou – começa a imperatriz, afastando o véu do rosto.

Todos os sinais da mãe enlutada desaparecem, a encenação acabou. A imperatriz sobe ao estrado e afunda no trono, cruzando as pernas na altura dos tornozelos. Beatriz quase esperava que a mãe a levasse para outro lugar – uma sala de estar, talvez, um lugar mais aconchegante. A intenção da imperatriz, porém, é lhe dar um sermão, e não há lugar melhor para fazer isso do que sentada em seu trono.

– Fomos passados para trás – argumenta Beatriz, erguendo o queixo.

– Por um garoto e uma garota tão insignificantes que nem consigo lembrar os nomes deles – rebate a mãe, cada palavra transformada em gelo.

– Gisella e Nicolo – provê Beatriz, embora saiba que a mãe não perguntou. – *Rei* Nicolo agora, suponho – acrescenta ela.

– Você está com a postura desleixada, Beatriz – replica a mãe, mas Beatriz não faz nenhum movimento para se endireitar. Sua mãe revira os olhos. – Como, exatamente, isso aconteceu?

Porque eu confiei neles quando não deveria. Porque Sophronia me pediu ajuda e eu a ajudei. Porque eu sabotei os planos que você passou dezessete anos elaborando.

Mas Beatriz não pode dizer nada disso – sua mãe não sabe a verdade sobre o que deu errado em Cellaria: que Beatriz pediu a ajuda de Gisella e Nicolo para tirar lorde Savelle da prisão e evitar que a guerra irrompesse entre Temarin e Cellaria. Se ela soubesse, Beatriz tem certeza de que a conversa seria bem diferente, se é que seria uma conversa. Beatriz pensa rapidamente, tecendo uma mentira o mais próximo que ousa da verdade.

– O rei Cesare estava louco – diz com um suspiro. – Descobri depois que Nicolo e Gisella vinham envenenando-o com pequenas doses regulares de cianeto de sementes de maçã moídas. Foi o que acabou por matá-lo. – Tudo isso é verdade, mas a partir daqui, Beatriz se desvia. – Louco como estava, porém, ele decidiu não executar lorde Savelle, decisão que ele confiou apenas a Pasquale e a mim, até onde sei. Tentei convencê-lo do contrário, mas argumentar com um louco foi o suficiente para me enlouquecer. Então, pensei em visitar lorde Savelle na masmorra, a fim de usar o pedido que você me deu para incriminá-lo ainda mais – continua ela, erguendo o pulso nu para indicar o lugar onde antes estava a pulseira. Na verdade, ela usou o pedido para ajudar lorde Savelle a escapar, transportando-o para as docas, onde ele encontrou Ambrose no barco do tio.

Ela não sabe se sua mãe acredita nela; sua expressão permanece irritantemente impassível. Mas Beatriz não tem escolha a não ser continuar tecendo sua história.

– Eu não conseguiria chegar à masmorra sozinha, então pedi ajuda... meu erro fatal, receio. Como você, pensei que Gisella era inofensiva e disse a ela que queria um momento para falar com meu... amante. – Ela precisa lutar para não se engasgar com a palavra *amante*, mas foi para isso que a mãe a enviou, para se tornar amante de lorde Savelle e, até onde a imperatriz sabe, ela conseguiu. – Gisella disse que me ajudaria, mas em vez disso levou os guardas para me prender por traição. Tentei usar o pedido para escapar, mas lorde Savelle de alguma forma sabia do que se tratava e o tirou de mim, usando-o para fugir.

A imperatriz se recosta na cadeira, examinando Beatriz com olhos frios.

– Que interessante, Beatriz. Pelo que ouvi, *Nicolo* era seu amante.

Beatriz tenta esconder sua surpresa – ela e Nicolo não eram amantes. Eles só se beijaram duas vezes, e das duas vezes Beatriz tinha certeza de que ninguém os vira, então como essa informação chegou aos ouvidos de sua mãe? Ela se obriga a sorrir alegremente.

– Bem, mãe, você não disse que eu só poderia ter um, disse?

A imperatriz olha para Beatriz como se enxergasse além daquele sorriso.

– Eu não pensei que tivesse criado uma tola, Beatriz, e me recuso a acreditar que criei duas.

A alusão a Sophronia faz Beatriz cerrar os punhos, mas, felizmente, a saia volumosa os esconde.

– Sophronia não era tola – rebate ela, tomando o cuidado de manter a voz leve, para não deixar o veneno transparecer.

Ela não pode mostrar as cartas muito cedo, certamente não estando na presença da mãe há poucos minutos. Não pode culpar a mãe pela morte de Sophronia, ainda não. Então recalibra o tom:

– Nigellus disse que você assumiu o trono de Temarin sem problemas. Acredito que os responsáveis pelo assassinato de Sophie foram mortos...

Sua mãe ajusta tão perfeitamente sua expressão para o pesar que a própria Beatriz seria enganada se não soubesse da verdade.

– Todos menos um – diz ela, rugas vincando sua testa artificialmente lisa, produto de imensas quantidades de poeira estelar. – O rei Leopold de alguma forma conseguiu escapar.

Beatriz franze a testa, como se isso fosse novidade para ela, como se não tivesse visto o rei Leopold com seus próprios olhos, esvaziado pela dor.

– O que Leopold teve a ver com a morte de Sophie? – pergunta, presumindo, mesmo enquanto faz a pergunta, que a resposta da mãe será uma mentira.

Sua mãe se encolhe, como se o pensamento a machucasse fisicamente.

– Sei de fonte segura que o garoto sacrificou Sophronia para salvar a própria pele. Claro, se ela tivesse me dado ouvidos, ele não estaria em posição de agir assim, mas sua irmã sempre teve uma fraqueza em relação a ele. Fiz tudo ao meu alcance para evitar isso, mas... – Ela se cala com um suspiro de lamento.

Beatriz precisa de todo o autocontrole para não voar até a mãe e esganá-la.

– O problema, porém, continua – diz a mãe, endireitando-se. – O rei Leopold ainda está foragido, embora meu pessoal tenha conseguido várias pistas promissoras. Isso eu tenho sob controle. O que eu *não* tenho é Cellaria.

Beatriz dá de ombros, juntando as mãos à frente do corpo e tentando parecer despreocupada – a princesa insolente e rebelde que a mãe acredita que ela seja.

– Duvido que o reinado de Nicolo seja longo. A corte não o apoia, não de verdade, e uma vez que tenha Friv sob controle, você não deve ter problemas para usar sua milícia conjunta para tomar Cellaria sem qualquer dificuldade. Basta ter paciência.

Sua mãe bufa.

– Paciência é um rico conselho vindo de você, Beatriz – observa ela, balançando a cabeça. – Não, eu não tenho planos para esperar. Não importa o que um rei louco proclamou em seu leito de morte: Pasquale é seu herdeiro e o legítimo rei de Cellaria. Vocês dois simplesmente terão que retornar a Cellaria para reivindicar o trono. Mande executar o usurpador e a irmã, assim como qualquer um que tente apoiá-lo.

Beatriz olha fixamente para a mãe, sem piscar, por um longo momento.

– Isso – diz ela devagar – seria suicídio.

A imperatriz revira os olhos.

– Sempre tão dramática, Beatriz. Não te criei para fracassar.

Ela criou vocês para morrer, a voz de Nigellus ecoa em sua mente. Se Beatriz tinha alguma dúvida de que ele falava a verdade, agora essa dúvida se esvai.

– Você não pode estar falando sério – responde ela. – O poder não vem de tecnicalidades; você sabe disso melhor do que ninguém.

Sua mãe a ignora.

– É claro que enviarei algumas das minhas tropas com você para apoiar sua reivindicação – acrescenta ela como uma reflexão tardia. – Embora eu não possa retirar todas de Temarin no momento, nem deixar Bessemia indefesa, então será um exército pequeno, mas confio em sua capacidade de administrar a situação.

Então, esse é o plano da mãe para ela, pensa Beatriz. Mandá-la de volta para a cova dos leões e massacrar os leões em seu nome depois que ela for imediatamente devorada. Se a mãe pôs essa ideia na cabeça, não adianta discutir, embora todas as estrelas do céu devam cair antes que Beatriz volte a pisar em Cellaria.

Ela solta um longo suspiro, como se estivesse considerando as palavras da mãe.

– Vamos precisar de tempo para nos reagrupar – diz por fim.

– Duas semanas – responde a mãe. – Agora, se você não se importa, tenho que me preparar para um jantar com o embaixador frívio. Você pode encontrar o caminho para o seu quarto, tenho certeza.

E, assim, ela é dispensada. Beatriz está quase na porta quando algo lhe ocorre em relação às palavras da mãe e ela para.

– Sou uma mulher casada – observa Beatriz. – Certamente eu deveria ficar em um quarto com meu marido.

A imperatriz olha para ela com um sorriso irônico e Beatriz percebe que alguns beijos com Nicolo são uma mínima parte do que sua mãe sabe.

– Por favor, Beatriz, não me insulte. Se você insistir em agir como criança, pode dormir em seu quarto da infância.

Daphne

O castelo passou o último dia mergulhado no caos, a floresta ao redor e a cidade vizinha de Eldevale vasculhadas em busca de qualquer sinal dos príncipes perdidos – não que a maioria das pessoas no castelo saiba que Reid e Gideon são príncipes, o que torna seu desaparecimento ainda mais estranho. Qual seria o motivo para sequestrar os filhos de um falecido nobre frívio e sua esposa estrangeira?

A rainha Eugenia, por sua vez, está desesperada. Ou, pelo menos, é o que dizem a Daphne, pois ela não saiu do quarto e a criada afirmou que precisou ser sedada com uma tintura de frutas silvestres e raiz de vestal moída.

Depois de uma noite e um dia de busca, ainda não há indício de quem levou os príncipes ou por quê. O rastro de cascos que Daphne e Bairre notaram parecia guiá-los em círculos antes de desaparecer por completo, e depois de outra forte nevasca, até aquelas marcas desapareceram, sem deixar nenhum vestígio dos príncipes.

Daphne não precisou perguntar a Bairre se ele sabia alguma coisa sobre o episódio – ela o conhece bem o suficiente para saber que ele nunca colocaria crianças em perigo e que seu choque e pavor após o sequestro eram genuínos. Isso não significa, no entanto, que a rebelião não esteja envolvida. Bairre deve ter contado a alguém a verdadeira identidade dos príncipes, e essas pessoas não teriam gostado de que Friv se envolvesse nos assuntos de outro país.

Ela não tem chance de perguntar se ele sabe de mais alguma coisa antes que ele parta com um grupo de batedores para esquadrinhar as aldeias vizinhas em busca de qualquer informação que possa revelar o paradeiro dos meninos.

Então, ao perguntar por Cliona, Daphne é direcionada aos estábulos, onde encontra a outra garota escovando sua égua, uma criatura alta, totalmente preta, exceto pela marca branca em sua testa que faz Daphne lembrar de uma coroa. Cliona não parece surpresa quando Daphne aparece, mal interrompendo a escovação para fazer um gesto de cabeça como cumprimento.

Daphne não vê sentido em perder tempo com conversa fiada – não há outras pessoas nos estábulos, ela mesma se assegurou disso.

– Foi seu pessoal que sequestrou os príncipes? – pergunta ela.

A expressão de Cliona não muda.

– Príncipes? – repete Cliona, sua voz soando um pouco inocente demais para ser crível, pelo menos para Daphne.

Então Bairre contou a ela a verdadeira identidade dos príncipes, ou alguma outra pessoa.

– Você é uma péssima mentirosa – observa Daphne, adentrando o estábulo e coçando a orelha da égua.

O animal se inclina ao toque de Daphne e solta um relincho baixo. Não é bem verdade: Cliona mente perfeitamente bem, mas Daphne é melhor em ler as pessoas. Ainda assim, o insulto fere Cliona e seus lábios se contraem.

– Muito bem, então me deixe dizer isso de forma muito clara – replica ela, erguendo os olhos castanhos e encontrando os olhos prateados de Daphne. – Nem eu, nem quaisquer rebeldes tivemos algo a ver com o sequestro daqueles meninos.

Os olhos de Daphne examinam os dela por um momento, mas ela está falando a verdade – pelo menos acredita que está. Cliona afirma que conhece cada movimento dos rebeldes, cada conspiração que eles armam, mas Daphne sabe que o pai de Cliona é o chefe dos rebeldes, e há algumas coisas com as quais ele pode não querer sobrecarregar a mente da filha.

– Mas você sabia quem eles eram – insiste Daphne, ciente de que não deveria seguir aquele raciocínio em particular com Cliona.

Cliona bufa.

– É claro – diz ela. – Eu sei que o rei subestima seu povo, mas pensei que a essa altura você já soubesse disso.

– Então vocês deviam ter um plano para se livrar deles e da mãe – retruca Daphne. – Qual era?

Cliona revira os olhos.

– Nada tão covarde como você está imaginando, tenho certeza – responde ela. – Nós íamos simplesmente vazar as informações sobre suas verdadeiras identidades e deixar o povo de Friv pressionar o rei para mandá-los de volta para Temarin.

– E, naturalmente, se ele se recusasse, isso apenas incitaria mais oposição ao seu governo – acrescenta Daphne.

Cliona dá de ombros.

– De qualquer forma, foi uma vitória para nós – diz ela. – Não tínhamos nenhum motivo para tirar aqueles meninos do castelo. – Ela faz uma pausa, os olhos fixos em Daphne. – Assim como não tínhamos motivos para querer você morta, princesa – acrescenta.

– É o que você diz, depois de ameaçar me matar – Daphne lembra a ela, mas a questão permanece.

Cliona e os rebeldes não foram os responsáveis pelos atentados contra sua vida, e Daphne nunca descobriu de quem, exatamente, foi a culpa. É lógico que, se houver outro elemento em jogo, ele pode ser responsável tanto pelos atentados contra a sua vida quanto pelo sequestro dos meninos.

– Seus assassinos nos atraíram para a mesma floresta onde os príncipes foram sequestrados – diz Cliona, como se estivesse lendo a mente de Daphne.

– Não houve mais tentativas contra a minha vida – observa Daphne, balançando a cabeça. – Nós matamos todos os assassinos lá... O que faz você pensar que há mais?

– Porque aprendi um pouco sobre movimentos clandestinos nos últimos anos. Sempre há mais pessoas envolvidas do que se pensa e, na maioria das vezes, elas estão bem debaixo do nosso nariz.

Suas palavras não são reconfortantes, mas, quando se trata de Cliona, elas raramente são.

– Por falar nisso – continua Cliona –, eu não perguntei onde você aprendeu a lutar. Nunca conheci uma princesa que manejasse uma faca como você.

– Além de mim, você nunca conheceu uma princesa – observa Daphne. – Além disso, presumi que você e Bairre não faziam perguntas porque não queriam que eu fizesse as minhas – acrescenta ela, voltando-se para a porta e se afastando. Ela quase consegue sair antes de Cliona falar novamente.

– Mais cedo ou mais tarde, Daphne, você vai ter que confiar em alguém – sentencia ela.

Os passos de Daphne hesitam por um instante e ela fica tentada a responder. Confia em sua mãe e isso é tudo de que ela já precisou ou de que precisará. Daphne não cometerá os erros de suas irmãs. Mas as palavras morrem em sua língua e ela se afasta, deixando-as não ditas.

Bairre e seu grupo de batedores retornam naquela noite e, quando Daphne vai para o quarto depois do jantar, Bairre está esperando por ela, sentado na poltrona de veludo verde que Daphne passou a considerar como sua por causa das noites que ele passou ali enquanto ela estava doente ou ferida. *Aquelas noites acabaram sendo muitas*, pensa.

Ele tomou banho ao chegar, e os cabelos castanhos ainda estão molhados, o cheiro do sabonete – algo com bergamota – paira forte no ar.

– Algum sinal deles? – pergunta ela, fechando a porta ao passar.

Daphne sabe que, se ele tivesse encontrado os príncipes, a notícia teria se espalhado pelo castelo no tempo que ele levou para tomar banho. Mas, ainda assim, ela tem que perguntar. Quando ele balança a cabeça, ela sente um aperto no coração.

– Minha mãe disse que ouviria as estrelas mais uma vez esta noite, mas ainda não falaram com ela sobre os príncipes – conta ele.

– Era para nós vigiarmos os dois – afirma Daphne, balançando a cabeça e apoiando-se na porta fechada. – Eu nem pensei que...

– Ninguém pensaria nisso – emenda Bairre, levantando-se e indo em sua direção, mas parando a poucos passos de distância, como se estivesse com medo de chegar muito perto.

Ele deveria ter medo mesmo, pensa Daphne, mesmo enquanto deseja que Bairre encurte a distância entre eles e a tome nos braços.

– Cillian e eu brincávamos naquela floresta o tempo todo quando éramos garotos e nunca corremos perigo, e todos em Friv *sabiam* que éramos príncipes. Essas florestas deviam ser seguras – observa ele.

– Mas não é a primeira vez que não são – ressalta ela, a conversa com Cliona voltando à sua mente. – Não posso deixar de pensar que os dois eventos estão relacionados. Cliona jura que os rebeldes não tiveram nada a ver com isso...

– Claro que não – diz Bairre, balançando a cabeça. – Eu nunca permitiria que machucassem crianças.

Isso deixa Daphne sem palavras – não porque seu heroísmo é comovente, mas porque ele é ingênuo o bastante para acreditar que sua opinião teria peso nos planos da rebelião. Bairre pode ser o relutante príncipe herdeiro de Friv, mas não está no comando dos rebeldes. Nem mesmo perto disso.

– Mas matar um empyrea não tem problema? – pergunta Daphne. – Diga-me, qual foi o crime de Fergal? Deve ter sido algo verdadeiramente hediondo para que ele morresse de maneira tão horrível.

Isso faz Bairre franzir a testa. Ele abre a boca para falar, mas muda de ideia.

– Você pode ser um deles, Bairre, mas não é você quem faz as regras – diz ela baixinho antes de fazer uma pausa e deixá-lo absorver suas palavras. – Mas nisso acho que você está certo: eles não tiveram nada a ver com o sequestro dos príncipes. Houve um tempo em que pensei que os rebeldes eram os responsáveis por tentar me matar.

Daphne espera que ele refute essa ideia também, mas ele não o faz. Pelo menos ele não ignora completamente até onde a rebelião pode ir para alcançar seus objetivos.

– Não eram eles, óbvio – diz ela. – Então, temos que presumir que há uma terceira facção trabalhando dentro de Friv para nos atingir... embora eu não tenha certeza de quem somos "nós". E não acho coincidência que tanto a luta com os assassinos quanto o sequestro dos príncipes tenham acontecido na floresta.

– Você foi envenenada na floresta também – observa Bairre.

Daphne franze a testa. Essa tinha que ser uma coincidência, não é? Afinal, Zenia havia recebido o veneno para usar contra ela muito antes de pisar na floresta. O local que ela escolheu para usá-lo tinha que ser um acaso. A não ser que...

– Quando minha sela quebrou, eu também estava na floresta – lembra ela. – Era para eu estar andando sozinha. O assassino que cortou a cilha não sabia que eu ia encontrar Cliona.

– O mesmo assassino que seguimos, que disse que você deveria segui-lo sozinha, sem Cliona e sem mim? – pergunta ele.

Daphne faz que sim com a cabeça, sentindo-se mal. Aquele assassino está morto agora, ela o viu morrer, viu seu corpo sem vida e frio. Mas alguém mais está à solta por aí, ela sabe disso com tanta certeza quanto sabe o próprio nome, e esse alguém está com Gideon e Reid.

– O padrão é quebrado com Zenia – pondera ela. – Zenia me envenenou com outras seis pessoas por perto.

– Zenia estava cumprindo ordens – argumenta Bairre. – Ela tem 10 anos... É possível que tenha entendido mal o que deveria fazer.

Daphne considera essa possibilidade.

– Isso ou ela simplesmente não ligava. Ela ainda está no castelo?

Bairre assente.

– Rufus e o restante da família devem partir amanhã à tarde – responde ele. – Zenia ainda está nervosa. Ela se sente culpada pelo papel que desempenhou... Não tenho certeza do quanto estará disposta a falar sobre isso.

– Ela vai falar comigo – replica Daphne.

Sua mãe sempre disse que ela era capaz de convencer uma cobra a comer o próprio rabo. Bairre não parece surpreso com a confiança dela.

– Você é boa em extrair informações das pessoas – diz ele, baixando a voz.

Daphne olha para ele por um longo momento. Primeiro Cliona a pressiona sobre suas habilidades de luta, agora isso. Ela suspeitaria de uma investida coordenada, mas conhece Bairre bem o bastante para saber que ele não faria isso. Ele é muito direto; intrigas e manipulação não são seu estilo. No entanto, ela pensa na conversa que tiveram antes, nos segredos entre os dois. Talvez possa deixá-lo ter apenas uma amostra desse.

– Minha mãe achava que era um talento importante para minhas irmãs e eu cultivarmos, especialmente porque ela estava nos mandando para países onde as pessoas poderiam ter atitudes hostis em relação a nós. Ela enfrentou hostilidade em seu próprio reino no... Sempre disse que sobreviveu sobretudo graças aos segredos que arrancou de seus inimigos ou de pessoas próximas a eles. Ela pensava que deveríamos ser capazes de nos defender também, por razões semelhantes. Não sou a primeira noiva real com um alvo nas costas.

Bairre ouve sua explicação, embora ela não saiba dizer se ele acredita ou não. Ele não olha para ela, mas de repente Daphne se sente desesperada para que ele faça isso. Quer que ele a olhe do jeito que olhou na casa de sua mãe – como um relâmpago, ela lembra, ou mesmo como ele a olhou durante o chá, pouco antes de beijá-la. Pode sentir o espaço entre eles se ampliar novamente, se enchendo de segredos que ambos estão guardando. É bom manter a distância, uma distância necessária, diz a si mesma. Sophronia gostava demais de Leopold e isso fez dela uma tola. Isso a matou. Daphne não vai cometer o mesmo erro, mas de repente entende por que Sophronia fez isso. De repente, Sophronia parece um pouco menos tola.

– Vai ser melhor se eu falar com Zenia sozinha – diz ela, afastando o pensamento. – Mas tenho certeza de que Rufus não vai querer deixá-la sair de suas vistas.

– Vou distraí-lo – assegura Bairre antes de fazer uma pausa. – Daphne... – começa ele, parando.

Ela ouve um mar de palavras naquele silêncio. Mil perguntas que não pode responder. Mil declarações que não quer ouvir, embora, ao mesmo tempo, queira ouvi-las, tão desesperadamente que não consegue pensar direito.

É justamente esse o problema com Bairre – no que diz respeito a ele, ela nunca consegue pensar direito.

– Você não deveria estar aqui – diz Daphne, injetando em sua voz uma falsa animação. – Graças aos seus amigos rebeldes, ainda não nos casamos, e se você for pego aqui...

– Eles vão fazer o quê? Me forçar a casar com você? – pergunta Bairre, dando um passo na direção dela, parando, e em seguida dando outro passo até que se veem frente a frente e o cheiro de sabonete de bergamota ameaça subjugá-la. Ele está tão perto que, se ela apenas inclinar a cabeça, olhando para ele, seus lábios encontrarão. – Acho que já é tarde demais – diz Bairre, as palavras deslizando sobre o rosto de Daphne antes que ele roce os lábios nos dela.

É um beijo delicado – tão leve que mal pode ser chamado de beijo –, mas mesmo assim a deixa sem ar. Ela leva a mão ao peito de Bairre, dividida entre afastá-lo e puxá-lo para mais perto. Seu bom senso vence, pelo menos dessa vez, e Daphne o empurra para trás, tentando agarrar-se a um motivo para mantê-lo a certa distância.

– Ainda não é – diz ela. – Tarde demais, quero dizer. Você não tem a menor intenção de se casar comigo. Já deixou isso muito claro, Bairre.

Ele hesita por um momento.

– Isso não significa que eu não...

– Que você não o quê? – pergunta ela. Ele se desestabiliza, mas agora ela precisa terminar. – Não quer me beijar? Dormir comigo?

Ele cambaleia, recuando outro passo.

– Daphne, eu... – começa ele, mas se tem mais palavras para dizer, elas morrem.

– Você não quer um trono, Bairre. Mas eu, sim. Friv pode não ter nenhum futuro para mim nesse sentido, mas isso não significa que vou perder tempo com um bastardo rebelde disfarçado de príncipe.

Por uma fração de segundo, Daphne gostaria de retirar aquelas palavras, mas não pode. Observa enquanto elas o atingem como socos, vê a expressão de Bairre se transformar em choque, depois em fúria. Observa-o passar velozmente por ela a caminho da porta sem lhe dirigir um segundo olhar.

E então ele se vai, e as palavras que Daphne falou ficam ecoando em sua mente. Eram verdadeiras, todas elas, mas deixaram a sensação de lâminas passando por sua garganta.

Violie

Violie e Leopold evitam ao máximo sair de sua cabine pelo dia e meio seguinte: Leopold se esgueira até a cozinha apenas duas vezes para buscar comida para eles. Na segunda vez, ele diz a Violie que ouviu o cozinheiro advertir a um taifeiro para que não bebesse demais antes do turno de trabalho, a menos que quisesse cair no mar como Aylan.

Embora seja um alívio que atribuam a morte do marinheiro a um acidente, Violie lamenta que agora Leopold conheça seu nome. A voz dele falha quando o pronuncia, e ela sabe que aquelas duas sílabas vão assombrar o sono dele.

Violie nunca soube o nome da primeira pessoa que matou; mal chegou a ver o rosto dela. Uma noite, voltava a pé para casa após as aulas no palácio em Bessemia, poucos meses depois de a imperatriz recrutá-la, quando um homem saltou das sombras e a atacou. Ela o golpeou com o canivete que levava dentro da bota, esticando o braço para cravar a lâmina na nuca do agressor, cortando sua medula espinhal e reduzindo-o, em questão de segundos, a um monte imóvel aos seus pés. Sua mão tremera o tempo todo, mas tinha conseguido matá-lo. Ela se lembra dos olhos mortos do homem e do sangue que se empoçara sob o corpo caído.

Na época, ela suspeitou que a imperatriz tivesse planejado tudo, uma forma de testar as habilidades de Violie, bem como saber se seu estômago suportaria a violência. Agora ela tem certeza.

Quando o barco atraca no porto de Glenacre, na costa sudeste de Friv, Leopold e Violie desembarcam, pagando ao capitão o restante do que lhe devem. Violie conversa sobre amenidades, tecendo sua história sobre a irmã fictícia com quem vai se hospedar e prometendo experimentar as tortas e a geleia de framboesa de uma padaria na cidade que o capitão recomenda.

Leopold, porém, se mantém afastado, em silêncio, e Violie supõe que seja melhor assim, por causa do sotaque dele.

Eles encontram uma hospedaria para passar a noite nos arredores de Glenacre, mas reservam apenas um quarto de solteiro, em um esforço para economizar. No jantar, repassam os planos para o dia seguinte.

– Uma carroça do correio parte para Eldevale ao amanhecer. O cocheiro disse que não deveria aceitar passageiros, mas abriria uma exceção se pagássemos 15 ásteres cada um. Tentei barganhar, mas ele não quis baixar o preço.

Violie sente um aperto na boca do estômago. Depois da hospedaria em Temarin, das passagens do navio, do quarto e do jantar na hospedaria dessa noite, só lhes restam 20 ásteres. Além disso, a viagem de Glenacre a Eldevale de carruagem dura um dia inteiro, e Violie supõe que a carroça do correio não ofereça comida.

– Há algum outro meio de chegar lá? – pergunta ela.

Leopold balança a cabeça.

– Uma carruagem particular vai custar mais. Há uma carruagem de passageiros que custaria 8 ásteres por pessoa, mas só parte daqui a cinco dias.

– E nesse tempo gastaríamos todos os nossos ásteres com hospedagem e comida, de qualquer forma – conclui Violie, com um suspiro.

Leopold assente.

– Estamos fora de Temarin agora – diz ele. – Posso vender meu anel ou minha capa.

– Seu anel ainda pode ser facilmente reconhecido – contesta ela. – Sobretudo em uma cidade portuária aonde as notícias de Temarin chegam com mais facilidade. Também não sei se você vai encontrar alguém interessado em sua capa aqui.

– Por que não? – pergunta Leopold, franzindo o cenho. – É uma capa muito boa.

– Boa *demais* – rebate ela. – E pouco prática. Não tem muito peso e a fivela de rubi não acrescenta nada em termos de aquecimento. Os frívios são um povo prático. É melhor você ficar com ela por enquanto.

Violie não acrescenta que, por mais leve que seja a capa, ele certamente vai se sentir grato pelo calor que ela lhe proporcionará quando estiverem escondidos na carroça do correio.

– O que fazemos, então? – pergunta Leopold.

Violie esquadrinha o salão da pousada, os olhos passando por um grupo de marinheiros bebendo, um homem e uma mulher jovens sentados bem perto um do outro, conversando em voz baixa, um grupo de quatro pessoas jogando dados.

– Você pode tentar negociar com o cocheiro, mas ele me pareceu teimoso... – acrescenta ele.

– Não há necessidade disso – diz Violie, seu olhar se demorando no grupo que joga dados.

Eles estavam lá quando ela e Leopold se sentaram e, a julgar pela coleção de copos de cerveja vazios e pelo rubor das bochechas, estão ali já faz um bom tempo. Um dos homens é marinheiro, como sugerem a pele bronzeada e o rosto curtido. O outro é mais velho, com cabelos grisalhos e barba comprida. As duas mulheres são cortesãs. Violie não tem nenhuma prova disso, mas, quando criança, passou tempo suficiente perto de cortesãs para reconhecer que aquelas duas estão trabalhando.

– Como você se sai nos dados? – pergunta ela, sem tirar os olhos da mesa.

Uma das mulheres se inclina para o homem mais velho, sussurrando em seu ouvido algo que deve distraí-lo por completo, porque ele não percebe quando a outra mulher troca um dos dados por outro idêntico que ela tira do bolso.

– Bem – diz Leopold, acompanhando o olhar dela. – Ganho sempre.

Violie resiste à vontade de rir da confiança na voz dele. Se ela sabe uma coisa sobre dados é que não há como ser bom neles e, se Leopold realmente ganhava sempre, isso tinha mais a ver com não querer derrotar um rei mimado do que com qualquer talento de sua parte.

– Então vamos pôr essa habilidade à prova – sugere ela, entregando-lhe a bolsa com os ásteres.

Leopold vacila.

– Mas, se eu perder... – começa ele.

– Você não vai perder – afirma ela com um sorriso, seguindo para a mesa e deixando que Leopold vá atrás dela.

– Alguma chance de meu marido se juntar ao seu jogo? – pergunta ela e, embora dirija a pergunta aos homens, seus olhos se demoram nas mulheres, que trocam um olhar de cautela. – Até vamos pagar uma rodada de bebidas – acrescenta. – Uma de vocês poderia me ajudar a trazê-las?

Os homens logo concordam, dando as boas-vindas a Leopold com sons barulhentos e palavras arrastadas. A mulher mais jovem segue Violie em direção ao bar, a testa franzida. Ela se apresenta como Ephelia.

– Não queremos problemas – diz Violie enquanto esperam no bar por seis canecas de cerveja. – Seu jogo está indo bem. Quantos dados alterados com peso vocês têm?

A mulher a fuzila com o olhar.

– Quatro – admite.

– Claro – diz Violie com um sorriso. – Você precisa destrocá-los para evitar suspeitas. Até mesmo bêbados têm um momento de bom senso de tempos em tempos.

– O que vocês querem, se não estão atrás de problema?

– Quero entrar no jogo – responde Violie, de um jeito despretensioso. – Não por muito, 15 ásteres... bem, vamos deixar por 20, já que estou pagando esta rodada de bebida.

– Não creio que a gente tenha escolha – diz Ephelia. – Se eu disser não, você vai nos entregar, presumo.

Parte de Violie quer negar, mas ela não pode. Apoia o quadril contra o bar e encara a mulher demoradamente.

– Sim – responde. – Mas posso oferecer um extra também, pelo transtorno. Um rubi, assim.

Ela ergue a mão para indicar o tamanho. Não tem certeza por que está fazendo isso – chantagem é mais do que suficiente para conseguir os ásteres de que necessita –, mas a ideia de tirar dinheiro de mulheres que precisam, mulheres como sua mãe, a deixa enjoada. A consciência de Leopold pode estar contaminando-a, pensa, o que é inoportuno, pois consciência é algo que nenhum dos dois pode mais se dar ao luxo de ter.

– E eu devo aceitar sua palavra como garantia? Até onde eu sei, esse rubi nada mais é que vidro barato, se é que ele existe de fato – argumenta Ephelia.

– Pode ser – diz Violie. – Mas é muito mais do que você vai ter se eu for até aquela mesa e disser àqueles homens que vocês os estão depenando.

– Está certo – concorda a mulher com raiva.

O atendente no balcão coloca uma bandeja com seis jarros de cerveja diante delas. Violie passa um áster para ele e faz um movimento para pegar a bandeja.

– Espera – pede a mulher, enfiando a mão numa bolsa amarrada ao redor da cintura e tirando dela um frasquinho de pó verde-claro.

Seria necessária uma inspeção mais completa para que Violie tivesse certeza do que o frasco contém; no entanto, ela tem um palpite.

– Pó de raiz de adetel? – pergunta.

Embora as folhas de adetel sejam comestíveis e comumente usadas em todo o continente em sopas e ensopados, as raízes da planta podem ser tóxicas se ingeridas em grandes quantidades. Uma pequena pitada, porém, é suficiente para deixar uma pessoa doente por algumas horas. Apesar de Violie ter aprendido a maior parte do que sabe sobre venenos nas aulas com a imperatriz, o pó de raiz de adetel era o método preferido de sua mãe para lidar com clientes problemáticos sem perder dinheiro.

Ephelia dá de ombros, sustentando o olhar de Violie e desafiando-a a dizer algo a respeito. Mas Violie refreia a língua e observa enquanto Ephelia derrama o pó em dois dos jarros.

– Cuide para que nem você, nem seu marido bebam desses jarros – adverte Ephelia. – Ou vocês terão uma noite difícil. Vai fazer efeito em meia hora... com sorte será tempo suficiente para vocês ganharem seus ásteres.

Nem um pouco disposta a correr riscos, Violie pega dois dos jarros não adulterados e volta até Leopold, entregando um a ele.

Ele ergue os olhos para ela, as bochechas coradas.

– Talvez eu não seja tão bom nos dados quanto pensava – sussurra. – Nunca perdi antes, mas...

– Eles deixavam você ganhar – sussurra ela de volta. – Quanto você perdeu?

– Cinco ásteres.

Violie assente, tomando um gole de cerveja e quase vomitando. A bebida está quente e amarga.

– Não se preocupe, sua sorte está prestes a mudar.

Quando o primeiro homem sai correndo loucamente pela porta rumo ao banheiro externo, Leopold já tinha conseguido ganhar 23 ásteres. Consegue ainda mais dois antes que o outro homem bata em retirada também.

– É melhor vocês saírem agora – avisa Ephelia, enquanto ela e a companheira, Gertel, como soube Violie, contam as próprias moedas. – Se suspeitarem que foram enganados, eles provavelmente culparão dois estrangeiros antes de duas prostitutas.

Violie suspeita que ela tem razão, mas hesita por um momento.

– Vocês vão ficar bem? – pergunta.

Mais uma vez, não sabe por que faz isso. A mulher parece surpresa também, trocando olhares com a amiga.

– Cuide da sua vida – diz Gertel, a voz cortante. – Nós cuidamos da nossa.

Violie abre a boca para protestar, mas logo torna a fechá-la, ponderando as palavras.

– Garotas frívias são raridades em bordéis bessemianos – diz um momento depois. – Se conseguirem chegar até lá, vocês podem ter mais clientes para escolher. O Pétala Carmesim oferece segurança, e a madame é uma boa mulher, que cuida de suas garotas. Diga-lhe que Violie recomendou vocês.

– Cuide da sua vida – repete Gertel, subindo o tom, mas Ephelia encara Violie, curiosa.

Violie não tem certeza se curiosidade vai ser o bastante para convencer a mulher a deixar sua casa para trás, mas isso não está em suas mãos.

– Vamos, me dê a capa – diz ela a Leopold, que observa o diálogo com o cenho franzido.

Ela se pergunta o quanto do que foi dito penetrou a bolha de ignorância em que ele está preso desde o nascimento. Leopold lhe entrega a capa sem dizer nada, e Violie usa seu punhal para arrancar a fivela de rubi, entregando-a a Ephelia.

– É verdadeiro – explica à garota. – Mas espere o máximo possível antes de tentar vendê-lo.

A mulher não tem qualquer motivo para confiar nela, assim como Violie não tem qualquer razão para confiar que Ephelia não vai tentar vender a joia em menos de uma hora – embora seja tarde e Violie suspeite que a maioria das lojas já está fechada –, mas, quando Ephelia assente, Violie decide que confia nela, pelo menos para isso.

Ela e Leopold sobem até o quarto – um pequeno espaço mobiliado com uma cama estreita de lona, uma pia e um tapete puído. Leopold já disse que dormiria no chão e Violie sabe que é inútil discutir com seu cavalheirismo.

– Elas os envenenaram – diz ele devagar.

Violie confirma com um gesto de cabeça, sentando-se na cama para tirar os sapatos.

– Só um pouco. Vão ficar bem em algumas horas.

– Por quê? – pergunta ele.

Violie pensa em como explicar melhor a situação.

– Havia um grande número de cortesãs na corte temarinense – diz ela. – Você já...

– Não! – exclama ele, o rosto ficando vermelho. – Não, nunca.

– Não há vergonha nisso – diz ela. – Sabe, minha mãe é uma delas. A maioria dos homens é decente, ela até gostava de alguns. Mas outros... bem, o pó de raiz de adetel ajuda. Pegue o pagamento pela noite, sirva uma bebida, acrescente um pouquinho de pó na taça do homem... e, de repente, ele está se sentindo mal demais para continuar, mas não pode exigir o dinheiro de volta.

Leopold a encara como se ela tivesse começado a jorrar palavras sem sentido e ele não conseguisse compreendê-las. Ela sabe que ele não entende – como poderia, com a vida que levou? –, mas ainda assim não lhe agrada a ideia de ele julgar Ephelia e Gertel, sua mãe e até ela mesma, em alguns aspectos.

– É uma questão de sobrevivência – explica ela, em voz baixa. – Não é bonito, nem moral, nem justo. Às vezes, tudo que se pode fazer é ficar vivo e inteiro como for possível.

O sol mal desponta na linha do horizonte quando Violie e Leopold deixam a pousada na manhã seguinte. Leopold vai na frente, percorrendo as ruas sinuosas e estreitas de Glenacre até onde a carroça do correio está estacionada ao lado de um pequeno prédio branco, em cuja fachada há uma placa de madeira pendurada na qual se lê: Correio Central. Uma caixa alta, de madeira, com abertura para o depósito das cartas, encontra-se ao lado da porta.

Leopold paga 30 ásteres ao cocheiro e ele e Violie sobem na carroça, cercados por pilhas de cartas e caixas, de tal modo que mal há espaço para se mexerem. Violie coloca entre eles uma cesta cheia de pão dormido, carnes desidratadas e um grande pedaço de queijo que comprou do cozinheiro da pousada, gastando seus últimos tostões.

O cocheiro avisa que vai fazer algumas paradas a caminho de Eldevale, mas Violie e Leopold não reclamam. Nessa noite, Violie vai estar cara a cara com a princesa Daphne.

Beatriz

Beatriz não duvida de que a intenção da mãe ao bani-la para o seu quarto de criança é puni-la. É o que é, embora talvez não da maneira como a imperatriz pretendia. Em certos aspectos, Beatriz prefere o conforto e a familiaridade das paredes creme, dos detalhes em rosa e dos móveis delicados – principalmente se comparados às hospedarias em que pernoitou durante a viagem ou, ainda, à sua cela na Sororia. Talvez o prefira até mesmo a seus aposentos no palácio cellariano, onde nunca se sentiu de fato em casa.

É a presença de Sophronia, e sua ausência, que ameaça enlouquecer Beatriz. Começou com a mancha no tapete do salão que as três dividiam – quase imperceptível, a menos que se saiba onde procurá-la. E Beatriz sabe. Ela se lembra de Daphne abrindo uma garrafa de champanhe na noite do aniversário de 16 anos delas, derramando a bebida no tapete. Lembra-se de Sophronia correndo para limpá-la.

Se fechar os olhos, tem quase a sensação de estar lá, naquela noite. Pode sentir o perfume de frésia de Daphne. Consegue ouvir a voz suave de Sophronia – *16 anos é quando temos que dizer adeus. Aos 17 estaremos de volta aqui novamente. Juntas.* Todas as vezes que se senta no sofá, ela sente a presença das irmãs, uma de cada lado, como se pudessem se apertar o suficiente para impedir que as separassem.

Mas estão separadas e, se Beatriz chegar aos 17, não será com Sophronia. Ela acha difícil imaginar que isso possa acontecer também com Daphne, e esse pensamento provoca outra pontada em seu coração.

Ela não fala com Daphne desde que sentiram Sophronia morrer. Beatriz nem sabe o que poderia dizer à irmã. Sempre que tenta imaginar, suas palavras saem cheias de raiva, rancor e acusações. Se Daphne tivesse ajudado as duas, se tivesse criado coragem e enfrentado a mãe pelo menos uma vez na vida...

No fundo, porém, Beatriz sabe que, mesmo que Daphne tivesse feito isso, ainda assim Sophronia não estaria aqui.

Quando acorda no quarto da sua infância, em seu segundo dia em Bessemia, ela sabe o que precisa ser feito – o que Sophronia lhe diria que fizesse, se estivesse viva. Adia o máximo que pode, tomando o café da manhã no quarto antes de se encontrar com Pasquale para lhe mostrar o palácio. É só depois do almoço que ela retorna aos seus aposentos assombrados.

Então, atravessa o quarto até a escrivaninha, que agora parece pequena demais, e escreve uma carta para a única irmã que lhe resta.

Daphne

Estou em segurança – ou até onde possa me sentir em segurança – em Bessemia, no palácio. Sei que não concordamos em muitas coisas e você pode não acreditar em mim, mas precisa ter cuidado. É provável que diga que estou sendo dramática, mas tenho todos os motivos para acreditar que a morte de Sophie foi orquestrada por uma força externa e que a pessoa responsável virá atrás de nós em seguida. Ao contrário do que gosta de pensar, você não é invulnerável e nosso oponente não deve ser subestimado.

Sophie nos disse que tinha amigos vindo à nossa procura. Eles me encontraram, mas não posso mantê-los em segurança, então eu os enviei para você. Por favor, proteja-os – se não por mim, então por Sophie.

De volta a este palácio, em nossos antigos quartos, sinto tanto a sua falta e a de Sophie que meu coração dói. Ainda parece impossível acreditar que nunca mais verei o rosto dela. Eu nunca vou te perdoar se você tiver o mesmo destino.

Beatriz

É uma carta sentimental – Daphne com certeza vai revirar os olhos ao lê-la –, mas Beatriz não modifica nada. Que Daphne zombe dela por isso, se quiser. Há muitas coisas que Beatriz gostaria de poder dizer a Sophronia e que nunca mais poderá, e esse não é um erro que ela cometerá duas vezes.

Talvez, porém, ela devesse ser mais explícita sobre a ameaça que Daphne enfrenta. Ela pensa em afirmar que a imperatriz é a pessoa responsável pela morte de Sophronia, mas se detém. Daphne não vai acreditar nela, não sem provas, e talvez a irmã não fosse capaz de enxergar a verdade nem se ela conseguisse provar. Não, se Beatriz apontar o dedo para a mãe, Daphne vai desconsiderar totalmente a carta. Melhor mantê-la alerta em relação a uma ameaça desconhecida, no mínimo.

Ela dobra a carta, enfia em um envelope e o sela com cera, deixando o selo endurecer antes de colocar o envelope no bolso. Sua mãe nunca deixará a carta sair do palácio se a ler, e não existe um código em que ela possa escrevê-la que a mãe não consiga decifrar, mas Beatriz pode entregá-la a Pasquale para que ele a repasse a Ambrose, que poderá enviá-la da cidade sem tantos olhos a observá-lo.

Ela entra no salão dos aposentos que compartilhava com as irmãs e seus olhos pousam na cornija da lareira com suas constelações incrustadas em ouro. A Rosa Espinhosa, o Falcão Faminto, o Coração Solitário, a Coroa de Chamas e, por fim, as Três Irmãs. Indo até lá, ergue a mão para roçar a ponta dos dedos pelas Três Irmãs, as estrelas dispostas na configuração de três damas dançando. Embora Beatriz sempre tenha visto as constelações como imagens muito mais abstratas do que seus nomes sugerem, as Três Irmãs é uma que ela via com clareza. Sempre se enxergou ali, com Daphne e Sophronia.

Ela balança a cabeça e deixa a mão cair, olhando para o relógio pendurado na parede acima da lareira.

O sol está quase se pondo. Dali a algumas horas terá outra aula com Nigellus.

O sol acaba de sumir do céu quando Beatriz entra no laboratório de Nigellus, na torre mais alta do palácio. Ela abaixa o capuz da capa de Pasquale, que pegou emprestada, e corre os olhos pela sala – um dos poucos lugares no palácio onde ela nunca pôs os pés. Há um telescópio ao lado da janela maior e o teto é feito de vidro para permitir uma visão completa das estrelas. A mesa que domina a sala está repleta de equipamentos. Alguns, como microscópios e balanças, Beatriz reconhece, mas há outros objetos cujo propósito ela nem sequer imagina: discos de prata brilhante de vários tamanhos empilhados uns sobre os outros, anéis de ouro e bronze que se interligam, dezenas de béqueres e frascos contendo um líquido opalescente que ela nunca viu antes.

– Princesa Beatriz – diz uma voz atrás dela. Beatriz se vira e depara com Nigellus parado no vão da porta pela qual ela acabou de passar, observando-a. – Você está atrasada.

– Alguns minutos apenas – responde, sem parecer muito preocupada. – Minha mãe colocou gente me vigiando, o que não é nenhuma surpresa, e demorei mais do que esperava para passar despercebida por seus espiões.

– Imagino que seja por isso que está vestida dessa maneira – aponta ele.

Beatriz baixa os olhos para a capa, a calça e a camisa que pegou emprestadas de Pasquale para evitar ser notada.

– Pareceu prudente – diz ela.

Embora seus aposentos tenham sido equipados com um guarda-roupa completo, uma caixa de joias bem abastecida e todos os luxos que Beatriz poderia desejar, uma coisa está faltando: um estojo de maquiagem. Na verdade, Beatriz não precisa de cosméticos, pois tem ficado quase o tempo todo no quarto e não há bailes ou outros eventos sociais em sua agenda, mas a jovem tem certeza de que a omissão é intencional da parte de sua mãe. Beatriz sempre se destacou na arte do disfarce, afinal, e a imperatriz não gostaria de arriscar que esse talento fosse usado contra ela.

De certa forma, é um elogio saber que a mãe a teme o suficiente para tentar contê-la, ainda assim é irritante.

– O que são todas essas coisas? – pergunta ela, apontando a mesa de dispositivos e equipamentos.

Quando imaginava o laboratório de Nigellus, era um lugar mais simples, onde ele podia se comunicar com as estrelas, derrubá-las se fosse absolutamente necessário e talvez preparar alguns dos itens com pedidos pelos quais ele é conhecido, como as pulseiras que a imperatriz deu a Beatriz e a suas irmãs quando elas deixaram Bessemia.

A pulseira de Beatriz não existe mais, seu pedido foi usado para ajudar lorde Savelle a escapar de Cellaria. Sophronia também usou a dela antes de ser morta. Daphne ainda deve ter a sua, pensa Beatriz. Ela sempre foi a mais prudente das três – é muito provável que a poupe até que esteja, literalmente, à beira da morte. Talvez nem assim, se estiver em um de seus momentos especialmente teimosos.

Nigellus olha para a mesa que Beatriz indica e franze a testa.

– Minhas práticas podem diferir de outros empyreas, mas acredito que a chave para a harmonia com as estrelas é entendê-las – explica ele.

– Isso não parece exatamente controverso – observa Beatriz.

– Depende dos métodos, creio – rebate ele, passando por ela para ir até a mesa pegar um dos béqueres com o líquido opalescente. – O estudo das estrelas é muitas vezes visto como uma empreitada espiritual.

– E não é? – Beatriz franze a testa.

Nigellus dá de ombros.

– Acredito que sim, mas também acredito que seja uma ciência. – Ele a encara. – Ciência, tenho certeza, não foi uma das coisas que vocês estudaram sob a tutela de sua mãe.

Beatriz se põe na defensiva.

– Na verdade, nós estudamos química.

– Mas só no que diz respeito à mecânica de vários venenos – retruca ele, e Beatriz não pode negar, mesmo que deteste admitir uma fraqueza.

– Não faz muito sentido fornecer uma educação mais completa para um cordeiro sacrificial, suponho – diz ela, mantendo a voz leve. O assunto é sério, mas adotar um tom de brincadeira a faz se sentir melhor por um momento.

Nigellus não sorri. Em vez disso, ele estende o béquer para ela, que o pega.

– O que é isto? – pergunta Beatriz, examinando o líquido ali dentro.

– Para explicar o que é, preciso voltar alguns passos. Você sabe o que é poeira estelar, naturalmente.

– Estrelas caídas – responde ela de maneira automática.

– Sim – confirma Nigellus antes de fazer uma pausa. – E não. Pelo menos não da maneira como entendemos as estrelas. Elas caem do céu, é verdade, mas a quantidade de estrelas no céu não é menor depois de uma chuva de estrelas, não como acontece quando um empyrea derruba uma estrela. No entanto, as substâncias que encontrei ao examinar poeira estelar e o pedaço de uma estrela que eu mesmo derrubei eram mais ou menos as mesmas.

– Suponho que em um dos casos seja significativamente *menos*, considerando o quanto a magia que vem de uma estrela tirada do céu é mais poderosa.

Nigellus inclina a cabeça, concordando, e vira-se para ir até o telescópio perto da janela. Incerta sobre o que fazer, Beatriz o segue.

– Passei a última década e meia tentando transpor essa lacuna. Acredito que é imperativo encontrarmos uma forma de dominar a magia bruta das estrelas de maneira renovável. Fiz algum progresso, como com sua pulseira com o pedido, mas mesmo isso é mais fraco do que a estrela propriamente dita.

– Você ainda não disse o que é a poeira estelar – lembra Beatriz.

Nigellus não parece acostumado a conversar com outras pessoas, abandonando constantemente o fio do raciocínio e se perdendo em sua própria mente. Ele pisca e se vira para ela, como se tivesse esquecido de sua presença.

– Perdemos cabelo – diz ele.

Beatriz franze a testa. Se pudesse ter apostado no que ele diria a seguir, não teria adivinhado isso nem em um milhão de anos.

– Perdemos? – pergunta ela.

– Alguns fios por dia. Decerto você já percebeu isso. No mínimo, quando escova o cabelo. Também perdemos células da pele. Aparas de unhas, cílios, lágrimas, saliva...

– E...? – Beatriz o interrompe, certa de que ele continuaria por dias se ela permitisse.

– E – diz ele, parecendo levemente irritado com a interrupção – todas essas coisas contêm partes de nós, não? Eu tenho uma teoria de que a poeira estelar é para as estrelas o que os cabelos, as células da pele e outras partículas são para nós.

Beatriz reflete sobre essa teoria por um momento.

– Então, poeira estelar – elabora ela lentamente – é na verdade saliva estelar?

– Pode-se dizer que sim. Isso explica por que se trata de uma substância tão mais fraca, embora contenha as mesmas propriedades.

De fato explica, mas, embora a explanação de Nigellus faça sentido, algo nela deixa Beatriz desapontada. De repente, o mundo parece um pouco menos mágico.

– Estou certo de que não preciso dizer a você para guardar segredo das minhas teorias – diz ele, e, ainda que sua voz soe despretensiosa, ela adquire um tom duro. – Sua mãe tem conhecimento delas, mas muitos outros mandariam me queimar vivo só por dizer tais coisas.

– Passei dois meses em Cellaria com olhos prateados e um dom imprevisível para a magia – observa ela. – Sei ser discreta.

Nigellus limita-se a erguer uma sobrancelha.

– Você foi presa por traição e acusada de bruxaria antes disso, creio.

Beatriz revira os olhos.

– Aprendi duas lições – diz com firmeza. Agora, por exemplo, ela sabe que não deve confiar em um rosto bonito e em palavras encantadoras.

– Esperemos que sim – responde Nigellus. – Vamos começar olhando as estrelas esta noite. Diga-me o que você vê no telescópio.

Beatriz se dirige ao telescópio, tentando conter sua irritação ao pensar na traição de Nicolo e nos problemas que se seguiram. Da próxima vez que seus caminhos se cruzarem, ela o fará pagar caro.

Ela se inclina para olhar pelo telescópio, piscando à medida que as estrelas entram em foco. Leva um momento ajustando os botões laterais para ver uma constelação completa.

– O Diamante Cintilante – diz ela. – Símbolo de força e prosperidade... Tenho certeza de que minha mãe ficará feliz em saber de sua presença.

– Assim como toda a Bessemia – observa Nigellus. – O que mais está perto dele?

– A Serpente Coleante – responde ela, movendo o telescópio. – Não chega a ser uma surpresa, já que minha mãe e eu estamos sob o mesmo teto. Qualquer uma de nós pode ser considerada uma cobra pela outra, e a traição que essa constelação promete parece iminente de uma forma ou de outra.

– Nem tudo é sobre você, princesa – diz Nigellus. – A traição parece estar no ar, à espreita de todos. Olhe mais de perto, perto da língua da cobra. Vê algo errado?

Beatriz franze a testa, girando os botões para ver mais de perto, mas tudo o que identifica são estrelas no formato aproximado da língua bifurcada de uma cobra.

– Não creio que eu esteja familiarizada o suficiente para notar uma mudança na constelação – admite ela. – Nunca prestei muita atenção nisso antes.

Nigellus pega um livro na estante e o folheia, trazendo-o até Beatriz.

– Aqui, é assim que a Serpente Coleante costuma se apresentar.

Beatriz afasta-se do telescópio para ver a ilustração. Ela franze a testa, então olha pelo telescópio novamente.

– Há estrelas extras ao redor da língua dela – indica Beatriz. – Três. De onde vieram?

– A pergunta mais precisa é: *a quem elas pertencem?* – replica Nigellus.

Beatriz franze mais a testa e volta a mexer nos botões.

– É um galho das Árvores Retorcidas – conclui. As Árvores Retorcidas são uma constelação que representa duas árvores cujos galhos se entrelaçam, um símbolo de amizade. – Então, as duas constelações estão conectadas? Amizade e traição? – Sem querer, ela pensa em Pasquale e Ambrose, os únicos amigos que lhe restam no mundo. Se eles a traírem, ela não sabe como vai aguentar.

– Isso é o que as estrelas dizem – afirma ele. – Vou anotar. Continue procurando.

Beatriz inclina a cabeça na direção do telescópio outra vez e procura mais constelações à medida que elas se movem devagar pelo céu. Seu coração paralisa no peito quando ela avista o Coração Solitário – o signo de Sophronia, Nigellus lhe disse. A constelação da qual ele tirou uma estrela para criá-la. O formato é o de um coração romântico e não um anatômico, uma forma tão simples que Beatriz consegue distingui-la sem dificuldade.

Mas...

Ela franze a testa, olhando com mais atenção. Algo não está certo. Nunca prestou muita atenção na Serpente Coleante, mas o Coração Solitário esteve gravado na cornija da lareira por toda a sua infância. Ela conhece as estrelas que o formam com tanta certeza quanto conhece as linhas de sua mão. Há uma ali que não deveria estar. Ela torna a mexer nos botões do telescópio, tentando ver que outra constelação está ligada a ela, mas nenhuma está por perto.

– Tem uma estrela extra no Coração Solitário – diz ela, empertigando-se.

– Que outra constelação está próxima? – pergunta Nigellus, sem olhar para cima, continuando a rabiscar em seu caderno.

– Nenhuma – diz Beatriz. – É apenas uma estrela, onde o coração desce. Olhe.

Nigellus franze a testa e faz sinal para que Beatriz se afaste a fim de que ele possa espiar pelo telescópio.

Beatriz observa a coluna do empyrea ficar rígida. Quando ele se afasta do telescópio, seu rosto está pálido.

– Isso não é possível – comenta ele. Pela primeira vez na vida, o tom em sua voz é de nervosismo.

– O que não é possível? – pergunta ela, sentindo-se inquieta. Nigellus olha para ela e hesita. – Ah, fala logo – insiste. – Eu já estou guardando muitos dos seus segredos.

Mesmo assim, Nigellus permanece em silêncio. Ele olha para o céu, onde o Coração Solitário ainda pode ser visto. Sem o telescópio, porém, mal se pode enxergar a estrela extra.

– Eu te contei que tirei uma estrela do Coração Solitário para criar Sophronia – explica ele, por fim, com a voz rouca. – Aquela foi a estrela que escolhi. Ela caiu do céu há mais de dezesseis anos, eu segurei suas brasas agonizantes em minhas mãos.

Beatriz sente a própria pele gelar e volta a olhar para o céu, para a constelação de Sophronia. Estrelas não podem reaparecer no céu – todos sabem disso. Uma vez derrubadas, elas se vão para sempre. É por isso que os empyreas só devem fazer isso em emergências, casos muito graves. O que significa uma delas ter reaparecido de maneira repentina? E justamente *aquela* estrela?

A pergunta está nos lábios de Beatriz, porém, ao olhar para Nigellus, ela vê que ele não pode lhe dar uma resposta. Nigellus, que parece saber tudo sobre as estrelas, está, pela primeira vez na vida de Beatriz, perplexo, e isso é uma constatação aterradora.

Daphne

Daphne não pode evitar sentir certa apreensão enquanto caminha com Zenia pela floresta de Trevail no dia seguinte. Ela mantém um olho alerta na menina e, dessa vez, a presença dos seis guardas que as cercam a uma distância respeitosa nem a irrita. Depois que duas crianças foram levadas quando estavam sob sua vigilância, parece um desafio às estrelas trazer uma terceira ao mesmo lugar, mas Daphne precisa de respostas e suspeita que Zenia as tenha.

Zenia, por sua vez, parece cautelosa. Enquanto ziguezagueiam pela floresta, o tempo todo ela lança olhares de soslaio para Daphne. Com os cabelos louros presos em tranças que ladeiam o rosto redondo e sardento, ela parece ainda mais jovem do que seus 10 anos.

Daphne pigarreia.

– Eu sei que você e sua família vão voltar para o norte hoje, Zenia, mas espero que possamos nos despedir como amigas – diz, dirigindo um sorriso à menina. – Quero que saiba que não a culpo pelo envenenamento.

– Não? – pergunta Zenia, sua cautela se transformando em confusão. – Mas eu tentei te matar!

– Sim, e eu prefiro que você não tente de novo, mas não acho que vá fazer isso. Porque você nunca quis me matar de verdade, não é? – indaga Daphne.

Ela já sabe que Zenia foi pressionada a envenená-la e que agiu assim porque sua babá mandou, prometendo usar a magia das estrelas para trazer os mortos de volta.

– Pensei que eu tivesse de fazer isso – admite Zenia em voz baixa.

– Talvez – replica Daphne, lançando um olhar rápido para os guardas que as cercam, longe o suficiente para permitir uma conversa reservada. Ainda assim, Daphne abaixa o tom de voz. – Mas acho que você sabia que não era certo, mesmo naquele momento, e por isso não seguiu todas as instruções que a babá te deu.

Zenia engole em seco.

– Já contei tudo sobre aquele dia ao meu irmão – diz ela.

Daphne sabe que a menina está escondendo algo, mas fazê-la confessar não será fácil. Se ela não contou ao próprio irmão, por que contaria a Daphne?

– Foi um dia devastador para nós duas – insiste. – Eu não ficaria surpresa se você tivesse esquecido alguma coisa.

– Não esqueci – afirma Zenia.

– Posso dizer o que penso, para ver se refresca a sua memória? – sugere Daphne.

Zenia lança um olhar cético para ela, mas não protesta.

– Acho que sua babá disse para você ficar a sós comigo antes de me dar a água envenenada. Só que, com Bairre e todos os seus irmãos por perto, isso teria sido praticamente impossível. Entendo por que você não esperou.

Por um longo momento, Zenia não diz nada.

– Zenia – retoma Daphne, estendendo a mão para tocar o braço da menina. – Você sabe que dois meninos foram levados desta floresta, não sabe?

Zenia corre os olhos à sua volta antes de assentir rapidamente.

– Acredito que os responsáveis por isso podem ser as pessoas que passaram aquelas instruções para a sua babá. Eu gostaria de encontrar os meninos antes que eles se machuquem, e ajudaria se eu soubesse exatamente o que você deveria fazer.

Zenia olha para ela por mais alguns segundos.

– Não vai ajudar – diz ela.

– Talvez ajude – replica Daphne.

Zenia morde o lábio inferior.

– Eu não quero me meter em mais confusão – diz ela, baixinho.

– Esse vai ser o nosso segredo – promete Daphne, embora nem por um segundo acredite que se trata de uma promessa que irá manter.

Zenia ainda parece hesitar.

– E se eu te contar um segredo em troca? – pergunta Daphne. – Dessa forma, ficamos quites e nenhuma das duas pode contar.

Após considerar a proposta por um momento, Zenia assente com a cabeça.

– Você primeiro – diz a menina.

Daphne não tem a menor intenção de revelar um segredo verdadeiro para uma criança que ela mal conhece, mas acredita que Zenia não é nenhuma tola, então precisa garantir que seu segredo seja crível. Ela opta por compartilhar algo que talvez possa beneficiá-la se Zenia decidir contar.

– Sabe os garotos que foram sequestrados? – pergunta. – São os príncipes de Temarin.

Zenia revira os olhos.

– Claro que não são – responde ela.

– Eu juro em nome das estrelas que são.

Zenia arregala os olhos. Ela hesita por mais alguns segundos antes de falar.

– Eu deveria ficar sua amiga, depois dizer que estava cansada e pedir para você se sentar comigo enquanto os outros caçavam – conta ela a Daphne, a voz baixando a quase um sussurro. – Mas eu precisava fazer isso em um determinado lugar, onde o riacho encontra as pedras das estrelas.

– Pedras das estrelas? – pergunta Daphne, franzindo a testa. – Você sabia o que isso significava?

Zenia balança a cabeça negativamente.

– Mas a babá me mostrou um mapa e me fez decorar – diz ela. – Eu podia ver o desenho na minha mente, como estava no papel, mas, na floresta, ficou muito mais confuso.

– Tenho certeza que sim – responde Daphne, sua mente girando. – Você ainda consegue ver o mapa em sua mente? – pergunta.

Zenia hesita antes de assentir.

Daphne para no meio de uma pequena clareira onde o solo é em grande parte terra.

– Por que não fazemos um desenho? – sugere ela, alto o suficiente para que os guardas a ouçam.

Então, ela encontra um graveto caído na base de um carvalho e outro a alguns metros de onde está. Entrega um para Zenia, que a olha com incerteza, mas pressiona a ponta mais afiada do graveto na terra.

– É por aqui que entramos na floresta ao sair do castelo – diz ela a Daphne, fazendo um *x*. Então, desenha uma linha ondulada acima dele, atravessando da base, à esquerda, até o alto, à direita. – Este é o rio Poço Parado.

Daphne assente, tendo visto o riacho antes, em passeios anteriores à floresta. Embora percorra quilômetros, o curso d'água é estreito, fácil de pular em alguns trechos.

– E aqui – diz Zenia, desenhando outro *x* perto do canto superior direito, acima do riacho – ficam as pedras das estrelas.

Daphne examina o mapa.

– E o que são as pedras das estrelas? – pergunta ela.

Zenia dá de ombros.

– Também nunca vi essas pedras – comenta ela. – Mas era assim que a babá se referia a elas. Disse que são afiadas, e que eu deveria tomar cuidado para não me machucar.

Tanto cuidado com uma menina que a babá tentou levar a cometer um assassinato, pensa Daphne. No entanto, a mulher está morta agora. Daphne não tem certeza se Zenia sabe disso, mas não tem a menor intenção de contar a ela.

Daphne olha o mapa que Zenia desenhou, guardando-o na memória. Ela não vai levar Zenia até lá agora, não sem saber o que vai encontrar. E, de qualquer forma, a menina precisa voltar, pois em breve vai para casa com os irmãos.

Ela passa a ponta da bota na terra, apagando o mapa de Zenia.

Após devolver Zenia aos cuidados do irmão, Daphne alega uma dor de cabeça e vai para o quarto, deixando os guardas de vigilância do outro lado de sua porta. Em vez de se deitar para descansar, ela veste uma calça de montaria masculina e uma túnica que escondera no fundo do guarda-roupa à espera de uma oportunidade como essa. Também pega seus punhais, prendendo um na panturrilha e o outro no braço esquerdo. Depois de vestida, vai até a janela do outro lado do quarto, onde Cliona uma vez deixou uma carta para ela. Daphne suspeita que os rebeldes também tenham usado a janela quando entraram em seu quarto em outras ocasiões, e fizeram assim por um bom motivo – o grande carvalho que cresce junto ao palácio fornece tanto apoio para a subida e a descida quanto cobertura. Duas coisas das quais agora a própria Daphne precisa.

Ela tem experiência em escalar muros e paredes – ela e as irmãs faziam isso com bastante frequência em Bessemia, e seus quartos lá ficavam em um piso muito mais alto. Em apenas alguns poucos minutos, os pés de Daphne tocam o solo quase silenciosamente. Ela faz uma pausa. Falta pouco para o meio-dia e as chances de haver cortesãos ou guardas circulando pela área do castelo são altas, mas, depois de um momento de escuta, Daphne não ouve nada e se dirige à orla da floresta com passos rápidos.

O mapa de Zenia indicava que as pedras das estrelas seriam encontradas na direção nordeste, e ela continua a pé por quase uma hora antes de ouvir o som do riacho. Ela o segue no sentido leste por mais algum tempo, seus olhos examinando o curso d'água à frente em busca de qualquer coisa que possa ser descrita como pedras das estrelas. Quando as vê, se detém de imediato.

Acima do riacho existe uma pilha de rochas, que à primeira vista se parecem com outras que Daphne já viu. Mas, à medida que ela se aproxima e a luz do sol se filtra através do dossel de folhas acima, as rochas começam a brilhar e cintilar – como poeira estelar, Daphne se dá conta. E, como disse Zenia, suas arestas são afiadas o suficiente para cortar. Essas devem ser as pedras das estrelas, mas depois de examiná-las por um momento, o medo se acumula na boca do estômago de Daphne.

Ela olha a floresta à sua volta, de repente certa de que já esteve aqui antes, embora não consiga se recordar bem. Lembra-se de ter sido carregada por aqui, ouvindo o som do riacho, sentindo os braços de Bairre ao seu redor, o coração dele batendo forte enquanto corria. Quando ela olha para o norte, avista a chaminé projetando-se acima do dossel.

A cabana de Aurelia, ela percebe. As pedras das estrelas estão a poucos metros da porta da frente de Aurelia.

Beatriz

Quando a imperatriz envia um mensageiro para informar a Beatriz que ela e Pasquale estão sendo requisitados na sala do trono imediatamente, o primeiro instinto de Beatriz é ir bem devagar. Pasquale, no entanto, a apressa, quase a arrastando pelo corredor enquanto seguem o mensageiro. Ela supõe que ele estava acostumado a atender aos caprichos do pai – a qualquer momento, Cesare poderia estar no estado de espírito para executá-los por pura diversão. Beatriz conhece sua mãe bem o bastante para saber até onde pode esticar a corda sem que ela arrebente, e demorar-se sempre foi o suficiente apenas para irritá-la.

– É inteligente manter-se nas boas graças dela – diz Pasquale com um sorriso de desculpas quando ela tenta dizer isso a ele.

Beatriz sabe que ele tem razão, mas não consegue deixar de querer provocar a mãe sempre que pode. Toda vez que consegue fazer cair a máscara da imperatriz, mesmo que só por um instante, Beatriz vê isso como uma vitória pessoal. Mas ela sabe, logicamente, que ao agir assim não está fazendo qualquer favor nem a si mesma, nem a Daphne.

O mensageiro os conduz pelas portas da sala do trono, mas isso é o mais longe que eles conseguem ir. A sala está tão cheia de cortesãos que Beatriz mal consegue distinguir o topo da cabeça de sua mãe, sentada em seu trono, uma coroa de prata e pérola descansando sobre os cabelos preto-azeviche. Os olhos da imperatriz encontram Beatriz por apenas um instante antes de se desviarem e se voltarem novamente para a pessoa diante dela.

Beatriz franze a testa – por que a mãe a chamaria e a Pasquale aqui, apenas para ignorá-los? Ela abre a boca para falar, mas a imperatriz é mais rápida.

– Deixe-me ver se entendi, lady Gisella – diz a mãe, a voz retumbante, alta o suficiente para ser ouvida em toda a sala do trono.

Beatriz arqueja ao ouvir o nome e, ao lado dela, Pasquale fica rígido, esticando o pescoço para ver melhor. Beatriz inveja sua altura – do seu ponto de vista, ela não consegue enxergar nada.

– Você está me dizendo – prossegue a imperatriz – que minha filha, a princesa Beatriz, e seu marido, o príncipe Pasquale, foram... tomados por um súbito ataque de piedade e optaram por renunciar ao direito ao trono do rei Cesare a fim de se encerrarem voluntariamente em uma Sororia e uma Fraternia nas montanhas de Alder? Devo confessar que tenho dificuldade em acreditar nisso.

– Eu não a culpo, Majestade – replica a voz de Gisella, e aquele som é o suficiente para fazer Beatriz cerrar os punhos ao lado do corpo. Mesmo ali, mentindo para a imperatriz de Bessemia, a voz de Gisella é suave e melódica. Beatriz tem certeza de que ela está sorrindo ao falar. – Mas Cellaria causou um efeito e tanto na princesa. Ela se tornou uma pessoa totalmente diferente nas poucas semanas em que ficou lá... e, me perdoe por dizer isso, ela ficou muito abalada com a prisão de lorde Savelle. Depois disso, não foi mais a mesma. Meu irmão, o rei, e eu não queríamos que ela e Pasquale deixassem a corte, mas, por mais que tentássemos, não conseguimos convencê-los. Tenho certeza de que Vossa Majestade sabe como a princesa pode ser teimosa quando toma uma decisão.

Um murmúrio percorre a multidão, embora alguns dos cortesãos próximos a Beatriz e Pasquale tenham reparado neles agora, parecendo tão confusos quanto Beatriz neste momento. Então, essa é a história que Gisella e Nico estão contando numa tentativa de evitar a ira de Bessemia. Ela percebe que está um pouco desapontada – mesmo que Beatriz não tivesse chegado antes de Gisella, ela duvida que alguém teria acreditado nessa história. A ideia de que Beatriz escolheria morar em uma Sororia é risível.

Em vez de confrontar Gisella com a mentira, porém, a imperatriz franze os lábios, como se estivesse considerando suas palavras.

– Beatriz, numa Sororia – diz ela. Algumas risadinhas irrompem na multidão. – Você está certa, é claro, quando diz que ela é teimosa, e se este é o caminho que ela e o príncipe escolheram, certamente devemos aceitá-lo. Que caminhos o seu irmão tem em mente diante desse... novo acontecimento?

Quando Gisella torna a falar, Beatriz pode ouvir a presunção permeando sua voz. É quase cômico o fato de ela ignorar tão completamente a armadilha em que caiu. Se fosse qualquer outra, Beatriz talvez até sentisse pena.

– O rei Nicolo ficaria honrado se o tratado entre nossos países fosse mantido. Ele está ciente de que Vossa Majestade assumiu o controle de Temarin e ofereceria seu apoio lá... Ao contrário do rei Cesare, ele não tem interesse em expandir o próprio poder.

– Sim, imagino que um jovem iniciante, que mal deixou a sala de aula, já enfrentaria dificuldades suficientes governando um país, quanto mais dois – comenta a imperatriz, arrancando mais risos dos cortesãos, e Beatriz pensa que daria qualquer coisa para ver o rosto de Gisella. – No entanto, essa é uma oferta generosa da parte dele. Talvez eu devesse considerá-la.

Ela faz uma pausa e seus olhos encontram os de Beatriz na multidão mais uma vez. Com um gesto de sua mão, a multidão diante de Beatriz se abre, e ela vê Gisella pela primeira vez, de pé diante de sua mãe, com um impressionante vestido de brocado vermelho e dourado, os cabelos louros quase brancos penteados em uma trança elaborada que cai sobre o ombro.

– O que você acha, querida? – pergunta a imperatriz à filha.

Embora não confie na mãe, Beatriz sabe que ela está lhe oferecendo um presente e de modo algum vai desperdiçá-lo. Ela passa pela multidão, os saltos das sandálias de cetim batendo no chão de pedra enquanto caminha em direção a Gisella, seguida por Pasquale.

– Eu acho – começa Beatriz, comprazendo-se com a maneira como os ombros de Gisella enrijecem ao som de sua voz, mesmo antes que ela se vire para olhar Beatriz, os olhos castanho-escuros arregalados e a boca se retorcendo – que lady Gisella tem muita sorte por a masmorra do nosso palácio ser mais confortável que uma Sororia cellariana.

Embora a expressão de Gisella seja a de alguém que está sentindo cheiro de carne podre, ela faz uma reverência, sem tirar os olhos de Beatriz.

– Vossa Alteza – diz antes de seu olhar disparar para Pasquale. – Vossa Alteza – repete para ele, mantendo sua reverência. – Vejo que houve uma... falha na comunicação.

– É? – indaga a imperatriz, uma única sobrancelha arqueando. – Então, por favor, lady Gisella, explique por que você acredita que minha filha e seu marido foram voluntariamente para uma Sororia e uma Fraternia, quando eles afirmam que você e seu irmão os mandaram para lá à força, a fim de roubar um trono que é deles por direito.

Os olhos de Gisella vão e voltam entre Beatriz, Pasquale e a imperatriz. Ela abre a boca, depois torna a fechá-la, mas nenhuma palavra sai.

– Foi o que pensei – diz a imperatriz, gesticulando novamente.

Os guardas se aproximam de Gisella, que permite que eles lhe prendam as mãos atrás das costas com um par de algemas de ouro.

Beatriz saboreia a visão dos homens levando-a embora, e um rápido olhar para Pasquale confirma que ele também está se regozijando. É preciso aproveitar qualquer alegria que possam ter, pensa Beatriz antes de se virar para a mãe.

– Foi muita gentileza dela vir direto para nós – comenta Beatriz. – Será uma excelente refém... Ela e Nicolo são muito próximos. Tenho certeza de que ele faria praticamente qualquer coisa para ter a irmã de volta.

A imperatriz faz um gesto com a mão e os cortesãos deixam a sala do trono. Quando restam apenas ela, Beatriz e Pasquale, ela se levanta do trono e desce do estrado para o chão de pedra.

– É uma vantagem que não vamos desperdiçar – afirma a imperatriz. – Vou escrever a esse rei impostor para avisá-lo.

– Ah, permita que eu faça isso – pede Beatriz, incapaz de esconder um sorriso. A mãe estreita os olhos. – Por favor.

Ela não consegue se lembrar da última vez que implorou à mãe por alguma coisa. Por isso, ela implora.

– Não se trata de uma carta de amor, Beatriz – replica a imperatriz.

Beatriz olha para Pasquale, dando-se conta de que, se sua mãe está mencionando isso na frente dele, ela sabe mais sobre o casamento deles do que Beatriz pensava.

– Uma vez você me disse como é importante conhecer as fraquezas do inimigo – diz ela à mãe. – Eu conheço as fraquezas de Nicolo.

Eu sou uma delas, acrescenta mentalmente, lembrando-se dele do lado de fora da janela do seu quarto depois de ser nomeado rei, implorando para que ela fosse sua rainha.

Mas não vai contar isso à mãe. Seria abrir um caminho para a vitória que não exigisse manter Pasquale vivo, e Beatriz não vai arriscar isso.

– Pois bem – concede a imperatriz. – Visite nossa nova prisioneira também, sim? Veja se consegue extrair alguns segredos dela.

Caro Nicolo,

Estou certa de que a esta altura você já recebeu a notícia de que Pasquale e eu escapamos das montanhas de Alder. É uma pena que a informação não tenha chegado à sua irmã antes que ela solicitasse uma audiência com minha mãe. Não se preocupe, porém – vou estender a ela a mesma cortesia que você nos ofereceu: prisão, mas não morte.

Certa vez eu lhe disse que guardaria sua lembrança como o vi pela última vez – bêbado, desesperado e desapontado – em minhas horas mais sombrias, e tenha certeza de que isso me trouxe uma grande alegria. Mas acredito que a visão de Gisella sendo arrastada pelos guardas do palácio pode ter suplantado isso.

Aproveite o seu trono enquanto ainda o tem.

Saudações cordiais,
Beatriz

Depois de enviar a carta para a aprovação da mãe, Beatriz leva Pasquale para visitar Gisella na masmorra, providenciando, inclusive, que um chá seja servido ali para eles. Por mais que possa querer privar Gisella de todo conforto humano, como lhe fizeram na Sororia, ela sabe que a demonstração de bondade vai desconcertar Gisella mais do que a crueldade, e Beatriz vai precisar de todas as vantagens que puder ter.

E, de fato, Gisella não consegue esconder sua perplexidade quando os criados entram em fila em sua cela, trazendo mesa, cadeiras, uma toalha de seda e um jogo de chá de porcelana pintada. Enquanto eles arrumam tudo, Beatriz corre os olhos ao redor – maior do que seu quarto na Sororia, mas igualmente sem janelas. Há uma cama estreita em um canto com uma colcha fina dobrada na extremidade inferior, bem como uma pia e uma mesa com uma cadeira esguia de madeira. Austero, pensa Beatriz, mas, considerando-se tudo, nada de que Gisella possa reclamar.

– Suponho que estejam aqui para tirar informações de mim – diz Gisella quando os criados se vão. Beatriz e Pasquale sentam-se à mesa e, após um momento de hesitação, Gisella faz o mesmo.

– Parece que temos muito o que colocar em dia – replica Beatriz, servindo o chá nas três xícaras. – Escrevi para Nicolo para informá-lo sobre sua... situação.

– Estou sendo mantida para pedirem um resgate? – indaga Gisella.

– Não é bem assim – diz Pasquale. – Por mais que Nicolo te ame, todos nós sabemos que ele não entregaria o trono de Cellaria para levá-la de volta em segurança. E temo que a mãe de Beatriz não se contente com nada menos.

– Execução, então? – pergunta Gisella, e apesar da despreocupação que ela tenta injetar na voz, Beatriz percebe um fio real de medo sob a superfície.

– Essa possibilidade não foi descartada – mente Beatriz, só para manter Gisella pisando em ovos. A seguir, toma um gole do chá e pousa a xícara no pires. – O chá está muito bom.

Gisella franze a testa, olhando a xícara à sua frente.

– Envenenado, imagino... – diz ela.

Beatriz ri como se a ideia fosse ridícula.

– Eu mesma bebi, não foi?

– Minha xícara pode ter sido envenenada – observa Gisella. – É só cobrir o fundo com uma fina camada de pasta venenosa e deixar secar. Quando o chá quente é derramado, o veneno se dissolve.

– Nossa, parece a voz da experiência falando – provoca Beatriz com um sorriso antes de olhar para Pasquale. – Talvez devêssemos anotar essas ideias.

Pasquale retribui o sorriso antes de estender a mão e pegar a xícara de Gisella. Ele olha para Beatriz por apenas um segundo, dando-lhe a oportunidade de detê-lo, antes de tomar um gole do chá de Gisella.

– Está vendo? – pergunta ele, devolvendo-lhe a xícara.

A confiança cega de Pasquale em Beatriz a surpreende por um instante antes que ela se dê conta de que confia nele da mesma forma. Um pensamento assustador.

Gisella olha de um para outro, a testa ainda franzida com a incerteza.

– Ah, anda logo, Gigi... Você deve estar morrendo de sede por causa da viagem até aqui, e nós já dissemos que não queremos você morta.

– Ainda assim – acrescenta Gisella, mas leva a xícara aos lábios e toma um longo gole.

Beatriz pode ver que ela prova devagar o chá, tentando identificar algum possível veneno. Como não encontra nenhum, toma um gole ainda mais longo.

– Depois que fomos despachados para as montanhas, quanto tempo você ficou em Cellaria antes de vir ver minha mãe? – pergunta Beatriz.

– Ah, então vamos direto para o interrogatório? – replica Gisella, tomando outro gole. – Saí uma semana depois de vocês. Ponderamos sobre o envio de uma carta, mas pensamos que me enviar para apelar pessoalmente à imperatriz seria uma demonstração de confiança e boa-fé.

– Foi um tiro no pé – murmura Pasquale, ganhando um sorriso malicioso de Beatriz e um olhar furioso de Gisella.

– E naquela semana – continua Beatriz –, como foi que a corte de Nicolo o recebeu como rei? Imagino que ele tenha desagradado algumas pessoas.

A mandíbula de Gisella se contrai, mas ela sustenta o olhar de Beatriz.

– Ah, ele é muito querido – diz antes de começar a tossir. Quando termina o acesso, ela continua: – Ele passou anos fazendo amigos e, claro, meu pai passou décadas fazendo isso. Cellaria está feliz por ter Nico como rei.

Ela volta a tossir e Beatriz muda de expressão, assumindo um ar preocupado.

– Ah, parece que você está ficando doente, Gigi. Felizmente terá muito tempo para descansar e se recuperar, imagino.

Gisella a fuzila com o olhar e toma outro gole de chá.

– Tenho uma pergunta – diz Pasquale, surpreendendo Beatriz. Seus olhos estão fixos na prima, não com hostilidade, como Beatriz suspeita que os seus próprios estejam, embora também não com a expressão franca com que costumava olhar para Gisella. – Quando vocês decidiram se voltar contra nós?

Gisella pisca, a pergunta pegando-a de surpresa. Beatriz se vê curiosa com a resposta também – não que isso vá mudar alguma coisa, ela lembra a si mesma. Mas ainda assim. Está curiosa.

– Vocês me serviram uma oportunidade em uma bandeja de prata – responde Gisella. – Não vou me desculpar por tê-la aceitado.

Beatriz franze a testa.

– Está dizendo que não pretendiam nos trair até contarmos sobre o plano para libertar lorde Savelle da prisão? – pergunta ela.

– Era um plano tolo – diz Gisella. – Teríamos sido ainda mais tolos se não aproveitássemos a oportunidade.

– Mas você e Nicolo começaram a envenenar o rei Cesare muito antes disso – argumenta Pasquale.

– Bem, sim – confirma Gisella, com certo desprezo. – Você não pode fingir que lamenta por ele... Eu te conheço melhor do que isso.

– Então seu plano não faz sentido – interpõe-se Beatriz. – Vocês estavam planejando matar o rei e conspirar com a rainha Eugenia... para quê?

– Ah, vocês decifraram essa parte, não foi? – pergunta Gisella, parecendo despreocupada. – Para nós, não importava particularmente qual seria o final do jogo. Se Pasquale acabasse no trono, nosso status como seus primos favoritos significava que ascenderíamos com ele. Se Eugenia tivesse sucesso em sua trama para levar Temarin e Cellaria à guerra e conseguisse assumir o trono aqui, com certeza ela nos recompensaria por nossa ajuda.

– Vocês estavam fazendo um jogo duplo, então – observa Pasquale. – Quanta nobreza.

– Estávamos sobrevivendo – corrige Gisella, sua voz soando áspera. – Beatriz, você mal passou dois meses na corte cellariana, e até você sabe que isso não era tarefa fácil. Sim, envenenamos um rei cruel. Sim, pisamos em vocês para subir um pouco mais alto, ficar um pouco mais seguros, um pouco mais intocáveis. Você não está com raiva de mim de verdade por isso, você sabe.

– Permita-me discordar – retruca Beatriz rispidamente, mas Gisella a ignora.

– Você está com raiva de si mesma por me permitir fazer isso... por permitir que Nico também fizesse isso.

Beatriz não responde, em grande parte porque suspeita que Gisella tenha razão. Ela termina o chá e se afasta da mesa. Pasquale faz o mesmo um segundo depois.

– Não se esqueça do meu conselho, Gisella – observa com um sorriso açucarado. – Eu disse que você subiu tanto que a queda a mataria... Sugiro que se prepare para o impacto, pois chegou a hora.

Depois de deixar a cela de Gisella, Beatriz e Pasquale voltam para o quarto de Beatriz, tomando o cuidado de não falar novamente até estarem seguros, atrás das portas fechadas.

– O chá estava envenenado? – pergunta Pasquale, olhando para Beatriz com uma dose de medo que a deixa desconfortável.

– Somente com um soro da verdade – diz ela, balançando a cabeça.

Ele franze a testa.

– Foi o que pensei, mas ela acabou mentindo... não é?

Beatriz bufa e balança a cabeça.

– Ah, várias vezes. Mas tente contar uma mentira agora.

Pasquale parece apreensivo. Ele abre a boca para falar e tosse. Quando a tosse passa, ele continua:

– Eu confio em Gisella.

Beatriz sorri.

– Pronto, entendeu?

– A tosse – diz Pasquale, as sobrancelhas se arqueando. – A tosse precede a mentira. Não é de admirar que ela continuasse tossindo.

– Precisamente. Se eu tivesse dado a ela um soro da verdade que a impedisse de mentir, ela saberia. Dessa forma, nunca vai desconfiar. É mais sutil... Não sabemos qual é a verdade, mas sabemos sobre o que ela está mentindo.

– A corte está se voltando contra Nicolo – diz Pasquale. – Isso é interessante, sem dúvida.

Beatriz assente.

– Embora não seja necessariamente surpreendente – acrescenta ela. – A corte de Cellaria é, na melhor das hipóteses, temperamental, e o fato de Nicolo herdar o trono deve ter desagradado muita gente. Imagino que algumas famílias estejam planejando um golpe.

– Sua mãe ficará feliz em ouvir isso – observa Pasquale, fazendo uma careta.

– Tenho certeza que sim, mas não vai ser de nós que ela vai ouvir – responde Beatriz. – Não estou ansiosa em lhe dar mais informações que a encorajem a nos enviar de volta para Cellaria o mais rápido possível. Existem mais coisas que preciso aprender com Nigellus e, se ela tentar fazer um movimento contra Daphne...

– Entendo – diz Pasquale. – Mas você consegue esconder a verdade dela?

Beatriz franze a testa. Talvez algumas semanas atrás, ela teria dito que sim; agora, porém, sabe que não deve subestimar sua mãe. E entende, exatamente, o que está em jogo se falhar.

– Vou ter que conseguir – diz, balançando a cabeça. – Não há escolha.

Daphne

Daphne retorna ao palácio uma hora antes do jantar, entrando em seu quarto da mesma maneira que saiu – pela janela. De lá, ela se apressa em pôr o vestido, enfiando as roupas masculinas novamente no armário, pensando o tempo todo sobre suas suspeitas.

Se Zenia tinha a incumbência de levar Daphne quase até a porta de Aurelia antes de envenená-la, isso suscita mais perguntas do que respostas, mas, ao mesmo tempo, Daphne não se surpreenderia se Aurelia fosse a razão por trás das tentativas de assassinato. Ela mesma disse que tinha previsto a morte de alguém com o sangue de estrelas e majestade e temia que fosse Bairre. Daphne quase consegue acreditar que Aurelia talvez tenha tentado fazer com que a matassem como uma maneira de impedir a profecia de tocar seu filho.

Mas o que isso tem a ver com os príncipes? Aurelia disse que ainda estava ouvindo a mesma profecia, mas isso não tinha ligação com Gideon e Reid – eles podem ter o sangue de reis em suas veias, mas não são tocados pelas estrelas.

Talvez as duas coisas não estejam relacionadas, diz a si mesma. Talvez o fato de Zenia levá-la àquele lugar fosse uma coincidência também. Mas, na mente de Daphne, mesmo uma única coincidência já é demais.

Há alguém no quarto de Daphne quando ela volta do jantar, ela tem certeza disso. A janela está aberta apesar de ter voltado a nevar, e tanto ela quanto as criadas a mantêm sempre fechada. Também há uma marca no tapete felpudo abaixo da janela, como se alguém tivesse pulado do parapeito da janela.

Talvez os assassinos não estejam se restringindo apenas à floresta, no fim das contas. Talvez estejam ficando mais audaciosos. Ou mais preguiçosos. Ou talvez apenas mais desesperados.

Por mais tentada que se sinta a voltar para o corredor e gritar por socorro, Daphne não tem certeza se pode confiar nos guardas posicionados em toda a ala real. Além disso, se o assassino estiver trabalhando para as mesmas pessoas que levaram os príncipes, ela tem algumas perguntas a fazer, e é melhor que isso aconteça sem interferência.

Ela faz uma pausa na porta, abaixando-se para ajustar a bota e tirar o punhal de seu esconderijo antes de se endireitar e fechar a porta. Daphne espera para ver se o assassino vai aproveitar a oportunidade para atacar, mas isso não acontece. Ela examina o quarto, procurando esconderijos em potencial – uma pessoa poderia caber embaixo da cama, mas a posição a deixaria mais vulnerável do que Daphne, fazendo dessa uma escolha duvidosa. O vento sopra através das cortinas, mostrando que não há ninguém escondido atrás delas. Então, resta apenas o guarda-roupa – o único lugar onde um adulto poderia se esconder.

Ela caminha na ponta dos pés em direção ao guarda-roupa, silenciosa como um gato, com o punhal pronto para atacar. Seu coração martela nos ouvidos, abafando todos os pensamentos, exceto o do perigo diante dela. Não pode haver hesitação: ela atacará ou será abatida, e já passou muitos dias à beira da morte desde que chegou a esse país esquecido pelas estrelas.

Em um movimento rápido e fluido, escancara a porta do guarda-roupa e mergulha o punhal lá dentro, soltando um grito de raiva ao fazê-lo. Ela golpeia repetidamente, e apenas na quarta tentativa se dá conta de que não está mutilando nada além dos vestidos pendurados ali. Vários agora têm buracos – algo que sem dúvidas deixará a Sra. Nattermore irritada.

Daphne apoia-se no guarda-roupa e luta para recuperar o fôlego. A mão que segura o punhal cai ao lado do corpo enquanto a outra, livre, dirige-se ao coração, como se assim pudesse acalmar seus batimentos acelerados.

Não há ninguém ali. Ela está vendo fantasmas, pensa, balançando a cabeça. Então, se afasta do guarda-roupa e vai até a janela, fechando-a com força.

É nesse momento que sente a pressão fria do metal em seu pescoço.

– Largue o punhal, princesa – diz uma voz feminina, uma voz bessemiana.

Daphne fica tão perplexa com esse último detalhe que obedece e deixa o punhal cair no chão.

– Não quero machucá-la, mas precisava falar a sós com você – diz a voz. – Vou baixar o meu punhal, mas se você pegar o seu de novo, eu empunharei o meu mais uma vez. Entendido?

Daphne assente com a cabeça, embora sua mente já esteja girando. Assim que aquele punhal se afastar de seu pescoço, ela mergulhará no chão para pegar o seu. Assim que ela tiver o punhal na mão...

– Sua irmã me enviou – revela a assassina ao baixar a lâmina, e o plano de Daphne cai por terra.

Ela se vira para encarar a assassina e se vê fitando uma garota da sua idade que, por um brevíssimo instante, a faz lembrar de Sophronia. Tem os mesmos cabelos louros, a mesma estatura, mas não é Sophronia.

– Qual delas? – dispara Daphne, olhando para onde seu punhal caiu.

Ela não confia na garota, mas está claro que não se trata de uma assassina. Se fosse, Daphne estaria sangrando agora.

– Primeiro Sophronia – responde a garota, sustentando o olhar de Daphne. Seus olhos também são como os de Sophronia, como os da própria Daphne: prata tocada pelas estrelas. – Depois, mais recentemente, Beatriz.

– Você está mentindo – diz Daphne.

A garota parece esperar essa reação. Ela dá de ombros.

– Beatriz é canhota. Eu sei porque ela me deu um soco, embora tenha sido gentil o suficiente para conseguir poeira estelar e me curar depois. Ela também chamou você de megera implacável.

Essa era mesmo Beatriz, pensa Daphne.

– E Sophronia?

A garota hesita, desviando os olhos. É o momento perfeito para mergulhar e pegar seu punhal, mas Daphne não se mexe. Ela espera, os olhos na garota.

– Sophronia gostava de se esgueirar para as cozinhas temarinenses para fazer bolos e biscoitos quando não conseguia dormir – diz ela depois de um momento. – Acredito que tivesse o mesmo hábito em Bessemia.

Daphne se sente como a vela de um barco quando o vento para de soprar. Quantas vezes ela encontrou Sophronia na cozinha, avental por cima da camisola, pele e cabelos polvilhados de farinha e um sorriso radiante ao tirar uma bandeja do forno?

– Quem é você? – pergunta ela, lutando para se manter em estado de alerta.

– Meu nome é Violie. Sua mãe me enviou para acompanhar Sophronia em Temarin. – A garota faz uma pausa. – E espioná-la.

Violie. Daphne conhece esse nome – Sophronia o pronunciou pouco antes de morrer. Ela disse a Daphne e a Beatriz que amigos seus iam procurá-las – Leopold e Violie. Leopold, Daphne conhecia, mas Violie não. No entanto, mesmo que Sophronia considerasse essa garota como amiga, Daphne sabe que a irmã confiava demais nas pessoas.

– Minha mãe não... – começa Daphne, mas se contém. Sua mãe enviaria alguém para espionar Sophronia. Teria sido uma medida prudente. – E Beatriz? Você disse que ela bateu em você...

Violie leva a mão ao nariz, embora, até onde Daphne pode ver, não haja nada de errado com ele. Seus olhos se desviam e Daphne sabe, antes de ela falar, que a garota não dirá toda a verdade.

– Foi merecido – explica com cuidado. – Nós a encontramos fugindo de Cellaria com o príncipe Pasquale. Pelo que entendi, ela foi enviada para uma Sororia por um novo rei que usurpou o lugar do príncipe na linha de sucessão.

A expressão de Daphne é tensa.

– Isso é possível? – pergunta.

– Tudo é possível para um rei louco, o que, até onde eu sei, o rei Cesare era – responde ela. – Eles estavam a caminho de Bessemia, mas ela nos pediu que viéssemos procurar você.

– Nós? – questiona Daphne. – Quem é "nós"?

Violie hesita, girando o punhal na mão – um tique nervoso, pensa Daphne.

– O rei Leopold – diz enfim.

Daphne ri – não pode evitar. Não há nada de engraçado na situação, mas o fato de o rei Leopold, o homem mais procurado do continente, ter acabado de cair em seu colo é realmente risível.

– Onde ele está? – pergunta Daphne, já esboçando mentalmente a carta que vai escrever para a mãe.

A imperatriz ficará tão satisfeita, tão orgulhosa de Daphne por assegurar Temarin para ela.

– Não creio que Sophronia gostaria que eu contasse a você – diz Violie.

Daphne tem a sensação de ter levado um chute no estômago.

– O quê? – indaga, balançando a cabeça. – Você veio aqui pedir a minha ajuda, não foi? Então me permita ajudar...

– Fazendo o quê? – pergunta Violie. – Escrevendo para sua mãe? Se fizer isso, os dias dele estarão contados. Sophronia deu a vida dela para mantê-lo vivo, e pretendo honrar esse sacrifício.

Daphne tem o cuidado de não deixar Violie saber que chegou muito perto de adivinhar seus pensamentos.

– Eu amava minha irmã, mas ela era uma tola sentimental às vezes – diz, mantendo a voz firme. – Pelo que entendi, Leopold era um rei horrível. Minha mãe acredita que pode governar melhor Temarin...

– Ela acredita que pode governar melhor toda Vesteria – interrompe Violie.

Em pânico, Daphne corre os olhos pelo quarto, certificando-se de que estão mesmo sozinhas, antes de silenciar Violie.

– Eu não sei o que você acha que sabe...

– Eu sei o que a sua mãe me disse – diz Violie, interrompendo-a novamente. – Com suas próprias palavras, quando ela me enviou para espionar Sophronia.

Daphne cerra os dentes.

– Muito bem – concede, ríspida. – Mas o que importa é que Leopold não deveria ser rei. Minha mãe deseja assegurar seu governo em Temarin, sim, mas se ele simplesmente renunciar ao seu direito ao trono...

Violie a interrompe de novo, mas dessa vez com uma risada, áspera e sem humor.

– Por favor, me diga que você não acredita nisso de verdade – pede ela.

Daphne esboça um sorriso amargo.

– Vejo que Beatriz influenciou você com suas teorias da conspiração... Ela sempre foi dramática.

– Beatriz não precisava me influenciar – diz Violie. – Sophronia já tinha feito isso. Ela mesma teria lhe contado isto: a mãe de vocês planejou a morte dela.

As palavras são um balde de água fria despejado sobre a cabeça de Daphne, mas ela mantém a compostura.

– Uma turba temarinense matou Sophie – diz com os dentes cerrados.

Violie examina o rosto de Daphne por um momento, os lábios franzidos. Finalmente, assente com a cabeça.

– Tudo bem, então – responde, pegando o punhal de Daphne e recuando em direção à janela. – Beatriz estava certa... Não há mais nada que precisemos discutir.

– Discordo – rebate Daphne, seguindo-a até a janela e postando-se diante dela, bloqueando sua rota de fuga. Violie pode ter os dois punhais, mas Daphne agora tem certeza de que a garota não vai machucá-la. – Onde está o rei Leopold?

– Em segurança – responde Violie, tentando passar por Daphne, que, no entanto, se mantém firme.

– Se você está mesmo com ele, o que estou começando a duvidar que seja verdade, tenho certeza de que a mãe dele pelo menos gostaria de saber que ele está bem – diz Daphne.

Ela não espera que o sentimentalismo afete Violie – a garota não lhe parece ser desse tipo –, mas não está preparada para o choque e a fúria que atravessam o rosto de Violie.

– Eugenia está aqui? – pergunta, a voz baixa.

– Chegou há alguns dias com os irmãos de Leopold. Os meninos foram... levados – admite Daphne. Os olhos de Violie se aguçam e Daphne se arrepende de ter revelado esse detalhe em particular. – Ela perdeu dois filhos. Você a manteria longe dele também?

Violie ri novamente.

– E eu que fui levada a acreditar que você era inteligente – diz ela. – Você caiu na historinha dela de mãe enlutada? Ela esqueceu de mencionar o fato de que tramou com a turba e com sua mãe para executar Sophie e Leopold. Ela não vai ficar aliviada em saber que ele sobreviveu, vai ficar decepcionada.

– Você está mentindo – rebate Daphne, embora uma parte dela saiba que isso, pelo menos, é verdade.

Daphne sabia que havia algo errado com Eugenia e essa informação se encaixa nas lacunas que a rainha viúva deixou em sua história. Mas como pode acreditar nisso sem acreditar que sua mãe também teve participação naquilo tudo?

– Estou? – pergunta Violie. – Na próxima vez que vir Eugenia, mencione meu nome e veja a reação dela.

Daphne abre a boca para falar, mas, antes que possa dizer qualquer coisa, Violie estende a mão, agarra seu pulso e ela sente uma espetada. Baixando os olhos, Daphne vê que Violie está usando seu anel – aquele que contém uma dose de veneno para dormir.

– Como se atreve... – começa, mas, antes que possa terminar o pensamento, o mundo escurece.

Violie

Depois de descer a parede do castelo, Violie segue para a floresta, girando o anel com veneno que roubou do estojo de joias da Princesa Daphne. Ela se sente grata por ter aproveitado a oportunidade de revirar a caixa enquanto esperava Daphne retornar do jantar – ainda mais grata por ter escolhido se esconder em cima do armário e não dentro dele, como planejara inicialmente. Se tivesse feito isso, a essa altura teria virado picadinho.

A princesa Beatriz estava certa: não podiam confiar em Daphne. O que era pior: a rainha Eugenia estava naquele momento residindo no castelo. Nem nos pensamentos mais loucos de Violie ela esperaria por isso. Havia presumido que Eugenia tinha fugido para o sul, para Cellaria, onde nasceu e cresceu e onde provavelmente tem aliados.

Mas, ao que parece, ela havia se aliado a Daphne – um pensamento desencorajador.

Houve aquela centelha de dúvida, no entanto, quando Violie contou a Daphne que sua mãe foi responsável pela morte de Sophronia. Daphne não acreditou nela, é claro, mas uma parte dela não achava a ideia absurda. Já era um começo.

Também era óbvio que Daphne não hesitaria em entregar Leopold para a mãe na primeira oportunidade. Violie está decidida a não lhe dar essa oportunidade, não até ter certeza de que pode confiar nela.

Leva algum tempo para refazer seu caminho pela floresta – tomando o cuidado de usar um galho quebrado para desfazer as pegadas que deixa na neve –, mas Violie finalmente chega à caverna que ela e Leopold escolheram quando a carroça dos correios os deixou em Eldevale algumas horas antes. Ela esperava que fosse uma breve parada antes de se hospedarem no castelo, mas esses planos haviam mudado.

Leopold aparece na boca escura da caverna, uma interrogação nos olhos, porém ele deve ver algo na expressão dela, pois seus ombros murcham.

– Beatriz estava certa sobre a irmã? – pergunta ele, guiando-a mais para o interior da caverna, fora das vistas de qualquer um que passasse por ali.

– Pior do que isso – diz Violie, balançando a cabeça. – Sua mãe está hospedada no palácio, uma hóspede refugiada do rei Bartholomew.

Leopold para bruscamente, virando-se de frente para ela. Violie não consegue ver seu rosto, mas sente a faísca de fúria queimando tanto que irradia dele como o calor de uma fogueira.

– Minha mãe? – pergunta ele, as duas palavras soando perigosamente baixas.

– Foi o que Daphne disse, sim. Ela pensou que essa informação o deixaria tentado a ir para o castelo, para se reunir com ela.

– De fato me tenta a ir ao castelo, mas somente para pôr as mãos no pescoço dela – rosna ele. – Meus irmãos estão com ela?

Violie engole em seco.

– Eles chegaram com a rainha, mas... – Sua voz morre. Ela sabe que contar a ele vai partir seu coração, e ele já teve mais do que a sua cota de sofrimento nos últimos tempos. Ela percebe que não quer magoá-lo mais, um pensamento desconcertante que ela tira do caminho. – Eles foram sequestrados alguns dias atrás.

– Sequestrados – ecoa ele.

Violie assente antes de perceber que ele não pode vê-la no escuro.

– Sim. Aparentemente, sua mãe está aflita.

– Eu apostaria que minha mãe está envolvida nisso – replica Leopold. – Ela já tentou me matar, é claro que não tem quaisquer reservas em relação a filicídio.

– É possível – concorda Violie, embora, em seu íntimo, suspeite de que o sequestro esteja coberto pelas impressões digitais da imperatriz Margaraux. Mas Leopold não precisa de lógica agora; ele precisa de raiva. Então ela o deixa sentir. – Não podemos passar a noite aqui – diz ela. – Ouvi tantas histórias sobre o tamanho dos ursos frívios que meus pesadelos já estão assombrados por eles, e tenho a impressão de que Daphne vai vasculhar primeiro a floresta quando acordar.

– Acordar? – pergunta Leopold.

Violie ergue a mão com o anel.

– Eu o roubei do estojo de joias dela, junto como uma bolsa de ásteres. Sophronia tinha um desses. Eles contêm uma poção para dormir e uma agulha para injetá-la na pessoa. Ela vai dormir até de manhã.

Em parte, ela espera que Leopold fique nervoso com o fato de que Violie usou veneno, mas ela supõe que ele deve estar se acostumando com o modo como ela lida com as coisas, porque ele nem sequer pisca.

– Para onde vamos? – pergunta ele.

– Vamos ter mais chances de passar despercebidos na cidade – diz ela. – Haverá muitas pessoas e, com sorte, dois viajantes com sotaques diferentes não vão se destacar muito. E eu roubei ásteres suficientes para pagar um quarto em uma hospedaria por algumas noites, pelo menos.

– E depois? – pergunta Leopold.

Violie morde o lábio.

– Não sei – admite ela. – Mas eu disse a Beatriz que espionaria Daphne para ela e vou precisar ficar no castelo para fazer isso.

∾

Violie e Leopold dirigem-se à Estalagem Wallfrost nos arredores de Eldevale. O tempo todo as engrenagens da mente de Violie estão girando, formulando um plano. Depois que ela usa os ásteres que roubou de Daphne para alugar um quarto, os dois se sentam para jantar no salão comunal.

– Você fala bem o frívio – diz a ele. – Mas seu sotaque é péssimo.

Leopold parece vagamente ofendido.

– Fique sabendo que meu tutor de frívio dizia que eu era o melhor aluno que ele já teve – observou ele.

Violie bufa.

– Bem, sim, você ia ser o rei. Tenho certeza de que ele queria te adular.

Leopold franze a testa, mas não parece surpreso com a ideia. Ela supõe que essa seja uma realidade que ele teve de encarar com frequência desde que fugiram de Temarin – Leopold é lamentavelmente despreparado para essa vida que nunca esperaram que ele vivesse.

– Suponho que você faça melhor... – desafia ele.

Violie abre um sorriso sarcástico e acena para a garçonete, pedindo mais uma rodada da sidra quente que ela e Leopold estão tomando – com uma saudável dose de canela, a sensação é de beber fogo líquido e, depois de ter passado o dia na neve, essa é uma perspectiva atraente. A garçonete sorri e as duas conversam brevemente sobre a neve antes de ela ir buscar as bebidas.

Leopold a encara como se nunca a tivesse visto antes.

– Como você fez isso? Você parecia nativa.

Violie dá de ombros.

– Eu disse que minha mãe era uma cortesã – explica ela. – Muitas colegas dela cresceram em outros países. Eu gostava de imitar como elas falavam. – Ela faz uma breve pausa. – Achava que seria uma boa habilidade para ter como atriz.

– Você queria atuar? – pergunta Leopold, as sobrancelhas se arqueando.

Violie demonstra indiferença. Aquela versão dela agora lhe parece uma completa estranha.

– Eu era uma criança... Minha fase de atuar aconteceu em algum momento depois da fase em que eu queria ser uma princesa e antes da fase em que eu queria ser dançarina. Mas a espionagem usa muitos dos mesmos talentos que a atuação, e a imitação de sotaques é um deles.

– Você tem um plano, não tem? – pergunta ele, olhando para ela sobre a borda da caneca. – É por isso que você quer que eu me passe por frívio.

– Bem, antes de mais nada, vai ajudar a nos encaixar aqui. Friv é um país recluso, eles não confiam em estrangeiros. Se a princesa Daphne enviar alguém procurando por um temarinense, vai ser fácil te encontrar.

Leopold acena com cabeça, as sobrancelhas quase unidas.

– Certo – diz ele. – Você pode me ensinar?

A garçonete retorna, servindo-lhes as novas canecas de sidra.

– Mais alguma coisa? – pergunta ela.

Violie considera seu plano por um momento – pode ser impulsivo, com certeza é louco, mas é um plano mesmo assim.

– Você por acaso saberia de um lugar onde podemos comprar poeira estelar?

A garçonete ergue as sobrancelhas.

– A irmã do amigo do meu irmão tem uma loja. Está fechada agora, mas eu posso mandar levar um frasco ao seu quarto esta noite.

Violie mexe na bolsinha de ásteres e pega 10 deles, entregando-os à garçonete.

– Acredito que seja o suficiente...

A garçonete conta as moedas e assente.

– Entrego a vocês em algumas horas – diz antes de voltar para o balcão do bar.

– Poeira estelar? – pergunta Leopold. – Você deve saber que o que quer que ela vá conseguir a essa hora por 10 ásteres não vai ser forte.

Violie dá de ombros.

– Não precisa ser forte – diz ela. – Só precisa mudar a cor do seu cabelo.

– Meu cabelo? – pergunta Leopold, alarmado, passando a mão na cabeça.

– Quando acordar de manhã, Daphne vai mandar todos à procura de alguém que se encaixe na sua descrição. Precisamos nos certificar de que *você* não se encaixe, especialmente se quisermos conseguir empregos no castelo.

Leopold arqueia uma sobrancelha.

– Isso não é um pouco como entrar numa toca de leão vestido com pedaços de carne?

– Daphne e sua mãe são as únicas pessoas que podem nos reconhecer... e mesmo Daphne talvez não possa, sobretudo com um cabelo diferente, embora eu não queira testar essa teoria. Se arranjarmos um trabalho em algum lugar como a cozinha, eu devo conseguir descobrir o suficiente sobre o que Daphne está fazendo para manter Beatriz informada e ao mesmo tempo evitar ser notada.

Leopold parece considerar o plano por um momento, encarando a caneca de sidra em suas mãos, da qual sobe uma coluna de vapor.

– Ainda parece arriscado – diz ele.

Violie faz um muxoxo e toma outro gole de sidra.

– A essa altura, Leopold, até respirar é arriscado.

Nessa noite, Violie e Leopold estão sentados de pernas cruzadas na estreita cama de solteiro que ocupa a maior parte do quarto na estalagem. Leopold já arrumou uma cama improvisada no pequeno espaço no chão ao lado dela, mas eles estão sentados juntos enquanto praticam o sotaque dele.

O problema, Violie percebe, é que ele destaca as sílabas finais das palavras, como fazem os temarinenses, enquanto os frívios têm a tendência de fazer as palavras se fundirem umas nas outras. É um hábito difícil de assimilar, mas, quando a garçonete chega à porta deles, perto da meia-noite, com o prometido frasco de poeira estelar, o sotaque dele está quase aceitável.

– Não fale, a menos que seja necessário – instrui ela quando a garçonete sai, fechando a porta e voltando para a cama com a poeira estelar na mão.

– Eu poderia simplesmente não falar – sugere ele, mas Violie balança a cabeça.

– A última coisa que queremos é que haja algo que chame a atenção em qualquer um de nós. Foi uma das primeiras coisas que aprendi trabalhando para a imperatriz: como ser invisível. E ninguém é mais invisível do que um criado.

Leopold bufa.

– Isso não é verdade. Eu prestava atenção nos criados.

Violie ri.

– Por favor... Quando você chegou àquela caverna e me encontrou lá, você nem me reconheceu.

– Bem, você era a criada de Sophie. Nossos caminhos não se cruzavam com frequência.

Violie o encara.

– Leopold, ficávamos no mesmo ambiente quase todos os dias, várias vezes. Você falava comigo com frequência, embora nunca me chamasse pelo nome.

– Eu não fazia isso – contesta ele, franzindo a testa. – Tenho certeza de que teria lembrado.

– Mas não lembrou – replica ela. – Porque ninguém repara nos criados.

Leopold franze ainda mais a testa e ela percebe que ele quer continuar discutindo, mas Violie não está muito preocupada em aliviar sua culpa no momento.

– Ainda bem que não reparam – diz ela. – É com isso que estamos contando.

Leopold parece querer se aprofundar no assunto, mas, depois de um segundo, ele assente.

Violie ergue o frasco de poeira estelar.

– Agora, vamos cuidar do seu cabelo.

Daphne

Quando Daphne desperta, a luz do amanhecer está jorrando através da janela ainda aberta, fazendo sua cabeça latejar. Ela demora um momento para lembrar por quê – a dor de cabeça persistente é um efeito colateral do veneno nocauteador contido no seu anel. O anel roubado pela garota bessemiana que afirmou conhecer suas irmãs. Violie.

Na próxima vez que vir Eugenia, mencione meu nome e veja a reação dela.

Daphne se senta na cama, recostando-se na pilha de travesseiros macios e percebendo que ainda está com o vestido que usou no jantar da véspera. Violie prendera as cobertas sob seu queixo para que, quando a criada viesse ajudá-la a se despir, parecesse que ela havia se despido sozinha e adormecido mais cedo. Um plano meticuloso, dado que Violie estaria agindo praticamente por instinto. Ela não poderia ter planejado encontrar o anel com veneno no estojo de joias de Daphne.

O que suscita a questão de como ela sabia que o anel continha veneno. Ele foi desenhado para ter o aspecto de uma joia qualquer, embora Daphne saiba que Sophronia e Beatriz tinham anéis iguais. Ela não acredita em muito do que Violie lhe contou, mas disse a verdade ao menos quando falou que conhecia as irmãs – o amor de Sophronia por assar bolos não é amplamente conhecido, e sua descrição como megera implacável só poderia ter vindo de Beatriz. Além do mais, Beatriz tem mesmo um gancho de esquerda poderoso – do qual a própria Daphne foi alvo várias vezes.

Mas e o resto? Que a imperatriz era responsável pela morte de Sophronia? Isso era mentira. A pergunta é se essa é uma mentira em que a própria Violie acredita ou se ela tem algum motivo para tentar virar Daphne contra a mãe.

E depois tem questão de Eugenia – em quem Daphne não confia, mas que é, no momento, uma mãe enlutada. A situação requer uma abordagem delicada se ela quiser obter respostas válidas.

Ignorando a cabeça que lateja, Daphne sai da cama e tira o vestido amarrotado, deixando-o embolado e parcialmente sob a cama, onde a criada poderia acreditar que não o viu na noite anterior, no escuro. Ela toca a sineta ao lado da cama e, quando a criada aparece um momento depois para ajudá-la a se aprontar para o dia, Daphne a instrui a enviar um convite a Eugenia para o chá.

– Pelo que sei, lady Eunice recusou todos os convites sociais desde o desaparecimento dos filhos – diz a criada, usando o falso nome que o rei Bartholomew deu a Eugenia para impedir que sua corte saiba que ele está abrigando a rainha viúva temarinense.

– Claro – concorda Daphne, arregalando os olhos e demostrando compaixão. – Mas confesso que estou preocupada com seu bem-estar. Se lady Eunice deseja recusar meu convite, devo insistir que ela o faça cara a cara.

O chá é servido no terraço de inverno, cujas paredes e telhado são de vidro e permitem aos visitantes ver a neve caindo sem sofrer com o frio. Três braseiros estão montados em torno da pequena mesa no centro para manter o espaço aquecido e confortável, embora Daphne saiba, assim que pisa no terraço, que Eugenia ainda vai achá-lo frio demais.

Daphne fica surpresa ao se dar conta de que não sente mais tanto frio – um pensamento que a desconcerta. Ela não quer se aclimatar às temperaturas de Friv.

Ela mal se sentou quando Eugenia irrompe pela porta e, no momento em que seus olhos pousam em Daphne, há neles um lampejo de fúria antes que ela consiga escondê-lo com uma expressão afável.

– Alteza – saúda Eugenia, abaixando-se numa breve mesura, antes de se sentar em frente a Daphne, que faz sinal aos criados para servirem o chá e os bolos.

– Estou muito contente que tenha podido juntar-se a mim – diz Daphne, com um sorriso no rosto.

– Não creio que eu tivesse muita escolha – rebate Eugenia, mal disfarçando a amargura nas palavras. – Não vou me demorar... não estou suportando a companhia de ninguém nesses dias, tenho certeza de que pode compreender isso.

– Claro – concede Daphne com suavidade. – Quando recebi a notícia da morte de Sophronia, eu não aguentava nem sair do meu quarto.

– Você entende, então – diz Eugenia, parecendo relaxar.

– Bem – completa Daphne, ainda sorrindo –, minha irmã foi brutalmente assassinada. Até onde se sabe, todos os seus três filhos ainda estão respirando. A menos que você tenha motivos para acreditar que seja diferente.

Eugenia certamente percebe o teste nas palavras dela, porque vacila por um instante apenas antes de se recompor.

– Você é jovem – pontua ela. – Invejo sua esperança. Se os vilões que sequestraram Reid e Gideon pretendessem mantê-los vivos, a esta altura já teriam tentado pedir um resgate. Quanto a Leopold, ele não poderia sobreviver ao cerco brutal.

Mas sobreviveu. Essa é outra coisa dita por Violie que Daphne tem certeza de que é verdade. Ela considerou a possibilidade de enviar batedores a Eldevale para procurá-lo, mas muitos daqueles batedores certamente seriam leais aos rebeldes, e não confia nos motivos deles. Essa tarde ela vai escrever para a mãe e lhe contar que Leopold está nas proximidades.

Ela pensa na sugestão de Violie para que mencione o nome dela para Eugenia e, então, introduz o tema da maneira como passou a manhã elaborando.

– Sabe, estive pensando sobre outra pessoa no palácio temarinense, uma amiga que minha irmã mencionou em suas cartas – começa ela.

Eugenia franze a testa, confusa.

– Perdoe-me por dizer isso, Alteza, mas Sophronia não tinha amigas. Não por culpa dela, Sophronia era uma menina muito querida, mas Temarin sempre foi hostil a rainhas estrangeiras que agem com prepotência, e Sophronia deixou que seu poder como rainha lhe subisse à cabeça.

A descrição não combinava em nada com Sophronia, mas Daphne se controla e foca em sua tarefa. Não pode deixar Eugenia distraí-la.

– Era uma garota bessemiana, na verdade – acrescenta ela. – Uma criada, acho. O nome dela era Violie.

Daphne estuda atentamente a reação de Eugenia – a dilatação das narinas, a rigidez repentina de sua postura. Ela conhece o nome e ouvi-lo a deixa desconfortável.

– Sim, lembro que Sophronia gostava muito da sua criada – diz ela, cautelosa. – Mas, se está perguntando o que aconteceu com ela depois do cerco, confesso que não faço ideia. Sempre suspeitei, porém... não, não devo falar.

– Fale – encoraja Daphne, sua voz saindo mais brusca do que pretendia.

Eugenia finge hesitar, mas Daphne entende que é exatamente aquilo: fingimento.

– Sempre suspeitei – continua Eugenia, baixando a voz – que ela estava trabalhando com a turba que sitiou a capital. Havia um boato de que ela estava... romanticamente envolvida com o jovem que liderou a multidão: Ansel, acho que era esse o nome dele. Devo confessar que ouvi outros rumores, de algumas fontes muito fidedignas, de que foi ela mesma quem capturou sua irmã quando Sophronia estava fugindo do castelo.

Eugenia vai embora momentos depois, sem nem mesmo terminar o chá e os bolos, mas, antes que Daphne possa se levantar, Bairre entra no terraço, passando a mão pelos cabelos e olhando ao redor, avistando-a de repente. Pela aparência dos cabelos bagunçados pelo vento e as roupas de montaria sujas, ele vem direto de um dos grupos de busca enviados para procurar os príncipes.

– Algum sinal deles? – pergunta Daphne, levantando-se, mas Bairre balança a cabeça, e ela afunda de novo na cadeira com um suspiro.

Bairre senta-se na cadeira que Eugenia acaba de desocupar, mas Daphne preferia que ele não o tivesse feito. Ela sabe o que ele vai lhe perguntar.

– Descobriu alguma coisa com Zenia ontem?

Em meio ao caos com Violie, Daphne não esqueceu sua conversa com Zenia, porém ainda está longe de saber o que fazer com as informações.

– Estávamos certos – diz ela, hesitante. – Havia mais coisas nas instruções de Zenia que ela não nos contou originalmente.

– O que foi? – pergunta Bairre, inclinando-se sobre a mesa.

– Ela deveria ficar a sós comigo antes de me dar o veneno e deveria me levar a certo lugar. A babá dela tinha feito um mapa desse lugar para ela. Eu fui até lá ontem para ver se descobria alguma coisa.

– É claro que não descobriu nada, se você foi até aquela floresta sozinha – rebate Bairre, mas Daphne o ignora.

Ela morde o lábio.

– O lugar aonde ela deveria me levar fica bem ao lado da cabana da sua mãe – diz ela.

Bairre fica imóvel, a testa se enrugando.

– A floresta é vasta – argumenta ele, balançando a cabeça.

– É – concorda Daphne. – Mas foi para onde a babá de Zenia mandou que ela me levasse antes de me dar o veneno.

– Zenia entendeu errado – diz Bairre, balançando a cabeça. – Ou você.

– Isso faz mais sentido para você? – pergunta Daphne. – Que eu interpretei errado o mapa que Zenia fez e, na floresta que você mesmo acabou de descrever como vasta, eu de algum modo acabei no chalé da sua mãe? Quais as chances de isso acontecer?

– É mais plausível do que a alternativa – responde Bairre bruscamente. – Está esquecendo que minha mãe salvou sua vida?

– Claro que não – diz Daphne, mantendo a voz firme. – Mas me pergunto se ela teria feito o mesmo se você não estivesse ali, pedindo a ela.

Bairre se cala, a mandíbula tensa. Daphne se obriga a continuar.

– Ela sabia que uma pessoa ao mesmo tempo real e tocada pelas estrelas morreria. Talvez quisesse garantir que não seria você – sugere ela, o mais gentilmente possível.

– Ela não faria isso... – começa Bairre, mas se detém, franzindo a testa.

Daphne se dá conta de que ele sabe que ela faria. Talvez duas semanas atrás ele não tivesse acreditado, mas sua mãe e os rebeldes tinham sido os responsáveis pela morte de Fergal. Por que ela não ia querer Daphne morta também, se pensasse que isso protegeria Bairre?

– Ela não machucaria os meninos – conclui ele. – Você ainda acha que as tentativas de assassinato e os sequestros estão relacionados?

– Não tenho certeza de que não estão – responde Daphne com cautela. – Mas estão faltando peças demais nesse quebra-cabeça.

Bairre pousa a cabeça entre as mãos, esfregando as têmporas.

– Ainda estamos à procura deles. Houve boatos sobre dois meninos com a descrição deles perto do lago Olveen.

– Lago Olveen? – indaga Daphne, alarmada. – É um longo caminho para leste.

– Uma viagem possível, mas não fácil – concorda Bairre. – A pergunta é: por que mandá-los para o lago Olveen? Não há nada lá.

É uma pergunta razoável, mas não uma para a qual ela tenha resposta.

Violie

Conseguir um emprego no castelo foi mais fácil do que Violie esperava. Ela e Leopold chegam à cozinha na manhã seguinte e contam a elaborada história que inventaram sobre a viagem, de que teriam vindo de uma pequena aldeia nas montanhas de Crisk, uma área tão remota que é improvável que alguém consiga contradizer sua narrativa. Violie até falsificou cartas de referência de uma hospedaria inventada, recomendando-a para trabalhar na cozinha e Leopold, nos estábulos – dois lugares onde eles teriam mais chance de não serem notados pela princesa Daphne e pela rainha Eugenia.

Pelo que Violie sabe, a princesa Daphne frequentava os estábulos em Bessemia, desfrutando de pelo menos um passeio diário, mas os estábulos reais em Friv são grandes o bastante para que Leopold não seja visto. E, caso se cruzem, Daphne só conhece Leopold de um antigo retrato pintado e, com os cabelos escurecidos por Violie até ficarem quase pretos, não é provável que olhe para ele por tempo suficiente para reconhecê-lo.

No fim, porém, os planos de Violie nem são necessários. Assim que ela e Leopold aparecem na entrada de serviço da cozinha, a cozinheira-chefe – uma mulher de uns 60 anos com cabelos grisalhos crespos e olhos castanho-escuros e pesados de exaustão – oferece trabalho a ambos: Violie como ajudante de cozinha e Leopold como auxiliar no transporte de suprimentos da cidade para a cozinha.

– Tenho certeza de que um rapaz forte e sadio como você também seria bem-vindo nos estábulos – diz ela a Leopold. – Mas estou bastante desesperada depois do desastre que foi aquele casamento e, se trabalhar para mim, você e sua esposa podem ficar juntos no mesmo alojamento e trabalhar em turnos semelhantes.

É assim que Violie e Leopold se encontram na cozinha ao entardecer no fim do primeiro dia de trabalho, exaustos, mas cientes de que é mais inteligente não reclamar do trabalho ou perguntar exatamente qual foi o desastre no casamento que a cozinheira mencionou. Leopold vai e volta da carroça parada em frente à despensa, carregando grandes sacos de grãos, farinha e produtos agrícolas e rolando barris de cerveja. Violie fica de olho no caldeirão de ensopado que a cozinheira está preparando e sua função é mexer e adicionar temperos. Ela achou que seria uma tarefa bem fácil, mas uma hora depois seus braços estão doendo. Não tanto, porém, quanto os de Leopold devem estar, ela pensa.

Ele está justamente trazendo dois grandes baldes de leite quando a cozinheira deixa cair o rolo de macarrão que usa para abrir a massa das tortas.

– Ah, Alteza! – exclama ela, e Leopold e Violie ficam paralisados.

Por um momento, Violie teme que a mulher esteja se dirigindo a Leopold; mas logo sua mente se lembra de duas outras pessoas que podem ser tratadas por esse título, duas pessoas que Violie e Leopold precisam evitar. No entanto, quando olha para trás, Violie solta um suspiro de alívio: a cozinheira está se dirigindo a um jovem aproximadamente da sua idade, de cabelos castanho-escuros e expressão melancólica.

Violie deduz que se trate do príncipe Bairre – filho bastardo do rei Bartholomew e herdeiro acidental do trono de Friv. Noivo da princesa Daphne.

– Já disse pra você não me chamar assim, Nellie – pede ele à cozinheira, embora sua voz seja suave e o sorriso gentil. – Você me conhece desde antes de eu aprender a andar.

– Por mais que seja verdade, Vossa Alteza agora é um príncipe. O que posso fazer por Vossa Alteza? – responde a cozinheira.

O príncipe Bairre revira os olhos, porém mais uma vez o gesto é mais afetuoso do que qualquer outra coisa.

– Você viu... – Ele se interrompe, olhando para Violie e Leopold, que fingem estar concentrados apenas em suas tarefas. – Você viu Aurelia?

Aurelia é a nova empyrea, conforme Violie deduziu com base em outra conversa ouvida na cozinha hoje. Ela pensava que o empyrea frívio se chamava Fergal, mas a mudança parece ser recente.

– Não a vi hoje – replica a cozinheira. – Mas um amigo meu que trabalha nos estábulos disse que ela partiu para as montanhas ontem... Disse que pressentia a chegada de uma chuva de estrelas.

O príncipe Bairre faz um muxoxo antes de balançar a cabeça.

– Tudo bem... Eu também vou naquela direção pela manhã.

– Outro grupo de batedores? – pergunta a cozinheira. – Perdoe-me por dizer isso, mas não há sinal desses meninos, príncipe Bairre. Não sei se outro grupo de batedores de repente vai mudar isso.

Violie trava e olha para Leopold. Embora ele esteja de costas para ela, Violie pode ver a tensão repentina em seus ombros, a maneira como está atento a cada palavra, mesmo fingindo não prestar atenção.

– Dois meninos que correspondem à descrição deles foram vistos perto do lago Olveen – conta Bairre.

A cozinheira não responde, porém Violie tem certeza de que a mulher está pensando a mesma coisa que ela própria pensou desde que soube do desaparecimento dos príncipes – se eles ainda não foram descobertos e nenhum pedido de resgate foi enviado, é provável que os dois já estejam mortos. Os relatos de que alguém avistou os meninos podem não passar de rumores, mas, se os príncipes chegaram mesmo ao lago Olveen, isso levanta ainda mais questões. Tudo que existe a leste, além do próprio lago, é o mar de Whistall.

– Não é culpa sua, príncipe Bairre – consola-o a cozinheira, a voz se suavizando. – O ataque parece ter sido planejado... Eles teriam sido levados, não importa quem estivesse vigiando os dois.

– Eles deveriam ter ficado com mais guardas – responde Bairre, a voz tornando-se áspera.

– Para dois filhos de fazendeiros das montanhas? – pergunta a cozinheira, seus olhos seguindo para Violie e Leopold e se estreitando. Bairre percebe seu aviso e assente com a cabeça brevemente.

– Claro, isso teria sido considerado desnecessário – emenda ele na sequência. – Mas acontece que estou indo para o lago Olveen para tratar de outro assunto. Meu pai não pode deixar Eldevale no momento, mas alguém precisa levar as cinzas de Cillian para o leste.

Violie franze a testa. Cillian, ela sabe, é o príncipe frívio, irmão de Bairre, que morreu, embora isso tenha acontecido meses atrás. Ela reconhece que não sabe nada sobre as tradições fúnebres frívias, mas lhe parece que esperaram um tempo muito longo para espalhar as cinzas da cremação.

– Vamos precisar de provisões, se puder nos ceder – continua Bairre.

– Claro que posso – replica a cozinheira, a voz se suavizando. – Agora pode ir, anda, temos um jantar para servir.

Bairre dirige um breve sorriso à cozinheira e agradece antes de sair. Leopold hesita apenas um segundo antes de segui-lo e Violie tem certeza de que ele vai tomar alguma atitude imprudente. Ela faz menção de ir atrás dele, mas a cozinheira se põe em seu caminho.

– Você só tem outra pausa depois do jantar – diz a mulher, a voz dura como aço.

Violie pensa rapidamente e leva a mão à boca, fingindo estar passando mal.

– Por favor, eu vou... – Ela simula uma ânsia de vômito e a cozinheira é rápida, saindo de seu caminho com um pulo e deixando Violie passar correndo e ir atrás de Leopold.

No momento em que chega ao corredor, porém, é tarde demais. Leopold e o príncipe Bairre já estão interagindo.

– Eu cresci ao norte do lago Olveen – diz Leopold ao príncipe Bairre, ainda persistindo no sotaque que eles tanto trabalharam. Não é perfeito, mas bom o suficiente para que Bairre atribua as falhas a diferenças regionais. – Seria uma honra acompanhá-lo na jornada estelar do príncipe Cillian.

O termo *jornada estelar* é apenas vagamente familiar para Violie e, embora saiba que tem algo a ver com as cinzas do príncipe Cillian, não sabe mais do que isso. Leopold, porém, parece saber do que se trata.

– Agradeço a oferta, mas estamos viajando com pouca bagagem. Não precisamos de mais criados.

Quando Bairre começa a se afastar, Leopold fala novamente.

– E de rastreadores? – pergunta ele.

Bairre faz uma pausa, olhando para trás por cima do ombro com a testa franzida.

– Você disse que ainda estava procurando aqueles garotos... Eu cacei a vida inteira, sou bom em rastrear.

– Animais – frisa o príncipe Bairre. – Não pessoas.

– Mas o princípio é o mesmo, não é? Procurar rastros, apurar os ouvidos – argumenta Leopold. – Se houver algum sinal deles perto do lago Olveen, eu vou encontrar.

Violie tem vontade de dar uma sacudida nele. Ela sabe que Leopold quer encontrar os irmãos, entende isso, mas não pode deixá-lo arriscar a própria segurança. No entanto, assim que esse pensamento lhe ocorre, ela percebe que mandar Leopold para longe do castelo pode ser uma escolha sensata – significa uma probabilidade menor de ele cruzar o caminho da mãe ou da princesa Daphne, e também dá a Violie a chance de ficar de olho em ambas sem se preocupar com ele. Se conseguir encontrar alguma prova da participação de Eugenia na morte de Sophronia, na volta de Leopold ela poderia já ter conquistado a confiança de Daphne.

– Como eu disse, partimos dos estábulos logo de manhã – diz Bairre, estendendo a mão, que Leopold aperta com firmeza.

A cozinheira fica frustrada com a partida tão imediata de Leopold, é compreensível, mas está mais exausta do que zangada.

– Não vou dizer que seu emprego não estará aqui quando você voltar... Duvido que eu consiga substituí-lo antes disso – diz ela com um suspiro.

Naquela noite, de volta ao quarto dos empregados que compartilham, Violie se vira para Leopold, observando enquanto ele empacota sua única muda de roupa.

– Você está se arriscando – diz ela. – Sabe que está correndo risco.

Por um momento, Leopold não responde, continuando a arrumar suas coisas. Por fim, ele suspira.

– Eles são meus irmãos... a única família que me resta. Se há algum sinal deles...

– Sua mãe está viva. Ela está aqui – observa Violie, mesmo sabendo que não é um argumento vencedor. Ela hesita um segundo a mais. – Leopold, você acha mesmo que é possível que ela seja a responsável pelo desaparecimento deles?

A seu favor, Leopold não descarta a ideia tão rapidamente quanto antes, mas depois de um momento, ele balança a cabeça.

– Não vejo por que ela faria uma coisa dessas – responde ele. – Se os quisesse mortos, ela os teria deixado no palácio comigo durante o cerco. Ela fez um grande esforço para tirá-los de lá antes. Por que fazer tudo isso e depois levá-los até Friv, para mandar... – ele hesita – ... para mandar alguém sequestrá-los?

Violie pensa um pouco.

– Ela está aliada a Margaraux – lembra. – O sequestro de dois príncipes temarinenses, os últimos herdeiros remanescentes do trono, até onde a maioria sabe, pode ser desculpa suficiente para que Bessemia declare guerra.

– Por causa de príncipes estrangeiros? – pergunta Leopold, duvidando.

– Mas não são mais estrangeiros. Não exatamente. Margaraux "salvou" Temarin dos rebeldes e afirma ter toda a intenção de devolver seu trono caso você seja encontrado ou, eventualmente, o devolverá a Gideon. Neste momento, porém, Temarin e Bessemia estão sob o domínio dela. Ela poderia classificar um ataque a seus irmãos como um ataque a Bessemia, se quiser. Se eles estão indo para o leste, até o lago Olveen, ela pode estar tentando colocá-los em um navio de partida para algum lugar distante, embora eu admita que essa atitude parece misericordiosa demais para ela.

Leopold considera essas palavras, seu rosto adquirindo um tom mais pálido. Ele sabe, pensa Violie, que seus irmãos provavelmente estão mortos. Pode não estar pronto para enfrentar esse fato, mas sabe, no fundo, que as chances de encontrar os dois vivos são mínimas.

Violie precisa se conter para não estender a mão e tocar o ombro dele. Em vez disso, ela cerra o punho ao lado do corpo.

– O que é uma jornada estelar? – pergunta.

Ele pigarreia.

– Parece estranho que eu saiba algo que você não sabe – comenta ele. – Tenho a sensação de que você está me ensinando coisas o tempo todo.

– Nunca aprendi muito sobre Friv – diz Violie, com um gesto despretensioso. – Acho que Margaraux não pôde prever que eu acabaria vindo para cá.

– Uma jornada estelar faz parte do processo fúnebre, mas tem que ser realizada durante a aurora boreal – explica Leopold.

Violie já ouviu falar desse fenômeno, embora nunca tenha conseguido imaginá-lo, e todas as pinturas ou ilustrações que viu sempre pareceram, de algum modo, falsas. Algo tão bonito não poderia existir na natureza.

– Elas só acontecem no final do outono ou começo do inverno, apesar de não existir uma garantia de quando exatamente vai ser – continua Leopold. – Mas é costume em Friv levar as cinzas de entes queridos para espalhar em um curso d'água sob a aurora boreal, como forma de enviar uma alma perdida de volta às estrelas de onde vieram. Ouvi dizer que as cerimônias são lindas, embora, obviamente, eu nunca tenha presenciado uma delas.

– Por que o lago Olveen? – pergunta Violie. – Existem muitos cursos d'água perto do castelo.

Leopold dá de ombros.

– Dá para ver melhor a aurora boreal mais ao norte, pelo que ouvi dizer, e pode ser que haja um significado pessoal no lago – diz ele antes de fazer uma pausa. – Troquei algumas cartas com Cillian enquanto crescíamos, antes que ele... – E faz outra pausa. – Eu não o conhecia bem, não vou fingir o contrário. As cartas que meus pais me obrigaram a escrever para ele, para Pasquale e até para Sophie, a princípio, pareciam uma tarefa árdua. Tenho certeza de que eles três sentiam o mesmo. Mas ele parecia gentil e inteligente.

Violie não tem certeza do que dizer – ela não conheceu Cillian; se ele era gentil ou inteligente não importa para ela.

– Enquanto você estiver fora, vou me concentrar em Daphne – diz Violie depois de um momento. – Não tenho certeza se todas as provas do mundo vão convencê-la do envolvimento da mãe na morte de Sophie, mas talvez eu possa provar pelo menos o envolvimento de Eugenia. – Leopold não responde e Violie insiste. – Ela é sua mãe... você a conhece melhor do que ninguém, imagino... – Ela para quando Leopold bufa.

– Eu não acho que a conheço, de jeito nenhum, levando-se tudo em conta – diz ele. – Se conhecesse, Sophie ainda estaria viva e não estaríamos morrendo de frio em Friv.

Violie morde o lábio.

– Mas ela é sua mãe... Eugenia tem alguma fraqueza a explorar? Um segredo que eu deveria saber? Qualquer coisa que possa ser útil?

Por um momento, Leopold não diz nada, apertando o nó que prende sua mochila.

– Ela é supersticiosa. Esse foi um ponto de discórdia entre ela e meu pai: ela acredita em fantasmas, assombrações e maldições, e ele zombava dela por isso. – Ele faz uma pausa. – E, apesar de tudo, acredito que ela ama a mim e a meus irmãos. Talvez ela me veja como uma causa perdida agora, mas acredito que ela faria de tudo para protegê-los.

Violie assente, revirando essa informação em sua mente. É uma carta cruel de se jogar, e parte dela está surpresa que Leopold tenha sugerido isso, mas Violie entende que até a bússola moral dele se mostre instável no que diz respeito à mãe.

– Você deve se aproximar do príncipe Bairre, se for possível – sugere ela. – Não sei muito sobre ele, mas, como Daphne se mostrou difícil, talvez tenhamos mais sorte em apelar para ele. No mínimo, ele pode fornecer algumas informações sobre ela.

– Vou tentar – diz Leopold. – Mas eu não sou bom nisso, não como você. Não sei manipular, mentir e usar as pessoas.

Violie não sabe o que responder, não sabe se as intenções dele com aquelas palavras foram de elogio ou insulto.

– Você não precisou ser assim – justifica ela depois de um momento. – Mas sabe o que está em jogo agora. Não é só a sua vida, mas a minha também e a de seus irmãos, sem falar em Temarin. Não acredito que você vá falhar com esse peso nos ombros.

Leopold engole em seco, mas, depois de alguns segundos, assente com a cabeça.

– Você precisa ter cuidado aqui também – diz ele. – Subestimar minha mãe seria um erro.

Violie pensa em Sophronia, que cometeu aquele erro.

– Me subestimar também é um erro – rebate ela. – Um erro que eu espero que sua mãe cometa.

Daphne

Daphne lê a carta de Beatriz, revirando os olhos ao ver que, mais uma vez, a irmã não se preocupou em codificá-la como deveria. Ao contrário da última, esta nem sequer contém qualquer tipo de significado oculto. Embora Daphne raciocine que, se ela a enviou de Bessemia, não há razão para suspeitar de que alguém a leria lá. Os frívios, por outro lado, podem muito bem ter feito isso, embora, pelo que ela pode ver, isso não tenha acontecido – algo que não surpreende Daphne. A segurança em Friv, pelo que ela percebeu até aqui, sempre foi um pouco negligente.

É generoso da parte de Beatriz se preocupar com sua segurança, Daphne supõe, mas depois de três tentativas de assassinato e um atentado, o aviso está um pouco atrasado.

Tenho todos os motivos para acreditar que a morte de Sophie foi orquestrada por uma força externa – essas palavras fazem Daphne hesitar. A morte de Sophronia foi orquestrada pela turba que a executou, o que, para Daphne, já é uma força externa suficiente, mas a afirmação de Violie ecoa em sua mente – que a imperatriz provocou a morte de Sophronia. Com certeza não pode ser a isso que Beatriz se refere – até para os padrões dela isso é ridículo.

No entanto, a carta menciona Violie, embora não pelo nome. *Sophie nos disse que tinha amigos vindo à nossa procura. Eles me encontraram, mas não posso mantê-los em segurança, então eu os enviei para você.* Estes só podem ser Violie e Leopold. *Por favor, proteja-os – se não por mim, então por Sophie.*

O estômago de Daphne dá vários nós diante dessas palavras e ela pensa na carta que já enviou à mãe, contando que acredita que Leopold se encontra em Friv. Era a coisa certa a fazer, diz a si mesma, mas suspeita que Beatriz esteja correta em um ponto: Sophronia não iria querer que ela contasse.

Sophronia está morta, lembra a si mesma. Ela confiou nas pessoas erradas – e é bem possível que Violie e Leopold estivessem entre elas. Daphne não vai cometer os mesmos erros.

Ainda assim, ela relê o último parágrafo até sua visão embaçar.

De volta a este palácio, em nossos antigos quartos, sinto tanto a sua falta e a de Sophie que meu coração dói. Ainda parece impossível acreditar que nunca mais verei o rosto dela. Eu nunca vou te perdoar se você tiver o mesmo destino.

Daphne amassa a carta em sua mão, piscando para afugentar as lágrimas. Então, joga o papel no fogo já quase apagado e o observa escurecer e se encrespar, as palavras da irmã se transformando em nada além de cinzas e fumaça, embora o eco delas permaneça vivo em sua mente.

É só nesse momento que seus olhos percebem outra carta em sua escrivaninha, essa não identificada, mas Daphne sabe de quem é antes mesmo de quebrar o selo simples e tirar a única folha do envelope.

Minha pombinha,

Espero que você esteja aquecida em Friv nesta época do ano. Se estiver ficando resfriada, ouvi dizer que as águas do lago Olveen podem ser bem revigorantes. Escreva logo, sua pobre mãe se preocupa muitíssimo com seu bem-estar. Você sempre foi minha rocha na tempestade.

A carta traz a assinatura de sua mãe, mas Daphne sabe que nela há mais do que apenas aquelas palavras. Lago Olveen, ela pensa enquanto atravessa o quarto até seu estojo de joias, procurando um pingente de safira amarela do tamanho de um morango maduro – grande demais para o gosto de Daphne, embora não tenha sido desenhado para ser usado.

Voltando à escrivaninha, ela estica a carta sobre o tampo e aproxima a vela fina. Debruça-se sobre o móvel de modo que seu rosto fique a poucos centímetros da carta e leva a safira amarela ao olho direito, fechando o esquerdo.

Mais palavras, escritas numa tinta bem fraca, entram em foco através do tom amarelo da pedra. Foram também lavradas pela mão de sua mãe. À medida que Daphne as lê, seu estômago se contorce como um peixe no anzol antes de finalmente afundar.

Recebi a notícia de que os sequestradores que capturaram os príncipes de Temarin pretendem fugir de Vesteria em um navio que parte do porto de Tack, mas, por causa do mau tempo, qualquer navio levará mais uma semana para partir. Eles devem ficar escondidos em algum lugar perto do lago Olveen até lá.

Os rebeldes de Temarin estão começando a erguer suas cabeças novamente e temo que alguns dos mesmos vilões que executaram nossa querida Sophronia ainda estejam à solta, com a intenção de encontrar e usar os príncipes como armas contra nós, a fim de recuperar Temarin para eles. A única maneira de proteger a si mesma, Beatriz e a mim, é se os príncipes desaparecerem por completo.

Você precisa encontrá-los primeiro e não deixar nenhuma margem para o acaso. Faça como achar melhor, mas o Feitiço Líquido seria o método mais misericordioso, se você assim desejar.

Daphne lê a mensagem três vezes, certa de que a entendeu mal, antes de finalmente se convencer de que não, sua mãe está mesmo lhe dando instruções para matar Gideon e Reid.

O Feitiço Líquido seria o método mais misericordioso. Se restava alguma dúvida sobre o que a mãe pretendia, ela agora se dissipa. O Feitiço Líquido é um dos venenos mais misericordiosos sobre os quais Daphne aprendeu em suas aulas e um dos mais fáceis de administrar. Apenas algumas gotas misturadas na água – sem cheiro, sem sabor, rápido. Não é fácil de se obter, mas Daphne sabe que há um frasco dele no fundo falso de seu estojo de joias – o suficiente, com certeza, para matar dois meninos.

Ela não duvida da informação de sua mãe sobre os meninos estarem perto do lago Olveen. Não teria enviado uma mensagem a Daphne a menos que tivesse absoluta certeza. E Daphne tem confiança suficiente em si mesma para saber que será capaz de encontrá-los lá com relativa facilidade.

Não, a procura e o envenenamento serão fáceis de executar, levando-se tudo em consideração, mas ainda assim a ideia pesa sobre os ombros de Daphne, até que ela sente que pode desmoronar.

Matar Gideon e Reid.

Ela tenta imaginar isso, os garotos que conheceu apenas brevemente, mortos. Mortos por sua própria mão.

Daphne foi criada para isso, ela lembra a si mesma. E não será exatamente a primeira vez que ela mata, mas agora será diferente.

A única maneira de proteger a si mesma, Beatriz e a mim, é se os príncipes desaparecerem por completo.

Essas palavras provocam um arrepio na espinha de Daphne. Sua mãe nunca foi propensa a dramas. Se está dizendo isso, é a verdade. Daphne já perdeu uma irmã – suportaria perder mais alguém? Existe algo que ela não faria para evitar isso?

A pergunta a deixa enjoada. Ela se dirige até a lareira para jogar a carta no fogo, assim como fez com a de Beatriz, mas se detém, a mão estendida em direção às chamas baixas, a carta pendendo entre os dedos.

Não lhe parece real que é isso o que a mãe a instruiu a fazer. Se queimar a carta, será fácil se convencer de que nunca a recebeu, de que a mãe nunca lhe pediu que matasse dois meninos inocentes. Ela precisa se lembrar do quanto isso é real.

Em vez de queimar a carta, Daphne a dobra no menor quadrado possível. Então, volta à escrivaninha e encontra seu lacre, aquecendo-o acima de uma vela e deixando cair uma gota sobre a carta dobrada. Antes que seque, ela abre uma das gavetas pequenas do lado direito da escrivaninha e pressiona a carta contra o alto da gaveta, segurando-a ali até que a cera seque e a carta fique grudada, escondida.

Daphne tenta não pensar na carta da mãe durante o jantar no salão de banquetes, concentrando-se em observar Eugenia de perto, embora finja que não. Ela percebe, porém, como vários senhores viúvos são especialmente deferentes à rainha viúva, oferecendo-se para reabastecer sua bebida e demonstrando preocupação a cada vez que ela estremece de frio.

Não se trata de algo surpreendente, supõe Daphne. Eugenia é muito bonita e Daphne tem certeza de que os frívios acham encantadora sua mistura dos sotaques cellariano e temarinense. O surpreendente é como Eugenia se mostra chocada com tudo isso. Cada vez que um homem lhe faz um elogio, ela parece esperar que ele lhe jogue um balde de água gelada a qualquer momento.

Daphne recorre às informações que obteve sobre Eugenia em Bessemia.

Ela não teve acesso a todas as informações que Sophronia recebeu, pois certamente a mãe não previu que seus caminhos se cruzariam, mas Daphne se lembra do básico, ainda que fosse porque sua mãe costumava usar a história de Eugenia como uma advertência para ela e as irmãs.

Eugenia estava na corte temarinense desde que tinha apenas 14 anos, embora seu casamento com o rei Carlisle não tenha sido consumado até os 16 anos, mas a verdade é que ela nunca se integrou totalmente à vida lá, em grande parte porque os cortesãos se recusavam a permitir que isso acontecesse. Eles ainda viam Cellaria – e por extensão Eugenia – como o inimigo. Quanto mais Daphne pensa nisso, mais sentido faz. Daphne tem certeza de que, mesmo depois da morte do rei Carlisle, nenhum homem ousou flertar com a viúva.

Daphne não tem pena de Eugenia, não por isso pelo menos, mas esse fato acrescenta outra camada de compreensão sobre a mulher.

No entanto, isso não lhe dá uma ideia mais clara sobre se deve ou não confiar nela. Provavelmente, deveria. A carta de sua mãe a recomendava e Eugenia não invadiu seu quarto, ameaçou sua vida e depois a deixou inconsciente usando um anel que continha veneno. Eugenia disse que Violie foi a responsável pela morte de Sophronia, e Daphne não tem motivos para não acreditar nela.

Ainda assim. Alguma coisa não está certa, alguma peça do quebra-cabeça está faltando, uma sensação agravada pela carta de sua mãe com instruções para matar os filhos mais novos de Eugenia. E, para completar, a carta de Beatriz sugeria que ela deveria confiar em Violie e protegê-la. Daphne não sabe como interpretar tudo isso.

– Você ouviu alguma palavra do que eu disse? – pergunta Bairre ao seu lado.

Daphne pisca, percebendo que ele está falando com ela, e ao que parece já há algum tempo. Ela lhe dirige um sorriso culpado.

– Desculpe. Acho que minha cabeça está em outro lugar esta noite – diz ela.

– Parece que se tornou um hábito – murmura ele, mas, antes que Daphne possa responder, ele repete. – Eu estava dizendo que vou partir amanhã de manhã para a jornada estelar de Cillian.

– Ah? – diz Daphne, concentrando-se no que Bairre está dizendo.

Ela aprendeu sobre a jornada estelar durante seus estudos de Friv: um ritual de luto em que as cinzas dos mortos são espalhadas sob a aurora boreal. O folclore frívio diz que a aurora boreal são os mortos descendo das estrelas. Há histórias de mortos fazendo contato, mas essas histórias eram listadas ao lado dos contos de fadas e das lendas de animais falantes, então Daphne não dá muito crédito a elas. Ainda assim, consegue apreciar a tradição, e a aurora boreal é considerada um espetáculo indescritível e ela está curiosa para ver por si mesma.

– Meu pai não pode ir – explica ele. – Há muito o que fazer aqui. Mas eu preciso ir.

– Já estamos na temporada da aurora boreal? – pergunta Daphne, piscando. Assim que diz isso, porém, ela se dá conta de que a resposta é afirmativa. Ela se encontra em Friv há mais de dois meses e o inverno já chegou com força total.

– Eu deveria ter ido antes, mas, com o casamento, não foi possível. No entanto, fazendo isso agora, posso estar de volta antes de tentarmos novamente.

Da maneira como fala, fica claro que ele nem se preocupa em fazer parecer que é real. Bairre sabe que nunca haverá casamento, e Daphne ainda não descobriu como forçá-lo.

– Aonde você vai? – pergunta ela, imaginando se a ausência dele será para ela uma bênção ou uma maldição.

– Lago Olveen – responde Bairre, e Daphne quase deixa cair o copo com a surpresa.

– Lago Olveen? – repete ela, esforçando-se para não rir. Quais são as chances de tamanha coincidência? – É necessário ir tão longe?

– Cillian e eu passamos muitos verões no palácio de lá. Ele adorava, então parece um lugar apropriado para o seu descanso – justifica ele, dando de ombros antes de tomar outro gole de cerveja. – E – acrescenta, baixando a voz – vai servir a um propósito duplo. Há boatos de que os príncipes foram vistos perto do lago Olveen, e esses boatos estão mais fortes agora.

Daphne esconde sua expressão tomando outro gole da bebida.

De maneira equivocada, ele interpreta o silêncio dela como ceticismo.

– Eles não podem simplesmente ter desaparecido no ar.

Daphne não tem tanta certeza disso. Afinal, existem muitas maneiras de se desfazer de corpos e várias delas não deixam nada para trás além de poeira, cinzas ou excrementos de animais. No entanto, se sua mãe e Bairre receberam a informação de que os príncipes estão perto do lago Olveen, essa notícia deve ser sólida.

– Você estava planejando me convidar para ir junto? – pergunta ela, mantendo a voz neutra.

Bairre franze a testa, olhando de soslaio para ela.

– Você ia odiar – diz ele, balançando a cabeça. – Aqui você já treme o tempo todo... No lago Olveen faz muito mais frio nesta época do ano. E além disso, Cillian...

– Era meu noivo – ela o interrompe. – Não lhe ocorreu que eu também gostaria de me despedir de maneira adequada?

– Não – diz Bairre, e a resposta irrita Daphne, embora ela tenha que admitir que, se sua mãe não a tivesse instruído a ir ao lago Olveen, não haveria poeira estelar suficiente no mundo que a convencesse a ir.

– Bem, eu gostaria – afirma ela.

Bairre ainda balança a cabeça.

– A aurora boreal é imprevisível – diz ele e faz uma pausa. – Não há como dizer quanto tempo ficaremos fora... um dia, uma semana, um mês.

– Meu Deus! – exclama Daphne, forçando um sorriso sedutor que até mesmo Beatriz elogiaria. – Você está me dizendo que podemos ficar juntos, longe dos olhos curiosos da corte, em um castelo vazio por um mês inteiro?

As bochechas de Bairre ficam vermelhas, mas ele desvia o olhar e pigarreia.

– Não vamos ficar sozinhos – esclarece ele. – Um pequeno grupo vai me acompanhar. Rufus, Cliona, Haimish... pessoas que conheciam bem Cillian.

Isso não é tudo que essas pessoas têm em comum. Daphne supõe que Cliona, a esta altura, tenha pelo menos tentado cooptar Rufus para a rebelião e ela sabe que Cliona pode ser bastante persuasiva. Daphne se pergunta se eles estão indo para o lago Olveen com outro propósito que não a jornada estelar – algo também além dos príncipes.

Ela se vira para olhar de frente para Bairre.

– Eu gostaria de ir – insiste ela.

O olhar de Bairre examina seu rosto.

– Por quê? – pergunta, parecendo verdadeiramente perplexo.

Daphne dá de ombros, forçando um gesto de indiferença e tentando não pensar na carta de sua mãe, em Gideon, em Reid e no que ela deve fazer.

– Quando vou ter outra oportunidade de ver a aurora boreal? – pergunta ela.

Bairre solta um longo suspiro, balançando a cabeça.

– Então, é melhor você ir fazer as malas – diz ele. – Vamos partir ao amanhecer e não abrirei exceção aos meus planos para esperar você.

Beatriz

Beatriz se lembra da primeira vez que ela e as irmãs tiveram permissão de entrar no estúdio da mãe. Tinham 14 anos na época e, até então, o cômodo era estritamente proibido a elas e, ao que parecia, a todos no castelo, exceto Nigellus. Certa vez, alguns anos antes, Beatriz elaborou um plano para entrar às escondidas, mas no fim nem ela ousou.

Quando finalmente foram convidadas a ir àquele estúdio, tiveram certa decepção. Não havia segredos de Estado escritos nas paredes, nenhum cofre do tesouro com joias expostas, nenhum jardim secreto de orquídeas raras... nada do que tinham passado anos teorizando. Na verdade, era muito simples, sem a decoração ornamentada de todos os outros cômodos do palácio. A mesa no centro era simples, de carvalho; as estantes, lotadas de textos históricos práticos. O único ornamento nas paredes era um mapa de Vesteria, margeado por um sortimento de constelações.

Agora, dois anos mais velha, em pé no escritório da mãe sem as irmãs ao lado, Beatriz se esforça para manter os olhos na mãe e não deixar que perambulem pelo mapa na parede atrás da mesa. Não são só os acréscimos ao mapa que a distraem – Temarin agora colorida no mesmo azul de Bessemia, o alfinete de prata espetado em Eldevale, capital de Friv, que ela imagina representar Daphne, da mesma maneira que o alfinete de ouro aqui em Hapantoile representa a própria Beatriz. Não é que se pergunte qual seria a cor do alfinete de Sophronia e o que, exatamente, a mãe fez com ele. Pelo menos, não são essas as únicas coisas do mapa que a distraem. Ela também lança olhares furtivos às constelações que cercam Vesteria.

Alguém poderia dizer que era coincidência, uma escolha de quem fez o mapa, mas Beatriz sabe que nada do que a mãe faz é coincidência.

– Beatriz, suponho que saiba que eu não a trouxe aqui para ficar olhando um mapa que, com certeza, você já decorou – diz a imperatriz Margaraux, e Beatriz força os olhos a voltarem para onde a mãe está sentada, atrás da grande mesa de carvalho.

– Suponho que me trouxe aqui para saber o que descobri ao envenenar Gisella ontem – replica ela, injetando na voz insolência suficiente para fazer a mãe estreitar os olhos. É uma pequena mudança de expressão, mas Beatriz sente que marcou um ponto.

A mãe se recosta na cadeira e examina a filha.

– O soro da verdade da tosse foi um toque inteligente – diz ela.

Beatriz faz pouco caso do elogio.

– Gisella conhece bem os venenos e perceberia qualquer coisa mais direta. Talvez até tenha se treinado a mentir com o soro da verdade, assim como Daphne, Sophronia e eu.

– A verdadeira pergunta é até que ponto foi eficaz, considerando que estreitou o alcance da verdade em suas respostas – questiona a mãe.

– Foi bastante eficaz – responde Beatriz, irritando-se.

Nesse último dia, ela sopesou exatamente o que contaria à mãe – coisas que a imperatriz está fadada a descobrir sozinha com seus espiões em Cellaria, mas não a ponto de a mãe acreditar que casar Beatriz com Nicolo seja o melhor caminho para seus fins. Não importa o que mais aconteça, Beatriz manterá Pasquale a salvo da mãe e de qualquer um que queira lhe fazer mal.

– Nicolo não é muito apreciado na corte. Sua ascensão foi súbita. É claro que a corte não adorava Pasquale também, mas ele era o único filho legítimo vivo do rei Cesare e, por isso, o toleravam. Imagino que muitos se acham mais adequados do que Nicolo e Pasquale, se o trono fosse contestado e aberto a pretendentes.

– Humm – diz a mãe, observando Beatriz em silêncio, por tempo suficiente para que ela comece a suar. Será que falou demais? Menos do que deveria? Quando Beatriz está a ponto de falar de novo, a imperatriz continua: – Meus espiões em Cellaria dizem o mesmo, embora não seja tudo o que dizem sobre o jovem rei Nicolo.

Pelo modo de falar da imperatriz, Beatriz sabe que é uma armadilha para fazer Beatriz mostrar fraqueza ou qualquer sinal de que se preocupa mais do que deveria com Nicolo. Felizmente, é uma armadilha fácil de evitar. Ela apenas olha para a mãe e espera que conclua o que diz, usando o mesmo truque: silêncio.

– Dizem – continua a imperatriz dali a um momento, prolongando as palavras – que ele está apaixonado. – Como Beatriz continua sem reação, ela prossegue: – Muitos dizem que está apaixonado por você.

Certa vez, quando mais jovens, Beatriz e as irmãs escapuliram das lições para subir no telhado do castelo, revezando-se para andar pela borda, equilibrando-se com cuidado. Bastaria um passo em falso – ou mesmo uma brisa forte – e despencariam para a morte. Não caíram, e em retrospecto isso parece quase um milagre a Beatriz, mas aqui e agora ela se sente do mesmo modo, parada a uma grande altura, sua vida dependendo de seu equilíbrio.

Ela se força a rir, algo que aprendeu com as cortesãs: rir de forma convincente de piadas que não têm graça nenhuma.

– Desconfio que é menos paixão e mais culpa.

– É mesmo? – pergunta a imperatriz, erguendo uma única sobrancelha.

Beatriz suspira e morde o lábio.

– Vou confessar, mãe, você estava certa. Tivemos um... flerte que passou dos limites. Pelo que ouvi dizer, os casos extraconjugais eram bastante comuns em Cellaria e não dei muita importância, mas Nicolo ficou absolutamente louco de culpa por isso. Ele e Pasquale eram íntimos, como tenho certeza de que você sabe.

– Humm – diz a imperatriz, e Beatriz não sabe se esse "humm" indica interesse ou descrença. – Não é curioso ele se sentir tão culpado por alguns beijos na esposa do primo, mas não por lhe roubar o trono?

Beatriz dá de ombros.

– Se espera que eu lhe explique como funciona a mente masculina, mãe, acho que vai se desapontar – argumenta ela. – Mas entendo que Gisella foi a força por trás do golpe, e Nicolo mal passou de um títere controlado por ela.

– Se isso for verdade – diz a imperatriz –, será fascinante ver como o títere se comporta com as cordinhas cortadas. Falando nisso, li a carta que você escreveu alertando o rei Nicolo para a situação de lady Gisella. Suponho que vá irritá-lo.

Beatriz sorri.

– Acredito que sim – diz ela.

– Bem, não tem muita importância – observa a mãe, com um gesto de desprezo. – Você logo partirá para Cellaria, como já discutimos.

Beatriz se retesa.

– Não é possível que você ainda queira me mandar com Pasquale de volta a Cellaria. Não agora. Não seria mais prudente ver como ele reage a estarmos com Gisella? Isso nos dá uma vantagem.

– Nunca pensei que um dia veria você defendendo a prudência, Beatriz – responde a mãe, secamente.

Beatriz trinca os dentes para não dizer algo de que se arrependerá. Respira fundo e se controla.

– Mandar Pasquale e a mim de volta a Cellaria sem a totalidade do exército de Bessemia na nossa retaguarda é uma sentença de morte – afirma.

Ela sabe que essa é a questão, sabe que sua morte nas mãos de Cellaria é exatamente o que a mãe precisa para tomar o país, mas mesmo assim precisa dizer isso. Precisa ver a reação da mãe. Mas, naturalmente, a mãe não esboça qualquer reação.

– Só se você falhar – diz ela, a voz fria. – Você pretende falhar, Beatriz?

– É claro que não, mas...

– Então, não falhe – sentencia ela, como se fosse fácil.

Beatriz abre a boca para argumentar, mais por hábito do que por convicção de que vá mudar a opinião da mãe, mas, antes que o faça, ouve-se uma batidinha na porta.

– Entre, Nigellus – diz a mãe sem perguntar quem é. Quem mais ousaria entrar no estúdio da imperatriz?

A porta se abre. Nigellus entra e fica perplexo. Ao ver Beatriz, para de repente.

– Tudo bem – incentiva a imperatriz Margaraux com um aceno. – Beatriz e eu já acabamos. Fique de olho naquele seu marido, minha pombinha. Ele pode ter o coração mais mole com o primo do que você.

Beatriz decide não responder, em boa parte porque não tem certeza de que a mãe esteja errada em relação a Pasquale. Ela se vira para a porta e passa por Nigellus, que lhe faz um breve cumprimento com a cabeça, amistoso como de costume, supõe Beatriz. Eles não se falam desde que ele descobriu que a estrela que tirou da constelação de Sophronia – o Coração Solitário – reapareceu. Ela deve encontrá-lo no observatório para outra aula esta noite, e teme o encontro na mesma proporção em que o aguarda com expectativa.

Quando Beatriz alcança a porta, a mãe fala de novo.

– Ah, Beatriz, quase esqueci. Chegou uma carta de Daphne.

Beatriz se vira para a mãe, que segura um pedaço de pergaminho cor de creme dobrado.

– Daphne escreveu para mim? – pergunta, olhando a carta.

– Ah, na verdade, não – diz a mãe, franzindo a testa. – A carta foi escrita para mim, mas achei que você também se interessaria pelo conteúdo.

Beatriz mascara a decepção, volta até a mesa da mãe e pega a carta, embora a mãe não a solte.

– Devo dizer que é um alívio ter pelo menos uma filha que não é uma decepção.

Por fim, a imperatriz solta a carta e Beatriz precisa de todo seu autocontrole para não a amassar na mão.

Uma dúzia de palavras amargas sobe até seus lábios, e ela sabe que vai dizer algo de que se arrependerá – sabe também, no fundo, que a mãe quer que ela fale com raiva agora para mostrar todas as suas cartas. Ela abre a boca, mas, antes que fale, Nigellus pigarreia.

– Peço perdão, Majestade, mas é imperativo conversarmos imediatamente. Trago notícias de sua amiga do norte.

Os olhos da imperatriz Margaraux deixam Daphne e pousam em Nigellus.

– Vá – diz ela, e, embora não olhe em sua direção, Beatriz sabe a quem a palavra é dirigida.

Ela sai às pressas da sala antes que possa perder mais do que a calma, ainda que duas questões a incomodem: quem é a amiga do norte de sua mãe e por que Beatriz tem a sensação de que Nigellus acabou de salvá-la de si mesma?

Beatriz espera chegar ao quarto para se sentar à escrivaninha e alisar a carta de Daphne. Embora sinta um toque de culpa por ler palavras que não foram escritas para ela, entende que a mãe lhe deu a carta e que certamente tinha suas próprias motivações para fazer isso. Ainda assim, ver a letra bonita e elegante de Daphne a perturba.

A carta, escrita em tinta invisível, que só aparece quando se aplica ao papel a solução correta, já foi revelada.

Querida mamãe,

A rainha Eugenia chegou com uma carta que acredito ter vindo de você, mas, se for falsa, por favor, me diga. Pouco depois de ela chegar com os dois filhos menores, os meninos foram sequestrados, embora o príncipe Bairre e o rei Bartholomew estejam fazendo todo o possível para localizá-los. Avisarei se tiverem sucesso.

Quanto ao rei Leopold, ouvi boatos que ainda não se comprovaram, mas vou mantê-la informada também do desenrolar dessa situação. Acredito que esteja em Friv, embora tenha certeza de que você sabe como boatos de seu paradeiro se espalharam nessas últimas semanas. Sei como é importante que ele seja encontrado o mais cedo possível e não quero distraí-la com pistas falsas.

Sua filha dedicada,
Daphne

Quando termina a leitura, Beatriz gostaria de poder enfiar a mão no papel e dar um sacolejo na irmã. Embora Daphne não diga, Beatriz apostaria seu par de sapatos favorito que os boatos que ela menciona sobre o paradeiro de Leopold vieram de Violie – pelo menos, Beatriz fica aliviada porque Violie foi esperta o bastante para esconder Leopold, principalmente com a rainha Eugenia à solta no castelo.

E os jovens príncipes foram sequestrados – algo pelo qual Beatriz tem certeza de que a mãe, pelo menos em parte, é responsável. *Sua amiga do norte*, disse Nigellus, e agora Beatriz tem várias suspeitas de quem possa ser: a rainha Eugenia ou a responsável pelo sequestro dos filhos dela.

Outro pensamento lhe ocorre: e se a amiga da mãe no norte for Violie? É possível. Violie já trabalhou para sua mãe, ela mesma admitiu, e depois de cair nas mentiras de Nicolo e Gisella, Beatriz não tem a mesma confiança que tinha em sua habilidade de decifrar as pessoas. Mas, enquanto segue essa linha de raciocínio, ela se dá conta de que, se estivesse trabalhando para sua mãe, Violie teria simplesmente lhe entregado Leopold, em vez de ir primeiro para Cellaria e depois para Friv.

Não, a candidata mais provável a amiga da mãe no norte é Eugenia.

Beatriz chega ao laboratório de Nigellus pouco antes da meia-noite, vestida mais uma vez com roupas de Pasquale, o capuz da capa puxado sobre a cabeça para esconder os cabelos ruivos. Quando abre a porta e entra, Nigellus não ergue os olhos da bancada, um frasco de poeira estelar em uma das mãos e um béquer cheio de um líquido cinzento na outra. Beatriz fecha a porta com firmeza, mas nem assim Nigellus ergue os olhos; ele estuda o líquido cinzento com atenção, virando o béquer de um lado para o outro.

– Quem é a amiga da minha mãe no norte? – pergunta ela.

Com isso, Nigellus lhe dirige um olhar rápido, embora não responda. Ele pousa o frasco de poeira estelar e o béquer misterioso.

– Chegou cedo – observa. – Não achei que isso fosse possível.

Beatriz o ignora.

– A amiga da minha mãe no norte – insiste ela. – Quem é?

Ele dá de ombros.

– Sua mãe tem muitas amigas e algumas moram ao norte daqui – diz ele. – Mas você não está aqui para falar sobre sua mãe. Você está aqui para a aula.

Beatriz trinca os dentes.

– Tudo bem. Então, tenho outra pergunta: por que a estrela de Sophie está de volta no céu? Você disse que isso era impossível.

– Certamente muitas coisas parecem impossíveis até serem feitas – diz Nigellus, com um gesto despretensioso. – Quanto ao porquê, não sei o suficiente para especular, mas descobrirei.

– Estou começando a acreditar que você não sabe muita coisa, Nigellus – comenta ela, mais para implicar do que por ser verdade.

Mas, como é comum em Nigellus, ele não mostra nenhuma reação à farpa.

– Você veio para a aula, Beatriz, não para um interrogatório – lembra ele de maneira afável. – Venha, sente-se – acrescenta, indicando a cadeira no outro lado de sua mesa de trabalho, que Beatriz ocupa a contragosto. Ele se afasta, lhe dá as costas e procura algo na estante junto à parede, passando os dedos em várias lombadas até puxar um volume alto e fino. – Você sabe por que os empyreas não usam sua magia para fazer as estrelas caírem, a não ser em grandes emergências – diz ele.

– Porque as estrelas são finitas – responde ela automaticamente. – São um recurso a ser preservado. Mas em Cellaria, é claro que é porque isso é considerado uma blasfêmia. As estrelas são deuses, e tirar uma delas do céu é um ato de deicídio.

– Você vê as estrelas como deuses? – pergunta ele, o tom de voz passando do professoral para o meramente curioso.

Beatriz pisca, refletindo. As estrelas controlam o modo como o mundo gira, nisso ela acredita, mas isso as transforma em deuses? Isso as torna sencientes?

– Nunca pensei muito nas estrelas – admite ela. – Afora o que dizem nos horóscopos, suponho, ou quando se trata de fazer um pedido com a ajuda da poeira estelar.

– Ou seja, você não pensa nas estrelas, a não ser em como elas podem servi-la – conclui ele, e, embora as palavras ericem os pelos de Beatriz, não há julgamento na voz dele. Como ela não responde, Nigellus prossegue: – Há diversas escolas de pensamento sobre o que, exatamente, são as estrelas e os que acreditam que fazer estrelas caírem é sacrilégio não estão só em Cellaria. Muitos empyreas juram nunca fazer isso de propósito.

– Você fez – ressalta Beatriz. – Não só comigo e com minhas irmãs, mas durante a seca, alguns anos atrás.

Ele concorda com a cabeça.

– Foi uma decisão sobre a qual ponderei cuidadosamente e da qual muita gente discordou, inclusive empyreas. Os empyreas reais de Friv e Temarin se recusaram a fazer isso, embora eu desconfie que tenham ficado gratos porque fiz. Colheram os benefícios, mas o sangue ficou só em minhas mãos.

– Você se arrepende dessa decisão? – pergunta Beatriz.

Nigellus dá de ombros.

– Não sei se as estrelas são sencientes ou não – diz ele. – Não sei se são deuses, almas ou alguma outra coisa em que as pessoas acreditam. Sei que, a cada dia que a seca continuava, pessoas morriam. Pessoas que eu *sabia* que eram sencientes, pessoas que eu *sabia* que tinham alma. Portanto, não, não me arrependo da decisão.

Beatriz concorda com Nigellus, embora não lhe dê a satisfação de revelar.

– O que tem no livro? – pergunta, indicando com a cabeça o volume que ele ainda segura.

Em vez de responder, ele abre o livro, encontra a página que procura e o põe aberto na mesa entre os dois. Beatriz olha, embora leve um instante para entender o que está vendo: um mapa estelar, porém com mais estrelas do que ela jamais viu. Há quase mais estrelas do que céu.

– O primeiro mapa estelar registrado – conta Nigellus. – Não se sabe a data original, mas acredita-se que tenha mil anos ou mais.

Beatriz franze a testa e olha o mapa outra vez. Avista algumas constelações conhecidas – o Sol Nublado, o Coração do Herói, a Harpa Quebrada –, mas estão quase perdidas num mar de estrelas que ela nunca viu.

– São tantas – comenta ela, a voz saindo quase como uma respiração.

– Eram – corrige Nigellus. – Não foram só estrelas que desapareceram, mas constelações inteiras. Há algumas referências em textos antigos a constelações que não existem mais, como a Ossos dos Mortos, por exemplo – diz ele, passando o dedo para ligar seis estrelas no canto superior da página. – Você vai notar que é muito menor do que o Coração do Herói – continua ele, apontando essa constelação, que contém pelo menos duas dúzias de estrelas a mais, algumas que Beatriz sabe que não estão mais no Coração do Herói que ela viu no céu.

Beatriz estuda o mapa em silêncio por um momento, esforçando-se para conciliar a imagem à sua frente com o céu que viu a vida toda. Logicamente, ela conhecia o custo de derrubar uma estrela do céu, mas ele nunca lhe parecera verdadeiramente calamitoso – que importava, afinal de contas, se faltasse um punhado de estrelas no céu, quando havia tantas? Agora, porém, ao olhar o mapa de como era o céu, ela se assusta. De repente, parece fácil demais imaginar um mundo em que não restem mais estrelas. O que será do mundo então?

– Você entende – diz Nigellus baixinho, afastando a mão do livro. – A magia tem um custo, e não somos só nós que pagamos.

Beatriz assente, mas não consegue se forçar a falar. Ela pigarreia, afastando os olhos do mapa estelar para encontrar os de Nigellus.

– E as estrelas que derrubei? Por acidente em Cellaria, e depois... de propósito. Para escapar da Sororia.

Por um instante, Nigellus não responde e, pela primeira vez na vida, ela percebe um toque de emoção nos olhos dele. Piedade. Ela deseja que ele volte à expressão fria e vazia que costuma ter. Ele se vira para a estante e pega outro livro – outro mapa estelar, percebe ela, quando Nigellus abre o livro numa determinada página e o põe em cima do primeiro.

– Aqui – diz ele, apontando uma estrela no Cálice da Rainha, a estrela que Beatriz se lembra de ter escolhido para seu desejo na Sororia.

Na ocasião, ela achou que era uma estrela sem importância, mal iluminada e perdida numa constelação cheia de outras. Mas agora sua imagem lhe dá um nó na barriga. Aquela estrela estava lá desde a aurora dos tempos e, agora, por causa da confusão em que Beatriz se meteu, não está mais.

Nigellus abre outra página que mostra a Roda do Andarilho - mais precisamente uma estrela no eixo da roda. Na época, na primeira vez que usou sua magia, Beatriz não se concentrou em nenhuma estrela específica, mas, no dia seguinte, achou que faltava uma. Ali está ela, confirmada agora, outra estrela que Beatriz derrubou. Matou, aliás. Não importa que tenha sido sem querer, ainda assim foi ela quem fez.

Nigellus passa para outra página e Beatriz percebe que está prendendo a respiração. Ela não recorda que estrelas estavam no céu quando desejou que Nicolo a beijasse, que constelação usou. Esse caso é, no mínimo, pior do que os outros, porque, embora tenha feito o pedido por acaso, foi um desejo tão frívolo, que não salvou sua vida, apenas partiu seu coração. *Eu queria que você me beijasse.*

Beatriz olha a constelação representada e não consegue evitar uma risadinha aguda. A Abelha Feroz - que simboliza surpresa, dor ou ambos. Em relação a Nicolo, com certeza foram ambos.

- Qual estrela? - pergunta ela, surpresa por sua voz soar normal.

Nigellus aponta a estrela na ponta do ferrão da abelha. Ela pisca.

- Essa não é uma estrela pequena - observa ela. - Como ninguém notou que está faltando?

Nigellus dá de ombros.

- Muitos notaram, acredito - diz ele. - Provavelmente, não deram muita importância à razão: uma nova empyrea aprendendo a controlar seu poder. Você não é a primeira nem será a última.

Talvez Beatriz devesse se sentir melhor com isso, mas não é o que acontece.

- Volte daqui a dois dias e retomaremos seus estudos - diz Nigellus, fechando o livro.

- Voltar? - pergunta Beatriz, piscando. - Acabei de chegar.

- No estado de espírito em que se encontra, você é inútil para mim - explica ele, e hesita antes de continuar. - Todo jovem empyrea que eu conheço fica abalado depois de comparar mapas estelares.

Beatriz faz que não.

- Sei o custo de tirar uma estrela do céu - diz ela. - Só não tinha percebido quantas já se perderam.

– E como restam poucas em comparação – acrescenta Nigellus.

– Mas o que vou fazer durante dois dias? – pergunta ela. – Cada hora que passa nos deixa mais perto da tentativa de minha mãe de me mandar de volta a Cellaria para seja lá qual for o plano que desenhou para Daphne em Friv. Não gosto da ideia de ficar à toa, remoendo meus sentimentos em relação a estrelas mortas.

Por um momento, Nigellus não diz nada, seus inquietantes olhos prateados descansando sobre ela.

– Tenho certeza de que você vai encontrar algo com que se ocupar. Com sua mãe, seu marido e lady Gisella, não duvido que estará muito ocupada, na verdade.

Beatriz abre a boca para argumentar, mas logo a fecha. Ele tem razão e é exatamente esse o problema. Ela não *quer* pensar nas tramas da mãe, em como Pasquale depende dela, naquela ponta de simpatia que sente por Gisella nem no silêncio de Daphne. Apesar de toda a complexidade das estrelas, Beatriz entende sua relação com elas, mais do que com qualquer outra pessoa.

– E minha dívida? – pergunta ela.

– Sua dívida? – repete ele, franzindo a testa.

– Você me salvou da Sororia e me trouxe para cá – recorda ela. – E então você pagou... hã... as dívidas de jogo de Ambrose. Fiquei com a impressão de que esses não foram presentes dados por seu coração magnânimo.

Nigellus hesita, aparentemente sem fala por um instante.

– Eu a resgatei porque estava claro que as estrelas tinham planos para você e, ao fazer de você uma empyrea, assumi a responsabilidade por você – diz ele, a voz cheia de censura. – Oficialmente, trouxe você para cá porque convenci sua mãe de que sua morte como princesa desonrada e não como rainha coroada de Cellaria não seria boa para o que ela precisa.

– Mas, quando me ajudou a fugir da Sororia, eu poderia ter ido para Friv – observa Beatriz, principalmente para ser do contra, mas Nigellus ri.

– É mesmo? E você acha que estaria mais segura sob o teto de sua irmã do que sob o de sua mãe?

Beatriz não responde, mas seu silêncio é toda a resposta de que Nigellus precisa.

– Volte daqui a dois dias, princesa – diz ele, dando-lhe as costas e voltando ao trabalho.

E, assim, Beatriz é dispensada.

Daphne

Daphne não se sentia totalmente desperta quando o grupo de sete pessoas deixou o castelo, o sol mal tendo nascido. Agora, ela calcula que seja quase meio-dia, e eles cavalgam no fundo da floresta de Trevail. A floresta ocupa uma grande faixa do centro e do leste de Friv e deságua na floresta de Garine, a oeste, embora Daphne não tenha muita certeza de onde fica o limite entre elas. Mas ele se estende até o lago Olveen, perto do litoral leste.

Se as informações obtidas pela mãe estiverem corretas, é para esse litoral leste que os sequestradores estão levando Gideon e Reid, com o intuito de embarcá-los num navio partindo de Friv. Onde quer que Bairre tenha conseguido suas informações, parece que ele ainda não sabe dessa parte, mas Daphne já o conhece o suficiente para saber que ele logo descobrirá. A mãe deixou claro que Daphne precisa alcançá-los primeiro.

O estômago dela se revira diante desse pensamento, mas ela reprime a sensação, concentrando-se em Bairre. No cavalo à frente dela, Bairre conversa com Haimish e um rapaz que Daphne não reconhece, embora ele pareça ter idade próxima da de Bairre, os cabelos tão pretos quanto os dela e um vinco entre as sobrancelhas que parece permanente. Há algo familiar em seu rosto, mas, por mais que tente, ela não consegue identificar. No entanto, Daphne sabe que não o conhece – seu sotaque é claramente das montanhas, e ela tem certeza de que ele não era um dos hóspedes vindo das montanhas para o casamento frustrado. Como aparentemente se trata de um criado, é bem possível que ela o tenha visto no castelo sem ouvi-lo falar.

Ela torna a olhar para Bairre e, como se sentisse o olhar dela, ele se vira por sobre o ombro e lhe dirige um breve sorriso, que ela tenta retribuir, embora o pensamento no que a mãe a encarregou de fazer continue a pesar em seus ombros.

Ele nunca a perdoará por isso, sussurra em sua mente uma voz que parece a de Sophronia. Daphne tenta livrar-se dela – afinal de contas, há muitas outras coisas por que Bairre não a perdoará quando descobrir –, mas não é assim tão fácil. Daphne não tem muita certeza de que ela mesma conseguirá se perdoar por assassinar dois meninos inocentes.

– Estou surpresa por você querer vir também – comenta Cliona ao lado dela, arrancando Daphne de seus pensamentos.

Daphne se vira para olhar a outra garota, que cavalga sua égua preto-azeviche. Cliona não se dá ao trabalho de disfarçar suas suspeitas, e Daphne não pode culpá-la por isso – na verdade, se Cliona acreditasse que ela queria mesmo fazer essa viagem no frio intenso do inverno, Daphne ficaria decepcionadíssima.

– Posso dizer o mesmo – responde Daphne, decidindo que a melhor maneira de afastar as suspeitas é desviar o golpe –, pelo modo como você conspirou contra Cillian e sua família. Foi seu pai quem a mandou?

– Na verdade, não – diz Cliona, voltando os olhos para a frente. – Mas, ao contrário do que você pensa de mim e dos meus objetivos, eu gostava de Cillian. Éramos amigos. Eu o conhecia desde sempre.

Daphne a olha de soslaio, sem saber se Cliona está falando sério ou se é uma nova manipulação. Nesse último caso, não sabe o que a outra pode ganhar ao mostrar vulnerabilidade. Sem dúvida, Cliona não espera que isso faça Daphne baixar a guarda ou subestimá-la. Mas, se exprime consideração sincera pelo príncipe morto, é ainda mais desconcertante, embora a própria Cliona afirme que eram amigos, ou que pelo menos tinham algo que lembrava amizade.

Antes do casamento, Daphne quase concordou, apesar de nunca ter tido uma amiga de verdade, mas agora parece risível. Se soubesse o que a mãe de Daphne a encarregou de fazer, até Cliona se voltaria contra ela.

– Você tem um jeito só seu de honrar essa amizade – observa Daphne.

– Meu trabalho com a rebelião nunca teve relação com ele pessoalmente – replica Cliona. – Gosto de pensar que ele teria entendido e, com o tempo, até apoiado. Bairre acha que sim.

Os olhos de Daphne retornam a Bairre, cuja atenção agora está voltada para o rapaz que ela não conhece, assentindo enquanto o rapaz diz alguma coisa.

– Quem é aquele? – pergunta Daphne, indicando-o com a cabeça.

– Acho que se chama Levi – diz Cliona, seguindo seu olhar. – Criado da cozinha do castelo, embora eu nunca o tenha visto.

Há ali um fio de suspeita que Daphne capta.

– Isso é incomum? – pergunta ela.

Ela mal conhecia todos os criados do palácio de Bessemia e, embora o castelo de Friv seja menor, com menos criados, conhecer todos de vista seria uma façanha e tanto.

– Talvez sim, talvez não – diz Cliona. – Houve muitas substituições depois do casamento.

– Da bomba, você quer dizer – corrige Daphne. – Dá para entender por quê, depois disso, muita gente achou que o castelo não era um lugar seguro para buscar emprego.

Algo que lembra culpa passa pelo rosto de Cliona, mas desaparece antes que Daphne possa ter certeza. No entanto, ela não quer a culpa de Cliona. Prefere um lembrete de que as duas vieram da mesma faixa de estrelas – frias e impiedosas, fazendo sem questionar o que os pais decidem que é melhor. Com certeza, sem culpa. Cliona não pode fraquejar agora, nem Daphne.

– Por que ele veio? – pergunta Daphne para mudar de assunto.

Eles tinham levado um punhado de guardas – principalmente por causa dela, era seu palpite –, mas nenhum outro criado. Nem mesmo sua criada particular, para sua decepção.

Cliona dá de ombros.

– Foi decisão de Bairre, embora Levi alegue ser da região do lago Olveen – diz ela, e algo em sua voz deixa Daphne apreensiva.

– Alegue? – pergunta. – Não acredita nele?

Cliona observa Levi por mais um momento, a boca contraída.

– Não sou especialista em todos os sotaques frívios, e duvido que alguém seja, mas posso dizer que nunca ouvi o dele.

Daphne segue os olhos de Cliona até Levi e franze a testa.

– Então quem você acha que ele realmente é? – pergunta ela.

– Não sei – admite Cliona, parecendo odiar dizer essas palavras em voz alta. – Mas garanto a você que vou descobrir. Você me ajuda?

Daphne olha para ela, surpresa. Nisso, porém, estão do mesmo lado, ela supõe.

– O que você tem em mente? – pergunta ela.

O grupo da jornada estelar para para o pernoite em uma hospedaria a menos de dois quilômetros ao sul do rio Notch, aninhada numa clareira da floresta. Havia um número limitado de quartos disponíveis, assim, Daphne e Cliona ocupam um deles, enquanto Bairre, Haimish e os outros seis homens dividem mais dois. Depois de despir as roupas de montaria e se revezar numa banheira de cobre atrás de um biombo, Daphne e Cliona descem até o salão comunal, onde o restante do grupo já se encontra sentado em torno de uma grande mesa com canecas de cerveja e tigelas de ensopado.

Daphne tem comido tanto ensopado desde que veio para Friv que achou que não aguentaria mais; porém, depois de cavalgar um dia inteiro, o cheiro da carne bem temperada faz sua boca se encher de água assim que ela se senta entre Bairre e Cliona, bem em frente ao criado desconhecido – Levi, como Cliona o chamou.

Quando Bairre lhe passa uma tigela de ensopado e uma caneca de cerveja, Daphne nota que Levi a observa – não a encarando, mas lançando olhares frequentes a ela, às vezes com a testa levemente franzida. Talvez seja apenas porque ela é princesa e bessemiana, e provavelmente ele nunca esteve na presença de alguém que fosse qualquer uma dessas coisas, quanto mais as duas.

– No ritmo em que estamos viajando, devemos chegar ao lago Olveen amanhã à noite – informa Bairre à mesa, molhando um pedaço de pão no ensopado. – O castelo de verão não está oficialmente aberto nesta época do ano, mas meu pai mandou uma carta e vão preparar uma ala para nós.

Daphne recorda o mapa pendurado no escritório da mãe, com o castelo de verão de Friv na margem leste do lago Olveen. Ela havia chegado a Friv na esperança de que seu período ali fosse tão curto que nunca chegaria a conhecer o castelo. No entanto, mal pode esperar para ver a aurora boreal. Ela se vê pensando que contará às irmãs algum dia, mas se refaz e se lembra de Sophronia. Ainda é muito fácil esquecer, ainda é impossível entender. Ela empurra Sophronia de volta para o fundo da mente e torce para que, dessa vez, a irmã fique por lá. Já é bem difícil pensar no que veio fazer no lago Olveen – a última coisa de que precisa é do fantasma de Sophronia ali para julgá-la.

E Sophronia a julgaria, ela sabe. Beatriz, também. Mas é por isso que a mãe confia mais em Daphne, por isso a escolheu como herdeira. Daphne não pode decepcioná-la e pôr todas elas em perigo.

Quando a conversa à mesa se divide em grupos, Daphne se volta para Levi e olha a caneca de cerveja em sua mão – a primeira da noite, ela calcula, embora não a última, se quisessem que o plano de Cliona funcionasse.

– Acho que não nos conhecemos – comenta ela, oferecendo-lhe seu sorriso mais encantador. – Lady Cliona disse que você trabalha na cozinha.

– É – responde ele, os olhos disparando pela mesa como se buscasse resgate, o que Daphne acha esquisito, mas novamente atribui à falta de costume dele com a realeza. Ele parece falar com Bairre com bastante facilidade, mas Bairre ainda reluta toda vez que alguém o trata como príncipe e não como bastardo.

– Não consigo imaginar o que pode tê-lo trazido a essa viagem sombria – comenta Daphne, sem desfazer o sorriso, embora Levi não pareça encantado, mas sim receoso em relação a ela. Mesmo assim, ela insiste. – Você conheceu o príncipe Cillian?

Bairre deve sentir o desconforto de Levi, porque interrompe a conversa com Haimish e se vira para eles.

– Ele foi criado perto do lago Olveen – explica. – Conhece a área e se ofereceu para vir conosco.

– Ah – diz Daphne, olhando de um para o outro com as sobrancelhas erguidas antes de seus olhos se fixarem em Levi. – Vai querer visitar a família, então? Sua cidade fica no caminho?

– Temo que não – replica Levi. – Minha família tem uma fazenda a oeste do lago.

– Bom, talvez possamos passar lá na volta – sugere Daphne, olhando para Bairre. – Não deve demorar muito.

Bairre a encara como se nunca a tivesse visto, mas, um instante depois, balança a cabeça.

– Vai depender de quando vai ocorrer a aurora boreal. Ela pode acontecer amanhã à noite ou só daqui a um mês, mas, nesse último caso, estaremos com pressa para retornar a Eldevale.

– Bom, então vamos ficar de dedos cruzados – diz Daphne, virando outra vez para Levi. – Você tem irmãos por lá ou são só seus pais?

Levi parece um pouco incomodado com a pergunta, mas dali a um segundo ele se recompõe.

– Tenho uma irmã – responde ele, e agora seus olhos não se afastam. Ele sustenta o olhar de Daphne. – Ela se chama Sophie.

Daphne sente o ar deixar seus pulmões – não é um nome raro, não a versão mais curta, embora ela imagine que seja apelido de Sophia e não de Sophronia. Ainda assim, ela leva um instante para reencontrar sua voz.

– Ah – diz, mal percebendo que Bairre estende a mão para tocar seu braço. – Mais velha ou mais nova?

– Mais nova – diz ele sem hesitar.

– Quantos anos?

– Tem 15.

Agora as respostas dele são mais rápidas, sem muita reflexão, que é exatamente o que Daphne quer. Ela deixa de lado o desconforto com o nome da irmã e continua.

– E quanto tempo faz que você não visita sua casa? – pergunta ela.

– Seis meses – responde ele. – Minha mulher é do norte, ainda mais além, perto das montanhas de Tack, mas o frio não faz bem para seus pulmões e decidimos procurar emprego em Eldevale, onde o clima é mais ameno.

Daphne não consegue imaginar que o clima de Eldevale possa ser chamado de ameno, mas supõe que qualquer coisa seja mais quente do que as montanhas de Tack.

– E sua mulher não quis vir? – pergunta Daphne.

– Não com esse tempo – responde ele. – Ela está começando no emprego no castelo, então decidimos que era melhor que ficasse lá.

– E você já trabalhou em alguma cozinha antes?

– Na verdade, não – diz ele. – Eu esperava conseguir um emprego nos estábulos, mas a cozinheira precisava de mais ajuda depois do que aconteceu no casamento. – Ele faz uma pausa, franzindo a testa. – Na verdade, não sei o que aconteceu no casamento, porque cheguei depois e ninguém me contou. Todo mundo cita sem explicar.

O sorriso de Daphne endurece.

– Uma bomba explodiu – conta ela. – Plantada por rebeldes frívios. Fergal, o empyrea real, morreu na explosão.

Ele assente, refletindo. Ela observa sua expressão com muita atenção, perguntando-se se, afinal, ele está trabalhando para os rebeldes ou se, pelo menos, é simpático a eles. Cliona afirma conhecer todos os que são leais a seu pai, mas, a menos que a rebelião seja ainda menor do que Daphne acredita,

Cliona deve estar exagerando. No entanto, em vez de desconforto ou empatia, uma chama de raiva ilumina os olhos azuis de Levi antes que ele a apague.

– Sinto muito saber disso – diz ele um segundo depois, tomando outro gole de cerveja. – Mas fico contente porque ninguém mais se feriu.

Daphne lança um olhar para Cliona a seu lado, que finge não estar prestando atenção à conversa. Por um breve instante, os olhos das duas se encontram.

– Eu também – diz Daphne.

– Principalmente depois do que aconteceu em Kavelle – acrescenta Levi.

Daphne se senta um pouco mais ereta, esforçando-se para esconder a cara de surpresa, embora também perceba confusão no rosto de Cliona. A maior parte do povo de Friv, independentemente do status ou da educação, importa-se muito pouco com o que acontece além de suas fronteiras, e comentam ainda menos sobre esses assuntos – ainda assim, aquele é um camponês do norte de Friv que, além de saber da rebelião em Temarin, também conhece o nome da capital do país? Isso ultrapassa os limites da imaginação de Daphne.

Não resta mais dúvida na mente dela: Levi não é quem diz ser.

Daphne deixa o jantar pelo meio para permitir que Cliona faça seu próprio interrogatório com Levi. Quando Cliona volta ao quarto que dividem, já passa da meia-noite. Com sua chegada, Daphne para de andar de um lado para outro e ergue os olhos.

– E então? – pergunta.

Cliona se senta na beira da grande cama e tira os sapatos e as meias.

– Alguém o treinou com uma história falsa – diz ela. – Mas, depois de alguns copos de cerveja, ele esqueceu os detalhes. Disse que a irmã tinha 13 anos, que a esposa era das montanhas de Crisk, não de Tack, e afirmou com muita ênfase que não queria que nos desviássemos do caminho para ir à fazenda visitar sua família.

– E ainda tem seu conhecimento sobre Temarin – acrescenta Daphne. – Quantos camponeses você acha que sabem qual é a capital de Temarin?

– Eu apostaria que a maior parte dos nobres não sabe – responde Cliona, balançando a cabeça. – Ele não é um espião rebelde... mesmo que fosse e eu não o conhecesse...

– Seu desagrado pela rebelião foi genuíno – conclui Daphne.

Cliona faz que sim, a testa franzida.

– Deveríamos contar a Bairre – diz ela. – Não é seguro continuar viajando com alguém cuja motivação desconhecemos. Você mesma disse que quem a queria morta talvez ainda esteja por aí.

Daphne desconfia que ela tenha razão – se ele foi enviado para matá-la, isso explicaria seu mal-estar perto dela –, mas faz que não com a cabeça.

– É melhor mantê-lo por perto para ficarmos de olho nele. Se souber, Bairre vai mandá-lo embora. Ele será um risco menor se soubermos exatamente onde está.

Cliona morde o lábio, refletindo, e pouco depois faz que sim.

– Ele disse a você outra coisa que achei peculiar – observa ela com cuidado.

Daphne franze a testa, vasculhando a lembrança da conversa em busca de algo suspeito, mas nada digno de nota lhe vem.

– Ele contou que o nome da irmã era Sophie – revela Cliona. – Esse não era o apelido da sua irmã?

– Uma coincidência, tenho certeza. Há muitas Sophies no mundo – diz Daphne.

– Talvez – admite Cliona. – Mas não em Friv. Nunca ouvi falar de ninguém com esse nome, porque... bem... como isso soa em frívio? *So-fi?*

Daphne tem de pensar, mas, assim que a resposta lhe vem, seu rosto fica quente. O nome soa como a palavra frívia que significa o órgão masculino.

– Exatamente – diz Cliona ao ler sua expressão. – É difícil imaginar que alguém escolha chamar a filha assim.

– Então, por que...

Daphne se interrompe. Dentro dela, surge uma teoria que explicaria tudo – inclusive por que ele insistiu em ir naquela viagem. Seria uma decisão tola, mas, pelo que sabe, o rei Leopold já se mostrou tolo muitas vezes.

– Você sabe quem ele é? – pergunta Cliona, a voz soando mais aguda.

Daphne pensa depressa, porque, se estiver certa, a última coisa que quer é que Cliona saiba a verdade. Ela decide ficar o mais perto possível da verdade em suas mentiras.

– Bairre mencionou que há boatos dizendo que os príncipes foram vistos perto do lago Olveen – diz ela. – Talvez Levi não seja frívio, mas temarinense... enviado pela rainha Eugenia para procurar seus filhos.

Cliona franze a testa.

– Mas isso não faz sentido. Por que não o enviar simplesmente ao lago Olveen por conta própria? Por que montar uma farsa?

– Porque talvez ela desconfie que tivemos algo a ver com o desaparecimento dos meninos – explica Daphne. – Afinal de contas, eu e Bairre fomos as últimas pessoas a vê-los.

Cliona balança a cabeça.

– Não faz sentido – insiste ela.

– Ela é uma mãe enlutada – continua Daphne, dando de ombros. – Não espero que suas atitudes façam sentido. Mas isso responde a todas as perguntas, não é? Até seu desagrado pela rebelião... Ele acaba de passar por uma rebelião em Temarin.

– Mais uma vez, são coisas distintas – observa Cliona.

Daphne revira os olhos.

– Supondo-se que eu esteja certa, ele não deseja nosso mal – diz ela.

– Supondo-se que você esteja certa – repete Cliona, a dúvida entremeando cada sílaba.

Que Cliona duvide dela, pensa Daphne. Ela precisa ver Levi de novo para ter certeza, mas sua teoria explicaria por que ele lhe pareceu tão familiar. E, se estiver certa, precisa avançar com cuidado – se ele desconfiar que ela conhece sua verdadeira identidade, vai fugir, e Daphne não espera que ele caia em seu colo uma segunda vez.

Mentalmente, Daphne esboça uma carta para a mãe enquanto tenta adormecer naquela noite, imaginando o orgulho que a imperatriz sentirá ao saber que Daphne resolveu seu problema mais urgente. Mas, em seguida, ela percebe que sabe exatamente o que a mãe lhe dirá para impedir que Leopold atrapalhe seus planos.

Sua missão nessa viagem passou de matar dois membros da família real temarinense para matar três deles.

Violie

No dia em que Leopold parte com Bairre, Violie ouve duas outras criadas fofocando sobre como a princesa Daphne decidiu acompanhar o príncipe Bairre na jornada estelar do príncipe Cillian. Ao ouvi-las discutindo o assunto, alguém poderia acreditar que se trata de uma decisão romântica, embora Violie não saiba se elas acham isso em relação a Daphne e Bairre ou Daphne e Cillian. Na verdade, ela não acredita que a imperatriz Margaraux tenha deixado muito espaço para o romance no coração de Daphne.

Após ouvir a notícia, parte dela se sente tentada a partir do castelo imediatamente, roubando um cavalo dos estábulos reais e cavalgando o mais rápido possível até alcançar o grupo da jornada estelar... mas e aí? Arrastar Leopold para longe de Daphne? Ela duvida que ele iria com ela de bom grado e, se fizesse isso, ela apenas arriscaria levantar as suspeitas de Daphne sobre sua verdadeira identidade.

Não, tudo o que ela pode fazer é escrever para Beatriz e informá-la de tudo que aconteceu desde que chegou a Friv, pedir a todas as estrelas que vê no céu que Leopold consiga não ser descoberto por Daphne e se concentrar na rainha Eugenia – ou lady Eunice, como ela é conhecida em Friv.

Leva apenas um dia e algumas conversas com seus colegas criados para Violie tomar conhecimento dos horários de Eugenia – ela se mantém no quarto a maior parte do tempo, saindo apenas para uma volta matinal e outra noturna pelos jardins, que dura, cada uma, apenas dez minutos antes que ela fique com muito frio e volte para os seus aposentos. E não recebe visitas, desempenhando o papel de mãe enlutada.

Os outros criados não parecem se preocupar muito com ela, apenas sentem uma piedade passageira. Também não parecem saber quem ela é, embora tudo indicasse que a cozinheira do castelo soubesse quando falou com

Bairre. Violie acha isso curioso, mas ainda não tem informações suficientes para começar a montar o quebra-cabeça.

Existe, no entanto, uma maneira de coletar mais informações, embora ela disponha de apenas dez minutos para isso.

As criadas mencionaram que a caminhada matinal de Eugenia acontece logo após o nascer do sol, e como no fim do dia Violie é necessária demais na cozinha para conseguir escapar despercebida, ela se obriga a sair da cama antes do amanhecer e desliza pelos corredores do castelo, passando por criados de olhos turvos que não lhe dirigem mais do que um olhar.

Foi essencialmente por isso que a imperatriz a contratou – Violie é muito boa em passar despercebida, mesmo entre aqueles cujo trabalho é passar despercebido.

Ela encontra o corredor que leva aos aposentos de Eugenia e se esconde nas proximidades, tirando uma flanela do bolso do avental e fingindo polir a moldura dos retratos que pendem das paredes de ambos os lados do corredor. É um risco estar tão perto de onde ela sabe que Eugenia vai passar quando sair para o jardim, mas Violie vai se manter de costas para ela. Além disso, ela sabe que Eugenia nunca prestou atenção a uma criada.

De fato, enquanto Violie observa o sol nascer pela grande janela ao lado do retrato cuja moldura está lustrando, o som de uma porta se abrindo ecoa pelo corredor, seguido por uma voz familiar que faz com que Violie aperte a flanela na mão com raiva.

– Gostaria que meu café da manhã já estivesse servido quando eu voltar, Genevieve – diz a rainha Eugenia.

– Claro, Majes... minha senhora – responde outra voz, também familiar, embora um pouco menos. A porta se fecha e os passos começam a soar pelo corredor, vindo na direção de Violie.

Apesar de ter tido o cuidado de escolher um lugar onde passaria despercebida, o coração de Violie ainda assim acelera quando os passos da rainha viúva se aproximam. Ela abaixa a cabeça, cuidando para manter o rosto escondido enquanto continua a polir a moldura, que a essa altura talvez seja a moldura mais bem polida de todo o castelo.

A rainha Eugenia passa direto por trás de Violie – a pouco mais de meio metro de distância – e seria muito fácil para ela dar meia-volta, sacar o punhal que guarda na bota e cravá-lo no coração de Eugenia, terminando o que Sophronia começou na sacada do palácio de Temarin.

Isso não resolveria nada, adverte uma voz na mente de Violie, e ela não tem certeza se a voz pertence a Sophronia ou à imperatriz Margaraux.

Violie consegue se conter e não se virar para a rainha Eugenia quando ela passa sem lhe dirigir sequer um olhar, quanto menos prestar atenção nela. Quando a rainha vira uma esquina e desaparece de vista, Violie solta o ar que vinha prendendo, enfia a flanela no avental e caminha pelo corredor no sentido oposto, na direção dos aposentos de Eugenia.

Na porta, ela faz uma pausa e bate. Quando a porta se abre, Violie se vê cara a cara com a criada de Eugenia, Genevieve, uma mulher de meia-idade com expressão severa e cabelos castanho-escuros presos em um coque apertado. Embora tenham se cruzado uma ou duas vezes em Temarin, sempre foi em meio a uma multidão de outros criados e elas nunca foram devidamente apresentadas. De fato, não há uma centelha de reconhecimento nos olhos de Genevieve quando eles percorrem Violie.

– Posso ajudar? – pergunta Genevieve em frívio, mas com forte sotaque.

– Eu trabalho na cozinha – diz Violie, mantendo o sotaque frívio e fingindo um sorriso educado. – A cozinheira me mandou avisar que os ovos acabaram. Será que mingau basta para o desjejum de lady Eunice?

– De jeito nenhum! – exclama Genevieve, seus olhos se arregalando e sua boca se contorcendo em uma careta. – Minha senhora detesta mingau. Há três décadas sou sua criada, e em todo esse tempo ela só comeu ovos no café da manhã.

Violie, que se lembra das rígidas preferências dietéticas de Eugenia e do caos em que a cozinha temarinense costumava ser lançada para atendê-las, morde o lábio.

– Sinto muito, mas não há nada que eu possa fazer. Se quiser falar com a cozinheira...

– Ah, eu certamente quero – diz Genevieve.

– Conhece o caminho? – pergunta Violie, inclinando a cabeça. – Há outras pessoas a quem preciso informar sobre a escassez de ovos.

Genevieve faz um gesto desdenhoso com a mão, antes de seguir pelo corredor em direção à cozinha e deixar Violie sozinha na frente da porta de

Eugenia. Depois de uma rápida olhada para ter certeza de que o corredor está realmente deserto, ela entra, fechando a porta ao passar.

Violie já viu o suficiente do castelo frívio para saber que os aposentos em que o rei Bartholomew mandou que instalassem Eugenia são bastante generosos, embora seu tamanho e esplendor empalideçam em comparação ao que a rainha viúva estava acostumada em Temarin. A sala de estar é um pequeno espaço mobiliado com um sofá de veludo de dois lugares perto da lareira, uma mesa redonda grande o suficiente para quatro pessoas e uma escrivaninha de madeira ao lado de uma janela com vista para os jardins abaixo. A sala de estar tem duas portas para outros aposentos, e Violie arriscaria que uma vai para o quarto de Eugenia e outra para o dos príncipes.

Olhando em volta, ela vê que pode fazer uma busca completa no local antes que Eugenia ou Genevieve retorne.

Então, começa pela escrivaninha, embora tenha quase certeza de que é um lugar óbvio demais para guardar qualquer coisa importante. De fato, ela encontra rascunhos de cartas redigidas para alguns nobres temarinenses que deviam estar fora da capital quando o cerco ocorreu, garantindo-lhes que Eugenia tem tudo sob controle e pedindo que mantenham sua lealdade à coroa. Há uma carta ao rei Nicolo de Cellaria que desperta o interesse de Violie, embora tenha apenas algumas linhas e seja inócua, parabenizando-o por sua ascensão ao trono. Ela faz uma rápida busca por alguma espécie de código, mas não encontra nada suspeito.

Tomando cuidado para deixar tudo como encontrou, Violie fecha a gaveta da escrivaninha e vai até o sofá, tateando sob as almofadas em busca de algo fora do lugar, mas seus dedos nada encontram além de poeira e algumas migalhas perdidas. Também olha embaixo do sofá antes de passar para as estantes ao longo da parede.

Em meio a fileiras de livros sobre a história frívia, seus olhos se fixam em uma lombada de couro azul-marinho, com letras douradas onde se lê *Anatomia de animais de criação*. Normalmente, um livro como esse não chamaria a atenção de Violie, porém as palavras estão em temarinense, não em frívio. Ela tira o livro da estante, mas, quando começa a abri-lo, ouve vozes do lado de fora dos aposentos.

– Eu disse a eles que precisava de ovos para o café da manhã – diz a voz de Genevieve, e Violie congela, o pânico tomando conta dela. – E me garantiram que não seria um problema.

– Muito bem – replica a voz de Eugenia. – Minha caminhada me deixou gelada até os ossos... Cuide para que meu chá esteja o mais próximo possível da fervura.

– Claro, minha senhora.

A maçaneta da sala de estar começa a girar e Violie não tem escolha a não ser correr para o quarto dos príncipes, fechando a porta com o máximo de silêncio possível. Com o coração batendo ruidosamente no peito, ela mal ousa respirar enquanto os passos de Eugenia ressoam no chão da sala. Baixando os olhos, Violie percebe que suas mãos ainda estão agarrando o livro temarinense. A única coisa que lhe resta é torcer para que Eugenia não perceba a ausência dele até que ela consiga escapar.

Violie ouve o barulho de uma cadeira raspando no chão de pedra e imagina que Eugenia esteja se acomodando à mesa. Enfia o livro no bolso do avental, correndo os olhos pelo quarto escuro, iluminado apenas por uma janelinha entre duas camas estreitas. O sol mal nasceu e no quarto paira uma luz fraca e fantasmagórica. Seu primeiro pensamento é sair pela janela – estão apenas no segundo andar, e Violie pode ver o contorno sombrio de uma árvore do lado de fora. Mas não acredita que possa abrir a janela sem chamar a atenção de Eugenia.

Não há outro jeito – ela terá que esperar aqui até que Eugenia saia. Violie sabe que Eugenia dá uma segunda caminhada à noite, mas acredita que se recolherá ao quarto em algum momento, permitindo-lhe escapar sem ser notada.

Ela se senta com cautela em uma das camas estreitas e tira o livro do bolso. Ao abri-lo na primeira página, sorri, uma descarga de triunfo percorrendo-a. O livro é oco e ali, dentro do esconderijo recortado, estão cartas dobradas com o selo da imperatriz Margaraux.

Assim que ela tira a primeira carta do vão, porém, seu triunfo evapora. Dois terços da carta se desfazem em pó no momento em que ela a toca, deixando para trás um pequeno quadrado de pergaminho sólido, com apenas algumas palavras rabiscadas na caligrafia familiar de Margaraux.

> ... Daphne vai sempre...
> ... para o seu bem e para o...
> ... espero que da próxima vez você...

É o mesmo que nada. Violie pega a próxima carta, já sabendo o que vai acontecer quando a tocar. Então, a levanta com o máximo de cuidado possível, pegando-a pelo canto delicadamente entre os dedos, mas ainda assim o papel se desfaz em pó em seu colo, um pó tão fino que quase desaparece por completo. Dessa vez, apenas uma palavra sobrevive.

Leopold.

Ela não se dá ao trabalho de tentar com a terceira carta; em vez disso, coloca o livro de volta no bolso. Talvez, quando estiver de volta em seu quarto com mais tempo e com as ferramentas adequadas, consiga preservar mais do que uma ou duas palavras, embora duvide disso. A imperatriz escreveu as cartas em folhas de *verbank* – que é um material semelhante a papel, mas que com o tempo seca e se torna quebradiço, desfazendo-se. É o mesmo método que a imperatriz empregava ao enviar mensagens a Violie, como se Violie ousasse guardar suas cartas. Não quando a vida de sua mãe estava em jogo.

No entanto, isso dá a Violie uma informação útil: Eugenia tentou guardar as cartas, o que significa que não confia na imperatriz. Como sempre, porém, Margaraux está dois passos à frente. Eugenia pode não ter compreendido isso ainda, mas vai acabar entendendo.

Assim que Eugenia se recolhe para uma soneca, por volta do meio-dia, mandando Genevieve ir buscar uma cesta de roupa na lavanderia, Violie sai correndo dos aposentos da rainha viúva e volta para a cozinha, onde Nellie mostra-se igualmente exasperada e feliz em vê-la.

– Ah, finalmente, Vera! – exclama, a voz com um tom ríspido. – Procurei você o dia todo!

– Desculpe – diz Violie, abaixando a cabeça e tentando parecer pesarosa. – Eu me perdi na ala leste.

Ela não tem certeza se Nellie acredita nela.

– A criada de lady Eunice está sendo muito difícil – confidencia ela, baixando a voz. – Entrou aqui toda agitada esta manhã, reclamando sobre estarmos sem ovos. Eu disse a ela que tínhamos o suficiente, mas ela foi extremamente impertinente em relação às preferências de sua senhora. Não quero falar mal de uma mãe enlutada, veja bem, mas... – Nellie se cala, balançando a cabeça.

Violie aproveita a abertura que lhe é dada.

– Ouvi dizer que lady Eunice adora bolos – sugere ela. – Quem sabe isso não a animaria?

Nellie ri.

– Já estamos ocupadas o suficiente sem adicionar outro bolo à nossa lista – diz ela.

– Mas se eu quisesse fazer um – insiste Violie –, depois que meu trabalho estiver todo pronto, posso?

Nellie franze a testa, examinando-a com os olhos estreitados.

– Não vejo por que não.

Violie sorri, já começando a planejar o que vai preparar para Eugenia – e o bilhete enviado por um fantasma que o acompanhará.

Beatriz

No dia seguinte à sua aula com Nigellus, Beatriz não consegue parar de pensar na diferença gritante entre o antigo mapa estelar e o atual. Sim, as estrelas são mortas apenas por empyreas inexperientes ou desesperados, mas ela desempenhou ambos os papéis por três vezes, e em todas as épocas há cerca de uma dúzia de outros empyreas no mundo. Quanto tempo levará até que as estrelas desapareçam por completo?

– Triz – chama Pasquale, tirando-a de seus pensamentos quando entram na casa de chá alegremente decorada.

Os dois estão indo ao encontro de Ambrose ali, perto da Pellamy Street, a área comercial mais movimentada de Hapantoile. Depois de passar a manhã arrastando Pasquale de loja em loja, ela se sente bastante confiante de que escaparam de todos os espiões que a mãe enviou para segui-los. Os guardas, que Beatriz tem certeza de que também farão um relatório para sua mãe, foram instruídos a esperar do lado de fora da porta da frente, o que significa que não verão Ambrose, que já estará ali quando chegarem.

De fato, Beatriz o vê no salão dos fundos, que, exceto por ele, está vazio. O jovem se encontra a uma mesa no canto, servindo chá de um bule em uma xícara de porcelana. A mesa ao lado dele encontra-se desocupada, então Beatriz e Pasquale se acomodam nela. Beatriz oferece a Ambrose um sorriso educado, embora distante, como se fossem estranhos.

Quando uma mulher se aproxima apressada, Beatriz pede um bule de chá preto com canela. Beatriz e Pasquale observam a mulher se afastar e, quando ficam sozinhos, eles se viram para a mesa de Ambrose.

– Fico feliz que vocês dois estejam em segurança – diz Ambrose, no momento que Pasquale pergunta como ele está e Beatriz indaga se ele foi seguido.

Depois que deixam as gentilezas de lado, Ambrose corre os olhos pelo salão, desconfortável.

– Fui visitar a mãe de Violie ontem, como disse a ela que faria – informa ele.

Sua voz baixa informa a Beatriz que as notícias não são boas e, embora seus sentimentos em relação a Violie ainda sejam confusos, ela sente um aperto no peito.

– Morreu? – pergunta ela.

– Quase – diz Ambrose. – Não vai passar do fim da semana.

Violie não poderá vê-la novamente, então. Mesmo que Beatriz conseguisse se comunicar com ela hoje, Violie não chegaria a tempo de se despedir.

– Nigellus deveria curá-la – diz Pasquale.

– Você está presumindo que minha mãe não é cruel ou mesquinha o suficiente para retirar sua parte no acordo quando Violie retirou sua lealdade – comenta Beatriz. – Se é que ela manteve a palavra algum dia... por que deveria, quando Violie não teria como saber a verdade até que fosse tarde demais?

Ambrose a encara por um momento, a testa franzida.

– Decerto que ela não faria isso – diz ele.

Beatriz não sabe se o inveja ou se tem pena dele. Mesmo passando anos na corte de Cellaria, Ambrose viveu uma vida tranquila, com pais gentis e livros sobre heróis triunfando sobre vilões. Ele não consegue imaginar alguém como a mãe dela existindo na realidade, muito menos sem um herói para contê-la.

– Faria – garante Beatriz. – Ah, e Gisella está em Bessemia.

Isso faz com que os olhos de Ambrose se arregalem. Ele olha para Pasquale, que assente com a cabeça.

– Ambientando-se na masmorra, felizmente, onde ela não pode fazer mal nenhum.

Beatriz bufa.

– Acho que você está subestimando sua prima – diz ela. – Embora minha mãe esteja planejando nos enviar de volta para Cellaria com um exército insignificante como apoio e, portanto, duvido que ela tenha chance de causar muitos problemas antes disso.

Pasquale olha para ela, aflito.

– Você não me contou isso! – exclama ele.

Beatriz dá de ombros, apesar de um toque de culpa incomodá-la. Não é que ela tenha escondido a informação dele de maneira intencional, mas, em meio às tentativas de se esquivar das farpas de sua mãe, às aulas noturnas de Nigellus e à preocupação com Daphne, ela simplesmente esqueceu.

– Não que a gente vá mesmo voltar para Cellaria – diz ela antes de fazer uma pausa. – Vamos para Friv, e não para lá. – Quando Ambrose e Pasquale trocam um olhar que Beatriz não consegue decifrar, ela solta um suspiro profundo. – A menos que algum de vocês tenha uma ideia melhor...

– Isso é uma ideia? – pergunta Pasquale. – Ou é simplesmente a única possibilidade que resta?

Beatriz abre a boca, mas torna a fechá-la.

– As duas coisas – diz ela, por fim. – Preciso falar pessoalmente com Daphne... – Sua voz morre. Nem mesmo enquanto pronuncia essas palavras, acredita nelas. Ela poderia ir até Daphne com provas dos crimes da mãe, provas de que ela está por trás da morte de Sophronia, e Daphne ainda assim ficaria do lado da mãe.

– Se eu fosse sua mãe – diz Ambrose depois de um segundo –, eu não saberia que você não tem intenção de voltar para Cellaria?

Beatriz franze a testa. Ela quer dizer não, mas quanto mais pensa, mais se pergunta se ele não está certo. A mãe insistiu para que Beatriz fosse para Cellaria, contra todo e qualquer bom senso. Beatriz nunca foi de fazer o que mandam, a mãe sabe disso melhor do que ninguém. Seria essa ameaça de mandá-la de volta para Cellaria uma armadilha totalmente diferente? E, nesse caso, para onde sua mãe está tentando atraí-la? Friv, ou algum outro lugar?

– Algo que minha mãe e Gisella têm em comum é que é muito fácil subestimá-las – diz Beatriz após um momento. – Vou tentar conseguir mais informações sobre quais são os verdadeiros planos dela.

– Alguma notícia de Violie? – pergunta Pasquale, olhando para Ambrose. Seria muito arriscado Violie enviar cartas para o palácio, então ela foi instruída a enviá-las para o endereço de Nigellus, onde Ambrose está hospedado.

– Ainda não – responde Ambrose.

– Daphne mandou uma carta para minha mãe após o encontro dela com Violie... pelo menos tenho quase certeza de que ela falava de Violie e Leopold. Deve chegar uma carta dela em breve. Mande um recado assim que chegar – pede Beatriz.

Ambrose assente. A garçonete aparece trazendo uma bandeja com um bule e duas xícaras, além de um pratinho de biscoitos. Na mesma hora,

Ambrose volta a atenção para o livro aberto em sua mesa, e Beatriz e Pasquale fingem conversar sobre as compras que Beatriz fez no início do dia.

Quando a garçonete torna a se afastar, Beatriz serve uma xícara de chá para Pasquale e outra para si mesma, mergulhando indolentemente um biscoito no seu chá antes de dar uma mordida. O biscoito está perfeito – amanteigado e doce no ponto certo, derretendo na boca. Ela se pega pensando que terá que trazer Sophronia aqui, antes de se lembrar e largar o biscoito na mesa.

– As intrigas de minha mãe têm muitas camadas – observa depois de um momento. – Parece impossível entender o que ela fará a seguir, como reagirá aos movimentos que ainda não fizemos.

– É xadrez, com uma grande mestra – comenta Ambrose.

– Xadrez com cinco grandes mestres conspirando juntos – corrige Beatriz, e então faz uma pausa.

Uma solução lhe ocorre, e ela se sente chocada por nunca ter pensado naquilo antes. Beatriz pisca, correndo o olhar pelo salão de chá para ter certeza de que os três estão completamente sós.

– E se... – Sua voz falha e ela parece incapaz de acreditar que está prestes a pronunciar aquelas palavras. Sua voz se torna um sussurro. – E se nós... e se *eu* a matasse?

O silêncio segue suas palavras e, por um momento, Beatriz teme tê-los horrorizado, teme que, apesar de todos os atos malignos de sua mãe, Pasquale e Ambrose verão o ato de matá-la como algo ainda mais imoral. Beatriz não tem certeza se não é. Que tipo de pessoa discute o assassinato da própria mãe em uma casa de chá? Mas, então, ela pensa em Sophronia, na mãe de Violie, nos inúmeros outros que sua mãe prejudicou para se manter no poder. Pensa na ameaça que a imperatriz representa para Pasquale, para Ambrose, para Daphne – para si mesma.

Ela não é ingênua o bastante para acreditar que matar sua mãe será a solução para todos os seus problemas, mas não sabe se pode resolver algum deles enquanto a mãe continuar respirando.

– Você... você conseguiria? – pergunta Ambrose. – Quer dizer, é difícil imaginar que outros não tenham tentado.

Tentaram. Beatriz se lembra de três tentativas diferentes em sua infância – um veneno que deixou sua mãe gravemente doente durante uma semana, um invasor descoberto na ala real do palácio com um punhal escondido no corpo, uma bala estilhaçando a janela da carruagem quando elas voltavam do castelo de verão. Ela também se lembra do que se seguiu a cada tentativa, a mãe levando as três filhas para testemunhar a execução dos assassinos. Essas foram as primeiras experiências de Beatriz com a morte.

Ela se pergunta agora se essa não foi outra lição da mãe: um aviso do que viria se alguma delas se visse pensando no que Beatriz está pensando agora. Ela sabe, sem sombra de dúvida, que, se falhar, a mãe não terá qualquer misericórdia. Sua vida estará perdida. Mas, no fim das contas, sua vida está perdida de qualquer maneira, não é mesmo? Em muitos aspectos, assassinar a mãe é sua melhor chance de sobreviver a ela.

– Eles falharam porque não a conheciam, não como eu conheço – afirma Beatriz, balançando a cabeça. – Mas eu terei apenas uma chance. Preciso ter certeza de que vou fazer isso direito. – Ela já está pensando em como fazer isso; no entanto, sua mãe está sempre um passo à frente, e Beatriz não confia nos próprios instintos.

De repente ela pragueja baixinho, entre dentes.

– O que foi? – pergunta Pasquale, franzindo a testa.

– Acabei de lembrar da única pessoa que conheço que tem experiência em matar um monarca – diz ela, observando enquanto a compreensão surge no rosto de Pasquale e de Ambrose. – Mas não estou muito ansiosa em pedir sua ajuda.

Naquela noite, Beatriz finge estar cansada demais para jantar com o restante da corte bessemiana, e Pasquale comparece apenas por tempo suficiente para marcar presença no primeiro prato antes de sair mais cedo sob o pretexto de ver como Beatriz está. Ela o encontra no corredor, na porta de seus aposentos, vestida mais uma vez com a muda de roupa dele e uma longa capa preta, o capuz puxado, encobrindo seu cabelo e seu rosto.

– Por que você fica melhor nas minhas roupas do que eu? – murmura Pasquale.

Beatriz consegue esboçar um breve sorriso, embora sua mente esteja distraída demais para dar muita atenção ao comentário.

– Deixe que eu falo com Gigi – diz ela. – As feras encurraladas são sempre as mais perigosas, e não devemos brincar com ela. – Beatriz sabe que caiu nas artimanhas de Gisella tanto quanto ele, e embora Pasquale também saiba disso, ele não o diz em voz alta. Beatriz sente-se grata por isso.

Ainda é dolorido. O fato de Gisella e Nicolo terem conseguido enganá-la tão completamente, de que sua ingenuidade quase lhe custou a vida, enche-a de uma vergonha profunda. Ela sabe que é melhor do que isso e parte dela anseia por uma chance de prová-lo.

Beatriz conhece todos os túneis ocultos que os criados usam para se locomover pelo palácio de forma rápida e silenciosa, e também sabe que a maioria desses criados estará servindo o jantar no salão de banquetes ou limpando os quartos enquanto seus patrões jantam, então ela guia Pasquale pelos corredores estreitos e mal iluminados, descendo escada após escada até que eles se veem na masmorra. Gisella está sendo mantida bem afastada de onde ficam os presos comuns, e sua cela é duas vezes maior do que qualquer outra.

Gisella já se acomodou em sua cela e descansa na cama estreita com um livro na mão e uma pilha de outros na mesinha ao lado, onde, além dos livros, há uma vela acesa, lançando luz suficiente para que ela possa ler.

Ela não ergue os olhos quando Beatriz e Pasquale se aproximam; em vez disso, vira a página e continua lendo. Ainda assim, Beatriz sabe que ela está ciente de sua presença e que até isso é uma batalha. Então espera, mesmo quando Pasquale começa a ficar inquieto.

Depois de um longo momento, os olhos de Gisella se erguem e ela simula surpresa, deixando o livro de lado, mas não se levantando ou mesmo se endireitando de sua postura reclinada.

– Ora, mas que surpresa – diz ela, arrastando a voz. – Trouxeram mais daquele soro da verdade? Minha garganta ficou dolorida por horas depois de toda aquela tosse.

Beatriz dá de ombros.

– Se você não mentisse tanto quanto respira, não teria sido um problema – replica ela.

Gisella ri.

– Você não pode me julgar, já que não é exatamente um exemplo de sinceridade, Triz – observa ela. – Você mentiu para mim tanto quanto eu menti para você... eu só fui melhor.

Beatriz abre a boca para responder, mas logo torna a fechá-la. Ela não tem certeza se Gisella está errada sobre isso.

– E quanto a mim? – pergunta Pasquale, sua voz tão suave que Beatriz quase não ouve. Gisella, porém, escuta e suas costas se enrijecem.

– Fiz o que era necessário – diz Gisella, e, se não a conhecesse bem, Beatriz pensaria que havia um traço de culpa em sua voz. – E isso inclui as mentiras que contei. Mas quer você acredite em mim ou não, sinto muito por ter sido necessário que você caísse para que Nico e eu pudéssemos subir.

– Isso não é bem um pedido de desculpas, é? – pergunta Beatriz. – Nós três sabemos que você faria tudo de novo se fosse preciso.

– Vocês preferem que eu diga que sinto muito por tudo que aconteceu? – indaga Gisella, erguendo uma única sobrancelha. – Preferem que eu diga que nunca mais na vida iria trair vocês de novo, que a culpa por isso me mantém acordada à noite? Que me arrependo de tudo? Seria outra mentira.

Beatriz cerra o maxilar para não dizer algo de que com certeza se arrependeria.

– Quando você decidiu envenenar o rei Cesare? – questiona, então.

Gisella pisca, parecendo pela primeira vez verdadeiramente surpresa.

– Mais de um ano atrás, suponho.

– Depois que ele mandou matar a filha de lorde Savelle por usar magia estelar? – pergunta Beatriz.

Entre os relatos de lorde Savelle e de Pasquale, Beatriz deduziu o que havia acontecido naquela noite. O rei Cesare tinha abordado Fidelia, assim como fizera com tantas outras mulheres e garotas antes e, embora estivessem em um salão de banquetes lotado, embora ela se debatesse nas mãos dele, ninguém a ajudou. Então Fidelia avistara uma estrela piscando através de uma janela aberta e, em desespero, pronunciou cinco palavras: *Queria que você me soltasse.* Palavras totalmente inofensivas, se Fidelia não fosse, como a própria Beatriz, uma empyrea novata sem controle sobre seu dom. Assim, um raio atingira o salão, entrando pela janela e criando tal confusão que o rei Cesare foi forçado a soltá-la. Mas, tendo ouvido o que ela disse e visto os efeitos, ele exigiu sua execução por uso de magia.

– Isso – confirma Gisella, dando de ombros – foi a gota d'água. Tenho certeza de que Pasquale pode lhe contar melhor do que eu.

Por um momento, Pasquale não diz nada, mas em seguida pigarreia.

– Não choro a morte do meu pai e não vou fingir que ele era um bom homem ou um bom rei – diz ele, a voz firme. – A decisão foi sua ou de Nicolo?

Isso provoca um muxoxo de desdém em Gisella.

– Minha, claro – responde ela. – Nicolo estava satisfeito de esperar, de conquistar os favores do rei. Ele teria ficado feliz com um lugar em seu conselho e nunca buscou mais do que isso. O veneno foi ideia minha, embora tenha sido meu irmão quem começou a se corresponder com a rainha Eugenia, primeiro como Cesare, depois revelando sua identidade.

– E o vinho era o recipiente perfeito para o veneno, pois Cesare sempre tinha uma taça na mão – comenta Beatriz. – Mas por que em pequenas doses? Vocês poderiam tê-lo matado imediatamente.

– Era tentador – admite Gisella. – Mas teria, no mínimo, levantado suspeitas e, como copeiro real, Nicolo teria sido alvo delas. Por outro lado, não teria sido suficiente... Nicolo precisava subir mais antes que Cesare saísse de cena, e um rei louco é tão maleável quanto perigoso.

– Se vocês tivessem esperado até eu me tornar rei, eu teria promovido Nicolo. Não havia ninguém na corte, além de Ambrose, em quem eu confiasse mais – diz Pasquale, e Beatriz fica surpresa ao notar que ele parece furioso. Ele não está exatamente gritando, mas se encontra o mais perto disso que ela já o viu chegar.

– É justamente essa a questão – replica Gisella, seu olhar indo de encontro ao dele. – Por quanto tempo você acha que teria mantido o trono? Dias? Semanas? Talvez conseguisse ficar mais tempo, com a chegada de Beatriz, eu admito. Mas quando você finalmente caísse, nós cairíamos com você. Você teria sido um péssimo rei, Pas. E teria odiado cada momento disso. Então, sim, fizemos outros planos, com o veneno e com Eugenia.

Pasquale não responde e Beatriz começa a desejar que Gisella volte a mentir. Ela dá um passo à frente, atraindo a atenção de Gisella de volta para ela.

– Eu estaria errada em supor que você gostaria de sair desta cela? – pergunta Beatriz.

Gisella finge desinteresse, mas Beatriz percebe o brilho de anseio em seus olhos.

– Tenho certeza de que logo sairei, assim que Nicolo negociar minha libertação.

– Pelo que você disse... ou melhor, não disse... eu não creio que reste a ele muito poder para negociar – pondera Beatriz, e o silêncio de Gisella lhe diz que é essa a verdade. – Nicolo estará muito ocupado salvando a própria pele para perder tempo pensando em você. – Nisso Beatriz não acredita de fato. Gisella e Nicolo são leais um ao outro acima de qualquer coisa, mas ela vê que aquelas palavras encontram seu alvo nas inseguranças de Gisella.

– Eu disse que isso ia acontecer, não disse? – continua Beatriz quando Gisella permanece em silêncio. – Você subiu muito, mas tem muito mais para cair por causa disso, e inúmeras pessoas ficarão muito felizes em empurrá-la para o precipício.

– Incluindo você? – retruca Gisella.

– Ah, principalmente eu – admite Beatriz antes de fazer uma pausa. – Mas não hoje.

O maxilar de Gisella se contrai.

– Por que exatamente vocês vieram aqui? – indaga ela.

Beatriz e Pasquale se entreolham.

– Foi você mesma quem preparou o veneno para o rei Cesare? – pergunta Beatriz em vez de responder.

– Fui eu, sim – confirma Gisella, com voz cautelosa.

– Foi inteligente – admite Beatriz. – Usar sementes de maçã moídas. Mesmo que alguém estivesse procurando vestígios de veneno, provavelmente deixaria isso escapar por completo.

– Você não deixou – observa Gisella.

– Minha irmã não deixou – corrige Beatriz. Daphne sempre foi melhor com venenos do que Beatriz, embora ela saiba que, neste caso, não pode pedir ajuda à irmã. – Se eu lhe pedisse outro veneno, um que matasse mais rápido, mas que fosse igualmente indetectável, o que você sugeriria?

As sobrancelhas de Gisella se erguem um milímetro, embora o restante de sua expressão permaneça plácido.

– E quem seria o alvo? – pergunta ela.

– Não você – responde Beatriz. – E isso é tudo que você precisa saber.

Gisella franze os lábios.

– Eu precisaria saber algumas coisas sobre o alvo para recomendar um veneno adequado: idade, peso, quaisquer problemas de saúde que a pessoa possa ter.

Beatriz não sabe a resposta exata para as duas primeiras perguntas, mas arrisca alguns palpites.

– Saudável, raramente fica doente.

– Se a pessoa bebe com frequência, a mistura de semente de maçã que usei com Cesare funcionaria. Talvez precise aumentar a dose para matá-la mais depressa, embora isso aumente a probabilidade de detecção...

– E ainda não seria rápido o suficiente. Precisaria funcionar em menos de uma semana – interrompe Beatriz.

Gisella a encara.

– Você está pedindo o impossível – diz ela.

Beatriz sustenta seu olhar sem pestanejar.

– Então, suponho que você vá morrer nesta cela – comenta ela.

Gisella ergue o queixo.

– E se eu contar a alguém sobre essa conversa? – pergunta ela.

– Então, você vai morrer aqui ainda mais rápido – responde Beatriz. – Posso não ter o seu talento para venenos, mas tenho minhas próprias mãos e alguns punhais.

Gisella tenta disfarçar o medo, mas Beatriz o vê cintilar em seus olhos. Ótimo, ela pensa.

– Voltarei em breve, caso você venha a ter uma epifania – anuncia Beatriz antes que ela e Pasquale deixem Gisella sozinha mais uma vez.

Daphne

Na manhã após Daphne e Cliona discutirem a identidade de Levi, Daphne o observa atentamente enquanto cavalgam para o leste, tentando relembrar os detalhes dos retratos que ela viu do rei Leopold. Na verdade, nunca os estudou tão detalhadamente quanto os de Cillian – não havia sentido nisso, pois, como seria muito provável, seus caminhos nunca se cruzariam. Leopold seria o enigma que caberia a Sophronia desvendar; Daphne já tinha muito com o que se ocupar. No entanto, ela recorda que ele era bonito, com traços fortes e um sorriso de dentes grandes, lembrando-a mais um cachorrinho do que o príncipe que ele era na época. Ela nunca entendeu por que Sophronia era tão boba em relação a ele, corando ao ler suas cartas dezenas de vezes, frequentemente até o papel se desfazer em suas mãos.

Observando Levi, que cavalga à sua frente, concentrado na conversa com Bairre e Cliona, Daphne procura semelhanças entre o menino nos retratos e o rapaz diante dela. Os cabelos são diferentes – os de Levi são mais compridos e mais escuros –, mas essa não é a principal diferença. Ela leva um momento para perceber o que é exatamente: aquele aspecto de cachorrinho se foi. Em todos os retratos que ela viu, Leopold parecia alegre, mesmo quando tentava fazer uma pose séria. Seus olhos sempre brilhavam, até quando a boca não sorria.

Agora, porém, esse brilho se foi. Ele está mais perto de uma nuvem de tempestade do que de um cachorrinho, mais fácil tirar dele um olhar furioso do que um sorriso.

Mas *é* ele. Quanto mais Daphne o observa, mais certa fica disso. Não necessariamente por causa de alguma semelhança com os retratos que ela viu, mas porque há algo inequivocamente característico da realeza em seu porte e na maneira como ele fala, mesmo com aquele sotaque atroz. Membros da realeza desaparecidos não são exatamente incomuns no momento, mas apenas um corresponde à descrição de Levi, exceto pela cor do cabelo.

Não é nem um bom pseudônimo, ela pensa, enquanto prosseguem na direção leste. Levi em vez de Leopold. No entanto, alguém desacostumado a assumir uma identidade falsa teria mais facilidade em responder a um nome vagamente semelhante ao seu. Isso deve ter sido ideia da criada – Violie, lembra Daphne com certo desgosto.

Quando o sol está bem alto, o grupo faz uma pausa para almoçar e deixar os cavalos pastarem e beberem em um riacho próximo. Daphne se aproxima de Levi, que se encontra parado ao lado de seu cavalo, remexendo no alforje. Ela se sente quase como uma leoa caçando. Não se trata de uma comparação injusta, ela se dá conta, o pensamento azedando em seu estômago. Se ele é mesmo Leopold, isso o torna de fato sua presa, junto com seus irmãos.

Ela precisa ter cuidado e precisa ser inteligente. Se ele souber que ela suspeita de sua verdadeira identidade, fugirá e não haverá como encontrá-lo. Não pode imaginar o constrangimento de ter que contar à mãe que Leopold escapou por entre seus dedos pela segunda vez.

Mas, deixando de lado as ordens da mãe, Daphne deseja desesperadamente obter algumas respostas, e Leopold é o único que as pode dar. Por exemplo, ela precisa saber por que ele está aqui, diante dela, enquanto Sophronia está morta. Só de pensar nisso a fúria inunda suas veias. Ela não conhece todos os detalhes do que aconteceu em Temarin, mas sabe que a turba foi provocada pelo próprio Leopold – um rei tolo que destruiu seu país.

Sophronia não causou nada daquilo; até procurou ajudar a consertar a situação, contra a vontade da mãe. Ela sempre foi governada pelas emoções, mas isso foi um passo longe demais até mesmo para Sophronia. Daphne sabe que Leopold também foi responsável por isso, por colocar sua irmã contra a família e o propósito para o qual elas nasceram. A fúria nela quadruplica.

Paciência, a voz de sua mãe sussurra em sua mente.

Leopold deve sentir os olhos dela sobre ele, porque se vira em sua direção.

– Posso ajudá-la com algo, princesa? – pergunta ele, curvando a cabeça.

Daphne se força a dar um sorriso afável que não parece alcançar seus olhos.

– Sim, na verdade pode. Vi algumas macieiras ali atrás – diz ela, apontando o caminho de onde vieram. – Mas acho que não consigo alcançar as maçãs. Você poderia me ajudar?

Ele olha por sobre o ombro dela, para onde Daphne sabe que Bairre está com Haimish e Cliona. Deve estar se perguntando por que ela está pedindo a ele – uma pergunta justa, ela supõe, mas para a qual não tem uma resposta.

– Achei que os cavalos poderiam apreciar um lanchinho, mas, se você estiver muito ocupado, posso pedir a outra pessoa.

Ela se afasta alguns passos antes que ele fale.

– Não, eu posso ajudar – diz, ainda parecendo perplexo, mas acerta o passo ao lado dela enquanto caminham em direção às macieiras.

É preciso ganhar a confiança dele, ela pensa, embora lhe ocorra que, pela primeira vez, ela está perdida sobre a melhor forma de conquistar alguém. Tudo o que ela sabe sobre Leopold é que ele parecia realmente gostar da sua irmã, mas isso não a ajuda em nada. Daphne é tão diferente de Sophronia quanto duas pessoas podem ser.

As perguntas que ela quer fazer vão até seus lábios, mas ela as reprime. Haverá tempo para elas mais tarde.

– Eu também tenho uma irmã chamada Sophie, sabe? – comenta, então. – Bem, Sophronia, mas as pessoas que a amavam a chamavam de Sophie... Sophronia era muito pomposo para uma garota que passava o tempo livre fazendo bolos na cozinha.

Ela observa o rosto dele com atenção e é recompensada com um estremecimento quase imperceptível. Se isso significa alguma coisa – e para Daphne significa muito pouco –, Leopold amava sua irmã. Talvez o caminho para conquistá-lo esteja aí, mostrando a ele o quanto ela também amava Sophronia. O que significa que o papel que ela precisa desempenhar é assustadoramente simples. Ela precisa ser a irmã de luto, algo que ela não se permitiu ser desde que soube da morte de Sophronia.

– Ela morreu – conta, as palavras presas em sua garganta como se não desejassem ser ditas, não desejassem ser verdadeiras. – Há pouco mais de duas semanas.

Ela sente seu olhar de soslaio, embora Daphne mantenha os olhos fixos à frente, no horizonte. Tanto Bairre quanto Cliona lhe ofereceram suas condolências, e ela sabe que Bairre se solidariza mais do que a maioria das pessoas, como alguém que perdeu um irmão há pouco tempo, mas Daphne percebe que conversar com Leopold sobre Sophronia é diferente porque, para ele, Sophronia não é uma estranha. Daphne solta um suspiro profundo.

– Ainda não consigo acreditar que ela se foi – continua ela. – Que nunca mais vou ouvi-la rir. Ela tinha uma risada maravilhosa, sabe? Nossa mãe a odiava... dizia que Sophronia ria alto demais, que parecia mais um porco rolando na lama do que uma princesa.

É só quando Daphne diz essas palavras que percebe que tinha se esquecido disso, se esquecido de como o rosto de Sophronia murchava toda vez que a mãe fazia aquela observação, como ela se esforçava para suavizar sua risada, mesmo que, para alívio secreto de Daphne, nunca tivesse sucesso.

Por um momento, Leopold não diz nada.

– Isso é cruel – comenta ele por fim.

Daphne pisca.

– Acho que era – concorda, balançando a cabeça. – Elas nunca se deram bem.

Sua mãe era cruel com Sophronia. Isso não é novidade para Daphne – ela reconhecia a crueldade mesmo enquanto a viviam. Daphne e Beatriz também eram alvo dessa crueldade, esse era simplesmente o modo de ser de sua mãe, mas Sophronia ficava com a pior parte. Mais do que isso, ela sentia a crueldade com mais intensidade do que as duas irmãs.

Daphne dizia a si mesma que era porque Sophronia era a mais fraca das três, que ainda não havia desenvolvido uma pele tão grossa quanto a delas. Dizia a si mesma que, de alguma forma, Sophronia merecia a crueldade; que, se tivesse se esforçado mais, feito o que lhe era mandado sem questionar – se ela pudesse apenas ser mais forte –, a mãe não seria tão cruel.

Pensar nisso agora faz brotar nela as sementes da culpa. Ela se lembra da última carta que Sophronia lhe enviou: *Preciso da sua ajuda, Daph. A essa altura você já deve ter visto como ela está errada, como estamos erradas em cumprir as ordens dela.*

Mais uma vez, Daphne pensa na difícil tarefa de que sua mãe a incumbiu, as vidas que ela exige que Daphne tire, incluindo a do garoto ao seu lado. Certamente Sophronia também acharia isso errado, mas a mãe disse que era a única maneira de garantir a segurança delas. Algo poderia ser ao mesmo tempo errado e necessário?

– Nossa mãe é uma pessoa difícil – diz ela, empurrando essa linha de raciocínio para o fundo da mente, e a culpa junto com ela. – Mas apenas uma pessoa difícil... e, sim, às vezes cruel... pode ocupar um trono da maneira como ela ocupa há quase duas décadas. Sophie entendia isso.

– Tenho certeza que sim – diz ele com suavidade. – Mas não deve ter sido fácil crescer com uma mãe assim. Para qualquer uma de vocês.

Daphne enrijece. O que Sophronia contou a ele? Ou teria sido aquela criada, Violie?

– Minha mãe criou as filhas para serem tão fortes quanto ela – replica ela com confiança. – Sou grata por isso todos os dias.

– Claro – concorda ele, um pouco rápido demais.

Daphne gostaria que ele discordasse um pouco mais, que deixasse escorregar a máscara que está usando, mas ainda não é hora disso. Ele está desempenhando seu papel e ela precisa se lembrar de desempenhar o dela.

– Ali – indica ela, parando em frente a uma árvore e apontando as maçãs que pendem dos galhos. – Se você conseguir pegar uma dúzia, tenho certeza de que os cavalos ficarão gratos.

– Claro, Alteza – diz Leopold, curvando a cabeça em reverência.

– Não há necessidade de atormentá-lo – diz Bairre quando voltam a cavalgar, na última etapa da jornada antes de chegarem ao castelo de verão, na margem sul do lago Olveen.

– Atormentar quem? – pergunta ela, embora faça uma ideia de a quem ele está se referindo. Ela não diria que atormentou Leopold, mas certamente falou mais com ele do que com Haimish, Rufus ou os dois guardas hoje.

– Levi não está aqui para colher maçãs para você – diz ele.

Daphne ri.

– As maçãs eram para os cavalos – corrige ela. – E, além disso, é exatamente para isso que ele está aqui, considerando-se que é um criado. Ele está aqui como parte de seu trabalho, que abrange pegar coisas, incluindo, mas não se limitando, maçãs.

Bairre franze a testa e não retruca. Olhando de soslaio para ele, Daphne sufoca um suspiro. Apesar de ter crescido tão perto do trono, Bairre ainda é muito idealista. Ou talvez seja sua história com os rebeldes que o tornou assim. No momento que esse pensamento lhe ocorre, porém, ela sabe que isso não tem nada a ver com os rebeldes. Afinal, Cliona é tão próxima dos rebeldes quanto se pode ser e não hesita em empregar ou utilizar o trabalho de criados.

– Ainda assim – diz Bairre depois de um momento –, você está dando muita atenção a um criado.

Daphne lhe dirige um sorriso.

– Ciúmes? – pergunta.

Ela acha que as bochechas dele coram, mas pode ser apenas o frio do inverno no ar.

– É suspeito – diz ele depois de um momento, e Daphne sente um aperto no estômago.

– O que há de suspeito nisso? – indaga ela, escondendo sua preocupação com uma risada. – Ele é um criado, vindo das montanhas. A menos que você ache que ele, na verdade, está trabalhando para minha mãe... – Ela ri mais alto, como se fosse um pensamento ridículo, o que de fato é, ainda que não pelos motivos que Bairre possa pensar. – Ou será que ele é um dos assassinos que tentaram me matar e eu consegui aliciar para o meu lado?

Essa é outra ideia ridícula, mas Bairre não sorri.

– Não sei, Daphne – comenta ele com um suspiro. – Mas você mesma disse que tem segredos...

– Não mais do que você – retruca ela, começando a ficar irritada. Bairre não é o garoto ingênuo que ela acreditava que fosse, e ela não vai permitir que ele a faça se sentir a única desonesta entre eles. – A menos que esteja pronto para me contar a verdade sobre o que os rebeldes estão planejando, você não tem espaço para falar dos segredos que opto por guardar.

– Isso não é justo...

– Discordo – interrompe ela. Somente quando os outros cavalgando à frente se viram para olhá-los, Daphne percebe que suas vozes se elevaram. Ela abre um sorriso forçado e acena. – Apenas uma briga de apaixonados – grita.

– Argh, não existe outro termo que você possa usar? – grita Cliona de volta, franzindo o nariz. – Detesto esta palavra: *apaixonado*.

Cavalgando ao lado dela, Haimish se inclina para lhe dizer algo baixinho, de modo que apenas ela o ouve. Em resposta, ela o empurra com tanta força que ele quase cai da sela, embora os dois estejam rindo.

Observá-los provoca um aperto no coração de Daphne. Ela e Bairre não estão destinados a esse tipo de romance, do tipo feito de brincadeiras, provocações e leveza. Mas Cliona e Haimish estão ambos entrincheirados na rebelião, ambos lutando do mesmo lado, com interesses totalmente alinhados. Há um futuro para eles em direção ao qual estão seguindo gradualmente, com a possibilidade de um "para sempre" no horizonte.

Não é o caso de Daphne e Bairre. Talvez antes, quando Daphne não sabia quem Bairre realmente era ou que ele estava trabalhando para a rebelião, ela tenha pensado que poderia haver um futuro ali. Quando ele era apenas um príncipe infeliz e relutante, que não tinha qualquer desejo de governar e qualquer interesse em política. Então, Daphne pensou que, talvez, quando sua mãe conquistasse Vesteria, Bairre pudesse ser convencido a se resignar ao segundo plano e ficar com ela como consorte assim que Daphne sucedesse à mãe como imperatriz.

Foi, ela percebe agora, uma esperança tola. Olhando para ele, ela não consegue imaginar um mundo onde ele ficaria com ela depois que se desse conta da extensão de sua traição. E se for honesta consigo mesma, não consegue imaginar um mundo em que sua mãe permitiria que ele fizesse isso.

Esse pensamento azeda em seu estômago. Sua mãe não vai matá-lo, diz a si mesma. Mas ele será banido para alguma outra terra e nunca mais terá permissão para voltar a Vesteria. Ele estará morto para ela, assim como ela certamente estará para ele.

Isso pelo menos é o que ela disse a si mesma durante toda a vida. Mas isso foi antes de sua mãe lhe dar ordens para matar Leopold e os irmãos. Bairre pode não ser importante o suficiente para ser morto, seu direito ao trono é muito mais tênue, mas Daphne sabe que matá-lo certamente seria mais limpo, e sua mãe sempre preferiu ser organizada em suas maquinações.

O pensamento a assombra enquanto eles continuam a cavalgar em silêncio. Ela imagina como será seu futuro: o retorno triunfante a Bessemia, tendo entregado Friv à mãe; seu reencontro com Beatriz, suas diferenças esquecidas; a mãe lhe dizendo o quanto está orgulhosa dela; Daphne um dia governando toda Vesteria. Antes, pensar no futuro a teria animado, enchendo-a de uma sensação de vertigem e de propósito. Agora, porém, ela se sente vazia.

Não existe mais uma Sophronia nesse futuro. Não há Bairre, nem Cliona, e parece cada vez mais provável que também não haja Beatriz.

O futuro para o qual Daphne sempre se encaminhou desde que deu seus primeiros passos agora lhe parece incrivelmente solitário.

O castelo de verão não é tão grandioso quanto o nome levou Daphne a esperar, embora seus padrões de grandiosidade tenham despencado desde que ela chegou a Friv. Trata-se, ela admite, de uma mansão bem grande, estendendo-se por três andares, mas referir-se a ela como um castelo é um exagero e tanto. Daphne calcula que a construção caberia dentro do palácio bessemiano pelo menos dez vezes.

Bairre mencionou que o castelo tinha acabado de ser aberto pela pequena equipe de criados, a roupa de cama foi trocada, as velas foram acesas, os quartos, arejados, mas, quando uma criada a leva para uma visita à ala oeste, onde fica seu quarto, Daphne fica impressionada com o cheiro de mofo no ar. Ela supõe que a propriedade não foi usada no verão passado, com o príncipe Cillian tão doente, e que então já faz algum tempo desde que alguém andou por esses corredores.

O quarto onde a empregada deixa Daphne está inicialmente frio, mas, com o fogo crepitando na lareira, a temperatura torna-se tolerável. Depois de um dia cavalgando, ela não pode se queixar. Na grande cama de dossel no centro do quarto vê-se uma pilha de peles prateadas.

– Vou providenciar para que um banho seja preparado para Vossa Alteza – diz a criada, fazendo o que Daphne calcula que deva ser sua vigésima mesura na última meia hora. – Precisa de mais alguma coisa?

– Sim – diz Daphne, virando-se para ela. – Pergaminho e pena. Quando sai o correio? Vou precisar que uma carta seja enviada para Bessemia na primeira oportunidade.

Ela já adiou demais, sua mãe precisa saber sobre Leopold.

Os olhos da criada se arregalam e ela gagueja.

– Ah, hã... b-bem, Alteza, no inverno, é difícil para a carroça do correio atravessar a neve. Temos mensageiros para o correio local, é claro, mas acho que ninguém conseguirá enviar uma carta para Bessemia por semanas... não até que o gelo derreta.

Daphne encara a garota por um longo momento, sentindo-se prestes a explodir.

– Semanas – repete.

– Infelizmente, sim – confirma a criada. – Veja, não temos muitos motivos para enviar correspondência para Bessemia. Temo que será melhor esperar para enviar a carta quando retornar a Eldevale.

Daphne fecha os olhos e cerra os dentes.

– Muito bem – diz, soltando um suspiro. – Muito bem, um banho serve. Obrigada.

A criada sai apressada do quarto, fechando a porta ao passar, e Daphne afunda na cama. Por mais irritada que esteja por não poder contar à mãe que sabe exatamente onde Leopold está, há uma parte dela, lá no fundo, que se sente aliviada também.

Violie

Violie não tem a habilidade nem a prática de Sophronia com a confeitaria, mas consegue uma imitação respeitável do bolo que ela e Sophronia fizeram em Temarin, e que Sophronia então serviu a Eugenia: um bolo leve e fofo com um toque de canela. Em Temarin, Sophronia o havia decorado com mirtilos frescos, mas eles não estão disponíveis em Friv nesta época do ano, então Violie os substitui por uma xícara de groselhas vermelhas.

Ainda nas primeiras horas do dia, o bolo já está assado e frio, e Violie encontra um pedaço de pergaminho e uma pena entre os utensílios de cozinha de Nellie, que ela usa para fazer listas de compras para os criados. Violie decorou a caligrafia de Sophronia muito antes de conhecer a garota pessoalmente, embora nunca tivesse precisado usar tal habilidade, e assim que a pena toca no pergaminho, tudo flui.

Cara Genia,

Eu perguntaria se você sente saudades minhas, mas sei a resposta para essa pergunta. Suspeito que você sinta muita saudade agora de duas pessoas, e vou mandar lembranças suas para elas. Talvez, se expiar adequadamente seus crimes contra mim, você as veja de novo. Tenha certeza de que, nesse ínterim, estarão bastante seguras comigo.

S

Violie lê as palavras duas vezes, com uma ruga na testa. O conteúdo da carta não se parece nada com Sophronia – Violie não consegue imaginá-la ameaçando ninguém, muito menos crianças, não a Sophronia que ela conhecia. Eugenia, por outro lado, viu Sophronia como uma ameaça praticamente desde a primeira vez que se encontraram. Para ela, Sophronia é a vilã.

Ignorando o conteúdo da mensagem, Violie pode ouvir a mensagem lida na voz de Sophronia. Ela não tem certeza se a outra garota aprovaria ou não o fato de Violie usar sua memória dessa maneira, porém, quanto mais pensa, mais Violie acredita que Sophronia *aprovaria* essa farsa. Pode se tratar de uma zona cinzenta moral, mas, pelo padrão de coisas que Violie vem fazendo, mesmo na última semana, isso sem dúvida está no lado mais claro do espectro.

Violie consegue entrar de maneira furtiva nos aposentos de Eugenia de novo, dessa vez uma hora antes do amanhecer, quando o castelo está dormindo profundamente. Ela mexe na fechadura para abrir a porta e entra na sala de estar na ponta dos pés, deixando o bolo e o bilhete na mesa antes de voltar apressada para a porta. Sua mão já está na maçaneta quando uma voz corta o silêncio.

– Genevieve? – chama Eugenia. – Pode pedir meu café, sim?

O pânico toma conta de Violie, mas ela se obriga a manter a calma.

– Sim, senhora – responde em sua melhor imitação do pomposo sotaque temarinense de Genevieve.

Então sai e fecha a porta com firmeza ao passar.

Menos de vinte minutos depois, Genevieve entra intempestivamente na cozinha, os olhos arregalados. Violie logo se ocupa do caldeirão de mingau, que será servido no café da manhã, embora seu coração esteja disparado. Na verdade, ela está surpresa e impressionada por Eugenia ter enviado Genevieve para investigar a cozinha depois de encontrar o bolo, embora não devesse estar. Ainda assim, o momento não foi muito feliz – apenas dois minutos depois, Nellie estaria fazendo seu inventário diário do estoque da despensa e Violie estaria sozinha para garantir a Genevieve que não, ninguém na cozinha fez um bolo ontem à noite, e que estranho ter aparecido um no quarto de lady Eunice, mas por acaso ela sabia que o castelo era assombrado?

Em vez disso, é Nellie quem vai falar com Genevieve aos sussurros, e

Violie se prepara para uma acusação, que certamente levará à sua descoberta. Talvez, se correr agora, ela consiga chegar à floresta antes...

A porta se fecha quando Genevieve sai da cozinha, e o silêncio se estende entre Violie e Nellie por um longo momento antes que a mulher cruze o espaço e venha se postar ao lado de Violie.

– Não sei que jogo você está fazendo, mas aconselho que jogue com mais cuidado, e de preferência fora da minha cozinha – diz suavemente.

O coração de Violie desacelera, ainda que apenas um pouco.

– Você não disse a ela que fui eu? – pergunta.

Nelly faz uma pausa.

– Eu disse a você que estava desesperada por trabalhadores após o desastre de um casamento – responde ela. – Não estou disposta a jogar a única ajuda que encontrei para os lobos tão rapidamente. Você não é frívia, é?

– O que te faz dizer isso? – contrapõe Violie.

– Você conhece a rainha Eugenia, e aposto que ela também te conhece. Você é temarinense?

Violie hesita, tentando decidir se confirma a meia-verdade ou se confessa toda a verdade.

– Eu trabalhei no palácio temarinense – diz depois de um momento. – A rainha machucou uma amiga minha, então decidi dar uma mão aos notórios fantasmas frívios para assombrá-la por isso.

Nellie faz outra pausa e Violie se pergunta se ela ouve as lacunas em sua história, as coisas que Violie não diz, ou se apenas sente que é a verdade e a aceita.

– Você sabe que ela é uma rainha viúva, não uma dama viúva – diz Violie, esperando desviar o foco antes que Nellie possa questioná-la mais.

– Sei o suficiente – responde Nellie. – Se quer saber, parece que ela ficou bastante aflita ao ver o bolo e um bilhete deixado com ele.

– Ótimo – diz Violie.

A cozinheira a observa por um longo momento e Violie tem a sensação de que Nellie é muito boa em ler a maioria das pessoas, mas Violie não é a maioria das pessoas, e ela sabe disso. Ela encara Nellie com um paredão de neutralidade cuidadosamente erguido. Nellie franze os lábios.

– Apenas um tolo acredita que é a pessoa mais inteligente em um lugar – diz ela. – E você seria uma tola se trouxesse esse problema para minha cozinha outra vez. Entendido?

Violie limita-se a assentir, conseguindo conter-se e não revirar os olhos até Nellie lhe dar as costas.

Quando o turno de Violie na cozinha termina, ela não segue os outros criados de volta aos seus aposentos. Em vez disso, separa-se do grupo, fingindo ajustar os cadarços das botas antes de deslizar por outro corredor e subir a escada, pegando uma pilha de lençóis brancos dobrados na lavanderia e serpenteando pelos corredores estreitos e mal iluminados. Segue para a ala real. Os guardas postados na entrada a detêm, mas, quando ela diz que foi enviada para trocar a roupa de cama no quarto da princesa Daphne, eles se entreolham.

– Vocês não se comunicam? – pergunta um guarda em tom de zombaria. – Alguém já fez isso hoje de manhã.

– Alguém *tentou* fazer isso hoje de manhã – corrige Violie com uma gargalhada encantadora. – A tolinha acidentalmente substituiu os lençóis sujos por *outros* lençóis sujos. Fui enviada para corrigir o erro.

Os guardas se entreolham mais uma vez antes que um deles faça que sim com a cabeça.

– Seja rápida, então – diz ele, afastando-se para Violie passar.

Ela segue para os aposentos de Daphne e entra, fechando a porta com o quadril antes de colocar a pilha de lençóis no pequeno sofá perto da lareira apagada. A luz do entardecer que entra pela janela mal ilumina qualquer coisa, mas Violie consegue se virar. Ela logo começa a trabalhar, vasculhando o quarto em busca de qualquer coisa que Beatriz possa achar interessante.

Violie sabe que Daphne terá queimado todas as cartas que a imperatriz lhe enviou, mas assim mesmo vasculha as cinzas na lareira, procurando algum pedaço que possa ter sobrevivido às chamas. Ali, porém, não há nada além de cinzas. Ela esquadrinha a sala de estar e o quarto, procurando todos os lugares onde a imperatriz a instruiu a esconder coisas – debaixo do colchão e das ripas da cama, entre tijolos soltos na lareira, sob os tapetes. Também vasculha os lugares onde a imperatriz disse a Violie que Sophronia provavelmente esconderia coisas, como os fundos falsos de seus estojos de joias e de cosméticos, o forro de vestidos e casacos pendurados no guarda-roupa, os saltos ocos dos sapatos.

Mas Violie encontra pouca coisa que interesse a Beatriz – pouca coisa que lhe pareça interessante também. Somente um frasco de poeira estelar no forro da capa de inverno de Daphne, que ela guarda no bolso. Mas, fora isso, não há nada.

Violie já quase desistiu quando decide dar outra olhada na mesa de Daphne, vasculhando as gavetas. Quando fecha a do lado direito, ouve um ruído estranho e suave. Franzindo a testa, abre a gaveta novamente e torna a ouvir o ruído. Então, percebe que uma das penas está presa em alguma coisa no alto da gaveta – papel, pelo ruído que faz.

Com o coração pulando na garganta, Violie enfia a mão na gaveta e tateia. Seus dedos roçam um pedaço de papel dobrado preso na parte superior da gaveta, e uma descarga de triunfo a atravessa quando ela o puxa e o desdobra.

Mal consegue ler com a luz fraca, mas vai até a janela, deixando o brilho das estrelas iluminar a página.

A carta está escrita na caligrafia da imperatriz, mas a empolgação com a descoberta morre assim que Violie decifra as palavras.

– Estrelas do céu! – murmura baixinho antes de enfiar a carta no bolso e sair correndo, a mente tão dispersa que mal se lembra de levar a pilha de lençóis consigo.

Precisa alcançar Leopold e Daphne. Agora.

Beatriz

Beatriz avança pelo corredor do palácio, dois guardas seguindo cada passo seu. Um deles é sempre o mesmo, acompanhando-a, mais ou menos, desde que ela voltou para casa – supostamente para sua proteção, embora ela esteja certa de que essa não é a única incumbência que ele recebeu de sua mãe. No outro posto houve um rodízio entre três outros guardas até agora. Ainda que nenhum deles seja particularmente falante, ela conseguiu extrair algumas informações do chefe da guarda ao longo dos últimos dias.

Bem, ela sabe que o nome dele é Alban e, a julgar pela completa impossibilidade de conquistá-lo, diria que sua lealdade à imperatriz é absoluta. O que é uma pena, porque ele é jovem e bonito e Beatriz se divertiria um bocado tentando atraí-lo para o seu lado, se achasse que havia alguma chance de ser bem-sucedida.

Ela está retornando de um chá com uma prima distante do lado paterno – mais para driblar o tédio do que qualquer outra coisa, pois a mulher tagarelou sobre sua jardinagem por mais de uma hora. Enquanto caminha pelo corredor movimentado, um criado esbarra nela e segura seu braço para estabilizá-la.

– Minhas desculpas, Alteza – diz uma voz familiar, falando em bessemiano, mas com um evidente sotaque cellariano. Um papel é pressionado na palma de sua mão, e ela vislumbra o rosto de Ambrose antes que ele desapareça de novo em meio à multidão.

– Vossa Alteza está bem, princesa Beatriz? – pergunta Alban.

– Tudo bem – responde ela, enfiando discretamente o papel no bolso. Ela pediu a Ambrose que a avisasse tão logo a carta de Violie chegasse, e apostaria vários frascos de poeira estelar que é exatamente o que ele acaba de lhe dar. – Estou muito bem – acrescenta.

Precisa lembrar a si mesma para não correr, o que sem dúvidas suscitaria perguntas, mas, assim que se vê sozinha no quarto, tira a carta do bolso e a abre, suas suspeitas confirmadas quando nota a caligrafia desconhecida em um código muitíssimo familiar.

Ela leva a carta até a escrivaninha e se senta, estendendo a mão para pegar a pena no tinteiro e começando a fazer a decodificação. Ao final, a carta diz:

Prezada B,

Você estava certa: D não foi nem um pouco acolhedora à nossa chegada, mas consegui garantir um emprego no castelo. L também conseguiu, pouco antes de se oferecer para acompanhar D, o príncipe Bairre e alguns nobres frívios em uma viagem ao lago Olveen. Tentei impedi-lo, mas não consegui. Ele está disfarçado, mas temo que sua irmã vá descobrir rapidamente.

Embora eu não tenha qualquer outra notícia a relatar sobre D, a rainha Eugenia se encontra aqui em Friv, mas não sei por quê. Eu apostaria que tem algo a ver com sua mãe. Vou observá-la de perto tanto quanto possível. No entanto, preciso ser cuidadosa, pois ela com certeza vai me reconhecer.

Mais notícias em breve,

V

Imediatamente, Beatriz se levanta da escrivaninha e vai até a lareira, lançando a carta nas chamas. Enquanto observa o fogo engolir as palavras de Violie, ela as revolve em sua mente.

Não lhe agrada a ideia de Leopold estar tão perto de Daphne, e ela sabe que, se sua irmã não descobriu a identidade dele ainda, vai descobrir em breve, embora não haja nada que ela possa fazer a respeito, exceto tentar interceptar qualquer carta que Daphne tente mandar para a mãe delas. Mas essa é uma tarefa em que ela não pode se arriscar demais, não quando ser apanhada significa perigo para ela e Pasquale. Não, Leopold fez sua escolha e vai ter que lidar com isso.

Depois, há o problema de Eugenia e sua presença em Friv, algo que Daphne mencionou também, confirmando que esse era, de fato, o plano da imperatriz.

Beatriz volta para a escrivaninha a fim de escrever uma resposta para Violie.

Cara V,

Estou certa de que não preciso lhe dizer que excluir completamente E da equação resolveria muitos problemas, e prefiro não deixar nada por conta do acaso. No entanto, a escolha é sua.

Quanto à minha irmã, avise-me assim que ela voltar de viagem ou se você tiver qualquer notícia dela. Da mesma forma, avisarei caso ela revele a localização de Leopold para minha mãe, embora eu tema que não haverá nada a fazer nesse caso.

Sei que S o amava, mas receio que não haja como salvar um tolo de si mesmo.

Sua amiga,
B

Depois de terminar a carta, Beatriz a codifica e dobra na forma de um pequeno quadrado, guarda-a no bolso e sai do quarto, dirigindo um sorriso radiante aos guardas posicionados de ambos os lados da porta.

– Acho que perdi uma pulseira – diz ela a Alban. – Sei que estava com ela quando saí do chá com minha prima, mas deve ter caído em algum lugar no caminho.

Assim, Alban e o outro guarda seguem Beatriz enquanto ela refaz o percurso no corredor do palácio, fingindo procurar algo no chão, mas deixando que seus olhos busquem o rosto de Ambrose entre os cortesãos e criados que passam apressados. Ela o encontra parado ao lado de uma janela e faz contato visual com ele, que assente discretamente.

– Ah, aqui está – diz Beatriz, abrindo a pulseira que ainda está usando e abaixando-se, fingindo pegá-la, a outra mão indo até o bolso onde está a carta. Quando ela se levanta, Ambrose esbarra novamente nela, pegando a carta enquanto ela distrai os guardas balançando a pulseira na frente dos olhos deles.

Quando tudo mais falhar, ela pensa, nunca subestime o poder de uma distração que brilhe.

– Agora estou exausta – diz, fingindo um bocejo. – Gostaria de voltar aos meus aposentos, por favor.

Os guardas escoltam Beatriz mais uma vez até seus aposentos, seguindo atrás dela sem ver o sorriso de satisfação em seu rosto.

– Hoje vamos identificar o seu poder primordial – diz Nigellus a Beatriz na aula seguinte em seu laboratório.

Beatriz franze a testa, olhando os instrumentos que ele dispôs na mesa de trabalho entre eles. Uma dúzia de frascos de poeira estelar; uma coleção de béqueres contendo líquidos em um arco-íris de matizes; uma roseira plantada em um vaso, com as folhas murchas e os botões bem fechados; e talvez o mais desconcertante: um maço de pergaminhos em branco e uma pena.

– Poder primordial? – repete ela.

Nigellus inclina a cabeça, os olhos cor de prata esquadrinhando o rosto dela como se procurasse respostas ocultas para perguntas que ele não tinha feito ainda.

– Empyreas podem tirar estrelas do céu, mas a maioria faz isso intencionalmente uma única vez na vida, se tanto. Porém, existem outros dons que somente nós podemos exercer.

Beatriz assente.

– Como suas engenhocas – diz ela, pensando nas pulseiras que ele fez para ela e as irmãs, cada uma contendo um pedido mais forte que poeira estelar.

As narinas de Nigellus se dilatam.

– Minhas engenhocas – repete ele, a voz transbordando escárnio. – Prefiro usar experimentos. Ou *dispositivos. Instrumentos*, até.

– Parafernália – sugere Beatriz, só para alfinetá-lo. Ela é recompensada ao ver sua boca se torcer numa careta.

– Já terminou? – pergunta ele.

Beatriz não consegue abafar uma risada.

– Os outros dons – diz ela. – Como profecia? E amplificação?

Ela leu sobre ambos: empyreas com o dom da clarividência são raros, mas Beatriz já folheou livros sobre suas profecias na biblioteca. O volume mais recente tem um século. Por outro lado, a amplificação...

– A amplificação é o mais comum – diz Nigellus, como se lesse os seus pensamentos. – Portanto, vamos começar por ela.

Ele pega um frasco de poeira estelar e o entrega a Beatriz, que o vira nas mãos enquanto ele aponta para a roseira murcha.

– A poeira estelar por si só deve bastar para pedir que ela fique saudável de novo – explica ele. – Mas, se você tem uma inclinação para a amplificação, o pedido deve ser tão forte que as flores se abrirão também.

Beatriz assente, a expressão concentrada. Ela tira a rolha do frasco de poeira estelar e a espalha no dorso da mão. Então volta a atenção para a roseira.

– Queria que esta planta ficasse curada e florescesse – diz ela.

Nigellus assente brevemente em sinal de aprovação às palavras dela, mas seus olhos estão fixos na roseira. Beatriz a observa também, a respiração suspensa, enquanto as folhas passam do marrom para o verde, desenrolando-se onde tinham murchado. A planta inteira se apruma, crescendo vários centímetros no processo. Mas os botões continuam bem fechados.

– Hummm – diz Nigellus.

A boca de Beatriz se retorce, mas ela diz a si mesma que isso é uma boa coisa – ela não tem o poder primordial mais comum. Tem algo mais raro, só precisa descobrir o quê.

– Talvez você seja uma alquimista, como eu – diz Nigellus, embora sua voz esteja cheia de dúvidas.

Ele lhe entrega um pano para limpar a poeira estelar da mão e, quando ela termina, Nigellus coloca outro frasco de poeira estelar em um suporte que o mantém em pé diante dela; em seguida entrega a ela um frasco cheio de um líquido cor de âmbar.

– Resina de pinho – informa, os olhos em Beatriz enquanto ela vira o frasco para um lado e para o outro, observando a resina escorrer devagar pelo frasco. – Sozinha, ela já é inflamável. Você vai adicionar a poeira estelar e fazer um pedido para transformá-la em chama, sem o uso de uma faísca.

– Um pedido com poeira estelar não será suficiente para incendiá-la? – pergunta ela.

Nigellus balança a cabeça.

– Não sem um dom alquímico.

Beatriz se concentra no frasco de resina de pinho enquanto verte-a lentamente na poeira estelar, mantendo uma distância cautelosa ao observá-las se misturarem.

– Queria que essa resina de pinho se incendiasse.

Ela se prepara para a eclosão de uma chama, mas essa não vem.

– Hummm – murmura Nigellus de novo, e desta vez a decepção percorre Beatriz e cria raízes.

– Pegue a pena e o pergaminho – instrui Nigellus.

Ele vai até o lado da sala onde uma corda e uma roldana pendem do teto. Então, puxa a corda e, com um chocalhar, o teto se abre, permitindo que o brilho das estrelas desça sobre os dois. Beatriz demora um segundo para esquadrinhar o céu, notando acima deles a presença do Coração do Herói, do Viajante Perdido e do Sol Nublado. Nigellus volta para a mesa e entrega a ela outro frasco de poeira estelar.

– Vamos tentar o dom da profecia agora – diz ele, quando ela pega o frasco. – Espalhe na sua mão de novo, mas desta vez não verbalize o pedido. Em vez disso, sinta as estrelas lá no alto, banhe-se na luz delas, e então escreva o que lhe vier à mente, mesmo que não faça sentido.

Beatriz o olha com ceticismo, mas faz o que ele pede, espalhando a poeira estelar no dorso da mão e apoiando a ponta da pena sobre o pergaminho. Quando fecha os olhos, ela sente as estrelas na sua pele, tremeluzindo e dançando como uma suave lufada de vento. No entanto, por mais que tente escutar, nenhuma palavra lhe vem à mente. A pena permanece imóvel no pergaminho. Depois do que parece uma eternidade, ela ergue os olhos para Nigellus, que a observa com o cenho profundamente franzido.

– Não ouse me dizer *hummm* de novo – diz ela, baixando a pena e pegando o pano para limpar a poeira estelar da mão.

– Todo empyrea tem um dom primordial – garante ele. – Esses são os três mais comuns, mas há outros que não são tão fáceis de testar.

– Como...? – pergunta Beatriz.

Nigellus pensa por um momento.

– Li sobre empyreas capazes de reunir constelações específicas no céu, mudando essencialmente o destino – diz ele após um momento. – Há séculos não aparece um, mas é uma possibilidade.

– Ou se trata apenas de um mito.

Nigellus prossegue, ignorando-a.

– Há rumores sobre empyreas que podem pressentir a chegada de chuvas de estrelas, que são capazes de indicar exatamente quando e onde elas vão ocorrer, mas, é claro, não vamos poder testar isso.

Beatriz ouve a decepção na voz dele, sente-a inundando as próprias veias. É como se ela tivesse fracassado. Por mais que Nigellus insista em afirmar que todos os empyreas têm um dom primordial, Beatriz duvida que ela de fato tenha um. E, se não tem, para que ela serve? Não pode tirar estrelas do céu sem consequências graves, então, para que serve sua magia, afinal?

Ela ergue os olhos para o céu, observando o Coração do Herói afastar-se do leste. O Cálice da Rainha surge do sul e Beatriz sente um aperto no estômago quando recorda a estrela que ela tirou da constelação na Sororia. A culpa ainda a perturba, embora saiba que não estaria aqui agora se não a tivesse tirado. Nem Pasquale. Ela não pode se arrepender, mas tampouco se orgulha do que fez.

Enquanto os olhos esquadrinham a constelação, sua testa se franze. Alguma coisa não está certa, ela percebe. E corre para o telescópio de Nigellus.

– Beatriz? – chama Nigellus, mas ela o ignora, apontando o telescópio para o Cálice da Rainha e ajustando os botões na lateral até obter uma visão ampliada da constelação, com todas as estrelas que a compõem. Inclusive uma em seu centro que não deveria estar ali.

– Ela voltou – sussurra Beatriz, forçando-se a se aprumar e dar um passo para o lado, para que Nigellus também possa ver. – A estrela que derrubei, aquela à qual fiz o pedido. Ela voltou. Pequena, com a luz fraca, mas está lá.

Daphne

Quando acorda no castelo de verão no segundo dia, Daphne demora um momento para se lembrar por que está ali, exatamente como aconteceu no dia anterior. Ao olhar para o teto de pedra, os eventos dos últimos dias voltam aos poucos à sua mente – as instruções de sua mãe para encontrar Gideon e Reid antes de Bairre e matá-los, sua conclusão de que o criado Levi é o rei Leopold, a compreensão de que terá que matá-lo também para que os planos da mãe funcionem. Para que seus planos funcionem, lembra a si mesma.

Isso não lhe traz nenhuma paz.

O sol entra pela janela perto de sua cama, dizendo a Daphne que ela já dormiu além do que deveria. Mas tudo que ela quer fazer é puxar as cobertas sobre a cabeça, enterrar o rosto no travesseiro e se isolar do mundo, inclusive de sua mãe.

Preciso da sua ajuda, Daph. As palavras da última carta de Sophronia ecoam em sua mente, tão claras como se a irmã as tivesse enunciado em voz alta. *A essa altura você já deve ter visto como ela está errada, como estamos erradas em cumprir as ordens dela.*

Quando recebeu aquela carta, Daphne pensou que a irmã estava sendo ridícula. É claro que a mãe delas não estava errada: não lhes pedira nada que não fosse para o bem de Vesteria. Daphne acreditava nisso de todo o coração, a maior parte dela ainda acredita. No entanto, outra parte – uma pequeníssima parte – se pergunta se Sophronia não estaria certa, se o que a imperatriz está lhe pedindo não seria errado, se ela não estaria errada em concordar.

Não, ela pensa, sentando-se na cama e sacudindo a cabeça, forçando-se a despertar. Não, sua mãe disse que, enquanto a Casa de Bayard continuasse viva, a vida dela e de sua família correria risco. Não importa que Reid e

Gideon sejam inocentes, não importa que Leopold amasse Sophronia de verdade, nada disso importa. Eles são uma ameaça, intencionalmente ou não, e Daphne não pode perder mais ninguém que ela ama.

Apesar do fogo queimando na lareira, o quarto está frio e Daphne troca rapidamente a camisola por um vestido de lã simples, sem se preocupar em pedir ajuda. Então, se agasalha com sua capa de lã mais quente e calça meias grossas e botas. Ao sair do quarto, passa por uma criada que leva uma bandeja com uma xícara de chá fumegante para o quarto de Cliona e a detém para perguntar por Bairre. A garota a direciona para os estábulos no lado oeste do terreno do castelo, e Daphne se dirige para lá. Não precisa procurá-lo por muito tempo – Bairre está de pé logo na entrada do estábulo, conversando com dois jovens cavalariços.

– Vocês têm certeza? – pergunta ele, olhando de um menino para o outro com a expressão séria.

– Sim, Alteza – responde um deles.

Daphne diria que ele tem cerca de 13 anos, um rosto muito sardento e cabelos castanho-claros bagunçados. – Juro pelas estrelas que foi o que aconteceu.

– O que foi que aconteceu? – pergunta Daphne ao se aproximar.

Bairre se vira para ela e, apesar do desconforto da conversa que tiveram no dia anterior, seus olhos se iluminam.

– Daphne, os príncipes... eles estão aqui perto.

– É? – pergunta ela, sem saber se é empolgação ou pavor que faz sua pele formigar com a notícia. Ela não sabe se quer uma resposta.

Bairre interpreta as emoções conflitantes em seu rosto como ceticismo.

– É sério, é uma pista real – diz antes de olhar de volta para os meninos. – Contem a ela.

O outro garoto, que parece mais novo que o primeiro, com cabelos mais escuros e bochechas rosadas, vira-se para Daphne com olhos animados.

– Tem um grupo de homens acampados na floresta. Alguns têm sotaques estranhos.

Daphne olha para Bairre. Pode ser uma pista, mas ela precisa segui-la sem ele, o que significa convencê-lo de que não vale a pena investigar.

– Isso não quer dizer nada – replica ela, dando de ombros. – Estamos perto do mar... muitos viajantes vêm e vão, imagino. Vocês viram meninos com eles, com a idade próxima à de vocês?

– Não, ninguém – afirma o mais novo.

– Está vendo? – diz Daphne a Bairre. – Nada indica que seja outra coisa além de...

– Contem a ela sobre os casacos – interrompe Bairre.

– Casacos? – pergunta Daphne.

– Ah, os casacos – repete o garoto mais velho, empolgado. – Bem, a amiga da prima da vizinha da minha vó tem uma loja na cidade, e ela disse que um dos homens foi lá perguntar se tinha dois casacos que coubessem em meninos de mais ou menos 12 e 14 anos.

– De 12 e 14? – pergunta Daphne, seu batimento cardíaco acelerando. – Vocês têm certeza?

– Sim, Alteza – responde o garoto mais velho. – Lembro porque estou com 13 anos agora, mas sou grande para a minha idade e minha mãe levou meu casaco velho para vender para eles. Ela disse que eles pagaram mais do que o casaco valia e que pareciam desesperados.

Daphne e Bairre se entreolham. Gideon e Reid estavam de casaco quando desapareceram, mas não eram pesados o suficiente para o clima ali no nordeste, sobretudo se estivessem acampando ao ar livre.

– Obrigado – diz Bairre, enfiando a mão no bolso para tirar uma moeda de áster para cada menino. – Agora vocês podem selar os cavalos?

Os meninos pegam as moedas depressa e entram correndo nos estábulos. Daphne os observa, sua mente lutando para formar um plano.

– Provavelmente não vai dar em nada – comenta ela a Bairre, embora não consiga soar convincente, nem mesmo a seus próprios ouvidos.

– E se der? – retruca Bairre, balançando a cabeça. – Estou com um bom pressentimento, Daphne. E gostaria que você viesse junto. Sua ajuda vai ser útil.

Sua ajuda para resgatar Gideon e Reid, não para matá-los. Ela engole um protesto. Se sua mãe estivesse aqui, diria a Daphne para ir com Bairre, para usar a liderança e as habilidades de rastreamento dele e então fazer o que precisa ser feito. Será fácil despistá-lo na floresta e encontrar os príncipes sozinha. Ela está com seus punhais – será fácil cortar a garganta deles. Os meninos não a verão como uma ameaça até que seja tarde demais. Ela vai garantir que seja rápido e indolor. Não há necessidade de que sofram. E, quando terminar, vai gritar e agir como se já os tivesse encontrado mortos, pelas mãos de quem os sequestrou. Bairre nunca vai suspeitar dela. Ele *não pode* suspeitar dela.

Isso é o que sua mãe lhe diria para fazer, então, mesmo que essa ideia revire seu estômago, é o que ela fará.

– Estou pronta para ir quando você estiver – anuncia ela, forçando um sorriso que parece a maior das mentiras que já contou para ele.

– Ótimo – diz ele, retribuindo o sorriso. – Mas não tenho certeza do que vamos encontrar, então enviei uma mensagem para dizer aos outros que se preparem, minutos antes de você sair.

Daphne faz um rápido cálculo mental – será mais difícil encontrar os meninos sozinha se Cliona, Haimish e Rufus também estiverem lá.

– Isso inclui o criado e os guardas? – pergunta ela.

Bairre olha zangado para ela.

– Levi, Niels e Evain – nomeia ele. – E sim, por mais útil que tenha sido a informação dada pelos cavalariços, eles não sabem quantos homens estão no acampamento. Melhor prevenir do que remediar, especialmente se há vida de crianças em risco.

– É claro – replica Daphne, sentindo o nó no estômago se intensificar.

Demora pouco mais de uma hora para alcançarem a orla da floresta de Trevail, e Bairre guia o grupo até um ponto mais ao norte do que aquele em que estiveram no dia anterior, pois segundo as informações dos cavalariços o acampamento ficava perto do rio Tack.

– Será melhor irmos a pé, para não sermos ouvidos – diz Bairre, parando o cavalo e desmontando.

Daphne e os outros o imitam.

– Levi, Niels, Evain, vocês três sigam pelo lado norte, o restante de nós avançará pelo sul. Vamos nos separar para cobrir o máximo de terreno possível – orienta ele. – Se houver qualquer sinal dos meninos, mantê-los seguros é a prioridade. Não ataquem se estiverem em desvantagem numérica, observem a localização e busquem ajuda primeiro. Só matem se for absolutamente necessário... Tenho perguntas que precisam de respostas.

Os outros assentem e Daphne não pode deixar de se impressionar com a autoridade com que Bairre dá ordens. Desde que assumiu com relutância o papel de príncipe após a morte de Cillian, ele parece desinteressado por governar, embora Daphne saiba que, pelo menos em parte, isso se deve a seu alinhamento com os rebeldes. No entanto, vendo-o agora, ela percebe que, quer um dia venha a usar uma coroa ou não, ele tem as qualidades de um líder forte.

Eles encontram um carvalho alto no qual amarram os cavalos e então se separam. Assim que Daphne se distancia o suficiente dos outros, pega os punhais, segurando um em cada mão à medida que avança, procurando qualquer sinal de vida humana na floresta. Ela caminha com passos silenciosos e movimentos rápidos – se os príncipes estiverem de fato por perto, precisa encontrá-los primeiro.

Enquanto caminha, gira os punhais nas mãos – um cacoete nervoso, ela se dá conta, embora diga a si mesma que não há motivo para ficar nervosa. Sabe o que tem a fazer, e essa não será a primeira vez que mata alguém. Tudo o que sabe sobre Gideon e Reid lhe diz que matá-los não será um desafio. Mas, no silêncio mortal da floresta, a voz de Sophronia em sua cabeça vai se tornando cada vez mais alta.

A essa altura você já deve ter visto como ela está errada, como estamos erradas em cumprir as ordens dela.

Daphne está tão absorta na voz que não tem mais certeza se está andando há minutos ou horas, embora a posição do sol no céu, espreitando por entre as copas das árvores, lhe diga que não pode ter passado muito tempo. Trinta minutos? Quarenta e cinco?

– Gideon, para. – Uma voz falando temarinense atravessa seus pensamentos e ela fica imóvel, empolgação e pavor travando outra batalha dentro dela.

Daphne conhece aquela voz. Reid. Eles estão ali. E o que é mais surpreendente: Reid não parece estar com medo ou aborrecido; parece estar com dificuldade em segurar o riso.

– Silêncio agora, vocês dois – ordena outra voz, também em temarinense, sem qualquer traço de outro sotaque. A voz é masculina e irreconhecível, mas não hostil.

Daphne se aproxima, guardando os punhais nas bainhas e trocando-os pelo arco, puxando uma flecha no momento que sobe ao topo de um monte de neve, mantendo-se abaixada para evitar ser vista.

Ela observa a cena à sua frente: um pequeno acampamento com três barracas e as cinzas de uma fogueira extinta. Gideon e Reid estão do outro lado do acampamento, jogando bolas de neve um no outro, enquanto um jovem se encontra sentado em uma pedra, o rosto de perfil. Daphne consegue ver o bastante do jovem para perceber que é um rapaz bonito, mas com uma expressão perversa e mal-humorada. Ela aponta a flecha para ele – precisará eliminá-lo antes dos meninos, mas, se disparar agora, Gideon e

Reid vão gritar, alertando o restante do grupo de Daphne sobre o paradeiro deles. Ela não pode permitir isso.

– Falta muito para irmos embora daqui, Ansel? – pergunta Gideon, parando a guerra de bolas de neve e se aproximando do rapaz.

Ansel. O nome dispara uma vaga lembrança em Daphne, que, no entanto, não consegue se lembrar de onde o conhece.

– Vamos ficar mais um dia, pelo menos – diz ele, balançando a cabeça. – O tempo está mantendo todos os navios ancorados por enquanto. Ninguém quer se arriscar a cruzar o mar de Whistall em condições longe do ideal.

Gideon suspira alto.

– Mas Leopold...

– Seu irmão não vai querer que vocês sejam pegos em um redemoinho... Ele pode esperar mais alguns dias – replica Ansel.

A pele de Daphne se arrepia enquanto ela processa a informação – Ansel, quem quer que seja, está mentindo para Gideon e Reid, prometendo a eles que vai levá-los para Leopold. Mas por que eles acreditariam nele?

Eugenia mencionou um Ansel, ela recorda. Era o nome do rapaz com quem Violie supostamente estava conspirando, que liderou o motim em Kavelle. Essa percepção atiça a raiva de Daphne, mas isso não faz sentido – por que Gideon e Reid confiariam nele?

– Leo! – A voz de Reid faz com que todas as atenções se voltem para ele e, em seguida, para a figura que entra na clareira pelo lado oposto da floresta. Levi, ou melhor, Leopold. Ele mesmo. Daphne move a flecha em sua direção, e a seguir volta a mirar Ansel. Depois de um segundo de debate interno, ela a mantém ali.

– Fiquem atrás de mim, vocês dois – ordena Leopold, os olhos fixos em Ansel, nós brancos nos dedos que seguram a espada.

De olhos arregalados, Reid faz o que ele diz, porém, antes que Gideon possa fazer o mesmo, Ansel o agarra, segurando-o como um escudo e pressionando a lâmina de um punhal contra o pescoço do menino.

Daphne poderia resolver tudo com algumas flechas – uma para Ansel, que cortaria a garganta de Gideon ao morrer, depois outra para a garganta de Leopold e, finalmente, a de Reid. Ela conhece sua mira bem o suficiente para saber que acertará os alvos, mas não pode disparar três flechas antes que alguém grite e, quando o restante do grupo chegar e encontrar as flechas dela nos cadáveres, Daphne não terá respostas para as perguntas.

Ela pragueja baixinho. Não há nada a fazer senão esperar, por ora, e observar.

– Você deveria estar morto – diz Ansel a Leopold, as palavras ásperas e cortantes. – Se aquela megera não tivesse...

– Sophronia foi mais esperta do que você – interrompe Leopold. Ao som do nome de sua irmã, Daphne segura o arco com mais força.

– Leo, socorro – pede Gideon, a voz saindo em um gemido.

Mesmo a distância, Daphne vê a lâmina de Ansel pressionando a pele do pescoço de Gideon – ainda não tirando sangue, mas bem perto disso.

– Solte o garoto, Ansel – ordena Leopold, a voz firme.

– Acho que não – replica Ansel, dando um passo para trás, depois outro, levando Gideon consigo. – Vou embora com Gideon.

– Para onde você vai levá-lo? – indaga Leopold, o que parece a Daphne uma pergunta tremendamente ridícula, até que ela percebe por que ele a fez. Os olhos de Leopold pousam nela por um brevíssimo instante. Ele sabe que ela está ali, está ganhando tempo para ela.

– Quem me contratou está me pagando bem para manter esse segredo – responde Ansel.

– A imperatriz, você quer dizer? – pergunta Leopold, e Daphne engole em seco.

Não. Não pode ser. Não porque sua mãe não seja capaz de sequestrar os príncipes, mas porque ela ordenou a Daphne que os matasse.

– A imperatriz e eu nos separamos quando ela enviou seus homens para me matar depois que eu fiz exatamente o que ela me disse para fazer – afirma Ansel.

– Matar Sophie, você quer dizer – diz Leopold.

O sangue de Daphne vira gelo, e ela percebe exatamente o que Leopold está fazendo – não só tentando ganhar tempo, mas também colocá-la contra a mãe. Como se ela fosse confiar nas palavras desse estranho.

– Sophie – diz Ansel, o nome gotejando escárnio. – Quer ouvir quais foram as últimas palavras dela? O que ela disse depois que você a abandonou...

– Eu não a abandonei – diz Leopold, ríspido, mas Ansel o ignora.

– Ela chorou por dias, com o coração completamente partido. Isso quase me fez sentir pena dela – conta ele.

Daphne está tão absorta nas palavras, no absoluto absurdo delas, que quase não percebe a mão livre de Ansel atrás das costas dele, puxando outro punhal da bainha em seu quadril. A maneira como ele segura Gideon não permite que Leopold veja o movimento, que perceba que Ansel está erguendo a mão para atirá-lo...

Daphne dispara antes que possa pensar melhor, e a flecha cruza o ar com um assovio, passando muito perto da cabeça de Gideon antes de se cravar no pescoço de Ansel.

Gideon grita, Reid grita, mas Leopold e Daphne simplesmente observam Ansel desmoronar no chão, morrendo sem nada além de um gorgolejo.

Então, Leopold olha para ela e Daphne retribui o olhar, mas não há tempo para falar, pois ela já pode ouvir passos se aproximando, vindo de várias direções. Daphne sobe o banco de neve aos tropeços e corre para alcançá-lo primeiro.

– Você vai ficar como o criado Levi por mais algum tempo – diz ela antes de olhar para Gideon e Reid, ambos abalados com a provação por que acabaram de passar. – Vocês precisam fingir que não o conhecem, tudo bem? Só por pouco tempo.

Eles fazem que sim com a cabeça no momento que Bairre, Cliona e Rufus entram na clareira.

– O que aconteceu? – pergunta Bairre, seus olhos parecendo percorrer cada centímetro de Daphne, procurando ferimentos, antes de observar o restante da cena: Gideon e Reid vivos e bem, o homem morto com a flecha de Daphne na garganta.

– Levi o distraiu e eu atirei – explica ela, dando de ombros como se fosse simples assim, embora tecnicamente, ela supõe, seja mesmo verdade.

– Muito bem – diz Bairre, assentindo para ela, depois para Leopold, antes de olhar para os garotos. – Vamos levar vocês dois para o castelo e avisar sua mãe. Ela está morrendo de preocupação.

Com isso, os olhos de Daphne e Leopold se encontram mais uma vez, e ela sabe que a última coisa que eles precisam é que Eugenia seja informada.

Enquanto deixam a floresta, Daphne percebe o quanto as coisas teriam sido muito mais simples se ela tivesse deixado Ansel lançar o punhal em Leopold antes de matá-lo. Leopold teria morrido e, se ela tivesse mirado direito, Ansel poderia ter tido tempo de matar Gideon antes de morrer também, deixando apenas Reid para Daphne. Mas ela não consegue impedir que a conversa entre Leopold e Ansel se repita infinitamente em sua cabeça.

Talvez ela tenha tornado as coisas mais difíceis para si mesma, mas agora, pelo menos, Leopold viverá o suficiente para responder às suas perguntas.

Daphne

Naquela noite, Daphne entra no quarto de Leopold no castelo, um pouco desapontada ao encontrar a porta destrancada e por não precisar, assim, usar sua habilidade em abrir fechaduras. Ela voltara apressada para o quarto depois do jantar comemorativo, deixando a criada ajudá-la a se preparar para dormir e tornando a sair furtivamente, com a intenção de chegar ali antes de Leopold e aproveitar a oportunidade para fazer uma rápida revista, em busca de cartas ou qualquer coisa que servisse a seu propósito. No entanto, não encontra nada além de uma muda de roupas, então se senta na beira da cama estreita para esperá-lo.

Momentos depois, a porta se abre e ele entra, parando de súbito ao vê-la.

Por um instante, eles apenas se entreolham. Daphne aproveita mais essa oportunidade para examinar o rosto dele, procurando exatamente o que Sophronia achou tão encantador que a levou a dar as costas à família. Ele é bem bonito, Daphne admite, mas ela simplesmente não entende.

– Não sei mais como chamá-la – diz ele após um momento, ao fechar a porta. – Eu me sinto um idiota chamando-a ainda de Alteza, quando você sabe quem eu sou. – Ele se cala, mas, como Daphne não preenche o silêncio, ele prossegue: – Sophie falava tanto de você que quase tenho vontade de chamá-la de Daph.

Daphne não pode evitar crispar-se.

– Não faça isso – pede ela, a voz tensa. – Daphne está bom.

– Então, Daphne – replica Leopold, assentindo. – Eu lhe devo um agradecimento por salvar a mim e aos meus irmãos.

As palavras dão um nó na barriga de Daphne – ela não os salvou, não mesmo, só adiou o inevitável.

– Deve ter sido um choque para você – diz ele. – Descobrir quem eu sou.

Com isso, Daphne solta uma gargalhada.

– Ah, eu soube quase na mesma hora em que o vi – diz ela. – Mas confesso que não sabia o que fazer com a informação e não queria que você fugisse se desconfiasse que o reconheci.

– Devo fugir agora? – pergunta ele.

Os olhos dele mostram cautela. Ele lembra a Daphne um animal enjaulado que procura uma forma de escapar. Ela poderia ser franca e lhe dizer que, se fugisse, teria que deixar os irmãos para trás; caso contrário, arriscaria ser perseguido por Bairre. Ele os encontrou uma vez, poderia encontrá-los de novo, e Leopold é um estrangeiro em Friv. Se dissesse isso, estaria falando a verdade e, provavelmente, isso serviria para mantê-lo ali, perto dela, mas Daphne se decide por uma abordagem mais suave. Ela morde o lábio, como Sophronia fazia, e tenta parecer pouco à vontade.

– Você estava viajando com aquela criada antes, não estava? – pergunta. – Violie?

Leopold franze a testa, mas faz que sim brevemente.

– Ela me pegou de surpresa – diz Daphne. Tinha planejado esse discurso nas últimas horas, mas as palavras ainda parecem amargas em sua boca. Ela se obriga a dizê-las assim mesmo. – Se ela ao menos tivesse me dado uma chance de entender o que estava dizendo... Imagine se alguém lhe dissesse que sua mãe assassinou sua irmã. Você acreditaria na mesma hora?

Algo cintila na expressão de Leopold, mas desaparece antes que Daphne consiga identificar o que é. Ela continua.

– Mas a verdade é que Sophronia, no fim da vida, não confiava em nossa mãe. Ela me disse isso e não acreditei nela. – Daphne faz uma pausa, respirando fundo. – Independentemente do que você pensa de mim, eu amava muito minha irmã e sinto falta dela todos os dias. – Isso, pelo menos, é verdade. – E se minha mãe teve algo a ver com sua morte, gostaria de vê-la pagar por isso.

Um longo momento de silêncio se estende entre os dois, e Daphne teme ter exagerado, teme não ser uma atriz tão boa quanto pensa, teme que ele não acredite que a lealdade dela mudou. Por fim, porém, Leopold amolece.

– No começo, Sophie também não acreditou – diz ele em voz baixa, e Daphne paralisa.

– Como assim? – pergunta.

– Foi Ansel quem contou a ela, na verdade. Você ouviu quando ele admitiu que trabalhava para sua mãe – explica Leopold.

Daphne não nega, mas o que ela ouviu de Ansel não foi exatamente uma confissão. Só porque ele trabalhou para sua mãe em certo momento não significa que ela foi responsável pela morte de Sophronia. Seria muito mais provável que Ansel tivesse traído a imperatriz.

Leopold continua.

– Creio que ela soube, naquele momento, que a mãe estava trabalhando com os revolucionários, que orquestrou a trama para que ela... para que nós... fôssemos mortos, mas ela acreditava que fosse uma reação. Acreditava que era porque tinha fracassado aos olhos da mãe, traído suas ordens. Achava que era uma punição.

De repente, Daphne precisa se lembrar de respirar. Sua mãe não é uma mulher tolerante, quanto a isso ela não tem ilusões. Ao ouvir essa explicação, ela quase acredita que a mãe seria capaz de matar Sophronia. Se acreditasse que Sophronia era uma ameaça para seus planos, a mãe faria isso? Daphne quer dizer que não, mas, na verdade, não sabe.

– Foi uma punição? – pergunta ela.

Leopold a encara por um instante; Daphne tem a sensação de que ele vê todos os segredos que ela já guardou. E ele a olha com pena.

– Não – responde ele. – Ansel disse que matar Sophronia sempre foi o plano de sua mãe, desde o começo. Que tudo o que Sophie fez, sua mãe havia previsto. Que sempre acabaria como acabou... bom, quase. Sua mãe queria que eu morresse também. Sophie conseguiu surpreendê-la nisso, suponho, usando seu pedido para salvar minha vida.

Os dedos de Daphne voam para seu pedido, que pende do seu pulso. Ali está a resposta para uma de suas perguntas, pelo menos, embora ela não se sinta melhor por ter essa informação. Só faz com que sinta mais saudade da irmã.

– Beatriz confirmou, quando nossos caminhos se cruzaram – diz ele, arrancando Daphne de seus pensamentos.

Ela franze a testa.

– Beatriz confirmou o quê?

– Que sua mãe matou Sophie intencionalmente. Disse que também tentara matá-la, mas houve complicações em Cellaria.

Daphne não se contém e bufa.

– Eu não levaria Beatriz tão a sério... Ela sempre foi a mais dramática de nós três. É possível que esteja vendo conspirações de assassinatos por toda parte, ainda mais depois que mataram Sophie.

– Não tenho certeza disso – diz Leopold, e Daphne fica com a sensação de que ele está sendo delicado com ela, tratando-a como se fosse uma casca de ovo vazia. Ela detesta isso. – Quando encontramos Beatriz, ela estava viajando com Nigellus. Foi ele quem lhe revelou as maquinações da imperatriz.

Daphne sente um aperto na barriga.

– Nigellus? – pergunta. – Tem certeza?

– Tenho – confirma ele. – Foi por isso que viemos para Friv. Não só porque é o único lugar onde posso ter alguma segurança, mas... bem... – Ele se cala, tentando encontrar as palavras. – Acho que é o que Sophie gostaria. Que avisássemos você e Beatriz, que as protegêssemos, se pudéssemos.

Daphne não sabe se ri ou se chora. Duvida que corra perigo, pelo menos não um perigo que tenha origem em sua mãe, mas sabe, também, que ele está certo quanto a Sophronia. Mesmo com a própria vida em risco, ela pensava nos outros: em Leopold, nela e em Beatriz.

Pela primeira vez desde que soube da morte de Sophronia, a verdade atinge Daphne direto no peito. Ela leva a mão à boca, como se assim conseguisse manter as emoções dentro de si, mas não percebe que está chorando até a mão de Leopold pousar em seu ombro. Ela ergue os olhos e aquela horrível expressão de piedade está de volta ao rosto de Leopold, junto com a compreensão, que Daphne odeia ainda mais.

Leopold não a compreende. Eles não são iguais. Não importa em que ele acredite, ele não amava Sophronia, não de verdade, não do jeito que Daphne amava. Se amasse, não a teria deixado morrer.

Mas, assim que pensa isso, ela ouve a carta de Sophronia de novo em sua mente, lida na voz da irmã. *Preciso da sua ajuda, Daph.*

Ela se desvencilha da mão de Leopold e dá um passo atrás.

– Estou bem – diz, a voz saindo mais áspera do que pretendia. Ela se força a soar mais afável, pelo menos na superfície. – Estou bem – repete. – É só que... ainda é difícil falar dela. E é difícil imaginar que o que você diz seja verdade.

Leopold assente e não faz mais nenhum movimento em sua direção. Em vez disso, cruza as mãos nas costas, o rosto tenso.

– Por mais estranho que pareça, entendo até certo ponto – afirma ele. – Minha mãe também me quer morto.

Daphne o olha, não exatamente surpresa depois do que Violie contou sobre Eugenia e do que ela mesma viu no modo como a mulher falava de Leopold.

– De início também não acreditei – continua ele. – Mas suponho que deparei com a prova bem mais depressa do que você.

A inquietação percorre as veias de Daphne quando ela se força a assentir. Até fingir que vai contra a mãe a faz se sentir mal, embora ela tenha certeza de que, se estivesse ali, a imperatriz incentivaria a mentira de Daphne e o resultado que isso traz.

Agora, porém, ela não quer ficar perto de Leopold nem por mais um segundo, não com o fantasma de Sophronia entre eles ou essa farsa de uma compreensão que ele acha que eles estabeleceram. É demais, e de repente Daphne se sente exausta, por essa e por todas as outras mentiras. De repente, ela daria tudo no mundo para ter Sophronia de volta, ainda que só por alguns momentos.

– Ele estava mentindo, você sabe – diz ela sem pensar.

– Quem? – pergunta Leopold.

– Ansel. Quando disse que, depois que você a deixou, ela chorou por dias, com o coração partido.

Ele não responde, mas Daphne pode ver a dúvida em seus olhos, a culpa pairando ali. Ela não deve nada a Leopold, com certeza nenhum favor, mas sabe que Sophronia gostaria que ele soubesse disso pelo menos.

– Eu falei com ela – revela Daphne. – A poeira estelar frívia pode ser mais forte do que o tipo comum e permite que as pessoas tocadas pelas estrelas conversem entre si. Naquele dia, no dia em que ela... Eu a usei para falar com ela e Beatriz. Ela não estava de coração partido nem chorava. Pediu a mim e a Beatriz que cuidássemos de você, que o mantivéssemos em segurança. Em seus últimos momentos, não estava aborrecida com você por deixá-la, estava aliviada porque você tinha escapado.

Leopold fica um instante calado, mas Daphne pode ver que ele absorve suas palavras.

– Obrigado, Daphne – diz ele. – Eu tinha esperanças de que Sophie estivesse certa a seu respeito.

Essas palavras assombram Daphne quando ela sai do quarto de Leopold. Ela mal chega à escada antes de sucumbir e deixar saírem as lágrimas. Com uma das mãos, agarra o corrimão com força; a outra vai até os lábios, como se pudesse empurrar os soluços de volta pela garganta, mas é inútil. Os soluços sacodem seu corpo, quase de maneira dolorosa, mas o pior é a vergonha que arde dentro dela. Ela se sente repugnantemente fraca, chorando como uma criança. Sabe que a mãe ficaria muito decepcionada se a visse agora, e esse pensamento só a faz soluçar com mais intensidade.

A mão de alguém pousa em seu ombro e ela gira o corpo, preparada para se ver frente a frente com Leopold e aquela piedade detestável em seus olhos, mas é Bairre quem ela encontra.

Em vez de se afastar, ela se vira para ele, escondendo o rosto em seu ombro e envolvendo-lhe o pescoço com os braços, como se segurá-lo com bastante força lhe permitisse sumir, fundindo-se com ele, deixando de existir por completo.

Ela sente a surpresa dele, mas os braços de Bairre a envolvem assim mesmo, uma das mãos fazendo pequenos círculos entre suas escápulas.

Misericordiosamente, ele não diz nada – nenhuma pergunta, palavra de conforto ou amenidade vazia. Ele só a abraça e a deixa chorar.

Quando não restam mais lágrimas, ela se afasta hesitante de seus braços, enxugando os olhos.

– Levi é o rei Leopold – diz, tentando voltar ao assunto mais premente e não a seu melodrama. Tinha planejado contar a ele, embora esperasse estar mais bem composta.

Bairre parece surpreso com a informação, ainda que não inteiramente chocado. Ela supõe que para ele faça sentido: o sotaque de Leopold era horrível e ficou difícil não notar como Gideon e Reid eram ligados a ele depois do resgate. Bairre devia saber que havia algo errado, mesmo que não percebesse o que era.

– Neste momento, não estou preocupado com Leopold – diz ele, balançando a cabeça em seguida. – Quer dizer, eu me preocupo, mas você...

– Eu estou bem – afirma ela, embora as palavras sejam uma mentira palpável e ela saiba que ele não está convencido.

Nem ela acredita em si mesma. Apesar de não conseguir mais chorar, Daphne se sente completamente esgotada, como se a mais leve brisa pudesse despedaçá-la. Ela ergue os olhos para Bairre, aliviada ao ver que, pelo menos, ele não a olha com pena nem como se a compreendesse. Mas é quase pior, porque é como se o fato de ela estar sofrendo o fizesse sofrer.

– Fica mais fácil? – indaga ela.

Ele não pergunta o que ela quer dizer.

– Não – responde. – Posso acompanhá-la até seu quarto?

Daphne deveria dizer que sim. Deveria deixar que ele a leve até o quarto, desejar boa-noite e ir para a cama sozinha. Deveria acordar amanhã e esquecer que essa conversa aconteceu, banir este momento de fraqueza para sempre, para o fundo da sua mente. Deveria esquecer o que sentiu quando ele a abraçou, como se sentiu segura. Não fraca, mesmo que estivesse se despedaçando. Ela deveria fechar a porta entre eles e lembrar que está perfeitamente bem sozinha – que está melhor sozinha.

Em vez disso, ela balança a cabeça.

– Não quero ficar sozinha – diz em voz baixa. – Posso... posso ficar com você?

Fazer essa pergunta é como ser eviscerada diante de abutres. Por um momento horrível, ela teme que ele diga não, que lhe diga que não quer ficar com ela nem mais um instante, que agora ela se mostrou demais, emotiva demais, carente demais. Que a coisa frágil, qualquer que seja, que já existiu entre eles foi massacrada, assassinada pelas mentiras e segredos que se acumularam entre os dois.

É apavorante, percebe ela, precisar de alguém, mesmo que por um instante. Sua mãe tem razão: é melhor não precisar de ninguém.

Mas, em vez de responder, ele pega sua mão e a conduz pela escada em espiral, deixando o corredor dos criados e seguindo para a ala real. Em vez de virar à esquerda para levá-la até o quarto dela, ele dobra à direita e a leva para o seu.

Em muitos aspectos, o quarto é uma réplica do dela, com uma cama grande coberta de peles, uma lareira crepitante, cortinas pesadas de veludo cobrindo as janelas; o dele, porém, é decorado em um azul-marinho intenso em vez dos tons de lilás. Quando fecha a porta, ele fica parado, sem graça, observando-a com olhos cautelosos, como se não soubesse o que esperar dela.

Os dedos de Daphne vão até a fita que amarra a capa em seu pescoço. Ela a deixa cair com um movimento dos ombros e fica só de camisola. Vai até a cama e se enfia embaixo das cobertas, virando-se de lado para observá-lo, mas Bairre não se afasta nem se aproxima.

– Não vou roubar sua cama – diz ela. – Não é a primeira vez que dividimos.

– Daquela vez foi diferente – replica ele. – Você tinha sido envenenada.

– Foi bom – diz ela. – Não o veneno – acrescenta depressa com um breve sorriso. – Mas o abraço. Foi bom ficar abraçada com você.

Ele respira fundo, mas não fala, e Daphne continua:

– É como se fôssemos outras pessoas naquela época, não é? – pergunta.

– E éramos, acho. Cobertos de mentiras.

– Nem tudo era mentira – diz ele baixinho.

– Você me chamou de relâmpago – comenta ela. – *Aterrorizante e lindo, perigoso e brilhante, tudo ao mesmo tempo.* Imagino que agora eu esteja mais aterrorizante e perigosa do que bela e brilhante.

Por um momento, ele não fala, mas finalmente balança a cabeça.

– Você ainda é tudo isso – responde, fazendo outra pausa. – Daphne...

Ela não sabe o que ele vai dizer, mas sabe que não quer ouvir.

– Por favor, só me abrace – pede, antes que ele consiga falar.

Os ombros dele caem, mas um segundo depois ele faz que sim, vai até o outro lado da cama e se deita ao lado dela, passando o braço por sua cintura. Daphne se sente amolecer nos braços dele, os olhos se fecham. Ela se concentra no ritmo do coração dele, o seu se desacelerando para acompanhá-lo.

– Leopold escondeu quem é porque está convencido de que minha mãe é a responsável pela morte de Sophie e não sabia se podia confiar em mim – diz ela no silêncio. Espera que, ditas em voz alta, as palavras soem tão ridículas quanto em sua mente, mas não é o que acontece. No silêncio que se segue, ela o ouve refletir sobre elas, sopesando-as, como se pudessem ser levadas a sério. – Não pode ser verdade, é óbvio – acrescenta ela. – Mas eu disse que acredito para conquistar sua confiança.

– Hummm – diz Bairre, e o som é um ribombar que Daphne mais sente do que ouve.

– Não é verdade – repete ela.

– Você a conhece melhor do que eu – replica ele. – Foi isso que a deixou tão nervosa?

Ela franze a testa, refletindo.

– Não só isso. Foi tudo... ouvi-lo falar de Sophie, que ela queria que ele me achasse antes que minha mãe tentasse me matar também. Para me proteger, como se fosse necessário.

– Bom, alguém tentou matar você três vezes – ressalta ele, e então ela o ouve prender a respiração. – Daphne...

– Não foi minha mãe – interrompe ela, depressa. – Ela me ama. *Precisa* de mim.

Ele não responde e Daphne percebe que se sente grata por isso. Pouco depois, a respiração dele se regulariza, e então Daphne se junta a ele no sono.

Violie

Violie cavalga direto até o lago Olveen, parando apenas durante curtos períodos para permitir que o cavalo que roubou dos estábulos do castelo descanse e coma. O tempo todo a culpa ameaça sufocá-la. Ela prometeu a Sophronia que manteria Leopold a salvo e, em vez disso, o levou diretamente para o perigo.

Beatriz tem razão – não se pode confiar em Daphne; ela não pode ser convencida, não aceita argumentos racionais. Se pudesse voltar atrás agora, Violie não deixaria Leopold partir com o príncipe Bairre e os outros. Insistiria que permanecesse em Eldevale, onde ela poderia ficar de olho nele, protegê-lo de Daphne. Ah, se tivesse...

Mas todas as vezes que esse pensamento lhe ocorre, ela reconhece a verdade. Se tivesse feito isso, Leopold não lhe daria ouvidos e, a menos que o restringisse fisicamente, drogando-o com o anel com veneno de Daphne de tantas em tantas horas, não haveria nada que pudesse fazer para impedi-lo de partir.

É claro que ela *poderia* ter recorrido ao anel. Ele não ficaria satisfeito com ela, mas, pelo menos, estaria a salvo.

E quanto aos irmãos? O pensamento faz o estômago de Violie se revirar, mas eles nunca foram sua responsabilidade. Apenas Leopold.

Quando os telhados pontiagudos do castelo de verão surgem acima da copa das árvores, Violie incita o cavalo a ir mais depressa – parte dela tem certeza de que já é tarde demais, que chegará e o encontrará morto e as mãos de Daphne ensanguentadas. Se for assim, Violie não perderá tempo esperando para ouvir o que Beatriz tem a dizer – matará Daphne imediatamente.

Entrar no castelo é fácil para Violie – há ainda menos guardas do que em Eldevale, cuja segurança já era muito mais frouxa do que Violie se acostumara em Bessemia e Temarin. Ela não demora para encontrar o quarto de Daphne, decidindo que será mais rápido do que olhar todos os quartos da ala dos criados em busca de Leopold, mas, quando abre a porta e entra, vê que está vazio, a cama feita com perfeição e um fogo baixo ardendo na lareira. Ela não sabe onde Daphne pode estar a essa hora da noite, mas se apressa em revistar o quarto. É mais rápido aqui do que no castelo de Eldevale, pois os pertences de Daphne se restringem a um baú, que consegue vasculhar em questão de minutos, detendo-se apenas ao encontrar um pedaço de pergaminho dobrado enfiado entre as páginas de um livro de poesia.

Ela o desdobra, sentindo o aperto no coração ainda mais forte à medida que lê.

Querida mamãe,

A viagem até o lago Olveen foi pavorosa, mas fiquei agradavelmente surpresa ao encontrar um velho amigo em nosso grupo, que supúnhamos morto. Vou transmitir a ele lembranças suas e de Sophronia. Farei o mesmo caso encontre outros rostos conhecidos.

Sua filha dedicada,
Daphne

Não, não, não, pensa Violie, amassando a carta na mão. No fim das contas, chegou mesmo tarde demais. Falhou com Sophronia na única coisa que ela lhe pediu.

A porta atrás de Violie se abre e ela gira o corpo, deparando com Daphne em pé no portal, de camisola branca, uma capa dobrada sobre o braço. O cabelo trançado está quase solto e ela parece exausta, os olhos prateados injetados de sangue. Aqueles olhos se arregalam ao identificar Violie, a carta amassada na mão, o baú aberto atrás dela.

– Você – diz Daphne rispidamente ao fechar a porta, embora não faça qualquer movimento para atacar.

Ela é esperta o bastante para se dar conta de que, desarmada, vestida apenas com uma camisola, não está em condições de lutar; afinal, esperteza nunca lhe faltou.

Violie ergue a carta.

– Você o matou? – pergunta, mas não precisa de resposta e nem espera por ela. – Sophronia confiava em você, ela acreditava que você faria o que é certo, e você o matou. Espero que ela, das estrelas, assombre você para sempre.

– Ele não... – Daphne se cala, atingida pelo peso das palavras de Violie. Ela endireita os ombros, mascarando o lampejo de medo verdadeiro que atravessa seu rosto por uma fração de segundo. – Eu não o matei.

Violie não se permite acreditar, não sem prova, mas uma pequena fagulha de esperança se acende em seu peito.

– E os irmãos dele? – pergunta, enfiando a mão no bolso da capa para mostrar a outra carta. – Você já matou os dois?

Os olhos de Daphne estão frios ao se deslocarem de uma carta à outra nas mãos de Violie.

– Eu gostaria muito que você não mexesse em minhas coisas pessoais. Não é muito educado, é?

– E assassinato, é? – pergunta Violie, soltando uma gargalhada.

– Não matei ninguém – diz Daphne, revirando os olhos. – Pelo menos não sem que fosse considerada legítima defesa, embora eu esteja tentada a quebrar esse padrão com você.

– Ah, se conseguisse me matar, posso lhe garantir que seria em legítima defesa – retruca Violie.

Foi rápido demais para ter certeza, mas Violie acha que esse comentário fez Daphne sorrir.

– Seja como for – diz Daphne –, Leopold está vivo e bem de saúde. Eu sei quem ele é, ele sabe que eu sei e, juntos, acabamos de resgatar seus irmãos e matar o sequestrador. Acredito que você o conhecia... Ansel?

Violie sente o sangue sumir de seu rosto.

– Ansel está aqui?

– Estava – corrige Daphne, com um gesto de descaso. – Eugenia mencionou que vocês dois estavam... envolvidos.

Com isso, Violie não contém uma bufadela.

– É, tenho certeza que ela contou a verdade, sem nem pensar em afastar de si a culpa e a suspeita e jogá-las para cima de mim.

– Eu disse que acreditei nela? – pergunta Daphne. Como Violie fica em silêncio, ela continua. – Mas nós duas sabemos que as melhores mentiras contêm traços de verdade.

Violie se encolhe.

– Certo, tivemos um envolvimento há cerca de um ano. Quando cheguei a Temarin, muito antes de sua irmã. Teve vida curta e, quando precisei escolher entre minha lealdade a ele e minha lealdade a Sophie, foi tão fácil que nem conta como escolha. Mas Eugenia? Eles estavam mancomunados, unidos por sua mãe.

Violie observa como essas palavras são recebidas e espera a negação e a rejeição instantâneas, como na primeira vez que tiveram essa conversa.

– Você... acredita em mim? – pergunta Violie, sem ousar acreditar que seja verdade.

– Não – responde Daphne, ríspida, mas o veneno que injeta na palavra não é forte o bastante para mascarar a incerteza presente nela.

Violie olha para Daphne, olha de verdade, além da exaustão que marca seu rosto, os olhos injetados, o cabelo desarrumado e o fato de não estar na própria cama àquela hora. Quando começa a olhar, é impossível não ver que as rachaduras na superfície se espalham cada vez mais a cada momento que passa – os olhos vermelhos, a palidez da pele, a fragilidade no rosto.

De todas as coisas que Violie esperava encontrar quando chegasse aqui, uma Daphne alquebrada não era uma delas.

– Mas você não *desacredita* – diz Violie, a voz se suavizando.

Daphne engole em seco e desvia os olhos.

– Não, não *desacredito* – admite baixinho, a voz falhando na última sílaba.

Violie quer perguntar mais – como é possível que Daphne não veja todas as provas diante de si? Como pode ainda não acreditar que a mãe matou Sophronia, que pretende matar também Daphne e Beatriz? É tão dolorosamente óbvio para Violie, e Leopold disse que Sophronia logo aceitou a verdade. É frustrante ter que convencer Daphne, é como ter que explicar a uma criança que o céu é azul quando ela insiste que é vermelho.

Mas Daphne não é Sophronia. Embora tenham crescido no mesmo mundo, com a mesma mãe, o relacionamento das irmãs com a imperatriz é diferente. Sophronia estava familiarizada com o pior da mãe, ela a vira como vilã praticamente a vida toda, como alguém a ser temida. Beatriz, por outro lado, via a imperatriz como uma força contra a qual se rebelar, no mínimo pelo prazer de se rebelar. Ela também estava pronta para ver a verdade.

Mas Daphne? Daphne não é como as outras. Violie sabia disso antes mesmo de conhecer a garota à sua frente. Daphne não teme a mãe; ela teme decepcioná-la. Anseia por sua aprovação e seu amor, que sempre estão fora do alcance.

Chamá-la de tola não vai ajudar ninguém, nem Daphne, nem Violie, por mais desesperada que Violie possa estar para lhe dar uma boa sacudida.

Em vez disso, então, ela pigarreia.

– Leopold e os irmãos estão em segurança? – pergunta.

Daphne volta a olhá-la e faz que sim com firmeza.

– Estão em segurança – confirma, embora algo em sua voz soe como pergunta aos ouvidos de Violie. Daphne deve ler o ceticismo em seu rosto, porque revira os olhos. – Você pode perguntar pessoalmente a ele pela manhã – diz ela. – Mas estamos mantendo sua identidade em segredo por enquanto, portanto ele ainda está na ala dos criados. Vou alojar você lá também... direi simplesmente que não posso viver sem uma criada e mandei buscá-la. A maioria vai acreditar nisso com facilidade.

Violie faz que sim. É uma boa ideia – Violie acredita que Daphne ainda não feriu Leopold nem os irmãos, mas não tem certeza de que isso não acontecerá. Se puder se manter por perto, ficar de olho nele e continuar tentando convencer Daphne, é o que fará.

– Quem sabe a verdade sobre ele? – pergunta Violie.

– Você, eu e Bairre – responde Daphne, e o último nome surpreende Violie, assim como o vislumbre de vulnerabilidade de Daphne ao pronunciá-lo.

Violie observa mais uma vez que Daphne não estava na própria cama. Será possível que Daphne seja mais parecida com Sophronia do que ela pensava e esteja se envolvendo emocionalmente com o príncipe que está destinada a destruir?

– Cliona desconfia que ele não é quem diz ser – acrescenta Daphne.

– Cliona? – pergunta Violie.

– Lady Cliona – corrige Daphne. – Uma... amiga. De Bairre e de Cillian, antes de ele... – apressa-se a acrescentar.

– Confia nela? – pergunta Violie.

Daphne faz um muxoxo.

– Mais do que deveria – responde. – Mas você com certeza não deve confiar.

Violie segue Daphne pelos corredores sinuosos do palácio de verão, embora a princesa mal pareça conhecer o caminho. Ela aponta a porta do quarto de Leopold e não se mostra ofendida quando Violie a abre e enfia a cabeça o suficiente para ver a vaga forma dele adormecido na cama, o luar entrando pela janela e iluminando apenas o suficiente para que ela consiga distinguir seus traços. Quando fecha a porta, Violie assente para Daphne.

– Parece que você viu as estrelas se apagarem – diz Daphne.

Durante a breve caminhada, ela conseguiu se recompor, mas Violie ainda vê as rachaduras e sabe que é apenas uma questão de tempo até voltarem a se abrir. Isso a torna perigosa.

– As estrelas se apagarem? – pergunta Violie.

– Uma expressão frívia – diz ela, de maneira despretensiosa. – Não sei bem o que quer dizer, mas a usam para muitas coisas. Acho que significa o fim do mundo.

– E pensar que em Bessemia só dizemos que a pessoa parece acabada – comenta Violie, passando a mão pelos cabelos até prendê-la num emaranhado de nós.

– A maioria dos quartos da ala dos criados está vazia – comenta Daphne. – Acredito que os únicos em uso estão nesta ponta do corredor. Escolha qualquer um que esteja vazio; deve haver roupa limpa na lavanderia, em frente e à esquerda – acrescenta, gesticulando na direção do corredor de pedra.

Violie assente, sentindo-se insegura. Apenas uma hora antes estava pronta para arrancar cada membro de Daphne, e agora... bom, talvez ainda chegue a isso, mas não esta noite.

– Obrigada – diz, e Daphne se afasta sem olhar para trás, sobe a escada e desaparece de vista.

Violie encontra a lavanderia, uma camisola e um vestido de criada mais ou menos do seu tamanho; depois procura um quarto com a porta aberta e desocupado. Ela se instala, veste a camisola e lava o rosto com a água da bacia no canto. Mas, por mais que queira dormir, primeiro precisa falar com Leopold. Ela revira a capa, procurando as cartas que lhe provarão que, pelo menos alguns dias antes, Daphne estava decidida a matá-lo, mas as cartas sumiram.

Uma risada áspera sai de sua garganta. É claro que Daphne as pegou de volta. Mas não importa. Se Leopold quiser mesmo acreditar em Daphne e não em Violie, não adianta nem tentar salvá-lo, embora Violie não ache que vá ser preciso.

Ela se enfia no quarto de Leopold e fecha a porta, sem tentar fazer silêncio.

Nas viagens que fizeram juntos, aprendeu que ele tem sono leve, acostumado a uma cama macia, cobertores quentes e silêncio total. De fato, os olhos dele se abrem de repente e, por um momento, ele apenas a fita, piscando como se achasse que ainda está sonhando.

– Violie? – pergunta, a voz saindo rouca e envolta no sono.

Violie expira. Embora o tivesse visto dormindo um pouco antes, ainda estava preocupada, mas ali está ele... vivo. Agora ela só precisa mantê-lo assim.

– Daphne estava planejando matar você e seus irmãos – diz, observando-o se sentar e sacudir a cabeça, como se quisesse se livrar do sono.

– Meus irmãos? – pergunta ele, zonzo.

– Soube que você os encontrou – diz ela. – Ansel estava por trás disso? – Ela ainda não consegue compreender. Não porque ache que Ansel seria incapaz de sequestrar e potencialmente ferir Gideon e Reid, mas porque não sabe o que ele teria a ganhar com isso.

– Espere um minuto – diz Leopold, jogando as pernas para fora da cama estreita. – Daphne queria nos matar? Por que... – Ele para, depois continua: – Pergunta idiota, suponho. Ordens da imperatriz?

Violie faz que sim.

– Encontrei a carta que ela mandou no quarto de Daphne no castelo de Eldevale e vim o mais depressa que pude, mas ela diz que teve uma epifania e mudou de ideia. Estamos bem perto da costa leste... seria fácil embarcar num navio agora com seus irmãos e zarpar para longe do alcance da imperatriz.

Leopold se endireita.

– Você não acredita em Daphne? – pergunta.

– Não confio nela – corrige Violie. – Ela está... perturbada.

Leopold não diz nada de imediato, mas sua expressão estampa o conflito em seu interior.

– Sophronia acreditava que ela era digna de confiança – diz depois de um momento. – Que, com o tempo, poderia ser convencida.

Violie faz que não com a cabeça.

– Eu acho... que os argumentos estão começando a prevalecer... Lá no fundo, acredito que ela sabe a verdade. Mas a imperatriz cravou bem fundo suas garras em Daphne. Não creio que ela consiga se livrar dessas garras sem se dilacerar.

Leopold absorve as palavras, os olhos azul-escuros pensativos.

– Sophie acreditava que ela conseguiria... Não estou dizendo que ela está certa – acrescenta rapidamente quando Violie abre a boca para discutir. – Mas, se houver uma chance... tenho que ir até o fim.

– Mesmo que isso ponha sua vida em perigo? – pergunta Violie, sem conseguir conter uma risada. Ela achava Sophronia ingênua, mas a ingenuidade de Leopold é de tirar o fôlego. – Ela tem ordens de matar você. E seus irmãos.

Leopold assente.

– Estou disposto a arriscar minha vida, mas não a deles. E, por isso, preciso lhe pedir um favor.

O estômago de Violie dá um nó. Ela sabe o que ele está pensando antes que ele peça, e também sabe que ele está certo. Leopold conseguiu avançar com Daphne mais do que qualquer outra pessoa; se houver uma chance de convencê-la a se colocar contra a imperatriz, não será Violie, e sim ele quem conseguirá. Ainda assim, Violie prometeu a Sophronia que o protegeria, e ele está impossibilitando que sua promessa seja cumprida.

– Leve Gideon e Reid para as ilhas Silvan. Deixe-os em segurança com lorde Savelle... Confio que ele os manterá a salvo e ninguém vai procurá-los lá. Todos vão supor que Ansel tinha cúmplices que os sequestraram outra vez e os levaram para o leste. Ninguém pensará em procurar no oeste.

Violie sabe que ele tem razão, mas não quer que tenha. Não pode protegê-lo de Daphne se estiver a centenas de quilômetros.

– Por favor, Violie – pede ele baixinho.

A última coisa que Violie quer é quebrar a promessa feita a Sophronia, mas também sabe que, se estivesse ali agora, Sophronia concordaria com ele.

– Tudo bem – diz ela. – Conversaremos melhor pela manhã.

Leopold faz que sim, o alívio tomando conta de seu rosto.

– Obrigado – responde ele.

Beatriz

Nos dois dias que se passaram desde que viu reaparecer a estrela que ela derrubou do céu, Beatriz não conseguiu parar de pensar no significado disso. Assim que Nigellus viu a estrela no céu, ele empalideceu e enxotou Beatriz de seu laboratório, murmurando entre dentes sobre milagres e impossibilidades. Mas não fora o próprio Nigellus quem dissera que muitas coisas parecem impossíveis até acontecerem? O que quer que Beatriz tivesse feito, ela viu com os próprios olhos a estrela reaparecida. Então não era impossível.

Ela tem esperado ansiosamente um chamado para outra aula, mas até agora ele não veio. Ela também não viu Nigellus na corte, embora sua ausência não seja estranha o suficiente para que mais alguém perceba.

Quando a imperatriz envia um convite para ela e Pasquale irem ao seu encontro em seu jardim de rosas, Beatriz fica quase aliviada por ter outra coisa em que se concentrar. Sabe que, para enfrentar a mãe, sua mente precisará estar livre de tudo o mais, até mesmo de milagres.

– Ela vai tentar alquebrar você – avisa a Pasquale, falando baixinho enquanto seguem pelo corredor, os guardas em seu encalço. – Vai te ver como um ponto de acesso fraco.

– Comparado a você, não tenho certeza se isso não é exatamente o que eu sou – murmura ele.

– Você vai ficar bem – garante Beatriz, tentando parecer mais confiante do que realmente se sente. – E, se ficar em dúvida, permaneça calado.

Pasquale faz que sim com a cabeça, mas Beatriz percebe que ele está meio esverdeado. Ela pega sua mão e a aperta.

– Vamos sobreviver – diz. – E vamos visitar Gisella novamente esta noite para ver se ela mudou de ideia.

Ele a olha de soslaio, a testa franzida.

– E você não mudou? – pergunta. – Você ainda está decidida a... – Ele se interrompe, o que é uma atitude sábia. Estão falando baixo o suficiente para que os guardas não possam ouvi-los, mas, quando se trata de regicídio, todo cuidado é pouco.

– Não vejo alternativa – argumenta Beatriz. – Você discorda?

A bússola moral de Pasquale deveria ser a menor de suas preocupações, mas Beatriz se vê prendendo a respiração e esperando a resposta. Ela sabe que vai prosseguir, independentemente do que ele disser, mas mesmo assim quer sua bênção.

– Não – replica ele após um momento. Ele olha por cima do ombro para os guardas antes de se virar para ela. – O que Gisella e Nicolo fizeram... – começa. – Quantas vidas teriam sido poupadas se eu tivesse tido forças para fazer isso antes? Não, não discordo de jeito nenhum, Beatriz. Mais do que isso, quero ajudá-la como puder.

Beatriz assente, lutando para esconder o quanto as palavras dele significam para ela. Antes que ela possa responder, eles chegam à porta que leva ao jardim de rosas de sua mãe. Um criado que os aguarda abre a porta e gesticula para que entrem, fazendo uma reverência quando passam.

Ao entrarem no jardim perfumado, cercado por rosas de todas as cores imagináveis, Beatriz demora um momento para encontrar a mãe agachada ao lado de um arbusto de rosas da cor de limões frescos, embora algumas pétalas estejam se tornando marrons. Quando os dois se aproximam, a imperatriz pega uma tesoura e corta a cabeça de uma das rosas moribundas, fazendo-a rolar até parar aos pés de Beatriz. O estômago da jovem se revira e ela não consegue deixar de pensar na cabeça de Sophronia sendo decepada assim. Um feito da sua mãe.

A imperatriz os vê, seus olhos castanho-escuros percorrendo primeiro Pasquale, depois Beatriz, enquanto ela se apoia nos calcanhares para ficar de pé.

– Vocês estão atrasados – diz ela.

– Estamos? – responde Beatriz, inclinando a cabeça. – Seu convite foi de última hora, mãe. Viemos assim que pudemos.

As narinas da imperatriz se dilatam, mas ela se vira sem dizer uma só palavra e começa a percorrer o caminho, deixando Beatriz e Pasquale sem escolha a não ser segui-la. Os guardas ficam onde estão.

A imperatriz quer privacidade, pensa Beatriz, observando as costas da mãe. Embora não saiba se a mãe quer manter ouvidos indiscretos longe de sua conversa ou olhos curiosos longe de algo mais sinistro. Em diversas ocasiões, a imperatriz levara Beatriz e as irmãs a algum canto isolado para lhes infligir algum tipo de lição. Uma vez, neste mesmo jardim, Beatriz, Daphne e Sophronia viram-se subitamente assaltadas por cinco atacantes, o que deixou Sophronia com um braço quebrado e Beatriz com costelas fraturadas. Apenas Daphne escapou ilesa, e só porque foi a única delas que se lembrou de levar um punhal.

Mas, se a imperatriz espera repetir esse incidente, ficará desapontada. Beatriz aprendeu bem a lição e carrega não apenas um, mas dois punhais – um preso ao antebraço e outro à coxa. Ela se certificou de que Pasquale também estivesse armado, com um punhal na bota, embora duvide que ele seja capaz de manejá-lo com alguma habilidade.

Após um momento de caminhada, a imperatriz para de repente e se vira para os dois. Ela enfia a mão no bolso da saia e Beatriz paralisa – talvez a mãe tenha descoberto o que eles estão planejando e tenha decidido matá-los antes que possam matá-la. Quando a imperatriz tira do bolso uma carta e não uma arma, Beatriz solta um suspiro.

– O rei Nicolo respondeu à sua carta – informa ela, entregando-a à filha.

O selo está rompido, o que não surpreende Beatriz, embora deixe seus nervos à flor da pele. Ela bem pode imaginar o que Nicolo tinha a dizer e espera que ele não tenha revelado nada muito condenável. Se sua mãe souber do pedido de casamento, que Nicolo tomaria Beatriz como sua rainha, a vida de Pasquale estará em perigo. Casar Beatriz com Nicolo resolveria todos os problemas da imperatriz, se ela soubesse que essa era uma opção.

– Ele está bem zangado com você – adianta a mãe, e mais uma vez o alívio toma conta de Beatriz.

– É como costuma estar – mente Beatriz, sem fazer qualquer movimento para ler a carta. Isso pode esperar até que ela tenha um momento de privacidade, e ela não quer parecer muito ansiosa na frente da mãe. – Suponho que você queira falar algo mais. Uma carta não requer privacidade... não requer nem mesmo uma reunião.

As narinas da imperatriz se dilatam outra vez, e seus olhos disparam de Beatriz para Pasquale e de volta a Beatriz.

– Muito bem – diz ela. – Eu queria informar a vocês que a vida de Daphne está em perigo.

No sexto aniversário das trigêmeas, um grupo itinerante de acrobatas foi trazido para se apresentar para elas, e uma das acrobatas atravessou uma corda fina suspensa bem acima do piso de mármore. Beatriz lembra que prendeu a respiração enquanto ela andava ao longo da corda, certa de que qualquer oscilação poderia levá-la à morte.

Beatriz se sente igual àquela mesma acrobata agora.

– Como você sabe? – pergunta ela, arregalando os olhos. – Daphne está bem?

– Está bem, por enquanto – responde a imperatriz. – Recebi notícias de uma de minhas fontes em Temarin. Parece que Sophronia fez amizade com uma criada, e depois se soube que a mulher estava ligada à rebelião que a executou.

Violie, pensa Beatriz, embora tenha o cuidado de não revelar esse conhecimento em sua expressão.

– Tenho motivos para acreditar que essa mesma criada foi para Friv – continua a mãe.

Beatriz franze a testa, como se isso fosse novidade para ela.

– Mas por quê? Uma criada temarinense certamente não tem interesse em Friv, e duvido que ela tenha ido para aproveitar o clima – comenta.

– Eu também fiquei confusa em relação a isso – admite a imperatriz, franzindo a testa. – Mas fiz uma descoberta recentemente: a garota em questão não é temarinense. Ela é bessemiana, nascida e criada a menos de dois quilômetros do palácio. Tenho todos os motivos para acreditar que ela faz parte de algum plano nefasto para matar não apenas Sophronia, mas você e Daphne também.

Beatriz precisa de todo o seu autocontrole para não cair na gargalhada. Chega a ser quase brilhante – Violie é um bode expiatório espetacular para todos os pecados de sua mãe. Se ela não tivesse conhecido a garota pessoalmente, se Nigellus não tivesse lhe contado que a mãe pretendia matar todas as filhas, poderia ser tentador acreditar.

As palavras de Ambrose também lhe voltam à mente, e ela se dá conta de que ele estava certo. Ao contar essa história a Beatriz, a mãe a empurra ainda mais em direção a Friv, manipulando o próximo movimento de Beatriz de forma não deixar impressões digitais. A única questão é por quê.

– O que ela teria a ganhar com isso? – pergunta Beatriz após um momento.

A imperatriz é uma excelente atriz, percebe Beatriz ao ver a mãe olhar para o lado e morder o lábio, como se pesasse se devia ou não revelar informações que Beatriz tem certeza de que ela inventou.

– Fui informada de que alguns dos meus inimigos em Bessemia passaram a última década à espera do momento certo, aguardando até que pudessem ir atrás de minhas filhas, no momento que fossem consideradas vulneráveis. Acredito que estão se organizando e que essa menina é um deles – explica ela.

Beatriz olha para Pasquale, que absorve tudo em um silêncio estoico. Ela sabe que a encenação que a mãe está fazendo se destina a ele também, porque a imperatriz não sabe o quanto Beatriz lhe contou.

– No entanto, também tenho boas notícias – continua a imperatriz, e há um brilho em seus olhos que faz Beatriz sentir um aperto no estômago.

– É? – ela se ouve perguntar.

– Enquanto essa vilã permanece solta, consegui capturar um de seus associados em Hapantoile, que acredito estar em contato com ela.

Ao lado dela, Beatriz sente Pasquale paralisar. Ambrose.

– Ainda mais preocupante, porém, é que esse rapaz parece ser cellariano – observa a imperatriz, balançando a cabeça, embora Beatriz não a ache convincente. Ela não tem certeza de quanto a imperatriz sabe sobre Ambrose ou sobre seu relacionamento com Pasquale, mas, se ela ainda não descobriu toda a verdade, é apenas questão de tempo até que isso aconteça.

– Ah?! – diz Beatriz, tomando cuidado para manter a voz calma. – Isso é preocupante.

– Pois é, foi uma sorte que esse rapaz não tenha conseguido matar vocês dois antes de fugirem de Cellaria, embora, é claro, eu imagine que ele tenha vindo atrás de vocês para fazer exatamente isso! Sei de fonte segura que ele os seguiu até uma casa de chá há apenas dois dias. Alguém abordou vocês lá?

Beatriz está ciente dos olhos da mãe nela, lendo cada mudança de expressão. Isso é bom, pensa Beatriz. Desde que a imperatriz continue a observá-la e não olhe para Pasquale – ele não sabe esconder os sentimentos tão bem. Não foi feito para esse tipo de questionamento – está preocupado com Ambrose e, se ela não ficar atenta, ele vai acabar dizendo alguma bobagem.

– Não – responde Beatriz, dando de ombros. – Não ficamos lá mais do que vinte minutos. Havia um garoto sentado perto da nossa mesa, eu me lembro disso, mas ele ficou sozinho, lendo um livro.

– Humm – comenta a imperatriz, sem indicar se acredita ou não em Beatriz. – Bem, vocês tiveram muita sorte de ele não ter atacado lá, suponho.

– Sorte mesmo – acrescenta Beatriz. Ela olha para Pasquale, que está bastante pálido, embora isso possa ser atribuído à sua suposta experiência de quase morte com um espião rebelde, ela supõe. Ainda assim, Beatriz sabe que precisa tirá-lo da presença de sua mãe o mais rápido possível. – Você disse que o garoto estava em contato com a tal criada? – pergunta ela, inclinando a cabeça e agindo como se estivesse apenas levemente interessada na próxima pergunta. – Como você sabe? Ele tinha uma carta?

Se ele ainda estiver com a carta de Beatriz, sua mãe logo conseguirá decodificá-la e, então, saberá pelo menos a maior parte do que Beatriz está escondendo.

– Infelizmente não – responde a imperatriz, tão contrariada que Beatriz tem certeza de que é verdade. – O responsável no correio informou que havia chegado uma carta de Friv para o garoto, mas, quando foi preso, ele não a tinha em seu poder.

Por mais que isso seja um alívio, Beatriz se pergunta o que, exatamente, aconteceu com a carta que escreveu para que ele enviasse. Ela se obriga a sorrir.

– Obrigada por compartilhar essa informação, mamãe – diz antes de olhar para Pasquale. – Ah, Pas, você parece muito mal – observa, pousando a mão em seu braço. – Sei que isso deve ter sido um choque para você... Eu também estou chocada. Precisa de mais alguma coisa, mãe, ou podemos nos retirar?

Os olhos da imperatriz disparam entre um e outro por um momento antes de ela assentir rapidamente e fazer um gesto com a mão, dispensando-os.

Pasquale consegue voltar para o quarto de Beatriz antes de desmoronar – uma façanha que a impressiona e surpreende –, embora, assim que se veem seguros atrás de portas fechadas, ele caia no sofá na sala de estar e enterre a cabeça nas mãos.

Beatriz o olha, sem saber o que fazer. Quer confortá-lo, mas o fato de Ambrose ter sido preso é culpa dela. Certamente ele não vai querer ser consolado por ela agora.

– Eu sinto muito, Pas – diz ela. – Eu... me desculpe.

Ele a olha, surpreso.

– Não é culpa sua, Beatriz – responde ele devagar. – É dela.

Beatriz balança a cabeça.

– Ela é minha mãe, eu sei do que ela é capaz...

– Eu também, mais ou menos – diz ele, correndo a mão pelos cabelos. – E Ambrose também. Tivemos todas as oportunidades de ir para outro lugar, mas, mesmo sabendo dos riscos, não fomos.

Beatriz quer discutir, mas sabe que não vão chegar a lugar algum.

– Eu não sei o quanto ela sabe – replica, depois de um instante. – Se ela simplesmente suspeita que ele está conspirando com Violie ou se o está usando para nos pegar também. Eu não... – Ela faz uma pausa, engolindo em seco. – Minha mãe está sempre cinco passos à minha frente, mesmo quando penso que estou livre de alguma coisa. Talvez ela saiba de tudo... sobre seu relacionamento com Ambrose, sobre minha conspiração contra ela, sobre estarmos associados a Violie.

Por alguns instantes, Pasquale não diz nada.

– Se soubesse de tudo isso – diz ele –, ela nos deixaria andar por aí livres como estamos?

Beatriz considera a pergunta.

– Ela pode estar nos dando a ilusão de liberdade – admite. – Embora eu tenha que acreditar que saberia se estivesse sendo seguida... por mais guardas do que os que geralmente me seguem, pelo menos.

– Se tivesse mandado alguém nos seguir, ela saberia sobre Gigi – continua Pasquale.

Beatriz assente devagar.

– Ela não pode saber – diz depois de um momento. – Ela poderia fazer Gigi falar se soubesse que fomos vê-la naquela noite. Gigi contaria todos os nossos segredos se minha mãe lhe oferecesse o preço certo. E, se as duas tivessem tido essa conversa, estaríamos na masmorra ao lado dela.

– E de Ambrose – acrescenta Pasquale.

Beatriz morde o lábio.

– Ela não vai matá-lo – conclui. E, embora esteja apenas quase certa disso, tenta fazer parecer que tem certeza. – Não imediatamente, pelo menos. E eu juro que vamos tirá-lo de lá, são e salvo.

Pasquale olha para ela por um longo momento, sem falar.

– Eu acredito em você – diz antes que um dos cantos de sua boca se curve em uma triste imitação de sorriso. – Já conseguimos fugir da prisão uma vez. Só posso imaginar que a segunda tentativa será melhor.

– E será – garante Beatriz. – Dessa vez, vamos ter certeza de que estamos confiando nas pessoas certas. Ou seja, não confiaremos em ninguém, apenas um no outro.

Mais tarde, depois que Pasquale volta para seus aposentos, Beatriz pega a carta de Nicolo no bolso do vestido, abre-a e senta-se no sofá para ler, dobrando as pernas junto ao peito e apoiando a carta nos joelhos.

Beatriz,

Minha irmã fez sua própria bagunça e acredito que ela possa limpá-la sozinha.

Nicolo

Beatriz franze a testa, virando a carta, certa de que deve haver mais, porém o verso está em branco. Uma única frase. Ela passou quase uma hora elaborando a mensagem perfeita para irritá-lo e ele conseguiu fazer o mesmo com uma única frase. Nada sobre a própria Beatriz ou Nicolo, nenhuma informação sobre o que ele está fazendo, como ele está.

Só neste momento Beatriz percebe que quer saber dessas coisas. Ela dá a si mesma uma sacudida mental e dobra a carta, guardando-a na gaveta de sua mesa.

Muito bem, pensa – não é só porque ela não extraiu nada da mensagem em si que a carta não pode ser útil. E se pergunta como Gisella se sentirá sobre ele deixar friamente que se vire sozinha.

Daphne

Na manhã seguinte, Daphne está exausta. Depois do encontro com Violie, dormiu pouco e ficou se revirando na cama enquanto repassava na mente as conversas com ela e Leopold. Sente-se ainda mais exausta quando pensa em falar com eles outra vez hoje, sabendo que virão preparados para corroer as palavras de sua mãe e transformá-las em mentiras.

Quando desce até o salão de jantar, ela encontra o restante do grupo já acordado, todos embrulhados em lã e peles. Até Gideon e Reid estão lá, vestidos com capas grandes demais – provavelmente emprestadas por Bairre, Rufus ou Haimish.

– Vai patinar no gelo também, Daphne? – pergunta Gideon quando a vê.

Daphne faz um muxoxo e vai até o aparador para se servir de uma xícara fumegante de café.

– Eu não patino no gelo – responde com indiferença.

– Vamos lá, Daphne – diz Cliona, balançando a cabeça. – Você vai se divertir muito.

Haimish bufa e leva uma cotovelada de Cliona. Quando nota as sobrancelhas erguidas de Daphne, Cliona dá de ombros.

– Você devia vir – diz, dessa vez em tom mais firme. – Todos nós merecemos um pouco de descanso e descontração, não é? Depois de ontem, você com certeza merece.

Daphne abre a boca para argumentar, mas logo torna a fechá-la. Patinar no gelo não parece muito divertido para quem tem mais de 10 anos, mas, se ficar ali, a consequência será outra conversa com Violie e Leopold, e patinar certamente é mais divertido do que isso. Seus olhos vão até Bairre, sentado perto da janela, observando-a com cautela. Ela deixou o quarto dele durante a noite, enquanto ele dormia, e com certeza também lhe deve explicações. Isso será mais ou menos doloroso do que lidar com Violie e Leopold?

– Muito bem – diz ela, tomando um longo gole de café e ignorando o líquido quente demais na língua. – Então vamos de patinação no gelo.

Meia hora depois, Daphne já trocou de roupa, trajando um vestido mais quente, meias grossas e uma pesada capa de pele sobre os ombros, mas tudo isso não basta para impedir a mordida do ar gelado quando ela e os outros saem. Bairre lidera o grupo, Gideon e Reid mantendo-se perto dele, e Daphne se deixa ficar mais para a retaguarda.

– Não acredito que você nunca patinou no gelo, Daphne – comenta Cliona a seu lado, passando o braço pelo seu. Daphne se sente grata, pois não está acostumada a andar em neve tão alta.

– Também nunca lutei com ursos, mas essa é outra coisa que não vejo sentido em fazer – resmunga Daphne.

Prender lâminas nas botas para deslizar sobre um gelo que pode ou não rachar sob seu peso não é algo que Daphne considere diversão, mas, se todo mundo faz, ela não quer parecer covarde.

– Você vai cair bastante – diz Cliona alegremente. – Todo mundo cai quando começa. Não desanime. Trouxemos um frasco de poeira estelar caso você se machuque de verdade. Mas vai ser engraçado de ver.

– Existo apenas para seu entretenimento – retruca Daphne.

O frio invernal já penetra em seus ossos e deixa Daphne mal-humorada – fato que parece não incomodar em absoluto Cliona. Na verdade, ela ri.

– Nosso amigo está bem discreto desde a exibição de heroísmo de ontem – comenta Cliona, as palavras casuais, mas Daphne não se deixa enganar. Ela dá de ombros.

– Tenho certeza de que está bem cansado depois de tudo, e não posso condená-lo por preferir ficar em segurança e aquecido no castelo depois de quase morrer.

– Hummm – replica Cliona, o som evasivo. – Tenho uma teoria – anuncia.

– Uma teoria? – pergunta Daphne, o olhar se dirigindo à nuca de Bairre, os cachos castanhos escondidos pelo gorro de pele que ele usa puxado sobre as orelhas. A decepção faz o estômago de Daphne dar um nó. Com que rapidez ele foi contar a Cliona sobre a identidade de Leopold! Ela não devia se sentir traída... No máximo, devia sentir alívio; afinal, Bairre tem suas lealdades e Daphne tem as dela.

Só que Daphne não tem mais certeza de quais são suas lealdades.

– Acho que, no fim das contas, ele está em conluio com a rainha Eugenia

– diz Cliona, arrancando Daphne de seus pensamentos. – Talvez seja um nobre temarinense ou coisa assim... Dá para perceber algo nobre em sua postura, não é? Ela deve tê-lo mandado porque não confia em nós.

É mais ou menos a mesma história que Daphne imaginou alguns dias antes, e ela fica aliviada demais para se aborrecer com isso. Bairre não contou a Cliona.

– Talvez – diz Daphne.

Daphne disse a Cliona que já tinha visto outros lagos e que não podia haver nada diferente no lago Olveen. Afinal de contas, o que é um lago além de um grande corpo de água parada? Era difícil imaginar que houvesse muita variedade no fenômeno.

Mas, à medida que se aproximam da margem, ela percebe que estava errada. Bom, talvez não exatamente errada. O lago Olveen é mesmo parecido com outros lagos: mais ou menos redondo, mais ou menos grande e, imagina ela, sob a camada de gelo, mais ou menos plácido. Não há nada extraordinário no lago em si. Mas o que o circunda é suficiente para tirar o fôlego de Daphne.

Grandes montanhas cobertas de neve se erguem no horizonte no lado norte do lago, o sol claro da manhã fazendo parecer que estão cobertas com uma grossa camada de poeira estelar. Pinheiros altos, como Daphne nunca viu, se aglomeram na margem leste, polvilhados com a mesma neve cintilante. A oeste, há um prado e, embora esteja a boa distância de Daphne, ela consegue perceber cachos vermelhos nos arbustos – frutas silvestres.

E, no lago propriamente dito, uma multidão de moradores da cidade, de crianças pequenas a adultos, desliza sobre a superfície, tropeçando e rindo, e mal parecendo notar o frio.

Não é nada parecido com os lagos que ela viu em Bessemia, pensa Daphne, absorvendo a paisagem e inalando em um suspiro profundo o ar revigorante da montanha.

– Venha – chama Bairre, esperando até que ela o alcance. – Vou te ajudar com os patins.

Daphne olha em volta à procura de Cliona, mas ela já a abandonou:

nesse momento, ela acerta uma bola de neve atrás da cabeça de Haimish e ri quando ele sai correndo atrás, perseguindo-a também aos risos.

Daphne segue Bairre até uma grande pedra plana à beira do lago e se senta enquanto ele vasculha a mochila e tira dois objetos que, para Daphne, pareceriam armas se ela não soubesse o que são.

Sem dizer nada, ele se senta ao lado dela, que põe um pé calçado em seu colo. A mão dele segura seu tornozelo para virar o pé e prender a lâmina à sola do sapato, apertando uma tira no peito do pé, a outra no calcanhar e em volta do tornozelo.

Não deveria parecer nada íntimo – não depois de ter passado a noite na cama dele, dormindo e acordando em seus braços, mas Daphne ainda se sente corar.

– Você não contou a Cliona – comenta ela. – Sobre Leopold, quero dizer.

Bairre termina o primeiro patim e passa para o outro, erguendo os olhos para ela com a testa franzida.

– Não – diz devagar. – Não contei a Cliona nem a ninguém.

Daphne não responde de imediato e os dois ficam em silêncio enquanto ele termina de prender a segunda tira.

– Por que não? Tenho certeza de que a informação seria útil para a rebelião.

Ele dá de ombros.

– Não acredito que seja da conta deles. Ele é um rei temarinense disfarçado que salvou os irmãos. Isso não tem nada a ver com a rebelião.

– Talvez eles discordem – sugere ela.

– Eles têm esse direito – responde ele. – Mas tomei minha decisão, e manter sua confiança é mais importante do que algo que essencialmente não passa de fofoca.

Daphne não sabe o que dizer, então fica calada e deixa que ele a ajude a se levantar, oscilando, tentando se equilibrar sobre os patins. Quando ele a conduz até a beira do lago, ela precisa segurar seu braço com força para não cair.

– Você vinha muito aqui com Cillian? – pergunta ela, na esperança de mudar de assunto.

Ele balança a cabeça.

– Não, em geral vínhamos aqui no verão. Mas em uma ou duas ocasiões viemos no fim do outono ou no começo da primavera, antes do degelo. Há outros lagos mais próximos de Eldevale onde patinávamos. Em geral, apostávamos corrida.

– E quem ganhava? – pergunta ela.

– Quase sempre, eu – admite Bairre. – Mas às vezes deixava que ele ganhasse.

– Eu fazia o mesmo com Sophie – diz Daphne após um instante, as lembranças infiltrando-se em sua mente. – Nem sempre com corridas, mas outras coisas... lições, coisas assim.

Ela não detalha as "coisas assim" e tem certeza de que, aonde quer que a imaginação o leve, ficará muito longe de lutas, tiros ou qualquer uma das coisas que a mãe fazia as irmãs disputarem entre si para fortalecê-las.

– Arco e flecha? – pergunta Bairre.

Daphne ri, zombeteira.

– Eu nunca a deixaria ganhar no arco e flecha – responde. – Além disso, Sophie tinha pouco interesse nessa prática. Preferia passar o tempo na cozinha tentando convencer o cozinheiro a ensiná-la a fazer bolos.

Bairre a leva até o gelo e ela segura seu braço com mais força, os patins escorregando e deslizando sob ela. Embora consiga ficar ereta, faz isso com muita dificuldade. Quando ergue os olhos, constrangida, ele está se esforçando para segurar o riso, apesar de sustentá-la com firmeza para que se equilibre.

– Tenho a sensação de que falo dela o tempo todo – comenta Daphne, balançando a cabeça.

– Não fala – garante ele. – E, quando fala sobre ela, é como parte de uma unidade com você e Beatriz.

– Ah – diz Daphne, perguntando-se se isso é verdade. – Bom, acho que é o problema de ser trigêmea. As pessoas tendem a nos ver como uma unidade e é fácil nós mesmas nos vermos assim. Mas Sophie era muito diferente de mim e de Beatriz. Tenho certeza de que você teria gostado dela.

Bairre não responde por um instante. Solta o braço dela, pega suas mãos e patina para trás, deixando a máxima distância possível entre os dois enquanto ainda a segura.

– Agora, devagar... devagar... venha em minha direção – orienta ele.

Parte de Daphne se rebela com o tom de voz que ele usa – ela é uma garota perfeitamente capaz. Consegue forçar fechaduras, defender-se de assassinos e pôr em prática conspirações para derrubar reis. Portanto, é mais do que capaz de dominar um esporte de crianças.

Mas, assim que tenta se mover, os patins deslizam sob ela e Daphne percebe sua tolice ao se lançar sobre Bairre e agarrar seus ombros, derrubando os dois no gelo frio e duro, Bairre de costas, ela esparramada em cima dele.

– Ui! – exclama Bairre, os braços em torno da cintura dela para firmá-la.

– Ah, desculpa – diz Daphne, se esforçando para se levantar. Porém, os patins não encontram onde se apoiar e ela cai novamente sobre ele. – Ah, não – geme.

Bairre não diz nada, mas o corpo dele todo treme, o rosto enterrado no ombro dela.

– Bairre? – chama ela, alarmada, afastando-se um pouco, com medo de o estar machucando. Mas, quando consegue ver seu rosto, percebe que ele ri. – Bela ajuda a sua – queixa-se, empurrando o ombro dele.

– Desculpa, desculpa – diz ele, ainda rindo. Mas, por fim, consegue segurar os cotovelos dela e tirá-la de cima dele para que os dois se levantem. – Nunca pensei que veria o dia em que você falharia em alguma coisa – admite.

Daphne lhe dirige um olhar de raiva, embora ainda segure seu braço com tanta força que tem certeza de que deixará hematomas. Ela sabe que, se afrouxar a mão, cairá outra vez.

– Não falhei – diz ela. – Espere para ver. Até o fim do dia serei uma patinadora melhor do que você.

Bairre ri.

– Quer saber? Não duvido.

À medida que o dia passa, Daphne de fato consegue patinar sozinha, os braços abertos para se equilibrar, embora esse seja o máximo de habilidade que consegue alcançar. Até Gideon e Reid patinam literalmente em círculos em volta dela. É frustrante ver os outros passarem por ela rodopiando, muitos dando saltos e giros, enquanto ela mal consegue se manter ereta, sentindo-se como um filhote de cervo dando os primeiros passos.

Mas, apesar da frustração, ela está se divertindo. Depois de patinar algumas horas, nem sente mais o frio, especialmente quando uma mulher da aldeia traz uma jarra de chocolate quente para os patinadores compartilharem.

Daphne dá o primeiro gole e conclui que há um grande número de martírios que aceitaria em troca de chocolate quente, sendo o frio o menor deles.

Só quando nota que o sol está perto de se pôr é que percebe que o dia se passou quase todo sem que ela pensasse na mãe, nas irmãs e em todas as coisas que deveria estar fazendo. Nada do que fez hoje promoveu o avanço das maquinações da mãe, e Daphne não sabe se alguma vez na vida já passou tanto tempo assim. Tudo o que fez nas últimas horas foi se divertir. Que desperdício de tempo.

Mas a *sensação* não é de desperdício.

Ela está se divertindo tanto que quase não nota Cliona escapulir na direção da orla da floresta, no ponto onde as árvores encontram o lago. Mas, quando percebe, seus olhos se estreitam. Aonde ela pode estar indo? Nem mesmo Haimish a segue, quando ele praticamente foi sua sombra desde que saíram de Eldevale. E mais: quando Cliona escapole, Haimish parece perder o equilíbrio e cair em cima de Bairre e Rufus, distraindo completamente a todos. Todos, menos Daphne.

Decidida, Daphne vai até a orla da floresta, não tão rápida quanto se estivesse sem os patins, mas com velocidade suficiente.

– Daphne! – grita Haimish e, em segundos, está ao lado dela. – Aonde vai com tanta pressa? – pergunta, e, para os outros, talvez soe casual.

Ela lhe lança um olhar de soslaio.

– Não é digno de um cavalheiro perguntar a uma dama por que ela está buscando a proteção da floresta, mas basta dizer que estou lidando com uma situação pessoal delicada. Faça uma gentileza a nós dois e não insista.

– A floresta é perigosa – insiste ele. – Com certeza você consegue aguentar até voltarmos ao castelo.

– É mesmo? – pergunta ela, olhando-o com as sobrancelhas erguidas. – Pois vi Cliona vir por aqui, estou certa de que tinha o mesmo objetivo. Deveríamos reunir os outros para procurá-la, caso ela esteja em perigo. Não acha?

Haimish a fuzila com o olhar, mas para de patinar e permite que ela chegue à beira do lago sozinha. Ela tropeça ao passar para a terra, mas tem mais firmeza ali do que no gelo, apesar das lâminas ainda presas aos pés. Daphne adentra a floresta, parando de repente ao ouvir vozes. Duas vozes conhecidas.

– Não recebo ordens suas – diz Cliona com um tom de aço na voz. Embora não possa vê-la, Daphne consegue imaginar sua expressão: o queixo erguido em desafio, os olhos castanhos brilhando de irritação, as sobrancelhas arqueadas, o ar arrogante.

– Mas recebe do seu pai – diz a segunda voz, e Daphne quase perde o equilíbrio já precário. Aurelia.

– Meu pai jamais ordenaria isso – rebate Cliona, mas, embora não possa ver seu rosto, Daphne ouve a dúvida em sua voz. – Gideon e Reid são crianças e não fizeram nada errado.

Daphne tem a sensação de que um balde de neve foi despejado em sua cabeça.

– Você é que está agindo feito criança, e sabe perfeitamente que, se estivesse aqui, seu pai diria o mesmo – afirma Aurelia com frieza. – Há uma razão por que você precisou implorar a seu pai para permitir que se envolvesse com as questões da rebelião. Está mesmo tão ansiosa para provar que ele está certo?

Cliona não fala por um momento.

– Talvez, se eu entendesse o porquê – diz ela.

Aurelia ri, o som áspero.

– A mesma razão por que fazemos qualquer coisa, Cliona. Por Friv. Você já foi longe demais para de repente ficar cheia de escrúpulos. Estarei à espera amanhã à meia-noite, junto à velha torre do relógio. Isso vai lhe dar tempo suficiente para descobrir como levá-los até lá.

Daphne ouve passos – pertencentes a Aurelia, desconfia, mas a voz de Cliona os detém.

– E depois que eu os levar até você? – pergunta Cliona. – O que vai acontecer?

Aurelia solta um longo suspiro atribulado.

– Não faça perguntas cujas respostas você não quer ouvir, Cliona. Apenas obedeça às ordens.

Daphne retorna ao lago antes de Cliona, mas, como Haimish sabia exatamente o que Daphne pretendia ao segui-la, ela não se surpreende quando Cliona acerta o passo com o seu na volta para o castelo, o sol começando a se pôr sobre a floresta.

– O que você ouviu – começa Cliona sem preâmbulos, a voz seca – não é o que parece.

Daphne ri. Não consegue evitar. Cliona nunca foi boa mentirosa, mas nem se dá ao trabalho de fingir que está dizendo a verdade.

– Não tem graça nenhuma – irrita-se Cliona.

– Ah, sei disso – Daphne consegue dizer no meio da gargalhada.

Mas uma parte *é* engraçada, sim. Ali está Cliona, com ordens semelhantes às suas e vivendo o mesmo conflito por causa delas. Daphne consegue sufocar o riso e olha a outra moça com franqueza.

– Você vai obedecer? – pergunta.

Cliona abre a boca e Daphne tem certeza de que o que quer que ela diga será mentira, mas a boca se fecha com a mesma rapidez.

– Não tenho opção – diz. – Ele é meu pai. Se diz que é o melhor para a rebelião, então é. E ela não vai... ela não tem nada a ganhar fazendo mal a eles. Só quer removê-los do tabuleiro antes que causem... complicações.

Cliona não acredita nisso, não mais do que Daphne acreditou que a mãe ordenara que ela matasse Gideon e Reid para proteger sua família. Queria acreditar, com desespero, até. Mas sempre soube a verdade. Assim como sempre soube que não conseguiria obedecer. Mesmo que tenha demorado até agora, até ver Cliona vivendo o mesmo conflito, para admitir isso para si mesma.

Daphne suspira.

– Tenho uma ideia – diz lentamente. – Mas preciso saber se posso confiar em você. E preciso que você confie em mim também.

Cliona a olha por um longo momento, sua expressão inescrutável.

– Se até agora não confiamos uma na outra, Daphne, acho que nunca confiaremos.

Daphne não fala por um momento.

– Conte a verdade sobre Aurelia – propõe ela. – E eu contarei sobre Levi.

Violie

Enquanto a maior parte dos hóspedes do palácio estão patinando no lago, Violie aproveita a oportunidade para, mais uma vez, se esgueirar até os aposentos de Daphne, embora dessa vez Leopold esteja em seus calcanhares.

– Você vai ser apanhada – sussurra ele.

Ela o olha por cima do ombro enquanto se dirige ao guarda-roupa, arqueando uma única sobrancelha.

– Ainda está para acontecer, pelo menos acidentalmente – diz ela de modo afetado. – Feche a porta, mas não tranque – acrescenta, aliviada quando ele faz o que ela pede.

– Por que não trancar? – pergunta ele.

– Uma porta trancada é suspeita – explica ela.

– Comparada a alguém simplesmente entrar e nos encontrar aqui? – indaga ele.

– Se alguém nos apanhar, vamos apenas convencer essa pessoa de que entramos aqui por motivos insuspeitos – diz ela, encontrando o estojo de cosméticos de Daphne e tirando-o do guarda-roupa. Quando olha para Leopold, ele tem a testa franzida, confuso, e ela não pode deixar de rir. Às vezes, é difícil lembrar o quanto a vida dele foi protegida.

– Dificilmente seríamos os primeiros criados a escapar para um quarto vazio em busca de um pouco de... privacidade – comenta ela.

A compreensão surge no rosto de Leopold por um segundo antes de suas bochechas corarem e ele baixar o olhar.

– Ninguém faz isso – duvida ele.

– Muitas pessoas fazem – rebate ela, rindo. – A maioria não seria ousada o suficiente para optar pelo quarto da princesa, mas isso seria mais crível do que a alternativa.

Ela abre a tampa do estojo de cosméticos e começa a retirar os frascos e pós, separando-os em duas pilhas.

– Que é... roubar batom? – pergunta Leopold, observando-a.

Ela levanta os olhos para ele.

– Sophronia tinha um estojo idêntico – diz, apontando as pilhas. – Estes são cosméticos. – Ela indica a outra pilha. – Estes, venenos.

Ele a encara por um momento.

– Venenos – repete lentamente. – Sophie guardava veneno junto com seus cosméticos?

– Ela nunca os usou, até onde eu sei, mas tenho certeza de que a imperatriz teria preferido que usasse – diz Violie. – Daphne, porém, não é tão criteriosa em relação a isso.

Ela termina de examinar tudo no estojo de cosméticos, incluindo os frascos e tubos que encontra no compartimento oculto no fundo.

– Você pode pegar o estojo de joias no guarda-roupa? – pede enquanto começa a colocar os cosméticos comuns de volta em seus lugares, enfiando os venenos nos bolsos do avental.

Leopold ergue as sobrancelhas, mas faz o que ela pede, puxando o estojo de joias e tomando a liberdade de abrir a tampa.

– Elas também são venenosas? – pergunta, cauteloso.

Violie fica de pé, vai até ele e espia por cima do seu ombro.

– Isto aqui é – diz, apontando um pesado colar com pingente de ouro no formato da constelação Bengala do Eremita. Ele o levanta, examinando-o atentamente antes de entregá-lo a Violie, que lhe mostra como a parte superior do pingente se desenrosca.

– É só sonífero – afirma ela, dando de ombros. – Mas não vou correr risco algum.

Ela guarda o colar também antes de agachar ao lado de Leopold e vasculhar o restante das joias de Daphne. Tira dali uma pulseira que esconde um pequeno punhal; um anel pesado que emite uma nuvem de gás nocivo quando duas de suas pedras são pressionadas ao mesmo tempo; e um broche de diamantes em forma de lua, que Violie conclui que é feio demais para não conter alguma faceta oculta e perigosa.

Feito isso, guardam o restante das joias e Leopold recoloca os estojos no guarda-roupa, como antes.

– Você acha que estou a salvo dela agora? – pergunta.

Violie bufa.

– Pelas estrelas, não – diz ela. – Daphne poderia matar você só com as mãos, Leo. Ela poderia criar uma arma a partir de praticamente qualquer coisa neste quarto ou em qualquer outro lugar, e ouvi dizer que é ainda mais habilidosa quando se trata de criar seus próprios venenos. Se decidir matá-lo, você tem a mesma chance de sobreviver que teria se caminhasse nu por Friv no inverno. Mas não estou inclinada a facilitar as coisas para ela te matar.

Leopold pisca.

– Você está tentando me assustar? – pergunta.

Violie revira os olhos.

– É você quem insiste em mandar a única pessoa que pode te defender dela para longe e ficar sozinho na companhia de uma princesa que parece oscilar constantemente entre querer te matar e não – observa ela.

Por um momento, Leopold não fala nada.

– Você é a única que tem alguma chance contra ela – repete ele devagar. – E é por isso que preciso que você vá com meus irmãos.

Violie sabe que não há como convencê-lo a desistir dessa decisão, mas não pode deixar de bufar. Ela entende o que ele está dizendo, por que está lhe pedindo isso, o que não torna mais fácil para ela concordar.

– Tem certeza de que confia seus irmãos aos meus cuidados? – pergunta. – Talvez eu venha a apresentá-los a alguns personagens questionáveis em uma taverna, ensine-os a trapacear nos dados, mostre a eles as melhores técnicas para bater carteira.

Ela quis fazer uma piada, mas Leopold a encara com o olhar sério.

– Apenas faça com que cheguem vivos até lorde Savelle – diz ele. – Isso é tudo que peço.

Violie hesita um segundo antes de assentir.

– Muito bem – concorda. – Fale com eles esta noite, diga que me esperem... A última coisa que preciso é que eles achem que estão sendo sequestrados de novo. Partiremos à meia-noite.

Nessa noite, quando Daphne, o príncipe Bairre, Gideon, Reid e os outros retornam ao castelo, algo está claramente errado. Violie percebe isso assim que vê Daphne entrando no salão de banquetes, onde ela se encontra limpando a comprida mesa de madeira. A cabeça de Daphne está inclinada para a única outra garota no grupo – Cliona, como Daphne disse que ela se chamava. Ambas têm a expressão sombria e não fica claro para Violie se estão discutindo ou conspirando.

Qualquer que seja o caso, é motivo para preocupação.

Daphne levanta a cabeça e seus olhos colidem com os de Violie, que abaixa a cabeça, sabendo que agora não é o momento certo para uma conversa. No entanto, Daphne a surpreende dizendo seu nome, o som ressoando como um sino no salão silencioso.

Violie ergue os olhos, piscando. Seu olhar se volta para Cliona, que a observa com atenção, como se a avaliasse. Violie decide optar pela segurança.

– Sim, Majestade? – responde, mantendo o sotaque frívio.

Cliona ri.

– Devo dizer que seu sotaque é muito melhor que o de Levi... ou melhor, do rei Leopold – observa ela.

Violie cerra os punhos ao lado do corpo.

– Você contou a ela? – pergunta a Daphne com os dentes cerrados.

– Vai me agradecer se me der um momento para explicar – diz Daphne, a voz calma.

– Você me disse para não confiar nela – observa Violie.

– Ai! – exclama Cliona, embora não soe realmente magoada, e sim divertida.

Daphne não nega.

– Em algumas coisas, estamos do mesmo lado – explica com cuidado. – E, nesta, estamos do seu lado.

– Em quê, exatamente? – pergunta Violie.

Daphne olha de soslaio para Cliona antes de se voltar novamente para Violie.

– A ala leste do castelo está fechada. Encontre-nos lá.

– Há uma sala de estar no primeiro andar – informa Cliona. – Subindo a escada dos aposentos dos criados, terceira porta à sua direita.

Daphne assente.

– Certo. Leve Leopold.

– Serão só vocês? – pergunta Violie, cautelosa. – E Bairre?

Daphne e Cliona trocam um olhar carregado que Violie não consegue decifrar.

– Bairre não – diz Daphne enfim, as palavras pesadas. – Ainda não.

Violie encontra Leopold e, juntos, seguem as instruções de Cliona até a sala na ala leste. Quando entram, encontram as janelas fechadas com tábuas, a lareira fria e os móveis cobertos por lençóis. Daphne e Cliona já estão lá, lado a lado, ambas ainda vestidas com os casacos pesados usados no passeio ao lago. Quando Violie fecha a porta ao passar, Cliona leva um momento examinando Leopold.

– Devo fazer uma reverência, Majestade? – pergunta ela, a voz seca.

Leopold, para seu crédito, não se abala.

– Eu não sonharia em dizer a uma dama o que fazer – diz com seu sotaque natural.

Cliona ri alto antes que Daphne lhe dê uma cotovelada e leve um dedo aos lábios.

– Ah, mas eu gosto dele – comenta Cliona, balançando a cabeça.

– O sentimento não será mútuo se você ajudar a sequestrar os irmãos dele – afirma Daphne.

E assim, simplesmente, qualquer aspecto de leveza que havia na sala evapora.

– E eu aqui pensando que essa tarefa fosse sua – diz Violie, olhando para Daphne.

– Minha tarefa era matá-los – rebate ela com franqueza. – E você – acrescenta ela, apontando Leopold. – Mas, por acaso, Cliona está tão... hesitante quanto eu.

– *Hesitante* não é a palavra que eu preferiria que você usasse neste contexto – diz Leopold, as palavras saindo como um rosnado.

– Se você preferir que eu minta para você, vou ter isso em mente no futuro – replica Daphne. – Mas eu disse a Violie que tínhamos o mesmo objetivo, pelo menos nisso, e falei sério. – Ela olha para Cliona e depois para Leopold. – Nenhuma de nós quer fazer mal a crianças inocentes.

Essa não é a primeira vez que Violie ouve Gideon e Reid serem chamados de crianças, mas essa descrição sempre a incomoda. Eles têm 12 e 14 anos.

Quando tinha a idade deles, Violie já trabalhava para a imperatriz – e dificilmente se sentiria como uma criança inocente a ser protegida a todo custo. Também não imagina que Daphne se sentisse assim na idade deles. No entanto, não é ela quem vai questionar a linha que Daphne decidiu que não está disposta a cruzar. Simplesmente fica feliz por essa linha sequer existir.

Violie se esforça para não olhar para Leopold, embora tenha certeza de que ele está pensando o mesmo que ela: se o plano deles correr como o programado hoje à noite, Gideon e Reid estarão fora do alcance de Daphne e Cliona.

Uma batida suave soa na porta e Violie se sente paralisar, mas Cliona e Daphne não estão surpresas.

– Entre, Rufus – convida Daphne.

A porta se abre e um garoto alto com membros esguios e cabelos ruivos compridos bagunçados entra. Seu rosto largo e bonito e seu sorriso fácil são familiares a Violie – ele é amigo de Bairre, lembra ela, tendo-o visto no castelo de verão no início do dia.

– Fui chamado – informa ele, fechando a porta ao entrar.

– Rufus – diz Daphne – não tem nenhuma ligação com minha mãe, nem com a rebelião de Friv, não é mesmo, Rufus?

Rufus parece perplexo, como se tivesse interpretado mal a situação em que acabou de entrar.

– Eu... hã... sim, é isso mesmo.

– E você não tem nenhuma razão para desejar mal a Gideon e Reid – continua Cliona.

– Por que, em nome das estrelas, eu teria? O que, exatamente, está acontecendo...

– Está resolvido, então – diz Daphne, dirigindo-lhe um sorriso radiante. – Você vai escoltar os meninos de volta para a propriedade da sua família... É longe o suficiente de Eldevale para que ninguém pense em procurar lá.

– Se procurarem – acrescenta Cliona –, você pode dizer que são órfãos de um de seus criados e que você os tomou como pupilos.

Rufus não diz nada por um momento.

– Estou muito confuso – diz, por fim. – Mas, se a segurança de Gideon e Reid está em questão, eles são, naturalmente, bem-vindos ao Solar Cadringal.

– Isso não será necessário – interrompe Leopold.

Rufus olha para ele, boquiaberto.

– Levi, seu sotaque...

– Isso não é importante agora, Rufus – Daphne o corta com suavidade.

– Discordo – rebate Rufus. – Se vocês quatro não me disserem exatamente o que está acontecendo, sairei por aquela porta neste instante.

Por um momento, ninguém se move, mas, por fim, Daphne solta um suspiro.

– Muito bem – começa ela, indicando Leopold com um movimento da cabeça. – Diga a ele o que achar melhor.

Leopold tem uma expressão cautelosa.

– Mesmo? – indaga, olhando para Violie em busca de confirmação.

– Você confia nele? – A pergunta de Violie é dirigida a Daphne.

Daphne sustenta seu olhar.

– No assunto em questão, sim – responde ela. – Porque Rufus me deve um favor por minha generosidade com a irmã dele. Não é mesmo, Rufus?

O garoto hesita.

– Isso mesmo – confirma ele.

Violie olha para Leopold e assente. Leopold sacode a cabeça antes de se virar para Rufus e dar a ele uma versão resumida da verdade – seu verdadeiro nome e título, a identidade de seus irmãos e o fato de que Eugenia estava por trás da conspiração para matá-lo, daí sua necessidade de permanecer escondido.

– Não estou disposto a devolver meus irmãos aos cuidados dela, por razões óbvias – explica Leopold. – Mas também não vou mandá-los para um estranho. Sem ofensa.

– Não temos opção – afirma Daphne.

– Na verdade, temos – intervém Violie. – Leopold tem razão... e mais: francamente, não temos motivos para confiar em vocês e dizer para onde eles estão sendo levados. Se mudarem de ideia...

– Não vamos mudar de ideia – afirma Cliona, parecendo ofendida com a possibilidade.

– Queira me perdoar por não acreditar em sua palavra – retruca Violie, satisfeita por Cliona não ter uma resposta. – Tenho um plano alternativo. Rufus e eu levaremos os príncipes a um destino que Leopold e eu já acordamos.

Daphne parece surpresa com isso, mas Violie ri.

– Você não achou de verdade que íamos deixá-los sob seus cuidados – observa ela.

O maxilar de Daphne se contrai, mas, depois de um momento e um olhar para Cliona, ela faz que sim com a cabeça.

– Muito bem – diz. – Rufus, isso é tudo. Enviarei um bilhete quando chegar a hora.

Rufus corre o olhar furtivo pela sala mais uma vez.

– Imagino que eu não possa fazer mais perguntas... – arrisca ele.

– Não pode – diz Daphne. – Mas, depois disso, vou nos considerar quites em relação a Zenia.

Rufus parece querer discutir, mas por fim assente.

– Muito bem, então – responde antes de deixar a sala.

Quando ele sai, Daphne olha para Cliona.

– E qual de nós vai contar a Bairre que a mãe dele foi a responsável pelo sequestro dos meninos que ele estava tão determinado a resgatar? – pergunta ela.

Cliona se encolhe.

– Ainda não acredito que isso seja coisa da rebelião – diz ela. Quando Daphne abre a boca, parecendo pronta para discutir, Cliona balança a cabeça. – Eu sei, eu sei, mas preciso falar com meu pai sobre isso. Ela pode estar trabalhando sozinha.

– A rebelião frívia sequestrou Gideon e Reid? – pergunta Leopold, franzindo o cenho.

E mais: se Violie entendeu a conversa corretamente, Cliona faz parte da rebelião. O fato de a imperatriz ter usado os revolucionários temarinenses para atender a seu propósito a faz suspeitar.

– Parece que sim – diz Daphne a Leopold antes de fazer uma pausa. – Eu esperava que você insistisse em viajar com eles. Não Violie.

Leopold olha para Violie e dá de ombros.

– Você teria me permitido? – pergunta ele.

Daphne franze os lábios, mas, em vez de responder, ela também dá de ombros e se vira para Violie.

– Vocês vão partir esta noite. Quando Bairre perceber, Cliona e eu contaremos a ele a verdade e ele não os seguirá. Levem os meninos para onde acharem melhor.

Sem dizer mais nada, Daphne passa por Violie e Leopold e deixa a sala, seguida imediatamente por Cliona.

Nessa noite, Violie vai com Leopold para o quarto em que os irmãos dele estão instalados, encontrando Gideon e Reid já em suas roupas de dormir, embora ainda acordados. Gideon está lendo um livro do folclore frívio em sua cama enquanto Reid se encontra sentado de pernas cruzadas no chão perto da lareira, cercado por meia dúzia de pedaços de papel rabiscados com desenhos que Violie não consegue entender.

Gideon vê Leopold primeiro e fecha o livro, sentando-se mais ereto, os olhos azuis brilhando.

– Leopold! – exclama, chamando a atenção de Reid também.

Leopold leva o dedo aos lábios para sinalizar que mantenham a voz baixa enquanto Violie fecha a porta. Então, ele se senta na beira da cama de Gideon e gesticula para que Reid se aproxime. Violie se mantém afastada, observando e ouvindo enquanto ele explica a Gideon e Reid que eles deixarão o castelo esta noite – sem ele.

– Vamos voltar para a mamãe? – pergunta Reid, franzindo a testa.

Acima de sua cabeça, Leopold dirige a Violie um olhar tenso e ela não inveja sua posição. Até onde Gideon e Reid sabem, sua mãe é apenas isso – a mulher que costumava enxugar suas lágrimas e os colocar na cama, aquela que contava histórias e cantava canções de ninar.

– Não, não é seguro – responde Leopold, em vez de tentar explicar por quê. – Vocês vão com Violie – acrescenta ele, acenando com a cabeça na direção dela.

Os dois meninos se viram para ela.

– Eu conheço você – diz Reid, franzindo a testa. – Do palácio, em Kavelle.

Violie abre a boca para responder, mas Leopold se adianta.

– Violie era amiga de Sophie – explica ele. – Ela vai levar vocês para outro amigo: lorde Savelle.

O nome não parece despertar qualquer reconhecimento neles, mas Violie supõe que deviam ser muito jovens da última vez que lorde Savelle esteve na corte temarinense, ainda que seus caminhos tenham se cruzado.

– Ele mora nas ilhas Silvan – prossegue Leopold. – Estou com muita inveja... Vocês certamente terão um clima muito melhor do que eu aqui.

Violie ouve a leveza forçada em sua voz e sabe que, apesar da insistência de Leopold nesse caminho, dizer adeus aos irmãos outra vez é difícil para ele.

– Você não precisa ficar com ciúmes, se vier também – diz Gideon.

– Não posso, Gid – replica Leopold, balançando a cabeça. – Eu disse a Sophie que ajudaria Daphne e tenho que fazer isso. Mas, quando for seguro, nos veremos outra vez. Eu prometo.

Violie desvia os olhos enquanto Leopold abraça os irmãos, falando baixinho palavras que não se destinam aos ouvidos dela. Então, ele pede que vistam as roupas mais quentes que tiverem. Não há bagagem para arrumar, pois chegaram sem nada, e Violie presume que Rufus terá fundos suficientes para a viagem e poderá comprar o que precisarem.

Leopold e Violie saem para o corredor enquanto Gideon e Reid se trocam, mas Leopold permanece em silêncio.

– Leo... – começa Violie, insegura sobre o que dizer. Ela sabe que não deve prometer que ele verá os irmãos de novo, mas quer fazer isso mesmo assim.

– Por favor, não tente me convencer a ir com eles – pede Leopold, falando baixo. – Já estou perto de ceder, mas não posso.

– Não – concorda Violie. – Você está certo... É você quem tem mais chance de influenciar Daphne. Ela já está quase lá. Não creio que deixaria seus irmãos irem se não estivesse.

Leopold ri, mas o som é áspero.

– Ela está deixando os dois irem porque não confia em si mesma para não os matar – diz ele. – E porque não quer arriscar que a moral de Cliona seja mais fraca que a dela.

Ele está certo. Violie sabe que ele está certo, mas não pode deixar de pensar que, duas semanas atrás, Leopold não teria visto essa verdade.

– Vou mantê-los em segurança, Leopold – garante ela, a voz suave. Ela estende a mão, pousando-a no ombro dele, dando-lhe um aperto. – Prometo isso a você.

Leopold olha para ela, os olhos azul-escuros quase brilhando nas sombras.

– Obrigado, Violie – diz ele. – Eu não os confiaria a mais ninguém.

Quando Gideon e Reid saem do quarto, vestidos com as pesadas capas e botas, eles se despedem de Leopold antes de serem conduzidos por Violie para fora do palácio, em direção aos estábulos, onde Rufus já está esperando com quatro cavalos selados e prontos para partir.

Beatriz

Beatriz tem coisas demais ocupando seus pensamentos para destinar muitos deles a Nicolo. Pelo menos, é o que diz a si mesma. Ela tem o poder de derrubar estrelas do céu, e uma delas reapareceu sabe--se lá como! Ela ainda não teve notícias de Nigellus! Está se preparando para cometer regicídio e matricídio! Precisa dar um jeito de resgatar das masmorras o amor do seu marido! Nicolo não deveria merecer espaço em seus pensamentos, mas começou a se infiltrar com tanta frequência em sua mente que ela começa a duvidar que algum dia tenha saído de lá.

Quer tenha sido intencional ou não, a breve carta que ele escreveu conseguiu furar seu escudo de proteção. A única coisa que a incomoda mais do que a missiva conter uma única linha é o fato de ela ainda estar pensando sobre o que ele escreveu.

Enquanto observa, pela janela do quarto, o sol se pôr e as estrelas despertarem cintilantes na escuridão do céu, um arrepio percorre sua espinha. Ali está – aquela sensação que experimentou duas vezes em Cellaria, mas não entendeu. Agora, ela sabe que são as estrelas chamando-a para usar sua magia. Com ou sem chamados, ela precisa falar com Nigellus.

No caminho até o laboratório, perto da meia-noite, Beatriz está ainda mais atenta ao ambiente. Depois da prisão de Ambrose, está particularmente inquieta e se pergunta o quanto a mãe sabe sobre a ligação dele com ela e Pasquale. Ela percorre um caminho mais longo, utilizando várias passagens ocultas que ela, Sophronia e Daphne descobriram quando crianças. Dobra esquinas e para de repente, tentando escutar sons ou enxergar sombras, mas nada aparece. Ninguém a segue, ela percebe, e, de certo modo, saber disso a deixa ainda mais ansiosa.

Quando enfim abre a porta do laboratório de Nigellus, Beatriz se vê diante de uma bagunça. Antes, as bancadas e mesas continham apenas o equipamento e o texto que ele estivesse estudando no momento; agora, o equipamento foi empurrado para o lado e cada centímetro de superfície está coberto por livros abertos – mais do que Beatriz consegue contar. Ao entrar na sala, ela percebe que há livros até no chão, todos abertos em páginas diferentes.

Ela avista uma ilustração num deles e reconhece a imagem que Nigellus lhe mostrou: de como o céu era éons atrás. Não, passa por cima dos livros, com cuidado para não os desarrumar, e olha em volta à procura do empyrea.

Beatriz o encontra debaixo da mesa, profundamente adormecido. Quando cutuca a perna dele com a ponta da bota, ele desperta com um susto e se senta tão depressa que bate a cabeça no tampo da mesa.

– Ai – murmura, levando a mão à cabeça e piscando para ajustar os olhos à pouca luz, até ver Beatriz. Ele franze a testa. – O que está fazendo aqui? – pergunta, levantando-se com dificuldade. – Não mandei chamá-la.

– Já são dois dias sem notícias e comecei a me preocupar – explica Beatriz, correndo os olhos novamente pela sala. – Ficou aqui esse tempo todo? – pergunta.

– Não – responde ele, antes de parar para pensar. – É, talvez – acrescenta, franzindo a testa. – Não encontrei nenhuma menção, em éons de texto, a um empyrea que consiga pôr estrelas de volta no céu.

– Foi... isso que fiz? – pergunta Beatriz. A estrela que ela derrubou do Cálice da Rainha reapareceu, mas a estrela que Nigellus derrubou para criar Sophronia também, e ela não teve nada a ver com isso. – Você pode ter cometido um erro em relação à estrela que derrubei em Cellaria. Com o ressurgimento da estrela de Sophie, talvez algo maior esteja acontecendo com as estrelas.

– A estrela de Sophronia reapareceu porque ela morreu – diz Nigellus. – Nenhuma outra estrela que derrubei voltou. Mas você... não foi só o Cálice da Rainha que se alterou. A Abelha Feroz e a Roda do Andarilho também. As duas constelações reapareceram nos últimos dois dias, as duas estrelas que você tirou.

Beatriz o fita enquanto processa suas palavras.

– Acha que fiz isso? – pergunta. – Certamente eu saberia.

– Você não sabia que estava derrubando estrelas – lembra ele. – Não é nenhuma surpresa que seja igualmente ignorante sobre devolvê-las.

A palavra *ignorante* incomoda Beatriz, embora ela admita que *é* ignorante a respeito da magia das estrelas, pelo menos quando comparada a Nigellus.

– Se consigo devolver as estrelas ao céu depois de lhes fazer um pedido, isso não é bom? – pergunta ela. – Você me mostrou que restam poucas estrelas no céu. Se consigo trazê-las de volta...

– Estudo as estrelas a vida toda, princesa. Se há uma coisa que elas me ensinaram é que a magia sempre tem um custo. Só porque não sabemos qual é, não significa que não exista. Portanto, não, não me sinto inclinado ainda a comemorar essa revelação, e você também não deveria se sentir.

– Bom, talvez, se eu fizer de novo, possamos obter mais informações – sugere ela. – Sinto que as estrelas estão me chamando.

Com isso, Nigellus franze a testa.

– Chamando para quê?

Beatriz dá de ombros.

– Com certeza você sabe como é... Parece que as estrelas dançam em minha pele, me puxam. Só passa quando faço um pedido.

Por um momento, Nigellus a fita sem entender. Depois, balança a cabeça.

– Você nunca me contou isso.

– Não achei que fosse relevante – diz ela. – E levei um tempo enorme para entender. Como lhe disse, nas duas vezes que fiz um pedido às estrelas em Cellaria, não percebi o que estava fazendo, mas, antes desses incidentes, tive a mesma sensação. A princípio, pensei que fosse insônia.

– E... está sentindo isso agora? – pergunta ele, as rugas na testa se aprofundando.

Beatriz faz que sim.

– Você nunca sentiu isso? – indaga ela. Quando Nigellus balança a cabeça negativamente, ela morde o lábio. – Achei que era normal, ou pelo menos normal para empyreas.

– Bom, seja lá qual for esse chamado, é preciso resistir. Usar seu poder quando entendemos tão pouco sobre ele é perigoso.

Beatriz ri.

– Se o que você está dizendo é verdade, posso fazer pedidos sem matar estrelas – diz ela. – Por que você insiste em encontrar desgraça em tudo? Claro que é um milagre.

– Talvez – admite ele. – Mas ainda não temos informações suficientes para saber o que é. E há outra coisa... Será que você de fato trouxe a estrela de volta? Ou será que criou uma estrela nova para ocupar o lugar da anterior?

Beatriz não tinha pensado nisso, mas certamente não poderia criar estrelas por acidente.

– Isso importa? – pergunta. – A estrela está lá, no mesmo lugar de antes.

– É claro que importa! – retruca Nigellus, fazendo com que Beatriz dê um passo atrás.

Ela não tem medo de Nigellus, não mesmo, mas o conhece desde sempre, e ele sempre foi uma presença calma e reservada. Vê-lo tão alterado é desconcertante.

Ele respira fundo, fecha os olhos e inclina o rosto para as estrelas que brilham pelo teto aberto.

– Preciso de mais tempo, princesa Beatriz – diz, por fim. – Escrevi para outros empyreas para ver se sabem mais do que eu, mas vai demorar para termos respostas. Até lá, precisa ter paciência e cautela, duas coisas que sei que não são fáceis para você, mas, se quiser sobreviver como empyrea, terá que aprender ambas as habilidades.

Com as aulas interrompidas e as estrelas deixando-a ainda mais inquieta do que o normal, Beatriz desce até a masmorra, usando um frasco de poeira estelar que surrupiou ao sair do laboratório de Nigellus para ficar invisível. A poeira estelar é fraca, dura apenas alguns minutos, mas é o suficiente para ela descer pelos corredores e escadas até chegar à masmorra deserta.

A cela de Gisella é separada das outras, isolada numa ala da masmorra reservada para dignatários estrangeiros, mas, em vez de ir lá primeiro, Beatriz percorre o bloco principal de celas, parcialmente ocupado por presos comuns que a olham quando ela passa, mas nada falam.

Encontra Ambrose na última cela, vestido com trapos sujos, com o rosto manchado de terra, mas, fora isso, em bom estado. Ela suspira, para diante das grades e se encosta nelas. Quando ele ergue os olhos e a vê, põe-se de pé com um salto.

– Triz – diz baixinho, tão consciente quanto ela dos presos nas celas vizinhas que podem estar escutando.

– Ambrose – replica ela. – Você está bem? Foi machucado?

– Estou bem – afirma ele. – Deixei sua carta no Pétala Carmesim... Eles prometeram que vão mandá-la com o correio.

– O Pétala Carmesim? – pergunta ela, franzindo a testa. – O bordel?

Ao ouvir essa palavra, as bochechas de Ambrose se tingem de vermelho, o que fica visível até na luz fraca.

– Eu estava conferindo o estado da mãe de Violie com a maior frequência possível – explica ele. – Como está Pasquale? – pergunta.

– Preocupado, mas se fazendo de corajoso – responde ela. – Pensei em trazê-lo, mas não sei se ele aguentaria.

– Não – diz Ambrose com uma careta. – Não quero que ele me veja assim.

– Precisarei de alguns dias – responde Beatriz. – Mas vou tirar você daqui, juro.

Ela pensa em contrariar o pedido de cautela e paciência de Nigellus e correr até a janela mais próxima para fazer um pedido pela liberdade de Ambrose, mas sabe que isso só pioraria a situação de todos. Se sua mãe descobrisse que Ambrose está associado a ela e, mais ainda, que Beatriz é uma empyrea, todos se veriam emaranhados numa teia muito mais perigosa. E há a questão de onde exatamente Ambrose estaria a salvo. Ela diz a si mesma que a masmorra é o lugar mais seguro para ele agora.

– Sei que vai – afirma Ambrose, e a confiança em sua voz faz Beatriz sentir um aperto no coração.

– Não creio que minha mãe saiba da ligação entre você e Pasquale, embora eu não tenha certeza – diz ela. – Mas ela acredita que você é um aliado de Violie. Imagino que vá mandar interrogá-lo.

O medo cintila nos olhos de Ambrose.

– Tortura? – pergunta ele.

Beatriz hesita.

– Não sei – admite. – Mas, se acontecer, ponha toda a culpa em mim, certo?

Ambrose franze a testa.

– Triz...

– Toda a culpa – insiste ela. – É o que minha mãe quer ouvir, então vai acreditar rapidamente. Não vou mentir: ainda pode sobrar para você e Pas, mas pelo menos ficarei com o grosso da culpa. Como deveria – acrescenta depressa quando ele abre a boca para discutir. – A ideia foi minha, vocês me seguiram até aqui.

– Por opção, não pela força – argumenta Ambrose, não muito diferente do que Pasquale disse, mas Beatriz ainda não acredita plenamente nisso.

– Prometa – pede ela. – Se precisar culpar alguém, culpe a mim. – Ela faz uma pausa. – E, se isso acontecer, darei um jeito de manter todos nós a salvo. – Mesmo que Nigellus a considere imprudente por usar sua magia, ela sabe que não hesitará em proteger a si mesma, a Pasquale e Ambrose, se precisar.

– Se eu precisar – diz ele, com cuidado. – Mas não vou. Sou mais forte do que você pensa.

Beatriz lhe oferece um sorriso tranquilizador. Ela sabe que ele acredita nisso, mas ele ainda não conheceu sua mãe.

Quando chega ao outro lado da masmorra, onde está situada a cela isolada de Gisella, Beatriz fica ligeiramente irritada ao encontrá-la dormindo pacificamente, encolhida no catre estreito, de costas para as grades, com o cobertor puído puxado sobre o corpo esguio.

Beatriz pigarreia, mas Gisella não se mexe.

– Gisella – chama, no volume mais alto que ousa. Os guardas mais próximos estão na entrada da masmorra, a mais de quinze metros pelos corredores sinuosos, mas Beatriz não quer se arriscar.

Gisella não se mexe por alguns segundos, mas, antes que Beatriz possa tentar de novo, ela se vira em sua direção e a fita com olhos velados, semiadormecida e totalmente aborrecida.

– Você sabe quanto é difícil pegar no sono neste lugar? – pergunta, sentando-se devagar. – Eu tinha finalmente conseguido uma posição confortável nesta cama de pedra.

Beatriz nunca ficou na masmorra, mas não acha que Gisella esteja exagerando. O colchão parece duro, mesmo à distância, e o frio do inverno atravessa as paredes de pedra, sem fogo para afastá-lo. Uma pontada de pena incomoda Beatriz, mas ela a afasta. Ainda preferiria a masmorra à Sororia.

Beatriz enfia a mão no bolso da capa, tira a carta de Nicolo e a passa pela grade.

– Uma carta de Nico – diz quando Gisella olha o papel com cautela.

Isso desperta Gisella, que pula da cama e atravessa a cela, agarrando a carta e desdobrando-a. Beatriz observa, presunçosa, enquanto os olhos de Gisella examinam a carta, a esperança dando lugar à fúria ao ler a única frase.

– Isso é uma piada? – indaga.

Beatriz dá de ombros.

– Se for, não entendi a graça – responde. – Mas tenho certeza de que ele está ocupadíssimo tentando manter o trono.

– O trono que consegui para ele – diz Gisella com raiva. – Ele ainda estaria segurando o cálice de vinho de um rei louco se não fosse por mim.

– Talvez ele preferisse isso – observa Beatriz, lembrando-se da última vez que viu Nicolo, recém-coroado, bêbado e infeliz.

Se não estivesse ainda semiadormecida, Gisella talvez conseguisse disfarçar a expressão que passa pelo seu rosto – o leve revirar de olhos, o suspiro cansado.

– Ele lhe disse isso? – pergunta Beatriz, inclinando a cabeça. As peças começam a se encaixar. – Acho que consigo adivinhar – diz, cruzando os braços diante do peito. – Vocês discutiram depois que eu e Pas fomos mandados para as montanhas e ele disse o mesmo tipo de coisa. Estava furioso com você. Mandar você a Bessemia como mensageira não foi uma honra, foi um castigo.

Gisella cerra o maxilar, como se tentasse manter a verdade dentro de si.

– Ele precisava de espaço – diz após um instante. – Mas não achei que... – Ela se cala e desvia os olhos. – Ele é um bastardo ingrato – diz com raiva ao amassar a carta e jogá-la na direção de Beatriz. A bola de papel cai no chão, passa pela grade rolando e vai parar nos pés da princesa.

– Infelizmente, isso é apenas meia verdade, ou ele não seria rei – rebate Beatriz.

Gisella ri, o som mais amargo do que alegre. Então, volta a se sentar no catre e olha para Beatriz, a testa franzida.

– Mas ele não está errado, não é? – pergunta. – Eu mesma posso arrumar essa sujeira, principalmente porque você me deu a vassoura.

Beatriz a olha com cautela. Gisella está encurralada, vencida, sem opções, mas nem assim Beatriz confia nela. Não pode. No entanto, precisa dela e por isso tem que, pelo menos, fingir o contrário.

– Então, vai me ajudar? – pergunta.

Gisella assente devagar, o olhar distante.

– Não posso preparar um veneno aqui, posso?

– Não precisa – diz Beatriz. – Diga-me o que fazer e eu mesma preparo.

Gisella emite um ruído no fundo da garganta.

– E você espera que eu aceite sua palavra de que vai me tirar daqui assim que eu lhe der o que deseja?

Beatriz ri com sarcasmo.

– De nós duas, tenho mais razões para não confiar em você do que você para não confiar em mim – afirma.

– Discordo – diz Gisella, erguendo a sobrancelha. – Você está com raiva de mim. Quer se vingar. Você, pelo menos, sabe exatamente do que sou capaz, mas eu não creio que possa dizer o mesmo de você.

Beatriz nunca achou que Gisella fosse boba, e mesmo agora tem que admitir que a outra tem um bom argumento.

– Não estou com raiva de você – diz. – E já tive a minha vingança. Tudo o que eu disse que aconteceria, aconteceu: você está sem poder e seu irmão gêmeo não quer nada com você. Minha vingança está completa e nem precisei erguer um dedo para consegui-la.

Gisella se encolhe, mas não nega. Dali a alguns segundos, Beatriz suspira.

– Então, está bem. O que você sugere, já que nenhuma de nós confia na outra?

Gisella franze os lábios.

– Vou lhe dar quase toda a receita agora, menos um dos ingredientes. Quando você cumprir sua parte do trato, eu lhe digo o que falta.

Beatriz balança a cabeça.

– Você estará a meio caminho de Cellaria quando eu descobrir que seu "veneno" não passa de xixi de rato. – Beatriz faz uma pausa e decide ficar perto da verdade, sem dar a Gisella nenhuma informação que possa ser usada contra ela. – Ambrose foi preso ontem – diz.

As sobrancelhas de Gisella se erguem imediatamente.

– Ambrose está aqui?

Beatriz faz que sim.

– Na outra ponta da masmorra – responde. – Foi um mal-entendido, mas não consigo desfazê-lo. Minha mãe está planejando mandar a mim e Pasquale de volta a Cellaria daqui a alguns dias, com um exército na retaguarda para recuperar o trono, para tomá-lo de Nicolo. Gostaria de ministrar o veneno quando partirmos, tirar Ambrose daqui e você junto com ele.

– Para me levar de volta a Cellaria como refém? – pergunta Gisella.

Beatriz não tem a mínima intenção de voltar a Cellaria, mas não vai contar a Gisella seus planos verdadeiros. Ela dá de ombros.

– Aonde você vai quando sair é problema seu, embora eu não saiba aonde você iria além de Cellaria.

Gisella pensa um instante.

– Se eu lhe der a receita toda do veneno antes de ter certeza de que você cumprirá sua parte, o risco será todo meu – conclui ela.

– Eu deveria me importar? – pergunta Beatriz, rindo. – Caso você não tenha notado, sou eu que tenho todo o poder aqui. Você está numa cela e há outros mestres de veneno em Bessemia.

– E mesmo assim você está aqui – contrapõe Gisella. – Negociando comigo.

Beatriz cerra os dentes, mas não nega. Poderia achar outro mestre de veneno, mas não sem que a mãe descobrisse.

– Você pode confiar em mim, ou não – observa Beatriz depois de um instante. – De nós duas, você tem infinitamente mais a ganhar e perder.

Ela dá as costas a Gisella e começa a se afastar pelo corredor. Dá três passos antes de Gisella falar.

– Espere – pede, a voz pesada com a derrota. – Trato feito.

Beatriz sorri e se vira outra vez para encarar Gisella.

– Achei que você me entenderia. O veneno precisa ser tátil, não oral. O alvo é paranoico demais com venenos na comida e na bebida. Tudo precisa parecer um acidente.

Gisella faz que sim, a testa franzida.

– Tenho uma ideia, mas preciso de tempo para pensar com cuidado em todos os aspectos.

– Voltarei amanhã – anuncia Beatriz antes de dar meia-volta e deixar Gisella sozinha no escuro.

∾

Seja lá qual for esse chamado, é preciso resistir, disse Nigellus a Beatriz, mas, deitada na cama depois de voltar da masmorra, observando os ponteiros do alto relógio de coluna no canto andarem de uma da manhã até as duas, Beatriz percebe que é mais fácil falar do que fazer. Não é só uma comichão que vai ficando mais forte até consumi-la, é como se seu corpo inteiro estivesse coberto de comichões. É como se Beatriz fosse *toda* ela uma comichão.

Por mais que se vire na cama, não consegue dormir e, quando o relógio marca três horas, ela desiste. Afasta as cobertas, desce da cama, vai até uma janela grande e abre a vidraça para deixar o ar da noite envolvê-la. Fecha os olhos e sente as estrelas na pele, um tipo divino de tortura.

E se fizesse um pedido? Nigellus lhe disse que não fizesse, mas ele mesmo admitiu que não sabe nada sobre seu poder nem do que ela é capaz. Mas as estrelas sabem, não é? Elas impeliram Nigellus a criá-la, a fazer dela uma empyrea. E agora a impelem a usar sua magia. Certamente seria errado desobedecer. Não seria?

Com a mente quase decidida, ela abre os olhos e vasculha o céu, observando as constelações entrarem e saírem do seu campo de visão.

O Urso Dançarino que simboliza a frivolidade.

O Sol Ofuscante que simboliza o esclarecimento.

O Diamante Cintilante que simboliza a força.

Seus olhos se prendem a uma constelação que surge, vinda do sul – de Cellaria, ela percebe: a Abelha Feroz. Quando olha com atenção, consegue ver a estrela do pedido que fez semanas atrás, pouco antes que Nicolo a beijasse num corredor escuro. Só de pensar nisso sua raiva inflama, não só de Nicolo, mas de si mesma, por ter sido tola a ponto de confiar nele.

Aqui, porém, sem ninguém além das estrelas para julgá-la, ela pode admitir que não é só raiva que sente, mas mágoa também. Ah, ela nunca se imaginou apaixonada por Nicolo, mas gostava dele, e não só como amigo ou cúmplice em suas tramas, e não ficou só furiosa quando ele a traiu – ficou magoada. Admitir isso, mesmo que para si mesma, é constrangedor. A imperatriz criou Beatriz e as irmãs para serem fortes demais para se magoar, para serem invulneráveis – a todos, exceto a ela. O fato de Nicolo ter conseguido machucar Beatriz, mesmo que apenas emocionalmente, tem sabor de fracasso para ela.

Pelo menos, antes, quando lembrava como Nicolo ficou desolado, parecia que estavam quites, de certo modo. Ele a magoou, ela o magoou. Mas agora ela está aqui, com Nicolo sempre presente em seus pensamentos e, a julgar por sua carta, ele não parece pensar nem um pouco nela.

Isso dói. Mas, quando a Abelha Feroz faz seu arco pelo céu, Beatriz tem uma ideia.

Seus olhos procuram uma estrela na ponta do ferrão da abelha, e ela se concentra.

– Eu queria ver e falar com o rei Nicolo – diz, as palavras saindo em voz baixa, porém firmes.

Ela pisca e, quando torna a abrir os olhos, não está mais em seu quarto. Encontra-se de volta ao palácio cellariano, andando por um corredor escuro iluminado por arandelas quase apagadas. Mas, não – o ar de Cellaria era mais quente, tão úmido que pesava na pele. Beatriz não percebe isso e, quando respira fundo, ainda sente o aroma das rosas do jardim da sua mãe. Ainda sente o frio parapeito de pedra da janela sob as mãos.

Pelo menos fisicamente, ela ainda está em Bessemia. Mas parte dela não está. Parte dela se encontra em Cellaria, no palácio que nunca imaginou que voltaria a ver.

– Está tarde, Majestade. Talvez fosse bom repousar – diz uma voz, atraindo Beatriz para uma porta aberta no fim do corredor, que, tardiamente, ela reconhece como a sala do trono.

Quando entra ali, ela nota que a sala está quase vazia, tendo apenas um homem em pé diante do grandioso trono dourado, no alto do qual Nicolo está empoleirado, curvado para a frente, a coroa torta sobre o cabelo louro-claro e um cálice na mão. Embora ela não consiga ver o conteúdo, o ar vidrado nos olhos de Nicolo a faz desconfiar que se trata de vinho ou de algo mais forte.

Beatriz não sabe quais são as regras do seu pedido, mas, quando os olhos de Nicolo se desviam para ela, fica claro que pelo menos ele a vê.

– Beatriz – diz ele, a voz saindo rouca.

Confuso, o outro homem se vira na direção dela. Ela reconhece lorde Halvario, que era membro do conselho do rei Cesare. Seus olhos passam direto por ela e Beatriz sorri ao perceber que só Nicolo consegue vê-la.

– Hã... Majestade? – chama lorde Halvario, parecendo perplexo ao se voltar para Nicolo.

– Ele não pode me ver – explica Beatriz, sem nem se dar ao trabalho de tentar disfarçar a alegria na voz enquanto avança pela sala, atravessando-a até parar diante de lorde Halvario.

Ela se inclina para mais perto, mas ele nem percebe. Beatriz volta o olhar para Nicolo, que continua a fitá-la como se visse um fantasma.

– Isso é tudo, Hal – sentencia Nicolo. – Feche a porta ao sair.

Com uma reverência apressada e um último olhar confuso para Nicolo, lorde Halvario obedece. Quando a porta se fecha com firmeza atrás dele, Beatriz estala a língua.

– Ah, Nico, no café da manhã vão todos estar comentando que você enlouqueceu, e você sabe o que Cellaria faz com os reis loucos – diz ela.

– Como chegou aqui? – pergunta Nicolo, levantando-se e indo na direção dela. Mas Beatriz se mantém firme. Mesmo que estivesse fisicamente em Cellaria, ela acha que Nicolo não lhe faria mal.

– Magia – anuncia ela, gostando de ver como ele está nervoso. – Diga-me, isso faz de você também um herege? Embora eu suponha que a magia esteja usando você, e não você usando a magia.

Ele afunda de volta no trono e toma outro gole do cálice.

– Ou, talvez, eu esteja mesmo enlouquecendo – murmura.

Em vez de tranquilizá-lo, Beatriz dá de ombros.

– Está em sua linhagem, suponho – diz ela. – Mas pelo menos você sabe que Gisella não está envenenando seu vinho.

Por um momento, ele só fica olhando para ela.

– Como ela está? – pergunta enfim, a voz pouco mais que um sussurro.

Então, ele acredita *mesmo* que Beatriz é real, pensa ela.

– Como eu disse em minha carta, com mais conforto do que eu na Sororia.

Nicolo franze a testa, os sulcos tão profundos que Beatriz se lembra de sua aparência quando ela usou cosméticos para disfarçá-lo como um velho quando resgataram lorde Savelle.

– Sua carta? – pergunta ele. – A única carta que recebi foi de sua mãe.

Uma risada abre caminho por seus lábios antes que o cérebro de Beatriz consiga entender. Mesmo quando isso acontece, ela não chega a ficar surpresa. A mãe está tentando manipulá-la – manipular os dois – e Beatriz foi tola o bastante para permitir que ela conseguisse fazer isso.

– O que minha mãe disse exatamente? – pergunta ela.

Mas Nicolo não responde. Ele se recosta no trono, os olhos castanhos pousados em Beatriz, de repente avaliadores.

– O que sua carta dizia? – pergunta, por sua vez.

A mente de Beatriz trabalha depressa – ela já subestimou Nicolo antes e esse é um erro que não cometerá de novo. Mesmo sem Gisella ao lado, ele é perigoso. Mas, se Beatriz já viu quem é Nicolo de verdade, foi quando o avistou agachado do lado de fora da janela de seu quarto, bêbado e desesperado. Ela pode usar isso, mas precisa tomar cuidado. Pois, embora saiba como ler Nicolo, ele também sempre teve talento para lê-la.

Ela se mantém o mais perto possível da verdade.

– Eu me ofereci para escrever a você e contar sobre Gisella, embora, é claro, tivesse certeza de que minha mãe leria a carta antes que eu a mandasse, assim como muitas outras pessoas também fariam isso, antes que chegasse às suas mãos. Então, eu não disse tudo o que queria. Tive de ser simples e contei que Gisella estava em Bessemia, que chegou poucos dias depois de mim e de Pas... Ele também está a salvo, caso esteja se perguntando.

– Eu estava me perguntando isso, claro – responde Nicolo. – Ele é meu primo... e meu amigo. Pelo menos, era.

Beatriz se força a engolir a raiva, mas adoraria lhe contar exatamente o que sua amizade fez com Pasquale, em que estado ele se encontrava quando escapou da Fraternia.

– Ele está em segurança – diz ela. – Embora eu ouse dizer que não considera mais você como amigo ou parente. Eu disse isso em minha carta também.

– Isso foi tudo? – pergunta Nicolo, como se soubesse a resposta, e Beatriz novamente se espanta com sua capacidade de compreendê-la.

– Talvez houvesse uma farpa ou outra – admite ela.

– Ora, Beatriz – diz ele, aos poucos abrindo um sorriso. – Tenho certeza de que você lembra muito bem quais eram essas farpas. Conte.

Muito bem, pensa Beatriz, *se ele quer mesmo saber* – foi bastante satisfatório escrever, mas ela terá muito mais prazer em contá-las frente a frente.

– Eu simplesmente recordei a última vez em que nos falamos; disse que guardaria a lembrança de como o vi pela última vez, bêbado, desesperado e desapontado, para me dar alegria nas piores horas, mas ver Gisella acorrentada e arrastada talvez tenha suplantado isso.

Nicolo pensa por um instante, tomando outro gole de vinho.

– E então? – pergunta ele em seguida. – Suplantou?

Beatriz permite que seu sorriso presunçoso falhe só por um instante, uma ilusão de vulnerabilidade que, sem dúvida, Nicolo está procurando.

– Tenho uma ótima memória, posso lhe garantir. É suficiente para guardar a lembrança de vocês dois sofrendo.

Ele ri.

– Aposto, Beatriz, que estou em seus pensamentos com a mesma frequência com que você está nos meus.

Beatriz permite que essas palavras a acalentem o tempo suficiente para que Nicolo veja esse sentimento em seu rosto, mas nem um segundo a mais.

– Agora é sua vez, Nico – diz ela. – O que minha mãe lhe disse?

Nicolo toma um longo gole de vinho e, por um momento, Beatriz se pergunta se ele responderá. Depois do que parece uma eternidade, ele volta a falar.

– Ela queria que eu soubesse que a lealdade de Bessemia é a você e a seu marido – diz ele, fazendo um gesto displicente com os ombros. – E que Gisella seria tratada como refém até que você voltasse a se assentar no trono de Cellaria.

Beatriz se lembra de jogar Confissões e Blefes com Nicolo, Gisella, Pasquale e Ambrose. Sempre sabia quando Nicolo estava mentindo, assim como ele sabia quando ela mentia. Na época, sentir uma compatibilidade tão grande a deixou mais encantada por ele, mas agora só lhe inspira cautela.

Ela sabe que todas as palavras que Nicolo acabou de dizer são verdadeiras, tanto quanto sabe que não é toda a verdade. Também desconfia de que ele sabe o mesmo sobre o que ela disse.

– E o que você respondeu à minha mãe? – pergunta. – Devo dizer que Gisella ficou bem aborrecida com a mensagem que acredita ter vindo de você.

– Que mensagem foi essa? – pergunta ele.

– Você... ou alguém disse... que ela era capaz de arrumar a própria bagunça – revela Beatriz.

Nicolo ri.

– Por mais verdade que seja, essa é apenas metade da minha mensagem.

– E a outra metade? – insiste Beatriz.

Nicolo não responde. Ele se levanta, pousa o cálice de vinho no braço do trono e desce do estrado. Então, para bem na frente dela, tão perto que, se realmente estivessem no mesmo ambiente, ela sentiria sua respiração no rosto. Tão perto que ela poderia estender as mãos para enroscar os dedos nos cabelos louros muito claros – ou envolver o pescoço dele com as mãos e apertar.

– Se eu te contasse... – diz ele, a voz sussurrando em seu ouvido.

O braço dela se arrepia e Beatriz espera que ele não note, não veja o quanto ainda a afeta.

– ... qual seria a graça?

Beatriz abre a boca para responder, mas, no espaço de uma piscadela, ela se vê de volta ao seu quarto no palácio bessemiano, a cabeça girando e as mãos agarradas com toda a força ao parapeito da janela. Ali, numa pilha sobre a pedra, entre suas mãos, encontra-se cerca de uma colher de sopa de poeira estelar.

Tonta, ela se afasta cambaleando da janela e se firma na lateral da escrivaninha, segurando a borda de madeira com as duas mãos. A bile sobe à garganta e ela se força a respirar fundo para acalmar o estômago em desordem.

Vai passar, ela sabe que vai passar, e então vai dormir uma eternidade. É assim que a magia afeta o corpo, mas, no momento, ela tem a sensação de que está morrendo. Sabe que deveria recolher a poeira estelar, encontrar um frasco e guardá-la para outro dia, outro desejo, mas não tem forças para isso. O que a deixa com duas opções: abandonar a poeira estelar ali para ser descoberta pela manhã, alertando os criados e, portanto, sua mãe para o que ela é ou livrar-se dela. Na verdade, não há o que escolher. Beatriz volta aos tropeços até o parapeito e espana a poeira estelar com a mão, observando o pó cintilante flutuar para a escuridão lá embaixo.

Feito isso, dá um passo na direção da cama, então outro, as pernas trêmulas sob o corpo, mas, por fim, chega e se enfia sob as cobertas, o sono já dominando a mente. Pouco antes de ele arrastá-la por completo, ela sente uma coceira na garganta e se senta, tossindo violentamente na manga da camisola branca. Quando olha, Beatriz pisca, como se ainda estivesse alucinando, mas não está.

A manga da camisola está respingada de sangue. A cabeça gira mais uma vez e então tudo escurece.

Daphne

— Vocês fizeram o quê? – pergunta Bairre na manhã seguinte, quando Daphne e Cliona o interceptam em seu quarto antes do café da manhã, para que ele não saiba por outra pessoa que Gideon e Reid desapareceram.

Daphne e Cliona chegaram a um acordo sobre como lidar com ele, embora nenhuma das duas quisesse explicar que Aurelia tinha ordenado a Cliona que sequestrasse Gideon e Reid. Daphne conseguiu convencer Cliona de que não tinha sentido contar sobre as ordens da própria mãe, embora, como de hábito com Cliona, ela se pergunte o que terá de pagar por esse favor. No entanto, seja o que for, valerá a pena esconder a verdade de Bairre por mais algum tempo.

– Era a única maneira de protegê-los – diz Daphne com calma.

– Proteger de quem? – pergunta ele, confuso, olhando entre Daphne e Cliona. Ele acordou faz poucos instantes, e os cabelos castanhos estão uma bagunça, com as mechas espetadas em ângulos estranhos.

– Sua mãe – revela Cliona.

Daphne lança um olhar de raiva para Cliona – contar assim tão diretamente não era o plano.

– O que foi? – questiona Cliona. – Você certamente não ia contar.

Por menos que Daphne queira admitir, ela tem razão. Uma parte sua agradece por Cliona ter assumido a responsabilidade de dar a notícia.

– Vocês duas estão loucas – afirma Bairre, balançando a cabeça.

– Estamos? – pergunta Daphne. – Nós duas sofrendo da mesma ilusão? Isso é mais digno de crédito para você?

– Francamente, é – diz Bairre, ríspido, passando as mãos pelos cabelos e respirando fundo. – Eu não... Não é isso que eu quis dizer. Mas deve ser um mal-entendido.

– Cliona falou com ela. Eu ouvi. Você acredita que uma de nós tem tão pouca inteligência que entenderia errado? E ainda mais nós duas?

A boca de Bairre se contrai.

– Mas por quê? – pergunta.

– Isso eu não sei – admite Cliona. – Ela disse que eram ordens do meu pai, só que está difícil de acreditar nisso.

– Mas faria sentido – ressalta Daphne, incapaz de se conter, mesmo sob o olhar de raiva de Cliona. – Pois faria, sim – continua. – Até onde ele e o restante da rebelião sabem, Gideon é o herdeiro legítimo do trono temarinense, e Reid é o segundo na linha de sucessão. Há muitas razões para uma facção rebelde querer os dois sob seu controle, e pedir resgate por ele para obter recursos extremamente necessários não é a menor delas.

– Não estamos com uma necessidade extrema de recursos – replica Cliona com rispidez.

Daphne não se digna a reagir com mais do que um revirar de olhos.

– Não importa – diz. – O lugar mais seguro para eles é longe daqui, e é para lá que Rufus e Violie estão levando os dois.

– Para onde, exatamente? – pergunta Bairre.

Daphne e Cliona se entreolham.

– Pareceu melhor não sabermos – responde Cliona.

Bairre franze a testa.

– Para Cliona, eu entendo guardarem segredo. Mas nem você sabe?

Daphne cerra os dentes.

– Não – replica.

– Por que eles esconderiam isso de você? – indaga ele.

– É uma questão de prudência limitar as pessoas que sabem – diz ela, embora soe falso a seus próprios ouvidos. Mas não pode simplesmente dizer que Cliona era a menor das ameaças a Gideon e Reid.

Por um momento que pareceu uma eternidade, Bairre não diz nada, e Daphne teme que ele vá atrás de Gideon e Reid de qualquer jeito. Ela acha que não consegue impedir que ele vá, só torcer para que ele vá para leste e não para oeste. Mas, por fim, ele suspira.

– Vocês têm certeza? – pergunta.

– Foi a melhor medida que pudemos tomar – diz Cliona. – E você confia em Rufus.

– Sim, confio em Rufus – concorda ele, mas seus olhos estão intensamente fixos em Daphne, e ela ouve as palavras que ele não diz. *Mas não confio em você.*

Ela não pode culpá-lo por isso, pode? Mas dói do mesmo jeito.

Naquela noite, a aurora boreal finalmente acontece. Quando um batedor chega com a notícia depois do jantar, Daphne, Bairre, Cliona, Haimish e Leopold vão até a margem do lago Olveen.

A essa altura, todos no grupo já sabem a identidade de Leopold. Daphne adivinha que Cliona contou a Haimish na primeira oportunidade. Contanto que a verdade fique entre eles, não haverá problemas... Mas, assim que esse pensamento lhe ocorre, Daphne se detém.

Só porque decidiu ir contra a mãe no caso de Gideon e Reid, não significa que possa evitar matar Leopold. Ao contrário dos irmãos dele, Daphne entende melhor a ameaça que Leopold representa para a mãe e o domínio de Vesteria. Diferente dos irmãos, Leopold não é inocente aos olhos de Daphne.

Agora que Violie partiu, nada impede que Daphne o mate esta noite mesmo.

Sem saber o rumo dos pensamentos dela, os olhos de Leopold encontram os seus e ele lhe dirige um breve sorriso, que ela se esforça ao máximo para retribuir antes que Bairre pigarreie e desvie sua atenção.

Bairre tem nas mãos a urna de Cillian - régia e discreta, como Daphne ouviu dizer que era o próprio Cillian -, enquanto Haimish e Leopold usam picaretas para abrir um buraco no gelo grosso que cobre o lago. Daphne e Cliona esperam na margem, embrulhadas em peles e segurando canecas de vinho quente com especiarias.

Não se falam desde a manhã, mas o peso das palavras não ditas é grande entre elas. Cliona sabe que Daphne não foi completamente franca com Bairre - também deve desconfiar que Daphne não está sendo totalmente franca com ela -, mas não a pressiona. Pelo menos, não ainda. E Daphne sente-se grata por isso.

Logo, Cliona, Bairre e todos os outros saberão a verdade a seu respeito, toda a extensão das maquinações de sua mãe. Daphne sempre soube que não a perdoariam, mas cada vez mais se pergunta se ela mesma será capaz de se perdoar.

O olhar dela desce e ela observa Bairre segurar a urna do irmão, as mãos trêmulas de um jeito que ela duvida que seja pelo frio intenso. Ela se surpreende com a vontade de abraçá-lo com tanta força que seus corações igualmente partidos se fundiriam em um só.

Está parecendo Beatriz, pensa, dando a si mesma uma sacudida mental.

– Estrelas do céu! – exclama Leopold.

Daphne segue seu olhar até o céu e prende a respiração ao ver os verdes, roxos e turquesas fosforescentes que riscam o céu estrelado. Enquanto observa, boquiaberta, as cores ondulam e se espalham pelo céu, como gotas de tinta na água.

Ela já viu pinturas da aurora boreal antes, mas não está preparada para a experiência de vê-la com os próprios olhos. Olhar um quadro não tem comparação com a experiência – isso se assemelha mais a entrar numa obra de arte. Daphne poderia passar séculos procurando palavras para descrevê-la, mas sabe que não as encontraria. Ela compreende como essa visão pode gerar histórias que transcendem a realidade; de pé sob as estrelas e as luzes e o amplo céu frívio, qualquer coisa de repente parece possível, até mesmo contos de fadas e folclore.

O momento muda assim que Bairre pigarreia e ela se obriga a desviar o olhar do céu para ele, que está de costas para ela, de frente para o lago e o buraco no gelo que Haimish e Leopold abriram.

– Cillian, você foi o melhor irmão que eu poderia desejar – diz ele e, embora a voz seja baixa, as palavras são levadas pelo vento. – Quando você estava vivo, eu tinha a sensação de que estava sempre à sua sombra. Em quase tudo, você era mais inteligente, mais forte, mais corajoso, melhor do que eu. Houve ocasiões em que até me ressenti por isso. Agora, eu daria tudo para ter você de volta, por mais insuportável que você fosse. Mas não se passa um dia em que eu não sinta sua presença me guiando. – Ele faz uma pausa e respira fundo. – Espero que você entenda o que estou fazendo, mesmo que não concorde comigo. Espero que um dia você me perdoe.

Daphne engole em seco, a garganta de repente fechada. Bairre lhe disse que Cillian nunca soube de seu trabalho com a rebelião. Ele acreditava que, com o tempo, Cillian entenderia, mas eles nunca tiveram essa chance. De repente, ela compreende o poder que vem de falar com os mortos durante uma jornada estelar, mesmo que os mortos não respondam.

Ela gostaria de pedir perdão a Sophronia.

– Que as estrelas o guiem para casa, para o descanso que você merece entre elas – diz Bairre, nas tradicionais palavras frívias de luto.

Daphne e os outros repetem as palavras enquanto Bairre vira a urna de Cillian de cabeça para baixo, as cinzas caindo no lago Olveen.

Um momento de silêncio os envolve e Daphne ergue o rosto para as estrelas, procurando entre as constelações algum significado.

O Coração Solitário atrai seu olhar, subindo no céu vindo do sul – uma das constelações do nascimento que ela divide com Beatriz e Sophronia.

O Coração Solitário indica sacrifício e sofrimento. Um sinal pouco auspicioso no nascimento, com certeza, mas que Daphne nunca sentiu tanto quanto nesta noite. O medo se empoça em seu estômago; quanto sofrimento a mais ela consegue suportar?

O cheiro de rosas e calda de açúcar enche o ar e Daphne inspira profundamente. Sophie. Se fechar os olhos, consegue fazer de conta que Sophronia está em pé a seu lado. Até aquele cheiro é o dela – uma mistura do sabonete de rosas que usava e do aroma açucarado que grudava nela depois das excursões à cozinha.

Caso se concentre, ela consegue ouvir a risada de Sophronia, ouvir sua voz ecoar na mente. *Eu as amo até as estrelas.*

Ela consegue sentir até os braços de Sophronia à sua volta. Então, se lembra de todas as noites em que Sophronia acordava com pesadelos, às vezes se enfiando na cama de Daphne em busca de consolo, às vezes na de Beatriz, às vezes as três se empilhando numa cama só, passando horas acordadas, cochichando e rindo juntas, até o céu lá fora se iluminar.

Ela sente as lágrimas no rosto antes de se dar conta de que está chorando. Quando abre os olhos, a aurora boreal brilha mais do que antes – tanto que não parece mais noite. Tanto que cega Daphne momentaneamente.

Quando os olhos se ajustam, tudo ao seu redor escureceu e Sophronia está diante dela, com o mesmo vestido amarelo-claro que usava na última vez que a viu, mas Daphne nunca viu a irmã tão ereta, com tanta convicção nos olhos.

– Estou sonhando – diz Daphne quando encontra a voz.

Sophronia sorri e essa visão ameaça fazer os joelhos de Daphne cederem.

– Ah, Daph – murmura ela, e o som da voz da irmã, o modo como diz seu nome, é o que finalmente a destrói.

Daphne se desfaz em inúmeros pedaços, tantos que sente que nunca mais ficará inteira, mas então se sente envolvida pelos braços de Sophronia, reconstruindo-a, e enterra o rosto no ombro da irmã, soluços profundos sacudindo seu corpo. O aroma de rosas e de calda de açúcar a envolve.

– Eu lamento tanto, Sophie – consegue dizer entre soluços.

– Eu sei – diz Sophronia.

Quando o choro de Daphne se acalma, Sophronia se afasta e segura a irmã com os braços estendidos para olhá-la. E lá está outra vez, o aço que Daphne nunca tinha visto no olhar prateado de Sophronia.

– Mas lamentar não é suficiente.

Daphne engole em seco.

– É nessa parte que você me conta a verdade? – pergunta. – Sobre o que realmente aconteceu?

Daphne quer ouvir, ao mesmo tempo que não quer. Percebe que está prendendo a respiração, aguardando a resposta de Sophronia. A irmã, porém, se limita apenas a sorrir e estende as mãos para limpar as lágrimas de Daphne.

– Você sabe o que realmente aconteceu, Daphne – diz ela baixinho.

Daphne balança a cabeça, mas não consegue formar palavras.

– Você sempre soube – continua Sophronia.

Antes que Daphne pense em como responder, Sophronia se inclina e beija seu rosto, os lábios como gelo na pele de Daphne.

– Diga a Beatriz que a amo – pede ela. – Diga a Violie que sua dívida está paga. E diga a Leopold... – O sorriso de Sophronia se entristece. – Diga a ele que eu o perdoo e espero que ele também consiga me perdoar.

– Ele é um tolo – diz Daphne, a voz saindo rouca com as lágrimas.

– Ele é corajoso – corrige Sophronia. – É preciso coragem para abrir os olhos e se recusar a fechá-los outra vez, mesmo quando isso seria muito mais fácil.

Daphne engole um protesto e se obriga a assentir. Sente a despedida iminente, sabe que isso – seja o que for – não durará para sempre, mas daria praticamente tudo por mais cinco minutos. Sophronia pega as suas mãos e as aperta com força.

– Precisamos que agora você também seja corajosa, Daphne – afirma Sophronia.

Dessa vez, quando Sophronia abraça Daphne, a sensação é de fumaça em sua pele, engolindo-a na escuridão.

Daphne volta a si, ainda em pé sob a aurora boreal. Até onde pode ver, poucos segundos se passaram, mas cada parte dela se sente fundamentalmente alterada. Mais do que isso, ela se sente rasgada, em carne viva e vulnerável. E, dessa vez, Sophronia não está ali para ajudá-la a se recompor.

Ela não entende o que aconteceu, como foi possível falar com Sophronia, sentir seu toque, mas sabe que, seja o que for, foi real. Ela era real.

Daphne gostaria que a irmã simplesmente tivesse lhe dito a verdade, mas sabe também que Sophronia estava certa – não precisa que ela diga. Daphne sabe a verdade; sempre soube. Isso não significa que entenda o que deve fazer com a revelação – não é tão simples como se abster em relação à mãe, por mais que essa ideia pareça atraente no momento. Há cordas demais unindo as duas, uma parte grande demais da identidade de Daphne envolta por ela e pelo papel que nasceu para cumprir. Mas de uma coisa ela tem certeza.

Tremendo um pouco, ela percorre a distância até Leopold e para ao seu lado.

– Você deveria seguir seus irmãos pela manhã – diz, sem olhá-lo. – Levá-los para um lugar bem distante.

Por um momento, Leopold não responde, mas, quando fala, sua voz está rouca.

– Não. Não vou fugir.

Ocorre a Daphne que tanto ela quanto Sophronia estão certas em relação a ele – Leopold é um tolo muito corajoso, mas um tolo mesmo assim.

– Sophie deu a vida para salvar a sua. E você deve a ela fazer algo de bom com isso.

Mais uma vez, ele fica um momento calado.

– Acho que fugir seria desperdiçar seu sacrifício – diz ele. – Ela não se sacrificou só por mim, você sabe.

Daphne franze a testa.

– O que quer dizer com isso?

– Se eu e Sophie tivéssemos morrido juntos – diz ele –, você e Beatriz não saberiam a verdade. Achariam que Sophie tinha fracassado de algum modo, que sua execução foi causada por um erro nosso.

Daphne quer refutar, mas sabe que ele está certo. Seria fácil acreditar nisso. Ela culparia Sophronia pelo fracasso, pela morte, e culparia Temarin também. Seria fácil, com certeza mais fácil do que culpar a mãe.

– Beatriz soube da verdade por Nigellus, o que foi uma feliz reviravolta do destino, mas, se Sophronia não sacrificasse a própria vida, a sua estaria condenada também. Ela se sacrificou por *vocês*, Daphne. Por você e Beatriz.

Daphne ergue a mão para limpar as lágrimas que se juntam em seus olhos. Não se sente agradecida pela escolha de Sophronia – na verdade, entende ainda menos do que se ela se sacrificasse só por Leopold. O mundo não é um lugar melhor com Daphne, não como era com Sophronia. Não foi uma troca justa.

– A melhor maneira de honrar o sacrifício de Sophie não é me manter a salvo – diz Leopold. – É ajudar você como for possível. É manter você viva e fazer sua mãe pagar.

Fazer sua mãe pagar. As palavras ecoam na mente de Daphne, mas ela não consegue compreendê-las. Em sua mente, a mãe é infalível. Tentar responsabilizá-la pela morte de Sophronia é um disparate. Ela não saberia nem por onde começar, e a ideia de agir contra a imperatriz ainda lhe causa náuseas. *Precisamos que agora você também seja corajosa, Daphne.*

– Me conte a verdade – pede Daphne a Leopold. – Conte exatamente o que aconteceu com Sophronia.

Daphne adormece pensando no que Leopold lhe contou sobre os últimos dias de Sophronia – como ela decidiu ir contra os planos da mãe para Temarin, ajudando a consertar a economia do país e mostrando a Leopold como ser um governante melhor; como fez da rainha Eugenia, mãe de Leopold, uma inimiga – e como contrariá-la acabou lhe custando a vida.

Não parecia a irmã que Daphne conhecia. Nos dezesseis anos que Daphne passou com Sophronia, nunca a viu ir contra a mãe em nada – essa era Beatriz, que parecia gostar de se rebelar só por se rebelar. Sophronia sempre foi tão obediente quanto Daphne, ou pelo menos tentava ser. Ela decepcionava a mãe com frequência, mas nunca de propósito.

Não até Temarin.

Precisamos que agora você também seja corajosa, Daphne.

As palavras ecoam em sua mente, porém, sempre que pensa em atacar a mãe diretamente – contar a Bairre a verdade sobre suas tramas, alinhar-se plenamente aos rebeldes, até fazer contato com Beatriz e lhe dizer que acredita nela, que estão no mesmo lado –, ela se sente nauseada.

Quando acorda na manhã seguinte, Daphne não se levanta na mesma hora. Em vez disso, fita o dossel de veludo acima dela e percebe que há outra pessoa que ela pode atacar, um golpe que pode dar sem qualquer fiapo de culpa. Alguém que pode pagar por seu papel na morte de Sophronia.

Daphne se força a sair da cama, vai até o guarda-roupa e revira as três capas ali penduradas até encontrar o frasco de poeira estelar enfiado num bolso secreto. Ela o leva consigo quando volta para a cama e se senta de pernas cruzadas sobre a colcha. Com a respiração firme, arregaça a manga da camisola, tira a rolha do frasco de poeira estelar e derrama o conteúdo nas costas da mão.

E faz seu pedido.

Violie

– Violie.

Ela quase cai da sela do cavalo ao ouvir o murmúrio da voz de Daphne. Sua cabeça gira de um lado para o outro, os olhos vasculhando a floresta à sua volta, mas não há ninguém ali além de Gideon, Reid e Rufus, montados cada um em seu cavalo. Rufus olha para ela com as sobrancelhas arqueadas.

No dia que se seguiu à partida deles do castelo de verão, não houve muito tempo para conversas. Passaram a noite em uma hospedaria, mas, quando chegaram, os quatro estavam tão exaustos que mal conseguiram trocar algumas palavras com o estalajadeiro para arrumar seus quartos, quanto mais papear uns com os outros. Ainda assim, Rufus é gentil com ela, e Gideon e Reid gostam muito mais dele do que dela – o que não é nenhuma grande façanha, considerando-se a facilidade com que Rufus sorri e brinca com eles, enquanto Violie está muito distraída pensando em Leopold e na confusão em que ela o deixou.

Agora, ela balança a cabeça, oferecendo-lhe um sorriso constrangido.

– Desculpe, acho que quase adormeci na sela.

– Violie.

Desta vez é inconfundível – a voz de Daphne, em sua cabeça. Ela franze a testa.

"Daphne?", pensa ela. Violie não dormiu muito na hospedaria antes que fosse hora de retomarem o caminho – talvez esteja tendo alucinações.

– Sim, sou eu. A poeira estelar pode permitir que pessoas tocadas pelas estrelas se comuniquem, mas não temos muito tempo.

"Leopold...", diz Violie em sua mente, seu batimento cardíaco acelerando.

– Ele está bem – diz Daphne, a impaciência transparecendo na voz.

Ela começa a contar uma história sobre a aurora boreal, sobre falar com

Sophronia e finalmente se deixar acreditar na verdade sobre sua mãe e nas circunstâncias da morte de sua irmã.

– Leopold me contou tudo – finaliza. – E eu ouvi.

Parece uma armadilha, mas Violie ainda não consegue vê-la claramente.

– Sophie pediu para lhe dizer que sua dívida foi paga.

Violie puxa as rédeas do cavalo, fazendo-o parar e ignorando os olhares confusos de Rufus, Gideon e Reid.

– Não tenho ideia do que ela quis dizer, mas é isso. O que quer que você esteja fazendo porque acha que deve algo a ela, ela lhe deu permissão para parar.

Por um momento, Violie não sabe o que dizer.

"Isso é algum tipo de armadilha?", pergunta ela. "Você acha que eu vou simplesmente entregar Gideon e Reid nas suas mãos porque você mencionou o nome dela?"

– Não – responde Daphne, embora não pareça ofendida com a ideia. – Mas você e eu somos mais parecidas do que queremos admitir, e acho que você preferia fazer alguma outra coisa além de ser babá.

Violie olha para Gideon e Reid, que a observam, hesitantes.

– Não estou dizendo para você fazer nada – continua Daphne quando Violie permanece calada. – Mas Rufus é uma boa pessoa. Gideon e Reid estarão seguros com ele se você decidir que tem outros assuntos para resolver em Eldevale.

É nesse momento que Violie sabe exatamente do que Daphne está falando – a única coisa que interessa a Violie em Eldevale é Eugenia. Se Leopold contou a Daphne sobre as circunstâncias da morte de Sophronia, ela sabe o papel que Eugenia desempenhou nisso.

"Não sou uma assassina a seu serviço", diz Violie. "Se você quer Eugenia morta, faça você mesmo."

– Ah, farei isso – garante Daphne. – Mas eu quis oferecê-la a você primeiro. Considere isso um sinal de paz, de mim para você.

Violie sente o maxilar ficar tenso. Matar ela própria Eugenia não deveria ser uma ideia tão sedutora, mas é. Além disso, ela já tem à sua disposição a coleção de armas e venenos de Daphne. Porém...

"Se você realmente pretende isso como um gesto de paz, não me trate como uma tola. Há uma razão para você não querer fazer isso, e duvido que seja por causa de seus escrúpulos."

Por um momento, Daphne não responde.

– Eu acredito no que você diz sobre a minha mãe – afirma ela. – Mas é do nosso interesse que ela não saiba disso. Se achar que tive algo a ver com a morte de Eugenia, ela pode começar a suspeitar que minha lealdade mudou.

Mas se Violie fizer isso enquanto Daphne estiver fora do castelo, ela estará livre de qualquer suspeita. Violie sabe que se trata de um argumento convincente, embora não justifique a pressa.

"Retornarei a Eldevale depois de levar os príncipes ao seu destino", informa ela.

– Estamos voltando para Eldevale amanhã de manhã – diz Daphne. – Posso não saber qual é o seu destino, mas duvido que seja perto o suficiente para que você chegue antes de nós.

Ela está certa – das ilhas Silvan, ela vai levar mais dois dias para retornar a Eldevale, ou até mais, dependendo dos horários do navio e do tempo que vai levar para localizar lorde Savelle.

Violie pragueja, só percebendo que fez isso em voz alta quando Rufus levanta as sobrancelhas outra vez.

"Muito bem", diz Violie. "É melhor você saber que tirei os venenos de seus estojos – há algum em particular que você recomendaria?"

Daphne fica em silêncio por um momento, mas, quando retoma a conversa, Violie consegue perceber a irritação em sua voz.

– O pó translúcido no estojo com os rubis. Ela só precisará inalar, mas é melhor você não fazer isso.

"Eu sei o que é névoa de septinas", diz Violie, resistindo ao impulso de revirar os olhos.

– Então você sabe como usá-la – replica Daphne.

A conexão se rompe, como uma tesoura levada a um pedaço de barbante esticado. Violie pisca, encarando Rufus, Gideon e Reid, todos olhando para ela como se tivesse enlouquecido. Violie tem quase certeza de que enlouqueceu mesmo.

– Houve uma mudança de planos – diz a eles.

Beatriz

Beatriz acorda com o sol entrando pela janela do quarto, e o relógio de coluna no canto informa que é quase meio-dia. Sua cabeça lateja tão forte que ela rola e enterra o rosto no travesseiro, esperando dormir mais um pouco. Ao fazer isso, porém, ela avista a manga da camisola – o branco puríssimo manchado de vermelho-escuro, quase marrom. Beatriz sabe melhor do que a maioria qual é o aspecto do sangue seco e, quando se senta abruptamente, disparando outra rodada de fogos de artifício em sua cabeça, os acontecimentos da noite passada lhe voltam à mente: aquele pedido tolo, a conversa com Nicolo, a visão de seu rosto e depois o sangue expelido com a tosse.

Teria ele feito algo contra ela? Certamente isso não é possível – ela não esteve de fato em Cellaria, e o que Nicolo sabe sobre magia não enche a xícara de chá de um rato. Não, deve ter sido ela, percebe Beatriz, com o estômago revirando.

Beatriz olha para a manga da camisola manchada de sangue por um momento, sua mente girando tão rápido que a dor de cabeça se torna uma coisa fácil de ignorar.

Magia tem um custo, Nigellus a avisou. Talvez seja uma escalada de sua doença habitual depois de fazer um pedido. Essa ideia tem um toque de verdade, mas não o suficiente para deixá-la à vontade. Ela tossiu sangue, afinal. Isso está muito longe de uma dor de cabeça e fadiga.

– Desculpe, Alteza. – Uma voz feminina abafada atravessa a parede que separa o quarto de Beatriz da sala de estar que ela dividia com as irmãs. Beatriz a reconhece como de uma das criadas. – A princesa Beatriz ainda não acordou.

– É quase meio-dia – diz outra voz. Pasquale.

Ela afasta as cobertas e sai da cama com as pernas vacilantes.

– Estou acordada – grita. – Entre, Pas!

Segundos depois, a porta do quarto se abre e Pasquale entra.

– Você dormiu até tarde. Noite longa? – pergunta ele antes de seus olhos pousarem no sangue na manga da camisola e ele se interromper, fechando a porta depressa atrás de si. – Beatriz... – diz devagar, baixinho.

– Estou bem – afirma ela, forçando um sorriso radiante, embora não saiba se essa é a verdade.

O mais rápido que consegue, ela lhe conta sobre os acontecimentos da noite anterior, desde a aula cancelada com Nigellus, a visita a Ambrose e Gisella na masmorra, até o pedido para falar com Nicolo e a conversa que se seguiu.

– E a última coisa que me lembro é de tossir, ver o sangue e, então, devo ter desmaiado – conclui Beatriz, balançando a cabeça. Vendo a preocupação nos olhos suaves e castanho-claros de Pasquale, ela estende a mão para pegar a dele. – Eu estou bem agora – assegura-lhe, o que não é toda a verdade, mas ele não precisa saber sobre a dor de cabeça.

– Ainda assim – diz Pasquale. – Tossir sangue não é algo que se deva encarar levianamente. Vou chamar um médico.

Ele começa a se encaminhar em direção à porta, mas Beatriz, ainda segurando sua mão, o puxa de volta.

– Não – pede ela. – Se estiver relacionado à magia, um médico não poderá fazer nada além de contar para minha mãe. Preciso falar com Nigellus, mas não posso fazer isso a esta hora sem levantar suspeitas também.

– Eu vou – oferece Pasquale, exatamente como Beatriz sabia e esperava que ele fizesse.

– Obrigada – diz ela, caminhando em direção à sua escrivaninha e pegando pergaminho e pena. – Vou escrever exatamente o que aconteceu e, enquanto você estiver falando com ele, vou distrair minha mãe.

Antes de deixarem Bessemia, Beatriz e suas irmãs participavam regularmente das reuniões do conselho de sua mãe – Daphne prestava total atenção, Sophronia fazia anotações com um vinco permanente entre as sobrancelhas e Beatriz apenas ouvia partes do que era discutido enquanto sua mente vagava por temas mais interessantes. Às vezes, ela até conseguia entrar furtivamente com um livro de poesia, escondendo-o no colo.

Hoje, porém, Beatriz não é esperada na reunião semanal do conselho e, pelo olhar que a imperatriz lhe lança quando ela entra na sala de reunião cinco minutos atrasada, também não é bem-vinda. Mas, se Beatriz se tornar alvo da ira da mãe, isso dará a Pasquale liberdade suficiente para levar sua mensagem a Nigellus.

De repente, Beatriz percebe que se colocar como alvo de sua mãe para proteger outra pessoa não é um conceito estranho para ela. Ela costumava agir assim com Sophronia. Esse pensamento lhe provoca uma súbita pontada de dor.

Beatriz ignora o olhar furioso de sua mãe, abrindo um sorriso para os outros membros do conselho reunidos em torno da grande mesa de mármore: madame Renoire, que administra o tesouro do país; o duque de Allevue, que representa a nobreza; madre Ippoline, superiora em uma Sororia próxima, que representa os interesses espirituais; e o general Urden, que aconselha sobre assuntos militares. Às vezes, outros conselheiros comparecem a essas reuniões para discutir comércio ou agricultura, mas esses são os quatro rostos com os quais Beatriz está mais familiarizada e eles retribuem seu sorriso, ainda que com certa cautela.

– Espero que não se importe, mamãe – começa Beatriz, voltando o olhar para a imperatriz e abrindo ainda mais o sorriso. – Presumi que haveria alguma discussão sobre Cellaria e gostaria de ser mantida informada.

Sua mãe sorri de volta, embora Beatriz suspeite que ela é a única a ver o gelo em seu sorriso.

– Claro, minha querida – concorda a imperatriz. – Embora eu esteja surpresa que não tenha trazido o príncipe Pasquale com você.

– Quer que eu vá buscá-lo? – pergunta Beatriz e, embora ela saiba qual será a resposta da mãe, ainda assim prende a respiração.

– Não – responde a imperatriz após uma breve hesitação. – Sente-se, então, Beatriz. Você já está atrasada e temos muito o que discutir.

Beatriz inclina a cabeça para a mãe antes de afundar numa cadeira vazia ao lado da madre Ippoline.

– Como eu estava dizendo, Majestade, a situação em Temarin está se tornando um tanto precária – afirma o general Urden.

Homem baixo e corpulento com uma careca brilhante, ele sempre lembrou a Beatriz uma ilustração que certa vez ela viu de uma morsa, embora isso possa ser atribuído principalmente ao seu espetacular bigode louro.

– Nosso controle sobre Temarin estava seguro, pelo que eu saiba – anuncia a imperatriz, voltando seu olhar para o general Urden. Até mesmo o general, que sem dúvida viu todos os tipos de horrores durante a Guerra Celestial, murcha sob o olhar da mulher.

– Estava... *está*, mas fui informado por alguns dos meus homens de que há focos de rebelião surgindo nos últimos dias – diz ele.

A imperatriz pisca lentamente.

– Em nome das estrelas, contra o que eles têm que se rebelar? – pergunta ela. – Não estão gratos por Bessemia ter intervindo quando precisavam?

– Muitos estão – o general é rápido em assegurar-lhe. – Mas alguns acreditam que o rei Leopold está vivo e pedem sua reintegração.

A imperatriz franze os lábios.

– Não se tem notícias do rei Leopold desde que Sophronia foi executada. É difícil imaginar um cenário em que ele ainda esteja vivo.

– Por mais lógica que essa suposição possa ser, Majestade, o povo de Temarin mantém a esperança de que um rei temarinense os lidere, e muitos estão abertamente ressentidos com sua liderança – diz o general Urden.

– Entendo – replica a imperatriz, embora essas três sílabas carreguem um oceano de veneno. – Essas rebeliões não podem simplesmente ser reprimidas? – pergunta ela. – Pelo que entendi, Leopold teve poucos apoiadores quando estava vivo e reinando... Não consigo imaginar que haja muitos torcendo por seu retorno.

– Embora esteja correta, Majestade, o orgulho temarinense é profundo – afirma o general Urden.

– O povo temarinense prefere um rei morto e incompetente à nossa ilustre imperatriz? – pergunta Beatriz, arregalando os olhos.

O restante do conselho pode achar que ela está realmente confusa, mas a mãe a conhece bem o suficiente para detectar o sarcasmo em sua voz. Ela volta os olhos estreitados para Beatriz.

– Você pode ficar, Beatriz, mas seus comentários não são desejados nem necessários.

– Claro, mãe – concede Beatriz. – É só que... as pessoas devem... se perguntar, eu suponho.

– Devem? – retruca a imperatriz, e Beatriz sabe que, se elas estivessem sozinhas nesta sala, a mãe a evisceraria, mas há poder em uma audiência. A retribuição virá de alguma forma indireta, porém Beatriz diz a si mesma que valerá a pena desequilibrar sua mãe e plantar apenas algumas sementes de dúvida na mente do seu conselho.

– Bem – comenta Beatriz placidamente –, talvez devêssemos fazer um esforço para encontrar os príncipes desaparecidos. Com certeza nem mesmo nossos aliados devem ver com bons olhos o fato de você tomar um trono que pertence por direito a crianças misteriosamente sequestradas. – Ela faz uma pausa. – Supondo-se que o rei Leopold esteja morto, é claro – acrescenta.

O rosto tenso da imperatriz dá lugar a um sorriso que revira o estômago de Beatriz. É um sorriso de triunfo, o que significa que Beatriz deu um passo em falso, ela só não sabe qual.

– Nesse ponto, pelo menos, concordamos, Beatriz – observa a imperatriz, virando para seu conselho. – Acontece que recebi notícias de alguns dos meus espiões em Friv sobre o local para onde os sequestradores estavam levando os príncipes e enviei soldados para interceptá-los. Os espiões avisaram que os meninos estão sãos e salvos, porém, como o restante da família está morto, até onde sabemos, Gideon precisará de um regente para governar em seu lugar até que atinja a maioridade.

Beatriz luta para não demonstrar sua confusão enquanto tenta entender a nova trama da mãe. Uma trama que parece descartar seu relacionamento com Eugenia – e, conhecendo a mãe, possivelmente descartar mais do que isso. Beatriz terá que descobrir como enviar uma carta para Violie o mais rápido possível.

– Eu sei que Pasquale é primo dos meninos e seu parente vivo mais próximo, mas ele parece estar muito ocupado no momento com seu próprio país – prossegue a mãe. – Sei que meu relacionamento com eles era apenas por meio de nossa querida Sophronia, mas, pela sua honra sinto-me obrigada a ajudar a guiar esse novo rei Gideon enquanto ele precisar de mim.

Por um momento, tudo que Beatriz consegue fazer é encarar a mãe, tentando entender as regras desse novo jogo que ela está fazendo. Teria ela sido a responsável por sequestrar os príncipes, só para que isso fosse possível? Beatriz presumiria que sim, não fosse o fato de que ela poderia tê-los trazido aqui muito mais rápido. Talvez haja alguma verdade na história que ela está contando. Quando o silêncio tenso entre elas se estende por tempo demais, o general Urden pigarreia.

– Muito bem, Majestade – diz ele. – Seria melhor ter um aliado sólido em um Temarin independente do que governar um país que está se devorando vivo.

A imperatriz inclina a cabeça na direção do general, mas sua boca voltou a franzir, o que dá certo consolo a Beatriz, embora ela não consiga conter as voltas que sua mente dá. Ela tem diante de si um quebra-cabeça com metade das peças faltando e não consegue descobrir o que ele formará.

– Bem, em relação a Cellaria, recebemos algumas notícias interessantes de nossos espiões – comenta o general Urden, remexendo nos papéis à sua frente. – Há rumores de um golpe para derrubar o rei Nicolo, liderado por outro primo do príncipe Pasquale... um tal duque de Ribel.

Beatriz franze a testa. Ela não foi apresentada ao duque de Ribel durante o tempo que passou em Cellaria – conhecia-o de nome, mas ele não havia pisado na corte. Pelo que Beatriz entendeu, ele e o rei Cesare não se davam bem e o duque acreditava, com razão, que sua melhor chance de conservar a cabeça era ficar em sua propriedade de verão na costa oeste de Cellaria.

– O duque de Ribel buscou o apoio de outras famílias nobres que foram banidas durante o reinado de Cesare. Entende-se que ele é uma escolha muito mais popular para o trono do que o rei Nicolo, que tem muitos inimigos em seu próprio círculo.

A imperatriz se vira para Beatriz com as sobrancelhas erguidas.

– Então, Beatriz? – indaga ela. – Nesse tema, suas opiniões podem ser úteis.

Beatriz resiste ao impulso de lançar um olhar furioso para a mãe.

– Nicolo e a irmã passaram muito tempo tentando reivindicar o trono, mas pouco tempo buscando entender como mantê-lo – pontua Beatriz, escolhendo as palavras com cuidado. Ela pensa em Nicolo como o viu na noite passada, bêbado e imprudente, mas de forma alguma derrotado. Ele tem algum trunfo na manga, Beatriz tem certeza disso, e não vai subestimá-lo novamente, mas a imperatriz certamente pode. – Se Gisella estivesse ao seu lado, eu alertaria contra subestimá-los, mas, separado dela, ele não terá chance contra Ribel.

– Ótimo – diz a imperatriz. – E, claro, o caos em torno dessa luta interna tornará ainda mais fácil colocar você e Pasquale no trono, que é seu de direito, se vocês tiverem habilidade para isso.

Beatriz encara a mãe. Então, eles continuam com essa encenação de que Beatriz e Pasquale vão voltar para Cellaria e para o trono, embora ninguém em Cellaria pareça querer vê-los por lá.

Em solo cellariano, por mãos cellarianas, disse Nigellus. Fazer com que Beatriz seja morta por um cellariano em Cellaria é a única maneira de o feitiço que Nigellus lançou em seu nascimento se tornar realidade. Mas Beatriz não está disposta a dar essa oportunidade à mãe.

– Quantas tropas vocês podem dispensar para nos acompanhar? – pergunta Beatriz, não à mãe, mas ao general Urden.

No entanto, os olhos do general se voltam para a imperatriz antes de responder.

– A imperatriz me garantiu que quinhentos homens serão suficientes – diz ele com cuidado.

Beatriz abafa uma risada.

– Entendo – consegue dizer com a expressão séria. – E diga-me, general, vocês têm algum relatório sobre o número de soldados que Nicolo e o duque têm à disposição?

O general abre a boca para responder, mas a imperatriz é mais rápida.

– Certamente isso não tem importância – garante ela com um sorriso tranquilo. – Vocês são o rei e a rainha legítimos de Cellaria, e se aprendemos alguma coisa com essa questão em Temarin é que a lealdade à linhagem real sempre vence. Você se acredita menos merecedora de lealdade do que dois meninos que mal entraram na adolescência?

É uma pergunta capciosa – não há como comparar Beatriz e Pasquale com os irmãos de Leopold. Beatriz tem certeza de que a imperatriz sabe disso, e todos na sala também. E isso não muda a opinião da imperatriz.

– Acredito que vamos conseguir – responde Beatriz com dentes cerrados.

– Tenho certeza que sim – retruca a imperatriz. – Afinal, eu não criei você para mover montanhas, minha querida? Qual a dificuldade, então, de um formigueiro?

Para começar, pensa Beatriz quando o assunto muda para impostos de importação da seda de Cellaria, formigas picam. Montanhas não.

Quando a reunião finalmente chega ao fim e os membros do conselho se apressam para se despedir da imperatriz, madre Ippoline permanece ao lado de Beatriz e lhe dirige um breve sorriso, que a princesa retribui, hesitante. Sempre houve algo desconcertante em madre Ippoline – uma nuvem constante de desaprovação que paira sobre a mulher mais velha, desde que Beatriz se lembra. Vê-la sorrir, por mais breve que seja o sorriso, é tão estranho para Beatriz quanto ouvir um gato latir.

– Ouvi falar sobre sua infeliz experiência naquela Sororia em Cellaria, princesa Beatriz – murmura madre Ippoline. – Tenho certeza de que isso a deixou com uma péssima impressão de Sororias. Você nunca visitou a minha, não é?

– Não, madre – responde Beatriz, esforçando-se para esconder o fato de que a ideia não lhe agrada nem um pouco. Se Beatriz nunca mais vir outra Sororia, morrerá feliz.

– Você deveria corrigir isso – sugere madre Ippoline. – Adoraria mostrar a você como nossas Sororias bessemianas são diferentes de onde você foi mantida. Para começar, porque todas as pessoas dentro de nossas paredes escolhem estar lá.

– Ah, eu sei, madre Ippoline – garante Beatriz. – Embora eu não tenha estado em sua Sororia, conheci várias irmãs que moraram lá e todas falaram muito bem do lugar e da senhora. Mas temo que minha mãe me mantenha muito ocupada aqui. Não tenho certeza se terei tempo antes de voltar para Cellaria.

O olhar de madre Ippoline se volta para a imperatriz, seguido pelo de Beatriz. A mãe está absorta na conversa com o general Urden.

– Espero que arranje tempo, princesa – diz madre Ippoline. – Há alguém lá que quer muito conhecê-la.

Beatriz olha para madre Ippoline, incapaz de reprimir uma expressão de espanto. Quem em uma Sororia poderia querer falar com ela? Mas, antes que possa perguntar isso, madre Ippoline se põe de pé.

– Se você encontrar tempo em sua agenda, seria melhor para todos nós que sua mãe não soubesse de sua visita – diz ela a Beatriz antes de fazer uma reverência e se dirigir para onde os outros conselheiros estão reunidos em torno da imperatriz.

Beatriz a vê se afastar, sem entender o que disse, mas sabendo de uma coisa: no fim das contas, porá os pés em outra Sororia.

Quando Beatriz volta para seus aposentos, Pasquale já está à sua espera na sala, passeando em frente à lareira decorada com as constelações de nascimento de Beatriz e suas irmãs. Quando ela entra, ele para e o seu olhar lhe informa que as notícias não são boas.

– Acho que expelir sangue ao tossir depois de fazer um pedido não é uma coisa boa – diz ela, mantendo a leveza no tom de voz para tentar aliviar a tensão na testa dele, outra coisa que ela costumava fazer por Sophronia, lembra-se antes de afastar esse pensamento.

– Nigellus não parecia pensar assim – diz ele, torcendo as mãos. – Ele... disse que você não deveria ter feito um pedido depois de ele lhe dizer com todas as letras que não fizesse.

Beatriz revira os olhos, desabando no sofá.

– Tenho certeza de que ele disse coisas muito mais duras do que isso, mas é gentil da sua parte suavizá-las.

Um canto da boca de Pasquale se levanta, muito de leve, por apenas um instante, mas isso parece um triunfo para Beatriz.

– Ele disse que não sabia que as estrelas a tinham amaldiçoado para ser uma tola, além de uma empyrea – conta ele.

– Isso parece mais com Nigellus – comenta Beatriz antes de suspirar. – Vou ter que encontrar uma forma de escapar para vê-lo novamente esta noite. Não vai ser fácil, mas...

– Na verdade – interrompe Pasquale –, ele pediu explicitamente que você não fosse esta noite. Parece que sua mãe precisa dele.

Beatriz franze a testa, sentando-se mais ereta.

– Precisa dele como?

Pasquale a surpreende com uma gargalhada de desdém e Beatriz balança a cabeça.

– Certo. Claro que ele não contou. – Ela faz uma pausa. – Bem, sem dúvida esse meu incidente não pode ser tão sério. Se isso fosse... se eu estivesse...

– Morrendo? – completa Pasquale.

Beatriz faz que sim.

– Quero dizer, com certeza isso teria precedência sobre o que quer que minha mãe precise.

Pasquale não responde, mas ela ouve a dúvida em seu silêncio, sente-a em seus próprios ossos. Com certeza Nigellus se importaria se ela estivesse morrendo, não é? Até porque ela seria um mistério não resolvido e ele não poderia suportar isso.

– Eu não estou morrendo – diz ela com firmeza. – Eu me sinto bem agora... foi uma casualidade, nada mais.

Ela pode ver que Pasquale ainda não acredita completamente, então ela lhe conta sobre madre Ippoline para distraí-lo.

– O que ela poderia querer? – indaga ele com a testa franzida.

– Não sei, mas, se eu não vou ver Nigellus hoje à noite, minha agenda acabou de ficar liberada e pretendo descobrir. Quer ir comigo? – pergunta ela.

O sorriso de Pasquale torna-se um pouco mais genuíno.

– Você ainda tem que perguntar?

Beatriz e Pasquale deixam o palácio da mesma forma que Beatriz e suas irmãs costumavam escapulir: vestidos com roupas de criados roubadas da lavanderia, os cabelos ruivos de Beatriz escondidos sob um lenço. Eles esperam até a troca do turno dos guardas à porta do quarto de Beatriz, ao anoitecer, antes de escapar.

– A princesa Beatriz e o príncipe Pasquale estão descansando – diz ela a um dos guardas, cuidando de manter o rosto abaixado e aproveitando as sombras que já começam a tomar conta do corredor.

Os guardas parecem aceitar a informação de imediato e, a partir daí, é fácil para Beatriz e Pasquale escaparem do palácio e entrarem na cidade ao redor. Pasquale encontra uma carruagem para alugar e Beatriz pede ao cocheiro que os leve à Sororia de Saint Elstrid – um lugar que conhece de nome, mas onde nunca esteve pessoalmente. Ao chegarem, Beatriz entrega ao cocheiro duas moedas de áster de ouro e promete dar uma terceira se ele aguardá-la.

Ao se aproximarem da Sororia, Beatriz ergue os olhos para o grande edifício de pedra branca, que cintila com um brilho prateado ao crepúsculo. Antes de alcançarem a porta de madeira, ela se abre e madre Ippoline sai, vestida da mesma forma de quando Beatriz a viu no início do dia.

– Você não perdeu tempo – comenta ela, dirigindo-se a Beatriz, seus olhos azuis estreitados seguindo para Pasquale. – E trouxe companhia.

– Certamente as estrelas não gostariam que eu guardasse segredos do meu marido, madre – explica Beatriz, adoçando a voz.

Madre Ippoline faz um muxoxo e indica que os dois entrem, fechando a pesada porta atrás deles.

– Por aqui – indica ela, conduzindo-os por um corredor escuro e sinuoso, iluminado apenas por algumas arandelas.

Beatriz aproveita a oportunidade para examinar a Sororia – como é diferente em alguns aspectos da Sororia cellariana em que foi aprisionada e como é semelhante em outros aspectos. A decoração é igualmente esparsa, igualmente severa, mas ali há algum aconchego – tapetes macios que revestem os corredores de pedra, uma tapeçaria mostrando uma dúzia de constelações em uma parede. A maior diferença, porém, é o teto de vidro que revela as estrelas piscando acima. Na Sororia cellariana, pelo menos nas partes a que Beatriz estava restrita, não havia qualquer sinal das estrelas.

– Você está bem? – pergunta Pasquale, a voz abafada.

– Tudo bem – sussurra Beatriz, dirigindo-lhe um breve sorriso. E é a verdade, ela percebe. Esta Sororia não é igual à cellariana de muitas maneiras, mas a principal delas é o fato de que ela poderá sair por suas portas quando quiser.

Madre Ippoline para em frente a uma porta de madeira e a abre, conduzindo Beatriz e Pasquale para o que parece ser uma pequena capela, com cinco fileiras de bancos, um altar e o céu aberto acima. Uma figura está ajoelhada perto do altar, acendendo pequenas velas.

– Irmã Heloise – diz madre Ippoline. – Sua convidada chegou.

A mulher se vira para eles. Deve ter quase 60 anos, a pele enrugada, olhos verdes brilhantes e alguns cachos grisalhos escapando sob o véu. Quando seu olhar pousa em Beatriz, ela pisca como se estivesse vendo um fantasma. Então, volta a atenção para madre Ippoline.

– Obrigada, madre – responde ela, sua voz soando suave, mas marcada pelo sotaque polido de um cortesão de Bessemia. Ela se levanta de maneira graciosa.

– Vocês não têm muito tempo – alerta madre Ippoline. – Se a imperatriz descobrir sobre este...

– A imperatriz não me assusta, madre – garante a irmã Heloise. – E também não deveria assustar a senhora.

Madre Ippoline contrai o maxilar, mas não responde. Em vez disso, ela inclina a cabeça e deixa o cômodo, fechando a porta ao sair.

O silêncio se estende na capela e Beatriz não sabe o que fazer com ele. Não sabe quem é essa mulher, nem por que foi chamada aqui, nem como irmã Heloise conhece a mãe dela. Antes que possa fazer qualquer uma dessas perguntas, porém, a mulher fala, aproximando-se dela.

– Você tem um pouco do seu pai – observa ela, os olhos examinando o rosto de Beatriz como se estivesse procurando algo.

Beatriz não estava preparada para esse comentário, seja lá o que ele signifique, e dá um passo atrás, cambaleando, surpresa. Em dezesseis anos, não se lembra de ninguém a comparar ao pai ou sequer falar muito dele. Na maioria do tempo, parecia que a imperatriz a havia criado do nada.

– É o nariz – prossegue a irmã Heloise quando Beatriz não responde. – Eu me pergunto... posso ver seu cabelo?

Beatriz e Pasquale se entreolham e ele dá de ombros. Beatriz estende a mão para desenrolar o lenço que amarrou na cabeça, deixando cair os cabelos ruivos sobre os ombros, arrancando um sorriso da mulher.

– Ah, sim – diz a irmã Heloise. – Eu tinha ouvido dizer que você tem o cabelo dele. Claro, tudo o mais é dela, até onde posso ver.

Dela. Da imperatriz.

– Quem é você? – pergunta Beatriz.

– Irmã Heloise – responde a mulher com um sorriso irônico. – Mas antes de adotar esse nome, eu era a imperatriz Seline.

Imperatriz Seline. O nome desliza pela mente de Beatriz e torna a sair, sem trazer qualquer lembrança. Irmã Heloise deve notar a expressão vazia em seu rosto, porque ela sorri.

– Você não me conhece mesmo – responde ela, soando mais divertida do que ofendida.

Ao lado dela, Pasquale pigarreia.

– Seline era o nome da primeira esposa do imperador Aristede – afirma ele.

Em vez de refrescar a memória de Beatriz, isso apenas a confunde mais.

– Pensei que a primeira esposa do meu pai estivesse morta. – E, além disso, só agora lhe parece estranho que ela não soubesse o nome da ex-imperatriz. Ela nunca o ouvira na corte bessemiana, na verdade, ouvira pouquíssimas referências à ex-imperatriz, apenas quando era absolutamente necessário.

Embora ela só precise de alguns segundos antes de entender por que a mulher diante dela foi tão completamente apagada. Irmã Heloise ou imperatriz Seline, ou quem quer que ela possa ser, vê a compreensão em seus olhos e sorri.

– Sua mãe me odiava – diz ela, dando de ombros. – Não vou mentir e dizer que também não a odiava, que fui um exemplo de virtude enquanto ela tirava tudo de mim. Mas... bem... você, mais do que ninguém, deve saber que sua mãe é uma adversária formidável.

Beatriz não sabe o que responder a isso.

– Você disse que eu pareço com meu pai – observa ela então. – Você o amava?

Diante disso, a irmã Heloise ri.

– Você não me parece uma pessoa ingênua, princesa Beatriz. Tenho certeza de que entende muito bem do que são feitos os casamentos reais. – Seus olhos seguem para Pasquale e retornam a Beatriz, e ela arqueia as sobrancelhas. – A menos que você realmente seja muito ingênua...

Beatriz não se intimida. Em vez disso, ela sustenta o olhar da irmã Heloise.

– Não sou ingênua – diz ela. – Mas se você acredita que eu não atearia fogo ao mundo para proteger Pasquale...

– Triz – interrompe Pasquale, suavemente.

– Está tudo bem – assegura a irmã Heloise. – Isso é mais do que algum dia senti por Aristede, admito, mas eu gostava dele à minha maneira. Por um tempo, ele também gostava de mim.

– Até minha mãe aparecer – observa Beatriz.

– Pelas estrelas, não – desdenha a irmã Heloise. – Não, perdi a conta das mulheres que vieram antes da sua mãe. Mas não vou aborrecê-la com os detalhes do meu casamento fracassado. Pedi à madre Ippoline que a trouxesse aqui porque você está em grave perigo, e sua irmã também.

– Daphne? – pergunta Beatriz. – Que perigo?

A irmã Heloise respira fundo.

– Sei que você vai achar difícil de acreditar, mas sua mãe criou você e suas irmãs de um pedido às estrelas para dominar o continente... e, para fazer isso, ela terá que matar vocês. Sophronia foi a primeira, mas você e Daphne...

Ela se interrompe quando Beatriz começa a rir.

– Eu lhe garanto que isso não é uma piada – diz irmã Heloise com frieza.

– Ah, eu sei que não é – explica Beatriz quando recupera o fôlego. – Estou muito ciente do quanto isso é sério.

Pasquale põe a mão no braço dela e fala.

– O que ela quer dizer é que sabemos dos planos da imperatriz Margaraux.

– Você sabe – a irmã Heloise diz devagar. – Você sabe? Então, o que, em nome das estrelas, você ainda está fazendo aqui? Você deve ir embora de Bessemia assim que puder! Corra para Friv, pegue sua irmã e então fujam para ainda mais longe.

– Para onde? – pergunta Beatriz com outra risada, mais áspera dessa vez. – Para uma Sororia? Como você?

– Eu estou viva – diz a irmã Heloise. – E, se não tivesse me rendido, se tivesse me recusado a ir pacificamente, posso garantir que não estaria.

– E isso pode ter funcionado bem para você, mas não sou covarde – replica Beatriz.

Por um momento, irmã Heloise apenas olha para ela. Quando por fim torna a falar, sua voz soa mais suave.

– Você é tão jovem – diz ela, balançando a cabeça. – E há tanto que você não entende.

Isso irrita Beatriz mais do que qualquer outra coisa que a mulher disse até ali.

– Eu entendo o suficiente. Ela assassinou minha irmã e, se ninguém a impedir, matará a outra também. Se eu fugir, ela não vai simplesmente desistir. Fará o que puder, machucará quem puder, para me alcançar, para me matar.

Isso deixa irmã Heloísa em silêncio, e Pasquale aperta o braço de Beatriz com mais força. Ela continua, falando com os dentes cerrados.

– Minha mãe é um monstro. Se isso é tudo o que você queria me dizer, posso garantir que eu soube disso a vida toda. – Beatriz se vira para ir embora, soltando-se do braço de Pasquale, mas não dá três passos antes que a voz de irmã Heloise a detenha.

– Espere – pede a irmã, e, embora a palavra seja dita em voz baixa, Beatriz a sente envolvendo-a, forçando-a a prestar atenção. – Você pretende matá-la?

No silêncio da capela, as palavras parecem soar alto e Beatriz não consegue deixar de lançar um olhar atento ao redor, como se esperasse que alguém ouvisse, mas ali estão apenas ela, Pasquale e irmã Heloísa.

– Se eu fizesse isso – diz ela com cuidado –, dificilmente contaria a você, muito menos em uma capela. – Ela lança um olhar significativo para as estrelas que observam lá do alto. Então, nota a presença do Voo do Cisne, do Navio em Tempestade, do Bicho da Maçã.

– Se você fizesse isso – comenta irmã Heloise, adotando o tom de Beatriz –, as estrelas dificilmente a culpariam. Ou eu.

– Fico tranquila por saber disso – responde Beatriz, a voz destilando sarcasmo, o que não parece afetar a irmã Heloise.

Ela fica em silêncio por um instante, mas Beatriz vê seus pensamentos girando. Ela vai até Beatriz e Pasquale, parando a poucos centímetros deles e baixando a voz a um sussurro.

– Há um túnel de evasão que sai dos aposentos do imperador... Imagino que agora sejam os aposentos da sua mãe.

Beatriz franze a testa e assente de leve.

– Eu nunca soube de um túnel de evasão – diz.

Ela conhece muitas outras passagens secretas no castelo, mas não essa.

– Ouso dizer que o número de pessoas no mundo que sabem dele pode ser contado nos dedos de uma mão, com sobra – replica a irmã Heloise. – Ele existe para o caso de o palácio vir a ser sitiado... O túnel leva a uma casa segura na floresta, fora de Hapantoile.

A mente de Beatriz se transforma em um turbilhão de possibilidades.

– Conte-me tudo o que você sabe sobre esse túnel – pede ela.

Daphne

Daphne e os demais iniciam a jornada de volta a Eldevale na manhã seguinte à conversa entre Daphne e Violie, e a viagem parece passar mais depressa do que no caminho para o lago Olveen. Enquanto cavalga pela floresta, Daphne se dá conta de que, na verdade, divertiu-se no período longe do castelo, muito mais do que imaginava. Ao olhar à sua volta as árvores estéreis com os galhos cobertos de neve cintilante, as montanhas de Tack no horizonte ao norte, o modo como as estrelas são muito mais brilhantes aqui, com muito mais delas visíveis, percebe que não pensa mais em Friv como a terra desértica, feia e gelada que acreditava ser quando chegou, vinda de Bessemia.

Ela acha que a região pode mesmo ser bonita à sua maneira. E acha que talvez fique triste quando chegar o dia de partir.

Esse pensamento a pega de surpresa. O futuro sempre esteve gravado na pedra para ela; porém, esse não é mais o caso. De repente, lhe ocorre que seu futuro pode não estar em Bessemia, acomodada em segurança de novo sob a asa da mãe. Seu futuro pode levá-la a qualquer lugar. Pode até mesmo mantê-la aqui, em Friv.

Antes, essa ideia a teria horrorizado.

Agora, olhando ao redor não só para o maravilhoso cenário invernal da floresta, mas também para Bairre, Cliona e os outros, ela não se sente horrorizada. Ainda sente saudade de Bessemia, das irmãs e até da mãe, apesar de tudo, mas pensa que, se voltasse para Bessemia agora, seria provável que sentisse ainda mais saudade de Friv.

Na hospedaria onde param, no meio do caminho entre o lago Olveen e Eldevale, Daphne toma a liberdade de ir para o quarto de Bairre em vez do seu, senta-se ao pé da cama e espera que ele chegue depois de cuidar dos cavalos e de se certificar de que todos os outros estão acomodados. Quando finalmente abre a porta e entra, ele se detém bruscamente ao vê-la ali. O momento paira tenso entre os dois, e Daphne prevê que, se permitir, ele vai dar meia-volta e tornar a sair por aquela porta, preferindo ir dormir no estábulo a falar com ela depois de ela ter agido pelas suas costas com Cliona.

Ela decide não permitir.

– Minha mãe criou minhas irmãs e a mim para nos casarmos com os príncipes de Vesteria, mas esse não era o nosso único objetivo – diz ela, em um rompante.

Bairre hesita por um instante. Isso não é nada que ele já não saiba, mas ouvir as palavras da boca de Daphne parece aturdi-lo. Enfim, ele fecha a porta e entra no quarto, esperando que ela continue.

Na sua mente, ela ouve a mãe chamá-la de tola, sente a decepção dela vindo de Bessemia até ali. Ela gostaria que isso não a afetasse, saber que está desapontando a mãe, mas afeta. No entanto, não por muito tempo.

– Fomos instruídas não só em diplomacia, na língua e na cultura dos nossos futuros países, mas também aprendemos tudo sobre os príncipes com quem nos casaríamos e as habilidades que nos ajudariam a levar tanto eles quanto seus países à ruína, para que nossa mãe pudesse tomá-los para si.

Bairre fica chocado. Ela consegue praticamente ver a mente dele rodopiando, reunindo tudo que sabe sobre o que aconteceu em Temarin e conciliando com tudo que sabe sobre ela, tudo que sabe que ela fez desde que chegou a Friv. Ele desvia o olhar do dela, mas, em vez de sair, avança pelo quarto e vai se sentar na poltrona surrada perto da lareira. Não olha para ela, mas ela sabe que ele está escutando.

– Eu sabia tudo sobre Cillian – prossegue Daphne, as palavras saindo rápido agora, como a torrente de um rio quando uma barragem se rompe. – Aprendi arco e flecha porque sabia que ele gostava, lia poesia porque ele gostava de poesia... na mesma proporção em que eu detestava. Você disse uma vez que ele era louco por mim, só por causa das cartas que mandei para ele. Isso não foi um acaso, Bairre. Minha mãe tinha espiões na sua corte que me contavam tudo que eu precisava saber para deixá-lo louco por mim. Eu sabia que ele era uma pessoa boa e sabia exatamente como usar essa bondade contra ele.

Ela odeia dizer aquelas palavras, assim como odeia o lampejo de repugnância no rosto de Bairre quando ela as pronuncia, mas ela se sente mais livre também, expondo seus segredos perante ele.

– E, então, vim para cá e você... você deixou tudo mais complicado, porque você não era Cillian e eu não fazia ideia de como controlar você, de como destruir você. E, ainda por cima, o casamento continuava... *continua* a ser adiado. Todos os planos da minha mãe, elaborados por dezessete anos, e eu seguimos fracassando.

– Você fracassou? – pergunta ele, as primeiras palavras que ele fala desde que entrou no quarto. – O selo do meu pai... de algum modo você o roubou.

Daphne assente.

– Ele tem uma cópia, feita com a poeira estelar que Cliona me deu – admite ela. – Mandei o verdadeiro para Temarin, para Sophie, que deveria tê-lo usado para forjar uma carta do seu pai oferecendo o apoio dele a Leopold numa guerra entre Temarin e Cellaria.

Mais engrenagens giram na mente de Bairre.

– Essa falsificação nunca aconteceu – observa ele.

A garganta de Daphne se aperta, mas ela não se permite chorar. Não por medo ou constrangimento, mas porque sabe que, se chorar, Bairre vai consolá-la, e ela não quer isso. Não se trata do bem-estar dela. Ela engole em seco e se obriga a continuar.

– Sophie mudou de ideia – diz. – Ela me escreveu uma carta contando isso e implorando que eu ficasse do seu lado, porque o plano da nossa mãe era errado. Eu não quis ouvir aquilo, não acreditei. Fiquei com muita raiva dela, Bairre, por não ser capaz de fazer o que ela nasceu para fazer, a única coisa que nós precisávamos que ela fizesse. Eu não... – Sua voz falha, as lágrimas lhe toldando a visão, mas ela pisca para afastá-las. – Eu não sabia aonde isso ia levar.

Bairre continua em silêncio por um momento.

– Você disse que Leopold acreditava que sua mãe era responsável pela morte de Sophronia – diz ele. – Ela matou Sophronia por tê-la desobedecido?

Daphne ri, mas não há alegria no som.

– Não, foi outra coisa – responde ela. – Minha mãe orquestrou a morte de Sophronia porque o plano dela sempre foi esse. Matar Sophronia a fim de reivindicar Temarin, matar Beatriz a fim de reivindicar Cellaria...

– Matar você a fim de reivindicar Friv – conclui ele.

Daphne assente com um gesto brusco.

– Os assassinos – diz ele devagar. – Sua mãe estava por trás disso?

Só depois que ele faz a pergunta é que Daphne considera essa ideia. Eles teriam sido contratados por sua mãe? Daphne não tivera chance de fazer nada em Friv ainda, mas, talvez, a morte de Cillian tivesse deixado a imperatriz nervosa e impaciente. Talvez ela já considerasse Daphne um fracasso àquela altura, e era mais fácil matá-la rapidamente e tomar Friv à força, como uma retaliação.

– Eu não sei – admite Daphne. – Mas com certeza é possível.

– Por que está me contando isso agora, Daphne? – pergunta Bairre, e o modo como ele diz o nome dela faz renascer uma pequena centelha de esperança. Não é possível que ele a odeie e diga seu nome daquele jeito, mas ela ainda não terminou.

– Insisti em vir nesta viagem porque minha mãe me enviou uma carta... bem, duas cartas. A primeira era vaga, mas seu significado estava claro para mim: se Leopold me procurasse, eu o mataria. Leopold vivo é uma ameaça para o reinado dela, afinal. Mantê-lo vivo foi o golpe final de Sophronia contra ela, e foi dos bons. Eu não sabia onde ele estava exatamente, mas sabia que estava perto... Violie tinha me feito uma visita e me disse isso, embora tenha sido sábia o bastante para não me confiar mais informações. A segunda carta chegou depois do sequestro dos príncipes. Nela, mamãe dizia que tinha motivos para crer que eles estavam perto do lago Olveen e que eu devia encontrá-los e... bem, as palavras que ela usou foram que a única maneira de proteger a mim, a Beatriz e a ela era se os príncipes desaparecessem por completo. Ela me disse para não deixar nenhuma margem para o acaso, que eu devia cuidar deles da maneira que julgasse adequada, mas me recomendou um veneno porque assim seria "misericordioso".

– Pelas estrelas do céu, Daphne! – exclama Bairre, passando os dedos pelos cabelos. – Você insistiu em vir na jornada estelar de Cillian para ter a chance de assassinar crianças?

– Eu não fiz isso – replica ela, embora, aos seus próprios ouvidos, seja uma defesa oca. – Obviamente. Mudei de ideia.

– O fato de você precisar mudar de ideia...

– Eu sei – interrompe Daphne, com uma careta. – Não vou me defender, nem posso. E não posso lhe dizer que, se as coisas tivessem acontecido diferente, eu não teria feito o que ela mandou. Eu queria poder negar, Bairre.

Mas minha mãe... Eu nunca soube dizer não a ela. Ela nunca ofereceu o não como uma opção.

– Sua irmã soube – recorda ele.

– Minhas duas irmãs souberam – corrige Daphne, pensando em Beatriz, na última carta que ela mandou, advertindo-a o mais francamente que lhe era possível, embora Daphne não a tenha levado a sério, chamando-a de dramática. – E eu devia ter aprendido muito mais cedo, mas agora já sei. Foi por isso que mandei Gideon e Reid para um local seguro, cuja localização nem eu mesma sei. É por isso que Leopold ainda está vivo e saudável, embora eu tenha tido muitas oportunidades para resolver a questão. Não quero mais obedecer às ordens dela, Bairre.

Bairre finalmente olha para ela, mas sua expressão é inescrutável. Porém, ele ainda está ali, o que é mais do que Daphne ousou esperar. Ele ainda a escuta.

– Então, o que você quer? – pergunta ele.

Um punhado de respostas passa por sua mente. *Quero você. Quero ver Beatriz de novo. Quero vingança pela morte de Sophronia.* Todas elas são verdadeiras, mas nenhuma é a verdade completa. Então, ela escolhe a resposta mais exata que pode dar.

– Eu não sei. – As palavras saem em tom baixo, quase inaudíveis, mesmo no quarto silencioso.

Bairre assente devagar antes de enfim se levantar e ir até a porta, abrindo-a.

– Durma um pouco, Daphne. Nós vamos partir ao alvorecer.

Daphne olha para ele por um momento, sem saber o que pensar dessa atitude de dispensá-la, porém o fato de ele dizer *nós* faz com que se sinta ligeiramente otimista. Ele não a está expulsando agora, banindo-a de Friv, nem mandando prendê-la com diversas acusações. Mas, quando ela se levanta e passa por ele ao sair do quarto, ele dá um passo atrás, para evitar até mesmo encostar nela, como se ela fosse a personificação de um veneno, e de alguma forma aquele pequeno gesto a magoa mais do que qualquer palavra raivosa seria capaz.

Apesar do conselho de Bairre, quando volta para o quarto, Daphne não consegue dormir. A cama de Cliona está vazia – fato que não a surpreende muito. Poderia apostar que ela está com Haimish, pelo que Daphne é grata, porque não saberia estar perto de outra pessoa agora.

Em vez de dormir, ela encontra um pedaço de pergaminho em branco e uma pena e tinteiro em seu baú, leva-os para a escrivaninha e senta-se. Fita a folha de papel vazia pelo que parece uma eternidade, as palavras de Bairre ecoando em sua cabeça. *Então, o que você quer?*

Ainda não é meia-noite e as vozes de outros hóspedes lhe chegam pela escada, mas ela tenta ignorá-las e se concentra no que dizer a Beatriz. Segura a pena, mergulha-a no tinteiro, deixa que paire sobre o papel por um momento e, então, a pousa de novo. O processo se repete mais vezes do que ela consegue contar, mas, mesmo quando as vozes no andar de baixo se calam e a hospedaria ao seu redor adormece, as palavras ainda não vêm.

Não que faltem coisas que ela deva dizer à irmã, mas colocá-las no papel parece uma tarefa impossível. Daphne fecha os olhos e segura a cabeça entre as mãos. Depois de um longo momento, ela se endireita. Existem mesmo muitas coisas para dizer à irmã, mas ela as deixa de lado. O que ela quer dizer a Beatriz?

Querida Triz,

Você se lembra do nosso décimo aniversário? Estávamos com aqueles vestidos iguais medonhos, com um enorme laço azul nas costas. Estávamos brigando, é claro, embora eu não lembre sobre o que era aquela discussão em particular. Alguma coisa ridícula, tenho certeza, mas sei que na época pareceu de suma importância.

Estávamos paradas ali, naquele baile extravagante que mamãe mandou organizar para nós, lado a lado e sem nos falarmos. Nem eu nem você notamos Sophronia amarrando os laços dos nossos vestidos um no outro, até que tentamos andar e caímos uma por cima da outra, numa pilha de chiffon branco. Ainda consigo ouvir a risada de Sophronia, e ainda vejo a expressão de fúria da mamãe. O rosto dela ficou roxo por baixo de todos aqueles cremes e pós.

Você e eu acabamos caindo na risada também. Era impossível não rir com Sophie ali.

Sophie sempre foi a fita que nos amarrava uma à outra — às vezes, parecia que ela era o único laço que tínhamos. Sei que uma parte de você deve me odiar por tê-la desapontado, mas, por favor, saiba que não pretendo cometer esse erro duas vezes.

No entanto, existe outra fita que nos mantém atadas: mamãe. Apesar de agora eu acreditar – como você e Sophie – que essa fita é uma corda para nos enforcar. Na última carta que me escreveu, Sophie disse que, se nós três nos uníssemos contra mamãe, podíamos ter uma chance de vencê-la. Infelizmente, nunca vamos saber se havia alguma verdade nisso, mas estou do seu lado agora e nem mesmo as estrelas podem me tirar daqui.

Venha para Friv. Por favor.
Daphne

Violie

Violie se despede de Rufus e dos príncipes nas proximidades de Eldevale, dirigindo-se para o castelo enquanto eles seguem para oeste a caminho das ilhas Silvan. Há pouco alarde na hora das despedidas, mas Rufus lhe diz que tenha cuidado com certa gravidade, o que a faz se perguntar se, por baixo de sua fachada descontraída, ele não é mais perspicaz do que as pessoas supõem.

Assim que devolve o cavalo aos estábulos, Violie entra no castelo. Não há relógios por perto para dizer a hora exata, mas ela pode deduzir, pelos corredores desertos, que já passou bastante da meia-noite, mas o dia ainda não amanheceu – não há tempo a perder. Ela se abaixa ao virar uma esquina, se esconde atrás do busto de mármore de um frívio de barba longa e enfia a mão na mochila, pegando o estojo de pó mencionado por Daphne – cravejado de rubis.

Isso vai ser fácil, diz a si mesma. Tudo o que precisa fazer é levar Eugenia a inalar o pó embaixo do nariz.

E é fácil seguir pelos corredores desertos do castelo, sem nenhuma outra alma à vista. Fácil entrar na sala de estar da rainha Eugenia, depois em seu quarto, sem que ninguém a veja. Quando se encontra ao pé da cama da rainha viúva, que dorme, alheia, Violie acha ridículo que matar uma rainha seja tão fácil. Com certeza deveria ser mais difícil. Parte dela *quer* que seja mais difícil.

O pó venenoso agirá rapidamente. É possível que Eugenia não acorde. Ela simplesmente morrerá durante o sono, de forma fácil e indolor. Violie fecha os olhos e vê Sophronia sendo levada ao cepo do carrasco, vê a guilhotina descer, vê a cabeça da amiga sair de seu corpo.

Essa também foi uma morte rápida, ela supõe, embora isso não a faça odiar menos Eugenia. Usar o pó venenoso parece uma gentileza que Eugenia não merece. Seria muito mais satisfatório para Violie envolver o pescoço de

Eugenia com as mãos, ver seus olhos se abrirem. Violie quer que Eugenia a veja, para saber o que está acontecendo, por que a morte chegou até ela agora. Ela quer que Eugenia saiba que é ela quem a está matando.

A ideia surpreende Violie. Nas vezes anteriores em que ela matou, foram casos sem emoção. Ela matou por necessidade, suas vítimas eram mais obstáculos do que inimigos. Parecia quase clínico.

Não há nada de clínico agora, porém, ela pensa, observando o peito de Eugenia subir e descer com regularidade.

Ela levanta a capa para cobrir o nariz e a boca por precaução antes de retirar o pote de pó do bolso e desatarraxar a tampa enquanto se posiciona ao lado da cama de Eugenia.

A rainha viúva está dormindo de costas, as cobertas puxadas até o queixo e os cabelos castanho-escuros presos em uma longa trança. Parece mais jovem do que Violie jamais a viu, mas sabe que a ilusão de inocência é apenas isso – uma ilusão. Ela não hesitará, diz a si mesma. Então, estende o pote de pó, segurando-o logo abaixo do nariz de Eugenia e esperando que ela inale.

Quando ela o faz, várias coisas acontecem, quase ao mesmo tempo.

Eugenia acorda sobressaltada, sentando-se na cama e derrubando o pote da mão de Violie.

O pó voa, grande parte caindo em Eugenia, mas se dispersando o suficiente no ar para que Violie prenda a respiração, pressionando a capa com mais força contra o nariz e a boca.

Então, o grito de Eugenia atravessa o ar e, de repente, Violie tem seu desejo realizado – Eugenia olha para ela, a reconhece e, em outras circunstâncias, Violie saborearia o medo que brilha nos olhos da mulher, mas não agora. Agora ela precisa sair dali.

– O que você fez? – pergunta Eugenia, tossindo, estendendo a mão para agarrar o braço de Violie com força.

Violie se contorce para se soltar, mas sua cabeça já está girando com a falta de oxigênio, deixando-a tonta. Ela não pode se permitir respirar, não neste quarto, com o veneno agora por toda a sua volta.

Vagamente ciente de Eugenia tossindo atrás dela, Violie está quase conseguindo chegar à porta quando esta se abre com violência, acertando Violie no rosto e jogando-a para trás, a capa saindo de seu rosto quando Genevieve irrompe quarto adentro, observando a cena com olhos arregalados.

É a última coisa que Violie vê antes de tudo escurecer.

Beatriz

No dia seguinte à visita à Sororia de Santa Elstrid, Beatriz não consegue tirar da cabeça a conversa com a irmã Heloise. O que a mulher disse sobre sua mãe – e, de modo ainda mais surpreendente, sobre seu pai – atormenta os seus pensamentos. E, quando não está pensando nisso, está preocupada com a aula com Nigellus à noite, com pavor do que ele lhe dirá, que ela teme já saber.

Pasquale não tem ajudado muito, embora ela jamais lhe dissesse isso. Ele tenta, mas seu instinto é ver o lado bom da situação.

– As estrelas lhe deram um dom, Triz – disse ele no café da manhã, quando Beatriz lhe confessou seus temores. – Jamais seriam tão cruéis a ponto de fazer desse dom um veneno. O que aconteceu foi um... mal-entendido. Ou, talvez, uma coincidência.

– Coincidência? – perguntou Beatriz com ceticismo.

Ele ergueu as sobrancelhas ao tomar um gole de café.

– Consigo pensar em várias pessoas neste palácio com mais motivos para querer você morta do que as estrelas. Não podemos descartar a possibilidade de que sua doença súbita não tenha sido causada por seu pedido, em absoluto.

A ideia não tinha ocorrido a Beatriz, mas não se sustenta. Se a mãe a quisesse morta, ela já estaria morta e, mesmo que tivesse o poder de envenená-la da cela, Gisella é suficientemente esperta para saber que Beatriz é sua melhor chance de liberdade. Mas não disse isso a Pasquale. Era mais generoso deixá-lo com sua história tranquilizadora até terem uma resposta real.

No entanto, Pasquale não tinha terminado de falar. Pousou a xícara de café no pires e se inclinou para a frente, por cima da mesinha da sala de estar de Beatriz.

– Até em Cellaria vão reverenciá-la como santa quando descobrirem. A garota que pode criar estrelas – disse ele, a voz baixa.

As palavras provocaram um arrepio de empolgação ou horror – ela não sabia direito qual – e permaneceram com ela pelo resto do dia. Mesmo agora, enquanto sobem juntos a escada rumo ao laboratório de Nigellus, Beatriz pensa que não quer ser santa. Ela se pergunta se a garota que pode criar estrelas conseguiria fazer outra coisa.

Além disso, os santos morrem, não é? Esse aspecto é parte integrante do cargo e não é um pelo qual Beatriz esteja muito empolgada.

Mais do que qualquer outra coisa, ela gostaria de falar com Daphne. Sabe que não pode – não só porque, para início de conversa, não sabe como Daphne conseguiu forjar a conexão entre elas e porque não é tola para pôr essas palavras no papel, mas também porque não confia na irmã. E, a julgar por seu silêncio desde a morte de Sophronia, Daphne também não confia nela.

Um arrepio percorre a coluna de Beatriz.

Quando se aproximam da porta de Nigellus, ela para e olha para Pasquale.

– Obrigada por vir comigo. Eu não... – Ela se cala, incapaz de dar voz ao caos de emoções que a domina, ou seja, ao medo. Admitir medo é admitir fraqueza, pensa ela. Beatriz não sabe se a mãe algum dia disse essas palavras, mas mesmo assim as ouve em sua voz.

Mas Pasquale não é sua mãe e dá um sorrisinho.

– Não sairei do seu lado – promete ele.

Beatriz assente, abre a porta, entra no laboratório de Nigellus e o vê curvado sobre o telescópio perto da janela. Ele deve tê-los ouvido entrar, mas não se endireita na mesma hora. Os minutos se passam, Beatriz pigarreia, mas ele não se mexe. Finalmente, ele se endireita e se vira na direção deles, parecendo incomodado com sua presença.

– Você está atrasada – diz.

Seus olhos pousam rapidamente em Pasquale, mas ele não questiona sua presença.

– Se já não espera por isso, você realmente só pode culpar a si mesmo – responde Beatriz. – Pas está aqui caso eu morra.

Nigellus pisca, lançando outro olhar para Pasquale antes de se voltar para Beatriz novamente.

– Não vejo como a presença dele ajudaria nessa circunstância.

Beatriz estala a língua.

– A resposta correta, Nigellus, é: *É claro que você não vai morrer, Beatriz* – diz ela. – Mas pelo menos a presença dele me ajudará a não morrer sozinha. Ele será testemunha do que me acontecer.

Isso faz Nigellus erguer as sobrancelhas.

– Ainda não confia em mim, Beatriz? Mesmo depois de tudo o que passamos?

É difícil saber com Nigellus, mas ela acha que ele está sendo sarcástico.

– Não – responde simplesmente. – Podemos começar?

Nigellus não diz nada e faz um gesto para que ela avance até o telescópio.

– Se vou morrer por isso – começa Beatriz –, ou se a criação de uma estrela nova ou sua devolução ao céu não der certo, gostaria que meu pedido servisse para alguma coisa.

A testa de Nigellus se franze.

– Parece que você já decidiu o que gostaria de pedir, mas recomendo cautela se pensa em usar o pedido para prejudicar sua mãe. Por exemplo, não se pode pedir que alguém morra.

Beatriz pisca. Ela até pensou nisso, mas não faz sentido desperdiçar um pedido com o que um veneno pode fazer. Ainda assim, essa informação é nova.

– Não pode? – pergunta ela.

Nigellus faz que não.

– É uma das poucas coisas que um pedido não pode fazer. Também não se pode forçar o amor nem trazer alguém dos mortos. Mas me conte o seu pedido e eu lhe direi se pode ser feito.

– Então, tudo bem – comenta Beatriz, enfrentando o olhar de Nigellus e erguendo o queixo. – Vou pedir a cura de uma pessoa.

Nigellus faz uma pausa, como se esperasse mais detalhes, mas ela não dá nenhum.

– Quem? – pergunta ele.

Beatriz sorri.

– Isso eu não vou te contar.

De acordo com Violie, Nigellus deveria curar o véxis da sua mãe com poeira estelar, mas Ambrose confirmou que a mulher ainda está doente, à beira da morte. Pasquale verificou naquela tarde que ela ainda está viva, mas por um fio. Beatriz não sabe se a doença continua porque Violie traiu a imperatriz ou se nunca houve qualquer intenção de salvá-la, mas sabe que pode corrigir esse erro agora. Sabe que é o que Sophronia faria em seu lugar.

Por um instante, Nigellus sustenta o olhar dela, como se debatesse internamente se deveria insistir ou não. Seus olhos se estreitam.

– A pessoa está doente ou ferida? – pergunta.

– E faz diferença? – retruca Beatriz. – Cura é cura e estamos falando de tirar uma estrela do céu. Não posso imaginar que isso não seja forte o bastante para conseguir.

– E não vai me dizer mais nada? – questiona Nigellus.

Beatriz faz que não.

Nigellus parece aborrecido, mas, depois de uma rápida olhada no telescópio atrás de si, ele suspira, os ombros caídos.

– Muito bem, peça o que quiser. A essa altura, você já sabe como fazer. O verdadeiro mistério é o que acontecerá depois.

Assim, a pequena vitória dela ao manter o segredo, sem revelá-lo a Nigellus, murcha, ofuscada pelo medo.

– Certo – diz ela, esforçando-se para não demonstrar. – Então, vou fazer o pedido.

Pasquale aperta a mão de Beatriz e ela se afasta na direção do telescópio, gesticulando para que Nigellus fique no outro lado da sala. Ciente de que tanto Pasquale quanto Nigellus a observam, ela se inclina, põe o olho na ocular e fita o céu ampliado. Encontra o Viajante Perdido, o Sol Nublado, o Urso Dançarino, mas nenhuma dessas constelações parecem adequadas a seu pedido. Também não há sinal da Abelha Feroz, embora ela a procure do mesmo jeito, perguntando-se se a estrela à qual fez o pedido na outra noite já ressurgiu. Se tivesse visto, Nigellus lhe diria, pensa ela. Ela desloca o telescópio para a borda leste do céu, bem quando o Diamante Cintilante entra no campo de visão.

O Diamante Cintilante significa riqueza, mas também força. A mãe de Violie precisa de toda a força possível para se curar.

Beatriz se concentra na constelação e gira as engrenagens na lateral do telescópio até que as estrelas que a formam entrem em foco. Ela deveria escolher uma estrela pequena, pouco visível, como fez antes, mas precisa ter certeza. Assim, concentra-se numa estrela grande e perto do centro do diamante, que forma a ponta de uma das facetas.

Pronto, pensa ela. *Aquela é a minha estrela.*

Beatriz fecha os olhos e mantém a estrela em mente enquanto sussurra seu pedido, sabendo que terá de ser o mais específica possível para garantir que ele dê certo.

– Quero que Avalise Blanchette, no Pétala Carmesim, se cure do véxis. – Ela mais pensa do que profere as palavras, dando a elas fôlego suficiente para serem audíveis, mas não o bastante para chegarem aos ouvidos de Nigellus.

Beatriz sente o toque da magia passar por ela – algo sutil, suave como uma brisa de verão, mas que deixa arrepios em sua pele. Embora a sala estivesse silenciosa antes, de repente o silêncio é tão grande que Beatriz não consegue ouvir mais nada – nem seus batimentos cardíacos, sua respiração ou o som de Pasquale se mexendo atrás dela. Tudo o que existe é a própria Beatriz e as estrelas acima. Então, são apenas as estrelas, e Beatriz deixa completamente de existir.

A primeira coisa de que Beatriz tem consciência é do chão de pedra frio sob seu corpo e um par de braços conhecidos em torno de seus ombros. À distância, ela escuta alguém chamar seu nome – Pasquale, pensa, mas ele está muito longe.

– Beatriz – ela ouve outra vez. Ele parece assustado. – Abra os olhos. Por favor.

Beatriz tem a sensação de que seria mais fácil erguer o mundo nos ombros do que abrir os olhos, mas, por Pasquale, ela tenta. Precisa de todo o esforço que é capaz de evocar, mas consegue fazer os olhos se abrirem o suficiente para ver as sombras escuras do laboratório de Nigellus, que se encontra de pé diante dela, e o rosto de Pasquale assomando acima do dele, a testa franzida.

– Graças às estrelas – murmura ele. – Você está bem?

– Não.

Beatriz leva um momento para perceber que falou alto. Sua voz não parece sua; nem seu corpo parece seu. Parte dela ainda se sente em algum lugar acima deles, flutuando entre as estrelas. Mas já há uma dor surda avançando pelos músculos, lembrando-a de que é humana.

Nigellus não diz nada, porém estende na direção dela um frasco cheio de um líquido verde-ardósia com um brilho opalescente. Beatriz o pega, mas não faz menção de bebê-lo, olhando para Nigellus com uma expressão que espera ser cética. Quer erguer uma sobrancelha, mas até esse pequeno movimento parece trabalhoso demais.

– Uma combinação de ervas misturada com poeira estelar – explica

Nigellus, as palavras claras. Ele não parece incomodado com o estado atual dela, não como Pasquale, que a fita com olhos arregalados, cheios de pânico. – Deve amenizar a dor de usar a magia. Não me dei conta de que você pegaria uma estrela tão grande, mas, como pode ver, quanto maior a estrela, pior o efeito depois.

Sem dúvida, a mãe a chamaria de tola por tomar uma poção sem saber o conteúdo exato, mas Beatriz está desesperada por alívio. Se os surtos anteriores de dor e fadiga pós-magia servirem de exemplo, nas próximas horas ela só vai piorar e não sabe como sobreviverá a isso. Ela vira o frasco da poção na boca e, apesar de engasgar com o sabor acre, engole tudo.

– Deu certo? – pergunta, a voz como um grasnido. Ela se força a se sentar e ignora a dor que lhe atravessa a cabeça.

Pasquale a ajuda a ficar ereta, mantendo os braços em torno de seus ombros.

– É difícil dizer – responde Nigellus, dando uma olhada no telescópio, que está alguns metros atrás dele, e a pilha de poeira estelar amontoada ao lado, bem onde Beatriz estava antes de desmaiar. – Você derrubou a estrela e não está morta, mas isso é tudo o que posso dizer neste momento. Teremos de esperar o aparecimento do Diamante Cintilante e, enquanto isso, antes que vá embora, vou precisar tirar amostras de seu sangue, para verificar os órgãos vitais.

Beatriz concorda com a cabeça, fazendo menção de se levantar, e Pasquale a sustenta com o braço em seus ombros. Quando o mundo dá uma guinada sob seus pés, ela agradece a Pasquale por sustentá-la, senão com certeza cairia de volta no chão.

Ela tosse e Nigellus lhe entrega um lenço. A tosse queima sua garganta e faz o peito arder, e ela sabe, mesmo antes de baixar o lenço, o que encontrará, mas ainda assim seu estômago se revira.

Manchas vermelhas contra o tecido branquíssimo – ainda mais sangue do que antes.

Na manhã seguinte ao experimento, Beatriz acorda com dor de cabeça, embora, aparentemente, a poção de Nigellus tenha ajudado um pouco. As cortinas estão bem fechadas para bloquear a luz do sol e as criadas foram instruídas a só incomodá-la se o castelo estivesse em chamas. Ao meio-dia, porém, a dor passa e Beatriz consegue sair da cama e tocar a sineta para a criada ajudá-la a se vestir.

Enquanto ata os cordões nas costas do vestido, a criada pigarreia.

– O príncipe Pasquale pediu para ser avisado quando Vossa Alteza estivesse se sentindo melhor – diz ela.

Beatriz assente, já esperando por isso. Ela tem muitas perguntas a lhe fazer, embora tema que não vá gostar das respostas. Ela deve ter desmaiado no laboratório de Nigellus. A última coisa de que se lembra é de tossir sangue outra vez, mais do que antes. Tem certeza de que Pasquale está preocupado, mas espera que ele também tenha algumas respostas de Nigellus.

– Peça que sirvam o almoço na minha sala, por favor – diz ela, afetando um sorriso fraco. – Não estou disposta para nada além disso.

– É claro, Alteza – responde a criada, que amarra os cordões num belo laço, faz uma breve reverência e sai do quarto.

Momentos depois, a porta de Beatriz se abre outra vez e ela se vira, esperando Pasquale, mas é Nigellus quem chega, vestido com a costumeira capa preta, os olhos sombrios de sempre.

– Como entrou aqui? – pergunta ela, recuando, surpresa.

– Você não é a única que sabe se esgueirar pelo palácio – diz ele.

Beatriz dá um longo suspiro.

– E então? – indaga. Ela supõe que ele já tenha terminado de analisar o sangue que tirou dela à noite, depois que desmaiou. – Estou morrendo?

Nigellus não responde de imediato, mas, quando Beatriz está prestes a censurá-lo por ser tão misterioso, ele fala, em um tom surpreendentemente suave.

– Hoje, não.

– O que isso quer dizer? – questiona Beatriz, esforçando-se para manter a voz calma.

– A magia sempre tem um preço, princesa – explica ele. – A sua não mata estrelas, mas vai matar você. Só que não imediatamente. Eu teria de fazer mais testes para saber o custo exato que cada desejo lhe cobra, mas...

– Mas usar meu dom tantas vezes me mataria ainda mais depressa – completa Beatriz, esforçando-se para manter a compostura e não ceder ao pânico que a corrói, ao desejo desesperado de que ele ria, diga que está só brincando, que é claro que a magia não vai matá-la. Porém, ela duvida que Nigellus tenha feito uma única piada na vida e não é agora que ele vai começar.

Beatriz cruza os braços.

– É nessa parte que você diz "eu não avisei?"

– Creio que não seja preciso – rebate ele. – Mas agora você sabe a verdade. Acredito que não será tola a ponto de usar a magia outra vez.

Beatriz abre a boca para dizer que é claro que não vai usar, mas nenhuma palavra sai. Ela pensa nos pedidos que fez às estrelas até esse dia – alguns absolutamente tolos, claro, mas outros, não. Se pudesse voltar atrás, sabendo o que sabe agora, não desperdiçaria desejos com Nicolo nem com emoções egoístas como saudade de casa. Contudo, faria um pedido para salvar sua vida e a de Pasquale, como fez na Sororia. E faria o mesmo desejo da noite anterior para curar a mãe de Violie – embora, no futuro, talvez experimente a poeira estelar antes de recorrer a medidas tão drásticas.

– Com certeza serei mais cautelosa no futuro – responde, por fim.

As sobrancelhas escuras de Nigellus arqueiam.

– Quer dizer que ainda usaria sua magia, mesmo sabendo o que acontece?

– Dependendo das circunstâncias, sim – responde ela. – Pelo menos, fico contente de saber o preço. Obrigada por me ajudar a descobrir.

Nigellus se limita a encará-la.

– Você sempre foi uma criança imprudente – comenta ele, balançando a cabeça.

As palavras a irritam.

– Talvez – diz ela. – Mas vou morrer algum dia... mais cedo do que se espera, se minha mãe conseguir o que quer. Perdoe-me se não vejo valor em acumular fiapos de uma vida que ainda tenho a sorte de ter. Não vou desperdiçar pedidos com coisas frívolas, mas se for para salvar a mim, Pasquale ou Daphne...

– Não – interrompe Nigellus, a palavra saindo ríspida como um tapa. – É perigoso demais.

– Para mim – rebate Beatriz. – E, graças a você, entendo muito bem o quanto é perigoso.

– E se não for perigoso só para você? – pergunta ele.

Beatriz pisca.

– Como assim?

Nigellus balança a cabeça.

– Andei consultando outros empyreas – diz ele após um momento.

– Sobre mim? – pergunta ela, alarmada. – Nigellus, ninguém deve saber da minha magia. Minha mãe tem ouvidos por toda parte...

– Eu sei disso – interrompe ele. – Mas a questão é maior do que sua mãe.

A ideia é risível – nada é maior do que a mãe de Beatriz.

– Uma respondeu – diz ele, finalmente. – Uma empyrea com o dom da profecia... Ela acredita que o pedido da sua mãe e o seu dom são um sinal das estrelas, o presságio de um destino que há décadas ela vê que está chegando.

– E que destino é esse? – pergunta ela.

Ele sustenta o olhar dela e, embora Beatriz ache que nunca viu Nigellus sem uma expressão solene, taciturna ou frustrada, a que ele exibe agora só pode ser descrita como assustada. Contra a sua vontade, o medo também a cutuca.

– Como diz a carta: *as estrelas vão escurecer* – diz ele.

A barriga de Beatriz dá um nó, mas ela se esforça para não mostrar que as palavras a perturbam.

– Não vejo o que isso tem a ver comigo nem com minha magia.

– Nessa profecia, princesa, você é a causa.

Beatriz não consegue segurar o riso.

– Por mais que fique lisonjeada por ter esse tipo de poder, acredito que sua amiga empyrea talvez tenha andado bebendo demais.

– Isso não é piada – replica Nigellus com rispidez.

Beatriz sabe disso. A gravidade de tudo o que Nigellus lhe contou pesa bastante sobre ela, um fardo insuportável. Beatriz desconfia que, se ficar pensando a respeito, isso vai destruí-la, então faz o que sempre fez quando as pessoas tentaram jogar problemas nas suas costas: dá de ombros.

– Você está me dando problemas abstratos de longo prazo – diz. – Neste momento, tenho problemas concretos demais diante de mim.

O rosto pálido de Nigellus fica vermelho e ela se prepara para os gritos, mas uma batida soa à porta e Pasquale entra, seu olhar indo e voltando entre Beatriz e Nigellus.

– Está tudo bem? – pergunta.

Não, pensa Beatriz. *A magia está me destruindo e, se uma certa empyrea estiver correta, vou destruí-la de volta. Nada está bem.*

– Tudo bem – diz, dirigindo-lhe um sorriso radiante que, para ela, parece oco. – Nigellus já estava indo embora.

Nigellus não desvia dela os olhos furiosos.

– Suas aulas acabaram – diz ele. – Mas nós, não.

Beatriz não responde e observa Nigellus passar por Pasquale, sair pela porta e fechá-la com firmeza. Quando ele sai, Pasquale se volta para ela, o rosto vincado de preocupação.

– Imagino que as notícias não foram boas – comenta ele.

Beatriz engole em seco, decidindo rapidamente quanto deve lhe contar.

– A magia está causando um efeito negativo sobre mim – explica ela com cuidado. – Nigellus desconfia que quanto mais eu a usar, a tendência é piorar e ele acha que eu não deveria usá-la nunca mais. Eu acredito que seja melhor guardar para emergências.

Os olhos de Pasquale se arregalam.

– Tendo a concordar com Nigellus – responde. – Se sua vida corre perigo...

– Se eu não tivesse usado magia para nos tirar de Cellaria, estaríamos praticamente mortos agora – observa ela. – E se não tivesse usado magia ontem, a mãe de Violie... – Ela se cala. – Como ela está?

– O Pétala Carmesim estava em festa quando cheguei – diz ele. – A recuperação de Avalise do leito de morte e sua transformação em imagem da saúde estão sendo anunciadas nada menos como um milagre.

Beatriz solta um longo suspiro. Uma mulher viverá graças à sua vontade. O poder disso inunda suas veias, seguido por outra coisa, algo cálido e delicioso. Ela percebe que é a primeira vez que usou seu poder de forma altruísta, para beneficiar outra pessoa e que essa pessoa é, ainda por cima, desconhecida. Isso pode vir a matá-la, mas deu vida a outra pessoa.

E se Nigellus tiver razão?, sussurra uma voz em sua cabeça. *E se houver um preço muito mais alto a pagar?*

Ela a ignora. A profecia que ele revelou era ridícula e Beatriz não vai lhe dar mais consideração do que merece.

– Beatriz – diz Pasquale. – O que Nigellus lhe disse...

Beatriz o interrompe com um sorriso e vai na direção dele para pegar sua mão.

– Eu prometo, Pasquale. Não voltarei a usar magia, a menos que seja realmente uma emergência e não haja outra maneira de resolver.

Pasquale parece querer discutir esse argumento, mas eles são interrompidos por outra batida à porta e um desfile de criadas entra, enchendo a mesinha com seis pratos cobertos e dois copos de limonada.

– Tomaremos água desta vez – indica Beatriz à criada que pousa os copos de limonada.

A moça faz que sim e sai às pressas para substituí-los por copos limpos e uma jarra de cerâmica. Quando Beatriz e Pasquale se sentam e as criadas os deixam a sós, Pasquale volta a falar.

– Não gosta de limonada? – pergunta ele.

– Ah, eu adoro limonada – diz ela, estendendo a mão para a jarra e servindo a água nos copos. – Mas a acidez pode esconder muitos venenos.

Pasquale, que tinha levado o copo d'água até os lábios, fica paralisado e o pousa, parecendo desconcertado.

– Isso é... uma preocupação? – pergunta com cautela.

Beatriz fica tentada a mentir, mas não o faz.

– Minha mãe está sempre um passo à minha frente – responde. – Com nossos planos de envenená-la, não posso deixar de temer que ela já tenha decidido fazer o mesmo comigo. Mas, logicamente, sei que isso não serviria a seus objetivos. Ela precisa que sejamos mortos em solo cellariano, por mãos cellarianas.

Pasquale assente, refletindo sobre isso enquanto toma um pequeno gole d'água.

– Vocês são mais parecidas do que acho que você gostaria de admitir – diz ele, por fim. Antes que Beatriz proteste, ele volta a falar. – Não digo isso como insulto, Triz. Mas, pelo que vi de sua mãe, vocês duas são teimosas, ardilosas, impiedosas. Essas não são características ruins por si sós. O problema é como são usadas.

Beatriz ainda quer protestar. Detesta a ideia de se parecer com a mãe, de ter em comum com ela mais do que o sangue, mas sabe que é teimosa, ardilosa e impiedosa, e sabe de onde vêm esses traços.

– Eu a odeio – diz dali a um momento. Não consegue se lembrar de nenhuma época em que gostou da mãe. Mesmo quando criança, se rebelava contra tudo o que a imperatriz dizia, mas havia sido uma longa jornada – da rebelião infantil ao ódio absoluto.

Ou não tão longa, talvez. Foi o tempo que a guilhotina levou para descer sobre o pescoço de Sophronia. Não há como voltar atrás, Beatriz sabe. Nenhum amor materno para redimi-las, nenhum sangue para uni-las. Só ódio e, sim, algumas características em comum, para o bem ou para o mal.

– Mas, se sua mãe estivesse em seu lugar – diz Pasquale, a voz gentil, quando ela se mantém calada –, se ela pudesse salvar um desconhecido sob o risco de se prejudicar? Se não tivesse nada a ganhar a não ser dor persistente e outro passo em direção à morte? Não a conheço bem, mas não creio que ela consideraria essa possibilidade nem sequer por um instante. Você não é como ela nas coisas que importam.

Beatriz faz que sim e pressiona um lábio contra o outro. Ela não quer falar sobre isso, não quer pensar na mãe, na sua magia, na sua morte. Ela toma outro gole d'água para esconder a inquietação.

– O que disseram quando o príncipe Pasquale de Cellaria chegou a um bordel para saber da saúde de uma das trabalhadoras? – pergunta para mudar de assunto.

O rosto de Pasquale fica ruborizado.

– Ninguém tentou me seduzir, se é o que está perguntando – responde ele. – Parece que Ambrose contou a Avalise e a algumas amigas dela o máximo que ousou, e elas montaram o restante do quebra-cabeça quando souberam que ele foi preso.

Beatriz franze a testa e estende a mão para um dos delicados minissanduíches arrumados numa torre – uma quantidade excessiva para ela e Pasquale comerem.

– É seguro ter tanta gente que sabe tanto? – pergunta.

Pasquale pensa com cuidado nas próximas palavras.

– Ambrose é bom em avaliar a intenção das pessoas – diz após um instante. – E minha impressão é que Violie era muito amada por todas as mulheres de lá. A maioria a conhece desde que nasceu, ajudou a criá-la. A última notícia que tiveram é que ela estava em Temarin e ficaram agradecidas quando Ambrose lhes assegurou que estava bem e em segurança. E agora que você curou a mãe de Violie...

– Mas elas não sabem que fiz isso – objeta Beatriz.

Pasquale a olha por um instante.

– Não sabem como você a curou – corrige ele. – Mas meu aparecimento horas depois da recuperação milagrosa da mulher, pedindo notícias dela...

– Poderia ter sido você – observa Beatriz.

– Sou cellariano – diz ele, dando de ombros. – Ambrose também. Mas elas conhecem nossa associação e, hoje, quando eu saía, a madame me chamou de lado. Suas palavras exatas foram: "Diga à princesa Beatriz que o Pétala Carmesim é dela."

Beatriz franze a testa, tentando entender aquelas palavras.

– Eu sei que é insignificante – diz Pasquale, interpretando mal o silêncio de Beatriz. – Mas elas não se voltarão contra nós, disso tenho certeza.

– Não, não acredito que farão isso – responde Beatriz, balançando a cabeça como se quisesse clarear a mente. – Mas você está errado... Eu não diria que elas estarem do nosso lado é algo insignificante.

Pasquale franze a testa.

– Como? Um punhado de mulheres...

– Um punhado de cortesãs – esclarece Beatriz. – E o Pétala Carmesim é frequentado por fregueses poderosos. Isso é muita coisa. É um recurso. Só precisamos descobrir como usá-lo.

Nessa noite, Beatriz sonha com estrelas que escurecem, o céu em torno delas clareando, até que se transformam em gotículas de sangue respingadas em um lenço branco e ela acorda tossindo. Mas, dessa vez, não há sangue e, quando a tosse passa, ela olha o relógio no canto. São quase três da manhã, mas ela desconfia que não conseguirá voltar a dormir tão cedo. Assim, desce da cama, se enrola na capa de sua criada, deixa os aposentos na ponta dos pés e vai à masmorra mais uma vez, os pés já conhecendo o caminho da cela de Gisella. Dessa vez, Gisella está à sua espera.

– Pó de raiz de bonina-nobre – diz Gisella sem preâmbulos, os olhos castanho-escuros quase brilhando na luz fraca.

– Como é? – pergunta Beatriz.

– Bonina-nobre – repete Gisella. – É nativa das montanhas de Alder, mas creio que seja encontrada em outras regiões...

– Sei o que é bonina-nobre – interrompe Beatriz. – Sim, posso consegui-la seca. Mas não sabia que era venenosa.

– Não é – diz Gisella, alongando as pernas à frente antes de se levantar do catre. – Mas soube que, quando misturada com poeira estelar, pode ser venenosa se atingir a corrente sanguínea. Nunca a usei, obviamente, mas suponho que você consiga obter poeira estelar com facilidade.

– Poeira estelar, sim. A corrente sanguínea é que é o problema. – Beatriz não tem certeza se já viu a mãe sangrar. Se fosse esfaqueada, ela quase esperaria que a lâmina dobrasse antes de perfurar a pele da imperatriz. – Eu lhe disse que precisava ser absorvido pelo toque.

– O que você pediu é impossível. Mas aquele anel que peguei emprestado quando ajudamos lorde Savelle a escapar... o que tem a agulha e o depósito de veneno. Você poderia usar algo assim – sugere ela.

Beatriz bufa ao ver Gisella assumir parte do crédito por ajudar no resgate de lorde Savelle.

– No segundo que a agulha perfurasse a pele, a vítima saberia – diz. – Além disso, se fosse usar o anel de veneno, poderia enchê-lo com algo muito mais comum e resolver. Foi por isso que pedi algo transmissível pelo toque.

Gisella franze os lábios.

– Se a pessoa inalar quantidade suficiente, o veneno pode chegar à corrente sanguínea – diz ela. – A morte não será instantânea, mas não demoraria tanto quanto a do rei Cesare se a pessoa inalasse todos os dias. Essa pessoa usa pó facial, por exemplo?

Beatriz não responde, mas considera a sugestão, um plano começando a tomar forma. Significa que não verá a mãe morrer, mas Beatriz não sabe direito se isso é bom ou ruim.

– Esteja pronta para partir quando chegar a hora – instrui ela em vez de responder.

Gisella ergue as sobrancelhas.

– Não é que eu tenha algum outro plano – diz ela. – Mas suponho que você não me dirá nada mais específico...

Sem dizer mais nada, Beatriz dá meia-volta e se afasta de Gisella e da masmorra.

Beatriz

Beatriz não ousa levantar suspeitas pedindo boninas-nobres secas a alguma criada. Em vez disso, ela mesma vai à cidade, com Pasquale a seu lado e quatro guardas para protegê-los. Beatriz tem certeza de que eles vão relatar tudo que ela fizer à sua mãe – assim como tem certeza de que há mais guardas do que os quatro que ela vê –, mas está determinada a mostrar a eles nada mais extraordinário do que um casal real ocioso dedicando o dia às compras.

Beatriz permanece de braço dado com Pasquale enquanto caminham pela rua principal de Hapantoile, ladeada por fachadas de lojas imaculadas que vendem de tudo, de chocolates a perfumes e chapéus ornamentados. Apesar de ser um dia movimentado, as outras pessoas mantêm distância deles, parando para fazer uma reverência ou mesura quando Beatriz e Pasquale passam. Beatriz tem o cuidado de manter um sorriso no rosto e cumprimentar cada pessoa com um aceno de cabeça, mas preferiria fazer isso disfarçada, deixando o palácio furtivamente depois do anoitecer, como tantas vezes antes.

Mas as únicas pessoas que se movem furtivamente são aquelas que têm algo a esconder, e Beatriz suspeita que não conseguiria deixar o palácio sem ser seguida, por mais cuidadosa que fosse. Melhor, então, esconder-se em plena vista.

– Ah, Pas, você precisa experimentar as delícias da Renauld's Chocolates – diz ela, dirigindo-lhe um sorriso radiante enquanto o puxa para dentro da pequena loja, com suas grandes vitrines que exibem elegantes caixas verde-escuras contendo uma variedade de chocolates de diferentes cores e formatos, quase bonitos demais para serem comidos. A loja é tão pequena que os guardas são obrigados a esperar do lado de fora, mas Beatriz desconfia que ela e Pasquale ainda estão sendo vigiados, e que suas palavras passam por leitura labial através da vitrine. Ela se pergunta se, assim que eles forem embora, alguém vai entrar para interrogar o pobre Renauld sobre o que compraram e o que disseram.

– Olá, Renauld – diz ela, sorrindo para o homem que é o proprietário da loja desde que Beatriz era pequena. Ele é corpulento, com cabelos ruivos cortados rente e olhos bondosos.

– Alteza – responde ele, fazendo uma reverência profunda antes de se endireitar e franzir o cenho. – Ou é Majestade agora? – pergunta, os olhos se desviando para Pasquale.

Sinceramente, a própria Beatriz não tem certeza. As pessoas a chamam com ambos os títulos desde que ela e Pasquale chegaram. Eles nunca foram propriamente coroados rei e rainha de Cellaria, mas, uma vez que estão destinados a reivindicar o trono, essa parece ser uma discussão irrelevante.

Em vez de responder, ela abre um sorriso radiante para Renauld.

– Eu lhe disse diversas vezes para me chamar de Beatriz – responde ela, sabendo que ele não o fará.

– Seja qual for o seu título, estou feliz por tê-la de novo na minha loja – diz ele antes de seu sorriso vacilar. – E senti muitíssimo quando soube da sua irmã – acrescenta.

Beatriz sente um aperto no peito. Não importa quantas vezes tenha ouvido aquelas palavras ao longo das últimas semanas, a sensação é sempre a de um balde de água gelada virado sobre sua cabeça, um lembrete agudo de que Sophronia está morta.

– Obrigada – consegue responder antes de se apressar em mudar de assunto. – Meu marido adora chocolate – diz ela, apertando o braço de Pasquale. – Disse a ele que precisa experimentar os seus. E, é claro, sou egoísta o suficiente para querer uma caixa só para mim. Duas das maiores, com tudo que você recomendar – acrescenta ela.

– Claro, Majestade – diz Renauld, aparentemente decidindo pecar pelo excesso.

Enquanto ele se apressa em encher as caixas, Beatriz finge interesse por uma prateleira cheia de frascos de chocolate em pó, virando o corpo de modo que seu rosto não seja visível para os guardas parados do outro lado da vitrine, na rua.

– Não fale – murmura ela para Pasquale. – E não olhe para mim. Fique com o rosto virado para a vitrine, para eles não acharem que estamos conversando.

Com o canto do olho, ela vê Pasquale fazer como ela diz, apesar do cenho levemente franzido.

– Também não franza a testa desse jeito, ou eles vão saber que alguma coisa está errada – acrescenta ela. – Não tem *nada* errado. Além do óbvio. Mas tenho certeza de que estão nos vigiando. Lendo nossos lábios, talvez.

Pasquale nada diz, mas Beatriz sente que ele está confuso.

– É uma habilidade útil, embora eu nunca tenha tido paciência para ela, confesso. Mas Daphne é ótima nisso.

Pasquale continua calado e Beatriz respira fundo.

– Não posso explicar, mas sinto que estão vigiando de perto, *me* vigiando de perto. Eles podem não pensar nada do nosso pequeno passeio ao florista, assim como podem pensar. Mas, se eu os distrair, nada vai impedir você de conseguir a bonina-nobre seca sozinho.

– Bonin... – começa Pasquale, antes de lembrar que não deve falar. Ele transforma as palavras em tosse, cobrindo a boca com a mão.

– Vai ser uma coisa simples... a floricultura fica a duas portas daqui. Diga a eles que você quer um buquê com as flores favoritas da princesa Beatriz... eles sabem quais são. E depois peça para acrescentarem boninas-nobres secas. Explique que passei a gostar de boninas-nobres em Cellaria.

Pasquale continua em silêncio e, mesmo sem saber o que está passando pela sua mente, ela continua.

– O risco é pequeno – garante ela. – Minha mãe subestima você, Pas. E ninguém vai estranhar se você comprar flores para sua esposa. Os guardas não estarão atentos a você o tempo todo... Vou cuidar disso.

Ao sair da chocolateria com Beatriz, Pasquale carrega duas caixas verde-esmeralda fechadas com fitas douradas, que ele entrega a um dos guardas à espera. Ela olha para os dois lados da rua, esforçando-se para parecer o mais suspeita possível. Torna a se virar para Pasquale com um sorriso cativante.

– Ah, querido, esqueci que tenho mais uma pequena tarefa a cumprir – diz ela, injetando na voz um toque de despreocupação excessiva. – Queria passar na chapelaria e comprar um chapéu para mandar para Daphne.

– Na chapelaria – repete Pasquale, sem muita certeza, mas tentando cooperar. – Para que lado fica?

Beatriz ri, balançando a cabeça.

– Você não precisa vir comigo, só vai levar um minuto e será terrivelmente tedioso.

– Não me importo de ir junto – insiste Pasquale, e por um segundo Beatriz se questiona se não foi clara o bastante na chocolateria e ele não entendeu sua mudança de planos de última hora, porém, em seguida, percebe o brilho nos olhos dele e se dá conta de que ele sabe muito bem o que está fazendo: lançando mais suspeitas sobre ela.

– Não! – diz ela, com um pouco de ênfase demais, antes de fingir suavizar o tom de voz com um sorriso. – Não, não precisa, Pas. Encontro você no palácio assim que terminar.

Sem esperar a resposta dele, ela olha para os guardas.

– Vocês devem ficar com meu marido – indica ela, olhando na direção dos quatro guardas. – É muito possível que o rei Nicolo tenha enviado assassinos, agora que sabe que estamos mantendo a irmã dele como refém.

Ela sabe que não existe a menor possibilidade de os guardas a deixarem ir sozinha, mas sugerir isso vai dar a impressão de que está tramando algo.

– Estamos sob ordens estritas de vigiar os dois – informa o chefe da guarda, Alban, olhando apenas para Beatriz. Ela fica feliz por ver ali uma dose salutar de suspeita.

Beatriz finge aborrecimento.

– Certo – diz após um momento. – Embora eu não veja quem poderia estar preparando uma emboscada na chapelaria. Dois de vocês vêm comigo, dois de vocês vão com meu marido, então.

Alban abre a boca para argumentar, mas Beatriz não permite, cortando-o com seu sorriso mais sedutor.

– Agora vamos, Alban, você e seus homens parecem muito capazes. Certamente podemos dar conta de uma visita à chapelaria com apenas dois guardas, e Pas vai simplesmente retornar ao palácio. A menos que você pense que isso está além das suas habilidades...

– Não está – retruca Alban, um pouco rápido demais. Ele faz uma pausa, os olhos deslocando-se entre Beatriz e Pasquale, e Beatriz quase consegue ver as engrenagens da mente dele girando. – Torrence, você escolta o príncipe Pasquale de volta ao palácio, o restante de nós vai com a princesa Beatriz.

Quando Beatriz ergue as sobrancelhas, ele sacode a cabeça.

– O príncipe não é tão facilmente reconhecível quanto Vossa Alteza em Hapantoile – argumenta ele.

É verdade, mas Beatriz nunca teve problemas com a segurança, nem mesmo quando escapava dos seus guardas. Contudo, o fato de Alban vê-la como uma ameaça faz Beatriz sentir-se um pouco orgulhosa. Ainda assim, finge estar exageradamente aborrecida.

– Isso é mesmo necessário? – pergunta.

Alban faz que sim.

– A menos que prefira que todos nós a acompanhemos até a chapelaria...

– Não – interrompe Beatriz. – Três de vocês são mais do que suficientes. – Ela se vira para Pasquale e se ergue na ponta dos pés para beijar seu rosto, aproveitando a oportunidade para dar em sua mão um aperto tranquilizador. – Vejo você no palácio.

Ele parece um pouco mareado, mas assente, dando um leve sorriso antes de seguirem seus respectivos caminhos.

Beatriz se diverte levando os guardas numa jornada – primeiro, na chapelaria, ela decide que Daphne não vai querer um chapéu, pois a maioria dos modelos da moda seria impraticável em Friv, notória pelos ventos, embora ela compre três para si, insistindo com a dona do estabelecimento, madame Privé, que não é necessário entregá-los no palácio, quando seus guardas podem carregá-los. Em seguida, ela guia os guardas até uma livraria, demorando-se ao percorrer as prateleiras e flertando abertamente com o encarregado do estoque, acabando por comprar uma pilha de livros para Pasquale, que os guardas adicionam às pilhas que já carregam. Depois, seguem para a perfumaria, onde a perfumista permite que ela faça uma mistura personalizada para Daphne.

Enquanto a perfumista lhe mostra a loja, deixando-a experimentar diferentes aromas, uma ideia ocorre a Beatriz. Um dos códigos que ela e as irmãs aprenderam foi o das flores, e como espécies diferentes podiam transmitir diferentes mensagens. Em um perfume, a diferença entre uma rosa cor-de-rosa, que significa felicidade, e outra vermelho-escura, que significa luto, vai se perder, mas há outras flores que podem servir para mandar uma mensagem rudimentar a Daphne.

Ao perambular pela loja, ela pensa no que exatamente quer dizer à irmã e se sente perdida.

Depois de um momento, escolhe um pequeno frasco de calêndula, que significa pesar, e o deixa sobre o balcão da perfumista.

Em seguida, escolhe o rododendro, que significa perigo, embora duvide que Daphne vá considerar esse aviso mais do que qualquer outro que ela tenha lhe dado.

Finalmente, depois de muito pensar, ela pega um frasco de milefólio, colocando-o ao lado dos outros dois. A perfumista franze a testa.

– Está segura da escolha, Alteza? – pergunta ela. – Não sei se essas fragrâncias são misturadas com frequência. Talvez urtiga com milefólio? Ou baunilha com rododendro? Calêndula com frutas cítricas pode ser uma combinação mais equilibrada?

Beatriz finge considerar as sugestões.

– Não – diz ela, após um momento. – Acredito que minha irmã mereça um perfume como ninguém jamais teve... um perfume tão único quanto ela.

A perfumista hesita um segundo a mais, mas, por fim, assente, pegando os frascos. Beatriz a segue até sua bancada de trabalho e observa enquanto ela adiciona algumas gotas de cada fragrância a um frasco de cristal de cor âmbar. Ela rosqueia no topo o atomizador rosa-coral.

– Gostaria de experimentar antes que eu o embrulhe? – pergunta ela.

Beatriz concorda e a mulher aperta o atomizador, lançando uma nuvem de perfume. Beatriz se inclina para a frente e inala.

Não é uma fragrância que ela usaria, e ela sabe que Daphne prefere perfumes mais sutis, mas o aroma é inofensivo. Certamente não estranho a ponto de despertar suspeitas.

– É perfeito... Daphne vai amar – diz à mulher. – Tenho certeza de que vai trazer à lembrança todos os dias maravilhosos que passamos passeando pelo jardim de mamãe. Eu poderia lhe pedir a gentileza de enviar diretamente para Friv?

Depois da perfumaria, Beatriz finalmente retorna ao palácio, percebendo a confusão dos seus guardas durante o caminho de volta. Quando chega aos seus aposentos e fecha a porta com firmeza ao entrar, Pasquale já está à espera, sentado no sofá estofado, com um buquê de flores descansando em seus joelhos. Quando a vê, ele se levanta num salto.

– Algum problema? – pergunta ela.

Ele faz que não com a cabeça, estendendo as flores para ela. É seu habitual arranjo de hortênsias, orquídeas e heléboros, mas Beatriz vê cinco hastes de boninas-nobres secas no meio das flores.

– Na verdade, eu achei divertido – admite ele, com certa timidez. – Essas manobras e disfarces.

Beatriz ri e puxa uma das boninas-nobres. Examina-a de perto antes de olhar para Pasquale.

– Já ouviu dizer que as boninas-nobres são venenosas? – pergunta ela, repentinamente cautelosa. Depois de tudo que aconteceu entre eles, seria uma tola se acreditasse em Gisella.

Pasquale balança a cabeça.

– Mas perguntei à florista, de um jeito que não levantasse suspeitas – acrescenta ele depressa quando Beatriz lhe lança um olhar horrorizado. – Eu só disse à mulher que havia uma antiga história cellariana sobre as boninas-nobres e que não queria acidentalmente dar à minha esposa flores que pudessem fazer mal a ela.

Beatriz relaxa um pouco.

– E o que ela respondeu? – pergunta.

– Disse que eu não me preocupasse, pois estas flores são tóxicas somente se conseguirem invadir sua corrente sanguínea em quantidades insondavelmente imensas. O que seria impossível.

– Mas Gisella tem razão: a poeira estelar amplificaria o veneno, tornando-o mais potente – observa Beatriz. Ela gira o caule da bonina-nobre em suas mãos. Ela tem o veneno, agora tudo que precisa fazer é triturá-lo e misturá-lo ao pó facial da mãe. Esse pensamento lhe causa mal-estar, ainda que passageiro. Não acredita que vá derramar nem uma única lágrima pela imperatriz, não depois de saber que ela mandou matar Sophronia, mas, mesmo assim, ela ainda é sua mãe.

Precisa ser feito, pensa. E, uma vez que ninguém mais o fará, agora depende dela.

Daphne

Quando chegam ao Castelo de Eldevale, Daphne e os demais o encontram mergulhado no caos.

– Alguém tentou matar lady Eunice na noite passada – explica o encarregado do estábulo, enquanto ele e um punhado de cavalariços cuidam dos cavalos. A mente de Daphne se fixa em *tentou* e ela luta para disfarçar uma careta. Está claro que superestimou os talentos de Violie. Ela está tão absorta, pensando em como executar a tarefa devidamente, que quase perde as palavras seguintes do encarregado do estábulo. – Felizmente, a vilã foi apanhada e espera-se que lady Eunice se recupere, embora sua criada não tenha tido tanta sorte. Isso deixou todos com os nervos à flor da pele hoje.

– É compreensível – Daphne consegue dizer.

Ela pensa que está escondendo bem o turbilhão das suas emoções, mas, assim que o encarregado do estábulo se afasta, Bairre a segura pelo cotovelo, levando-a para longe dos outros.

– Daphne, o que você fez? – pergunta ele, e, apesar do seu tom de voz, ela fica quase contente por ele estar falando com ela. Ele não lhe dirigiu uma só palavra desde a conversa que tiveram na hospedaria na noite anterior.

– Nada – responde Daphne, o que é verdade. Ela não fez nada além de apontar Violie na direção de Eugenia. Antes que ela possa explicar melhor, Leopold se aproxima.

– Alguém tentou matar minha mãe? – pergunta ele, não parecendo nem um pouco aflito.

Daphne olha de um para outro.

– Eu... usei poeira estelar para me comunicar com Violie. Disse a ela que, se confiasse que seus irmãos estariam seguros sob os cuidados de Rufus, poderia ser bom se ela mesma cuidasse de Eugenia.

– Você o quê? – pergunta Bairre.

Daphne suspira.

– Sei que tenho muitos pecados a expiar, Bairre, mas encomendar o assassinato de Eugenia não é um deles. Diga a ele, Leopold.

Leopold olha para Bairre.

– Ela não está errada quanto a isso – diz ele. – As estrelas não vão escurecer quando a vida da minha mãe cessar. Mas você não pode deixar que Violie pague por isso.

O pavor se acumula no estômago de Daphne, e ela sabe que Leopold tem razão. Daphne deveria ter cuidado ela mesma do assunto, mesmo que isso aborrecesse sua mãe, mesmo que revelasse as novas lealdades de Daphne. *Precisamos que agora você também seja corajosa, Daphne*, a voz de Sophronia ecoa na mente dela.

– Não, claro que não vou deixar – diz Daphne a Leopold. – Mas precisamos pensar nisso com muito cuidado... O motivo pelo qual mandei Violie fazer isso sem mim foi para que minha mãe não soubesse que minha lealdade mudou de direção. Se ela tomar conhecimento disso, é melhor nos prepararmos para uma guerra.

O olhar dela se demora em Bairre. Num mundo ideal, ela teria lhe dado tempo para organizar seus sentimentos e suas alianças, para processar tudo que ela lhe disse, mas tempo é um luxo que eles já não têm.

Bairre sustenta o seu olhar por um instante e depois assente com um movimento brusco da cabeça.

– Faça o que precisa ser feito – diz ele, as palavras forçadas.

Não é a compreensão nem o perdão que Daphne esperava, mas é o suficiente, por enquanto.

Daphne encontra o rei Bartholomew em seu estúdio com dois conselheiros que ela reconhece – o pai de Cliona, lorde Panlington, e lorde Yates –, os três absortos no que parece ser uma conversa muito séria. Quando ela entra, os três homens a olham com surpresa. O rei se levanta e os dois conselheiros seguem-no um instante depois, todos os três fazendo reverências profundas.

– Daphne – chama Bartholomew. – Eu não sabia que tinha retornado.

– Acabamos de chegar – diz ela com um sorriso que espera ser radiante o bastante para esconder seu medo. – Mas Bairre e eu queríamos que fosse o primeiro a saber das boas notícias.

O rei Bartholomew ergue as sobrancelhas.

– Boas notícias?

Daphne olha de lado para Panlington e Yates, que a observam sem disfarçar a curiosidade. Ela se vira para o rei Bartholomew e abaixa a voz.

– Talvez seja melhor falarmos em particular.

– Claro – concorda o rei, dispensando seus conselheiros com um gesto da mão. Quando eles saem e o rei Bartholomew e Daphne ficam a sós no estúdio, ela sorri.

– Conseguimos localizar Gideon e Reid – diz ela. – Estão vivos e em segurança.

– Essas *são*, de fato, boas notícias – afirma o rei Bartholomew, passando a mão pelos cabelos grisalhos cortados rente. – Onde eles estão agora?

– A caminho de um local seguro – responde Daphne. Diante do olhar confuso do rei, ela continua. – O castelo não pareceu ser um lugar muito seguro para eles... Tenho certeza de que a mãe vai concordar. Conseguimos localizar um aliado da família deles que se dispôs a abrigá-los. Eugenia também é bem-vinda – acrescenta ela. Uma mentira, que ela espera que seja convincente. Que Gideon e Reid estão a caminho da propriedade de um aliado da família deles é a única informação que pôde obter de Leopold, e espera que seja suficiente para o rei.

O rei Bartholomew suspira e afunda de volta em sua cadeira.

– Embora eu realmente desejasse ter sido consultado sobre o assunto, acredito que vocês dois tenham tomado a decisão certa – diz ele. – Não creio que aqueles meninos ou a mãe deles estejam seguros sob o meu teto.

Daphne finge estar confusa antes de deixar o entendimento transparecer em seu rosto.

– Eu soube ao chegar que uma pessoa foi envenenada – comenta devagar. – Diga que não foi Eugenia.

– Infelizmente, foi – diz o rei Bartholomew.

– Ela está...? – começa Daphne, deixando a voz morrer. Ela sabe que Eugenia não morreu, mas precisa saber qual é a gravidade do seu estado. O veneno que ela mandou Violie usar é potente se usado de perto, mas, mesmo em pequenas doses, pode causar complicações duradouras, como paralisia muscular, hemorragia no cérebro, convulsões.

– O médico diz que ela vai viver – afirma Bartholomew. – Mas terá uma longa recuperação pela frente. A criada não teve a mesma sorte.

Daphne morde o lábio e desvia os olhos, franzindo o cenho.

– Só não entendo por que alguém faria uma coisa dessas – diz ela.

– A própria assassina foi envenenada pelo pó que pretendia usar em Eugenia. Mas, assim que ela acordar, pode ter certeza de que vou obter essa resposta – garante ele.

Daphne faz uma pausa. Pelo menos Violie está viva, embora, se foi envenenada, possa enfrentar os mesmos efeitos a longo prazo que Eugenia. E, além de tudo, Daphne sabe que os frívios não têm escrúpulos em relação à tortura – que usaram contra os mandantes das tentativas de assassinato contra ela mesma. O rei Bartholomew certamente interpreta errado a preocupação em seu rosto.

– Não temos motivos para acreditar que a garota estava trabalhando com mais alguém – diz ele. – Posso garantir a você que o castelo é completamente seguro.

– Ah, isso é um alívio – comenta Daphne, antes de fazer uma pausa. – Até que ponto vocês têm certeza de que ela foi a responsável e que agiu só? Acho difícil que uma garota consiga assassinar sozinha uma rainha. Talvez tenha sido outra pessoa e ela simplesmente estava no lugar errado, na hora errada.

É uma aposta arriscada, mas Daphne já inventou argumentos convincentes a partir de muito menos.

O rei Bartholomew franze as sobrancelhas.

– Acho difícil acreditar nisso, dadas as circunstâncias – comenta ele. – Mas, é claro, ela vai ter um julgamento, vai poder se defender, e vamos considerar todas as provas cuidadosamente antes de chegar a uma decisão.

– Claro – diz Daphne. – E quando vai ser o julgamento?

– Isso depende muito da recuperação dela – responde ele. – Mas eu gostaria que esse problema fosse resolvido o quanto antes.

– Tenho certeza de que todos nós gostaríamos – diz Daphne. Ela decide forçar a sorte um pouco mais. – Talvez eu devesse falar com a assassina. É possível que seja a mesma pessoa que me atacou, não? Se for, gostaria de ter a oportunidade de interrogá-la eu mesma. É provável que isso a perturbe e nos dê a melhor chance de obter respostas.

O rei Bartholomew balança a cabeça.

– Por mais que eu admire a sua coragem, não posso permitir. A assassina pode ser uma garota com idade próxima à sua, mas se mostrou perigosa e seria um erro subestimar a capacidade dela.

Daphne quer discutir, mas se obriga a segurar a língua. Ela se curva numa mesura breve.

– Naturalmente, Majestade. Por favor, me mantenha informada, tanto sobre a recuperação de Eugenia como sobre o julgamento da assassina.

– Claro, Daphne – diz o rei Bartholomew, inclinando a cabeça na direção dela. – Procure descansar enquanto isso. Tenho certeza de que a viagem foi muito cansativa.

Daphne sabe que há muito pouco descanso em seu futuro próximo, mas faz que sim com a cabeça e se dirige para a porta. Quando a alcança, ela para e se vira para olhar o rei Bartholomew.

– Foi uma cerimônia encantadora, a homenagem a Cillian – afirma ela. – Bairre fez um discurso maravilhoso e a aurora boreal foi uma visão impressionante.

O rei Bartholomew olha novamente para ela e dá um sorriso forçado.

– Fico feliz em saber – diz ele. – Lamento não ter podido estar lá, mas espero que ele tenha sentido a minha presença mesmo assim.

Daphne assente uma última vez antes de deixá-lo sozinho em seu estúdio.

Daphne mal terminou o banho e está vestindo o robe quando ouve uma batida à porta.

– Entre – grita ela, amarrando a faixa na cintura. Presume que seja sua criada, mas, quando a porta se abre, ela se vira e dá de cara com Bairre. – Ah – diz, surpresa, cruzando os braços sobre o peito.

Está totalmente coberta, lembra a si mesma, e ele a viu de camisola, o que mostrava muito mais pele. Ainda assim, ele cora ao fechar a porta depois de entrar.

– Desculpe – murmura ele, sem olhar diretamente para ela –, mas é urgente.

Ela observa que Bairre não teve tempo de tomar banho, embora pelo menos pareça ter lavado o rosto e trocado a roupa de montaria.

– Você confirmou se é Violie que está presa? – pergunta ela, sentindo um aperto no estômago antes mesmo de ouvir a resposta.

– É ela – confirma Bairre. – O que meu pai disse?

Daphne conta a conversa que teve com o rei e Bairre assente, refletindo, a testa franzida.

– Isso se encaixa com o que eu mesmo descobri – admite ele. – Parece que o grito de Eugenia alertou a criada, que entrou no quarto, surpreendendo Violie e fazendo-a deixar cair o pó. Eugenia e Violie receberam doses menores, mas a criada morreu quase instantaneamente.

Daphne se pergunta se deveria fazer um esforço para jogar a culpa sobre a mulher desconhecida, mas não há tempo para isso.

– Isso é tudo que se sabe? – pergunta em vez disso.

Bairre faz que sim.

– Ela foi descoberta no quarto de Eugenia depois que um grito foi ouvido. Lá dentro, foram encontradas três mulheres: Violie, Eugenia e a criada morta – explica ele. – Isso é tudo que se sabe, mas é mais do que suficiente.

– Só se Eugenia estiver em condições de identificá-la – observa Daphne.

– Mesmo que não esteja – diz Bairre. – Imediatamente após a chegada dos guardas, Eugenia apontou Violie. Àquela altura, ela não podia mais falar, mas os guardas consideraram que o significado de sua mensagem estava claro.

A mente de Daphne gira.

– Já marcaram uma data para o julgamento? – pergunta ela.

– Depois de amanhã – responde ele. – O médico diz que, se Violie não tiver acordado até lá, não acordará mais.

Daphne não permite que sua mente se demore nesse pensamento.

– Violie pode dizer que a criada é a culpada – argumenta ela. – Que estava passando quando ouviu o grito de Eugenia.

Bairre faz uma careta.

– O que foi? – indaga Daphne, o medo se acumulando em sua barriga.

– Há outra testemunha – diz ele. – A cozinheira, para quem Violie estava trabalhando, afirma que Violie... ou Vera, como ela se apresentou... estava obcecada por Eugenia. Disse algo sobre um bolo ameaçador...

Daphne pisca, tentando sem sucesso entender o que exatamente seria um bolo ameaçador.

– A história que está circulando – continua Bairre – é que ela era uma rebelde temarinense furiosa que seguiu Eugenia até aqui e vinha planejando vingança havia semanas.

– Não é a verdade, mas também não está muito longe dela – diz Daphne, sentando-se na cama. – Preciso falar com ela. Com Violie, quero dizer.

– Ainda tem mais – diz Bairre lentamente. – Estão dizendo que ela é responsável pelos ataques a você e ao nosso casamento.

– Quem está dizendo isso? – pergunta Daphne, franzindo a testa.

Bairre não responde de imediato.

– Rastreei o boato até lorde Panlington – diz ele.

Daphne o encara.

– Os rebeldes também a estão usando como bode expiatório – comenta ela.

– Parece que... subestimaram os efeitos negativos da bomba – diz ele devagar.

Daphne não consegue evitar um muxoxo de desdém.

– O quê? A morte de Fergal? – pergunta ela. – Não sabia que ele era tão popular.

– Não era – diz Bairre. – Mas você é.

Daphne leva um momento para entender o que ele está dizendo.

– Eu – comenta ela.

– A história se espalhou por todos os cantos de Friv agora, contada pelas pessoas comuns e pelos senhores de terras que vieram para o Casamento Que Não Aconteceu, como passou a ser chamado. Parece que estão todos falando sobre a princesa estrangeira que deveria sucumbir com os primeiros ventos fortes, mas, em vez disso, sobreviveu a três tentativas de assassinato... quatro, se incluirmos o casamento, o que a maioria está fazendo... e nunca se acovardou, uma amazona forte e excelente arqueira que envergonha muitos frívios, e isso foi antes de você insistir em atravessar Friv no auge do inverno para participar dos ritos fúnebres do noivo que nunca conheceu. Mesmo nas poucas horas desde que voltei, ouvi histórias descabidas de cervos na floresta se curvando para você como sua rainha, de você e seu cavalo deixarem um rastro de narcisos até o lago Olveen, de você ter feito a travessia do rio para Friv nua para que nada se interpusesse entre você e seu país.

Daphne não contém uma risada.

– Bem, essa última você sabe que é mentira – diz ela, lembrando-se de como se sentia gelada e infeliz naquele dia. Na verdade, ela queria *mais* roupas.

Bairre, porém, não ri.

– Não se trata de uma mentira, não mesmo. Mas de um mito – rebate ele.

Um mito que estão construindo em torno de mim, pensa Daphne, tentando e não conseguindo entender.

Como ela não fala nada, Bairre continua.

– Se a rebelião tivesse detonado uma bomba em nosso casamento dias depois da sua chegada, poderiam ter levado o crédito e as pessoas teriam comemorado, Daphne. Talvez mais ainda se você tivesse morrido também. Ninguém queria você aqui, você sabia disso muito bem. Mas agora... – Ele se cala.

– Agora, sou uma heroína popular que ganhou vida e os rebeldes se tornaram os vilões da história – conclui Daphne.

– Não é a imagem que eles querem mostrar – admite Bairre.

– Não, tenho certeza de que não – diz ela, olhando para o relógio do quarto. É tarde, quase meia-noite. – Nada pode ser feito esta noite, Bairre. Mas, para amanhã, acho que já passou há muito da hora de eu mesma ir falar com lorde Panlington.

Bairre não gosta da ideia – ela percebe como as rugas em sua testa se aprofundam e os olhos prateados se estreitam. Por fim, porém, ele assente.

– Vou providenciar isso – diz ele.

– Obrigada – replica ela antes de hesitar. – De verdade, Bairre. Tenho certeza de que a última coisa que você queria fazer é me ajudar a consertar a minha confusão.

Por um momento, ele não responde, mas finalmente solta um longo suspiro.

– O problema com suas confusões, Daphne, é que elas tendem a nos arrastar para dentro.

Ele se vira para ir embora, mas, quando chega à porta, a raiva de Daphne a domina.

– Olha quem está falando. Você permitiu que uma bomba me deixasse inconsciente – rebate ela.

Bairre fica paralisado e, embora esteja de costas para ela, Daphne sabe que suas palavras o atingiram em cheio.

– Eu contei a verdade, Bairre, sobre tudo, e pode ser que você veja muitas das coisas que fiz como imperdoáveis, mas nós dois sabemos que isso vale para os dois lados. A única diferença é que eu já contei meus segredos, mas você ainda está guardando os seus.

Por um breve instante, Daphne pensa que ele vai se virar para ela, e é o que ela gostaria que ele fizesse – mesmo que fosse apenas para brigar. Mas, em vez disso, ele sai do quarto dela e fecha a porta com firmeza atrás de si.

Violie

A mente de Violie está enevoada, mas pelo menos ela não está morta. Ela se lembra o suficiente do que aconteceu no quarto de Eugenia para saber que o fato de estar viva é pouco mais que pura sorte.

Também não está em uma masmorra – pelo menos não do tipo que poderia ter imaginado. Trata-se de um quarto pequeno, com uma porta e uma janela, embora a janela seja pequena demais para permitir que uma pessoa passe e Violie saiba, sem precisar experimentar, que a porta está trancada por fora. Mas, mesmo que não esteja, dá no mesmo. Violie mal consegue mover seus membros, muito menos ficar de pé. Seu corpo inteiro parece estar amarrado a sacos de areia.

Adeus, morte rápida e em paz. Violie se pergunta se teve sucesso na tentativa de matar Eugenia ou se a rainha viúva se encontra em outro lugar, tão mal quanto ela.

A porta se abre e Violie ergue a cabeça do travesseiro fino, abrindo os olhos apenas o suficiente para ver uma figura entrar furtivamente enquanto uma segunda permanece à porta. Ela pisca e eles entram em foco: Leopold e Bairre.

– A troca de guardas acontece daqui a cinco minutos, então seja rápido – diz Bairre a Leopold antes de tornar a fechar a porta.

Leopold olha para a porta fechada antes de caminhar até ela.

– Violie, você pode me ouvir? – pergunta.

– Um pouquinho bem demais – responde ela, conseguindo mudar de posição apenas o suficiente para se recostar um pouco. – Não estou surda, posso lhe garantir.

O alívio inunda o rosto dele.

– Graças às estrelas – murmura ele.

Pensando na série de calamidades que a trouxe até ali, Violie não sente que deva muita gratidão às estrelas, mas Leopold está certo – ela está viva.

– Daphne... – começa ela.

– Ela me contou tudo – diz ele. – Ela não devia ter pedido isso a você.

Violie ri, e o movimento lhe causa ainda mais dor.

– Ela não contou tudo, então – observa. – Daphne não me *pediu* nada. Ela sugeriu, sim, mas a decisão foi minha.

Leopold franze a testa.

– Por quê?

– Daphne argumentou que, se Eugenia morresse enquanto ela estivesse por perto, a imperatriz suspeitaria que não tinha mais sua lealdade e, por enquanto, é melhor que ela acredite que Daphne é leal a ela – explica Violie.

– Eu entendo isso, mas havia muitas outras maneiras. Você deveria ter falado comigo sobre isso, Violie. Ela é minha mãe.

– Exatamente – replica Violie. Quando as rugas na testa dele se aprofundam, ela suspira. – Você disse muitas vezes que a odeia pelo que ela fez com Sophie, que você mesmo a mataria.

– Você acha que eu não estava falando sério? – pergunta ele, balançando a cabeça. – Que eu ainda tenho alguma compaixão por ela?

– Acho – responde Violie. Leopold abre a boca, mas, antes que possa argumentar, Violie continua: – Acho que, se tivéssemos discutido o assunto, você teria insistido em ser você a matá-la, que teria visto isso como sua responsabilidade. E nunca teria se perdoado.

– Você acha que sou fraco assim? – pergunta ele, dando um passo atrás. – Eu sei que você me vê como um garoto superprotegido e mimado, Violie, e nas últimas semanas eu demonstrei isso muitas vezes...

– Não vejo você como superprotegido ou mimado – interrompe Violie. – Bem, talvez superprotegido, mas você também me vê como uma espécie de assassina sanguinária.

Ele faz uma pausa.

– Eu também não vejo você assim – diz ele.

Violie morde o lábio.

– Se eu tivesse esperado, discutido o assunto com você, deixado você tirar a vida dela, você teria feito isso sem questionar, Leopold. Mas você não é um assassino. E eu não queria transformá-lo em um.

Leopold não responde, então Violie continua:

– Além disso, ela é sua mãe. E é também a mãe de Gideon e Reid. Você teria sido capaz de olhá-los nos olhos e contar o que fez?

Ele estremece.

– Sophronia me fez prometer que protegeria você, e acho que ela não estava falando apenas de mantê-lo vivo, Leopold.

Violie observa enquanto o pomo de adão de Leopold sobe e desce.

– Daphne falou que Sophie liberou você dessa promessa – diz ele por fim.

Violie dá de ombros, aquele simples movimento disparando outro raio de dor por seu corpo.

– Liberou – confirma ela. – Mas talvez eu também não queira ver você se tornar um assassino, Leo.

Por um momento, Leopold fica em silêncio.

– Obrigado, Vi – murmura ele.

– Não me agradeça – replica ela. – Sua mãe ainda está viva e eu vou ser enforcada por tentativa de homicídio. – Ela faz uma pausa. – Eles enforcam assassinos em Friv? Sei que os queimam em Cellaria, mas não sei se...

– Você não vai ser enforcada nem queimada – diz Leopold. – Eu prometo. Você confia em mim?

Violie olha para ele, tão diferente do menino que apareceu do nada na caverna há quase um mês, frágil e ferido. Naquela ocasião, ela não podia confiar nele nem para seguir instruções simples como ficar quieto ou não voltar correndo para Kavelle, onde todos o queriam morto. Mas e agora?

– Eu confio em você – diz ela.

Daphne

Daphne acorda com a notícia de que Violie – ou melhor, Vera – recuperou a consciência e que o julgamento dela acontecerá amanhã à noite. Isso lhe dá pouco tempo para executar seu plano. Ou melhor, o plano incompleto que ela conseguiu elaborar enquanto se virava de um lado para o outro na cama a noite toda. Agora, ela está grogue e exausta enquanto sua criada anda para lá e para cá pelo quarto, contando fofocas sobre quem ela acredita ser Vera, mas Daphne não está nem um pouco mais perto de descobrir como salvar a vida de Violie sem se comprometer.

No entanto, há outros assuntos dos quais precisa cuidar primeiro, e ela espera que o restante do plano lhe ocorra antes que seja tarde demais.

O café da manhã com lorde Panlington foi preparado no jardim de inverno e Daphne é a última a chegar. Quando passa pelos guardas posicionados à porta e se vê entre as paredes de vidro e uma variedade de flores e árvores, ela nota Bairre e Cliona sentados a uma mesa redonda com vista para o jardim abaixo agora congelado. Lorde Panlington está sentado de costas para ela e permanece na mesma posição, mesmo quando Bairre se levanta para puxar a cadeira para Daphne.

– Bom dia – diz ela, exibindo seu sorriso mais radiante para cada um deles, e por fim parando em lorde Panlington. – Espero não os ter feito esperar muito...

– Essa coisa toda é um desperdício do meu tempo, princesa – responde lorde Panlington, tomando um gole do café. – O pouco mais que você decidiu desperdiçar para fazer uma entrada teatral é insignificante.

Daphne mantém o sorriso no rosto.

– Farei um acordo com o senhor, então, meu lorde: *eu* não vou desperdiçar seu tempo com gentilezas se o *senhor* não desperdiçar o meu fingindo que não precisa de mim mais do que eu preciso do senhor neste momento.

Cliona bufa com a xícara nos lábios, recebendo um olhar furioso do pai. Ela se endireita e pousa a xícara na mesa, colocando as mãos no colo.

– Hoje de manhã, minha criada me perguntou se era verdade que a princesa Daphne sangrava poeira estelar – comenta ela em tom casual. – É claro que eu disse que isso era ridículo, mas acho que ela não acreditou em mim.

– Vou ficar mais atenta a pessoas se aproximando de mim com objetos pontiagudos – responde Daphne.

– Ouvi alguém se referir a ela como Santa Daphne – acrescenta Bairre.

Lorde Panlington dirige a ele outro olhar furioso.

– Existe uma maneira muito fácil de pôr um fim *nisso*. Depois de tudo que vocês dois me contaram, seria prudente simplesmente matá-la.

– Claramente, o senhor não sabe muito sobre santos – diz Daphne. – Mas eu lhe asseguro que me matar é a última coisa que deve fazer.

Lorde Panlington se recosta na cadeira, cruzando as mãos sobre a barriga.

– Esclareça-me, então – pede ele. – O que devo fazer com uma princesa estrangeira ardilosa que admite ter feito tudo o que pôde para destruir meu país?

Daphne sorri.

– Deve agradecer às estrelas todos os dias por eu ter mudado de ideia, ou o senhor estaria se curvando perante minha mãe antes que o ano chegasse ao fim.

A boca de lorde Panlington se contorce em uma carranca.

– Como você ousa... – começa ele.

– Como ouso? – pergunta ela, rindo. – Quem de nós planejou o sequestro de dois meninos inocentes?

Daphne não acrescenta que ela mesma pensou em matá-los, mas suas palavras atingem o alvo, não apenas com lorde Panlington, mas também com Cliona, que se encolhe minimamente, porém de maneira perceptível, enquanto Daphne espera a confirmação. Ela não fica surpresa quando ele não nega.

– Sempre fiz o que é melhor para Friv – diz lorde Panlington, o rosto ficando vermelho.

– Então, não tenho escolha a não ser questionar seu discernimento, meu senhor – argumenta Daphne. – Porque não consigo ver o que sua rebelião trouxe de bom para Friv desde a minha chegada, além da morte de um empyrea. O senhor acha que aqui se trata apenas de Friv, isolado, sozinho e separado das disputas do restante do continente? O senhor é uma criança brincando com soldadinhos de chumbo, e a guerra, a guerra de verdade, está prestes a bater à sua porta.

– Não fale comigo sobre guerra, garota – rosna lorde Panlington, empertigando-se na cadeira e inclinando-se na direção de Daphne, os olhos fuzilando. – Eu sei mais sobre guerras do que você jamais poderia esperar saber.

Bairre estende a mão instintivamente, empurrando lorde Panlington de volta ao seu assento e para longe de Daphne. Seus olhos encontram os dela, com uma pergunta: *Você está bem?* Ela assente, voltando a olhar para lorde Panlington.

– Posso garantir, lorde Panlington, que quando minha mãe e seus exércitos chegarem a Friv, o senhor vai ter saudade das Guerras dos Clãs. Elas parecerão nada mais do que escaramuças amistosas em comparação com o pesadelo de sangue derramado que ela deixará em seu rastro. E a única vantagem que vocês têm agora é que ela não sabe que eu estou ao lado de vocês.

Lorde Panlington olha para Daphne do outro lado da mesa, a fúria ainda fervilhando em seus olhos. Ela sustenta seu olhar, inabalável. Por um longo momento, nenhum dos dois fala, e até mesmo Cliona e Bairre parecem ter a respiração suspensa.

Por fim, lorde Panlington solta uma risada baixa, estendendo a mão para sua xícara de chá. Na mão enorme, a frágil xícara pintada parece ridícula.

– Agora eu entendo – afirma ele, assentindo lentamente. – Os rumores. Não acredito que você seja santa, de forma alguma, se metade do que minha filha me contou for verdade, mas entendo o mito. – Ele olha para Bairre. – Se tivéssemos uma mulher como ela nas Guerras dos Clãs, seu pai não estaria no trono, isso eu posso garantir.

Bairre não responde de imediato.

– Se consegue ver isso, com certeza entende a ameaça que a mãe dela representa – diz, por fim.

A boca de lorde Panlington se contorce novamente e ele emite um som evasivo.

– Se sua mãe quer uma guerra contra Friv, ela vai ter – diz a Daphne. – E se acha que será fácil nos conquistar, vamos lembrar a ela por que nenhuma força inimiga ousa cruzar nossas fronteiras há três séculos.

Daphne quer dizer que ele está subestimando a imperatriz, que não tem ideia do que ela é capaz, mas isso será um problema para outro dia. Neste momento, ela tem algo mais premente.

– A garota que tentou assassinar a rainha Eugenia – diz ela. – Aquela que vocês estão tentando culpar pela bomba no meu pretenso casamento. Preciso que ela seja libertada.

Lorde Panlington arqueia bem as sobrancelhas.

– Você faz exigências demais.

– Vocês sabem que ela não teve nada a ver com o atentado no meu casamento... Foram vocês.

– Sim – concorda lorde Panlington lentamente. – Mas ela já vai ser enforcada pela tentativa de assassinato da rainha. Não vejo que mal faz lançar uma acusação extra contra ela.

– E se também não foi ela, quem fez aquilo? – pergunta Daphne.

Lorde Panlington ri.

– Acho difícil acreditar nisso, levando-se em conta todas as provas.

Daphne engole em seco.

– Ainda assim, o rei escuta o que o senhor fala. Poderia convencê-lo a ter misericórdia se quisesse.

Lorde Panlington engole o restante do chá. Então, se levanta e balança a cabeça.

– Se conseguir convencer alguém de que aquela garota é inocente, talvez eu acredite que você é mesmo uma santa – replica ele. – Manteremos contato, princesa.

Daphne espera que Cliona siga o pai, mas ela estende a mão por cima da mesa para se servir de mais chá.

– Bem, correu tudo tão bem quanto se poderia esperar – diz ela em um tom leve.

Daphne a encara.

– Violie ainda vai a julgamento e sua execução é iminente. O que, exatamente, você esperava desse encontro?

Cliona dá de ombros.

– Bem, havia pouca chance de evitar um julgamento, não é? Mesmo que você conseguisse persuadi-lo a falar com o rei, Bartholomew já tomou sua decisão. O destino da garota está selado, Daphne. Ande, diga a ela que estou certa, Bairre.

Daphne olha para ele e por um momento ele não diz nada.

– Ela está certa – diz, por fim.

Ela ouve o que ele não diz: *O sangue de Violie está em suas mãos.* Daphne já tem muito sangue nas mãos, algumas gotas a mais não deveriam perturbá-la tanto, mas perturbam. Ela não se importa com o que dizem – vai encontrar uma forma de salvar Violie.

– Então para que exatamente eu preciso da ajuda do seu pai? – pergunta de maneira ríspida a Cliona. – Se ele não pode enfrentar Bartholomew, garanto que não terá a menor chance contra minha mãe.

– Ainda assim – diz Bairre –, quanto mais amigos do nosso lado, melhor.

Nosso lado. Daphne fica tão presa nessas duas palavras que quase não ouve a resposta de Cliona.

– Não sejamos precipitados – replica ela, bebericando seu chá. – O inimigo do meu inimigo pode ser meu amigo, mas não é uma amizade feita para durar.

Na manhã seguinte, Daphne faz uma visita a Eugenia em seu leito de enferma, levando um jarro cheio de flores cuidadosamente selecionadas que colheu no jardim de inverno – calêndulas, milefólio e rododendros. Se tivesse mais tempo, teria tentado recuperar seu anel com veneno entre as coisas de Violie, mas, com o julgamento marcado para esta noite e diante do fato de que o quarto de Violie provavelmente já fora revistado, Daphne decide adotar uma abordagem diferente. Por sorte, nesta manhã ela recebeu um presente de Beatriz: um frasco de perfume que Daphne supõe ter o intuito de ser uma mensagem e não um simples perfume. O cheiro concentrado da essência é forte o suficiente para mascarar o do veneno que ela adicionou à água do jarro. O simples ato de carregá-lo do seu quarto até o de Eugenia é suficiente para deixá-la tonta, mas uma hora respirando os vapores será suficiente para terminar o que Violie começou.

Os guardas a deixam passar sem qualquer problema depois que ela explica que quer levar um pouco de conforto a lady Eunice. Considerando o veneno que Violie usou em Eugenia, ela espera encontrar a rainha viúva exatamente no estado de fragilidade em que está, com a pele pálida e os olhos semicerrados. Só não esperava encontrar o rei Bartholomew ao lado do seu leito.

– Majestade – diz Daphne, fazendo uma reverência.

O rei Bartholomew se vira para ela, a surpresa estampada em seu rosto.

– Daphne – cumprimenta ele, oferecendo-lhe um sorriso cansado. Seus olhos vão para as flores que ela carrega. – É muita gentileza da sua parte trazer flores... Tenho certeza de que ela vai gostar. Não é, Eugenia?

Eugenia tenta sorrir, mas não consegue. A julgar por sua aparente debilidade, Daphne suspeita que, se tivesse inalado um pouco mais do veneno em pó, nunca teria acordado.

Daphne coloca o jarro na mesa de cabeceira de Eugenia.

– O cheiro delas estava muito gostoso enquanto eu tomava o café da manhã – diz ela.

– O cheiro é forte – observa Bartholomew. – Estranho para esta época do ano.

– Foi o que pensei também – concorda Daphne. – Mas talvez isso ajude a revigorar os sentidos dela, trazendo-a de volta ao que era antes.

– Muito ponderado da sua parte – concorda Bartholomew. – Eu já estava de saída. Quis vir avisar a Eugenia que você e Bairre localizaram os filhos dela, que eles estão em segurança. E, claro, que a assassina que prendemos enfrentará o julgamento esta noite.

Eugenia abre a boca, tentando falar, mas nada sai, exceto um sussurro rouco que soa para Daphne como "Violie". Bartholomew apenas balança a cabeça.

– Não, não tente falar – pede ele, pegando a mão dela. – Não vale a pena se esforçar para falar de coisas desagradáveis... Você deve economizar suas forças para melhorar.

– Vou ficar um pouquinho com ela – oferece-se Daphne. – Sei que Vossa Majestade precisa se preparar para o julgamento.

– Você é mesmo uma enviada das estrelas, Daphne – diz ele, dando um tapinha em seu ombro ao sair.

Daphne abre um sorriso recatado, mas, assim que ele deixa o quarto, o sorriso desaparece de seu rosto e ela se vira para Eugenia, indo para longe do vaso de flores e sentando-se com muito cuidado no colchão ao lado dela.

– Minha mãe tem a mania de fazer promessas que não tem intenção de cumprir – diz em tom trivial. Eugenia luta para se afastar dela e, como isso só serve para aproximá-la das flores nocivas, Daphne permite. – Eu não preciso lhe dizer isso, tenho certeza.

Eugenia observa Daphne com olhos cautelosos. Ela pergunta alguma coisa, mas as palavras saem muito roucas para serem compreendidas. Daphne supõe que ela esteja perguntando sobre seus filhos.

– Eles estão seguros – diz Daphne. – A salvo dela e de você. Leopold ficou muito aliviado ao vê-los novamente, devo dizer. O reencontro deles foi bastante emocionante.

Dessa vez, Daphne a ouve ecoar o nome de Leopold.

– Sim, ele também está vivo e bem – confirma Daphne, permitindo que um sorriso apareça em seus lábios. – Você tem mesmo muita sorte... Todos os seus filhos perdidos não estão perdidos, afinal, e você mesma escapou da morte por pouco! Dá até para pensar que foi abençoada pelas estrelas.

O olhar no rosto de Eugenia diz a Daphne que ela não se sente muito abençoada.

– No entanto, Leopold tinha algumas histórias para contar – continua Daphne, observando como a pele já pálida de Eugenia assume um tom ainda mais pálido. – Histórias descabidas que pintam você como a responsável pela turba que tentou matá-lo e que conseguiu matar Sophie.

Eugenia balança a cabeça, abrindo a boca, mas agora não sai palavra alguma. Ela começa a tossir.

– Como eu disse, histórias descabidas. Mas que fazem *sentido* quanto mais se pensa nelas – diz Daphne, observando o choque e o horror tomarem conta de Eugenia. – É uma pena que você nunca vá ver a aurora boreal, Eugenia. Foi uma experiência bastante transformadora. Ela me permitiu ter uma última conversa com minha irmã, uma conversa que não esquecerei tão cedo.

Eugênia tosse de novo, dessa vez mais forte, com mais chiado.

– Sua mãe – consegue falar, com um som áspero.

– Você não precisa me falar nada sobre minha mãe – replica Daphne com rispidez. – Como eu disse, ela faz promessas sem qualquer intenção de cumpri-las... para você, para mim, para Sophronia. Mas eu não sou minha mãe e, quando prometo que a próxima hora será excruciante, que você sofrerá em silêncio cada minuto antes de finalmente morrer, estou falando sério.

Agora Eugenia tenta se sentar, pedir ajuda, mas está muito fraca, a garganta muito ferida pelo veneno de Violie. Não consegue emitir som algum.

– A ironia – diz Daphne, levantando-se e alisando a saia com as mãos – é que, se Sophronia estivesse aqui, ela pediria misericórdia, me diria que tivesse compaixão, que compreendesse o que levou você a fazer o que fez, e eu provavelmente a ouviria. Sophronia me tornava uma pessoa mais bondosa, mas você a matou e agora vai arcar com as consequências.

Daphne vira as costas para Eugenia no momento exato em que ela tem outra crise de tosse. Não olha para trás ao sair do quarto, fechando a porta ao passar e atravessando a sala de estar vazia até a porta principal. Quando passa pelos guardas, agradece com um sorriso radiante por a terem deixado entrar.

– A pobrezinha estava exausta – diz. – Mas precisa dormir para se curar, então não deve ser perturbada pelas próximas horas, pelo menos, entenderam?

Ambos os guardas inclinam a cabeça e lhe asseguram que sim.

Daphne retorna ao seu quarto e encontra Bairre à espera, andando de um lado para outro. Mas, assim que ela entra, ele para, dirigindo-lhe um olhar solene.

– Feito? – pergunta ele.

– Sim – diz Daphne simplesmente.

Ela sabe que deveria sentir culpa pelo que fez, que deveria sentir um pouco de remorso, mas essas emoções não a alcançam. Em sua mente, ela ouve a voz de Beatriz, chamando-a de megera fria e implacável. Talvez isso nunca tenha sido tão verdadeiro quanto agora, mas qualquer remorso que Daphne sinta está reservado a Violie.

– Você está bem? – pergunta Bairre, baixando a voz, embora não haja mais ninguém no quarto com eles.

Daphne suspira pesadamente, tirando as luvas de couro e colocando-as sobre a mesa antes de se virar para encará-lo.

– O que você gostaria que eu dissesse, Bairre? Que estou abalada, horrorizada com o que tive que fazer? Não estou. A verdade é que me sinto perfeitamente bem. Depois de hoje, nunca mais vou pensar naquela mulher. É a verdade, mas não é o que você quer ouvir, certo?

Por um momento, Bairre apenas a encara.

– É claro que é o que quero ouvir – diz ele, por fim. – O que você acha? Que quero que você sofra?

– Acho que você me considera um monstro, algo aterrorizante. – As palavras saem em um jorro, mas é só quando as diz em voz alta que Daphne percebe que são a verdade. Agora que começou, ela não consegue parar. – E você está certo em pensar isso, de verdade, mas eu simplesmente não suporto você me olhando desse jeito, sobretudo quando ainda não sei o que posso fazer para ajudar Violie, em relação a quem eu realmente me sinto culpada, quer você acredite ou não. Então, se você veio aqui me julgar, por favor, por favor vá embora.

Bairre balança a cabeça, passando a mão pelos cabelos e soltando uma risada curta e tensa.

– Daphne, sempre fui muito franco e disse que você me apavora – afirma ele. – Mas você não é um monstro. Ela era.

– Acho que isso depende inteiramente da pessoa a quem você pergunta – murmura Daphne.

Bairre cobre a distância entre eles em dois passos largos.

– Mas você perguntou a mim – diz ele. – E eu não tinha uma resposta para você na hospedaria porque você me deu muito em que pensar... E ainda estou pensando... Mas, caso não tenha ficado bem claro até agora: eu estou do seu lado. Se você é um monstro, tudo bem. Eu também serei um monstro. Seremos monstros juntos.

Daphne engole em seco, encarando-o com olhos desconfiados. As palavras a abandonam e, então, em vez de falar, ela fica na ponta dos pés e o beija. Sente o choque inicial antes que ele relaxe, os braços envolvendo-a e ancorando-a a ele. Depois de um momento muito breve, ele se afasta.

– Não que eu me oponha, mas acho que não há tempo para isso – diz ele, um tanto encabulado. – O julgamento de Violie é esta noite. Mas você não precisa comparecer.

– Claro que preciso – contesta ela.

– Não, Daphne, não precisa – diz ele com firmeza. – Você não a forçou a nada... Você deu permissão para que ela fizesse o que queria. A escolha foi dela.

De certa forma, Daphne sabe que Bairre está certo. Violie está onde está por causa de suas escolhas. Parte de Daphne acrescenta que ela se encontra nessa situação por seu próprio fracasso – e essa parte tem a voz da imperatriz. Mas Daphne também sabe que usou as palavras de Sophronia para manipular Violie, para conseguir o que queria. Talvez isso por si só não seja errado, mas ela sabe que Sophronia ficaria zangada com ela assim mesmo.

– Você fez tudo o que podia para ajudá-la, Daphne – acrescenta Bairre diante da mudez dela. – Mas, ao contrário do que metade de Friv acredita, você não pode fazer milagres.

Daphne o encara por um momento, aquela última palavra ecoando em sua mente. Um sorriso lento se abre em seu rosto.

– Talvez eu possa – diz ela. Seus olhos voam para o relógio no canto, os ponteiros se aproximando cada vez mais da noite, do momento em que o julgamento de Violie vai começar. – Preciso falar com Leopold. Agora.

Beatriz

Dois dias depois de sua expedição de compras com Pasquale, Beatriz dá a ele outra missão: comparecer a um jantar que a mãe dela está organizando naquela noite, contar uma mentira sobre Beatriz estar se sentindo indisposta e garantir que Margaraux não saia cedo do baile que se seguirá ao jantar. A última parte o preocupa, mas Beatriz diz que não há razão para isso – sua mãe nunca deixou uma festa antes da meia-noite e, se necessário, ele pode retardá-la por alguns minutos, chamando-a para dançar. A perspectiva de dançar com a imperatriz não deixa Pasquale nem um pouco mais tranquilo.

– Não deixe de dizer que estou indisposta – lembra Beatriz enquanto os dois se arrumam nos aposentos dela: ele com um terno formal para o baile, ela com um vestido de criada que roubou da lavanderia. – Minha mãe vai supor que bebi demais e vai ficar tão irritada comigo que nem vai desconfiar de algo.

– E Nigellus? – pergunta Pasquale. Ele tenta esconder seu nervosismo enquanto ela dá o nó no lenço de seda cor de vinho em seu pescoço. – Também digo a ele que você está indisposta?

Beatriz bufa.

– Não, receio que isso teria um significado totalmente diferente para ele – diz ela, lembrando-se de como ele insistiu para que ela nunca mais usasse seus poderes. – Duvido que ele pergunte sobre mim. Normalmente, nesses eventos, ele apenas fica parado no canto, parecendo infeliz e fuzilando todos com o olhar. Nunca entendi por que minha mãe insiste em que ele vá, embora esta noite eu esteja feliz por isso. A última coisa que quero é outra discussão sobre o que posso fazer com minha magia.

– E se ele sair mais cedo? – pergunta Pasquale.

– Ao contrário da minha mãe, temo que Nigellus rejeite seu convite para dançar. Nem sei se já o vi dançar. Provavelmente ele vai embora assim que minha mãe permitir – observa Beatriz. – Mas será rápido triturar as boninas-nobres e adicionar poeira estelar. Já terei ido embora muito antes de ele sair.

– E você precisa misturar o veneno no laboratório dele? – pergunta Pasquale.

Beatriz assente.

– É a moagem das flores secas... Não tenho um pilão e almofariz na minha penteadeira. Tem na cozinha e na farmácia do palácio, mas esses lugares são bem mais movimentados, e o risco de ser apanhada é muito maior. Além disso, Nigellus mantém um estoque grande de poeira estelar no laboratório, e aposto que o material dele é mais forte do que o que eu poderia comprar no mercado.

– Você nunca faz as coisas pela metade, Triz – comenta Pasquale. – Nem mesmo um regicídio. – Ele faz uma pausa, refletindo. – E matricídio também.

Beatriz faz que sim, terminando o nó da gravata e baixando as mãos, mas Pasquale as segura.

– Isso não foi uma crítica – ele se apressa a dizer. – Eu estou com você, você sabe disso, não é?

– Sei.

Pasquale está com ela. Provavelmente ele a seguiria aonde quer que ela fosse, carregando uma tocha para iluminar o caminho. Ela faria o mesmo por ele, mas, ainda assim, é uma coisa estranha, esse vínculo entre eles. Mais uma vez, ela pensa na sorte que teve por seus caminhos terem se cruzado. Ele não é o marido que ela queria, mas é o amigo de que precisava.

Apesar de tudo, porém, ela tem que fazer aquilo sozinha. Não há razão para os dois saírem de Bessemia com sangue nas mãos.

Ela aperta brevemente as mãos dele antes de soltá-las.

– Precisamos ir. Quanto mais cedo eu chegar ao laboratório de Nigellus, mais rápido poderei sair.

Beatriz se sente estranha no laboratório de Nigellus sem o empyrea – como se estivesse em um mar sem peixes ou um aviário sem pássaros. Ao passar pela bancada de trabalho dele, não pode deixar de examiná-la, notando a bela coleção de béqueres e tubos, organizados por tamanho e prontos para uso. A mesa dele está tão bagunçada quanto da última vez que Beatriz esteve ali, com seis livros abertos e empilhados uns sobre os outros, como bonecas russas.

Há uma pilha de correspondência ao lado dos livros – grande parte das cartas está fechada, embora algumas pareçam ter sido abertas, lidas e jogadas de lado.

Ela se sente tentada a bisbilhotar, mas disse a Pasquale que iria ser rápida, então acaba pegando um pilão com almofariz em meio ao equipamento organizado, junto com um frasco de poeira estelar das dezenas que Nigellus mantém em um armário ao lado da mesa.

Instalando-se na bancada, Beatriz pega as hastes secas de bonina-nobre. Coloca-as no almofariz, as folhas e pétalas se desfazendo em flocos à medida que as manuseia. Então, pega o pilão e começa a moê-las, transformando-as em um pó fino. Quando está satisfeita, abre o frasco de poeira estelar e o despeja também no almofariz, misturando os pós enquanto faz o pedido.

– Quero que os efeitos deste veneno sejam os mais letais possíveis – diz ela.

Nada acontece e Beatriz não tem certeza se funcionou. O próprio Nigellus disse que ela não tem os mesmos dons que outros empyreas com a poeira estelar, mas ela a usou várias vezes antes de saber que era uma empyrea, então espera que funcione pelo menos na medida que precisa.

Com a ajuda de um funil, ela transfere o pó misturado de volta ao frasco de poeira estelar, agora vazio, e torna a fechá-lo, colocando-o no bolso. A sensação lhe parece esquisita, o veneno estranhamente pesado – se não física, pelo menos emocionalmente.

Beatriz vai usá-lo para matar a própria mãe. Vai entrar furtivamente no quarto da imperatriz e misturar o veneno em seu pó facial antes que ela, Pasquale, Ambrose e Gisella deixem o castelo pelo túnel revelado pela irmã Heloise. No entanto, por mais que repasse esse plano ou mesmo o explique em voz alta para Pasquale, não consegue absorvê-lo por completo.

Ela deixa esse pensamento de lado, leva o pilão e o almofariz até a pia no canto e despeja um jato de água sobre eles para enxaguar o veneno, esfregando um pouco com um pano pendurado ao lado da bacia e lavando bem as mãos depois. Ela encontra um pano limpo para secar o pilão e o almofariz, depois os devolve ao seu lugar na mesa de equipamentos.

Beatriz corre um último olhar pelo laboratório para se certificar de que tudo está exatamente como encontrou e percebe que deixou entreaberta a porta do armário de poeira estelar. Ela balança a cabeça, repreendendo-se por seu quase deslize enquanto atravessa a sala para fechá-la.

Nisso, seu olhar recai sobre a mesa de Nigellus, notando uma carta que foi empurrada para o canto mais distante perto do armário. Uma palavra chama sua atenção, em uma letra simples e desconhecida: *Daphne*. Sem pensar duas vezes, Beatriz pega a carta na mesa, mas, antes que possa começar a ler, ouve passos diante da porta do laboratório. Ela enfia a carta no bolso da capa onde está o veneno e se vira para a porta no momento que ela se abre.

Nigellus está parado na porta com o mesmo traje formal com que ela o viu em todos os bailes anteriores de que tem lembrança, os olhos fixos nela. Ele não parece zangado por encontrá-la ali, o que é um alívio, mas certamente está confuso.

– Princesa Beatriz – diz ele, entrando na sala. – Ouvi dizer que você estava doente.

Beatriz pensa rápido.

– E você demorou mais do que eu esperava para se livrar do baile... Não tenho aula hoje à noite?

– Eu disse a você que suas aulas terminaram – responde Nigellus, franzindo a testa.

– Mas o Diamante Cintilante... – diz ela. – Reapareceu?

Por um momento, Nigellus não diz nada, apenas olha para ela de uma forma que faz a pele de Beatriz comichar.

– Reapareceu, sim – informa ele devagar. – Assim como a Abelha Feroz... Foi dessa constelação que você tirou uma estrela antes, não foi?

– Sim. – Beatriz pisca, surpresa.

Ela fez a pergunta como uma forma de explicar sua presença, mas presumira que, se ele visse aquelas constelações, mandaria chamá-la. Afinal, ainda que tivesse posto um ponto-final às aulas, tinha dito que havia mais coisas para discutirem. Por que ele guardaria essa informação para si mesmo? No entanto, assim que essa pergunta lhe ocorre, ela entende por quê: porque ele não diria a ela nada que a encorajasse a usar seu dom. O dom que ele acredita ser uma maldição.

– É bom saber disso – diz Beatriz.

Parte dela quer confrontá-lo por esconder a informação, ressuscitar a discussão de alguns dias atrás, não porque espera que um deles mude de opinião, mas porque discutir é algo natural para ela. Mas uma voz em sua cabeça a alerta para ser pragmática, para se concentrar na tarefa em questão em vez de se deixar distrair por suas emoções.

Ironicamente, a voz soa como a de sua mãe.

Beatriz pigarreia e continua:

– É claro que eu terei a maior cautela em relação ao meu poder. Presumo que você continue não tendo intenção de me ensinar.

– Não creio que seria sensato – diz ele, adentrando o laboratório.

No entanto, em vez de pedir que ela saia, ele fecha a porta, isolando os dois ali dentro. O som da porta se fechando arrepia os cabelos da nuca de Beatriz. Uma reação exagerada, ela pensa. Já esteve sozinha com Nigellus antes e todas as aulas anteriores aconteceram com a porta fechada. Mas, como ele disse, não haverá mais aulas.

– Nesse caso, não há motivo para eu incomodá-lo ainda mais – comenta Beatriz, colando um sorriso luminoso no rosto e seguindo para a porta, mas Nigellus não faz qualquer movimento para sair de seu caminho.

– Preciso lembrá-la do que está em jogo se você continuar a usar magia? – pergunta ele.

– Ah, eu sei – responde Beatriz. – Minha vida, o destino do mundo, estrelas escurecendo. Já falamos sobre isso.

Ela tenta se desviar, mas ele continua a bloquear seu caminho.

– Você já levou alguma coisa a sério alguma vez na vida, Beatriz? – pergunta ele com rispidez.

A raiva está de volta a sua voz, o que ainda parece estranho a Beatriz depois de uma vida inteira vendo-o sempre indiferente. Mas, em vez de se assustar, Beatriz se deleita com a raiva dele. Ela sabe como lidar com isso, afinal. Tem muita prática.

– Garanto – diz ela, mantendo a voz calma – que levo muitas coisas a sério: minha mãe, por exemplo, e a ameaça que ela representa para mim e para as pessoas que amo. Algumas palavras ameaçadoras ditas por um estranho que podem ou não ter algo a ver comigo? A isso, infelizmente, não consigo atribuir o mesmo nível de gravidade.

Nigellus sustenta o olhar dela por um instante e Beatriz se prepara para continuar a discussão, mas, em vez disso, ele dá um passo para o lado, permitindo o acesso dela à porta. Beatriz estende a mão para a maçaneta, mas a voz dele a detém.

– Então você não me deixa escolha – murmura ele.

Beatriz sabe que não deve se virar. Que deveria sair por aquela porta e esquecer Nigellus e suas escolhas. Que deveria seguir o plano que ela e Pasquale elaboraram: usar um pedido para tirar Ambrose e Gisella da prisão, envenenar o pó facial de sua mãe e escapar pelo túnel no quarto dela. Não há espaço para desvios.

Ainda assim, ela não consegue deixar de se virar.

– Sem escolha, a não ser o quê? – pergunta ela.

Nigellus não presta atenção nela, no entanto. Ele começa a andar pelo laboratório, retorcendo as mãos à sua frente, o rosto abatido. Ao observá-lo, Beatriz se pergunta qual teria sido a última vez que ele dormiu. Há algo de extenuado em sua expressão, uma brusquidão em seus movimentos que ela nunca viu antes.

– As estrelas vão me perdoar... Elas precisam – diz ele, embora Beatriz tenha a sensação de que não está falando com ela, mas consigo mesmo. – Certamente é algo necessário.

O pavor se acumula na barriga de Beatriz. Ela não sabe do que ele está falando, mas sabe que é sobre ela e não parece nada bom.

Ele vai até o telescópio e Beatriz o segue, mantendo uma distância segura.

– O que você está fazendo? – indaga ela enquanto ele mexe nos botões, procurando algo nos céus.

– Tem que ser uma estrela grande – diz ele, ainda sem olhá-la. – Para conseguir isso, tem que ser.

– O que você vai pedir? – pergunta Beatriz, a voz mais alta desta vez, embora desconfie que tenha pelo menos uma ideia da resposta.

Ele não pode matá-la – um pedido às estrelas não pode fazer isso, ele mesmo disse –, mas há muitas outras maneiras de machucá-la. Se ela permitir.

Ele se endireita e gira em sua direção.

– Se você não quer controlar o seu dom, não deve possuí-lo. Você vai me agradecer quando estiver acabado... Vai ser um peso a menos nos seus ombros. Uma maldição revertida.

Mas Beatriz não vê sua magia como uma maldição. Sim, ela a está matando, mas também é a melhor arma de que dispõe contra a mãe – a única arma com que ela conta.

Nigellus se volta para o telescópio.

– Ah, o Cajado do Empyrea... bem apropriado, suponho – murmura para si mesmo. – Eu quero...

Antes que Beatriz se dê conta do que está fazendo, ela se lança sobre ele, afastando-o do telescópio e derrubando-o no chão de pedra dura e, então, cai em cima dele. Quando se levanta, a mão dele se fecha em torno de seu tornozelo.

– Eu quero – repete ele, a voz rouca, os olhos voltados para as estrelas que cintilam através do teto de vidro.

Beatriz pega um béquer na bancada e, com ele, golpeia a têmpora de Nigellus, quebrando o recipiente no processo. Os olhos dele tremulam, mas ele logo se recupera, tomando impulso para se sentar.

– Você não pode me impedir, princesa – diz ele, seus olhos fixos nos dela, mesmo enquanto o sangue escorre pelo seu rosto. – Você não pode me deter para sempre. E vai me agradecer um dia, quando isso acabar.

Beatriz engole em seco, sua mente girando enquanto a mão mergulha no bolso da capa, tirando o veneno e mantendo-o fechado na mão. Ela pode detê-lo, mas não quer – não dessa maneira, pelo menos. Não com o veneno destinado à mãe.

– Por favor – pede ela baixinho. – Não. Esse é o meu dom. Você me criou, lembra? E as estrelas me abençoaram... *nos* abençoaram.

– As estrelas a amaldiçoaram com um poder que você nunca será forte ou sábia o suficiente para controlar – observa ele, e Beatriz se encolhe com as palavras.

Ela as odeia e o odeia por dizê-las, mas, ao mesmo tempo, se pergunta se ele está certo. Mas ele *não* pode estar certo.

– O problema não sou eu exercer um poder que não posso controlar – diz ela com os dentes cerrados. – O problema é você não ser capaz de fazer o mesmo.

Há um lampejo de algo por trás dos olhos prateados – algo que diz a Beatriz que ela chegou perto da verdade. Mas tão rápido quanto surge, desaparece.

– Eu sou um empyrea – diz ele. – Você é uma abominação. E, se você não quer se conter, terei que fazer isso por você.

Ele vira o rosto novamente para as estrelas acima, onde o Cajado do Empyrea está quase fora do campo de visão. Não importa se seu pedido não for concedido, ele está certo. Continuará tentando, com outra estrela, numa outra noite. E Beatriz não conseguirá impedi-lo para sempre. Ele vai tirar a magia dela, vai tirar a única arma que ela tem, e só há uma coisa que ela pode fazer a respeito.

Em um único movimento, Beatriz quebra o frasco de vidro do veneno contra a mesma têmpora que ela feriu antes, esfregando o pó cinzento sobre o corte com a mão. O grito dele é instantâneo e ele se encolhe, empurrando-a, mas é tarde demais. Em um segundo, seu grito para. Mais alguns instantes se passam antes que seus olhos se fechem, embora o corpo continue a ter convulsões.

Gisella disse que o veneno funcionaria rapidamente se alcançasse a corrente sanguínea. Beatriz engole em seco, olhando para o corpo em espasmos de Nigellus. Ela o cutuca com a ponta da bota, mas agora ele está imóvel. Ela se abaixa ao seu lado, procurando a pulsação, que não encontra.

Tampouco encontra arrependimento ou qualquer outro sentimento ao olhar nos olhos vazios dele. Sabe que deveria sentir culpa ou ao menos horror pelo que fez, mas também não sente nada disso. Afinal, foi para isso que foi criada e sua mãe a treinou muito bem para que não desmoronasse agora.

– Triz? – chama uma voz e ela gira para dar de cara com Pasquale na porta, observando a cena com os olhos arregalados.

Seus olhos vão para o sangue nas mãos dela, onde ela tocou o ferimento de Nigellus.

– Não é meu – ela logo o tranquiliza.

– Não acredito que ele atacou você – diz ele, fechando a porta ao entrar e vindo em sua direção. – Você está bem? Ele...

Beatriz sabe que deveria corrigi-lo – Nigellus não a atacou. Não fisicamente, pelo menos. Não foi um ato de legítima defesa. Ela o matou por motivos egoístas, para conservar seu poder. Deveria corrigi-lo, mas não o faz.

– Ele morreu – responde em vez disso. – Fui obrigada.

Mesmo que isso não seja toda a verdade, parece verdadeiro o suficiente para Beatriz.

– Eu usei o veneno – explica, balançando a cabeça. – Não há mais boninas-nobres para fazer outra porção...

– Não temos tempo para isso – diz Pasquale, balançando a cabeça também. – Temos que partir esta noite, antes que o corpo dele seja encontrado.

Beatriz quer protestar – não pode ir embora sem pôr em ação o plano contra a mãe, sem matá-la. Fazer isso, ela sabe, seria um grave erro. A cada dia que sua mãe continua respirando existe uma espada pairando sobre sua cabeça – sobre Daphne, Pasquale e tantos outros. Mas Pasquale está certo: ficar mais tempo ali é muito arriscado.

O lado lógico da mente de Beatriz assume quando ela vai até a pia no canto lavar o sangue das mãos.

– Me ajude a colocar o corpo no armário – pede, indicando com a cabeça o armário na parede oposta. – Talvez a gente consiga ganhar algumas horas, pelo menos.

Pasquale assente, o movimento espasmódico.

– Pas, eu... não tive escolha – diz ela, e isso, pelo menos, é verdade.

Ele precisa entender que ela não é uma assassina insensível, planejando matar todos ao seu redor: primeiro, a mãe; agora, Nigellus. Ela pode não sentir culpa por tê-lo matado, mas sente tristeza. Ele não era um estranho, mas alguém que ela conheceu durante a vida toda, alguém que a ajudou, até mesmo salvou sua vida. Ela nunca confiou em Nigellus, é verdade, mas ainda deve muito a ele, e nunca poderá pagar essa dívida.

Pasquale olha para ela, perplexo.

– Claro que não – diz, antes que a compreensão surja em seus olhos. – Você não teve escolha – repete.

Ouvi-lo dizer essas palavras a alivia um pouco e ela lhe dirige um rápido aceno de cabeça.

– Vamos – incita Pasquale, colocando a mão nas costas dela, ancorando-a. – Temos um corpo a esconder.

Beatriz envia Pasquale para a masmorra com três frascos de poeira estelar do estoque de Nigellus e instruções específicas sobre como usá-los, incluindo as palavras exatas que ele deve dizer. Um é para passar pelos guardas, outro para destrancar a cela de Ambrose e o terceiro para destrancar a de Gisella – embora Beatriz diga a ele que optar por fazer isso depende inteiramente dele, o acordo que se dane. Ele também tem uma sacola cheia de roupas de criados para que eles vistam a fim de chegar ao quarto da imperatriz sem chamar a atenção.

– Será que a poeira estelar é suficiente para tudo isso? – pergunta Pasquale quando Beatriz lhe explica o plano.

– O estoque de Nigellus é mais forte do que a poeira estelar que você encontra por aí – responde ela.

– Mas, quando você libertou lorde Savelle, precisou da pulseira... A poeira estelar sozinha não teria sido suficiente.

– O pedido levou lorde Savelle até você e Ambrose. Destrancar uma cela é uma mágica menor, e você terá que fazer o trabalho de trazê-los até mim por conta própria – afirma ela.

Depois que ele vai, Beatriz encontra uma bolsa de couro pendurada em um gancho ao lado da porta e a enche com os outros frascos de poeira estelar que estão no armário de Nigellus – mais do que suficientes para garantir que sua jornada para Friv seja tranquila. Ao fazer isso, ela não consegue deixar de olhar para o armário no canto onde ela e Pasquale esconderam o corpo de Nigellus.

Apesar de todo o seu treinamento e aulas sobre como matar um homem, Beatriz nunca havia feito isso antes. De alguma forma, foi ao mesmo tempo mais fácil e mais difícil do que ela imaginava, e agora está feito. Apesar do mal-estar que se instalou em seu estômago, ela sabe que, se pudesse voltar no tempo, não faria nada diferente.

Afinal, a mãe lhe ensinou a eliminar ameaças. E Nigellus era uma ameaça.

Isso não impede que seus dedos tremam enquanto ela fecha a bolsa de couro e passe a alça por cima do ombro. Está prestes a sair da sala quando sua mão roça a capa e o som de papel amassado a lembra da carta que enfiou no bolso antes de Nigellus entrar – a que tinha o nome de Daphne.

Ela a pega enquanto desce a escada em espiral, lendo as palavras à luz bruxuleante das tochas presas às paredes.

Nigellus,

O que você me contou sobre Beatriz é ainda mais perturbador do que eu temia e me dá ainda mais certeza de que o poder dela escurecerá as estrelas e destruirá o mundo todo.

Confesso que pressenti que havia algo errado com Daphne também, desde a primeira vez que a vi; porém, se ela tivesse algum tipo de magia, a esta altura já teria se manifestado e, como o poder de Beatriz veio da sua tolice de tê-la criado do Cajado do Empyrea, devo concluir que há algo mais que as estrelas estão tentando me dizer. Venho sentindo as estrelas e sua raiva nesses últimos dezesseis anos – algumas vezes, acreditei que tivesse sido minha própria intromissão que causou isso, mas agora tenho certeza de que a culpa recai, pelo menos na sua maior parte, sobre você e a imperatriz, embora eu não possa nem mesmo culpá-la por sua loucura – ela não sabia o que estava fazendo. Você sabia. Criar pessoas derrubando estrelas do céu, Nigellus! É uma blasfêmia, muito além de qualquer coisa que já discutimos.

Já escrevi antes sobre a profecia que venho ouvindo há meses – o sangue de estrelas e majestade derramado. Um dia acreditei que se tratasse de um aviso, mas estou começando a acreditar que é uma exigência, feita a mim e a nós, para consertar o erro que você cometeu dezesseis anos atrás.

Aurelia

Beatriz termina a carta no momento que seu pé toca o último degrau da escada, o coração martelando no peito. São as palavras de uma louca, mas uma louca que aparentemente tem acesso a Daphne e, ao que parece, uma mulher que quer o mal da sua irmã.

Mais do que nunca, é imperativo que ela alcance Daphne o mais rápido possível.

Violie

Violie ainda sente os efeitos colaterais do veneno quando os guardas chegam para escoltá-la ao seu julgamento naquela noite, tanto que eles precisam sustentá-la enquanto ela atravessa o corredor com as pernas trêmulas e as mãos presas às costas com algemas de ferro. Mas ela está melhorando, o que é um alívio. Mais alguns minutos respirando o veneno em pó certamente a teriam matado. É claro que seria um alívio bem maior se o laço do carrasco não estivesse pendendo diante dela – metaforicamente, pelo menos. Ela ainda tem um julgamento a enfrentar.

Enquanto caminha devagar para o grande salão onde o julgamento acontecerá, ela agradece às estrelas o fato de que ao menos haverá um julgamento. De repente lhe ocorre que, se alguém sequer suspeitasse que ela tentara matar algum membro da realeza em Bessemia ou Temarin – ou mesmo uma dama, como Eugenia fingia ser em Friv –, ela não teria a mesma oportunidade. No entanto, Violie *é* mesmo culpada e, portanto, não espera um resultado diferente.

Quando chegam ao grande salão, há mais guardas ali para abrir as portas e Violie entra, o peso de centenas de olhos sobre si. Correndo o olhar pelo recinto, ela sente o estômago embrulhar – todos no castelo devem estar ali, reunidos em torno de uma única cadeira colocada no centro do salão, servos e nobres igualmente, para ver a garota que tentou assassinar uma rainha. E, independentemente do nome que ela tenha dado, a maioria das pessoas parece saber que Eugenia é exatamente isso.

Os olhos de Violie examinam a multidão, encontrando primeiro Leopold com um grupo de outros criados que assistem de plataformas elevadas ao longo da parede nos fundos da sala. Tem a aparência de quem não dormiu na noite passada. Ela gostaria de poder dizer a ele que está tudo bem, que, por mais que confie nele, a confusão que ela criou para si mesma é demais para ele arrumar. Ela não guarda mágoa alguma dele.

Daphne e Bairre estão atrás do rei Bartholomew, perto do centro da sala, bem diante da cadeira vazia, mas Daphne parece deliberadamente evitar olhar para Violie. Ela está conversando com Bairre, o rosto virado na direção oposta àquela em que os guardas conduzem Violie até a cadeira.

Pelo menos Violie fez algo de útil em Friv, ela pensa, seus olhos demorando-se em Daphne. Pelo menos ela conseguiu chamar Daphne à razão. Pelo menos a princesa e Leopold terão um ao outro como apoio agora – eles não precisarão mais dela.

Isso basta, diz a si mesma. Sophronia ficaria feliz por ela ter conseguido. E, mesmo com sua execução próxima, Violie não consegue se arrepender de nada do que a fez chegar ali. Bem, talvez de uma coisa – ela gostaria de ter conseguido matar Eugenia.

De repente, Daphne se vira para ela, os olhos se arregalando e a boca escancarada. Ela a encara por um longo momento enquanto Violie é empurrada para a cadeira no centro do salão.

– Sophie! – grita Daphne e, em um instante, ela se afasta de Bairre, passa pelo rei e, ignorando os guardas, lança os braços em torno do pescoço de Violie, segurando-a com força. – Ah, Sophie, você está viva!

Por um instante, Violie fica paralisada, sua mente lutando para entender, mas é tempo suficiente para Daphne sussurrar em seu ouvido.

– Entre no jogo, é o único jeito.

O corpo de Violie se move antes que sua mente possa processar, inclinando-se para o abraço de Daphne.

– Princesa Daphne – interrompe o rei Bartholomew enquanto os guardas puxam Violie sem qualquer gentileza dos braços resistentes de Daphne. – O que isso significa?

Violie olha para Daphne, tão ansiosa por uma explicação quanto qualquer outra pessoa ali presente, embora já comece a entender o plano – Violie se parece com Sophronia, uma semelhança que sempre acreditou ter sido a razão pela qual a imperatriz a escolheu, uma semelhança que fez a própria Beatriz confundir Violie com a irmã. E ninguém em Friv jamais viu Sophronia, ninguém exceto... Os olhos de Violie encontram os de Leopold, e ele assente brevemente com a cabeça. Ele também está envolvido nisso, ela percebe.

– Eu... eu não sei explicar – diz Daphne, balançando a cabeça e segurando o braço de Violie com força.

Lágrimas escorrem por seu rosto agora... um belo toque, Violie admite. Ela mesma sempre teve problemas para chorar de propósito, mas Daphne é excelente nisso. Se não soubesse da verdade, Violie juraria que as lágrimas são genuínas.

– Mas esta é minha irmã, é Sophie, rainha Sophronia de Temarin. Todos disseram que ela estava morta, mas ela está aqui.

– Isso é impossível – replica o rei Bartholomew, embora sua voz tenha se suavizado. – Todos os relatórios que ouvimos...

– Eu não me importo com relatórios! – exclama Daphne. – Vocês acham que não reconheço minha própria irmã quando ela está bem diante dos meus olhos? Eu estou lhes dizendo: esta é Sophronia Fredericka Soluné, princesa de Bessemia e rainha de Temarin.

– É verdade – Violie ouve a si mesma dizer. Ela sempre foi boa em mentir e permite que esse instinto assuma o controle, criando uma história que se encaixe na mentira. – Viemos para o castelo para que eu pudesse buscar a ajuda da minha irmã, mas, antes que eu a alcançasse, ela partiu e eu não sabia em quem mais poderia confiar e... – Ela se interrompe, os olhos voltando-se para Leopold, que nesse momento abre caminho pela multidão. Se ela é Sophronia, isso significa que Leopold só pode ser ele mesmo. – Leo! – grita ela.

– É verdade – diz Leopold, a voz trêmula, vindo postar-se do outro lado de Violie.

– E quem é você? – pergunta o rei Bartholomew.

Leopold mantém a cabeça erguida.

– Sou Leopold Alexandre Bayard, rei de Temarin – anuncia. – E esta é a minha esposa.

O caos irrompe no grande salão após o anúncio de Violie e Leopold, e o rei Bartholomew ordena imediatamente que o recinto seja evacuado por todos, exceto Violie, Bairre, Daphne e um de seus conselheiros. Por causa do tempo em que trabalhou no castelo, Violie sabe que o nome dele é lorde Panlington. Sente o olhar de todos ali fixo nela, a mulher que eles acreditam ser Sophronia.

É um caminho sem volta agora, ela percebe, nauseada. Desse momento em diante, Violie será sempre Sophronia. Recuperar sua verdadeira identidade não significará apenas perder a própria vida, mas Daphne e Leopold confirmaram sua identidade. Ela não pode se revelar uma fraude sem fazer deles fraudes também.

Para o resto da vida, ela será Sophronia; Violie está morta.

Ela se pergunta se algum dia isso deixará de ser estranho para ela: responder ao nome de Sophronia, roubar sua irmã, seu marido, sua própria vida – isso sem mencionar que agora ela está fingindo ser a rainha de um país e a princesa de outro.

– É melhor começar do começo – diz Bartholomew, olhando de Violie para Leopold.

Violie sabe que mente muito melhor do que Leopold, então assume as rédeas. Pigarreia e deixa transparecer seu sotaque bessemiano natural, com alguns pequenos ajustes para fazê-la soar mais como uma princesa do que como a filha de uma cortesã.

– Quando o palácio de Kavelle foi atacado, Leopold e eu nos vimos presos e indefesos. Se não fosse pela ajuda da minha criada, teríamos sido mortos. Na verdade, ela nos ajudou a escapar e foi morta em meu lugar. Éramos parecidas, sabe: a mesma cor de cabelo, os mesmos olhos, o mesmo tipo de corpo. Aqueles que se reuniram para ver a execução tinham me visto apenas à distância, não é de surpreender que acreditassem que ela era eu – diz Violie. – Enquanto isso, Leopold e eu escapamos. A princípio, tentamos ir para Cellaria, pois ambos temos laços familiares lá, mas recebemos a notícia de que tinha havido um golpe no país e seu primo e minha irmã tinham sido exilados. Era improvável que fôssemos bem-vindos lá, então viemos para cá, em um barco. Chegamos ao palácio na noite anterior à partida de Daphne e do príncipe Bairre para a jornada estelar do príncipe Cillian.

Lorde Panlington se inclina para a frente, mas seus olhos não se detêm nela. Em vez disso, eles disparam entre Daphne e ela várias vezes – talvez procurando alguma semelhança – antes de repousarem de novo em Violie.

– Por que não se apresentaram, então? – pergunta ele. – Você teria se reunido com sua irmã, e a mãe do rei Leopold também estava aqui. – Quando Bartholomew olha para ele com a testa franzida, lorde Panlington balança a cabeça. – Por favor, Bartholomew, esse era o segredo mais mal guardado do castelo.

– Foi por causa da minha mãe que nos mantivemos escondidos – conta Leopold, acrescentando a parte da história que Violie imagina que ele e Daphne inventaram sem ela. – Por mais que me doa admitir, ela estava envolvida com o motim em Temarin... Ela alimentou, financiou e planejou o cerco ao palácio. Tentou matar Sophronia e a mim e tivemos receio de nos revelar a ela. Estávamos tentando descobrir como encontrar a princesa Daphne sozinha, para que Sophronia pudesse falar com ela em particular, quando ouvi a notícia sobre meus irmãos e soube que minha mãe também era responsável por isso.

O rei Bartholomew se inclina para a frente em sua cadeira.

– Você acredita que sua mãe sequestrou seus irmãos.

Violie luta contra o impulso de franzir a testa para ele – Eugenia não teve nada a ver com o sequestro dos príncipes. Foram os rebeldes. Mas, quando olha para Daphne, ela capta algo entre Daphne e lorde Panlington, que se recosta na cadeira com a boca franzida.

– Eu *tenho certeza* disso – diz Leopold, chamando a atenção de Violie de volta para ele. – Os próprios Gideon e Reid me confessaram, quando os encontramos no lago Olveen.

– Eles confessaram – reforça Bairre. – Essa foi a verdadeira razão pela qual achamos melhor mandá-los para outro lugar em vez de trazê-los para cá. Lamento não ter contado antes, pai, mas pareceu sensato manter isso em segredo.

– Eles foram mandados para fora de Vesteria, para ficar com um aliado da minha família – acrescenta Leopold.

Quando o pai se vira para ele, Bairre dá de ombros.

– Leopold nos confessou sua identidade quando encontramos os meninos – diz ele –, e eles o reconheceram na mesma hora. Mas tomamos a decisão de reter a informação até retornarmos, para evitar que os rumores se espalhassem mais rápido do que poderíamos controlá-los.

– Você não me contou! – exclama Daphne, conseguindo parecer realmente surpresa e magoada. – Ela é minha irmã e você sabia que ela estava viva?

Bairre dirige a ela um olhar culpado.

– Achei que seria melhor deixar que você a visse com seus próprios olhos, em vez de ter que esperar toda a viagem de volta para saber se era verdade ou não – explica ele, e Violie tem que admitir que se trata de uma mentira decente. Não é lógico, sem dúvida, mas o motivo emocional é verossímil.

– De fato, não sei se eu teria acreditado em você – admite Daphne, apertando o braço de Violie com mais força.

– E você? – pergunta Bartholomew, virando-se para Violie. – Pode até ser rainha, mas ainda pesa sobre você a acusação de tentativa de homicídio.

– Não fui eu quem fez isso – diz Violie. Ela sente os olhos de Daphne sobre ela, receosos, e Violie não pode culpá-la por sua preocupação. Mas, felizmente, Violie é capaz de criar uma história tão bem quanto a própria Daphne. – Eu entrei furtivamente no quarto de Eugenia, sim, mas só queria falar com ela. Entender por que ela tentou matar Leo e a mim. Que tipo de mãe poderia tentar matar o próprio filho? – Ela balança a cabeça. – Acho que eu queria mesmo assustá-la, isso é verdade, mas não tentei matá-la. Foi Genevieve.

– A criada dela? – pergunta Bartholomew, franzindo a testa.

Violie assente.

– Ela estava lá quando cheguei ao quarto, segurando um recipiente estranho perto do rosto de Eugenia. Quando entrei, ela se assustou, veio em minha direção e lutamos, acordando Eugenia, mas então Genevieve deixou cair o recipiente e o pó se espalhou por toda a parte. Suspeitei que fosse venenoso e tentei cobrir a boca, mas... Bem, essa é a última coisa de que me lembro.

– Mas por que a criada tentaria matá-la? – indaga Bartholomew.

Violie dá de ombros.

– Acho que a única pessoa que poderia responder a essa pergunta é Genevieve e, pelo que entendi, ela não sobreviveu.

Bartholomew pondera sobre isso por um longo momento antes de balançar a cabeça.

– Não temos como manter segredo em relação a suas identidades agora – diz ele, por fim. – O país inteiro saberá antes do fim da semana, aposto. E eles não ficarão muito felizes com o fato de Friv hospedar um rei estrangeiro.

Lorde Panlington emite um som no fundo da garganta e o rei Bartholomew se vira para ele.

– Você discorda? – pergunta ele.

– Pelo menos em parte – responde lorde Panlington, seus olhos demorando-se em Daphne por mais um momento antes de se virar para o rei Bartholomew. – O povo ficará aborrecido se acreditar que deve ficar. Essa imagem de Friv como um país independente, que não precisa de ninguém e não ajuda ninguém, não é sustentável. Mesmo agora, é uma ilusão. Nós fazemos comércio com o restante do continente sem nenhum problema, não é?

Violie olha de soslaio para Daphne e vê um leve sorriso em seus lábios. Essas palavras são dela, ela percebe.

– Talvez – prossegue lorde Panlington – esteja na hora de mostrar a Friv o quanto podemos ser fortes se apoiarmos e formos apoiados por nossos aliados.

– Concordo com lorde Panlington – diz Bairre.

– Assim como eu – afirma Daphne antes de murmurar "obviamente".

O rei Bartholomew reflete sobre isso por um longo momento.

– Muito bem – retoma ele. – Não pretendo mandá-los de volta para um país que tentou lhes cortar a cabeça – acrescenta, dirigindo-se a Violie e Leopold. – Mas teremos que abordar isso com cuidado.

– Se me permite, Majestade – diz Daphne, dando um passo à frente. – Acredito que a melhor maneira de abordar isso seja com a verdade. Essa é uma história extraordinária, não acha? Cheia de romance, aventura e membros da realeza escondidos. Quase parece uma história infantil para contar na hora de dormir. Vai ser difícil alguém não os apoiar... não *nos* apoiar – acrescenta ela, olhando novamente para Violie com tanta ternura que Violie precisa se lembrar de que não é real. – Irmãs separadas finalmente reunidas.

– Bem colocado, princesa – concorda lorde Panlington. – Na verdade, Bartholomew, acho que você deveria capitalizar isso e o... fervor atual que temos em torno da princesa Daphne. Não fará mal algum se ele for ofuscado por outra história de amor real sob seu próprio teto... O príncipe Bairre e a princesa Daphne já esperaram muito tempo. Por que não os casar o mais rápido possível?

Ao lado de Violie, Daphne fica subitamente imóvel. Bairre também parece confuso, embora tente esconder. Ao que parece, isso não fazia parte do plano.

– Uma excelente ideia – diz Bartholomew. – Já passou da hora e, se arranjarmos um casamento rápido, haverá menos chance de os rebeldes interferirem outra vez. Vocês vão se casar hoje, à meia-noite, quando as estrelas estiverem no auge do seu brilho.

Beatriz

A imperatriz ainda vai estar no baile, mas os guardas posicionados do lado de fora do seu quarto são acessórios permanentes, ainda que previstos por Beatriz. Ela esperava dois, mas, ao se aproximar, percebe que são quatro, o que a faz parar por meio segundo antes de prosseguir com seu plano. Quando os guardas a veem, ela abre um amplo sorriso.

– Alteza – cumprimentam os guardas ao mesmo tempo, com reverências rápidas.

– Olá – diz ela, em tom alegre. – Tenho um favor a pedir a vocês. Quero comprar um perfume para minha mãe, antes de meu marido e eu partirmos para Cellaria, como agradecimento por toda a ajuda que ela me deu, mas... ah, é uma tolice tão grande... Estou com receio de não escolher o aroma certo. Posso entrar rapidamente para ver quais as fragrâncias de que ela gosta, para que eu possa acertar no presente? Só vai levar um instante.

Os guardas trocam um olhar perplexo antes de um deles pigarrear.

– Vou perguntar se ela está recebendo visitas, Alteza – informa ele antes de entrar nos aposentos.

Beatriz luta para manter a expressão radiante no rosto, mesmo enquanto sua mente gira em pânico. O que sua mãe está fazendo ali? Devia estar no baile. Isso pode arruinar tudo.

O guarda reaparece alguns segundos depois.

– Ela vai recebê-la – avisa a Beatriz, antes de permitir sua entrada nos aposentos da mãe.

Beatriz atravessa a sala de estar e entra no quarto, encontrando a mãe de pé, ao lado da cama, enquanto uma criada amarra os cordões de um vestido de baile. Beatriz fica ainda mais confusa.

– Querida – diz a imperatriz, com um sorriso que não chega até os olhos. – Seu marido disse que você estava indisposta.

– Ah, estou me sentindo um pouco melhor agora, mas receio que dançar pode irritar meu estômago, então acho mais prudente não ir ao baile... E, falando nisso, por que você não está lá?

A imperatriz bufa.

– O idiota do barão de Gleen derramou vinho tinto em mim ao fazer a reverência – explica ela. – Fui obrigada a vir trocar meu vestido por outro, limpo.

A criada finaliza a amarração com um belo laço e Margaraux a dispensa com um movimento da cabeça. A mulher sai do quarto, deixando Beatriz sozinha com a mãe.

– E, então, você contou algumas mentiras aos guardas sobre comprar um perfume para mim? – pergunta a imperatriz.

Beatriz sabe mentir e tem consciência disso, mas mentir para a mãe requer habilidades de especialista. Um único passo em falso pode condenar não apenas ela, mas Pasquale e Ambrose também. Beatriz finge um sorriso de culpa.

– Bem, duvido que eles tivessem me deixado examinar suas joias, mas pareceu uma aposta segura que seus guardas soubessem pouco sobre comprar perfumes.

– E você esperava que eles simplesmente deixassem você entrar para bisbilhotar? – indaga a imperatriz.

A chave da mentira, Beatriz sabe, é mostrar ao alvo das suas mentiras exatamente o que eles desejam ver, e a imperatriz sempre viu Beatriz como uma pedra em seu sapato. É um papel bem fácil para Beatriz desempenhar.

– Ah, com charme e flerte na medida certa, nós duas sabemos que eles deixariam – responde Beatriz. – Todo o meu treinamento teria sido utilizado, eu garanto.

A imperatriz estreita os olhos.

– E o que você estava procurando?

A mãe acredita que Beatriz é uma garota impetuosa e impulsiva, dominada por suas emoções e inclinada a atitudes tolas. Ela pode usar isso a seu favor agora.

Beatriz morde o lábio e desvia os olhos.

– Eu esperava encontrar a verdadeira carta que o rei Nicolo enviou a você – diz ela.

Na verdade, o que quer que Nicolo tenha dito à sua mãe está lá embaixo em sua lista de preocupações, mas ela espera que essa mentira seja verossímil.

A imperatriz não diz nada, nem mesmo nega que a carta que deu a Beatriz era falsa.

– Como você descobriu?

Beatriz não pode dizer a verdade à mãe, então dá de ombros mais uma vez.

– Infelizmente, conheço Nicolo bem demais.

– Você pensou que ele discorreria poeticamente sobre o quanto está apaixonado por você? – pergunta a imperatriz, debochada.

– Não – diz Beatriz com uma risada. – Mas a falta de preocupação dele com a irmã entregou você, se quer saber.

A imperatriz parece aceitar isso.

– E o que a faz pensar que eu a guardaria aqui e não no meu estúdio?

– O que faz você pensar que não procurei lá primeiro? – replica Beatriz.

Um lampejo de dúvida cruza o rosto da mãe, mas desaparece antes que Beatriz tenha certeza de que esteve realmente ali.

– Por que você precisa ser tão difícil, Beatriz? – pergunta a imperatriz, sua pretensa atitude amigável desaparecendo e deixando em seu lugar apenas a exaustão.

Quantas vezes Margaraux já a chamou de difícil? Houve uma época em que aquilo parecia um defeito de Beatriz, mas agora ela compreende muito bem o que tem de difícil. Ela é difícil de lidar, difícil de controlar, difícil de manipular. Se Beatriz não tivesse sido tão difícil quando decidiu resgatar lorde Savelle, o plano de sua mãe teria sido bem-sucedido e ela estaria morta.

Ser difícil foi o que manteve Beatriz viva.

– Suas irmãs não são tolas o bastante para me desafiar a cada passo do caminho – continua a imperatriz.

Uma parte de Beatriz se pergunta se a mãe está tentando provocá-la para fazê-la perder o controle. Mas uma parte maior não liga. Depois de tudo que aconteceu hoje, ela não tem a capacidade de resistir à isca da mãe.

– Sim, isso funcionou perfeitamente bem para Sophronia, não foi? – replica ela.

Mas talvez não tenha sido uma isca, porque, se a imperatriz esperasse fazer Beatriz perder a calma, não reagiria como se tivesse sido esbofeteada.

– Como se atreve? – diz a imperatriz, a voz perigosamente baixa enquanto diminui a distância entre ela e a filha com passos curtos e medidos. – Tudo que eu passei para trazer você e suas irmãs a este mundo, a educação e o treinamento que proporcionei a vocês, a criação que qualquer menina no mundo mataria para ter, e você é tão ingrata que culpa a mim por Sophronia ter sido uma tola?

– Sophie não era tola – afirma Beatriz, mantendo-se firme.

– Era, assim como você é. Se não fosse, estaria sentada no trono de Cellaria em vez de ficar entrando escondida no meu quarto como uma ladra ordinária – acusa a imperatriz.

Ela sustenta o olhar de Beatriz por um segundo a mais antes de se virar e se dirigir ao armário ao lado da cama. Pega uma chave de uma corrente em seu pescoço e abre a fechadura, vasculhando o conteúdo da gaveta antes de tirar dali um papel.

– Quer saber o que realmente diz a carta de Nicolo? – pergunta.

De repente, Beatriz pensa que essa é a última coisa que quer saber. O que quer que seja não vai ser nada bom. Não importa, diz a si mesma. Essa noite ela vai embora, vai partir para Friv e nada disso vai ter importância. Antes que possa responder, a mãe continua:

– Ele expressou sua preocupação com a irmã, até ofereceu uma soma considerável pelo seu retorno em segurança, mas achei muito mais interessante ler o que ele tinha a dizer a *você* sobre uma certa oferta que ele fez da última vez em que conversaram. Uma oferta que você não mencionou para mim.

Beatriz ergue o queixo. Ela não tem nada a perder agora. Se sua mãe sabia disso na semana anterior e não mandou matar Pasquale, isso não vai mudar na próxima hora. Depois disso, será tarde demais.

– Ele queria se casar comigo – confirma ela, com um gesto displicente. – Pareceu-me uma questão polêmica, uma vez que tenho um marido.

– Mas acidentes acontecem – afirma a imperatriz. – Especialmente com herdeiros desonrados vivendo no exílio.

O estômago de Beatriz se revira diante da ameaça a Pasquale, mas ela tem o cuidado de não demonstrar a reação à mãe.

– No entanto, meu marido parece imune a eles.

– Claro que sim, sob o meu teto – observa a imperatriz. – Seria bastante constrangedor se eu não pudesse garantir a proteção dos meus convidados, não? Mas você e seu marido vão partir para Cellaria amanhã, nem que eu tenha que mandar um exército arrastá-los para fora deste palácio. Fui clara?

Beatriz encara a mãe – não exatamente chocada, mas horrorizada. Não importa que o plano de sua mãe nunca vá acontecer. Saber que essa é a intenção dela, saber a extensão da ameaça que ela representa para Pasquale, ver a frieza com que sua mãe fala sobre sua trama, tudo isso a deixa enjoada. Será que ela discutiu a morte de Sophronia da mesma maneira?

– Eu odeio você – diz Beatriz.

A imperatriz apenas dá uma risada.

– Encontre um novo refrão, Beatriz – responde ela, jogando a carta de Nicolo na lareira. – Você vem cantando esse praticamente desde que aprendeu a falar, está ficando cansativo.

Ela se dirige à porta, parando abruptamente na frente de Beatriz.

– Você tem dois minutos para se recompor, Beatriz. Não é bom que os guardas a vejam tão exaltada, mas, se demorar mais do que isso, eles vão arrastá-la de volta ao seu quarto e garantir que você permaneça lá. Além disso, eu recomendaria que você dormisse o sono da beleza, minha pombinha. Você vai querer estar com sua melhor aparência quando reencontrar o rei Nicolo.

Ela dá uma palmadinha de leve no rosto de Beatriz, que se esforça para não se esquivar, e em seguida vai embora, deixando a filha sozinha.

Como Beatriz não duvida que a mãe esteja falando sério sobre os guardas a levarem à força dali a dois minutos, ela se apressa com o restante do plano, as mãos trêmulas enquanto vasculha a penteadeira da mãe, abrindo gavetas e procurando qualquer coisa fora do comum. No entanto, todos os cosméticos parecem ser apenas isso. Em seguida, procura no guarda-roupa e, quando encontra no fundo a tábua solta, ela sorri, levantando-a. Então, enfia a mão lá e retira uma caixinha esmaltada, pintada de azul e dourado. Encontra diversos frascos sem rótulo com diversos líquidos e pós, e um anel que ela reconhece na mesma hora – o mesmo que a imperatriz deu a Beatriz e suas irmãs no aniversário de 15 anos delas. Um anel com uma agulha e uma esmeralda escavada cheia de um veneno que foi feito para deixar a pessoa inconsciente.

Beatriz enfia o anel no dedo. Então, dá uma olhada no relógio alto no canto e levanta-se de um salto – seus dois minutos estão quase no fim.

Atravessando a sala de estar da mãe, Beatriz alcança a porta e a abre, encarando os guardas novamente com seu sorriso radiante. Apenas dois guardas permanecem ali, um de cada lado da porta. Os outros dois devem ter acompanhado a imperatriz no retorno ao baile.

– Ah, aí está Vossa Alteza – diz um deles. – Sua Majestade me instruiu para acompanhá-la de volta ao seu quarto.

– Tenho certeza que sim – responde ela, pousando a mão no braço dele apenas pelo tempo suficiente para que a agulha do anel com veneno perfure a pele.

– O que... – começa ele, mas Beatriz não lhe dá tempo de terminar, afastando-se dele com um giro e agarrando o braço do outro guarda, pegando-o de surpresa. Em segundos, ambos desabam no chão, as espadas retinindo no mármore com um som metálico.

Um instante depois, passos abafados soam a distância no corredor, cada vez mais alto. Beatriz reconhece os passos de Pasquale antes de vê-lo – o ritmo calmo que ela não sabia que tinha memorizado –, acompanhado por outros dois. Quando o avista vestido com roupas de criado, assim como Ambrose e Gisella, que o seguem, Beatriz inclina a cabeça.

– Pasquale é mais nobre do que eu – diz a Gisella enquanto os conduz para dentro do quarto. – Eu a teria deixado apodrecer.

Gisella parece indiferente ao comentário, mas Pasquale lhe dirige um olhar suplicante.

– Ela é da família – comenta Pasquale, olhando rapidamente os guardas ao passar por eles. – Eles estão...

– Inconscientes – assegura-lhe Beatriz. – Vamos, é apenas uma questão de tempo antes que alguém dê falta de dois prisioneiros. Você não teve problemas para usar a poeira estelar?

– Nenhum – diz Pasquale. – Fiz exatamente como você explicou: dois pedidos para abrir a cela deles, um terceiro para nos ajudar a passar pelos guardas sem sermos notados.

Beatriz assente, levando os três até o relógio alto no canto e seguindo as instruções que a irmã Heloise lhe deu. Ela abre o vidro que cobre o mostrador do relógio e gira o ponteiro dos minutos três vezes no sentido anti-horário, depois o das horas duas vezes na mesma direção e, por fim, o ponteiro dos segundos oito vezes no sentido contrário. Um "clique" soa na sala silenciosa e o painel frontal do corpo do relógio se escancara, criando uma passagem larga o bastante para uma pessoa.

– Velas – pede ela por cima do ombro, e Ambrose e Gisella pegam as velas das mesas de cabeceira de sua mãe, acendendo-as no fogo baixo da lareira. Ambrose entrega uma a Beatriz, que lidera o caminho para o interior da passagem. – Vai ser uma longa caminhada – diz ao entrar.

Daphne

Daphne encontra-se em seu quarto, trajando um vestido de noiva – muito menos adornado do que os dois anteriores, enviado há poucos minutos pela Sra. Nattermore, a modista. Embora o estilo seja simples, feito em veludo verde tão escuro que chega quase a ser preto, com um decote amplo que mostra os ombros e nenhum bordado ou adorno, Daphne acha que combina com ela. O corpete é justo até os quadris, onde se abre, embora sem anáguas ou crinolinas, e o talhe da saia também se ajusta ao corpo. Seus dois últimos vestidos de noiva eram uma mistura dos estilos frívio e bessemiano, mas esse é puramente frívio.

Daphne deveria odiar isso, mas não odeia. Ao se olhar no espelho, girando o corpo de um lado para o outro a fim de se ver de todos os ângulos, ela conclui que gosta. Não que isso tenha importância – não consegue acreditar que esse casamento vá além do anterior. Lorde Panlington terá algo na manga, alguma razão para antecipar a cerimônia para esta noite. Talvez ele pretenda criar uma distração ou precise eliminar outra pessoa. Quaisquer que sejam seus motivos, Daphne sabe que esse será outro Casamento Que Não Aconteceu. Pelo menos durante a cerimônia ela vai estar bonita.

Ou talvez não haja nenhuma distração. Talvez lorde Panlington tenha levado a sério o que Daphne disse antes e pretenda usar a recente popularidade dela em Friv a seu favor. Talvez esse casamento realmente aconteça, afinal.

Daphne não consegue decidir se essa perspectiva a anima ou apavora. Casar-se com Bairre é uma coisa, mas seguir o jogo da sua mãe é outra questão.

Ela dispensou as criadas depois que terminaram de pentear seu cabelo, empilhando as ondas negras no alto da cabeça em um estilo simples e ajustando uma tiara de esmeralda no topo. Agora, ela está sozinha, olhando para seu reflexo e pensando na garota que era quando pôs os pés em Friv pela primeira vez, pronta para se casar com outro príncipe, ou mesmo quem era da última vez que se via neste quarto com um vestido de noiva, preparada para cumprir seu dever, ainda que com a notícia da morte de Sophronia a atormentando. A garota no espelho agora é uma estranha para aquelas versões passadas de si mesma.

Uma batida na porta interrompe seus pensamentos e ela manda quem quer que esteja ali entrar, levemente surpresa quando a porta se abre e Violie surge no quarto, fechando a porta ao passar.

Agora que tirou os vestidos de lã simples que usava enquanto fazia o papel de criada, ela se assemelha ainda mais a Sophronia. O elegante vestido azul-claro com acabamento em arminho parece até algo que a própria Sophronia escolheria.

Daphne sabe que deveria chamá-la pelo nome da irmã agora, no caso de os guardas que esperam do outro lado da porta ouvirem, mas fazer isso deixa um gosto ruim em sua boca. Ela sente Violie observando-a quando abre a boca e depois torna a fechá-la.

– Minha mãe e minhas tias costumavam me chamar de Ace quando eu era mais nova – diz Violie, a voz quase um sussurro. – Talvez possamos dizer que é um apelido que você e Beatriz usavam. Assim, fica mais fácil para você e não preciso aprender a responder a mais um nome.

Daphne assente lentamente. A ideia foi dela e funcionou, embora ainda revire seu estômago o fato de que essa quase estranha tenha assumido a identidade de sua irmã. Mas Daphne sabe que, se estivesse aqui, Sophronia teria permitido. Estrelas do céu, ela teria insistido nisso.

– Ace, então. Você não deveria estar com todos os outros na capela?

Se fica magoada com a dispensa, Violie não demonstra. Em vez disso, enfia a mão no bolso do vestido e tira um frasco de poeira estelar.

– Roubei isto do forro da sua capa, junto com todos os outros venenos – confessa ela.

Daphne ri.

– Se eu tivesse optado por matar Leopold...

– Tenho certeza de que você teria encontrado uma maneira – diz Violie. – Mas eu não ia facilitar as coisas para você. – Ela dá um passo à frente, pressionando a poeira estelar nas mãos de Daphne. – Achei que você gostaria de falar com Beatriz.

Não é que Daphne não tenha pensado em entrar em contato com a irmã. Hoje, mais cedo mesmo, ela pensou em pedir poeira estelar a Bairre ou a

Cliona, mas a verdade é que não sabe o que dizer a Beatriz e tem muito medo do que a irmã possa ter a dizer a ela. Receia que não vá ser menos do que ela merece.

Quando Daphne não fecha a mão em torno da poeira estelar, Violie franze a testa, seus olhos procurando os dela.

– Alguém precisa informá-la de tudo o que está acontecendo aqui, e não acho bom arriscar que sua mãe intercepte uma carta. Posso tentar entrar em contato com ela eu mesma, se você me disser o que preciso fazer...

– Não – Daphne a interrompe, finalmente fechando a mão em torno da poeira estelar. – Não, eu mesma vou fazer isso.

Sophronia disse a ela para ser corajosa, afinal, e essa coragem não é necessária apenas para lidar com a imperatriz, mas também com Beatriz.

– Desça para a capela e diga a todos que estarei lá em breve.

Violie assente. Por um momento, ela parece hesitar, considerando se deve ou não fazer uma reverência, mas, por fim, apenas se vira e sai pela porta. Daphne pode ouvi-la falar com os guardas antes de discernir o som de seus passos se afastando.

Daphne se senta na beira da cama e olha para o frasco em suas mãos. Não tem muito tempo – eles estão esperando por ela para começar o casamento –, então não se permite pensar muito antes de abrir o frasco e espalhar a poeira estelar nas costas da mão.

– Quero falar com a princesa Beatriz Soluné.

A esta altura, Daphne já fez isso vezes suficientes para saber o que esperar, mas não consegue conter o suspiro profundo que deixa escapar assim que sente a presença de Beatriz em sua mente.

– Daphne? – diz Beatriz. – É você? Acho que ninguém mais no mundo suspira assim.

– O que *isso* quer dizer? – responde Daphne, irritação e alívio travando uma batalha em seu interior. – Eu suspiro como uma pessoa normal.

Por um momento, há apenas silêncio, então Beatriz gargalha e Daphne não pode deixar de acompanhá-la.

– Você está em segurança? – pergunta Beatriz.

– Sim. E você?

– Sim. – Uma pausa. – Estou saindo de Bessemia agora.

Daphne processa a informação mesmo enquanto ouve o que a irmã diz e o que não diz. O que ela mesma não está revelando.

– Por ordens da mamãe? – pergunta.

Outra pausa. Mesmo nesse tipo de comunicação, Daphne consegue ouvir Beatriz ponderando se pode ou não confiar nela. Ela compreende a hesitação, mas mesmo assim dói.

– Não – diz Beatriz, por fim. – Decididamente *não* por ordens da mamãe, Daphne. Ela queria me mandar de volta para Cellaria.

– Eles vão matar você se voltar lá – diz Daphne sem pensar. Quando Beatriz fica em silêncio, Daphne respira fundo. – Mas é justamente essa a intenção, não é?

Beatriz solta uma risada trêmula.

– Sim, essa é a intenção. Mas, em vez disso, estamos indo até você.

– Graças às estrelas por isso – responde Daphne.

Logo ela reverá a irmã pessoalmente, poderá abraçá-la e ouvir seus corações baterem juntos, como um só. Não será a mesma coisa sem Sophronia, mas será o mais próximo disso que podem chegar agora.

– Você mudou de opinião – observa Beatriz. – Violie conseguiu falar com você?

– Violie – confirma Daphne – e Leopold. E Sophronia. Conto mais sobre isso quando você estiver aqui, mas falar só com você deveria ter bastado, Beatriz. Você e Sophie antes. Deveria ter sido o suficiente, e lamento que não tenha sido.

Beatriz não fala por um instante, e Daphne teme que a conexão tenha sido interrompida, mas então ouve Beatriz novamente.

– Não creio que eu também tivesse acreditado em você – confessa, enfim.

– Tem uma coisa que você precisa saber antes de chegar – diz Daphne, e explica rapidamente a provação de Violie, que agora finge ser Sophronia.

– Mamãe não vai gostar disso – comenta Beatriz com uma gargalhada.

– Não, imagino que não vá – concorda Daphne. – Eu mesma não amo essa situação, para ser sincera.

– Mas Sophie teria amado – replica Beatriz, e Daphne sabe que ela tem razão. – Onde você está agora?

Daphne olha para o espelho, para a imagem de si mesma no vestido de noiva, sentada em sua cama.

– Prestes a ir para o meu casamento – responde ela, deixando de fora os detalhes do casamento fracassado anterior e a dúvida persistente a respeito do sucesso do atual.

Mas o que os rebeldes têm a ganhar antecipando-o para agora, apenas para impedi-lo mais uma vez?

Daphne não tem uma resposta para essa pergunta.

– Bem, isso deve deixar mamãe feliz – diz Beatriz.

– Talvez, mas apenas num primeiro momento – responde Daphne. Só até ela descobrir que Daphne se aliou à rebelião, contra ela.

– Estou ansiosa para ouvir mais sobre isso – comenta Beatriz. – Estaremos em Friv em alguns dias.

Há muito mais a dizer, mas Daphne sabe que a conexão entre elas já está se enfraquecendo.

– Até breve, então – diz Daphne. – Eu te amo até as estrelas, Triz.

– Eu te amo até as estrelas, Daph.

A vida inteira, Daphne imaginou seu casamento – afinal, antes de qualquer outra coisa, ela foi criada para isso. Mas nunca imaginou que aconteceria assim: perto da meia-noite, na capela sem decoração de um castelo, com o escasso número de cinquenta pessoas reunidas, em um vestido frívio simples.

Claro, o casamento pode ainda não acontecer de fato, ela lembra a si mesma, mas não consegue pensar em um motivo convincente para que lorde Panlington insista em celebrá-lo esta noite se pretende arruiná-lo outra vez.

Talvez tenha a ver com Aurelia, pensa ela enquanto olha a empyrea na frente da capela, junto a Bairre. Talvez Cliona tivesse razão e Aurelia não quisesse sequestrar os príncipes por ordem dele, afinal. Talvez ela venha a ser a empyrea real com o tempo de serviço mais curto da história. Daphne espera que não – ela pode não confiar em Aurelia, mas a mulher é a mãe de Bairre, e Daphne não quer vê-lo perder mais ninguém.

Seus olhos seguem para Violie e Leopold, sentados juntos em um dos bancos, ombro a ombro, mas sem se tocar. Embora Daphne saiba que lorde Panlington não tem motivos para matá-los, ainda não consegue se esquecer da bomba que explodiu na última cerimônia de seu casamento, o cadáver de Fergal tão perto dela, seus olhos sem vida. Não consegue refrear o medo de que isso aconteça novamente.

Daphne alcança Bairre e eles dão as mãos. Quando seus olhos se encontram, ele lhe oferece um breve sorriso que ela tenta retribuir, mas seu estômago está cheio de nós. E se algo acontecer? E se nada acontecer?

– Príncipe Bairre, o que você pede às estrelas? – pergunta Aurelia, interrompendo os pensamentos de Daphne.

Bairre pigarreia.

– Peço às estrelas que nos concedam sabedoria – diz ele.

– E você, princesa Daphne, o que pede às estrelas? – pergunta ela.

Daphne havia perdido a esperança de chegarem a esse ponto da cerimônia, então se vê atrapalhada. Ela opta pelo desejo que a mãe lhe disse que fizesse no que parece uma vida atrás.

– Desejo que as estrelas nos concedam prosperidade – afirma, e as palavras não parecem pronunciadas por ela.

Ainda assim, nada acontece, e Daphne se sente ainda mais inquieta. Mal percebe que Aurelia pega a sua mão e a de Bairre juntas, erguendo-as em direção ao teto de vidro que permite que as estrelas brilhem sobre eles.

– Estrelas, abençoem este casal, a princesa Daphne Therese Soluné e o príncipe Bairre Deasún, com sabedoria e prosperidade. Em seu nome, eu os declaro marido e mulher, até que vocês decidam chamá-los de volta para casa.

Daphne mal ouve os vivas dos convidados, mal percebe os olhos de Aurelia se demorando nela com alguma emoção indefinível. Vagamente, ela sente a mão de Bairre apertar a dela, ouve-o dizer seu nome baixinho. Nada deu errado, ela pensa, nenhum desastre aconteceu, não havia nenhum motivo oculto para a cerimônia, afinal.

Ela e Bairre estão de fato casados.

Beatriz

Beatriz, Pasquale, Ambrose e Gisella chegam ao esconderijo quase quatro horas depois, emergindo em um porão úmido e escuro. Dali, sobem a escada e atravessam a casa, encontrando a cesta de roupas limpas – mais simples do que os trajes de Beatriz e Pasquale e muito menos identificáveis do que os uniformes dos criados do palácio, que Gisella e Ambrose usam – e os pacotes de pão e queijo que a mãe de Violie e suas amigas do Pétala Carmesim providenciaram para eles quando Pasquale mandou avisá-las. Elas também deixaram quatro cavalos, e Beatriz e os outros não perdem tempo: vestem as novas roupas e partem do esconderijo.

A imperatriz irá esperar que sigam para o norte e, sem dúvida, montará uma patrulha ao longo da fronteira frívia, então, em vez disso, Beatriz os conduz para oeste, em direção ao lago Asteria. Assim que chegarem ao litoral, poderão comprar passagens de navio – Beatriz, Pasquale e Ambrose para Friv, Gisella para Cellaria.

Eles só param por volta do meio-dia seguinte, quando estão todos exaustos, quase caindo dos cavalos. Depois de encontrar uma hospedaria perto da margem sul do lago Asteria, alugam dois quartos. Pasquale e Ambrose ficam com um, enquanto Beatriz e Gisella ficam com o outro. Gisella não é a primeira escolha de Beatriz para dividir a cama, mas Pasquale e Ambrose merecem um tempo a sós, alguém tem que ficar de olho em Gisella, pelo menos até que o grupo siga caminhos separados depois de chegarem ao porto. Elas se revezam no banho atrás de um biombo e, enquanto Gisella toma o seu, Beatriz toma a liberdade de adicionar em uma das tigelas de sopa que o estalajadeiro trouxe para o almoço um sonífero forte o suficiente para mantê-la inconsciente pelo resto do dia e durante a noite.

Quando Gisella sai de trás do biombo com suas roupas de baixo, os cabelos louros molhados e trançados caídos sobre o ombro, os olhos vão direto para a tigela de sopa que Beatriz deixou na mesinha ao lado da cama.

– Imagino que seja para mim – diz ela. É o máximo que falou desde que deixaram o castelo, e sua voz sai rouca. – Por favor, me diga que você não acha que sou estúpida o suficiente para comer isso.

Beatriz suspira, erguendo o anel com veneno no dedo.

– Sua escolha, Gisella – comenta ela, girando o anel no dedo para que Gisella possa ver a agulha. – Cumpri minha parte no trato, mas não confio em você o suficiente para dormir ao seu lado, a menos que saiba que também está apagada.

Gisella franze os lábios, os olhos fixos no anel.

– Qual é o seu plano, então? – pergunta ela.

Beatriz dá de ombros.

– Não confio em você sozinha em Bessemia, então vamos ficar juntos até chegarmos ao porto e você comprar sua passagem em um navio para Cellaria.

– E para onde você vai? – pergunta Gisella. – Para Friv? Ou mais longe?

Beatriz apenas sorri.

– Você não deve acreditar, sinceramente, que eu revelaria isso a você.

O maxilar de Gisella se contrai, mas, depois de um segundo, ela assente e pega a tigela de sopa com a droga na mesa, levando-a aos lábios e sorvendo vários goles. É só então que Beatriz percebe que ela estava quase morrendo de fome nas masmorras. A pontada de empatia que a atravessa é irritante – Gisella não merece qualquer empatia.

– Pode comer tudo – diz Beatriz. – Não usei uma quantidade muito grande de poção para dormir. Apenas o suficiente para mantê-la dormindo até o dia amanhecer.

– Me perdoe se não confio na sua expertise com venenos – responde Gisella, mas um instante depois ela toma outro gole, seguido por outro. – Você precisou da minha ajuda, afinal. – Ela faz uma pausa, terminando a sopa. – Funcionou?

Beatriz desvia o olhar, pensando em Nigellus no momento que a vida deixava seus olhos.

– Sim. Embora não com o alvo pretendido. Os planos mudam, nós nos adaptamos. Terei outra chance.

Enquanto diz essas palavras, ela se pergunta se são verdadeiras. Ela as tornará verdadeiras.

As duas se preparam para dormir rapidamente e em silêncio, cada uma delas deslizando para baixo das cobertas em lados opostos da cama grande. Embora muito cansada, Beatriz se obriga a ficar acordada. Não vai dormir até saber que Gisella está inconsciente.

No momento em que Beatriz está prestes a rolar e verificar se Gisella está realmente dormindo, ela fala.

– Seja como for, eu sinto muito – diz Gisella.

É a última coisa que Beatriz ouve antes de sentir a espetada de uma agulha na nuca e a escuridão a engolir por completo.

Margaraux

A imperatriz Margaraux sente o cheiro do corpo assim que entra no laboratório de Nigellus.

Já faz dois dias que ela viu Nigellus no baile – a mesma noite em que viu Beatriz pela última vez –, e ela presumiu que ele estivesse mergulhado em um de seus experimentos, mas não podia esperar nem mais um instante antes de informá-lo de seus novos planos. Agora, com o cheiro de carne podre envolvendo-a, Margaraux se vê inquieta.

As moscas a levam até o corpo, o zumbido incessante atraindo-a para o armário. Quando o abre, o corpo de Nigellus tomba para fora, seu torso caindo sobre os pés dela. Com um grito de repulsa, Margaraux recua.

É uma pena, pensa, olhando para ele. Seus sapatos novos em folha agora estão arruinados – não por sangue, é verdade, mas ainda assim. A lembrança de um corpo morto tocando-os nunca a deixará.

– Majestade – chama um guarda, entrando na sala atrás dela. Ele para abruptamente quando vê o corpo de Nigellus.

– Está morto – informa Margaraux quando ele fica simplesmente olhando para o corpo, perplexo. – Providencie para que o corpo seja removido e despachado. Respeitosamente, é claro. Nigellus foi um amigo e conselheiro por quase duas décadas.

– É... é claro, Majestade – diz ele, fazendo uma reverência. – Devo ordenar uma investigação também?

Parece não ter a menor necessidade: Margaraux sabe que Beatriz é a responsável, embora o como e o porquê sejam um mistério. Mas, refletindo melhor, ela aposta que o como esteja ligado a Gisella. A imperatriz a instruiu a dar a Beatriz uma receita falsa de veneno, mas a garota aparentemente achou por bem se precaver. Em vez de ficar aborrecida, Margaraux sente um respeito relutante por ela.

– Sim, vamos investigar – diz Margaraux, voltando ao presente.

Não menciona sua teoria sobre Beatriz. Até onde a maioria dos bessemianos sabe, suas filhas são as meninas dedicadas e obedientes que ela criou. Isso a faz pensar em Daphne, a filha que ela acreditava que nunca a trairia. Mas, quando ordenou que seus espiões vasculhassem o quarto de Beatriz depois de sua fuga, eles voltaram com uma carta lacrada encontrada sob seu travesseiro – uma carta que Beatriz nunca recebeu, aparentemente entregue depois de sua partida.

Na última carta que me escreveu, Sophie disse que, se nós três nos uníssemos contra mamãe, podíamos ter uma chance de vencê-la. Infelizmente, nunca vamos saber se havia alguma verdade nisso, mas estou do seu lado agora e nem mesmo as estrelas podem me tirar daqui.

A traição de Daphne dói muito mais do que a de Beatriz, mas não fará diferença no fim. Em menos de um mês, ambas estarão mortas, e Margaraux terá tudo o que sempre quis.

– Pois bem, Majestade – diz o guarda.

– Alguma notícia do príncipe Pasquale? – pergunta ela, mal disfarçando a irritação que pronunciar o nome dele lhe desperta.

A função de Gisella era matar Pasquale antes de enviar uma mensagem a Margaraux, que providenciaria uma pequena escolta para levá-los a Cellaria, idealmente incriminando o acompanhante dele pelo assassinato, mas, quando os homens da imperatriz chegaram, a casa estava vazia.

Margaraux sabe que o príncipe Pasquale teria poucas chances contra Gisella – pelo que ela pôde ver, ele era um garoto de coração mole que nem se daria conta de que ela o estava traindo. Talvez ela o tenha subestimado, mas a imperatriz acha que é muito mais provável que Gisella tenha voltado atrás nesse aspecto do acordo, incapaz de matar o primo.

Naturalmente, Margaraux não pode provar isso e Gisella realizou a parte mais importante. Até o fim da semana, todos em Bessemia e Cellaria estarão falando sobre como é romântico que Beatriz e o rei Nicolo, amantes desventurados, separados pelo destino e pelo marido ciumento de Beatriz, tenham se reunido quando ela fugiu para ficar com ele.

– Receio que não, Majestade – diz o guarda. – Parece ter desaparecido no ar.

– Bem, ele foi visto pela última vez com um criminoso conhecido, então é muito provável que esteja em uma vala qualquer, despojado de todos os seus objetos de valor – replica a imperatriz Margaraux.

Se Pasquale não aparecer morto em breve, ela tem certeza de que não vai ter dificuldade em encontrar um sósia para usar como cadáver. E, assim que Beatriz e Nicolo se casarem – à força, se necessário –, sua história de amor terá seu trágico fim e Cellaria será dela. Então, ela voltará a atenção para Friv.

– Também recebi o aviso de que chegou um mensageiro de Friv – acrescenta o guarda, como se lesse sua mente.

– Excelente – diz Margaraux, demorando-se mais um instante no rosto de cera de Nigellus, notando o corte em sua têmpora e os olhos abertos e vazios. Sem ele, ela hoje não seria chamada de Vossa Majestade, mas ele cumpriu seu propósito. Ainda assim, talvez sinta sua falta.

Ela vira as costas para o corpo sem vida e sai do laboratório seguida pelo guarda. Uma criada a espera do lado de fora, e Margaraux estala os dedos para a garota.

– Vá buscar outro par de sapatos para mim agora mesmo – ordena ela. – Leve-o para a sala do trono. Espero que esteja lá antes de eu chegar.

A criada faz uma rápida reverência antes de correr à frente de Margaraux, descendo a escada e desaparecendo de vista.

A criada encontra Margaraux na entrada da sala do trono, apresentando um novo par de sapatos e levando embora os antigos.

– Queime-os – ordena Margaraux à garota, que assente.

Então, ela gesticula para que os guardas abram as portas da sala do trono e entra. Um único mensageiro a espera, vestido com as cores frívias e parecendo ter apeado do cavalo e vindo direto para a sala do trono.

Deve ser urgente, pensa ela enquanto se senta no trono. Talvez Daphne já esteja morta, se um daqueles assassinos incompetentes finalmente cumpriu o que ela os contratou para fazer.

Mas o mensageiro faz uma profunda reverência e diz a última coisa que Margaraux espera.

– Majestade, trago notícias alegres: a rainha Sophronia está viva e segura em Friv, com a irmã – anuncia ele.

Por um longo momento, Margaraux o encara sem expressão, tentando entender as palavras que ele acaba de proferir. Então, ela joga a cabeça para trás e dá uma gargalhada.

Agradecimentos

Eu já disse isso antes e tenho certeza de que vou dizer outra vez: fazer com que um fragmento de ideia se transforme no livro totalmente concretizado que você tem em mãos é um esforço de equipe e sou incrivelmente grata pela minha equipe.

Obrigada à minha fabulosa editora, Krista Marino, cujas perguntas e sugestões perspicazes tornaram este livro melhor do que eu poderia ter feito sozinha, e a Lydia Gregovic, que também ajudou a tornar a história mais forte. Agradeço ao meu incrível agente, John Cusick, por seu apoio e incentivo.

Obrigada a todos da Delacorte Press – em especial, Beverly Horowitz – e a todos da Random House Children's Books – a fenomenal Barbara Marcus; minha incrível divulgadora, Jillian Vandall; Lili Feinberg; Jenn Inzetta; Emma Benshoff; Jen Valero; Tricia Previte; Shameiza Ally; Coleen Fellingham; e Tamar Schwartz.

Obrigada a Lillian Liu por sua arte impressionante e a Alison Impey por transformá-la em uma linda capa. E obrigada a Amanda Lovelace, cujo poema "as mulheres têm um tipo de magia" forneceu uma centelha de inspiração para o título.

Obrigada à minha família incrível: meu pai e minha madrasta, por seu amor e apoio inabaláveis, e meu irmão, Jerry, e minha cunhada, Jill. E obrigada à minha família de Nova York, Deborah Brown, Jefrey Pollock e Jesse e Isaac.

Obrigada aos amigos sempre presentes nos altos e baixos e em todos os momentos divertidos entre uns e outros: Cara e Alex Schaeffer, Alwyn Hamilton, Katherine Webber Tsang e Kevin Tsang, Samantha Shannon, Catherine Chan, Sasha Alsberg, Elizabeth Eulberg e Julie Scheurl.

Um pequeno bônus de agradecimento aos meus dois cães, Neville e

Circe, que sempre me mantêm com os pés no chão enquanto crio e exploro mundos de fantasia. Saibam que, quando eu escrevia cada parte emocionante deste livro, pelo menos um deles precisou sair para passear.

E por último, mas certamente não menos importante, obrigada aos meus leitores. Eu literalmente não poderia fazer isso sem vocês.

CONHEÇA OS LIVROS DA AUTORA

Trilogia Princesa das Cinzas

Princesa das Cinzas

Dama da Névoa

Rainha das Chamas

Trilogia Castelos em seus Ossos

Castelos em seus ossos

Estrelas em suas veias